KNAUR

Alicia Zett

MAYBE NOT TONIGHT

Roman

KNAUR

Besuchen Sie uns im Internet:
www.knaur.de

Aus Verantwortung für die Umwelt hat sich die Verlagsgruppe
Droemer Knaur zu einer nachhaltigen Buchproduktion verpflichtet.
Der bewusste Umgang mit unseren Ressourcen, der Schutz unseres Klimas
und der Natur gehören zu unseren obersten Unternehmenszielen.
Gemeinsam mit unseren Partnern und Lieferanten setzen wir uns
für eine klimaneutrale Buchproduktion ein, die den Erwerb von
Klimazertifikaten zur Kompensation des CO_2-Ausstoßes einschließt.
Weitere Informationen finden Sie unter: www.klimaneutralerverlag.de

FSC® www.fsc.org
MIX
Papier aus verantwortungsvollen Quellen
FSC® C083411

Originalausgabe Mai 2021
Knaur Taschenbuch

Ein Imprint der Verlagsgruppe
Droemer Knaur GmbH & Co. KG, München

Redaktion: Silvana Dorothea Schmidt
Covergestaltung: ZERO Werbeagentur, München
Coverabbildung: Collage unter Verwendung
von Motiven von Shutterstock.com
Abbildungen im Innenteil von Shutterstock.com: Emojis von Cosmic_Design
und Chaim Devine; Glitzerstruktur von surachet khamsuk
Satz: Sandra Hacke
Druck und Bindung: CPI books GmbH, Leck
ISBN 978-3-426-52745-0

2 4 5 3 1

Für all die wundervollen Menschen,
die meine grauen Tage mit Farbe füllen.

PLAYLIST ZUM ROMAN

~ *Tennessee Line* – Daughtry
~ *You Let Me Walk Alone* – Michael Schulte
~ *Rollercoaster* – Bleachers
~ *Animal* – Neon Trees
~ *Come Home* – The Peoples Thieves
~ *Make Believe* – The Faim
~ *Missing Home* – flora cash
~ *Say I Am* – Gavin DeGraw
~ *Let's Go To The Mall* – Robin Sparkles
~ *Perfectly Wrong* – Shawn Mendes
~ *WILD* – Troye Sivan
~ *Poetry* – Wrabel
~ *See You When I See You* – Handsome Ghost
~ *You're Still The One* – The Maine

Die komplette Playlist findet ihr auf Spotify unter:
Maybe Not Tonight Official Book Playlist

LUKE

Ein letztes Mal Alltag

Hmpf, hmpf. Ich sitze auf den klebrigen Küchenfliesen, während Bounty neben mir ihr Futter inhaliert, als hätten wir sie eine Woche lang hungern lassen.

»Schling doch nicht so.«

Natürlich reagiert sie nicht. Zermalmt nur stetig weiter den nassen Hühnchen-Lachs-Mix. Ich seufze und wende mich wieder dem Ofen zu. Der Timer zeigt noch sieben Minuten an. Langsam beginnt der Käse zu schmelzen. Erst glänzt er nur leicht, dann wird er weich, fließt über den knusprigen Rand und bedeckt Stück für Stück die Tomatensauce. Mein Magen rumort.

»Komm schon!«, knurre ich den Ofen an. Bounty neben mir leckt sich die Pfoten und mustert mich.

»Was ist? Du sitzt auch immer stundenlang vor der Waschmaschine.«

Bounty maunzt und streift mit aufgestelltem Schwanz an mir vorbei. Es sieht fast so aus, als lache sie über mich.

»Wieso sprichst du mit der Katze?«

Ich zucke zusammen. Paul lehnt im Türrahmen und grinst mich an.

»Weil sie die Einzige in dieser Familie ist, die mich versteht«, antworte ich theatralisch, und Paul lacht.

»Jaa genau. *Sie* wird dich sicher nicht vermissen.«

»Ach ja? Dabei bin ich doch ihr treuer Dosenöffner.«

Paul setzt sich neben mich auf den Boden. Obwohl er seit seinem Geburtstag im Frühling ein ganzes Stück gewachsen ist, reicht er mir nur knapp bis zur Schulter.

»Was machst du da eigentlich?« Pauls Blick ruht nun ebenfalls auf dem Ofen. Seine Haare könnten mal wieder einen neuen Schnitt vertragen, sie fallen ihm ständig in die Augen. Aber ich habe vergessen, einen Friseurtermin auszumachen, und er traut sich immer noch nicht, selbst dort anzurufen.

»Ich warte, dass dieses Prachtexemplar endlich fertig wird.«

»Du bist komisch. Ich deck schon mal den Tisch.« Paul steht auf und wischt sich den Staub von der Hose. Gestern habe ich Sascha gebeten, wenigstens im Erdgeschoss zu saugen. So viel dazu.

Endlich piept der Timer, und ich stehe auf, um die Pizza aus dem Ofen zu holen.

Hinter mir höre ich Geschirr klirren, als Paul Teller und Gläser aufeinanderstapelt.

»Paul, nein. Trag sie einzeln, okay?«

»So geht's aber schneller.«

»Nein, so geht nur wieder ein Glas kaputt. Das wäre dann das vierte diesen Monat.«

Paul schmollt, stellt dann aber doch die Gläser zurück und trägt nur die Teller zum runden Esstisch.

Ich schneide die Pizza auf dem Blech in sechzehn kleine Stücke. Das sind vier für jeden von uns. Dann laufe ich in den Flur und blicke nach oben in den ersten Stock.

Früher kam mir die geschwungene Holztreppe so edel vor, mit ihrer glänzenden Holzmaserung. Mittlerweile ist der Handlauf an einigen Stellen angelaufen, und man sieht den Stufen deutlich an, wie viele Füße schon darübergelaufen sind. Das Holz ist mit der Zeit spröde und dunkel geworden. Wie fast alles in diesem Haus hat es seine besten Zeiten längst hinter sich. Trotzdem mag ich die Treppe. Ich weiß genau, welche Stufe knarzt, finde den Handlauf auch mitten in der Nacht, wenn ich mal wieder betrunken in mein Zimmer schleichen muss, und wenn man sich die Stufen von unten einmal genauer ansieht, kann man die kleinen Buntstiftstriche erkennen, die Lou, Paul, Sascha und auch ich dort mit den Jahren hinterlassen haben. Ich fühlte mich cool, als ich damals meinen Namen auf das Holz kritzelte. Ma schimpfte danach zwar mit uns, ließ die Namen aber stehen. Heute sind sie ebenfalls verblasst, doch wenn man darüberstreicht, kann man noch spüren, an welchen Stellen der Stift in die Maserung eingedrungen ist.

»Kommt essen!«, rufe ich nach oben, um durch Saschas Kopfhörer und Lous Zimmertür zu dringen. Keine Reaktion.

»Es gibt Pizza!«, schreie ich noch lauter.

Knall. Eine Zimmertür wird lautstark geöffnet. Lou rennt aus ihrem Zimmer, flitzt mit ihren kleinen Rutschsocken über die Treppe und sitzt schneller am Tisch, als ich blinzeln kann. Sascha kommt nun ebenfalls die Treppe runtergeschlurft und hat sogar die Kopfhörer abgenommen. Seine braunen Haare stehen nun in alle Richtungen ab, fast wie bei einem Igel. Bis auf Lou haben wir alle Mas braunes Haar geerbt, das sich nicht bändigen lässt, egal, wie viel Gel wir reinklatschen. Nur Lous Haare leuchten rot, wenn die Sonne darauf fällt. Ein Stück von Papa, das sie mit sich trägt.

Als ich in die Küche komme, sitzen bereits alle auf ihren Plätzen und schaufeln sich Pizza in die Münder. Ich habe es aufgegeben, ihnen Manieren beizubringen.

»Lasst mir auch was übrig, okay?«

Lou kichert und nimmt sich schnell noch ein Stück.

Da nicht mehr genug saubere Teller vorhanden sind, hole ich mir eine Serviette aus dem Schrank und drapiere mein Stück auf dem hässlichen Weihnachtsmotiv. Dabei haben wir August. Aber alles ist besser als die Penis-Servietten, die meine beste Freundin Charlie mir letztes Jahr zum Geburtstag geschenkt hat.

»Guten Appetit«, rufe ich feierlich in die Runde, bevor ich mich ebenfalls über die Pizza hermache. Meinen eigenen Hefeteig habe ich über die Jahre hinweg perfektioniert.

»Schmeckt geil!«, lobt Paul mich und reckt einen Daumen in die Höhe. Seit er in die Mittelstufe geht, ist alles »geil« oder »nice« oder, wenn er etwas gar nicht leiden kann, »wack«. Ich bin nur fünf Jahre älter als er und fühle mich trotzdem so, als würde er eine vollkommen andere Sprache sprechen. Ich bete, dass es bei Lou noch lange dauert, bis sie in die Pubertät kommt.

Sascha neben mir öffnet sich einen Energydrink, nimmt einen großen Schluck und rülpst laut.

»Ihhh«, kreischt Lou.

»Echt jetzt, Sascha?« Ich sehe ihn vorwurfsvoll an, doch Sascha stopft sich nur den letzten Rest Teig in den Mund und steht auf. »Sorry, muss weiterzocken.« Und er verschwindet aus der Küche.

Paul sieht ihm nach. Etwas Seltsames liegt in seinem Blick.

»Wieso kann *er* nicht gehen?«

»Paul!«

»Ich mein ja nur. Er macht uns bestimmt keine Pizza …«, murmelt er und schiebt ein einsames Maiskorn auf dem Teller hin und her.

»Er zwingt dich aber auch nicht, den Tisch abzuräumen.«

Pauls Gesicht hellt sich auf.

»Deswegen freu dich, dass du diese tolle Aufgabe heute noch einmal erledigen darfst!«

Das Grinsen verschwindet innerhalb einer Nanosekunde.

»Sadist.«

»Wie bitte?«

»Ich mach's gleich …«

Während ich versuche, Lous Hände von Tomatensauce zu befreien, erzählt sie mir von ihrer neuen Klassenlehrerin. Sie kam vor ein paar Wochen in die zweite und ist jetzt schon hin und weg. Keine Ahnung wieso, aber sie liebt ihre Klassenlehrerin sehr. Vielleicht ist sie deshalb mit so wenigen Gleichaltrigen befreundet.

»Hast du die Hausaufgaben fertig, Mücke?«

»Fast. Das eine Blatt ist zu schwer …«

»Ich seh's mir gleich mal an, okay?«

Sie nickt erfreut und verschwindet wieder nach oben. Die Hände immer noch mit Resten der Tomatensauce bekleckert.

Ich wische den Tisch sauber, spüle das Blech und sauge dann doch noch den Boden. So kann ich die Küche einfach nicht hinterlassen.

Als ich endlich nach oben zu Lou ins Zimmer komme, sitzt sie vor ihrem Playmobil-Bauernhof und schreit laut auf das Schleich-Pferd ein. Ihre Wangen sind schon ganz gerötet, und einzelne Strähnen haben sich aus ihrem Zopf gelöst.

»Lou, alles okay?«, frage ich vorsichtig und setze mich neben sie.

»Nein, Betty kriegt ihr erstes Fohlen, aber es will einfach nicht raus«, flüstert sie mir leise zu. Dann dreht sie sich wieder zu Schleich-Pferd Betty und schreit: »Pressen, jaa pressen!!!«

»Okay, Mücke, du schaust definitiv zu viele YouTube-Videos.«

Zwei Stunden später schließe ich endlich meine Zimmertür hinter mir. Nachdem ich Lou bei den Hausaufgaben geholfen habe, hat sie darauf bestanden, Bettys Fohlen ins Bett zu bringen. Das dauerte erstaunlich lange, weil es immer wieder aufgewacht ist und nach seiner Mama geschrien hat, doch als das Kleine endlich schlief, konnte ich Lou dazu überreden, sich die Zähne zu putzen und ebenfalls schlafen zu gehen. Ich war schon fast draußen, da drehte sie sich noch einmal zu mir. »Ich glaub, ich nenn das Fohlen Luke. Dann bist du immer bei mir.«

Ich habe schnell die Tür geschlossen, damit sie mich nicht weinen sieht.

Jetzt ist es ruhig im Haus, und ich habe das Gefühl, einen riesigen Fehler zu begehen. Ich kann hier nicht weg. Ich kann sie nicht allein lassen. Wenn ich nur daran denke, bildet sich ein Kloß in meinem Hals. Wie kam ich jemals darauf, dass das gut gehen würde?

Gleichzeitig freue ich mich schon seit Monaten auf diese Chance. Ach fuck.

Ich trete gegen den offenen Koffer, der vor meinem Bett steht, und prelle mir den kleinen Zeh. Lautlos fluchend hüpfe ich durchs Zimmer.

Als der Schmerz immer dumpfer wird, fällt mein Blick auf den Bücherstapel neben meinem Bett. Ein Reiseführer liegt ganz obenauf. *Kanada – erleben Sie Ihren Traum* steht dort. Kitschiger ging es auch nicht. Aber Charlie hat ihn mir geschenkt, also muss ich ihn wohl oder übel mitnehmen.

Ich dusche, ziehe mich um und lege mich schon um kurz nach zehn ins Bett. Sonst bin ich immer bis Mitternacht auf, aber vielleicht hilft es ja, vor dem Flug morgen etwas Schlaf zu tanken. Ich schließe die Augen und lasse mich langsam tiefer in die Matratze sinken.

Eine Minute später bin ich wieder hellwach. Ich höre, wie sich der Schlüssel im Haustürschloss dreht. Sie ist zu Hause. In Gedanken folge ich ihren Schritten. Sie hängt die Jacke, die immer nach einer Mischung aus ranzigem Fett und Desinfektionsmittel riecht, über einen Küchenstuhl, lässt den Schlüssel in die kleine Schale fallen, die wir extra dafür auf den Tisch gestellt haben, weil sie ihn sonst immer verliert. Dann zieht sie die Schuhe aus, läuft zurück zur Tür und stellt sie neben unsere. Als Nächstes gießt sie sich ein großes Glas Wasser ein, schaut im Kühlschrank nach Essensresten, findet die zwei Stücke Pizza, die Lou übrig gelassen hat, und setzt sich damit auf die Couch. Dort schaltet sie dann entweder eine Trash-TV-Sendung an oder schaut weiter ihre Netflix-Serie.

Irgendwann tauscht sie Wasser gegen Wein, und in einer Stunde wird sie eindösen, mitten in der Nacht auf der Couch erwachen und nach oben ins Bett kriechen.

Ob sie heute stattdessen bei mir vorbeischaut? Weil ich morgen früh nicht mehr da sein werde? Tatsächlich höre ich Schritte auf der Treppe. Sie kommt wirklich. Ich setze mich auf und streiche mir die Haare glatt.

Doch statt nach rechts, biegt sie nach links ab und verschwindet im Bad. Der Wasserhahn wird aufgedreht, und ich rolle mich wieder zur Wand. Fahre mit den Fingern über die ausgegraute Raufasertapete. Die Badezimmertür wird geöffnet. Schritte auf der Treppe. Sie kommt nicht zu mir. Und ich weiß, wieso. Sie hasst Abschiede genauso sehr wie ich.

Im Halbdunkel sehe ich mich im Raum um und versuche, mir jedes kleinste Detail einzuprägen. Seit zwölf Jahren lebe ich schon in diesem Zimmer. Die Tapete habe ich damals noch mit Papa gestrichen. Eine Wand dunkelblau, weil ich den Sternenhimmel ganz nah bei mir haben wollte. Die anderen weiß. Damit die Sonne auch schön reflektiert wird. Papa hat immer auf das Licht geachtet. Er war Malermeister, Hobbyschreiner und generell ein begabter Handwerker. Bei unserem Hausbau haben er und seine Kumpel so gut wie alles selbst gemacht. Das große Fenster in meinem Zimmer zeigt nach Osten.

»Damit die Sonne dich jeden Morgen wecken kann und du nie zu spät zur Schule kommst.« Sein Lachen klingt hohl und meilenweit entfernt in meinem Kopf, doch die Farbe, die ständig an seinen Händen klebte, rieche ich auch heute noch.

Jetzt ist der Rollladen fast ganz nach unten gefahren. Morgen wird mich keine Sonne wecken, nur der Handywecker.

Das Bett knarzt, als ich nach der Wasserflasche neben meinem Bett greife. Mein Handy blinkt, also nehme ich es erneut in die Hand, trinke einen Schluck und tippe mit der freien Hand auf die neue Nachricht. Sie ist von Charlie:

Es ist so scheiße, dass wir morgen nicht mit zum Terminal können 😢. Aber ich hoffe, die kleine Abschiedsparty gestern hat dir gefallen ❤.

Ich denke an den riesigen Eisbecher, den sie mir in unserem Lieblingscafé spendiert haben, und an die vielen kleinen Geschenke, die sie mir überreicht haben. Den Umschlag mit den Fotos dürfe ich erst in Kanada öffnen, hat Charlie mich angewiesen.

Ist vielleicht besser so, sonst würde das in einer reinen Heulorgie enden 😀.

Noch während ich die Antwort tippe, spüre ich einen Kloß im Hals. Ich lasse nicht nur meine Familie zurück, sondern auch meine beste Freundin. Ich weiß nicht, wie ich das überstehen soll.
Charlie und ich kennen uns seit der siebten Klasse. Und seitdem haben wir kaum einen Tag getrennt voneinander verbracht. Gut, in der Schule saßen wir sowieso meistens nebeneinander, doch auch jetzt, nach dem Abi, treffen wir uns regelmäßig. Und das, obwohl sie und Viky immer noch in dieser nervigen Verliebtheitsphase sind. Auch wenn ich es Charlie von Herzen gönne, ich werde sie so sehr vermissen. Dabei war sie es, die mich schlussendlich zu diesem Abenteuer überredet hat. Sie hat angeboten, vorbeizuschauen und zu helfen, wenn sie kann. Wären sie und meine Großeltern nicht, die ebenfalls angeboten haben, nachmittags zu kochen und Lou bei den Hausaufgaben zu helfen, könnte ich morgen niemals in diesen Flieger steigen.

Eine Stunde lang rolle ich mich im Bett hin und her, dann gebe ich es auf, knipse das Nachtlicht an und schreibe Charlie:

Oh, wieso finde ich keine Ruh?? Wälze mich nur immerzu.

Okay, wenn du reimst, ist es besonders schlimm! Hör was von Daughtry! 😊. Das wird schon ❤️.

Ich muss grinsen. Wieder einmal weiß Charlie, wie man mich aufheitern kann. Meine großen Kopfhörer liegen direkt neben mir auf dem Nachttisch, damit ich sie morgen auch ja nicht vergesse. Ich ziehe sie mir über den Kopf, lasse mich zurück ins Kissen fallen und drücke auf das erste Lied in meiner Kanada-Playlist. *Tennessee Line* von Daughtry. Der Leadsänger singt davon, seinem Herzen ins Unbekannte zu folgen. Die Heimat zu verlassen. Sich einfach treiben zu lassen.

Ich schließe die Augen und versuche, mir meine Gastfamilie vorzustellen. Gastfamilie, das klingt komisch. Immerhin bin ich mit ihnen verwandt. Nur kann ich mich kaum noch an sie erinnern. John ist der Bruder meines Vaters. Das letzte Mal habe ich ihn und seine Frau Meredith vor acht Jahren bei Papas Beerdigung gesehen. Vor ein paar Wochen habe ich zwar mit Meredith und Ava, meiner Cousine, geskypt, aber John und mein Cousin Alex waren außer Haus. Meredith wirkte auf mich sehr warmherzig, und Ava plapperte ununterbrochen darüber, wie sehr sie sich auf den Deutschunterricht freue.

Was John und Alex angeht, so waren sie nur dunkle Schemen in meinen Erinnerungen, bis Meredith mir ein Familienfoto geschickt hat, das alle vier zusammen zeigt.

Erneut entsperre ich mein Handy und klicke auf das Bild. Es öffnet sich und zeigt mir eine, zumindest teilweise, in die Kamera grinsende Familie. Mein Onkel John sieht so aus, als wäre er zu diesem Foto gezwungen worden, während Alex einen übergroßen Hoodie trägt und die Kapuze tief ins Gesicht gezogen hat. Ich erkenne nicht viel von ihm, lediglich ein paar rötliche Locken, die unter der Kapuze hervorlugen. Er ist zwei Köpfe kleiner als sein Vater und wirkt recht schmächtig. Während John und Alex offensichtlich zu diesem Foto gezwungen wurden, haben Meredith und Ava ihr Kameralächeln perfektioniert. Ava, die auf dem Schoß ihrer Mutter sitzt, strahlt direkt in die Kamera und wirft ihre zwei geflochtenen Zöpfe durch die Luft. Meredith hat mahagonirote Locken, Lachfältchen und trägt einen dunkelgrünen Pullover, auf den das typische Kanada-Symbol gedruckt ist: ein weißes Zuckerahornblatt. Aber wenn ich ehrlich bin, interessieren mich die drei nicht wirklich.

Es ist John, den ich mir in den letzten Wochen immer wieder ganz genau angesehen habe. Mein Vater starb, als ich elf Jahre alt war. Ich erinnere mich noch an ihn, aber ohne die vielen Fotos, die Ma ständig von uns gemacht hat, hätte ich vermutlich irgendwann vergessen, wie er aussah.

Mein Onkel John ist groß, hat grau meliertes Haar, das ihm in leichten Wellen über die Ohren fällt, und trägt ein braunes Hemd. Sein Blick wirkt nicht streng, sondern ruhig und zurückhaltend. Ich weiß, dass mein Vater der Jüngere von beiden war. Sein Haar war genauso widerspenstig wie meins, und seine blauen Augen konnten einen so durchdringend mustern, dass man nicht anders konnte, als ihm die Wahrheit zu sagen. Johns Augenfarbe kann ich nicht erkennen, aber wenn ich ihn mit den Fotos meines Vaters vergleiche, sieht er ihm verblüffend ähnlich. Er ist quasi die reifere, besonnenere Variante. Er ist bestimmt nicht der Typ, der spontan beschließt, mit seinen Kumpels auf ein Rockfestival zu fahren. Er sieht nicht so aus, als wüsste er, wie man ein Motorrad fährt. Das ist vermutlich der Grund, wieso John noch lebt und mein Vater nicht.

Bitterkeit steigt in mir auf, und ich muss mehrmals schlucken, um den Geschmack aus meinem Mund zu vertreiben. Ich nehme zwei große Schlucke Wasser und lege das Handy zurück auf den Nachttisch. Ich sollte jetzt endlich schlafen. Aber ich kann nicht.

Meine Verwandten werden mich in zwanzig Stunden am Flughafen abholen. Wie verhalte ich mich dann? Wird es komisch sein oder ganz ungezwungen? Ich habe keine Ahnung.

Ma hat mir erzählt, dass Alex dieses Jahr in die Highschool kommt. Innerlich bin ich zusammengezuckt. Papa hat nie mitbekommen, wie ich aufs Gymnasium gekommen bin. Dabei hatte er mir immer versprochen, mich am ersten Tag auf seinem Motorrad zur Schule zu fahren.

Meinen ersten Schultag habe ich nicht miterlebt. Statt mit den anderen Kindern der Begrüßungsrede der Direktorin zu lauschen, stand ich mit meinen schwarzen Schuhen im durchweichten Gras und starrte auf den Sarg, der in die Erde hinabgelassen wurde.

In den Tagen nach Papas Tod fühlte ich mich leer. Meine Welt war auseinandergebrochen. Da war nichts Helles mehr, nur noch Dunkelheit und Stille.

Ich versuchte zu funktionieren. Essen, schlafen, Hausarbeiten erledigen. Doch es ging nicht. Der Schmerz war zu mächtig. Es fühlte sich an, als lägen ganze Felsblöcke auf meiner Brust. Ich bekam schlecht Luft, blendete die Stimmen meiner besorgten Verwandten aus und zog mich in mich selbst zurück. Sieben Tage lang existierte ich nicht mehr. Dann brach Ma in der Küche zusammen, und ich musste irgendwie zurückkommen. Irgendwie versuchen, unsere Familie zu retten.

Ma blieb fast eine Woche im Krankenhaus. Ich besuchte sie fast jeden Tag nach der Schule, doch sie starrte immer nur aus dem Fenster. Ohne die Hilfe von Oma und Opa hätten wir in diesen Tagen nicht einmal ein warmes Abendessen bekommen.

Ich weiß nicht, wie wir weitermachten. Vermutlich so wie all die anderen Menschen, die einen so großen Verlust erlitten haben. Irgendwie. Schritt für Schritt.

Jetzt reiß dich mal zusammen, Luke, ermahne ich mich selbst. Hör auf, dich selbst so runterzuziehen. Morgen Nachmittag bist du in Kanada, du wirst dort studieren und deinen Cousin und deine Cousine treffen. Du wirst auf Partys gehen und Spaß haben, und darauf solltest du dich verdammt noch mal freuen! Ja, ist ja schon gut.

Als die letzten Töne des Liedes erklingen, lächle ich vorsichtig. Ich ziehe mir die Kopfhörer von den Ohren und lege sie neben mich auf den Nachttisch. Dann drehe ich mich zur Wand und schließe die Augen.

Schlaf ein, Luke. Schlaf ein.

Durch das geöffnete Fenster dringt die abgekühlte Sommerluft und kitzelt meine Wangen. Morgen früh werde ich nach Kanada fliegen. Ich kontrolliere meine Atmung. Sinke tiefer in die Matratze, doch der Schlaf kommt auch jetzt nicht.

Es passiert wirklich, ich werde nach Vancouver fliegen. Angst und Vorfreude rasen prickelnd durch meinen Körper.

Dieses Gefühl hält mich die ganze Nacht über wach.

LUKE

Abschied

Und du meldest dich, sobald du gut angekommen bist?« Ma steht vor mir im Hausflur, in der einen Hand meinen Seesack, an die andere klammert sich Lou. Ich blicke nach unten auf meine zerschlissenen Sneaker und die weißen Beine, die viel zu wenig Sonnenlicht abbekommen haben. Ich frage mich, ob es eine gute Idee war, die kurze Hose anzuziehen. Im Flugzeug werde ich sicher frieren.

»Ja, mach ich«, meine Stimme klingt seltsam brüchig, und ich räuspere mich. »Ich melde mich, sobald ich in Vancouver gelandet bin. Mach dir keine Sorgen.«

»Spar dir das. Seiner Mutter zu sagen, sie solle sich keine Sorgen machen, funktioniert nicht.«

Ich lächle leicht, und sie lächelt zurück.

»Du schickst doch diese geile Schokolade, die es nur in Amerika gibt, oder?«, Paul sieht mich flehentlich an.

»Natürlich. Wenn du auch kanadische Schokolade akzeptierst.«

Paul zuckt mit den Schultern. »Solang sie gut schmeckt.«

»Ich versteh immer noch nicht, wieso er geht«, Lou sieht zwischen Ma und mir hin und her.

»Dein Bruder hat sein Abitur und möchte endlich einmal etwas von der weiten Welt sehen.«

»Aber wieso nimmt er uns nicht mit?« Sie macht sich los und läuft zu mir. »Wieso kann ich nicht mitkommen?« Sie beißt sich weinerlich auf die Lippe, und ich schlucke. Dann knie ich mich auf den Boden, um auf Augenhöhe mit ihr sprechen zu können.

»Weil du dich um das kleine Fohlen kümmern musst, verstehst du? Ohne dich hätte es sicher schreckliche Angst alleine in deinem Zimmer.«

Ich sehe ihr fest in die Augen. Sie schaut zurück zu Ma, dann wandert ihr Blick zu Paul, der ihr die Zunge rausstreckt, und schließlich zu Sascha, der im Türrahmen lehnt und auf seinem Handy herumtippt. Mit ihm habe ich schon geredet. Jetzt, wenn ich weg bin, muss er sich um sie kümmern. Er wird sechzehn, kann also arbeiten und ein bisschen nebenher verdienen. Ma hat mir verboten, weiterhin Geld zu schicken. Sie meint, ich soll das, was ich in Kanada verdiene, für mich ausgeben. Aber ich weiß schon jetzt, dass ich mich nicht daran halten werde. Und ich denke, sie weiß das auch.

»Los, ab mit euch jetzt, ihr müsst zur Schule.« Ich blicke zu Paul, der Lous Ranzen schon in der Hand hält. »Euer Bus kommt in zehn Minuten, verpasst ihn nicht wieder, ja?« Paul wirft mir einen unsicheren Blick zu, überwindet sich dann und schlingt seine Arme um mich. Seine Umarmung fühlt sich fester an als sonst. Vielleicht hätte ich auch mit ihm reden sollen. Aber er ist erst dreizehn. Er sollte sich um all das noch keine Sorgen machen müssen. Lou weint mittlerweile und wischt sich immer wieder mit ihrer Stoffjacke übers Gesicht.

»Ich will nicht, dass du gehst«, schnieft sie schließlich, und ich muss mich stark zusammenreißen, nicht auch loszuheulen.

»Ich komme ganz bald wieder, Mücke«, meine ich dann und nehme sie schließlich in den Arm. Dann vollführe ich unser tägliches Ritual. Ich schiebe meine Arme unter die ihren, hebe sie in die Luft und wirble sie einmal um mich herum. Ich sehe, wie sie die Arme ausbreitet und aus dem Schniefen ein erfreutes Quieken wird.

Als ich sie schließlich auf dem Boden absetze, sehe ich den traurigen Blick meiner Mutter. Paul nimmt Lou bei der Hand und verschwindet mit ihr aus der Tür. Sascha knetet unbeholfen die Hände und tritt dann doch zu mir. Er umarmt mich schnell und unsicher, dann zieht er sich wieder zurück.

»Ciao, Mann«, sagt er und winkt, als er schon fast auf der Straße ist.

Als die Tür ins Schloss fällt, legt sich Stille über die Wohnung. Nur das Ticken der Küchenuhr und das leise Poltern der Waschmaschine sind zu hören.

»Sie werden dich alle sehr vermissen …«, bricht Ma schließlich das Schweigen.

»Ich sie auch«, murmle ich und spiele unsicher an meiner Uhr herum.

»Du wirst mir auch fehlen, weißt du?«, ihre Stimme klingt gefasst, aber ich weiß, dass sie sich nur so lange zusammenreißt, wie ich hier vor ihr stehe. Sobald ich gehe, wird sie zusammenbrechen.

»Pass auf sie auf, okay? Sascha soll beim Getränkemarkt jobben, da verdient er ganz gut und kann gleichzeitig seine Muskeln trainieren, ohne ein teures Fitnessstudio zu bezahlen.« Einer ihrer Mundwinkel hebt sich leicht. »Paul kann gut auf Lou aufpassen, aber nicht die ganze Zeit. Du musst auch für sie da sein, verstehst du?«

»Ich weiß.«

»Du kannst nicht nach Hause kommen und müde ins Bett fallen. Sie braucht dich.«

»Schatz, ich weiß. Ich habe mit Michael gesprochen, er hat meine Stunden schon gekürzt. Ab nächster Woche arbeite ich nur noch halbtags.« Das hat sie mir schon vor einem Monat erzählt. Ich hoffe wirklich, ihr Chef hält sich an die Vereinbarung. Sollte er das nicht, will Opa einspringen und den Lousitter spielen. Ich habe alles genau mit ihm besprochen. Wüsste ich nicht, dass er innerhalb von fünf Minuten zur Stelle ist, würde ich nicht gehen. Das könnte ich einfach nicht.

»Du schreibst mir?«

»So oft ich kann.«

Und dann tritt sie vor und schließt mich in ihre Arme. Ich atme ihr Shampoo ein und erlaube mir, mich drei Sekunden fallen zu lassen. Ich will diese Reise. Ich wollte noch nie etwas so sehr. Doch ich lasse meine Familie zurück. Meine Geschwister, für die ich die letzten acht Jahre verantwortlich war. Ich lasse meine Mutter zurück, die schon zu oft überfordert zusammengebrochen ist. Die Schuldgefühle sorgen dafür, dass ich kaum atmen kann.

Aber wenn ich jetzt nicht gehe, werde ich das ewig bereuen. Ich bin bereits am Campus eingeschrieben, habe alle Studienkosten und den Hinflug bezahlt. Und mein Onkel und seine Frau verlassen sich auf mich. Immerhin möchten sie, dass jemand ihrer Tochter Deutsch beibringt. Wenn ich nicht gehe, werden sie nach einem richtigen Au-pair suchen. Dann brauchen sie mich nicht mehr.

Ma lässt mich los, schiebt mich dann eine Armlänge von sich fort und betrachtet mich. »Du hast so viel von ihm, weißt du?«

Ich scharre mit den Füßen auf dem Boden und wende den Blick ab. Weiß nicht, was ich darauf erwidern soll. Wortlos reicht sie mir meinen Seesack. Ich schultere ihn, nehme den Koffer in die andere Hand und öffne die Tür.

»Bis bald, Ma.«

Ich sehe sie wieder an. Ihre Augen wirken jetzt wie kleine, graue Seen. Ich weiß, dass sie mich zum Flughafen gebracht hätte, aber ihre Schicht beginnt gleich. Ich will nicht, dass sie wegen mir zu spät kommt. »Er wäre stolz auf dich, wenn er dich so sehen könnte. Er hat sich immer gewünscht, dass du seine Heimat kennenlernst.«

Was soll man darauf erwidern? Ich sehe sie nur an, hebe dann die Hand zum Abschied und trete hinaus.

Als sich die Holztür hinter mir schließt, atme ich langsam aus und richte meinen Blick auf die Straße vor mir. Es riecht nach warmem Regen und Abgasen. So frühmorgens ist es hier in der kleinen Seitenstraße noch ruhig. Herr Breuer von nebenan gießt die Tomatenpflanzen in seinem kleinen Vorgarten, und Frau Shiraz lässt sich von ihrem Hund förmlich aus der Tür ziehen. Ich muss lachen, als ich sehe, wie sehr Lotta sich auf die Gassirunde freut.

Ich sehe die Straße hinab, versuche, mir das Bild einzuprägen, das ich einen Großteil meines Lebens täglich gesehen habe, wenn ich aus der Tür getreten bin. Ein Haus reiht sich an das nächste. Die Vorgärten sind klein und teilweise verwildert. Früher haben wir mit den Nachbarskindern auf der Straße mit Kreide gemalt und sind mit unseren Rollern über den rissigen Asphalt gebrettert. Heute sind die meisten weggezogen, zum Studieren in die Stadt oder in ein schöneres Viertel.

Ich schüttle den Kopf, um die Traurigkeit zu vertreiben, die sich in mir auszubreiten droht, und sehe dann auf meine Uhr.

Der Bus zum Flughafen geht in vier Minuten, ich muss mich beeilen. Also schiebe ich den Koffer über den nassen Asphalt und zwinge mich, nicht noch einmal zurückzublicken.

LUKE

Vancouver

Fünfzehn Stunden später rollt das Flugzeug auf die kanadische Landebahn. Meine Beine fühlen sich taub an, und ich habe das dringende Bedürfnis, meine Zähne zu putzen und am besten direkt unter eine kalte Dusche zu springen.

Ich fühle mich heiß und kribblig, will endlich raus aus diesem Flugzeug. Gleichzeitig würde ich am liebsten sitzen bleiben und direkt wieder zurück nach Hause fliegen. Ich weiß nicht, ob es die Aufregung ist oder doch eher Angst, aber etwas schlägt mir schwer auf den Magen, und ich trinke schnell noch einen großen Schluck Wasser, während sich die restlichen Reisenden neben mir bereits erheben und nach ihrem Gepäck greifen.

Kurze Zeit später trete ich aus der Flugzeugtür. Ich freue mich, der abgestandenen Luft in der Kabine zu entkommen – das erste Mal kanadische Luft. Sie ist angenehm warm. Wow, ich bin tatsächlich hier.

Als der Passagier hinter mir unsanft seinen Koffer gegen meine Beine schlägt, beeile ich mich, die Metalltreppe nach unten zu laufen.

Ich hole meinen Koffer vom Gepäckband und führe eine kurze Katzenwäsche auf der Flughafentoilette durch. Schließlich will ich meiner Gastfamilie nicht als stinkender Iltis gegenübertreten.

Die Rollen des Koffers schlingern über den polierten Boden, während ich versuche, mich zu orientieren. Wieso gibt es hier nur so viele Schilder? Und wieso ist es überall so hell? Ich blinzle nach oben zu der Anzeigetafel, kann jedoch bei all dem Geblinke kaum etwas erkennen.

Also gehe ich meiner bewährten Strategie nach: einfach den anderen Reisenden folgen.

Nach weiteren fünf Minuten und einer Passkontrolle gelange ich endlich in die Empfangshalle. Dort, zwischen vielen anderen Menschen, stehen Meredith, John und Ava und halten ein Schild mit meinem Namen in die Höhe. Sie haben *Lukas* darauf geschrieben. Dahinter ist eine krakelige Deutschlandflagge gemalt. Bestimmt von Ava. Alle drei strahlen mir entgegen. Langsam laufe ich auf sie zu und versuche dabei, nicht über meinen Koffer zu stolpern. So frühmorgens sind meine Koordinationsfähigkeiten noch nicht die besten. Wobei, halt. Wir haben nicht Morgen, es ist gleich zwei Uhr mittags! Herzlich willkommen, Jetlag.

Als ich schließlich vor ihnen stehe, versuche ich, mir meine Müdigkeit nicht anmerken zu lassen, und überlege fieberhaft, wie ich sie begrüßen kann. »Hey«, sage ich schließlich und bin mir unsicher, wen ich dabei ansehen soll.

»Hallo, Lukas, es ist so schön, dich endlich wiederzusehen und nicht nur Whatsapp-Bilder von deiner Mutter geschickt zu bekommen!« Meredith tritt an meinem Koffer vorbei und zieht mich in eine enge Umarmung. In Gedanken übersetze ich noch, was sie gerade zu mir gesagt hat. Mein Englisch ist gut, immerhin hat mein Vater dafür gesorgt, dass wir zweisprachig aufwachsen, aber ich bin zu aufgeregt, um klar denken zu können. Vermutlich verhasple ich mich, sobald ich den ersten richtigen Satz spreche.

Ich fühle mich unwohl in Merediths Armen, weil ich trotz Katzenwäsche sicher nicht nach Rosen dufte und dringend meine Haare waschen sollte.

Kaum hat Meredith mich losgelassen, springt Ava auf mich zu wie ein kleiner, quirliger Flummi.

Sie reicht mir nur bis zum Ellbogen und streckt mir die Hand entgegen. »Hallo, Cousin. Coole Socken.« Sie zeigt auf mein blau-weiß geringeltes Paar. Ich hebe eine Augenbraue und versuche, mir meine Verwirrung nicht zu deutlich anmerken zu lassen.

»Ava liebt Socken. Sie hat wahrscheinlich mehr als der Rest der Familie zusammen«, meldet sich schließlich John zu Wort. Seine Stimme ist ruhig und warm, und ich zucke zusammen, als er mich an der Schulter berührt. »Schön, dich hier bei uns zu haben.« Er sieht mich durchdringend an. Ich weiß, was er gerade denkt. Denn ich denke dasselbe: Er sieht Papa noch viel ähnlicher, als ich dachte.

Doch schlimmer ist seine Stimme. Ich habe meinen Vater seit acht Jahren nicht mehr sprechen gehört, und doch weiß ich, dass er fast genauso klang. Ich erschaudere.

Johns Augen finden meine. Braun, nicht blau. Gut, wenigstens *ein* wesentlicher Unterschied. Mir fällt auf, dass ich immer noch nichts gesagt habe, deswegen räuspere ich mich schnell: »Hallo, Onkel John, schön dich wiederzusehen.«

»O nein, Lukas. Du musst nicht so förmlich sein. Wir sind doch Familie.« Meredith tritt zu uns und hakt sich bei ihrem Mann unter. »Alex lässt sich übrigens entschuldigen. Er ist … krank.«

»Oh, das ist …«

»Seine typische Teenagerkrankheit. Er steht am Wochenende nicht vor zwei auf. Ich habe ihm gesagt, dass er für dich eine Ausnahme machen soll, aber du weißt sicher noch, wie störrisch du in diesem Alter warst.« Ich muss grinsen. O ja, das weiß ich.

»Also dann, wollen wir?« Meredith zieht John schon mit sich. Erleichtert, dass diese erste Begegnung so gut verlaufen ist, greife ich nach meinem Koffer und folge Meredith, John und Ava, die bereits den Ausgang ansteuern. Wir treten durch die Tür, und sonnige Wärme umfängt mich.

Hallo, neue Heimat für die nächsten acht Monate.

Im Auto ist es dank Klimaanlage so kalt, dass ich mir am liebsten einen warmen Pulli überziehen würde.

Ich starre ununterbrochen aus dem Fenster und versuche, jedes kleine Detail dieser Stadt aufzunehmen und dabei an etwas Warmes zu denken. Eine Wüste vielleicht. Es ist überwältigend. Ich bin große Gebäude gewöhnt, die gibt es in Frankfurt schließlich auch, aber das ist kein Vergleich zu Vancouver. Auf den Straßen quetschen sich riesige Jeeps und gelbe Taxis aneinander. Es sind nicht die typischen gelben New Yorker Taxis. Diese hier sind rundlicher und höher, irgendwie gemütlicher. Außerdem verpassen sie der grauen Umgebung einen tollen Farbtupfer.

Als wir auf eine Brücke mit meterhohen Metallstreben fahren, wird der Verkehr zäher, und wir kommen nur noch stockend voran.

Meredith holt eine große Bäckereitüte hervor, in der sich Bagel und Croissants befinden. Mein Magen rumort bei diesem Anblick, und sie grinst nur.

»Wir wollten es dir nicht zumuten, direkt nach der Ankunft irgendwo essen zu gehen, aber bevor du uns verhungerst, habe ich lieber mal etwas vorbereitet.«

Sie nimmt sich einen Bagel, bricht ihn in zwei Hälften, reicht John die eine und gibt dann die Tüte nach hinten durch. Der Geruch der frischen Croissants breitet sich im Wagen aus und lässt mir das Wasser im Mund zusammenlaufen. Ich habe keine Ahnung, wann ich das letzte Mal etwas gegessen habe, aber mein Magen schreit förmlich nach Kohlenhydraten.

»Willst du auch was?«, frage ich Ava noch und warte, bis sie sich einen Bagel genommen hat, dann beiße ich in das knusprige Croissant und kann mir ein seliges Stöhnen gerade so verkneifen. Eventuell war ich ein klein wenig ausgehungert.

Kauend schaue ich wieder aus dem Fenster. Das Wasser unter der Brücke blendet mich. Die Sonnenstrahlen lassen es in den unterschiedlichsten Farben glitzern. Langsam nimmt der Verkehr wieder Fahrt auf, und zehn Minuten später fahren wir wieder von der Brücke.

Ich komme gar nicht hinterher, alles zu fotografieren. Die besten Fotos schicke ich direkt Charlie und meiner Ma. Beiden habe ich Nachrichten geschrieben, dass ich gut angekommen bin und mich später melden werde. Charlies Handy ist noch aus, sie schläft natürlich noch. Meine Mutter hingegen hat direkt geantwortet. Wahrscheinlich saß sie die ganze Zeit nervös vor ihrem Handy.

Ava erzählt mir von ihrem besten Freund Tori, mit dem sie vor den Sommerferien in Werken ein eigenes kleines Baumhaus gebaut hat.

»Das ist mein absolutes Lieblingsfach! Der Lehrer ist so toll, und wir dürfen sogar Materialien vom Schulhof benutzen. Tori hat ein verlassenes Vogelnest auf der Wiese gefunden, und das ist jetzt unser Dach. Das musst du dir unbedingt mal anschauen. Wir kriegen sicher eine Eins.«

»Das klingt wirklich toll. So ein Fach hatte ich leider nie in der Schule.«

»Was war denn dein Lieblingsfach?«, fragt Ava direkt hinterher.

»Hmm, das ist schwer. Früher mochte ich Kunst sehr gerne, da durften wir sogar Musik hören.« Ava formt ein lautloses »Ohhh« mit dem Mund. »Aber eigentlich war mein Lieblingsfach Deutsch. Und der Theaterkurs natürlich. Da haben wir jedes Jahr richtig tolle Stücke aufgeführt.«

»Also bist du Schauspieler?«, fragt Ava begeistert, und ich muss grinsen, als ich sehe, wie ihre Wangen leicht rosig werden und sie aufgeregt auf dem Sitz hin und her wippt. Sie erinnert mich an Lou, obwohl sie zwei Jahre älter und um einiges gesprächiger ist.

»Nein, das noch nicht. Aber in der Zehnten war ich die Zweitbesetzung für den Romeo.« Ich erwähne nicht, dass ich sehr viel lieber Julia gespielt hätte, um meinen heißen Mitschüler küssen zu können, der Romeo spielte. Kurz projiziert mein Kopf mir das Bild von Chris auf die Netzhaut, und ich zwinge mich, nicht zu sehr an seine blonden Haare und den Schwung seiner Lippen zu denken. Damit habe ich schon viel zu viele Schulstunden verbracht.

»Also, ich mag lieber Musicals. Ich will unbedingt mal die Eiskönigin spielen. Mama kann mir dann ein Kostüm nähen. Oder Alex, der kann das auch sehr gut, auch wenn er oft böse zu mir ist.« Die letzten Sätze hat sie nur noch geflüstert, und ich muss grinsen. »Das klingt doch nach einem tollen Plan. Vielleicht darf ich ja auch eine Rolle in deinem Stück spielen?« Ava denkt lange darüber nach, bis sie mir schließlich ihren Entschluss mitteilt: »Aber nur eine kleine!«

Nach einiger Zeit werden die Straßen schmaler, die Häuser niedriger und dafür die Vorgärten grüner.

Meredith lehnt sich zu uns nach hinten. »Gleich sind wir da. Ich bin gespannt, was du zu unserem Haus sagst!«

»Ich zeig dir dein Zimmer!« Avas Wangen glühen vor Vorfreude.

John fährt eine Auffahrt hinauf, und ich erkenne links und rechts Grünflächen mit runden Büschen, einen wunderschönen Ahornbaum mit hellroten Blättern und mehrere angelegte Blumenbeete. Man sieht sofort, dass hier ein Gärtner am Werk war.

John hält vor dem Garagentor in der Einfahrt und zieht den Zündschlüssel. Aus dem Autofenster erkenne ich die helle Fassade des Hauses vor mir. Es ist bestimmt doppelt so groß wie unser Haus in Deutschland. Johns Firma für Landschaftsbau scheint gut zu laufen, und auch Merediths Ärztinnengehalt erkennt man in der teuren Außengestaltung und den riesigen Fensterfronten.

Es fühlt sich seltsam an, dass dieses Haus in den nächsten Monaten mein Zuhause sein soll.

»So, da wären wir«, meint John, und ehe ich es wirklich realisieren kann, hat Ava sich abgeschnallt und zieht mich an ihrer Hand aus dem Auto.

LUKE

Ein Zuhause auf Zeit

Ava ist für ihre neun Jahre ziemlich schnell. Sie rast durch die Wohnung wie ein Düsenjet. Weil ich versuche, ihr so gut es geht zu folgen, nehme ich kaum die Zimmer um mich herum wahr. Ich erkenne hellgrau gestrichene Wände, Holzfußboden, einen Kamin mit aufgeschichteten Holzscheiten, hellbeige Sofas und eine riesige Kücheninsel, die sich hinter dem großen Wohnzimmer erstreckt. Die Wohnung sieht aus, als wäre sie aus einem Pinterest-Einrichtungsfeed. Nur wärmer. Und mit mehr Bildern. Keine Fotos, sondern wirklich gemalte Bilder.

Ava berichtet mir stolz, dass Meredith die gemalt hat. »Hierfür hat sie sogar einen Preis gewonnen«, meint sie und deutet auf ein Bild direkt über dem Kamin. Auf weißem Untergrund sehen mir vier Augenpaare entgegen, die untereinander auf die Leinwand gemalt wurden.

Braun, grün-grau, grün und wieder braun. »Das sind meine!«, ruft sie stolz, zeigt auf das unterste Paar und eilt dann direkt weiter.

Doch ich bleibe noch kurz stehen. Meredith hat nicht nur die Augenpaare ihrer Familie perfekt eingefangen, sondern jedem Paar auch einen eigenen Charakter verliehen. Ihre und Avas haben diesen freudigen, spritzigen Glanz. Beide haben hellgraue Sprenkel in der Iris, die zu leuchten scheinen. Johns Augen sind dunkelbraun, doch ein Hauch Orange liegt in dem Rand um die Iris, so als würde ein warmes Kaminfeuer um sie herumzüngeln. Seine Augen sind kleiner und weniger weit geöffnet, doch die Lachfältchen sorgen dafür, dass man direkt mitlächeln muss, wenn man das Bild betrachtet. Alex' Augen hingegen schimmern in einem dunklen, traurigen Grün. Seine Wimpern sind hell, aber lang, und er hat vereinzelte Sommersprossen, die sich um die Augen sammeln, wie kleine Farbspritzer. Unter dem Bild steht einfach nur *Family*, und ich schlucke schwer, als ich mir vorstelle, dass so ein Bild auch bei uns zu Hause hängen könnte. Nur, dass ein Augenpaar davon schon lange nicht mehr sehen kann.

»Wo bleibst du denn, ich muss dir mein Zimmer zeigen!« Ava zieht an meiner Hand, und ich bin dankbar, den Gedanken im Erdgeschoss zurücklassen zu können.

Wir laufen die helle Holztreppe nach oben, und Ava zeigt kurz auf zwei Türen. »Das da ist das Kinderbad, das ist für mich, Alex und dich. Und das da ist Alex' Zimmer, aber geh nicht rein, wenn er da ist. Das hasst er.« Sie verdreht die Augen und zieht mich dann weiter. »Das da ist mein Zimmer!« Sie öffnet schwungvoll die Tür, und ich befinde mich in einem Dschungel. Oder zumindest in einem Gewächshaus. Bis auf eine hellbraune Wand sind alle grün. Die Wand zu meiner Linken ist mit wunderschönen und sehr echt aussehenden Palmen bemalt, die bis kurz unter die Decke reichen. Der Boden ist aus dunklem Holz, doch ich bin fast verwundert, als ich spüre, wie fest er ist. Für einen kurzen Moment hatte ich wirklich mit weicher Erde gerechnet.

Ava ist schon weiter in den Raum hineingelaufen und präsentiert mir nun ihr Hochbett. »Tori, Mum und ich haben das gemacht.« Mit »das« meint sie wohl die vielen grünen Schlingpflanzen, die sich um die Leitersprossen des Hochbettes ranken. Das helle Holz kann man darunter fast gar nicht mehr ausmachen. »Sie sind aber nicht echt. Mama meint, dass so viele Pflanzen mir meinen Sauerstoff wegatmen würden.« Sie geht weiter in den Raum hinein. »Jedenfalls glauben immer alle, dass sie echt sind. Ist das nicht cool? Ich habe meinen eigenen Wald.«

Ich grinse sie an und recke meinen Daumen in die Höhe. »Wirklich beeindruckend.«

»Ah, hier seid ihr.« John steht hinter mir im Türrahmen, meinen Koffer hat er hinter sich hergezogen. »Dachte, den könntest du gebrauchen.«

»Danke.«

»Hast du Lukas schon sein Zimmer gezeigt, Kleines?«

»Ich bin nicht klein! Und ich will ihm erst noch mein Nest zeigen.«

Sie stützt die Hände in die Seiten und reckt den Kopf nach oben. Ich kann nicht umhin, ihre Selbstsicherheit zu bewundern. Auch wenn sie ihrem Vater nur knapp bis zum Bauchnabel reicht.

»Das kannst du auch nachher noch machen. Lukas hat eine lange Reise hinter sich. Er will sich sicher etwas ausruhen.« Dankbar sehe ich John an. Gerade würde ich alles dafür geben, frisch geduscht ins Bett zu fallen und die nächsten vierundzwanzig Stunden zu schlafen. Vermutlich sieht man mir diesen Gedanken an, denn Ava gibt nach.

»Na gut …«, grummelt sie und läuft an uns vorbei.

»Das ist deins. Direkt neben meinem.« Sie deutet auf die letzte Tür im Gang, und prickelnde Vorfreude schießt durch meinen Körper. Gleich werde ich das Zimmer sehen, in dem ich die nächsten acht Monate wohnen werde.

John stellt meinen Koffer neben mir ab und entschuldigt sich dann, dass er eben einen neuen Auftrag in der Arbeit reinbekommen habe und leider schnell noch einmal ins Büro müsse.

»Habt einen schönen Tag ihr beiden. Wir sehen uns beim Abendessen.« Und dann verschwindet er.

Ava schiebt mich zur Tür. »Los, geh schon rein!«

Mein Zimmer ist etwas kleiner als Avas. Der Boden ist genauso hell wie das Holz im Flur, und die Wände sind weiß gestrichen. Nur eine ist hellgrau. Das Bett – mein Bett – ist schön breit und mit einer blauen Bettdecke mit weißen Punkten bezogen. Sie sieht so wunderbar weich aus, dass ich einfach auf sie zugehen muss und darüberstreiche.

»Gefällt's dir?«, fragt Ava aufgeregt. Ich sehe zu ihr und lasse meinen Blick dann weiter durch den Raum streifen. Ein Kleiderschrank mit Spiegeltüren, ein Schreibtisch, der direkt vor dem Fenster steht, und ein kleiner Nachttisch. Es ist nicht so pompös wie der Rest des Hauses. Aber genau das gefällt mir.

»Es ist wundervoll.«

Ava strahlt. »Die Bettwäsche hab ich ausgesucht. Ich dachte, Blau magst du.« Sie sieht mich unsicher an, so als wäre meine nächste Antwort ausschlaggebend dafür, ob ich hierbleibe oder direkt wieder ausziehe.

»Ich mag sie«, sage ich schnell und setze mich aufs Bett, um meine Worte zu unterstreichen.

Ava jauchzt auf und lässt sich ebenfalls auf das Bett fallen. Die Matratze sinkt leicht ein, aber nicht zu viel. Hier werde ich gut schlafen können.

Über dem Kopfende ist ein kleines Regal angebracht, das mich auf eine Idee bringt. Schnell stehe ich wieder auf und ziehe meinen Koffer hinter mir her ins Zimmer. Ava sitzt immer noch auf dem Bett und beobachtet mich interessiert.

Ich öffne den Koffer und schmeiße so lange Klamotten und Krimskrams heraus, bis ich schließlich an die Tasche ganz unten komme. Meine Lieblingsbücher haben die Reise zum Glück gut überstanden, lediglich eins ist ein bisschen eingedellt. Ich hole sie heraus, stelle mich vorsichtig aufs Bett und drapiere sie nebeneinander auf dem Holzbrett. *Harry Potter*, Band eins, eher aus nostalgischen Gründen, und Band drei, weil es der beste ist. Dann *Call Me By Your Name,* weil ich Elio und Oliver nicht zu Hause lassen konnte, genauso wie Simon aus *Nur drei Worte* und *Aristoteles und Dante*. Das Blau der beiden letzten Bücher passt perfekt zu der Bettwäsche, und ich begutachte mein Werk zufrieden.

»Harry Potter kenne ich, worum geht's in den anderen?« Ava hat sich neben mich gestellt, ohne dass ich es bemerkt habe.

»Das hier«, sage ich und deute auf den Einband von *Nur drei Worte,* »heißt hier bei euch *Love, Simon*.«

»Cool, wir haben den Film im Kino gesehen. Es war toll, ich hab meine eigene Popcorntüte bekommen.« Sie lächelt, offenbar in Erinnerungen schwelgend.

Ich frage mich, ob das der richtige Moment ist, mich bei ihr zu outen. Ihre Eltern wissen es natürlich schon. Ma meinte, so etwas sollte man vorher schon ansprechen, wenn man längere Zeit bei Leuten lebt. Und vermutlich hatte sie recht. Trotzdem finde ich es immer noch blöd, meine sexuelle Orientierung zu nennen, so als wäre es ein Charaktermerkmal.

»Ähm, Ava? Wie fandest du es denn, dass Simon sich in einen Jungen verliebt hat?«

Ava sieht mich fragend von unten an. »Wie soll ich das finden?«

Darauf habe ich erst mal keine richtige Antwort. Aber Ava redet auch schon weiter. »Ich fand es okay. Aber sie hätten sich echt nicht küssen müssen. Das machen Mum und Dad auch immer, und das ist peinlich.« Ich grinse. Dann haut ihre nächste Frage mich um. »Hast du denn schon mal einen Jungen geküsst?«

Und ich antworte, ohne lange zu überlegen: »Ja, sogar schon mehrere.«

»Und wie war das so?«, fragt sie direkt vollauf interessiert. Scheinbar hat sie vergessen, dass sie Küsse eigentlich peinlich findet.

»Immer unterschiedlich. Mal schön, mal lustig, mal traurig.«

»Das klingt aufregend. Weißt du, ich würde Tori ja nie küssen, aber Sarah, meine andere beste Freundin, meint dauernd, dass er mich küssen will. Ist es komisch, wenn ich das nicht will?«

Mittlerweile sitzen wir nebeneinander auf dem Bett, und ich kann es nicht fassen, dass ich an meinem ersten Tag hier solch ein Gespräch führe. »Nein, das ist überhaupt nicht komisch. Du solltest nur die Menschen küssen, die du auch küssen möchtest.«

»Das macht Sinn.« Und mit diesen Worten springt sie auf und läuft zum Fenster.

»Tori lebt in dem Haus dort. Wir wohnen fast nebeneinander.«

Ich folge Ava zum Fenster und schaue ebenfalls auf die Straße. Mit ihrem kleinen Zeigefinger deutet sie den Gehsteig hinunter auf die andere Seite. Ich sehe einen Jungen im Garten mit seinem Vater Baseball spielen. Sie lachen und scheinen viel Spaß miteinander zu haben. Bei mir sorgen solche Szenen immer nur dafür, dass sich mein Magen zusammenzieht. Ich bin nicht eifersüchtig, doch trotzdem beneide ich diesen Jungen. Ob Papa früher auch Baseball im Garten gespielt hat?

»Oh, und das da ist Jack. Ich mag ihn nicht, aber Mum sagt, dass ich nett zu ihm sein soll. Er hat mit seinem Motorrad unsere Schneckenfarm platt gefahren. Mum sagt, dass er das nicht gesehen hat, aber wer übersieht denn Schnecken?« Ava dreht sich demonstrativ weg vom Fenster, doch ich beobachte den Typen, der mit seinem aufgemotzten Motorrad gerade die Einfahrt des Hauses gegenüber von uns hochfährt. Durch eine Musikbox an seinem Gürtel dröhnt laute Technomusik bis durch mein Fenster. Nicht die Art von Musik, die in meinen Playlists landen würde.

Er stellt das Motorrad direkt neben einem silbernen Jeep ab und zieht sich den Helm vom Kopf.

Braune, lockige Haare, durchtrainierter Körper. Na wunderbar. Der Typ – Jack – hängt den Helm an den Lenker, streckt sich und zieht dann die Motorradjacke aus. Darunter trägt er nur ein weißes Shirt, das ihm am Körper klebt, dort, wo er unter der Jacke geschwitzt hat. Ich ahne das Schlimmste und will mich gerade wegdrehen, da zieht er sich das Shirt einfach über den Kopf und fächelt sich damit Luft zu. Schnell trete ich einen Schritt vom Fenster zurück und fixiere einen weißen Punkt auf der Bettwäsche. Verdammte Scheiße, der Typ sieht aus wie ein Hollister-Model.

»Jaa, er scheint wirklich schrecklich zu sein.«

»Sag ich ja!« Und mit diesen Worten verschwindet Ava aus meinem Zimmer, und ich bin allein. Versuche, meinen Puls zu kontrollieren, und traue mich kaum, noch einmal aus dem Fenster zu sehen. Natürlich reicht meine Selbstbeherrschung dafür nicht aus. Doch die Einfahrt ist leer. Jack muss im Haus verschwunden sein. Nur der Helm hängt noch am Lenker und schwingt leicht im Sommerwind.

Ich laufe zur Tür und schließe sie. Dann lasse ich mich aufs Bett fallen und starre an die Decke. Was war das gerade? Natürlich war mir klar, dass ich hier in Kanada auf andere männliche Wesen treffen würde. Möglicherweise auch recht gut aussehende. Aber das … Nur mir kann es passieren, direkt gegenüber von Charles Meltons jüngerem Bruder zu wohnen! In Gedanken verfasse ich schon eine Nachricht an Charlie, bis mir klar wird, was ich ihr und mir versprochen habe: Verliebe dich ja nicht in einen Kanadier! Und direkt ploppt die imaginäre Liste auf, die ich mir exakt für solch einen Fall angelegt habe.

1. In acht Monaten geht es zurück nach Frankfurt, und ich bin definitiv kein Typ für Fernbeziehungen. Das hat das Desaster in der Zehnten gezeigt, als ich drei Monate mit einem Typen aus dem

Frankreichurlaub geschrieben habe und er ständig Telefonsex wollte! Im Ernst, einmal hat er bei mir zu Hause angerufen, und Paul ist drangegangen. Danach war er tagelang verstört.
2. Ich habe hier wirklich genug andere Aufgaben: das Studium, der Deutschunterricht mit Ava, die Hausarbeiten, die ich Meredith und John abnehmen will, und Freundschaften sollte ich vielleicht auch knüpfen.
3. Ich habe es endlich geschafft, Chris aus meinem Kopf zu verbannen, und das, obwohl er auf der Abiparty unter Alkoholeinfluss ziemlich offensichtlich mit mir geflirtet hat! Ich habe ihm widerstanden und bin endlich frei, das will ich genießen.
4. Ich habe es Charlie versprochen. Sie hatte die ganze Zeit Angst, dass ich mich in Kanada verliebe und dann vielleicht nicht zurückkomme. Als ob ich das jemals bringen würde. Meine Familie braucht mich. Aber Charlie hat außer Viky niemanden, also sollte ich mich auch für sie zusammenreißen.

Nein, geheimnisvoller, sexy Nachbar, aus uns wird leider nichts. Mal davon abgesehen, dass du sehr wahrscheinlich sowieso hetero bist. Ich ziehe die Gardine vors Fenster, um ihn auch wirklich aus meinen Gedanken zu verscheuchen, und wende mich stattdessen meinem Koffer zu. Ich muss mich ablenken.

Ich ziehe eine kleine Tüte aus dem Koffer hervor. Darin sind die Fotos, die Charlie mir bei unserem letzten Treffen vor der Abreise in die Hand gedrückt hat, damit ich etwas habe, das mich an zu Hause erinnert.

Da sind wir beide auf dem Abiball. Wir strahlen in die Kamera, während Paul und Sascha im Hintergrund stehen und in ihren schwarzen Anzügen einfach so erwachsen aussehen. Das nächste Bild zeigt sie, Mia und mich, wie wir unter unserem Baum auf dem Schulhof sitzen. Mia und Charlie reden nicht mehr miteinander, seit Charlie sich geoutet hat. Sie waren jahrelang beste Freundinnen. Bis Charlie sich in sie verliebt hat. Ich denke, Mia hat es gemerkt, trotzdem ist das kein Grund, seine beste Freundin einfach so fallen zu lassen. Ich schreibe noch ab und zu mit ihr, aber es ist nicht mehr dasselbe. Das Bild behalte ich trotzdem. Es ist schön, sich an die Schulzeit zu erinnern. Das nächste Bild zeigt Sascha, Paul, Lou und mich vor dem Weihnachtsbaum. Ma zwingt uns jedes Jahr zu diesem Foto, damit sie es allen Verwandten schicken kann. Genauso gezwungen lächeln wir alle auch in die Kamera, während Lous Blick schon ganz begierig auf dem kleinen Stapel Geschenke ruht, der sich im rechten Bildrand befindet. Ich streiche über ihr kleines Gesicht und lege das Bild dann schnell weg. Ich habe mir fest vorgenommen, an meinem ersten Tag hier nicht in Heimweh zu versinken.

Da ich nicht weiß, ob ich etwas an die Wand pinnen darf, stelle ich die Bilder auch erst einmal auf das Regalbrett, das mittlerweile schon recht voll wirkt. Dann sammle ich meine Klamotten vom Fußboden auf. Während ich sie in den Schrank stopfe und ein Katzenhaar von meinem schwarzen Pulli zupfe, fällt mir auf, dass ich in den nächsten Monaten ausnahmsweise einmal nicht mit von Katzenhaaren übersäter Kleidung herumrennen werde. Irgendwie gehören die kleinen weißen Härchen schon zu meinem Outfit mit dazu. Bounty fehlt mir schon jetzt so sehr. Ich habe Paul beauftragt, mir so viele Fotos und Videos von ihr zu schicken wie möglich. Hoffentlich hält er sich daran.

Ich stopfe das letzte T-Shirt zu den anderen Sachen und schaffe es gerade noch so, die Türen zu schließen.

Bügeln wird sowieso überbewertet. Ein paar Falten geben meinen Klamotten erst ihren Charakter.

Die restlichen Sachen wie Kulturbeutel, Collegeblock, Ladegerät und meine Kamera, lege ich auf den Schreibtisch.

Nun ist der Koffer leer, und der Raum um mich herum fühlt sich ein bisschen mehr nach mir an. Auch wenn die Wände immer noch viel zu kahl sind. Vielleicht kann ich mir in der Stadt ja ein Troye-Sivan-Poster besorgen. Zu Hause wache ich jeden Tag auf und sehe zuerst sein Gesicht. Was soll ich sagen: Es gibt schlimmere Anblicke.

Mittlerweile ist es halb vier. Ich lasse mich auf mein neues Bett fallen und sinke wieder in die duftende Bettwäsche. Schlechte Idee. Sobald ich auf diesem wunderbar weichen Stoff liege, übermannt mich die Müdigkeit. Ich denke gerade noch, dass ich ganz vergessen habe, meine Haare zu waschen, da schlafe ich auch schon ein.

JACKSON

138 Meter

Die Stadt unter mir schläft noch. Kaum ein Auto ist auf den Straßen, nur in manchen Häusern brennt Licht. Ich drücke auf den Auslöser und halte den Moment fest. Nebelschwaden hängen in der feuchten Luft. Es ist kurz vor sechs, und Vancouver erwacht vor meinen Augen.

Das erste Licht des Tages wirft Schatten auf die geraden Linien vor mir. Stein auf Stein, Betonklotz auf Betonklotz reihen sich aneinander. Vancouvers Hochhäuser sind eine Baukunst für sich. Manche Menschen beschweren sich über die immer neuen Baupläne, über die nie verschwindenden Kräne, die nie endenden Sanierungsarbeiten. Ich finde sie wunderschön.

Es gibt keinen Stillstand. Nur Verbesserung. Jeden Tag sieht die Stadt ein bisschen anders aus. Was ist schlecht daran?

Sie wandelt sich, bleibt im Kern aber doch die gleiche. Ich wohne seit zweiundzwanzig Jahren in dieser Stadt, genauer gesagt seit meiner Geburt, ich kenne die meisten Straßennamen auswendig und jedes Hochhaus beim Namen. In der Schule haben die anderen nicht verstanden, was so spannend an all den Zahlen und Fakten ist. Es sind eben Gebäude mit vielen Fenstern. Für mich waren sie mehr als das. Das sind sie auch heute noch.

Unter mir leuchtet eine Polizeisirene auf. Ich verfolge sie von der Cambie Street bis zum Queen Elizabeth Park. Dort hält der Wagen an. Ich sehe die Polizeistreife kaum, die aus dem Auto steigenden Uniformierten verlieren schnell mein Interesse.

Hier oben sind sie unwichtig. Was zählt, sind Formen, Linien und Bausubstanz. Ich sitze hier in 138 Metern Höhe auf einem Konstrukt aus Stahlbetonträgern. Westlich von mir schaukelt die Kranspitze leicht im Wind. In gut einer Stunde wird er in Betrieb genommen, dann muss ich von hier verschwunden sein. Aber noch ist es ruhig.

Ich stehe auf und laufe über den Kies, den sie hier oben verteilt haben. Das Dach ist ebenerdig, nur ein hüfthoher Zaun am Rand soll den Kies davon abhalten, in die Tiefe zu stürzen. Dass Menschen hier heraufkommen, damit rechnet dort unten niemand. Ich laufe zur Ostkante und beobachte das Wasser, das sich am Horizont entlangschlängelt. Das Licht der ersten Sonnenstrahlen spiegelt sich darin. In einer Woche werde ich wieder dort unten über den Campus laufen. So wie schon die letzten drei Jahre meines Lebens.

Immer das Gleiche. Immer geordnet. Immer sicher.

Ich kicke mit dem Fuß auf den Boden, wirble dabei ein paar Kiesel auf und lache innerlich bei dem Gedanken, was meine Eltern sagen würden, wenn sie wüssten, wo ich mich gerade befinde. Vielleicht schieße ich genau deswegen noch ein Foto.

Mein Gesicht ist kaum zu erkennen, man sieht nur den lachenden Mund und meinen Hals, dahinter Vancouver im ersten Licht des neuen Tages. Bevor ich das Bild poste, weiß ich, dass es viral gehen wird. Die Leute lieben es, wenn sie ein Stückchen von mir sehen. Seit Monaten rätseln sie, wer sich hinter *Vancroofer97* verbirgt. Sie werden es nie erfahren. Ab und zu bekommen sie einen Silhouetten-Shot. Wenn ich dran gedacht habe, das Stativ mitzunehmen. Sonst sehen sie nur meine Beine. Meine Füße auf jedem Hochhaus der Stadt. Meine Schuhe über den Dächern Vancouvers. Und sie lieben es. Ich weiß nicht, wieso.

Ehrlich gesagt war es auch nie mein Plan, das alles zu posten. Vor sechs Jahren habe ich den Account erstellt und einfach das hochgeladen, was ich vor mir sah. Eine Straße, einen kaputten Range Rover, die Nachbarskatze beim Mittagsschlaf. Irgendwann fing ich an, den Himmel zu fotografieren. Weil es das Einzige war, das an manchen Tagen gut aussah. Weil der Himmel wandelbar ist und einem jeden Tag ein neues Gesicht zeigt. Das gefiel den Leuten.

Seit vier Jahren poste ich auch Bilder meiner Kletteraktionen. Auch hier weiß ich nicht, wieso. Vielleicht, weil ich nie jemanden auf die Dächer mitnehme. Ich will diese Ausblicke teilen. Weil sie zu schön sind, um sie nur einmal anzuschauen. Deswegen fotografiere ich sie. Deswegen teile ich die Bilder und ignoriere die ständigen

Nachfragen zu meiner Person. Ich will mich nicht mit anderen aus der Roofing-Szene treffen. Ich will nicht, dass die Menschen mein Gesicht sehen. Ich will nicht von Leuten bewundert werden, die mich kaum kennen. Das passiert schon viel zu oft dort unten in der echten Welt.

Ich will einfach nur diese Momente mit ihnen teilen. Weil sie es sind, in denen ich mich frei fühle. Und mutig. Und am Leben.

LUKE

Zuckerschock

Es dauert zwei ganze Tage, bis ich meine ständige Müdigkeit halbwegs überwunden habe. Am ersten Tag habe ich über fünfzehn Stunden geschlafen. Am liebsten hätte ich mein Bett gar nicht mehr verlassen, doch irgendwann wurde mein Magengrummeln einfach zu laut.

Alex habe ich erst beim gestrigen Frühstück kennengelernt. Ich weiß immer noch nicht, was ich von ihm halten soll. Er ist unfassbar still und redet nur, wenn man ihn anspricht. Außerdem hat er seine roten Locken während des ganzen Essens unter der Kapuze seines grauen Hoodies versteckt. Ich habe mich gefragt, ob er unter dem dicken Stoff nicht schwitzt, aber da im ganzen Haus die Klimaanlage läuft, bin ich auch dazu übergegangen, im Haus nur noch lange Hosen zu tragen. Was übrigens wirklich absurd ist, da man, sobald man auf die Straße tritt, gegen eine feuchtheiße Wand läuft.

Jedenfalls verlief das Frühstück gestern sonst recht entspannt. Ich wollte nicht allzu verfressen wirken, aber John hat mich immer wieder aufgefordert, mir doch noch einen Pancake oder eine Toastscheibe zu nehmen, und mein Magen hat für mich geantwortet.

Sexy Jack von Gegenüber habe ich bisher nicht wiedergesehen. Auch sein Motorrad steht nicht mehr in der Einfahrt. Ava hat mir erzählt, dass er nur am Wochenende manchmal hier ist. Weiter wollte ich nicht bohren, da sie anscheinend nicht gerne über ihn spricht und mich schon bei der ersten Frage etwas seltsam angesehen hat. Vermutlich fragt sie sich, wieso er mich so sehr interessiert. Tut er nicht. Kein bisschen.

Nach dem Frühstück hat John mich mit nach draußen genommen und mir den dunkelgrünen Range Rover gezeigt, mit dem ich in den nächsten Monaten Ava und Alex zur Schule und mich zum Campus fahren werde. Das Auto ist, wie bisher alles andere auch, doppelt so groß wie unser kleiner Ford zu Hause. Die Sitze sind aus hellem, weichem Leder, die Inneneinrichtung höchst modern, und in dem riesigen Kofferraum würden drei Wocheneinkäufe problemlos Platz finden.

John hat mich ins nahe gelegene Industriegebiet gefahren, weil dort so gut wie kein Verkehr ist, und mir dann das Steuer überlassen. Nach einer Stunde fühlte ich mich immer sicherer hinter dem Steuer und durfte schließlich sogar eine Runde in der Stadt drehen. Es war wundervoll! Automatik zu fahren ist erstaunlich leicht. Auch wenn ich mehrmals nach dem Schaltknüppel greifen wollte und mich wunderte, wenn meine Hand ins Leere fasste.

Es war schön, Zeit mit John zu verbringen, aber ich habe mich so sehr auf das Autofahren konzentriert, dass ich kaum mehr als zwei Sätze mit ihm gesprochen habe. Ich weiß auch nicht, aber in seiner Nähe bin ich einfach angespannt. So als hätte ich Angst, dass er jeden Moment meinen Vater ansprechen könnte. Was er bisher nicht getan hat. Ich würde ihn gerne fragen, wie mein Vater als Kind war. Ob sie sich gut verstanden haben. Aber ich bin erst zwei Tage hier. Es ist zu früh für solche Fragen.

In einer Woche enden die Sommerferien für Ava und Alex. Außerdem habe ich meine erste Univorlesung. Davor wollen Meredith und John mir aber unbedingt noch etwas von Kanadas wundervoller Natur zeigen, weil später neben der Uni kaum noch Zeit dafür bleiben wird und auch Meredith und John wieder arbeiten müssen. John kann sich in seiner Firma für Garten- und Landschaftsbau seinen Urlaub zwar frei einteilen, aber Meredith hat feste Schichten im Krankenhaus.

Deswegen haben sie für morgen einen zweitägigen Kurztrip nach Squamish organisiert. Das ist wohl ein mittelgroßer Nationalpark, circa eine Stunde von Vancouver entfernt. Die Bilder im Internet sehen jedenfalls atemberaubend aus, und Charlie ist total neidisch geworden, als ich sie ihr gestern geschickt habe. Bisher kamen wir wegen der Zeitverschiebung leider immer noch nicht dazu, zu skypen, aber ich habe ihr versprochen, ganz viele Fotos zu machen.

»Luke, möchtest du mir beim Backen helfen?«, kommt Merediths

Stimme aus der Küche. Bisher habe ich so wenig im Haushalt helfen müssen, dass ich mich über die Aufgabe freue. Zu Hause stand ich meistens in der Küche, hier teilen sich Meredith und John die Arbeit und haben bisher all meine Versuche, ihnen beim Kochen zu helfen, abgewiesen. Ich fühle mich schlecht, dass ich ihnen nicht mehr unter die Arme greife, immerhin bin ich ja auch deswegen hier. Vielleicht springe ich deswegen direkt auf, als ich Merediths Frage höre, und lasse Ava auf dem Boden sitzen und weiter an ihrer Löwenzeichnung malen.

Dann laufe ich um die Küchentheke herum, fülle mir ein Glas mit Wasser und geselle mich zu ihr. »Gerne, was wird das denn?«

Ich schaue auf das ausgebreitete Backbuch, das vor Meredith liegt.

»Wir haben da so eine Tradition.« Sie steckt sich die roten Locken hoch, während sie fortfährt. »Immer, wenn wir in den Urlaub fahren, backen wir am Abend zuvor Biberschwänze.« Prompt verschlucke ich mich an meinem Wasser und frage mich, ob ich mich bei diesem letzten Wort verhört oder es im Kopf falsch übersetzt habe. Als ich wieder halbwegs normal atme, muss mein Blick immer noch vollkommen geschockt sein, denn Meredith scheint sich köstlich zu amüsieren. »Ihr backt was?!«

Sie lacht nun laut auf, und es dauert einige Zeit, bis sie sich wieder unter Kontrolle hat. »Beaver Tails. Das ist eine Mischung aus Donut und Waffel. Der flache Teig sieht ganz entfernt wie der Schwanz eines Bibers aus. Daher der Name.« Sie lacht immer noch, und ich stimme nun auch mit ein.

»Ah, gut, ich hatte eben einen kurzen Moment Angst.«

»Du kannst deinen Beaver Tail ganz unterschiedlich belegen. Jeder hier in der Familie mag ihn anders. Ich liebe zum Beispiel Ahornbutter und geröstete Kokosflocken darauf, Ava mag Nutella mit ganz vielen Smarties, John isst ihn gerne mit Apfelmus und Zimt und Alex mit Nutella UND Apfelmus.« Sie bemerkt meinen fragenden Blick. »Ja, eine sehr merkwürdige Kombination, aber er schwört darauf.«

Ava ist mittlerweile auch in die Küche gekommen und schaut uns beim Backen zu. »Wie wäre es, wenn wir daraus deine erste Deutschstunde machen?«, frage ich sie. »Ich soll dir doch unsere Sprache beibringen, und beim Backen geht das sicher ganz leicht.« Den Rest des Abends verbringen wir damit, die doch sehr fettigen Beaver Tails zu backen und Deutschvokabeln zu pauken. Ava lernt erstaunlich schnell, nur das Aussprechen des »chs« fällt ihr noch schwer. Als die erste Fuhre Beaver Tails im Fett brutzelt, kommt Alex hereingeschlurft.

Sein Blick hellt sich jedoch auf, als er sieht, was wir hier fabrizieren.

»Darf ich den ersten haben?«

»Nein! Ich hab geholfen zu backen, also kriege ich auch den ersten!«, sagt Ava entrüstet.

»Wie wäre es, wenn Luke den ersten probieren darf, schließlich hat er noch nie einen gegessen?«, schlichtet Meredith.

»Jaa, genau …«, grummelt Alex. Mein Gott, hier geht es doch nur um ein Stück Teig, wenn er ihn unbedingt als Erster essen will, ist mir das egal. Trotzdem verstehe ich nicht, wieso er sich mir gegenüber so kalt verhält. Wir haben noch nicht einen richtigen Satz miteinander gewechselt, seit ich hier bin.

John kommt nach Hause, als ich gerade den letzten Tail auf einen Teller hieve, und lächelt uns an.

»Guten Abend allerseits. Oh, das duftet ja wunderbar.« Meredith küsst ihn zur Begrüßung flüchtig, und kurze Zeit später sitzen wir alle am Tisch und haben jeder einen Tail vor uns auf dem Teller liegen. Ich sitze neben Ava, Alex hat sich auf die andere Seite gesetzt, so weit entfernt von mir, wie es nur geht. Okay, ich hab's gecheckt. Er kann mich offensichtlich nicht leiden. Aber wieso? Sonst komme ich mit Kindern und Jugendlichen eigentlich immer gut aus.

Der Hunger verscheucht diese Gedanken, und ich konzentriere mich wieder auf die schönen Dinge des Lebens. In der Mitte des Tisches stehen die verschiedensten Beläge. Es gibt sogar glitzernde Schokostreusel.

Während ich mir also auf eine Hälfte Nutella und auf die andere eine Quark-Zimt-Creme schmiere, beobachte ich aus dem Augenwinkel, wie alle um mich herum in Schweigen versunken sind. Aber es ist kein schlechtes Schweigen. Es ist die Art von Zufriedenheit und Müdigkeit, die sich warm und gut anfühlt. Selbst Alex' Gesicht hat sich entspannt.

Ich beiße vorsichtig in den noch warmen Teig und schließe direkt genießerisch die Augen. Ja, es ist fettig, aber auf eine wunderbar leckere Art und Weise. Die Quarkcreme ist kühl und leicht süßlich, und der Teig ist wunderbar weich und außen knusprig.

»Uuuund?«, fragt Ava, den Mund voller Nutella und bunten Smarties. Auch der Rest der Familie sieht mich erwartungsvoll an. Offenbar wollen sie alle, dass ich ihr Lieblingsessen ebenfalls für gut befinde.

»Es schmeckt formidabel!«, meine ich überschwänglich und beiße direkt noch ein großes Stück von der Seite mit Nutella ab. »Aber ich glaube, jeden Tag könnte ich das nicht essen, sonst könnt ihr mich am Ende nach Deutschland zurückrollen.«

Meredith, John und Ava fangen an zu lachen, nur Alex stimmt nicht mit ein.

Ich weiß nicht, wann ich mich an diese perfekte Familienidylle gewöhnen werde. So war es bei uns zu Hause nie. Sicher, auch wir haben mal zusammen gekocht. Aber das waren meistens Nudeln mit Tomatensauce oder so was. Sascha hat sich immer als Erster genommen, weil er ständig Fußballtraining hat und maximal fünf Minuten fürs Essen opfern will. Lou hat gerne mit ihrem Essen gespielt und überall herumgekleckert, was oft in einen Streit ausartete, weil ich derjenige war, der ihren Dreck später wegmachen musste. Wenn Ma das Kochen einmal übernommen hat, war sie anschließend so müde, dass ich die Küche aufgeräumt und mich um das schmutzige Geschirr gekümmert habe. Schon während des Essens sah ich immer rüber zu den Bergen an Töpfen und fettigen Gläsern, die auf mich warteten. Es ist unglaublich, wie viel Unordnung fünf Menschen anrichten können. Als unsere Spülmaschine einmal zwei Monate lang nicht ging, brach dann vollends das Chaos aus. Vor allem, weil Ma zu der Zeit einen neuen Freund hatte und immer erst spät in der Nacht oder manchmal auch erst nach einigen Tagen wieder nach Hause kam. Allein der Gedanke an diesen widerlichen Typen bringt meine

Hände zum Zittern. Ich bin sehr froh, dass dieses Kapitel beendet ist. Seit dieser Zeit weiß ich eine Spülmaschine jedenfalls sehr zu schätzen.

Hier ist das anders. Alex und Ava essen beide so, als hätten sie von klein auf gelernt, perfekt mit Messer und Gabel umzugehen. Und auch, wenn sie sich hin und wieder necken, es ist nie böse gemeint. Ihre Haare sind perfekt frisiert, so als hätten sie hauseigenes Personal dafür, und John sieht Meredith immer mit diesem warmen Blick an. Ich weiß, dass sich dieses wunderbar entspannte Leben ändern wird, sobald die Uni beginnt und ich nebenbei auch noch den Deutschlehrer für Ava mimen muss, doch diese letzten Tage werde ich genießen. Sie sind der erste Urlaub seit Jahren, und wenn es nach mir ginge, dann könnten wir ewig einfach nur in der Küche sitzen und Beaver Tails essen.

Direkt macht sich das schlechte Gewissen in mir breit. Es ist, als stünden Sascha, Paul und Lou vor mir und sähen mir mit traurigen Mienen beim Essen zu. Der letzte Bissen Teig bleibt mir im Hals stecken, und ich muss zwei große Schlucke Wasser nehmen, um ihn hinunterzuspülen.

Was sie jetzt wohl gerade machen? Ma hat mir gestern geschrieben, dass es allen gut geht, aber das reicht mir nicht. Ich stelle mir vor, wie sie neun Stunden nach unserer Zeit gerade verschlafen in die Küche kommen. Die Haare zerzaust, die Ranzen nicht gepackt. Zumindest Paul und Lou. Sascha hat heute erst zur dritten Stunde. Sie werden vergessen, ihre Hände zu waschen, bevor sie sich etwas zum Frühstücken suchen. Ich hoffe, Ma ist schon wach. Ich hoffe, sie schmiert ihnen Schulbrote und legt auch ein paar Apfelschnitze dazu, so wie ich es immer gemacht habe. Aber ich kann es nicht kontrollieren. Ich befinde mich achttausend Kilometer entfernt von ihnen. Neun Stunden vor ihrer Zeit.

Es ist John, der am Ende die Küche sauber macht, während wir anderen den Tisch abräumen und nach oben gehen, um unsere Pyjamas anzuziehen. Ich fühle mich schlecht, nicht noch beim Abwasch geholfen zu haben, aber John hat mich ins Bett geschickt, immerhin hätte ich schon beim Backen geholfen. Es ist seltsam. Sonst war ich immer für alle Aspekte im Haushalt verantwortlich und habe geholfen, wo es nur ging. Hier scheint das nicht nötig zu sein. Ich sollte mich darüber freuen, aber irgendwie fühlt es sich an, als fehle etwas.

LUKE

Nature is calling

Zehn Stunden später sitzen wir im Auto auf dem Weg nach Squamish. Belegte Brote, eine Menge Obst und ganz viel Wasser liegen in einem Korb im Kofferraum. Offenbar versucht Meredith, unsere Ernährung nach gestern Abend wieder etwas zu neutralisieren.

Heute fährt sie den schwarzen Kombi, das zweite Auto, das bisher nur in der Garage neben dem Range Rover stand. Sie summt dabei jedes Lied mit, das im Radio läuft. John ist unser Reiseführer. Er hat eine Karte auf seinen Beinen ausgebreitet und erzählt uns alles über die Parkanlagen, an denen wir vorbeifahren. Bei vielen Projekten hat er selbst mitgearbeitet. Er lässt durchblicken, dass er es vermisst, selbst Hand anzulegen, die Finger in die Erde zu graben.

»Jetzt ist das alles so viel Bürokram. Wenn mir das mal vorher jemand gesagt hätte, wie anstrengend es ist, Angestellte zu haben!«, er lacht, aber es klingt auch traurig.

Meredith hat mir erzählt, dass er jetzt seit einigen Jahren Chef der Landschaftsgestaltungsfirma ist, in der er früher als Azubi angefangen hat. Von außen betrachtet wirkt das wie ein toller Karrieresprung, aber ich verstehe ihn. Mir wäre die Arbeit draußen, mit den eigenen Händen, auch lieber, als über Zahlen und Anträgen zu brüten. Vielleicht freut sich John auch deswegen so sehr auf diesen Ausflug. Je grüner es außerhalb der Autofenster wird, desto wilder gestikuliert er mit den Händen. Dabei lacht er ausgelassen.

Es fühlt sich komisch an, auf der Rückbank zwischen Alex und Ava zu sitzen. Meine Beine sind zu lang und stoßen ständig gegen Alex'. Ich will ihm keinen Grund liefern, mich nicht zu mögen, und überlege verzweifelt, wie ich ein Gespräch mit ihm beginnen kann. Wenn wir irgendetwas finden, das wir beide mögen, entspannt das die Situation ja vielleicht etwas.

Ich schaue zu ihm und überlege. Aus den Kopfhörern in seinen Ohren dröhnt ein bekannter Song. Oasis.

»Gute Band«, sage ich und deute auf seine Ohren.

Alex sieht mich an, rollt nur mit den Augen und dreht sich demonstrativ von mir weg zum Fenster. Der Tag startet ja wundervoll.

Also drehe ich mich zu Ava um, die in einem Deutschbuch blättert, das sie aus der Schule hat. Es sind Kurzgeschichten, die mit vielen Bildern illustriert sind. Trotzdem sind die Texte meiner Meinung nach schon recht anspruchsvoll. Doch Ava lernt extrem schnell. Die Vokabeln von unserer Backsession gestern hatte sie heute morgen noch fast alle drauf.

Während wir weiterfahren, zeige ich immer wieder nach draußen und sage Sätze wie: »Siehst du, wie grün die Blätter sind?« Und sie versteht es, braucht nur etwas, um zu antworten. Alex tut natürlich so, als höre er uns nicht, dabei bin ich mir ziemlich sicher, dass er vorhin mit dem Mund das Wort »Blätter« geformt hat. Na immerhin.

Mittlerweile haben wir die graue Stadt hinter uns gelassen. Zu beiden Seiten der Straße erstrecken sich nun grüne Berglandschaften, die mit jedem Kilometer dichter und höher werden. Ich weiß nicht, wie lange ich dieses Phänomen mit den Augen verfolge, es hat etwas Meditatives, und das leichte Schaukeln des Autos lullt mich ein. Die Augen fallen mir zu.

Ich wache auf, als Meredith gerade um eine besonders scharfe Kurve fährt und Kies durch die Luft wirbelt. Sie parkt den Kombi auf einem großen Parkplatz, und als wir aussteigen, schlägt uns der Geruch von Kiefernnadeln und Moos entgegen.

»Los, los, zieht eure Wanderschuhe an«, dirigiert John.

Nachdem wir alle die Wanderstiefel geschnürt und die Rucksäcke geschultert haben, geht es los.

»Ich habe uns mal einen anderen Wanderweg ausgesucht. Dafür folgen wir allen grünen Schildern, und am Ende soll es einen kleineren, dafür aber weniger touristischen Wasserfall geben. Ich dachte, das gefällt euch«, erklärt Meredith, während sie auf das Schild vor uns zeigt.

»Touris machen immer nur 'ne Milliarde Fotos und schauen gar nicht, was wirklich um sie herum passiert«, motzt Alex. Ich sehe ihn überrascht an. Er ist doch derjenige, der die meiste Zeit auf sein Handy oder Tablet starrt.

»Na dann, Abmarsch, Roberts und Beckers.« John zwinkert mir zu und marschiert dann nach vorne zu Meredith.

Wir wandern und wandern, und mit jedem Schritt wird die Landschaft um mich herum eindrucksvoller. Noch nie habe ich solch grüne Berge gesehen. Manche ragen spitz und felsig in die Höhe, andere sehen aus, als wären sie mit Rollrasen überzogen. Wir laufen für eine Weile einen kleinen Bach entlang und schöpfen alle eine Handvoll des glasklaren Wassers daraus, um es uns ins Gesicht zu spritzen. Es kühlt die verschwitzten Wangen wundervoll ab.

»Wir müssten bald die Hängebrücke erreichen. Wenn wir die überquert haben, dauert es nicht mehr lange, bis wir am Wasserfall sind«, verkündet Meredith. Und tatsächlich erreichen wir nach weiteren zehn Minuten eine Hängebrücke. Aber bei dem Wort »Brücke« hatte ich nicht mit so etwas gerechnet. Diese hölzernen Platten scheinen fast ohne Befestigung über dem Abgrund zu baumeln, und das Ende dieser ewig langen Schreckenskluft kann ich von hier aus kaum erkennen.

»Alles in Ordnung, Luke?«, fragt Meredith besorgt.

»Ich … ich mag es nur nicht so gerne, frei in der Luft zu hängen.« Ich versuche mich an einem Lachen, doch es klingt einen Tick zu hoch.

Ava sieht mich an. »Ich nehme deine Hand, dann geht es schon.«

Dankbar nehme ich ihre kleine Hand in meine. Da die Brücke nicht breit genug ist, müssen wir hintereinanderlaufen, doch Ava schlägt vor, dass ich mich an ihrem Rucksack festhalten könne. Also tue ich das. Während wir also im Gänsemarsch über die schwankenden Holzbretter laufen, strenge ich mich an, nicht nach unten zu schauen, und fixiere nur den roten Rucksack vor mir. Hinter mir höre ich Alex schnauben. Wahrscheinlich lacht er mich gerade aus, weil ich mich an ein neunjähriges Mädchen klammere, aber das ist mir egal.

Nach einer gefühlten Ewigkeit kommen wir endlich auf der anderen Seite an, und ich wische mir den Schweiß von der Stirn.

»Müssen wir den Weg auch wieder zurück?«, frage ich vorsichtig, und John schüttelt den Kopf.

»Nein, es gibt einen zweiten Pfad, der am Fuße des Berges entlangführt. Ohne eine einzige Brücke. Keine Sorge.« Erleichterung macht sich in mir breit, gleichzeitig schäme ich mich dafür. Was muss er nur von mir denken? Ein Neunzehnjähriger, der Angst vor einer Brücke hat.

Nachdem wir einem schönen, sicheren Waldweg gefolgt sind, hören wir nach einigen Minuten endlich ein leises Rauschen und Gluckern.

»Da vorne ist er!«, ruft Ava begeistert aus und läuft voraus.

»Schatz, nicht so schnell!«, ruft Meredith und eilt ihr nach.

Wir anderen folgen ihr, und dann stehen wir vor diesem enormen Wasserstrahl, der mit purer Kraft nach unten rauscht. Kleine Wassertropfen treffen mich im Gesicht. Wenn das der kleine Wasserfall ist, dann will ich gar nicht wissen, wie groß der andere sein mag. Außer uns sind nur noch vier andere Menschen hier, die weiter hinten ein Fotoshooting veranstalten.

»Hab ich's nicht gesagt?«, murmelt Alex.

»Soll ich auch ein Foto von dir machen?«, frage ich scherzeshalber, weil ich mich einfach nicht zurückhalten kann. Er kann doch nicht immer schlecht drauf sein. Als Antwort wirft er mir einen vernichtenden Blick zu, und mein Lächeln verschwindet.

»Luke, Alex, kommt hierher, wir können uns weiter oben hinsetzen«, Meredith winkt uns von einem großen Stein aus zu, auf dem sie und John gerade eine Picknickdecke ausgebreitet haben. Wir setzen uns in Bewegung.

Der Platz, den Meredith ausgesucht hat, ist wirklich perfekt. Er ist so weit abseits, dass die Wassertropfen uns nicht mehr treffen, man aber trotzdem noch einen sehr guten Blick auf den Wasserfall hat.

»Hier, Luke.« Meine Tante drückt mir ein Käsesandwich in die Hand, und als ich hineinbeiße, merke ich erst, wie hungrig ich eigentlich bin. Wandern und die frische Luft scheinen meinen Appetit anzuregen.

»Macht ihr solche Ausflüge öfter?«, frage ich, als ich meinen Mund mit etwas Wasser ausgespült habe.

»Wenn du in Kanada lebst, musst du auch die Natur um dich herum erkunden, oder?« Meredith schaut träumerisch nach oben in die Baumkronen.

»Na ja, meistens musst du arbeiten«, wirft Alex ein. Merediths Blick wird traurig. »Ja, leider habe ich auch am Wochenende oft Schichtdienst, deswegen nutzen wir solche freien Tage immer besonders aus.«

Wir sitzen auf dem Stein und essen schweigend unsere Brote. Als die Boxen geleert sind, fordert Ava uns zu einer Partie Skip-Bo auf. Alex rutscht den Stein hinunter und entzieht sich so der Spielrunde.

Ich sehe ihm nach, und John bemerkt meinen Blick.

»Alles gut. Er mag solche Spiele einfach nicht. Die sind nicht cool genug, verstehst du?«

Er zieht eine neue Karte und versucht, Meredith in die Karten zu schielen. Ich sehe immer noch zu Alex, der nun direkt vor dem Wasserfall steht und in die rauschenden Wassermassen starrt. Ich weiß nicht, ob John recht hat. Auf mich wirkt Alex so, als gäbe es da ein großes Etwas, über das er nicht sprechen kann. Ich habe nicht nur zwei pubertierende Geschwister, sondern auch noch eine beste Freundin, die für ihr Leben gern über alles zu viel nachdenkt. Ich habe das Gefühl, dass Alex ebenfalls so eine Person ist. Ich wüsste zu gerne, worüber er sich den Kopf zerbricht, aber wenn John und Meredith es nicht aus ihm herausbekommen, werde ich das wohl kaum schaffen. Also wende ich mich fürs Erste wieder dem Spiel zu.

»Ich würde sagen, wir machen uns langsam auf den Rückweg. Bis zum Parkplatz brauchen wir noch mindestens eine Stunde, und es wird schon dunkel«, meint Meredith schließlich und beginnt, alles wieder in ihren Rucksack zu räumen. John und ich schütteln die Decke aus und rollen sie mit vereinten Kräften zusammen. Währenddessen stehen Alex und Ava beide vor dem Wasserfall. Sie bespritzt ihn gerade mit einer Handvoll Wasser, und er springt zurück, setzt dann aber zum Gegenangriff an. Jetzt erinnern mich die beiden doch sehr an Lou und Paul. Wer hätte gedacht, dass Alex auch richtig lachen kann?

Als wir wieder das Auto erreichen, sind es nur noch fünf Minuten bis zu unserer Unterkunft.

Ich sehe das weiße Stelzenhaus schon von Weitem. Es liegt direkt am Seeufer, nur umgeben von einzelnen Bäumen und einer großen Grünfläche, die sich an den Uferrand schmiegt. Das Haus wirkt von außen klein, aber sehr gemütlich. Die Eingangstür ist mit Blättern bemalt, und durch die großen Fensterfronten erkenne ich den warmen Innenbereich mit gepolsterten Sesseln und einem grauen Rundkamin.

Das blaue Wasser des Sees glitzert in der Abendsonne, als wir aus dem Auto steigen. Der Kies knirscht unter meinen Füßen, wird aber bald schon von weichem Gras abgelöst. Ava hüpft vor uns her und nimmt unsere Unterkunft als Erste in Beschlag. Sie rennt einmal um das Haus herum und ruft dann: »Hier ist eine Schaukel!«

Wir anderen folgen ihr nach hinten auf die große Terrasse, an die sich ein Holzsteg anschließt, der direkt auf den See hinausführt. Bei diesem Anblick vergesse ich meine schmerzenden Beine und die verschwitzten Haare. Es ist atemberaubend schön.

Ava ist bereits auf die riesige Hängeschaukel geklettert und wackelt nun mit ihren nackten Füßen in der Luft herum.

Meredith stellt ihre Tasche auf dem Terrassentisch ab und streicht über die hellen Polster der Korbstühle, die rund um den Tisch verteilt stehen.

»Na, hab ich was Gutes ausgesucht?«, fragt John und tritt zu Meredith.

»Es ist fantastisch, Schatz«, antwortet sie und küsst ihn.

»Gibt's hier auch WLAN?«, kommt es von hinten, und als ich mich umdrehe, sehe ich Alex, der mürrisch auf seinem Handy herumtippt.

»Natürlich. Aber das Passwort gibt's erst nach dem Essen. Ich denke, einen Abend ohne Facebook und Co. wirst du überleben«, erwidert John und bückt sich, um seine Wanderschuhe auszuziehen.

Alex sieht aus, als hätte er große Lust, seinen Vater in den See zu stoßen. Oder die Terrassentür einzutreten. Vielleicht hat John seinen Blick bemerkt, denn nachdem er seine Socken in die Schuhe gestopft hat, greift er in seine Hosentasche, zieht einen Schlüsselbund und einen Zettel hervor und reicht beides Alex.

»Hier. Dann kannst du dir schon einmal dein Zimmer ansehen. Das Passwort steht auf dem Zettel.«

»Ich hab ein Einzelzimmer?« Alex' Augen werden groß.

»Nur, wenn du als Erster oben bist.«

John lacht, als Alex ihm Schlüssel und Zettel aus der Hand grapscht und ums Haus herumrennt, um die Haustür aufzuschließen.

»So, und wer kommt jetzt mit schwimmen?« John sieht zu mir und Meredith und deutet dann auf den See, der immer noch blau und funkelnd vor uns liegt.

Ich überlege nicht lange, sondern bücke mich ebenfalls, um meine Schuhe auszuziehen. Nach dem langen Wandertag ist das eine reine Wohltat. Ich streife mein T-Shirt ab und lasse es auf einem der Korbstühle liegen. John hingegen hat direkt seine Jeans ausgezogen und rennt gerade nur in Boxershorts bekleidet aufs Wasser zu. Mit einem lauten Jauchzer und einem Platschen landet er im See.

»Er ist und bleibt ein Spinner«, kommentiert Meredith lachend und wendet sich an Ava. »Ich ziehe mir nur schnell meinen Bikini an. Kommst du mit?« Ava nickt und folgt ihrer Mutter ins Haus.

»Luke, komm rein, es ist herrlich!«, ruft John aus der Ferne, und ich laufe über den Steg zu ihm.

Die Holzdielen unter meinen Füßen sind noch aufgewärmt von der Sonne. Ich lasse mich am Rand nieder und strecke vorsichtig ein Bein ins Wasser. Erschrocken zucke ich zurück.

»Das ist ja eisig!«

John lacht nur und taucht komplett unter. »Das ist wundervoll erfrischend.«

Er paddelt vor mir im Wasser, schwimmt immer größere Kreise und wirkt dabei vollkommen zufrieden. Meredith und Ava kommen über den Steg zu mir gelaufen. Ava trägt einen Badeanzug mit Marienkäferdruck, Meredith einen dunkelgrünen Bikini. Sie gehen zur kleinen Leiter, die vorne am Steg angebracht ist, und steigen nacheinander ins Wasser. Ihnen scheint die Kälte nichts auszumachen. Vielleicht gewöhnt man sich an diese eisigen Wassertemperaturen, wenn man hier aufwächst.

»Willst du nicht rein?« Ava spritzt mir eine Handvoll Wasser gegen die Beine. »Komm schon, wir können Wasserball spielen!«

Ich ergebe mich, stehe auf, ziehe meine Hose aus und bin froh, heute Morgen die langen Boxershorts angezogen zu haben. Dann klettere ich die Leiter hinunter und beiße fest die Zähne zusammen, als das kalte Wasser meinen Bauch berührt. Ich stoppe nicht, gleite tiefer und lasse die Leiter los, als das Wasser mir bis zur Brust reicht.

Es ist wirklich eisig, aber es fühlt sich fantastisch an. So als würde auf einen Schlag jeder Zentimeter meines Körpers mit flüssiger Energie durchspült werden.

Automatisch tritt ein Grinsen auf mein Gesicht, und ich schwimme lachend zu Meredith und Ava, die John gerade einen kleinen Ball zuwirft.

Während die Sonne am Horizont verschwindet, lachen und spielen wir, bis das Wasser unter uns schwarz und unsere Füße abgefroren sind.

Zitternd, aber glücklich steigen wir aus dem See, laufen über den nun abgekühlten Steg und greifen uns die weichen Handtücher, die Meredith vorhin in weiser Voraussicht auf die Terrasse gelegt hat.

Drinnen liegen ebenfalls große Holzdielen auf dem Boden, die meine Füße direkt wärmen.

Ich laufe die gewundene Treppe nach oben, um zu meinem Zimmer für diese Nacht zu gelangen.

Oben im Flur treffe ich auf John, der mir die Tür zu meinem Zimmer zeigt. Sie befindet sich am Ende des Flurs und ist nur angelehnt. Ich drücke sie auf, und ein heller Raum öffnet sich vor mir. Dunkler Holzboden, weiß gestrichene Wände. Ein deckenhohes Fenster zeigt die beleuchteten Bäume, die sich direkt neben dem Haus befinden. Es ist so ruhig und gemütlich, dass ich fast traurig bin, hier nur eine Nacht zu verbringen. Mein Bett ist in eine Nische in der Wand eingelassen und mit schlichter, anthrazitgrauer Bettwäsche bezogen. Auf dem Nachttisch liegen Ohropax, ein kleines Handtuch und eine

Schale mit ahornblattförmiger Seife. Ich lächle, lasse meinen Rucksack auf den Boden fallen und setze mich auf die Matratze. Sie ist nicht ganz so weich wie die im Hause der Roberts, aber ich werde hier drin trotzdem fantastisch schlafen.

Eine halbe Stunde später sind wir alle frisch geduscht und aufgewärmt. Nur Alex hat sich immer noch nicht blicken lassen.

John und Meredith kochen das Abendessen, während ich mit Ava auf der Couch sitze. Sie hat ihr Deutschbuch hervorgeholt, und ich bringe ihr wieder ein paar neue Wörter bei. Alles rund ums Wasser, die Wälder und die Natur, die wir heute gesehen haben. Sogar das Wort Hängebrücke kann sie irgendwann fast fehlerlos aussprechen.

Ab und zu geht sie dazu über, mit mir auf Deutsch zu reden. Zumindest so einfache Sätze wie: »Wie geht es dir heute?« Oder: »Ich komme aus Vancouver, wo kommst du her?« Und dabei wirkt sie jedes Mal so stolz, dass ich es direkt auch bin.

Ich schicke meiner Familie und Charlie Bilder vom Wasserfall und vom See, der nun pechschwarz vor unserem Haus liegt und von dem man nur weiß, dass er da ist, weil man sein Gluckern durch das offene Fenster hören kann.

Charlie beginnt zu tippen:

Ahhhh wie wunderschön das aussieht! Jetzt fehlen nur noch ein Lagerfeuer und Smores 😍.

Ich kann es kaum abwarten, endlich mit ihr zu skypen und ihr zu erzählen, was heute alles passiert ist. Denn auch, wenn John und Meredith alles tun, damit ich mich wohlfühle, vermisse ich meine Familie und Charlie schon sehr. Das alles hier fühlt sich nicht real an. Nur wie ein sehr langer, schöner Traum. Ein Traum, den ich nicht zu sehr genießen will, weil ich Angst habe, jeden Moment zu erwachen. Deswegen antworte ich ihr:

Wie sieht es aus? Wollen wir morgen skypen? Wir fahren schon mittags zurück, also könnte ich spätestens um 22 Uhr deutscher Zeit online sein 😊.

Sie antwortet direkt:

> Ja klar! Ich freue mich! ❤

Ein warmes Gefühl breitet sich in mir aus. Morgen kann gar nicht früh genug kommen.

JACKSON

Der neue Nachbar

Im Haus gegenüber ist jemand Neues eingezogen. Ich habe meine Eltern darüber sprechen hören. Wenn es um den neuesten Straßenklatsch geht, sind sie ganz vorne mit dabei. Vor allem meine Mutter. Als ich letztens bei ihnen war, gab es beim Essen kein anderes Thema. Meine Schwester ist direkt in ihr Zimmer geflüchtet, aber ich war zu Besuch, also blieb ich sitzen.

»Er ist wohl aus Deutschland hier. Scheint mit den Roberts verwandt zu sein. Mehr wollte Meredith nicht sagen.«

Ich verschlucke mich an meiner Suppe, und direkt sehen mich beide besorgt an.

»Alles in Ordnung, Schatz?«

Ich übergehe genervt ihre Nachfrage. »Hast du sie mal wieder zugetextet?«

»Na hör mal, ich musste sie einfach fragen. Immerhin wohnen wir gegenüber voneinander«, rechtfertigt sie sich.

Ich zucke mit den Schultern und schlürfe weiter meine Suppe. Ich weiß, dass mein Vater das hasst, doch er sagt nichts. Früher hat er mich immer dazu angehalten, ordentlich zu essen. Das macht er jetzt nicht mehr. Vielleicht will ich ihn genau deswegen provozieren.

»Du wirst ihn sicher an der Uni treffen, Schatz. Wäre doch schön, wenn du einen Freund aus der Gegend hättest.«

»Es gibt über tausend Studierende am Campus, Mum.«

»Ach, ihr werdet euch schon über den Weg laufen. Weißt du, es wäre doch schön, wenn jemand dort auf dich achtgeben könnte.«

Ich lasse den Löffel sinken. Nicht schon wieder.

»Mum, es ist nicht so, dass ich ein Außenseiter wäre. Ich bin mit Menschen befreundet. Ich bin … nun ja, recht beliebt.« Auch wenn ich darauf gut und gerne verzichten könnte.

»Du verwechselst da was, Schatz. Du bist mit diesen Leuten nicht befreundet. Das sind die Mädchen und Jungs, mit denen du schläfst.«

Mein Vater verschluckt sich an seinem Wasser und läuft rot an, meine Mutter fährt ungerührt fort.

»Und diese Fußballtypen erst … Die tun so auf hip und cool. Du willst so sein wie sie. Deswegen fährst du auch immer mit dieser Unfallschleuder.« Sie deutet nach draußen. Dort vor dem Fenster steht mein Motorrad.

Ich lache lauter, als ich sollte. Zum Glück wohne ich nicht mehr in diesem Haus.

»Ist okay, Mum. Ich werde mich mit neuen Leuten anfreunden und in Zukunft nur noch Dreirad fahren. Können wir jetzt weiteressen?«

»Natürlich. Soll ich dir den Rest einpacken? In der Kantine kriegst du doch niemals all die Nährstoffe, die du brauchst.«

Ich nicke resigniert. Jetzt einen Streit anzufangen, wäre nur lästig. Außerdem ist das Kantinenessen auf Dauer wirklich nicht das Beste, weswegen ich dazu übergegangen bin, mir abends Essen für zwei liefern zu lassen und das kalte Gericht am nächsten Tag mit in die Uni zu nehmen. Nicht, dass das nährstoffreicher wäre. Aber besser schmecken tut es allemal.

Also lasse ich mir die Suppe und zwei Stücke vom Apfelkuchen einpacken und verstaue beides in meinem Rucksack.

»Ruf an, wenn du angekommen bist«, ruft mir meine Mutter hinterher, als ich zu meinem Motorrad laufe.

»Ana, er fährt doch nur zehn Minuten«, versucht mein Vater, sie zu beruhigen.

Ich winke ihnen zu und behalte meine Mundwinkel so lange oben, bis sie die Tür geschlossen haben. Dann lasse ich mich seufzend gegen die Hauswand neben dem Motorrad fallen und schließe kurz die Augen. Streiche mir mit Daumen und Zeigefinger über die Nasenwurzel, um ruhig zu bleiben.

Seit über drei Jahren wohne ich nicht mehr zu Hause. Ich bin vor allem ausgezogen, um der ständigen Kontrolle meiner Eltern zu entfliehen. Leider hat sich daran rein gar nichts geändert. Wenn überhaupt, ist es schlimmer geworden. Manchmal spiele ich mit dem

Gedanken, einfach gar nicht mehr zu kommen, aber das kann ich meiner Mutter auch wieder nicht antun.

Ich fahre mir durch die lockigen Haare und stelle fest, dass sie schon wieder wie Kraut und Rüben wuchern und ich dringend mal wieder einen Termin zum Haareschneiden ausmachen sollte. Dann greife ich nach meinem Helm, weil ich ganz genau weiß, dass meine Mutter am Fenster steht und mich beobachtet.

In diesem Moment sehe ich ihn. Besser gesagt sehe ich die ganze Familie Roberts aus der Garage laufen. Alle tragen Wanderschuhe und Rucksäcke, so als kämen sie gerade von einem Campingausflug zurück. Alex und Ava kenne ich natürlich. Alex habe ich früher sogar Nachhilfe gegeben, Ava streckt mir oft nur die Zunge entgegen, aber das ist okay, ich mag sie trotzdem. Meredith und John sind bereits im Haus verschwunden, doch der Neue hilft Ava dabei, die verschmutzten Schuhe auszuziehen. Seine braunen Haare sind von der langen Autofahrt hinten am Kopf platt gedrückt, und vielleicht liegt es daran, dass er neben Ava steht, oder daran, dass ihm seine grüne Regenjacke mindestens zwei Größen zu klein ist, jedenfalls wirkt er riesig.

Ava rennt auf Socken die Einfahrt nach oben, versucht, ihren Bruder Alex zu überholen, übersieht dabei aber die niedrige Steinmauer, die das Blumenbeet umgibt und knallt volle Kanne auf den Boden. Keine drei Sekunden später fängt sie an zu weinen, und ich sehe Blut, das über ihr Knie läuft.

Der Neue lässt seinen Rucksack und Avas schmutzige Schuhe fallen und rennt ebenfalls die Einfahrt nach oben. Er bückt sich zu ihr runter und wischt vermutlich das Gras von ihrem Knie.

Ich kann nicht genau erkennen, was er zu ihr sagt, oder was er tut, aber Avas Weinen wird leiser und geht schließlich sogar in ein Lachen über. Der Neue fährt sich durch die Haare, steht dann auf und reicht ihr galant seine Hand. Sie ergreift sie und lässt sich von ihm nach oben ziehen.

Dreh dich um, denke ich. *Ich will dein Gesicht sehen.* Doch den Gefallen tut er mir nicht. Stattdessen nimmt er Ava auf die Schultern, die mit ihren dreckigen Socken durch die Luft wedelt und lauthals lacht. Dann verschwinden sie im Haus. Nur der einsame Rucksack und Avas Schuhe liegen noch in der Einfahrt. Vermutlich wird er gleich wieder herauskommen und sie einsammeln, aber so lange will ich nicht warten. Am Ende kommt meine Mutter noch einmal raus und fragt, ob ich nicht doch über Nacht hierbleiben möchte.

Also steige ich endlich aufs Motorrad und lasse meine Eltern und den interessanten neuen Nachbarn zurück.

Kaum bin ich wieder im Wohnheim, stopfe ich die Gemüsesuppe in unseren kleinen Kühlschrank und schaue online, was ich mir bestellen könnte. Mein Mitbewohner Billy wird sich über die Suppe freuen, ich brauche jetzt was Richtiges.

Vancouver hat essenstechnisch echt einiges zu bieten, trotzdem kommen in letzter Zeit immer mehr Möchtegern-Restaurants hinzu. Ich scrolle ewig durch die Liste, bis ich endlich bei meinem Lieblingsthailänder lande. Es gibt meiner Meinung nach kein besseres Thai-Curry in der Stadt. Ich habe diesem Restaurant sicher schon fünf Bewertungen dagelassen, doch im Gegensatz zu den großen Ketten ist der Laden immer noch viel zu unbekannt. Also tippe ich meine Fünf-Sterne-Bewertung ein, während ich aufs Essen warte. Dann lasse ich mich aufs Bett fallen, starte eine neue Folge *Elite* und nippe an meiner Cola.

Während das Serienintro über den Laptopbildschirm läuft, scrolle ich durch die neuesten Kommentare unter meinem Instagrambild und poste ein neues vom Sonnenaufgang, den ich heute fotografiert habe. Ich überlege ewig, welchen Text ich dazu schreiben könnte, doch mein Gehirn springt immer wieder zurück zu diesem neuen Nachbarn. Also tippe ich genau das:

@vancroofer97: Da wohnt ein Fremder im Nachbarhaus. Sein Gesicht hat er mir nicht gezeigt, doch da ist etwas, das ich nicht erklären kann. Übermorgen beginnt die Uni für uns beide. Wer weiß, vielleicht kreuzen sich unsere Wege in den heiligen Hallen.

Fünf Minuten später habe ich schon zwei neue Kommentare. Einen von einem neuen Account, der mir erst seit Kurzem folgt.

@mad_in_van: Nice! Wünsch euch beiden 'nen geilen Semesterstart 😉.

Der zweite ist von meiner Schwester. Sie folgt mir schon seit fast einem Jahr, weiß aber nicht, dass ich hinter diesem Profil stecke. Sonst würde sie niemals kommentieren. Immerhin reden wir im echten Leben kaum ein Wort miteinander. Jetzt ihre lieben Worte zu lesen, fühlt sich seltsam an.

@zerohand2000: Das Bild ist der Wahnsinn! Und wegen diesem neuen Nachbarn: Viel Erfolg! ❤

Ich klicke auf ihr Profil und sehe mir ihr aktuellstes Bild an. Sie liebt es, secondhand shoppen zu gehen und daraus neue Outfitideen zu kreieren. Mittlerweile folgen ihr ziemlich viele Accounts. Ich überlege, ihr ebenfalls zu folgen, doch das würde gegen meine Regeln verstoßen. Ich abonniere niemanden, den ich persönlich kenne. Schon gar nicht meine Schwester.

LUKE

Ein vertrautes Gesicht

Ich habe gerade die Zimmertür geöffnet, als mein Handy vibriert. Ich ziehe es aus der Hosentasche und lächle, als ich das blaue Skype-Symbol sehe. Achtlos werfe ich meinen Rucksack auf den Boden und lasse mich aufs Bett fallen. Der Geruch der weichen Bettwäsche kommt mir schon nach diesen wenigen Tagen in Kanada vertraut vor. Ich drücke auf *Annehmen* und spüre die Vorfreude kribbelnd durch meinen Körper schießen.

»Mal wieder pünktlich auf die Minute.«

»Du kennst mich.« Charlie lacht, weil sie der unpünktlichste Mensch auf dieser Welt ist.

»Bist du in deinem Zimmer?«, fragt Charlie aufgeregt und kommt mit ihrem Gesicht der Kamera noch näher, so als versuche sie, neben meinem Kopf etwas zu entdecken.

»Ja, bin ich, warte, du kriegst eine exklusive Roomtour.«

»Ich fühle mich geehrt!«

Mit Charlie in der Hand laufe ich durch mein Zimmer und zeige ihr jeden Winkel, obwohl sie den Raum auch schon von Fotos kennt. Auch wenn ich nur mein Handy durch das Zimmer schwenke, fühlt es sich fast so an, als stünde Charlie hier neben mir.

»Aww, du hast unser Bild aufgestellt.«

Ich drehe das Handy wieder zu mir und schaue geschockt: »Das steht da noch? Shit, ich wollte es eigentlich verbrennen.«

»Ich liebe dich auch.«

Grinsend lasse ich mich wieder aufs Bett fallen und halte das Handy über mein Gesicht. Charlie hat sich nun ebenfalls in ihr Bett gelegt. Ich erkenne die gestreifte Bettwäsche und ihren Bücherstapel auf dem Nachttisch.

»Kannst du dich nicht einfach hierherbeamen?«, frage ich schließlich, und Charlies Blick wird traurig.

»Ich wär sofort dabei.« Charlies Stimme lässt erahnen, dass es da etwas gibt, das sie mir nicht verraten will, also hake ich direkt nach.

»Was ist los?«

»Ach nichts.«

»Charles!«

»Es ist –«

»Sag jetzt nicht nichts!«

»Na schön. Uns wurde schon wieder für eine Wohnung abgesagt, und jetzt fängt Viky im Oktober an zu studieren, und ich sitze hier fest und …« Sie versucht zu lachen, doch es wirkt eher wie ein Schluchzen.

»Scheiße, Charles … Ich dachte, die Vermieterin fand euch so sympathisch?« Kurz vor meinem Abflug hatten die beiden eine Besichtigung in Frankfurt, doch als Person ohne festes Einkommen und Studierende ist es auf dem aktuellen Wohnungsmarkt einfach die Hölle. Vor allem, weil Charlies Eltern aufgrund ihrer geringen Einkünfte nicht einmal für sie bürgen können. Charlie sucht erst seit zwei Monaten, doch ich kann verstehen, wieso sie so schnell wie möglich von zu Hause ausziehen möchte. Die Situation mit ihrem alkoholkranken Vater hat sich weiter zugespitzt, seit sie mit Viky zusammen ist.

»Ich kann euch helfen, weiter zu suchen. Wenn die Vorlesungen zu langweilig sind, schaue ich nach passenden Wohnungen.«

»Luke …«

»Kein Problem, ich hab meine Kurse schon gewählt, und Theater- und Filmgeschichte oder Filmproduktion klingen jetzt echt nicht so spannend. Zumindest nicht so spannend wie der deutsche Wohnungsmarkt.« Ich lache, doch Charlie sieht alles andere als überzeugt aus.

»Das mit der Wohnung kriege ich schon hin, aber was ist, wenn wir merken, dass wir gar nicht zusammenwohnen können? Viele Beziehungen gehen kaputt, wenn man zu schnell zusammenzieht.«

»Hast du das gegoogelt, oder was?«

Sogar über den Bildschirm kann ich die feine Röte erkennen, die sich über ihre Wangen zieht.

»Charles, jetzt hör mir mal zu: Ich kenne dich und ich kenne mittlerweile auch Viky ganz gut. Ihr passt perfekt zusammen. Klar streitet man sich öfter, wenn man so nah aufeinanderhockt, aber es kann auch super aufregend sein. In dieser Zeit lernt ihr beide euch sicher noch einmal auf eine ganz andere Art und Weise kennen …«

»Luke!« Sie wirft ein Kissen nach ihrem Laptop, und ich lache laut auf.

»Ich mein ja nur. Das muss kein Beziehungskiller sein.«

»Na schön, du hast es mal wieder geschafft, mich zu überzeugen.«

Sie lächelt und hält dann etwas in die Kamera. Ich muss meine Augen zusammenkneifen, um es genau zu erkennen. Eine kleine, weiße Karte, auf der ihr Name steht.

»Was ist das?«, frage ich, und Charlies Grinsen wird breiter.

»Wenigstens eine gute Nachricht gibt es: Ich hab endlich einen Job!«

»Was? Wo?«

»Haha, das glaubst du nie. Bei Annabelles Eltern.«

Ich schaue sie ungläubig an. Annabelle war in der Schule so etwas wie unsere Erzfeindin.

»Ja, genau so hab ich auch geguckt, aber die haben eine kleine Lokalzeitung, und ich darf dort die Film- und Buchkritiken schreiben. Zwar erst einmal nur als Praktikantin, aber immerhin. Ist das nicht geil?«

Sie beginnt ein bisschen vor dem Laptop herumzuhüpfen, und ich freue mich direkt mit ihr.

»Das ist wundervoll. So etwas wolltest du doch schon ewig machen!«

»Ja. Hätte nicht gedacht, dass ausgerechnet Annabelle mir mal zu einem Job verhelfen würde.«

»Na siehst du. Du hast das Geld von deinem Job, und Viky arbeitet einfach neben dem Studium. Dann könnt ihr euch auf jeden Fall ’ne schicke Bude leisten.« Ich freue mich sehr für sie, denn auch wenn Charlie nur selten darüber geredet hat, weiß ich, wie sehr sie das Geldproblem ihrer Familie belastet hat. Ich habe das nur allzu gut verstehen können. Nach Papas Tod war es auch für uns nie einfach.

Einmal habe ich mich sogar extra krank gestellt, um nicht mit auf die Klassenfahrt zu müssen. Nur, weil ich wusste, dass Ma sich die Fahrt einfach nicht leisten konnte.

»Es freut mich, dass du glücklich bist.«

Sie lächelt vorsichtig und fragt dann: »Bist du denn auch glücklich? Sorry, ich rede die ganze Zeit nur über mich!«

Den Rest des Telefonats erzähle ich Charlie von unserem Ausflug und von Avas vielen Fragen. Ich beschreibe ihr in aller Ausführlichkeit den Geschmack von Beaver Tails, sodass wir schließlich beide Hunger bekommen.

Mittlerweile laufe ich mit dem Handy in der Hand durch mein Zimmer und starre das digitale Bild meiner besten Freundin an.

»Du fehlst mir, weißt du?« Warum klingt meine Stimme plötzlich so brüchig?

»Du mir auch, du Spinner.« Sie versucht zu lachen, doch ich merke, dass auch ihre Stimme leicht zittert.

»Halt die Ohren steif und rede mit Viky. Ich habe so viel getan, um euch beide zusammenzubringen, also versaut es jetzt nicht!«, scherze ich, und Charlie lächelt leicht.

»Alles klar, Chef. Ich rede mit ihr. Wir sehen uns bald?«

»Auf jeden Fall!«

»Bis dann.«

»Gehab dich wohl, Charles.«

Und wir zählen gleichzeitig von drei runter und legen auf. Ich lasse mich wieder ins Bett fallen. Wie schön es war, Charlies Stimme wieder zu hören. Eigentlich krass, dass man erst merkt, wie sehr man eine Person vermisst, wenn man sie nicht mehr jeden Tag um sich hat und ihr Gesicht nur noch auf dem Handydisplay sieht.

LUKE

Freshmen

Es ist Montag, der zweite September. Mein erster Unitag. Ich stehe vor meinem Kleiderschrank und kann mich nicht entscheiden, was ich anziehen soll. Legt man nicht am ersten Tag an einem neuen Ort fest, wie einen die anderen für das restliche Jahr wahrnehmen? *Okay, übertreib mal nicht, Luke.* Also, was sieht besser aus: ein weißes Hemd und eine dunkle Jeans oder ein gestreiftes T-Shirt und helle Jeans? Ich raufe mir die Haare und probiere ein Shirt nach dem nächsten an. Von unten ertönt die Stimme meiner Tante, die mich zum Frühstück ruft. Na super. Ich greife erneut in den Schrank und ziehe mein grünes Lieblingsshirt hervor. Es ist ausgewaschen und etwas zu groß, aber wenigstens fühle ich mich darin wohl. Zusammen mit einer hellen Jeans wirkt das Outfit lässig, aber dennoch schick genug für solch einen Anlass. Ich schließe den Kleiderschrank und mache mich dann endlich auf den Weg nach unten.

Eigentlich beginnt heute auch mein erster richtiger Arbeitstag als Au-pair für Alex und Ava. Ich sollte also für das Frühstück verantwortlich sein, aber als ich in die Küche komme, ist der Tisch bereits gedeckt.

»Guten Morgen. Ich muss gleich los in die Klinik, wärst du so nett und schmierst Ava ihr Schulbrot? Aber keine Erdnussbutter, auch wenn sie dich darum bittet!« Meredith zwinkert mir zu und verschwindet dann im Flur. Keine zehn Sekunden später kommt sie wieder in die Küche gehetzt, greift sich ihren Kaffeebecher von der Theke und hebt die Hand, so als wolle sie mir übers Haar streichen. Kurz bevor sie das tut, hält sie allerdings inne und sieht mich nur warm an. »Hab einen schönen ersten Tag. Und pass mir gut auf meine Kinder auf.«

»Wird gemacht!«

Sie winkt noch einmal und verschwindet dann aus der Haustür. John ist schon im Büro, also beginne ich schnell damit, die Schulbrote zu schmieren, trinke nebenbei meinen Kaffee und sehe immer wieder auf die Uhr. Um kurz nach acht erscheint Ava endlich in der Tür. Ihre Augen sehen müde aus, die Haare hängen ihr zottelig auf die Schultern, und sie trägt zwei verschiedene Socken. Eine ist gestreift, auf der anderen befinden sich bunte Donuts.

»Schicke Socken«, begrüße ich sie, und Ava wirkt direkt etwas wacher. »Wo steckt dein Bruder?«

Ava schlurft zum Kühlschrank, schnappt sich einen Joghurt und setzt sich neben mich.

»Schläft noch.« So frühmorgens scheint sie alles andere als quirlig und gesprächig zu sein. Das gefällt mir, denn ich bin genauso ein Morgenmuffel.

»Aber wir müssen in zwanzig Minuten los.«

Ava zuckt nur mit den Schultern und löffelt weiter ihren Joghurt. Ich hätte echt nicht gedacht, dass ich einen Fünfzehnjährigen noch aus dem Bett zerren muss.

An seinem ersten Schultag wird er ganz bestimmt nicht zu spät kommen! Wütend stürme ich die Treppe hoch.

Alex' Zimmertür ist geschlossen, und als er auf mein mehrfaches Klopfen nicht reagiert, öffne ich sie einfach.

»Alex, wir müssen in einer Viertelstunde los. Stehst du bitte …« Ich stocke, denn Alex ist schon wach. Zumindest eines seiner Körperteile. Mir steigt die Röte ins Gesicht, und Alex' Blick fliegt panisch zwischen mir und seiner Hand hin und her, die bis eben gerade noch sehr beschäftigt war.

»Raus hier!«, brüllt er, immer noch mit knallroten Wangen.

Ich stolpere schnell einen Schritt zurück. »Ähm, mach dich fertig, ja?«

Gott, wieso benehme ich mich so? Als wäre das nicht das Normalste der Welt. Aber ausgerechnet mit Alex musste mir das passieren. Jetzt hat er einen Grund mehr, nicht mit mir zu sprechen. Wundervoll.

Ich fahre mir mit der Hand durchs Gesicht und gehe wieder nach unten. Der Tag beginnt super.

Acht Minuten später erscheint Alex dann auch endlich in der Küche. Er würdigt mich keines Blickes, macht sich eine Schale Müsli, achtet dabei nicht auf Milch und Cornflakes, die neben der Schüssel auf der Arbeitsplatte landen, und beginnt, so langsam zu essen, dass es fast aussieht, als würde ein Zeitlupenfilm vor meinen Augen ablaufen.

Ava ist mittlerweile fertig, ich habe ihre Haare noch einmal frisch gekämmt und ihr Pausenbrot in den Rucksack gepackt. Alex bekommt sein Essen in der Schule. Ihm habe ich also nur ein paar Apfelschnitze eingepackt, so wie ich es für Lou und Paul immer gemacht habe. Mich würde es nicht wundern, wenn er sie in der Schule in den Müll wirft.

Ich habe schnell noch versucht, den Esstisch aufzuräumen und das Schlachtfeld zu beseitigen, das Alex auf der Arbeitsplatte hinterlassen hat.

Als wir schließlich mit fünf Minuten Verspätung endlich im Auto sitzen, klebt mir mein Shirt bereits am Körper, und ich ärgere mich, kein weiteres eingepackt zu haben. Ich atme kurz durch, drehe die Klimaanlage im Auto auf und starte den Motor.

Als das Garagentor hochfährt, kann ich mich nicht davon abhalten, einen Blick auf die Einfahrt gegenüber zu werfen. Seit meinem ersten Tag hier habe ich sexy Jack nicht mehr gesehen. Manchmal kommt es mir schon so vor, als sei er eine Einbildung meines sexuell frustrierten Unterbewusstseins gewesen, aber dann erinnere ich mich daran, dass Ava ihn auch sehen kann. Er muss also real sein. Trotzdem, heute ist die Einfahrt komplett leer. Keine Spur von ihm. Ich seufze und löse die Handbremse.

Nachdem ich Ava bei der Primary School abgeladen habe und sie freudestrahlend zu all ihren Freundinnen und Freunden gelaufen ist, fahre ich weiter zur Highschool.

Im Wagen herrscht eine aufgeladene Stille, und ich würde sie gerne brechen, weiß aber nicht, wie. Eigentlich dachte ich, es würde ganz einfach werden mit Ava und Alex. Immerhin habe ich selbst drei Geschwister. Zwei davon stecken mitten in der Pubertät. Trotzdem schaffe ich es einfach nicht, einen Draht zu Alex aufzubauen, und das frustriert mich. Ich würde gerne verstehen, was in ihm vorgeht, aber wie kann ich das, wenn er von vornherein immer dichtmacht?

Die Highschool wirkt schon von außen sehr edel und teuer. Hellgraue Steine verzieren die Fassade, genauso wie die großen Fenster. Doch noch eindrucksvoller sind die Sportfelder direkt daneben und die zig Taxis und extrem teuer aussehenden Autos, die neben uns auf dem schuleigenen Hof parken.

Mein Gymnasium in Deutschland war auch nicht übel, aber ich sehe direkt, dass es sich hier ohne Zweifel um eine Privatschule handelt. Auf dem Vorplatz der Schule sehe ich ausschließlich Jungen in dunkelblauen Schuluniformen. Einige verabschieden sich noch von ihren Eltern, andere stehen schon in kleinen Gruppen zusammen, lachen und zeigen sich irgendetwas auf ihren Smartphones.

John hat zwar erwähnt, dass Alex auf eine Jungenschule gehen wird, weil diese mit Abstand die beste in der Gegend sei und er und mein Vater früher selbst dort zur Schule gegangen wären. Aber jetzt, da ich sie so vor mir sehe, kann ich verstehen, wieso Alex keine Lust auf diesen ersten Tag hat. Diese Jungen scheinen sich allesamt schon zu kennen. Ihre Frisuren sitzen perfekt, die Schuhe glänzen, ja selbst ihre Schul- und Sporttaschen, die sie sich lässig über die Schultern geworfen haben, wirken brandneu und teuer.

Hinter mir im Auto lässt sich Alex Zeit und braucht ewig, um auszusteigen. Ich kann es ihm nicht verübeln.

»Kopf hoch, versuch einfach, ein paar nette Mitschüler zu finden.« Gott, ich höre mich an wie ein beschissener Schulsprecher.

»Lieber verreck ich.« Mit diesen Worten knallt Alex die Autotür zu, geht ein paar Schritte, dann hebt er die Hände, zieht sich die Kapuze seiner Jacke über den Kopf, sodass weder die Schuluniform noch sein Gesicht zu erkennen sind, und läuft mit gesenkten Schultern Richtung Schulgebäude. Inmitten all der Jungen mit ihren blauen Uniformen wirkt er wie ein grauer Fleck, der sich durch einen dunklen Ozean kämpft.

In Gedanken bete ich, dass er Anschluss findet. Gleichzeitig stelle ich mir vor, wie es für mich gewesen wäre, hier zur Schule zu gehen. Klar, die Männerauswahl wäre super gewesen, aber ich hätte niemals

Charlie kennengelernt, oder Mia. Ich bin gerne mit Frauen zusammen. Hier auf dem Schulhof scheint eindeutig etwas zu fehlen. Ich seufze, weil ich für Alex gerade nicht mehr tun kann und auch sauer darüber bin, dass er seine Wut an mir auslässt. Auf der anderen Seite verstehe ich ihn. Ich verstehe, dass sein Leben gerade alles andere als rosig verläuft. Wenn ich mir vorstelle, wie es mir mit fünfzehn ging … Nein, die Zeit brauche ich echt nicht zurück. Die Pubertät macht Dinge mit einem, die man einfach nicht erklären kann. Manchmal ist man grundlos traurig oder so wütend, dass man einen Stein durch die Frontscheibe des Autos vom Chemielehrer wirft – ich spreche aus Erfahrung.

Vielleicht ist das unser Problem. Ich verstehe Alex, weil wir uns so ähnlich sind.

Die Universität liegt am nordwestlichsten Zipfel von Vancouver. Direkt am Wasser, umgeben von wunderschönen Parkanlagen. Im Internet habe ich mir die Seite der Universität tagelang angesehen und kann es auch jetzt noch kaum glauben, dass ich hier tatsächlich studieren werde.

Ich biege auf einen riesigen Parkplatz und bin einmal mehr überwältigt davon, wie viel größer hier in Kanada alles ist. Die Autos, die Straßen, die Häuser. Im Vergleich dazu komme ich mir plötzlich winzig vor.

Ich hole den Flyer der Universität aus dem Handschuhfach und überfliege noch einmal die Informationen.

Ich werde ein Semester lang Theater und Schauspiel studieren und kann mir die meisten meiner Credits sogar in Deutschland anrechnen lassen. All das weiß ich schon, mich interessiert der heutige Tagesablauf, denn es finden noch keine regulären Vorlesungen statt.

In großen Buchstaben verkündet der Flyer, dass heute der sogenannte *Orientation Day* stattfindet. Offenbar soll man dort mithilfe von Spielen und Führungen den Campus und die Mitstudierenden besser kennenlernen. Bei dem Namen muss ich allerdings eher an ein Massenouting denken, bei dem jeder durch gewisse Spiele seine sexuelle Orientierung herausfindet. Auch eine interessante Vorstellung. Grinsend schultere ich meinen Rucksack, packe den Lageplan des Geländes in meine Hosentasche und öffne die Autotür. Genau in diesem Moment parkt ein Auto neben mir. Ein altes, helltürkises, bei dem der Lack schon etwas abblättert. Es gefällt mir auf Anhieb.

Zwei junge Frauen steigen aus. Die Fahrerin hat grüne, kinnlange Haare und mehrere bunte Tattoos, die sich über ihre Arme schlängeln. Dazu trägt sie ein schwarzes Top und eine ausgefranste Latzhose. Ihre Beifahrerin sieht dagegen aus wie ein Engel. Blond gelockte Haare, Blümchenkleid, Perlenhandtasche. Ein seltsames Gespann.

»Was glotzt'n so?« Der Engel kann sprechen. Nicht, dass ich mit so einer Begrüßung gerechnet hätte. »Äh …«

Die Grünhaarige wirft der anderen einen rügenden Blick zu. »Sei nicht so fies. Er ist sicher auch ein Freshman.« Sie stellt sich vor mich und begutachtet mich. Es fühlt sich fast so an, als würde ich einer Qualitätskontrolle unterzogen. »Wie heißt du denn?«

Ich schlucke und hoffe, dass meine Stimme noch vorhanden ist. »Luke. Und ja, ich bin neu hier.«

»Du kommst aber nicht von hier. Was is'n das für'n Dialekt?« Die Blonde mustert mich immer noch abschätzig.

»Ich komme aus Deutschland.« Wenn ich aufgeregt bin, kriege ich auf Englisch nur noch die einfachsten Sätze hin. Es nervt mich unheimlich, aber vielleicht bessert sich das mit der Zeit ja.

»Cool! Ist das Bier dort echt so gut? Ich bin übrigens Taylor.« Die Grünhaarige reicht mir eine kleine, aber kräftige Hand, und ich schüttle sie vorsichtig.

»Das Bier ist gut, ja. Aber ich steh eher auf Cocktails.«

Die Blonde lacht zum ersten Mal und stellt sich nun auch neben Taylor. Sie ist fast so groß wie ich und damit zwei Köpfe größer als ihre Freundin. »Der gefällt mir. Kenn nicht viele Jungs, die einen guten Cocktail zu schätzen wissen. Mein Name ist Madison. Nicht Maddi, nicht Mad, einfach Madison.«

»Alles klar.«

Ich fühle mich ein wenig wie bei einem WG-Casting. Wieso nur habe ich das Gefühl, dass ich sie überzeugen muss, dass ich kein Langweiler bin?

Madison beginnt in Richtung Unigelände zu laufen, und Taylor und ich folgen ihr.

»Was studierst du denn?«, erkundigt sich Taylor.

»Theater und Schauspiel.«

»No way! Ich auch, aber ich hab noch Literatur dazu gewählt, weil ich mich nicht entscheiden konnte.« Taylor lacht unsicher und versucht, sich die Haare hinters Ohr zu schieben, dafür sind sie allerdings etwas zu kurz.

»Sie ist ein nerviger Bücherwurm, glaub mir. Meine Fächer sind viel spannender! Mikrobiologie und Technik.«

Während Madison redet, tippt sie etwas in ihr Handy und stöckelt weiter über den Weg.

Taylor fragt mich, aus welcher Stadt ich komme und wie meine Au-pair-Kinder so sind und ob das nicht zu viel Arbeit auf einmal ist, mit dem Studium. Ich bemühe mich, all ihre Fragen zu beantworten, während wir dem Campus immer näher kommen.

»Ich bin das gewohnt, ich habe selbst drei jüngere Geschwister. Ehrlich gesagt fühlt es sich bisher so an, als würde ich hier nur Urlaub machen. An den Abenden und Wochenenden habe ich zum Beispiel immer frei – der reinste Luxus!«

»Das klingt doch super, du hast es auf jeden Fall besser als Madison. Die passt auch am Wochenende auf ihre Großeltern auf.«

Madison vor uns winkt nur ab. »Dafür sind sie schwerhörig, und ich kann so laut Musik hören, wie ich will.«

Taylor wirft mir einen vielsagenden Blick zu, und ich grinse.

Wir erreichen den Empfangsraum, in dem sich rund fünfhundert andere Studierende tummeln. Es ist furchtbar laut und stickig, aber ich liebe es! Die Menschen hier scheinen allesamt etwas Besonderes an sich zu haben. In meiner Schule ging es meistens darum, ja nicht aufzufallen. In der Masse unterzugehen. Hier scheint das genaue Gegenteil der Fall zu sein.

Es herrscht ein großes Gesprächswirrwarr, und ich höre neben Englisch mindestens drei weitere Sprachen. Neben mir unterhalten sich zwei Personen lautstark über die neue Playstation, während ich aus den Augenwinkeln beobachte, wie jemand verstohlen einen Aufkleber mit der Aufschrift *Out of gender* an der Tür der Herrentoilette anbringt. Einige Studierende tragen auffallende Outfits – sind die Klamotten der Person links neben mir vielleicht selbst gestrickt? –, andere haben sich richtig herausgeputzt und tragen sogar ein Hemd. Ich sehe zwei Typen vor mir Händchen halten und eine schwarze junge Frau, die einen Regenbogenkragen an ihre Jeansjacke genäht hat. Wieder einmal frage ich mich, ob ich das hier alles träume, doch dann begegne ich Taylors Augen und sehe in ihnen die gleiche Aufregung glitzern.

Nach einer super lockeren und vor allem kurzen Begrüßungsrede werden immer rund vierzig von uns einem Tutor oder einer Tutorin zugewiesen, die uns das Gelände zeigen sollen. »Na dann, bis nachher. Wir seh'n uns in der Cafeteria«, flötet Madison und verschwindet mit ihrer Gruppe.

Taylor und ich werden der gleichen Gruppe zugeteilt und von einem Senior über das Gelände geführt. Ich bin sehr beeindruckt von der Architektur der Gebäude. Die grünen Außenanlagen sehen wunderschön aus, und die riesige Bibliothek ist mein absolutes Highlight. Als unser Guide dann noch meint, dass wir hier sicher viel Zeit verbringen werden, schaue ich Taylor an und meine: »Also, darauf freue ich mich schon.«

Sie grinst nur. »Das sagst du jetzt noch. Wenn's erst mal ans Lernen geht, tust du sicher alles, um an einem anderen Ort zu sein.« Aber auch in ihren Augen liegt ein gewisser ehrfürchtiger Glanz, als sie die vielen Bücher um uns herum betrachtet und mit den Händen über die Buchrücken streicht.

Nach der zweistündigen Tour sind wir alle ausgehungert und laufen zur gläsernen Cafeteria, die sich direkt am Wasser befindet. Kein Wunder, dass die Studiengebühren hier so hoch sind. Zum Glück bekomme ich als Auslandsstudent BAföG.

Madison winkt uns schon von Weitem zu, als sie uns mit voll beladenen Tabletts durch das Gebäude laufen sieht. Sie sitzt mit zwei jungen Männern an einem Tisch direkt am Fenster.

»Da seid ihr ja. Wir sind schon seit zwanzig Minuten fertig. Das hier sind Hunter und Tarek.«

»Hi«, begrüßt uns Hunter erfreut – ein braunhaariger Typ, der sein Essen zu inhalieren scheint.

Tarek lächelt uns nur freundlich entgegen. Er trägt ein weißes Hemd und eine Hornbrille. Durch seinen schlichten und klassischen Kleidungsstil wirkt er hier drin fast wie eine Rarität.

Ich bemerke Madisons Blick, der auf meinem vollen Teller ruht. »Uhh, du hast den Linseneintopf genommen?« Sie verzieht angeekelt das Gesicht.

»Ja, was ist denn damit?« Ich betrachte die braune Brühe vor mir genauer.

»Mein Beileid«, antwortet sie nur und bedeutet mir, mich nicht neben sie zu setzen.

Taylor hinter mir kichert nur und lässt sich links von mir nieder.

Vorsichtig stecke ich mir den ersten Löffel Suppe in den Mund und kaue auf den Linsen herum. Es schmeckt nicht übel. Nur etwas zäh und zu wenig gewürzt. Ein bisschen so wie Babynahrung.

»Also, ich weiß nicht, was du hast, das hier ist fast eine Delikatesse im Vergleich zu dem Essen an meiner alten Schule.« Doch Madison schüttelt nur den Kopf und murmelt etwas von »Gefängnisfraß«.

»Und wie war's bei euch?«, fragt Taylor in die Runde und packt ihr Sandwich aus.

»Ach, ganz interessant. Hunter hier hat dauernd versucht, coole Sprüche zu reißen, aber den weirden Vortrag von unserm Tutor konnte er damit nicht toppen. Der Typ hieß Billy und war total schräg, aber irgendwie auch sehr lustig.«

»Hey, er fand meinen Spruch über die Fotosynthese ausgesprochen kompetent«, erwidert Hunter entrüstet und legt endlich die Gabel beiseite. Auf seinem Teller befindet sich kein einziger Krümel mehr.

Endlich meldet sich nun auch Tarek zu Wort und deutet auf Hunters Teller: »Das Essen hier ist echt nicht schlecht, aber Nachtisch scheinen die hier nicht draufzuhaben. Der Kuchen war mega trocken.«

»Dann hast du den von meiner Großmutter noch nicht probiert«, meint Madison lachend.

»Geht ihr nachher auch noch zur Party?« Tarek schiebt seine Brille weiter nach oben.

»Party?«, frage ich interessiert, denn davon habe ich heute noch nichts gehört.

»Die Freshmenparty in der Sporthalle. Habt ihr den Flyer noch nicht bekommen? Beginn ist zehn Uhr heute Abend«, erklärt Hunter und sieht freudig in die Runde. »Wir geh'n hin, oder?«

»Ich bin auf jeden Fall am Start!«, antwortet Madison und sieht Taylor und mich erwartungsvoll an.

»Klar, ich auch«, meint Taylor etwas weniger euphorisch.

»Ich muss das erst mit meiner Tante und meinem Onkel abklären, aber ich sag euch Bescheid.«

»Da fällt mir ein, wir ham noch gar nicht deine Nummer!« Madison reicht mir ihr Handy. »Gib mal ein.« Und zwei Minuten später haben wir eine Whatsapp-Gruppe für den heutigen Abend gegründet.

»Und die Party ist um zehn?«, fragt Meredith, während ich die Tomaten schneide und sie die Nudeln ins Sieb gießt.

»Genau. Ich kann auch erst später hinfahren, wenn ihr mich länger hier braucht, das ist kein Problem.«

»Nein, nein. Geh du nur. Ava und du habt schon gelernt?«

»Sogar eineinhalb Stunden lang. Sie hat in der Schule wohl ein neues Buch bekommen.«

»Sehr schön. Na dann, wärst du so lieb und würdest die anderen zum Essen rufen?« Sie wischt sich die Hände an der Schürze ab und stützt sich kurz am Küchentresen ab. Sie wirkt müder als in den letzten Tagen. Vermutlich war es im Krankenhaus heute sehr stressig. Direkt fühle ich mich schuldig. Es ist mein erster richtiger Arbeitstag als Au-pair, und ich gehe direkt feiern. Vielleicht sollte ich doch hierbleiben – ich habe vorhin noch einen ganzen Haufen Wäsche gesehen, der dringend gebügelt werden muss. Außerdem möchte ich morgen früh vorbereiteter sein und Meredith keine zusätzliche Arbeit machen.

Meredith scheint genau zu wissen, worüber ich mir Gedanken mache. »Du gehst da heute Abend auf jeden Fall hin! Ich kann mich heute noch an meine Freshmenparty erinnern, das darfst du nicht verpassen.« Sie lächelt mich so liebevoll an, dass das flaue Gefühl in meiner Brust nur noch stärker wird. Eine winzige Sekunde war ich froh über ihre Antwort, bis das schlechte Gewissen alles überschattete. Ich dachte, ich würde hier in Kanada viel mehr Verantwortung übernehmen müssen. Genau wie zu Hause auch. Stattdessen geben sie mir frei und drängen mich sogar noch dazu, Zeit mit Gleichaltrigen zu verbringen. Ich weiß nicht, wie ich damit umgehen soll. Ich bin es gewohnt, ständig an alles zu denken, den Haushalt zu erledigen und alle Termine unserer Familie zusammenzuhalten. Wenn all diese Aufgaben wegfallen, was tue ich dann hier? ›Vielleicht einfach mal Spaß haben?‹, würde Charlie jetzt sicher sagen, und ich lächle, als ihre Stimme in meinem Kopf erklingt.

Ich gehe aus dem Raum, um die anderen zum Essen zu rufen. Dann ziehe ich mein Handy aus der Tasche und schreibe:

Party nachher geht klar!

Taylor antwortet augenblicklich.

Supi, ich bin bis heute Abend bei Madison. Sie meinte eben, wir können dich einfach mit ihrem Auto mitnehmen 😊.

Madison schickt einen Daumen hoch und drei Party-Smileys, Tarek reagiert mit einem Cocktail-Emoji, und Hunter postet ein GIF von 21 Jump Street. Ich klicke es an und sehe zwei halb nackte Typen, die sich Alkohol in den Rachen laufen lassen. Gut, so sollte der Abend besser nicht enden. Ich schicke ein Kotz-Emoji hinterher und lasse mein Handy wieder in die Hosentasche gleiten.

LUKE

Außer Kontrolle

Zwei Stunden später stehe ich am vereinbarten Treffpunkt. Als der Wagen quietschend um die Ecke biegt, hupt Madison zweimal laut.

Schnell springe ich ins Innere des Wagens, wo Madison die Musik aufdreht und Taylor und Hunter mich freudig begrüßen. Sonst bin ich immer derjenige, der genug Adrenalin für zwei hat. Hunter scheint das noch toppen zu wollen. Tarek hat an die Gruppe geschrieben, dass er selbst fahren will. Vermutlich, um später selbst bestimmen zu können, wann er wieder nach Hause fährt.

Während Madison fluchend in ihrem VW durch die Stadt fährt, trommelt sie den Takt des Radiosongs auf dem Lenkrad und wippt leicht mit dem Kopf. Ich beobachte sie von der Rückbank aus. Ihr Kleid von heute Morgen hat sie gegen ein Glitzertop und schwarze Leggins getauscht, nur die Pumps sind die gleichen. Die blonden Locken versprühen einen penetranten Duft nach Haarspray, und ich kurble das Fenster leicht herunter, um die kühle Abendluft ins Auto zu lassen. Taylor sitzt neben ihr auf dem Beifahrersitz, weswegen ich ihr Outfit nicht erkennen kann. Es wirkt aber auf jeden Fall schlichter als Madisons. Hunter hat sich einfach ein Shirt seiner Lieblingsband übergeworfen – Linkin Park – und hat seine langen Beine irgendwie hinter Madisons Sitz zusammengefaltet.

Ich selbst trage immer noch die Hose von heute Morgen, habe aber das Shirt gegen ein hellgraues Hemd getauscht. Vermutlich ist das zu schick für eine Freshmenparty, aber es hat meinem Vater gehört, und irgendwie fühlt es sich gut an, ihn bei diesem besonderen Moment bei mir zu haben.

»Wie alt bist'n eigentlich?«, fragt Madison plötzlich.

»Neunzehn.«

»Ohhh, wie süß!«, quiekt Madison, und Taylor verdreht die Augen.

»Du bist auch erst zwanzig, Mad.«

»Nenn mich nicht so!« Madison funkelt sie wütend an, doch Taylor lacht nur und schaut weiter aus dem Fenster. »Der Grund, warum sie dich nach deinem Alter gefragt hat, ist, dass man hier erst ab neunzehn Alkohol trinken darf, du hast also Glück.«

»Stimmt, da war ja was.« Gut, dass ich kurz vor meiner Abreise noch Geburtstag hatte. Natürlich gab es auch schon Partys, die ich nüchtern besucht habe und die trotzdem ganz gut gelaufen sind, aber heute Abend hätte ich schon Lust, mal wieder was zu trinken.

»Ich hab gehört, sie verteilen an so gut wie jeden Getränkemärkchen. Egal, wie alt du bist«, meint Hunter grinsend und nippt an seinem mitgebrachten Bier.

»Und woher weißt du das? Bist du erst achtzehn?«, fragt Madison feixend.

Hunter übergeht die Frage gekonnt und zückt sein Handy, um einen neuen Song abzuspielen. Als die Backstreet Boys ertönen, können Taylor und ich uns nicht mehr zurückhalten und grölen zusammen mit Hunter laut den Refrain von »I Want It That Way« mit, während Madison vorne am Steuer nur den Kopf schüttelt.

»Ernsthaft jetzt?«, fragt sie nur, aber ich höre, dass auch sie leise mitsummt.

Wir biegen auf den Parkplatz vor der Sporthalle ein, auf dem kaum noch ein Platz frei ist. Die Party will sich wohl wirklich niemand entgehen lassen. Wir steigen aus und treten in die kühle Abendluft.

»Bereit für die geilste Party des Jahres, Bitches?«, ruft uns ein Typ im Adlerkostüm zu, bevor er – von zwei Freunden gestützt – ins nächste Gebüsch kotzt.

»Willkommen an der British Columbia«, meint Taylor lachend, und gemeinsam laufen wir der Musik entgegen.

Die Party findet in einer der Sporthallen statt. Von Taylor weiß ich, dass es davon allein fünf hier auf dem Gelände gibt, die riesige Schwimmhalle für das Synchronschwimmteam noch nicht miteingerechnet.

Ich staune nicht schlecht, als wir die Halle betreten. Überall leuchten Lichterketten, von der Decke hängt eine riesige Discokugel, die

Fenster sind mit Schwarzlichtfarbe bemalt, und der Boden glänzt in einem dunklen Blau. Ich folge mit den Augen den bunten Linien, die verschiedene Felder markieren. Weiß dürfte das Basketballfeld begrenzen. Die gelbe vielleicht Hockey … Ich weiß es nicht. Wenn es irgendwie ging, habe ich Sport geschwänzt. Tischtennis war das Einzige, worin ich gut war.

»Halloho? Ist da drin jemand?« Madison klopft mir gegen die Stirn, und ich kehre zurück in die Realität.

»Öhm.«

»Ich hab gesagt, dass ich jetzt tanzen gehe. Taylor hat keine Lust, und Hunter ist abgehauen, weil jemand Freibier gerufen hat. Willst du mit?«

Ich starre sie offenbar immer noch ziemlich seltsam an, denn sie schüttelt nur frustriert den Kopf und verschwindet in der Menge.

»Wir seh'n uns später«, ruft sie uns noch zu, dann ist sie verschwunden.

Taylor und ich bleiben zurück, und mit einem Mal wird mir bewusst, wie heiß es hier drin ist. Die Luft klebt auf meiner Haut, und der Nebel der riesigen Scheinwerfer setzt sich in meinen Haaren fest. Überall sind Menschen, gleißendes Scheinwerferlicht fliegt durch den Raum, und es riecht nach Alkohol und Schweiß.

Es ist nicht exakt so wie in den ganzen Highschool-Filmen, die ich früher immer geschaut habe. Bisher sind etwa zweihundert Leute in der Halle, die aber nicht alle Alkohol trinken, sondern hauptsächlich Energydrinks. Es wird viel geraucht und Bier-Pong gespielt, und als Taylor und ich uns durch die Menge schieben, kleben meine Sohlen am Gummiboden.

»Komm, ich stell dich mal ein paar Leuten vor«, meint Taylor in diesem Moment, und ich frage mich, woher sie die anderen kennt. Immerhin ist sie hier genauso neu wie ich, doch sie beantwortet mir meine unausgesprochene Frage direkt.

»Ich kenn die meisten hier durch meinen Bruder. Er studiert im vierten Jahr und hat mich früher oft mit auf Partys genommen.« Komisch, es klingt nicht so, als wäre sie stolz darauf, sondern eher so, als wäre sie gezwungen worden, mitzukommen.

Nach und nach stellt Taylor mich den anderen vor. Madison ist schon lange in der Menge verschwunden. Das letzte Mal habe ich sie mit Hunter tanzen sehen. Er hat erstaunlich krasse Moves drauf, das hätte ich ihm gar nicht zugetraut. Mit seinem großen, muskulösen Körper kann er sich erstaunlich gut bewegen. Madison scheint auch beeindruckt, denn irgendwann hört sie auf, mit ihm zu tanzen, und beobachtet ihn nur, während sie an ihrem Cocktail nippt. Tarek ist mittlerweile auch aufgetaucht, tanzt aber nicht, sondern steht nur in seinem weißen Hemd und mit einer Flasche Bier in der Hand an der Hallenwand und beobachtet die tanzende Menge. Ich wäre gerne zu ihm gegangen, damit er dort nicht ganz alleine stehen muss, aber da hat Taylor mich schon weitergezogen.

Ich lerne den Studiengangssprecher kennen. Bryan ist ein großer Typ mit Nickelbrille. Er trägt einen wirklich grässlich aussehenden Pullunder, und trotzdem finde ich ihn irgendwie süß. Seine Augen leuchten hellbraun, und er hat echt tolle Hände, aber ich ermahne mich selbst, ihn ja nicht zu lange anzustarren.

Bryan steckt uns einige Getränkemärkchen zu, auf denen eine gelbe *19* geschrieben steht. »Damit ihr mir nicht verdurstet«, sagt er und zwinkert mir dabei doch tatsächlich zu. Taylor scheint nichts von diesem kleinen Flirt mitbekommen zu haben, denn sie nimmt nur die Marken und schleift mich weiter. Ich lerne viele jüngere Personen kennen, die hier definitiv nicht studieren, aber durch ältere Freunde und Freundinnen an Tickets gekommen sind. Taylor rattert nur so ihre Namen herunter, die ich, direkt nachdem sie sie ausgesprochen hat, wieder vergesse. Die ganze Situation überfordert mich extrem. »Taylor? Können wir kurz ’ne Pause machen? Mein Schädel platzt gleich.«

Sie sieht mich besorgt an und lächelt dann. »Ja klar, komm, lass uns was trinken.« Wir zwängen uns durch zur Bar, und ich verliere Taylor aus den Augen. Sie ist kleiner als ich und schafft es eindeutig besser, zwischen den ganzen Körpern hindurchzuschlüpfen. Als sie ganz vorne an der Bar ankommt, winkt sie mir zu, und ich recke nur einen Daumen in die Höhe. Ich habe nicht die Kraft, ihr zu folgen. Tatsächlich ertappe ich mich bei dem Gedanken, mich einfach aus der Halle zu schleichen und in Madisons Auto zu pennen. Der Tag hat mich doch mehr geschafft, als ich zugeben möchte. Was ist nur los mit mir? Es ist nicht einmal elf Uhr, und ich denke an mein Bett! Ich bin entsetzt von mir selbst.

»Alles okay bei dir? Siehst fertig aus.« Eine Stimme links von mir lässt mich zusammenzucken. Und da steht er. Sexy Jack von gegenüber. Wieder trägt er ein weißes Shirt. Die Locken im perfekten Grad verstrubbelt, sodass sie noch gestylt wirken. Graue Augen, ein Grinsen auf den Lippen. Kurz habe ich das Gefühl, durch den Saalboden in die Tiefe zu stürzen. Eine sehr heiße, brodelnde Tiefe. Dann sammle ich mich und versuche, ihn möglichst gleichgültig anzusehen. Er mustert mich. »Ist wohl deine erste Uniparty, was?«, ruft er lachend und entblößt dabei seine strahlend weißen Zähne. Natürlich. Ich will nicht darauf achten, wie warm und anziehend seine Stimme klingt. Deswegen nicke ich ihm kurz zu und drehe mich wieder zu Taylor. Sie steht jedoch immer noch an der Bar und gestikuliert in Richtung Kellner. In meine Richtung sieht sie nicht.

»He, ich rede mit dir. Ist ziemlich unhöflich, sich da einfach wegzudrehen, weißt du?«

Jack stellt sich nun vor mich, und mir fällt auf, dass er einen halben Kopf kleiner ist als ich. Das macht das Mahlen seines Kiefers allerdings nicht weniger eindrucksvoll. Verdammt.

»Ich warte hier auf jemanden.«

»Aha. Und bis auf diesen *jemand* darf dich wohl niemand ansprechen?« Wieder dieses raue Lachen. Warum bekomme ich jetzt nur eine Gänsehaut? »Du kommst nicht von hier, oder?«

Ich schüttle den Kopf und hebe meine Stimme, um die laute Musik zu übertönen: »Ich komme aus Deutschland.«

Jack sieht nicht überrascht aus. Hat er das etwa schon gewusst? Er tritt einen Schritt näher, um nicht länger schreien zu müssen. »Dann muss ich Deutschland wohl dankbar sein, dass sie dich dort haben gehen lassen.«

Gäbe es einen Preis für den schlechtesten Anmachspruch, Jack hätte ihn hiermit gewonnen. Und trotzdem starre ich ihn weiterhin an und spüre, wie meine Handflächen schwitzig werden.

Kann Taylor jetzt nicht einfach auftauchen und mich aus dieser peinlichen Situation retten?

»Okay, der war echt schlecht. Bin über die Ferien wohl etwas eingerostet.« Wieder lacht er, und der Geruch von Zahnpasta weht zu mir herüber.

»Ich bin jedenfalls Jackson.« Er streckt mir seine Hand entgegen, und um nicht komplett unhöflich zu wirken, schlage ich ein.

»Luke Becker.« Ich bete still, dass meine Hand nicht zu verschwitzt ist. Seine fühlt sich jedenfalls angenehm warm in meiner an, und ich bin fast traurig, als er sie mir wieder entzieht.

»Schön, dich kennenzulernen, Luke aus Deutschland. Man sieht sich.« Jackson kommt noch näher, klopft mir kumpelhaft auf die Schulter und verschwindet in der Menge.

Was zur Hölle war das denn gerade? Gut, ich weiß, dass mein Körper ausgehungert ist und ich sehr lange keinen Körperkontakt mehr mit irgendeinem halbwegs attraktiven Jungen hatte, aber trotzdem. Ich zwinge meinen Körper, die Blutzufuhr in gewisse Körperregionen direkt zu stoppen, und als ich mich erneut zu Taylor umdrehen will, läuft sie direkt auf mich zu. Zwei große, orange Cocktails in ihren Händen. Das ist genau das, was ich jetzt brauche.

»Entschuldige, der Kellner hat einfach nicht kapiert, dass in diesen Cocktail frische Orangen gehören. Er wollte mir die ganze Zeit nur seine Nummer zustecken.« Sie verdreht die Augen, und ich nehme meinen Cocktail entgegen, um das Glas direkt halb auszutrinken. In diesem Moment kommen Madison und Hunter auf uns zugeeilt.

»Na, na, nicht so stürmisch!« Madison lacht, als sie meine Trinkgeschwindigkeit bemerkt. »Bin echt froh, euch gefunden zu haben. Ich such euch überall auf der Tanzfläche, und ihr steht nur hier rum und sauft. Wie lahm ist das denn?« Madison klaut Taylor den kleinen Orangenschnitz aus dem Glas und stopft ihn sich in den Mund.

»Ja, Mann, ihr verpasst echt was! Der DJ ist leider nur so mittelmäßig, aber gleich soll 'ne Liveband spielen, und ich kenn die Sängerin, ihre Stimme hat Feuer«, erzählt Hunter und sieht dabei schon voller Vorfreude in Richtung Bühne.

»Was ist? Kommt ihr jetzt endlich?«, fragt Madison noch einmal.

Also trinken wir unsere Cocktails aus und folgen Madison und Hunter auf die Tanzfläche.

Der Abend zieht an mir vorbei, und je länger wir tanzen und je mehr wir trinken, desto unschärfer werden die Konturen um mich herum. Die Menschen verschwimmen mit den Hallenwänden, als würde jemand einen leuchtenden Schleier vor meine Augen halten. Ich gehe gerne auf Partys, nur hatte ich in Deutschland nie viel Gelegenheit dazu. Meistens hatte Ma genau dann Spätschicht, wenn mal wieder irgendwo eine Hausparty anstand. Ich ertappe mich bei dem Gedanken, dass ich nicht zu lange bleiben darf, damit ich morgen früh genug aufstehen kann, um Ava und Alex das Frühstück zuzubereiten, doch wieder drängt sich Charlies mahnende Stimme in mein Unterbewusstsein. ›Halloho? Du bist auf einer Party, jetzt wird nicht an Pausenbrote gedacht!‹ Und natürlich hat sie recht. Also verdränge ich die Schuldgefühle und konzentriere mich nur auf die Musik. Eine Zeit lang funktioniert das auch ganz gut.

Ich habe keine Ahnung, wie viel Zeit vergangen ist, aber irgendwann sitze ich dicht an Taylor gepresst auf einer Sportmatte und lausche Madison, wie sie über irgendeinen Sportler schwärmt. »Schaut euch nur seinen Hintern an. Ich sag's euch, im nächsten Leben date ich nur noch Fußballer.« Sie zeigt auf einen Typen in der Menge, und ich muss die Augen zusammenkneifen, um etwas zu erkennen. Natürlich. Jackson tanzt dort dicht an dicht mit zwei Studentinnen, die keine Gelegenheit auslassen, seinen Körper zu berühren. Ich finde es widerlich. Und ich bin extrem neidisch. Aber vor allem ist es widerlich.

Während mein Kopf diesen Kampf weiter ausficht, sind Madison und Taylor längst zu anderen Themen übergegangen.

Hunter und Tarek kommen zu uns. Besser gesagt sieht Tarek so aus, als habe Hunter ihn unfreiwillig hierhergeschleppt. Er setzt sich ans äußerste Ende der Matte und blickt nur in sein gelbes Getränk, während Hunter sich mit einem kleinen Sprung auf die Matte fallen lässt und die Arme hinter dem Kopf verschränkt.

»Alles okay bei dir?«, frage ich und drehe mich zu Tarek.

»Klar. Ist alles nur ein bisschen lauter und voller, als ich dachte.« Er lächelt entschuldigend und nimmt dann schnell einen Schluck aus seinem Becher.

»Ich hab Ohropax dabei, wenn du willst«, bietet Madison an und kramt in ihrer Handtasche.

»Nein, nein, alles gut, danke!«, presst Tarek hervor und macht dabei einen gequälten Eindruck.

»Ich benutz die eh nie«, meint Madison und hält ihm ihre offene Hand hin, auf der zwei eingeschweißte Ohropax liegen.

Tarek nimmt sie entgegen und scheint sehr froh zu sein, als Hunter ihn mit einer Frage über sein WG-Zimmer aus der Situation rettet.

Ich drehe mich wieder zu Madison und Taylor und lausche ihrem Gespräch, weil das besser ist, als weiter über Jackson und die zwei sich an ihn schmiegenden Studentinnen nachzudenken.

»Ich hoffe, ich kann die Freitagsschicht tauschen. Opa hat schon wieder einen Physiotermin. Ich sag's dir, der geht da nur so oft hin, weil er die Physiotherapeutin heiß findet. Das hat er selbst zugegeben!«

Taylor verschüttet etwas von ihrem Cocktail. »Und was sagt deine Oma dazu?«

Madison winkt ab. »Ach, die flirtet doch auch mit ihrem Osteopathen. Denkst du, Michael tauscht mit mir?«

»Wenn du mit ihm auf ein Date gehst, bestimmt.«

»Wer ist Michael?«, frage ich, um wenigstens nicht nur betrunken neben den beiden zu sitzen.

»Nur ein Kollege von uns im Café. Er steht auf Madison«, erklärt Taylor und grinst. Madison sieht alles andere als glücklich aus. Es fällt mir zunehmend schwerer, der Unterhaltung zu folgen. Meine Blase sendet nun immer deutlichere Signale, die ich nicht länger ignorieren kann. Ich rufe nur »Klo!«, springe von der Matte, versuche, nicht das Gleichgewicht zu verlieren, und laufe, so schnell ich kann, Richtung Toilette.

Nachdem ich meine Blase erleichtert habe, spritze ich mir eine Ladung kaltes Wasser ins Gesicht. So lange, bis mir meine Haare in nassen Strähnen in die Stirn hängen und meine Augen etwas klarer sehen.

»Hallo, schöner Mann!« Im Spiegel hinter mir erscheint – natürlich – Jackson. An seiner Stimme erkenne ich, dass er ebenfalls etwas zu viel getrunken hat.

»Spielst du gern den Unnahbaren?« Er kommt näher, und mir stellen sich die Nackenhaare auf. Okay, weg hier. Sofort!

»Muss wieder rein«, nuschle ich, und er grinst nur.

»Trifft sich gut, ich auch. Spielst du 'ne Runde Bier-Pong mit mir?« Ich weiß nicht, wieso. Vielleicht liegt es daran, dass ich in Bier-Pong wirklich sehr gut bin und es diesem schmierigen Typen irgendwie beweisen will. Jedenfalls folge ich ihm zurück in die Halle.

Wir treten gegen zwei Studentinnen an, die beide im zweiten Semester sind. Jackson ist grottig. Aber er denkt, er wäre gut. Und die Frauen denken es auch. Jedenfalls schauen sie ihn öfter an als den Ball und beginnen zu kichern, wenn er sich genervt durch die Haare fährt und den Becher austrinkt. Dabei landet mehr als die Hälfte auf seinem Shirt. Dieser Mistkerl hat genau deswegen ein weißes Oberteil angezogen. Er flirtet ganz offensichtlich mit den beiden, und ich frage mich, was mit dem Kerl los ist. Ein winziger Teil von mir ist auch gekränkt. Immerhin dachte ich tatsächlich, er fände mich toll. Aber offenbar ist das nur sein normaler Umgang mit jedem.

Meinen Unmut zeige ich, indem ich mich besonders anstrenge. Ich treffe zwei Becher hintereinander, und Jackson wirft mir tatsächlich einen beeindruckten Blick zu. Ich wünschte, es wäre mir egal. Ist es aber nicht. Leider gehört zum Bier-Pong auch, dass man Bier trinken muss. Vielleicht hätte ich vorher daran denken sollen. Vor allem, weil das kanadische Bier wirklich grässlich schmeckt. Als ich den letzten Ball versenke und wir somit gewonnen haben, fühle ich mich recht wacklig auf den Beinen. Vielleicht passiert es deswegen. Jackson steht immer noch neben mir, und ich werfe meine Arme um ihn und beginne zu lachen. Irgendetwas in mir drin sagt mir, dass das falsch ist, aber die Barriere aus Alkohol hindert diesen Gedanken daran, wirklich an die Oberfläche zu dringen. Jackson lacht und zieht mich mit sich nach draußen vor die Sporthalle.

»Frische Luft wird dir guttun«, meint er und lässt sich neben mir gegen die kalte Wand fallen.

Er hat recht, die kühle Nachtluft klärt meinen Blick etwas. Ich ertappe mich bei dem Gedanken, wie unfassbar gut sich die Fassade der Sporthallenwand unter meinen Händen anfühlt. Was ist nur los?

»Warn mich nächstes Mal vor, dass du 'n Profi in Bier-Pong bist, ja?« Er beugt sich zu mir. Verdammt, ich kann sein Aftershave bis hierhin riechen. Ich will zurückweichen, weil der Geruch mir auf meinen ohnehin schon empfindlichen Magen schlägt und den Alkohol darin zum Rumoren bringt, doch Jacksons Blick bohrt sich in meinen.

Ich weiß nicht, wieso ich mich nach vorn lehne. Aber plötzlich spüre ich Jacksons Shirt unter meinen Händen, seine Wange, die über meine kratzt. In einem Moment will ich ihn noch damit aufziehen, dass er sich wohl heute Morgen nicht rasiert hat, im nächsten spüre ich seinen Atem auf meinen Lippen.

Dann geht alles ganz schnell. Erneut rieche ich sein Aftershave und stoße ihn von mir, nur um mich im nächsten Moment zu übergeben. Das Letzte, was ich mitbekomme, ist der beißende, widerwärtige Geruch von Bier.

»Luke?« Etwas klatscht mir ins Gesicht. Oh, bitte lass es kein Bier sein. Sobald ich an Bier denke, wird mir schlecht, und ich würge erneut.

»Nicht schon wieder!« Madisons blonde Haare tauchen in meinem Sichtfeld auf. Sie hat sich neben mich gekniet und hält eine leere Wasserflasche in der Hand. Gut, es war also Wasser.

»Geht's wieder?«, ihre Stimme klingt gereizt, aber auch besorgt.

»Geht schon. Danke.«

»Dieser heiße Sportler kam zu mir gerannt und hat gesagt, dass es dir nicht gut geht. Komischer Typ, aber gut, meine Oma holt uns ab. Wir fahren dich nach Hause.«

»Taylor?«

»Die fährt gerade Tarek in seinem Auto nach Hause. Der Arme hat wohl nicht gemerkt, dass Alkohol in der Bowle war. Aber sie hat darauf bestanden, dass ich ihr schreibe, wenn du wieder ansprechbar bist. Sie hat dein Shirt von Kotze befreit, am besten bedankst du dich dafür morgen bei ihr, das war nämlich echt eklig …«

»Tut mir leid«, murmle ich und fühle mich echt schlecht.

Madison streckt eine Hand aus und hilft mir hoch. »Komm, das Auto meiner Oma steht da vorn.« Sie stützt mich, und schließlich höre ich eine Autotür aufgehen. Sekunden später spüre ich das weiche Leder des Sitzes unter mir.

»Na, rasanten Abend gehabt?« Madisons Oma klingt ganz anders, als ich sie mir vorgestellt habe. Viel jünger und cooler. Aber denken ist mir gerade zu anstrengend, also nehme ich es einfach so hin.

Wir fahren durch schwarze Nacht, und ich lehne meine Stirn an das kalte Fenster. Die Kühle beruhigt meinen Magen etwas, und nachdem Madison mich gezwungen hat, einen halben Liter Wasser zu trinken, geht es auch meinem Kopf etwas besser. Ich trinke nie wieder Alkohol!

»Schlaf gut. Ich schreib dir morgen«, meint Madison, als wir am Gehsteig halten.

»Danke«, bringe ich noch hervor, bevor ich die Einfahrt nach oben wanke. Nachdem es mir endlich gelingt, den richtigen Schlüssel ins Schloss zu schieben, schleiche ich so lautlos wie möglich in mein Zimmer. So will ich Meredith und John sicher nicht begegnen!

Ich schaffe es gerade noch, mir das ekelhaft riechende Shirt auszuziehen, und schmeiße mich dann aufs Bett. Ich schließe die Augen, doch es scheint sich trotzdem noch alles zu drehen. Ich habe das Gefühl, gleich wieder kotzen zu müssen, also beruhige ich meinen Atem und sauge den Duft der Bettwäsche ein, der viel zu penetrant ist. Viel zu sauber. Ich versuche, mit einer Hand die Hose auszuziehen, schaffe es aber gerade mal, den Hosenschlitz zu öffnen. Kurz zuckt der Gedanke in mir hoch, dass ich morgen früh meine erste richtige Vorlesung habe. Ich überlege noch, den Wecker zu stellen, dann denke und spüre ich nichts mehr.

LUKE

Katerfrühstück

Der nächste Morgen ist grauenvoll. Mein Kopf fühlt sich an, als wäre ich bei hundert Stundenkilometern gegen eine Wand geknallt. Seltsam eigentlich, dass es keine Spuren von dem Aufprall an mir gibt. Ich betaste meine pochende Stirn. Sie ist leicht klebrig vom Schweiß, sonst keinerlei Anzeichen von einer Verletzung, nicht einmal ein Kratzer.

Ich rolle mich zur Seite, meine nackten Beine verheddern sich in der Decke, und ich knalle mit einem dumpfen Geräusch auf den Holzboden. Ich lande mit dem Gesicht direkt in meiner Jeans, und mir werden mehrere Dinge klar.

Erstens: Irgendwie habe ich es doch noch geschafft, meine Hose auszuziehen.

Zweitens: So muss sich Harrys Stirn angefühlt haben, wenn Lord Voldemort seine Narbe mal wieder zum Bersten gebracht hat.

Drittens: Ich hasse Alkohol.

Einen Moment bleibe ich liegen. Die Augen geschlossen, einen Puls von zweihundert unter der Brust. Ruhig atmen. Ich habe nur einen Kater. Einen von der Sorte, bei der man am besten den restlichen Tag im Bett liegen bleibt. Blöd nur, dass ich auf keinen Fall direkt am zweiten Tag blaumachen kann.

Unter größter Anstrengung und emotionaler Willenskraft schaffe ich es, meine Beine aus der Decke zu befreien. Danach robbe ich über den Boden, ziehe mich am Schreibtischstuhl in die Höhe und blinzle gegen die Lichtstrahlen, die durch die Jalousien dringen. Wieso steht die Sonne schon so hoch? Ich drehe mich so schnell auf der Stelle, dass ich fast wieder auf den Boden krache, schaffe es aber irgendwie, das Gleichgewicht zu halten. So schnell es meine wackligen Beine irgendwie zulassen, laufe ich zum Nachttisch und entsperre mein Handy.

Fuck. Vor zehn Minuten sollte ich Alex und Ava zur Schule fahren!

Der Schock über die späte Uhrzeit versetzt meinen Körper in eine Art Überlebensmodus, der allen Schmerz und die Müdigkeit aus meinen Gliedern vertreibt. Ich renne durchs Zimmer, schnappe mir die erstbesten Kleidungsstücke, mache mich blitzschnell im Badezimmer fertig und komme schlitternd unten in der Küche an, als im Flur gerade die Haustür geschlossen wird.

»Verfickte Scheiße!« Die deutschen Schimpfworte sind über meinen Lippen, ehe ich bemerke, dass ich nicht alleine bin.

John sitzt seelenruhig am Frühstückstisch, rührt in seinem Kaffee und liest in einem Gartenmagazin.

»Tolle Party gestern?«, fragt er und zieht amüsiert eine Augenbraue in die Höhe.

Ich bringe keine Antwort hervor. Vermutlich ist mein Kopf vor Scham schon jetzt puterrot angelaufen. Was für einen Eindruck hinterlasse ich hier denn gerade? Als könnte ich mich nicht zusammenreißen und würde jedes Wochenende auf Partys abstürzen. Irgendwie muss ich das wiedergutmachen. Also laufe ich schnell zur Küche und beginne damit, Avas Lunchbox vorzubereiten.

Als mir die Orange zum zweiten Mal aus den Händen gleitet, seufzt John auf und schiebt mich zum Esstisch. »Setzen«, kommandiert er. Dann geht er zurück in die Küche und kommt wenige Sekunden später mit einem riesigen Glas Wasser zurück. Er bröselt irgendeine Tablette hinein, spritzt ein bisschen Zitronensaft dazu und schiebt es dann zu mir rüber.

»Danke«, murmle ich. O Gott, was muss er nur von mir denken?

»Meredith hat Alex und Ava mit zur Schule genommen. Ihre Schicht hat heute später angefangen.«

Ich verstehe nicht, wieso er mich nicht anschreit. Mir eine Strafpredigt hält. Papa hätte das sicher getan. Oder?

»John, es tut mir wahnsinnig leid. Mein Verhalten ist unentschuldbar und –«

Doch John sitzt nur da und lacht. »Du klingst genau wie er. Konnte fluchen wie ein Höhlentroll, aber wenn's um Entschuldigungen ging, klang er, als würde er Shakespeare zitieren.«

Vollkommen überrumpelt starre ich ihn an. Das Pochen in meinem Kopf, der fahle Geschmack in meinem Mund, ja selbst das dringende Bedürfnis, gefühlt zwei Liter Alkohol aus meinem Körper zu entlassen, all das ist auf einen Schlag fort. Verpufft. Weil er endlich meinen Vater angesprochen hat.

Johns Lachen verstummt. Offenbar denkt er, er sei zu weit gegangen. Unruhig rührt er wieder in seinem Kaffee. Ich nippe am Zitronenwasser und stelle es schnell ab, als meine volle Blase wieder zum Leben erwacht.

»Vor uns hat er nie geflucht. Ma meinte, das sei ein schlechter Einfluss für unsere Wortwahl.«

»Da hat sie sich bei dir umsonst Sorgen gemacht.« Johns Lächeln ist zurück.

»Lass uns heute Abend noch mal über die Party reden. In Zukunft wäre es schön, wenn solch ein Absturz nur an deinen freien Wochenenden stattfindet. Okay?«

Ich nicke und kann nicht glauben, wie glimpflich ich der Situation gerade entkommen bin. Vermutlich wird Meredith heute Abend mit mir reden wollen, und ich kann mir auch vorstellen, dass dieses Gespräch weniger angenehm verlaufen wird, aber fürs Erste will ich nicht darüber nachdenken. Ich bin ohnehin schon viel zu spät dran. Außerdem meldet sich in diesem Moment erneut meine Blase.

Ich entschuldige mich und renne nach oben auf die Toilette.

Eine halbe Stunde später schlittere ich über den hellen Marmorboden der Eingangshalle und halte vor der bunten Informationstafel, die einem einen Überblick über das gesamte Gelände verschafft. Natürlich habe ich gestern nicht aufgepasst, als uns gesagt wurde, wo wir unsere Vorlesungssäle finden. Taylor hat ihr Handy ausgeschaltet. Vermutlich sitzt sie schon längst im richtigen Vorlesungssaal. So wie alle anderen Studierenden auf diesem Campus. Nur ich stehe hier vollkommen dämlich in der leeren Eingangshalle herum. Mein Puls beruhigt sich etwas, und ich wische die verschwitzten Hände an der Jeans ab. Okay, ruhig bleiben. Versuch, dich einfach daran zu erinnern, was bei der Einführung gestern alles erzählt wurde.

Mein Kopf dröhnt, und ich wünschte, ich wäre zu Hause im Bett geblieben. Aber das geht nicht. In den meisten Kursen herrscht Anwesenheitspflicht. Ich darf sie nicht verpassen. Also denk nach. Denk nach!

Irgendwas von wegen Kurspläne … Die sind für die Erstsemester im jeweiligen Studiengang gleich, weil wir noch keine Wahlfächer wählen können. Also müssten Taylor, Hunter und Tarek wissen, wo ich jetzt eigentlich sein sollte. Blöd nur, dass sie bisher auf keine Nachricht reagiert haben.

Aber ich brauche ihre Antwort doch gar nicht. Am liebsten hätte ich mir mit der flachen Hand gegen die Stirn geschlagen. Wenn sie nicht ohnehin schon so schmerzen würde. Ich habe den Kursplan doch abfotografiert!

Ich klicke mich durch die Bilder des gestrigen Tages, überspringe schnell die, die an die Party von gestern Nacht erinnern, und lande endlich bei dem Foto, das mir verrät, wo ich seit gut einer Viertelstunde sein sollte.

Living Theatre K-3. Mein Blick schnellt zu der bunten Tafel vor mir. »K-3, wo bist du …«, murmle ich, während ich mit den Augen alle Gebäude abscanne. Dieses Gelände ist wirklich riesig!

Endlich entdecke ich den gesuchten Raum. Zu meinem Glück liegt er natürlich am anderen Ende des Campus. Wundervoll. Ich versuche, mir den Weg einzuprägen, und sprinte los.

Auf den Gängen kommen mir vereinzelt Studierende, aber auch einige Lehrende entgegen. Aber ich denke nicht daran, langsamer zu laufen. Meine Uhr verrät mir, dass ich mittlerweile zwanzig Minuten zu spät bin. In Gedanken suche ich schon nach den richtigen Worten, um mich für die Verspätung zu entschuldigen, während ich über einen großen, gepflasterten Platz laufe und ein paar Platanen ausweiche, die in großen, steinernen Kübeln aus dem Boden schießen. Ein bisschen fühlt es sich so an, als würde ich eine besonders schwere Strecke bei Mario Kart fahren. Nur die Bananenschalen fehlen.

Als ich endlich ein graues Gebäude vor mir sehe, auf dem ein metallenes »K« prangt, atme ich erleichtert aus. Ich habe Seitenstechen, und vermutlich stehen meine Haare in alle Himmelsrichtungen ab, aber immerhin habe ich das Gebäude gefunden. Ich werde langsamer, versuche, wieder zu Atem zu kommen, und öffne dann die gläserne Flügeltür.

Warme, trockene Luft schlägt mir entgegen. Der Boden leuchtet in einem so hellen Blau, dass es fast wirkt, als laufe man über Wasser. Die Türen von K-1 und K-2 sind einfach und weiß gehalten, die kleinen Schilder neben ihnen geben Auskunft über die Räume, zu denen sie führen. Die Tür zu K-3 ist jedoch eine schwarze Holztür, die schon recht mitgenommen wirkt. So, als wären über die Jahre hinweg viele Menschen durch sie hindurchgegangen. Ich greife nach dem abgegriffenen Türgriff und wappne mich innerlich schon einmal für die Strafpredigt, die sicher gleich folgen wird. Oder gibt es so etwas an der Uni nicht?

Die Tür öffnet sich fast geräuschlos, und ich trete ein. Blinzle ein paarmal, da es hier drinnen viel dunkler ist als im sonnendurchfluteten Flur.

Das einzige Licht kommt von drei großen Scheinwerfern, die ein erhöhtes Podest vor mir beleuchten. Staubpartikel fliegen durch die Luft. Links und rechts von mir befinden sich gemütlich aussehende, mit rotem Samt bezogene Stühle. Sie verlaufen in ovalen Reihen, bis fast direkt zu der Plattform am Ende des Raumes. Ein Blick nach oben sagt mir, dass es noch zwei weitere Ränge gibt, die sich kurz unter der Decke in der Dunkelheit verlieren.

Ich stehe in einem Theater. Oder in einem sehr speziellen Kinosaal. Es sieht wunderschön aus.

LUKE

Wer bist du?

Vielleicht hat mich die Kulisse zu sehr abgelenkt, jedenfalls fällt mein Blick erst jetzt auf die kleine Gruppe an Menschen, die in den vordersten Reihen vor der Bühne sitzen. Es können nicht mehr als zwanzig sein. Noch hat niemand von ihnen mich bemerkt. Sie alle lauschen der tiefen Stimme der Person, die vor ihnen steht. Das muss Miss Martinez sein, wenn ich das auf dem Stundenplan richtig gesehen habe. Sie trägt ein dunkelrotes Samthemd, das perfekt zu den Theaterstühlen passt. Außerdem eine weiße Jeans und Stöckelschuhe. Ihr Gesicht kann ich nicht erkennen.

»Nun gut. Das war es von meiner Seite aus. Wir werden uns in den nächsten Monaten sehr gut kennenlernen. Aber nicht nur das. Ich erwarte von Ihnen allen, dass Sie diesen Kurs hier ernst nehmen. Mehr noch: Ich erwarte, dass Sie diese Menschen hier als Einheit betrachten. Sonst können wir es direkt vergessen, haben Sie verstanden? Ich lehre nun schon seit vierzehn Jahren an dieser Universität, und ich weiß, wie das hier endet, wenn Sie nicht wirklich alles geben.«

Obwohl sie vollkommen ruhig gesprochen hat, schwingt die Ernsthaftigkeit ihrer Worte durch den Saal. Kein Mucks ist zu hören. So, als hätte sie den anderen die Stimme geraubt.

Ausgerechnet nach dieser Ansprache tauche ich hier auf. Gut eine halbe Stunde zu spät. Meine Knie zittern, mein Rücken ist schweißnass, aber es bringt ja nichts. Also laufe ich über den schwarzen Teppich auf die Menschengruppe zu. Kurz bevor ich sie erreiche, blickt die Dozentin auf und entdeckt mich.

»Ah. Willkommen. Haben Sie meine kleine Rede eben mitbekommen?«

Ich schlucke und nicke.

»Wie bitte?«

»Ja«, antworte ich und bin erschrocken über die Höhe meiner Stimme.

»Gut. Dann haben Sie sicher nichts dagegen, als Erster mit der Aufgabe zu beginnen.«

Mein Blick huscht zu den anderen. Ich erkenne Taylor, die mich von ihrem Stuhl aus ansieht – ihr Blick wirkt mitleidig und amüsiert zugleich. Für sie ist das hier sicher eine wundervolle Show. Neben ihr sitzen Hunter und Tarek. Beide sehen ebenfalls so aus, als hätten sie eine viel zu kurze Nacht gehabt, aber im Gegensatz zu mir waren sie pünktlich.

»Was – was ist denn die Aufgabe?«, frage ich, und erneut kiekst meine Stimme so hoch, als wäre ich wieder im Stimmbruch. Na bravo.

Die Frau winkt mich zu sich, und mir bleibt nichts anderes übrig, als zu ihr zu laufen.

»Ich hatte mich Ihrem Jahrgang bereits vorgestellt. Mein Name ist Miss Martinez. Wären Sie hier gewesen, hätten Sie noch mehr über mich erfahren.«

»Entschuldigen Sie«, murmle ich wieder, doch sie wedelt mit der Hand in der Luft herum, so als bringe uns eine Entschuldigung hier auch nicht weiter.

»Ich denke, fürs Erste reicht es, zu wissen, dass ich die Leitung des diesjährigen Theaterkurses innehabe. Welches Stück wir aufführen, wird natürlich gemeinsam in der Gruppe abgestimmt. Wären Sie nun also so freundlich und würden sich vorstellen?«

Sie tritt einen Schritt zurück, so als wolle sie mir die Bühne überlassen. Na wundervoll. Eigentlich sollte ich hiermit kein Problem haben. Ich mag es, im Mittelpunkt zu stehen. Lustige Witze zu reißen und mit anderen Menschen zu sprechen. Trotzdem macht es mich nervös, dass dort unten bis auf Taylor, Hunter und Tarek nur Fremde sitzen und mir entgegenstarren.

»Ich heiße Luke. Luke Becker.«

Jemand in der hinteren Reihe flüstert »James Bond persönlich?« Und einige lachen. Doch ich versuche, es zu ignorieren.

»Ich komme aus Deutschland und bin für ein Semester hier in Kanada. Noch etwas?«

Ich sehe Miss Martinez an, und sie bedeutet mir, weiterzureden.

»Ich bin neunzehn Jahre alt, habe drei kleine Geschwister und esse gerne Pizza.«

Miss Martinez unterdrückt ein Gähnen. Wieder lachen einige.

»Diese Dinge hätte jeder halbwegs intelligente Primat über Ihre Instagramseite in Erfahrung bringen können. Erzählen Sie uns etwas Wichtiges. Etwas von Bedeutung. Was würde niemand von Ihnen denken, der Sie zum ersten Mal auf der Straße sieht?«

Ich schlucke. Da gäbe es vieles. Dass ich meine Familie liebe, mich in ihrer Gegenwart aber manchmal so fühle, als bekäme ich keine Luft. Dass ich mit fünfzehn durch Zufall unseren Sportlehrer beim Duschen gesehen habe und mir in den Nächten darauf jedes Mal ihn vorgestellt habe, wenn ich mich berührte.

Dass ich mein erstes Mal auf der Geburtstagsparty meines Schwarms hatte und der Typ mich danach in der Schule komplett ignoriert hat.

Aber das sind alles Dinge, die ich hier ganz sicher nicht erzählen werde.

Was sage ich dann? Eigentlich habe ich keine Lust auf ein großes Outing, aber vielleicht ist es besser, das direkt von Anfang an klarzustellen. Dann wissen es direkt alle, und ich muss nicht jedem einzeln offenbaren, dass ich auf Männer stehe. Also dann, lassen wir den Regenbogen mal aus dem Sack.

»Mit fünfzehn ist mir klar geworden, dass ich schwul bin. Ich hätte es gerne meinem Vater erzählt, aber da er vier Jahre zuvor gestorben ist, werde ich nie erfahren, wie er auf mein Outing reagiert hätte.« Okay, vielleicht hätte ich es nicht ganz so dramatisch verpacken sollen, aber was soll ich sagen? Ich lebe für das Theater, und da gehört ein wenig Drama eben dazu.

Niemand lacht. Selbst Miss Martinez verliert den strengen Zug um ihren Mund.

»Okay, danke, Luke. Taylor, wollen Sie als Nächste?«

Dankbar laufe ich zu einem freien Stuhl und lasse mich, so tief es geht, in den roten Samt sinken.

Taylor hat nun meinen Platz eingenommen. Sie erzählt mir nichts

Neues. Sie ist ebenfalls neunzehn, ist hier in Vancouver geboren, ihr Vater stammt aus Venezuela, ihre Mutter aus Texas. Sie hasst texanisches Essen und lebt seit fünf Jahren vegan.

»Und was würde man bei Ihnen nicht denken?«, fragt Miss Martinez wieder.

Taylor sieht zu mir. Es liegt fast etwas Entschuldigendes darin.

»Dass mein Bruder Jackson Sumerville ist.«

»Jackson? Der Kapitän der Fußballmannschaft?«

Ich höre, wie hinter mir getuschelt wird. Offenbar ist Jackson hier am Campus echt eine große Nummer. Das wundert mich nicht. Und Taylor ist seine Schwester. Damit hätte ich wirklich nicht gerechnet.

»Ich hasse es, auf einer Bühne zu stehen«, flüstert sie mir zu, als sie sich neben mich fallen lässt und ihre erhitzten Wangen mit einer Wasserflasche kühlt.

»Ähm … Du weißt schon, dass das ein Teil vom Theater ist? Sogar ein recht großer?«

Sie lacht. »Ja, aber ich arbeite lieber hinter dem Vorhang. Mich interessieren die Kostüme und die Requisiten, weißt du?«

Ich nicke nur, denn ich will Miss Martinez keinen Grund liefern, mich noch einmal bloßzustellen.

Gerade steht ein Typ in Latzhose auf der Bühne und erzählt eine mitreißende Geschichte über seinen Hamster Sammy. Ich verkneife mir ein Grinsen und beuge mich dann doch wieder zu Taylor. Ich muss es einfach ansprechen.

»Der heiße Sportler, den Madison so toll fand, ist also dein Bruder?«

Taylor sieht weiterhin auf die Bühne, schafft es aber, mir zu antworten, ohne dabei den Mund wirklich zu öffnen.

»Familie kann man sich nicht aussuchen, was?« Ihre Stimme klingt bitter, so als wäre da eindeutig noch mehr, über das sie nicht sprechen möchte.

Ich weiß nicht, ob das der richtige Zeitpunkt ist, ihr zu sagen, dass ich ihren Bruder gestern fast geküsst hätte. Vermutlich nicht.

Die Vorstellungsrunde dauert ewig, ist aber dennoch interessant. Ich erfahre, dass Jenny bereits ein kleines Kind hat, um das sich ihre

Eltern kümmern, wenn sie am Campus ist. Tarek spielt schon seit der Grundschule im Theater mit, und James hat sogar schon in einem Werbespot mitgemacht. Olivia begeistert sich für die Lichttechnik, und ihren Blicken nach zu urteilen, würde sie am liebsten direkt an die Saaldecke klettern und die Scheinwerfer auseinandernehmen. Hunter backt für sein Leben gern, will das aber seinen Basketballkumpels nicht erzählen, und Casey trägt ein selbst geschriebenes Gedicht vor, das ihren Charakter auf poetische Weise wiedergibt. Niemanden überrascht es, dass sie bereits einen Preis für ihre Gedichte gewonnen hat, trotzdem lässt Miss Martinez es durchgehen.

Und dann sind wir durch. Achtzehn Menschen kennen sich nun ein klein wenig besser. Miss Martinez meint jedoch, dass das Wissen über eine andere Person einem überhaupt nichts bringt. »Man muss Vertrauen schaffen. Und das kommt nicht durch Informationen über eine Person, sondern über Körperkontakt.«

Ich weiß nicht, ob ich diese These unterschreiben würde, doch kurz darauf stehen wir alle auf der Bühne, Miss Martinez löscht die Scheinwerfer, und wir laufen in vollkommener Dunkelheit über den glatten Boden. Ab und zu hört man ein Kichern und das Quietschen der Sohlen auf der Bühne, doch sonst ist es absolut ruhig.

»Wenn Sie aufeinandertreffen, zucken Sie nicht zusammen. Suchen Sie die Hand des anderen und berühren sie. Versuchen Sie herauszufinden, wen Sie da vor sich haben. Und ich warne Sie: Wenn ich jemanden erwische, der diese Übung ausnutzt, um jemanden sexuell zu belästigen, fliegt diese Person sofort aus diesem Kurs!«

Kurz darauf erklingt ein leichtes Jazzstück aus den Lautsprechern, und wir laufen weiter. Es ist ein seltsames Gefühl, so absolut schutzlos durch die Schwärze zu laufen. Ständig ertappe ich mich dabei, wie ich mit den Händen vor mir durch die Luft taste, um auch ja nicht gegen eine Wand zu laufen. So passiert es, dass meine Hand gegen eine Brille schlägt. Das dumpfe »uff« meines Gegenübers verrät mir, dass es sich um eine Person mit einer tiefen Stimme handeln muss. Aber wer ist es? Ich habe keine Ahnung, wer von den anderen noch eine Brille trägt. Ich habe mir nur gemerkt, wer welche Schuhe anhatte. Auf dieses Detail achte ich irgendwie immer.

Die Brille sagt mir nichts, also bücke ich mich und betaste die Schuhe. Mein Gegenüber macht ein verwirrtes Geräusch, doch da habe ich schon den dünnen Stoff und die Gummisohle ertastet. Chucks. Ich tippe auf Tarek.

Um sicherzugehen, greife ich nach der Hand der Person, sobald ich mich wieder aufgerichtet habe, und ertaste eine große Uhr am Handgelenk, die meinen Verdacht verhärtet. Tarek war es immerhin, der vorhin immer wieder auf seine auffallende Uhr gesehen hat. Die Hand meines Gegenübers wandert meinen Arm hinauf. Es ist eine seltsam intime Geste. Sie hat nichts Sexuelles an sich, schafft aber dennoch eine eigenartige Verbindung zwischen uns. Er tastet sich vor zu meinem Kinn, weiter über die Nase, bis in mein Haar.

»Luke?«, fragt er unsicher, und ich nicke, ehe mir klar wird, dass er das nicht sehen kann. »Hi, Tarek«, meine ich also nur. Wir lassen einander los und laufen weiter über die Bühne. Überall hört man nun leises Flüstern und auch einmal einen lauten Jubelruf von Jenny.

Ich treffe noch auf Casey und bin überrascht, wie klein sich ihre Hand in meiner anfühlt. Sie erkenne ich an den vielen Armbändern und dem Notizbuch in ihrer Jackentasche. Olivias Hände sind größer als die von Casey, aber erst ihre Lederstiefel verraten mir, wen ich da vor mir habe.

»Noch fünf Minuten«, hallt Miss Martinez' Stimme an mein Ohr. Es ist seltsam. Ich hatte ganz vergessen, dass sie überhaupt hier ist.

Also laufe ich weiter, setze einen Fuß vor den anderen. Mittlerweile laufe ich etwas sicherer über den Boden. Die Hände strecke ich nun nicht mehr aus. Vielleicht hätte ich das tun sollen, denn als ich gerade eine kleine Kurve laufe, pralle ich gegen einen Körper. Er ist warm und riecht vertraut, was irgendwie seltsam ist, weil ich die wenigsten Menschen aus diesem Kurs kenne, geschweige denn weiß, wie sie riechen.

So komme ich nicht weiter, also suche ich die Hand des Fremden. Irgendwie weiß ich, dass es sich um einen er handelt, woher genau, kann ich nicht sagen. Es ist einfach ein Gefühl. Seine Hand ist exakt so groß wie meine, doch sein Griff ist etwas fester. Gleichzeitig fühlt sich seine Haut weich an, fast so, als würde er Handcreme benutzen. Vielleicht Hunter? Der hat eine sehr reine Haut. Also wandern meine Hände weiter. Muskulöse Arme, ein T-Shirt mit V-Ausschnitt. Keine Kette oder Ähnliches. Doch irgendetwas passt nicht. Hunter ist größer als ich. Die Person vor mir scheint kleiner zu sein. Also probiere ich meine gewohnte Taktik und bücke mich, um seine Schuhe zu betasten. Sie sind weich. Vermutlich Kunststoff oder Leder. Könnten Sportschuhe sein oder einfache Nikes. Die Sohle ist abgewetzt, und irgendetwas ist hinten draufgestickt. Ich kann mich an kein Paar solcher Schuhe erinnern. Es sei denn …

Ich taste mich wieder nach oben, berühre nun vorsichtig das Kinn des Fremden. Bartstoppeln, vermutlich hat er sich heute Morgen nicht rasiert. Breite Nase und erstaunlich glatte Haut. Vielleicht ist es James. Aber der hatte Lederboots an. Anders als bei Tarek vorhin fühlt es sich noch einmal viel intimer an, diesen Fremden so zu berühren, ihm so nah zu sein. Meine Finger kribbeln, als sie erneut über seine Haut fahren und schließlich auf seiner warmen Schulter liegen bleiben. Ich spüre seinen Atem, während sich die Schulter unter meiner Hand leicht hebt und senkt. Nun wandert die Hand des Fremden von meinem Arm zu meinem Gesicht. Auch er sucht offenbar nach einem Erkennungszeichen. Das Brillengestell streift er nur kurz und berührt dann meine Haare. Anders als all die anderen zuvor patscht er aber nicht einfach mit seiner Hand auf meinen Kopf, nein, seine Finger fahren über meinen Nacken bis zu den abstehenden Strähnen an meinem Hinterkopf. Fast fühlt es sich so an, als wolle er meine Haare streicheln. Ich habe keine Ahnung, was er da eigentlich tut, aber seine Berührungen sorgen dafür, dass eine Gänsehaut meinen Körper überzieht.

»Und vorbei«, ruft Miss Martinez und schaltet die Deckenleuchten ein.

Ich blinzle, um endlich herauszufinden, wer da vor mir steht.

Als ich sein Gesicht erkenne, erstarre ich, obwohl ein Teil von mir vermutlich die ganze Zeit wusste, wen ich da vor mir habe.

Meine Hand ruht noch immer auf seiner Schulter.

»Na, genug betatscht?« Jacksons Grinsen liegt groß und breit auf seinem Gesicht. »Als du dich gebückt hast, hatte ich ja mit etwas anderem gerechnet.«

Ich bringe keinen Ton heraus. Jacksons Hand fährt aus meinen Haaren, klopft mir auf die Schulter und läuft dann zu Miss Martinez.

»Jack, was machen Sie denn hier?«, fragt sie offenbar verwirrt, aber auch erfreut. »Heute benötigen wir noch keine Kulissen.«

»Ich weiß, Mary, aber die Vorlesung ist ausgefallen, und ich dachte mir, ich schaue meiner kleinen Schwester mal beim Schauspielern zu.« Er lächelt sie breit und charmant an, und sie lächelt doch tatsächlich zurück! Der Kerl kann wirklich alle um den Finger wickeln.

»Natürlich. Natürlich«, antwortet sie nur und sieht dann zu den anderen.

»Ich denke, das reicht für heute. Donnerstag sehen wir uns wieder. Vielleicht gehen Sie aber alle zusammen etwas essen. Das würde der Gruppendynamik guttun.«

Während die anderen von der Bühne springen und sich die verstrubbelten Haare und Klamotten richten, halte ich nach Taylor Ausschau und finde sie direkt neben Jackson. Ihrer Miene nach zu urteilen, ist sie alles andere als erfreut, ihn hier zu sehen.

»Kannst du mich nicht wenigstens hier mal in Ruhe lassen?«, faucht sie, als ich näher komme.

Jackson hebt abwehrend die Hände. »Hey, kein Stress. Ich bin gleich wieder weg. Ich dachte, du freust dich, mich zu sehen.«

»Pah«, Taylor wendet sich von ihm ab, und ihr Blick fällt auf mich. Sie dreht sich wieder zu Jackson. »Und hör auf, Luke zu befummeln!«

Jackson sieht erst sie, dann mich an. »Es lässt sich darüber streiten, wer hier wen befummelt hat, Schwesterherz.«

Und mit diesen Worten läuft er aus dem Saal.

»Ich hasse ihn«, flucht Taylor. »Tut mir echt leid.«

»Ja«, murmle ich und spüre immer noch seine Hand in meinem Nacken. »Er ist echt nervig.«

Nach einer viel zu kurzen Mittagspause, die wir in der Mensa mit Madison, Hunter und Tarek verbracht haben, sitzen wir in einer

Doppelvorlesung in Theater- und Filmgeschichte. In der ersten langweiligen, monotonen Stunde überlege ich noch, Taylor einfach von dem Fast-Kuss mit Jackson zu erzählen, verwerfe den Gedanken dann jedoch. Immerhin wird es nicht wieder vorkommen, also ist es auch nicht erwähnenswert. Und ihr Satz vorhin geht mir nicht aus dem Kopf. *Ich hasse ihn.* Hass ist so ein starkes Wort. Ich könnte meine Geschwister niemals hassen. Was muss zwischen den beiden vorgefallen sein, dass sie so zerstritten sind? Klar, Jackson ist überheblich, von sich selbst überzeugt und hat definitiv zu viel Selbstbewusstsein, aber das allein reicht doch nicht, um ihn als Bruder zu hassen, oder? Ich nehme mir vor, Taylor danach zu fragen, wenn sie sich etwas beruhigt hat. Gerade hämmert sie die Kursmitschrift nämlich noch so hart in die Tastatur ihres Laptops, dass ich das Gefühl habe, sie könnte jeden Moment durchbrechen.

In der zweiten Vorlesungsstunde denke ich dann gar nichts mehr und muss mich alle paar Minuten in den Arm zwicken, um nicht einzuschlafen. Hunter geht es offenbar ähnlich, denn er schiebt mir nur stillschweigend seinen Kaffee rüber, und dankbar nehme ich einen großen Schluck. Taylor hat das Mitschreiben mittlerweile aufgegeben und liest nun bei Tarek mit, der einer der wenigen ist, die überhaupt noch mitarbeiten.

Ich kann mich nicht daran erinnern, dass ein Schultag zu Hause in Deutschland so anstrengend war. Aber da hatte ich die Nacht zuvor auch nicht durchgefeiert. Als ich um kurz nach vier vor Alex' Schule halte, drehe ich das Radio extra laut auf, um nicht am Lenkrad einzuschlafen. Die Frau im Porsche neben mir auf dem Parkplatz wirft mir einen missbilligenden Blick zu. Aber ganz ehrlich: Das ist mir so was von egal. Soll sie ruhig Mozart oder Beethoven hören. Alex und ihr Sohn werden dennoch die gleiche Schule besuchen.

»Man hört dich auf dem ganzen Parkplatz, mach das aus!« Alex setzt sich nicht neben mich, sondern steigt extra hinten ins Auto. Unter der Jacke sehe ich seine zerknitterte Uniform und die weiß-rot gestreifte Krawatte, die er sich fahrig umgebunden hat. Als ich mir vorstelle, dass sein Tag sicher nicht besser war als meiner, seufze ich und drehe die Musik etwas leiser. »Und, wie war dein Tag?« Einen

Versuch ist es wert, auch wenn ich mir sicher bin, dass er nicht antworten wird.

Natürlich antwortet er nicht, sondern stülpt sich nur demonstrativ die Kopfhörer über die Ohren.

»Super. Meiner auch«, meine ich nur, drehe das Radio wieder lauter und fahre uns beide nach Hause. Ava ist heute nach der Schule bei einem Freund. Ich danke ihr im Stillen, denn zu Deutschunterricht wäre ich heute definitiv nicht mehr fähig.

Im Hause der Roberts angekommen, flüchtet Alex sofort in sein Zimmer, während ich mich wenigstens noch um die Spülmaschine kümmere und die vollen Wäschekörbe nach oben trage. Einen stelle ich vor Alex' Tür, den anderen nehme ich mit zu mir. Ausräumen werde ich ihn morgen. Dieser Tag hatte schon viel zu viele Stunden.

Ich schreibe Ma eine kurze Nachricht und schicke ein Foto der Uni mit, dann falle ich ins Bett. Nur zwei Stunden, dann stehe ich auf und helfe beim Abendessen, höre ich mich selbst noch denken, dann umfängt mich endlich die erlösende Dunkelheit des Schlafes.

JACKSON

Shampoo

Meine Hand riecht noch immer nach ihm.

»Alter, das ist leicht abartig.« Mein Mitbewohner Billy lässt sich aufs Bett fallen und beobachtet mich. »Hast du dir grad einen runtergeholt, oder was?«

Billy zeigt auf meine Hand, die unerklärlicherweise direkt unter meiner Nase in der Luft schwebt. So als hätte ich die letzten Minuten daran gerochen. Ich überlege, wie ich aus der Situation wieder rauskomme.

»Ich hab kurz dein Kissen berührt, und seitdem stinkt sie so. Keine Ahnung, was du mit dem Ding anstellst.«

Billy sieht von meiner Hand zu seinem Kissen, das zugegebenermaßen wirklich ranzig aussieht. Ich frage mich, ob er seit dem letzten Semester überhaupt schon einmal das Bettzeug gewechselt hat.

»Dann fass es halt nicht an«, meint er und schluckt glücklicherweise die Lüge. Ich reibe mir die Hand schnell an der Hose ab und greife nach meinem Handy.

Billy hat mir das Zimmer besorgt. Eigentlich ist das Wohnheim schon Monate vor Semesterbeginn ausgebucht, aber sein Mitbewohner hat damals in den Semesterferien beschlossen, dass es seine große Berufung ist, in Australien Koalas zu retten, und hat das Studium hingeschmissen. Ich beschwere mich nicht, auch, wenn Billy wirklich ein merkwürdiger Mitbewohner ist. Er schläft mindestens zwölf Stunden am Tag und redet im Schlaf. Er besitzt bestimmt hundert verschiedene Boxershorts, die alle irgendein Superheldenmotiv als Aufdruck haben oder etwas noch Peinlicheres wie Karotten oder – Gott bewahre – Gurken. Aber immerhin duscht er täglich und wühlt nicht heimlich in meinen Sachen rum, so wie Mum es immer gemacht hat, als ich noch zu Hause gewohnt habe. Billy ist ganz einfach ein bisschen schräg, aber er ist eine erfrischende Abwechslung zu all den glattgebügelten Menschen in meinem Semester oder meinen testosterongesteuerten Teamkollegen.

Billy studiert im fünften Semester Biochemie. Ich habe gelernt, gewisse Wörter zu meiden, weil auf ein stinknormales »Zitronensäure« oder »Alkopops« ein zweistündiger Vortrag seinerseits folgen kann. Denn Billy redet viel. Zu viel meiner Meinung nach. Andererseits habe ich das Gefühl, dass er nur mit mir so viel spricht. Wenn mich Freunde besuchen kommen, ist er stumm wie ein Fisch. Aber wie gesagt: Ich hätte es definitiv schlimmer treffen können. Außerdem ist Billy ein hoffnungsloser Fall, was Frauen angeht. Er wird mir also niemals in die Quere kommen.

Ich öffne WhatsApp und scrolle durch die ungelesenen Nachrichten. Während der Uni versuche ich, das Handy auszulassen, weswegen sich jetzt schon wieder über zwanzig ungelesene Nachrichten angestaut haben. Neunzehn davon beantworte ich nicht, weil es nur Gruppennachrichten sind. Die Jungs reden immer noch über die geile Party von gestern Nacht. Ich schaue die Fotos nur flüchtig an und versichere mich, dass ich nicht zu scheiße darauf aussehe. Immerhin weiß man nie, was sie nachher auf Instagram hochladen. Vier Nachrichten sind von meiner Mum. Sie fragt, wie der erste Tag so war und was es zu essen gab. Ich würde am liebsten mit einem Kotz-Emoji antworten, ignoriere sie aber einfach. Die letzte Nachricht ist von Bryan. Letztes Semester hatten wir ein paar Wochen lang was, aber irgendwann wurde es mir zu heiß. Ich merke, wenn eine Bindung zu eng wird. Es fühlt sich an, als wickle diese Person ein Seil um dich und schnüre es immer fester zu. So lange, bis du nicht mehr atmen kannst. Bryan wollte immer wissen, wo ich bin, was ich gerade mache. Ich habe es kaum noch geschafft, abends mal wegzugehen, geschweige denn, meine Klettertouren fortzuführen, weil er jeden meiner Abende verplant hatte. Er war wie eine Klette, die sich immer fester in mein Fleisch fraß.

Der Sex mit ihm war gut, und ich mochte das Gefühl von seinem Kopf an meiner Schulter. Alles andere habe ich verdrängt. Das musste ich, sonst hätte ich nicht gehen können. Bryan ist zu lieb für mich. Zu bodenständig. Zu zukunftsorientiert. Himmel, er hat mich bei unserem zweiten Date gefragt, ob ich später einmal Kinder möchte! Natürlich kann er es nicht wissen, aber ich plane meine Zukunft nicht, weil ich mir nie sicher sein kann, ob ich überhaupt eine haben werde.

Ich klicke seine Nachricht an, obwohl ich sie am liebsten direkt löschen würde.

Hast mich ja schnell vergessen. Kann aber nicht so geil gewesen sein, wenn der Typ direkt danach kotzen musste. Ich stand nur ein paar Meter neben euch, aber vermutlich hast du das nicht mal bemerkt.

Ich lache laut auf, und Billy, der sich gerade die Fingernägel schneidet, sieht verwirrt zu mir.

»Dieser eifersüchtige Mistkerl«, murmle ich und beginne eine Antwort zu tippen.

»Was'n los?«, fragt Billy.

Ich winke ab. »Probleme mit 'nem Ex.«

Billy grinst. »Du hast Probleme, von denen träum ich nachts.«

Ich schicke die Nachricht ab und sehe wieder zu meinem Mitbewohner. »Schön für dich. Könntest du bitte aufhören, deine abgestorbene Haut hier auf dem Boden zu verteilen?«

Billys Augen beginnen zu leuchten, und er schnappt nach Luft. »Also genau genommen ist die Haut noch gar nicht abgestorben, das passiert erst, wenn –«

»Stopp!«, schreie ich und werfe ein Kissen nach ihm. »Geh einfach ins Bad.«

Billy sieht mich empört an. Trollt sich dann aber ins Bad.

Seufzend lasse ich mich zurück ins Bett fallen und führe meine Hand wieder zur Nase. Sie riecht noch immer nach Luke. Ich frage mich, welches Shampoo er benutzt. Den Geruch kann man nicht wirklich beschreiben, es ist eine Mischung aus süßlichem Holz und frisch gewaschener Wäsche. Ich ziehe die Hand zurück und mustere sie genervt. Wieso interessiert mich das überhaupt so sehr?

Um mich abzulenken, öffne ich Instagram und scrolle durch die Timeline. Mein Feed zeigt hauptsächlich Beiträge zu Roofing und

Essen an, weswegen ich jedes Mal Hunger und Lust auf eine Klettertour bekomme, sobald ich die App öffne.

Gestern Nacht habe ich ein Bild von der Party hochgeladen. Natürlich keins von meinem Gesicht. Man sieht die unscharfen Lichter der Party, schwarze Schemen, die auf der Tanzfläche stehen, einige dicht aneinandergedrängt, andere haben die Hände in die Luft geworfen, um den Beat der Musik anzugeben.

Darunter habe ich geschrieben:

@vancroofer97: Was ist der Sinn von Partys? Hemmungsloses Besaufen bis um vier Uhr morgens? Küsse, Sex und Drogen im Schutze der Dunkelheit? Ich verstehe es nicht. Beobachte aber gerne. Er war da. Der geheime Fremde, der nicht mehr ganz so fremd ist. Vielleicht verstehe ich jetzt den Sinn von Partys.
Sie helfen uns, Menschen zu finden.

Das Bild hat weniger Likes als sonst, weil die Leute, die mir folgen, vor allem meine Hochhausbilder und Sonnenaufgänge lieben. Das hier fällt aus dem Rahmen. Trotzdem habe ich einige Kommentare bekommen. Manche loben meinen Text, andere beziehen sich auf das tolle Lichterschauspiel.

@tarekxmarek: Verstehe dich so gut! Partys sind kacke, wenn man nur in der Ecke steht 🙁.

Auch Taylor hat wieder kommentiert:

@zerohand2000: No way! Du gehst auf die Columbia? Ich finde deine Texte so inspirierend 😊.

Ich antworte ihr nicht, sondern schalte schnell das Handy aus. Klar, irgendwann musste jemand erkennen, auf welche Uni ich gehe. Dass ich aus Vancouver komme, ist jedem bekannt, aber weitere Details habe ich nie verraten. Es ist seltsam, ich könnte jetzt einfach eine Nachricht an Taylor schreiben und ihr sagen, dass ich hinter diesem Account stecke, aber dann würde sie mich vermutlich blocken.

Und ich verstehe sie. Ich bin der Grund, wieso sie lange Zeit so unglücklich war. Ich bin das Problem. Auch deswegen bin ich ausgezogen. Weil ich gehofft hatte, dass sich unser Verhältnis dadurch bessern würde, aber das hat es nicht. Sie meidet mich nach wie vor.

Und ganz ehrlich? Ich kann es ihr nicht verdenken.

Ich weiß nicht, wieso meine Finger die nächsten Sätze ins Handy tippen. Eigentlich geben sie viel zu viel preis, und vor allem bei Taylor muss ich vorsichtig sein. Ich will auf keinen Fall, dass sie herausfindet, dass ich hinter diesem Account stecke. Aber die Worte müssen raus, also füge ich dem Text ein Bild von meinen Schuhen über den Straßen Vancouvers hinzu. Die Sonne reflektiert in den metallenen Ösen und lässt meine weißen Socken fast orange leuchten. Dann sende ich ihn ab.

@vancroofer97: Ich bin unsichtbar in der Masse. Verstecke mich hinter Mauern aus Oberflächlichkeiten. Ich bin am Leben, aber habe ständig Angst vor dem Tod. Ich bin ein Bruder, aber für meine Eltern ein Einzelkind. Ich bin allein unter denen, die mich bewundern. So hoch oben, aber eigentlich ganz klein. Ich bin nicht der, den alle kennen. Manchmal sehe ich mich hinter den Mauern selbst nicht mehr.

LUKE

Mary Poppins

Und so vergehen meine ersten Wochen als Theaterstudent. Bis auf diesen katastrophalen zweiten Tag schlage ich mich eigentlich ganz gut. Ich fahre Alex und Ava jeden Tag zuverlässig zur Schule und lerne jeden Tag fleißig mit Ava Deutsch. Auch die Vorlesungen machen mir mehr und mehr Spaß. Neben dem Theaterkurs bei Miss Martinez haben wir auch Vorlesungen in Theater- und Filmgeschichte und Filmproduktion, die wirklich sehr interessant sind. Außerdem haben wir in den ersten Wochen zusätzlich noch individuelles Sprachtraining. Ich wusste gar nicht, dass ich meine Stimme bisher immer viel zu sehr gepresst habe. Dank Mr. Cooper spreche ich schon jetzt langsamer, kontrollierter und achte auf meine Atempausen. Tarek ist der Einzige im Kurs, der bereits die volle Kontrolle über seine Stimme hat. Mr. Cooper war selbst überrascht und hat ihn direkt zu seinem Gehilfen befördert. Eine Position, über die sich Tarek nicht gerade gefreut hat. Aber so schüchtern er auch manchmal wirkt, sobald er die Bühne betritt, verfliegt seine Nervosität. Wenn er neben Mr. Cooper steht und uns bei den praktischen Sprachübungen hilft, wirkt er fast selbstbewusst und ist voll und ganz in seinem Element. Vielleicht gefällt es ihm aber auch nur, Hunter herumzukommandieren. Der hat seine Stimme nämlich absolut nicht unter Kontrolle. Vor allem nicht beim Singen.

Heute ist Donnerstag. Meine dritte Woche am Campus ist bereits fast vorbei. Madison und ich sitzen wie so oft in der Bibliothek und tippen beide an einer Hausarbeit, als Taylor sich auf den freien Stuhl neben mich fallen lässt.

»Wisst ihr, was ich denke? Vielleicht ist das Ganze eine große Lotterie, aber das Universum gleicht am Ende alles wieder aus. Das Universum kümmert sich um all seine Vögel.« Madison und ich sehen sie an. »Und in welchem Buch hast du das schon wieder gelesen?«, fragt

Madison, während sie unbeeindruckt einen Keks in ihren Kaffee tunkt.

Taylor sieht sie missbilligend an. »In Raquel J. Palacios *Wunder*. Das ist nicht einfach nur ein Buch. Es ist ein wundervoller Roman, darüber, wie es ist, anders zu sein. Es geht um Ausgrenzung, aber auch Lebensfreude und Mut.«

»Ich finde das Zitat schön«, sage ich und schreibe mir den Buchtitel in die rechte untere Ecke meines Collegeblocks. Das Zitat hat mich an Charlie denken lassen. Ich bin mir fast sicher, dass ihr das Buch auch gefallen könnte. Vielleicht steht es auch schon längst in ihrem Regal.

Taylor kommt fast jeden Morgen mit einem neuen Zitat zu uns und möchte dann darüber diskutieren. Ich frage mich zwar, wie sie es schafft, so viel zu lesen, doch ich finde es cool. Madison hingegen scheint das Ganze eher zu langweilen. Sie meint, sie habe keine Zeit für normale *Literatur*. Sie liest nur Fachzeitschriften und Sachbücher.

Während sich die beiden über Madisons Hund Crispy unterhalten, sehe ich mich in der Bibliothek um.

Jackson bin ich nicht wieder begegnet. In der letzten Stunde bei Miss Martinez war er nicht anwesend, und sonst hat er natürlich ganz andere Kurse als ich. Immerhin studiert er bereits seit drei Jahren. Also kann ich direkt aufhören, in jedem Vorlesungssaal nach ihm Ausschau zu halten, mache es aber natürlich trotzdem. Irgendetwas an ihm fasziniert mich, auch wenn ich noch nicht ganz benennen kann, was.

Die Stunden bei Miss Martinez, so streng sie auch sein mag, sind schon in dieser kurzen Zeit zu meinen liebsten geworden. Vielleicht, weil sie eine tolle Abwechslung zu den trockeneren Vorlesungen sind. Hier sitzen wir nicht stundenlang in großen Sälen und starren auf PowerPoint-Präsentationen, nein, sie fordert uns auf, uns frei auf der Bühne zu bewegen. Sie möchte, dass wir den Boden unter unseren Füßen in- und auswendig kennen. Was bringe es schließlich, perfekt schauspielern zu können, wenn man bei einer Szene ins Stolpern gerät, weil man sich nicht gemerkt hat, wie rutschig die Bühne an dieser Stelle ist?

In der heutigen Vorlesung erfahre ich, dass sie selbst einige Jahre auf der Bühne stand. Für die *Rocky Horror Picture Show*, aber auch für *Das Phantom der Oper*. »Ich scheine groteske Rollen anzuziehen, was wohl daran liegt, dass ich eine ein Meter achtzig große Latina bin. Ich meine, wer sonst hätte den Rocky spielen sollen?« Wir waren uns alle nicht sicher, ob sie versuchte, einen Witz zu reißen. Sicherheitshalber lachte aber niemand.

Miss Martinez hat drei Flyer mitgebracht, die alle für eine Darbietung stehen, die wir am Ende des Semesters aufführen werden.

»Bitte überlegen Sie es sich gut. Beziehen Sie in Ihre Entscheidung auch mit ein, dass Sie eine Rolle in diesem Stück spielen werden.«

Ich starre auf die Flyer vor mir und frage mich, wen um Himmels willen ich in *Annie* spielen soll. Oder in *Cats*. Ich habe beide Vorführungen auf YouTube gesehen und mochte sie, aber sie fühlen sich nicht wie die Stücke an, in denen ich mitspielen möchte. Auf dem dritten Flyer ist eine schlanke Frau zu sehen, die sich elegant an einem Regenschirm festhält und damit über die schwarzen Häuserdächer fliegt. *Mary Poppins* steht in gelben Lettern darüber. Ich grinse, denn meine Antwort ist klar. Ich habe den Disneyfilm als Kind sicher zwanzigmal gesehen, kann alle Lieder auswendig und sogar einige der Tanzschritte. Mit acht oder neun Jahren habe ich mir einen Anzug von meinem Vater geborgt, schwarze Lackschuhe angezogen und versucht, den Pinguintanz nachzutanzen. Als Papa mich erwischt hat, hat er kurzerhand mitgetanzt und mir extra noch eine Krawatte umgebunden. Ma hat das Ganze gefilmt, aber seitdem habe ich die Aufnahme nicht mehr angesehen. Sie verstaubt mit all den anderen Erinnerungen auf unserem Dachboden, weil es zu sehr schmerzen würde, sie hervorzuholen.

Ich gehe entschieden auf die Bühne und werfe den *Mary Poppins*-Flyer in die große rote Box, die Miss Martinez extra dort aufgestellt hat.

»Miss, ich hätte da mal eine Frage«, meldet sich Hunter zu Wort.

Miss Martinez seufzt unverkennbar. »Die da wäre?«

»Das, nun ja, sind alles Musicals. Ich dachte, hier ginge es um das reine Theater?«

»Das Theater lebt von Musik. Und sollten Sie eine ernsthafte Karriere im Schauspielbereich in Betracht ziehen, dann sollte Ihnen klar sein, dass es durchaus von Vorteil ist, singen zu können.«

Hunter sieht nicht gerade begeistert aus, vermutlich denkt er gerade an seine wirklich schlechten Gesangsversuche in der letzten Sprachtrainingsstunde. »Dann kann ich's vergessen. Ich singe echt mies.« Er lässt die Schultern hängen.

Miss Martinez' Stimme verliert etwas an Härte. »Man kann sich immer verbessern, Hunter, keine Sorge. Wir arbeiten selbstverständlich an Ihren Stimmen. So, haben jetzt alle ihre Flyer eingeworfen?«

Hunter sieht erneut auf die Flyer in seiner Hand, entscheidet sich dann ebenfalls für *Mary Poppins* und wirft ihn in die Box.

»Wundervoll. Jenny, James, würden Sie mir bitte beim Auszählen helfen?«

Während Jenny und James die Flyer nacheinander wieder aus der Box ziehen und Miss Martinez eine Strichliste führt, kommt Taylor zu mir und lässt sich in den weichen Sitz fallen. Nirgendwo sonst sitzt man so bequem wie in diesem Theater.

»Willst du?« Sie packt eine Brotdose voller Karottensticks und Hummus aus und hält sie mir hin. »Damit du dich nicht nur von Pommes und Keksen ernährst.«

»Zu freundlich, wie sehr du um meine Ernährung besorgt bist.« Ich beiße in eine Karotte und habe das Gefühl, das Knacken hallt im ganzen Saal wider.

Taylor kaut ebenfalls an einem Stick, schluckt und fragt dann: »Und, für was hast du abgestimmt?«

»Für Mary Poppins. Ich denke, ein bisschen Ruß auf den Wangen steht mir ganz gut.«

Sie lacht. »Du als Bert? Das stelle ich mir lustig vor. Ich habe auch dafür gestimmt. Für diese Produktion bräuchten wir einzigartige Requisiten, und Marys Kleidungsstil ist so extravagant.«

Ich will ihr nicht den Spaß verderben, muss es aber dennoch einwerfen: »Miss Martinez wird sicher wollen, dass du auch eine Rolle übernimmst. Also, es muss ja keine große sein, aber so wie sie vorhin mit Hunter geredet hat …«

»Ich weiß. Ich habe überlegt, dass ich ja einfach einen Pinguin spielen könnte, was meinst du?« Sie springt auf, zieht ihre schwarze Jeans bis zum Bauchnabel nach oben und watschelt dann ein paar Schritte vor mir entlang.

»Perfekte Idee«, pruste ich, als Miss Martinez um Ruhe bittet und Taylor sich wieder neben mich setzt und sich wieder ihren Karotten widmet.

»Wir haben das Ergebnis. Es ist nicht sonderlich überraschend und fast einstimmig. Ab nächster Woche beginnen wir mit dem Casting für *Mary Poppins*.«

Jubel ist zu hören, Olivia und Casey klatschen sich ab, und ich grinse Taylor zu.

»Okay, dann also tanzende Pinguine«, meint sie und hat bereits ihr kleines Notizbuch hervorgezogen, um sich mögliche Requisiten zu notieren.

»Sie alle sollten sich bis nächste Woche Gedanken machen, für welche Rolle Sie vorsprechen möchten. Die entsprechenden Texte lade ich Ihnen nach dieser Stunde hoch, Sie finden sie im Onlineportal. Schreiben Sie mir bitte bis Sonntag, welche Rollen Sie interessieren. Dann werde ich das Casting entsprechend gliedern.«

Miss Martinez packt ihre rote Box wieder ein, und um mich herum herrscht Aufbruchsstimmung.

»Ach so, bevor ich es vergesse …« Miss Martinez dreht sich noch einmal zu uns.

»Sie sprechen bitte alle für eine richtige Rolle vor. Nicht jeder kann bei der Premiere mitspielen, aber es wird Zweit- und bei den Hauptrollen auch Drittbesetzungen geben. Und ganz gleich, welche Rolle Sie am Ende erhalten: Das hier ist ein *praktischer* Kurs.« Taylor neben mir scheint immer kleiner und kleiner zu werden, während Miss Martinez fortfährt. »Sie sollen hier möglichst viel spielen und werden während des Semesters immer wieder die Möglichkeit haben, Ihre Rolle auf der Bühne zum Besten zu geben. Das Casting entscheidet nur, wer bei der Premiere auf der Bühne steht. Nicht mehr und nicht weniger. Es schadet also nicht, mehrere Texte zu lernen. Bis Dienstag.« Und damit geht sie von der Bühne.

»Na toll.« Taylor sieht nun gar nicht mehr so glücklich aus. Mürrisch brummt sie vor sich hin, während sie die Karottensticks wieder in ihrem Rucksack verstaut.

»Ach komm schon, du wirst ganz einfach die Drittbesetzung für Pinguin Nummer zwei, und sonst spielst du den Kapitän, der ganz am Anfang des Stücks die Kanone abschießt.«

»Hmm«, meint Taylor nur und läuft in Richtung Ausgang.

Ich beeile mich, zu ihr aufzuschließen. »Und wenn's ganz schlimm wird, meldest du dich einfach krank. Was soll sie da schon sagen?«

Taylor sieht immer noch nicht überzeugt aus, doch mehr fällt mir beim besten Willen nicht ein, um sie aufzumuntern. Zum Glück kommt uns draußen auf dem Flur Madison entgegen.

»Da seid ihr ja endlich. Heute gibt es Tacosalat! Ich hab uns schon mal einen Tisch reserviert.« Ihr Blick fällt auf Taylor. »Was ist denn mit dir los?«

Madison schaut zu mir, doch ich zucke nur mit den Schultern. Vermutlich ist es am besten, Taylor auf andere Gedanken zu bringen, also beginne ich etwas schneller zu laufen und öffne den beiden die Glastür, die uns ins Freie und in die Mittagspause entlässt: »Kommt schon. Ich verhungere sonst noch!«

Und so folgen die beiden mir in die Mensa, in der es schon wunderbar nach Paprika, roten Bohnen und Tortillachips duftet.

LUKE

Das Casting

Während ich vom Parkplatz zum Unigelände laufe, betrachte ich die Bäume um mich herum. Der Indian Summer, wie man den bunten Herbst hier nennt, lässt die Blätter der Bäume in allen nur erdenklichen Farben erstrahlen. Mittlerweile haben wir Ende September. Es ist immer noch angenehm warm, doch die Winde werden stärker, fahren durch die Baumwipfel und trennen die Blätter von ihren Ästen. Es ist schön und traurig zugleich, dieses Phänomen mit anzusehen.

Ich erinnere mich an die Waldspaziergänge mit Paul und Lou. Wir haben Kastanien gesammelt und zu Hause mit Schaschlikspießen kleine Tiere und Menschen daraus gebaut. Lou hat so einen ganzen Zoo geschaffen. Als Ma später nach Hause kam, haben wir ihr eine exklusive Tour durch die einzelnen Gehege gegeben. Ich erinnere mich an ihr Lachen, an den Geruch von Harz und Laub in unserem Wohnzimmer. Ich bücke mich und hebe eine Kastanie vom Boden. Sie ist rund, glatt und noch leicht feucht, weil sie sich erst vor Kurzem aus ihrer Schale gelöst hat. Ich streiche den Rest weißer Haut mit dem Daumen ab, poliere die braune Schale und stecke die Kastanie in meine Jackentasche. Dann schlendere ich weiter den Weg entlang und lasse mein letztes Treffen mit Taylor und Madison Revue passieren.

Am Wochenende haben wir uns im Stanley Park getroffen und unsere Texte für das Casting heute geübt. Madison saß mit uns auf einer gelb-orange karierten Picknickdecke und hat unsere Schauspielkünste bewertet. Natürlich auf ihre ganz eigene Art. Mal wurde ich mit Trauben abgeworfen, wenn ich mich verhaspelte, ein anderes Mal schenkte sie mir ein rotes Ahornblatt, weil dieser eine Satz doch ganz gut geklungen habe.

Taylor fühlte sich sichtlich unwohl und schaute ständig, ob uns die anderen Leute im Park beobachten.

Irgendwann wurde es Madison zu langweilig, und sie nahm uns die Zettel aus der Hand, stopfte sie in ihre Tasche und erzählte uns von dem Horrortrip mit ihren Großeltern.

Vor Semesterbeginn hatten diese sie dazu überredet, mit ihr an die Ostküste zu fahren. Laut Madison ist sie auch jetzt noch von diesem Roadtrip verstört.

Taylor beobachtete während Madisons Erzählungen den blauen Himmel über uns. »Ich weiß nicht, wann ich das letzte Mal einen Ausflug mit meinen Eltern gemacht habe. Das ist schon ewig her«, warf sie irgendwann ein.

»Du Glückliche!«, erwiderte Madison nur und warf ein paar Trauben in die Luft, um sie mit dem Mund aufzufangen.

Aber ein Blick auf Taylor sagte mir, dass sie nicht wirklich glücklich darüber war. Ganz im Gegenteil.

Als ich die Tür zum Theater öffne, ist es drinnen noch dunkel. Das überrascht mich nicht, immerhin bin ich extra fast zwanzig Minuten früher gekommen, um noch einmal meinen Text durchzugehen. Ich habe mir zwei Szenen ausgedruckt. Die, in der Bert zum ersten Mal auf Mary und die Kinder trifft und gerade dabei ist, seine Straßenzeichnungen anzufertigen, und die, in der er singend über die nächtlichen Dächer springt und seinem Job als Schornsteinfeger nachgeht. Außerdem habe ich zur Sicherheit auch noch einige Texte des Vaters gelernt. Es ist die Szene, in der er mit Michael in der Bank ist. Ich glaube aber, dass mir Bert besser liegt. Er ist sprunghaft, auf eine erfrischende Art kindlich und sprudelt nur so vor Kreativität. Auch wenn er nur schwarze Kleidung trägt und Ruß im Gesicht hat: Sein ganzes Auftreten könnte nicht bunter sein.

Ich lege meine Tasche an den Bühnenrand und ziehe mich dann selbst hinauf. Sonst blenden einen hier oben immer mehrere Scheinwerfer. Heute dringt nur ein bisschen Licht durch die Tür am Ende des Saals. Es ist seltsam, hier oben zu stehen und kaum die Hand vor Augen zu sehen. Aber genau das wollte ich doch. Theateratmosphäre ohne den Druck, von anderen beobachtet zu werden. Also ziehe ich die ausgedruckten Blätter aus der Hosentasche, entfalte sie und werfe einen Blick auf die erste Zeile. Bei der Dunkelheit hier drinnen kann ich kaum ein Wort erkennen, aber gut, den Text muss ich sowieso auswendig können. Also stecke ich die Zettel wieder weg und versuche angestrengt, mich an den Dialog zu erinnern.

Mangels einer weiteren Person knie ich mich allein hin und vollende mit meinem imaginären Stück Kreide die ebenfalls imaginären Straßenkunstwerke, die ich mir auf dem Bühnenboden vorstelle. Währenddessen spreche ich in die Schwärze hinein, in der sich in meiner Vorstellung Mary und die zwei Banks-Kinder befinden.

Es klappt ganz gut. Ich vergesse keine Zeile und werde mit jedem Durchgang selbstbewusster. Es fühlt sich nicht mehr komisch an, hier vollkommen allein auf der Bühne zu knien. Der leichte Schmerz in meinen Knien und das Kratzen im Hals lassen das Ganze nur noch realer wirken.

Für die zweite Szene muss ich laut Drehbuch über mehrere Schornsteine springen und bin auch dabei nicht alleine. Begleitet werde ich von der ganzen Schornsteinfegercrew. Das Springen gestaltet sich hier allerdings schon schwieriger. Immerhin gibt es keine Erhöhung, von der ich runterspringen könnte. Also versuche ich es mit einer Mischung aus Ducken, einfachen Sprüngen und leichtem Abrollen über die Schulter. Dabei allerdings auf den Liedtext zu achten, ist kaum machbar. Gerade vollführe ich einen besonders weiten Sprung mit einer kleinen Drehung, als eine Gestalt sich vor den Vorhang schiebt. Ich sehe nur ihre Silhouette, doch als sie näher kommt, weht mir der vertraute Aftershave-Geruch entgegen.

»Ich würde dieser außerordentlichen Darbietung gerne noch weiter beiwohnen, aber gleich kommt Miss Martinez durch diese Tür da hinten, und glaub mir, du willst nicht, dass sie das hier sieht.«

»Was soll das denn heißen? Und wieso verfolgst du mich eigentlich?«

Jacksons Lippen kräuseln sich. »Tu ich nicht. Ich bin hier, weil wir heute die Planung der Kulissen besprechen. Mein Semester soll euch dabei helfen. Du weißt schon, wir studieren Architektur und kennen uns ganz gut aus im Umgang mit Modellen und so weiter.«

Wieso klingt alles, was er sagt, anzüglich? Kann er nicht einmal normal mit mir sprechen?

»Na dann«, erwidere ich kühl, schnappe mir meine Tasche und springe von der Bühne.

»Viel Glück beim Casting«, ruft Jackson mir noch zu, während er wieder hinter dem Vorhang verschwindet und kurz darauf die Lichter im Saal einschaltet.

Keine Minute später öffnet sich die Tür, und ich sehe, wie Hunter, Olivia, Casey und die anderen den Saal betreten. Gefolgt von Miss Martinez, die heute einen kanariengelben Jumpsuit trägt, der perfekt zu ihrem Nagellack passt.

»Guten Morgen. Guten Morgen. Also dann, sind Sie bereit? Ich bin es jedenfalls. Also enttäuschen Sie mich nicht! Casey, Sie sind die Erste.«

Hunter und Tarek haben sich noch nicht einmal gesetzt, und Jenny kommt gerade erst durch die Tür, doch offenbar kann es Miss Martinez gar nicht schnell genug gehen. Caseys Gesicht glüht vor Aufregung, als sie sich langsam erhebt und auf die Bühne läuft.

»Nun kommen Sie schon, Hunter hier schläft sonst direkt wieder ein.«

Ich kann mir ein Lachen nicht verkneifen, und auch Taylor und Olivia können nicht mehr rechtzeitig einen Hustenanfall vortäuschen. Miss Martinez tut allerdings so, als habe sie nichts gehört, oder sie hat tatsächlich einen Witz gemacht und fand es gut, dass wir gelacht haben. So ganz weiß ich das immer noch nicht. Jedenfalls steht Casey nun alleine auf der Bühne.

»Ich spreche für die Rollen Mary Poppins und Mrs. Banks vor.«

»Ah, sehr schöne Wahl«, kommentiert Miss Martinez und lässt sich in einen Stuhl sinken. »Nun dann, verzaubern Sie uns.«

Casey ist gut. Sehr gut sogar. Wir alle wussten, dass sie sich schnell Texte merkt, aber sie kann auch wirklich spielen. Und singen. Ihre blonden Locken hat sie in einen Dutt gesteckt, der dem von Mrs. Banks tatsächlich erstaunlich ähnlich sieht, und genau wie Mrs. Banks hat sie sich eine hellblaue Schärpe umgehängt. Hätte ich mir auch etwas für mein Kostüm überlegen sollen?

Miss Martinez scheint zufrieden, denn sie nickt nur, macht sich ein paar Anmerkungen und ruft dann Tarek nach oben.

Als Tarek erklärt, dass er für Mr. Banks vorspricht, den ernsten, am Anfang auch sehr herrischen und strengen Vater der Banks-Kinder, beginnen einige im Saal zu tuscheln. Immerhin verkörpert Mr. Banks das absolute Gegenteil von Tareks ruhiger, vorsichtiger Art. Doch sobald er zu spielen beginnt, verstummt das Getuschel. Wie ich im Sprachtraining schon vermutet hatte, spielt er unfassbar gut.

Jenny spricht für Mrs. Banks und Jane vor, Olivia will am liebsten nur die Lichttechnik machen, hat aber gezwungenermaßen auch die Texte von Mrs. Banks gelernt, und Hunter liefert eine erstaunlich gute Darbietung von Mr. und Mrs. Banks' Sohn Michael ab. Ein Rolle, die im Stück nur ein Lied singt. Vermutlich hat er sich deswegen für sie entschieden. Die berührende Szene mit der Taubenfrau spielt er selbst mit einigen Texthängern jetzt schon extrem gut. Tatsächlich bekomme ich etwas Gänsehaut, als er seinen Vater bittet, mit seinem Geld Futter für die Tauben zu kaufen. Doch dann überrascht er uns alle, als er auch noch für Bert vorspricht. Somit ist er mein erster ›Konkurrent‹.

Dann ist Taylor an der Reihe. Wir haben auch nach unserem Treffen im Park noch zusammen geübt, und ich habe ihr immer wieder versichert, dass sie die besten Chancen hat, wenn sie für Mary vorspricht. Immerhin werden viele die Hauptrolle spielen wollen. Dann kann sie einfach die Zweit- oder Drittbesetzung sein und hat ihre Ruhe. Blöd nur, dass bisher bis auf Casey niemand für Mary vorgesprochen hat. Eine Tatsache, die Taylor sichtlich nervös macht. Ihr ist deutlich anzumerken, wie unwohl sie sich auf der Bühne fühlt. Gerade hebt sie ihren Notizzettel auf, der ihr bereits zum zweiten Mal aus den Fingern geglitten ist.

Ich recke ihr meinen Daumen entgegen, versuche, ihr irgendwie still Mut zuzusprechen, auch wenn ich weiß, dass ihr das kaum helfen wird.

Sie spielt die Szene durch, in der Mary Poppins zum ersten Mal das Haus der Banks betritt und sich um die Stelle als Kindermädchen bewirbt. Es ist direkt einiges an Text, aber das Auswendiglernen war für sie kein Problem. Schon am Sonntag konnte sie alle Zeilen perfekt. Es ist eher die Art, wie sie unsicher auf der Bühne steht, die Beine zusammenpresst und auf den Boden starrt.

»Taylor?«, unterbricht Miss Martinez sie bereits nach ein paar Sätzen.

»J-ja?«, fragt Taylor und sieht dabei so hilflos aus, dass ich am liebsten auf die Bühne springen würde, um ihr zu helfen.

»Suchen Sie sich einen Punkt im Raum. Dieser Punkt ist Mrs. Banks. Ein paar Zentimeter neben diesem Punkt steht Mr. Banks. Können Sie sich das vorstellen?«

Taylor nickt und lässt ihren Blick hastig durch den Saal schweifen.

»Und atmen Sie. Es ist alles okay.« So streng sie auch manchmal sein kann, wirklich böse ist Miss Martinez nicht. Sie spricht ganz ruhig und versucht, Taylor die Angst zu nehmen. Doch viel hilft es nicht. Jetzt starrt Taylor zwar nicht mehr auf den Boden, dafür aber mit einem ziemlich abgefahrenen Blick starr gegen die Wand hinter mir. Ich weiß, dass sie das besser kann. Immerhin habe ich sie spielen sehen. Ohne Publikum und bei mir zu Hause vor meinem Bett hat es gut geklappt. Aber ich weiß selbst, dass man das nicht vergleichen kann.

»Ist in Ordnung, Taylor, kommen Sie von der Bühne.« Miss Martinez quält sie nicht länger und ruft stattdessen James auf, der eine passable Darbietung des Onkels Albert abliefert, sich aber vor allem als Pinguin Nummer eins bewerben möchte.

Nach über einer Stunde bin schließlich ich an der Reihe. Meine Knie zittern leicht, als ich auf die Bühne trete, aber mehr nicht. Ich kenne diesen Boden. Ich kenne die Hitze der Scheinwerfer auf meinen Wangen. Ja selbst den Geruch der staubigen Sitze kenne ich mittlerweile in- und auswendig.

»Ich spreche für die Rolle des Bert vor«, beginne ich und laufe zur Mitte der Bühne. Genau dort, wo ich auch vorhin saß, um mein eingebildetes Kreidebild zu malen.

Ein Blick ins Publikum verrät mir, dass Taylor immer noch knallrot im Gesicht ist, mir aber zusieht. Auch die Blicke der anderen sind auf mich gerichtet. Okay, versuch, es auszublenden, sage ich mir, und es klappt. Das ist nicht das erste Mal, dass ich vor Publikum spiele, also beginne ich.

Am Anfang läuft es nicht ganz so glatt, ich verhasple mich ein paarmal, verliere aber nie den Faden und werde gegen Ende hin immer selbstsicherer. Als ich die Szene beende, sieht Miss Martinez sehr zufrieden aus, und Taylor klatscht begeistert. Doch sie ist nicht die Einzige. In den hinteren Reihen haben sich ein paar fremde Studierende niedergelassen. Das müssen wohl die Leute aus dem Architekturkurs sein. Denn in ihrer Mitte sitzt Jackson. Und er klatscht lauter als Taylor und pfeift sogar. Natürlich.

»Vielen Dank, Luke, Sie können sich setzen. Danke auch an alle anderen. Das sieht doch schon einmal nach einem soliden Start aus. Glauben Sie mir, wir hatten hier schon ganz andere Jahrgänge. Aber bilden Sie sich auch nicht zu viel darauf ein, es liegt noch eine Menge Arbeit vor uns allen!«

»Kein Lob ohne Vorwurf, oder?«, raunt Taylor mir zu, als ich mich neben sie setze.

Ich grinse. »Du warst 'ne tolle Mary.«

»Sei bloß still. Diese Bühne verfolgt mich bestimmt bis in meine Albträume.«

Miss Martinez ist aufgestanden und räuspert sich, um die aufkeimenden Gespräche zu ersticken. »Ich werde mir heute und morgen Gedanken über Ihre Leistungen machen und die Rollen dann online stellen. Am Donnerstag werden wir also schon mit den ersten Proben beginnen. Ich weiß, Sie alle können die Mittagspause kaum erwarten, doch so gerne ich auch Karottenbrei mit verkochten Kartoffeln esse: Es gibt da noch ein paar Menschen, die ich Ihnen gerne vorstellen würde.« Sie steigt auf die Bühne, während sie weiterspricht. »Diese vier Studierenden«, sie nickt in Richtung der hinteren Reihe, »werden uns in den nächsten Wochen bei den Proben begleiten und uns bei den Requisiten, aber vor allem beim Kulissenbau helfen. Aber kommen Sie doch bitte zu mir und stellen sich selbst vor.«

Jackson und die anderen erheben sich und laufen zur Bühne. Sie begrüßen uns und nennen kurz ihre Namen: Kyle, Susanne, Becka und natürlich Jackson. Alle vier grinsen uns von der Bühne entgegen. Ich schaue demonstrativ nur zu Miss Martinez.

»Ich erwarte von Ihnen, dass Sie kollegial miteinander umgehen und einander helfen. Das hier ist keine normale Vorlesung. Ich habe Sie als Team zusammengeführt, also nehmen Sie diese vier hier bitte in Ihre Gruppe mit auf. So, und nun, Essenszeit!«

Vermutlich wusste sie genau, wie laut es nach dieser Ansage werden würde, denn sie verschwindet als Erste aus dem Saal und lässt uns andere zurück. James und Hunter sind schon nach vorne geeilt, um unseren neuen Mitgliedern Hallo zu sagen, während Casey und einige andere darüber diskutieren, wer denn nun die Mary spielen solle.

»Komm, wir hauen ab«, meine ich und ziehe Taylor hinter mir her.

Kaum sind wir draußen, beginnt Taylor auch schon wieder, sich über ihren Bruder aufzuregen. Wenigstens lenkt sie das für kurze Zeit von der Tatsache ab, dass sie am Donnerstag vielleicht schon wieder auf die Bühne muss.

»Ich verstehe einfach nicht, wieso er ausgerechnet unserem Jahrgang helfen muss! Kann er nicht für die Zweitsemester Kulissen bauen?« Wütend kickt sie ein paar Blätter in die Luft.

»Wieso hasst du ihn eigentlich so sehr?«, frage ich schließlich, weil mich das nach wie vor beschäftigt.

Erstaunt schaut sie mich an. »Es ist … Sagen wir es mal so: Es ist nicht gerade leicht, seine Schwester zu sein.«

»Verbietet er dir, mit anderen Jungs auszugehen?«, frage ich scherzeshalber, doch mir vergeht das Lächeln, als ich ihren frustrierten Blick bemerke.

»Jackson ist einfach sehr speziell. Das war er schon immer. Und unsere Eltern lieben ihn, verstehst du? Er ist die Sonne, um die sich alles dreht. Ich fliege nur irgendwo daneben in einer weit entfernten Umlaufbahn.«

Wir sind unter einem der großen Ahornbäume stehen geblieben, die hier vereinzelt zwischen den Unigebäuden gepflanzt wurden. Die Blätter des Baumes leuchten dunkelrot in der Mittagssonne. Einige davon liegen schon auf den grauen Pflastersteinen.

»Tut mir leid, das wusste ich nicht.«

Taylor zuckt mit den Schultern. Ihre grünen Haare glitzern, als sie den Kopf schüttelt.

»Woher solltest du das auch wissen? Ich lauf ja nicht mit einem Shirt rum, auf dem steht: Hallo, ich bin Pluto, der unwichtigste Planet.«

Sie lacht und zieht eine Grimasse, so als wäre all das hier ein Scherz. Ihre Augen funkeln in der Herbstsonne. Sie will, dass ich denke, dass es ihr egal ist. Dass sie stärker als all das ist. Blöd nur, dass ich die Lüge erkenne. Immerhin habe ich selbst dieses Lachen in den letzten Jahren perfektioniert.

Deswegen weiß ich auch, dass es sinnlos ist, Taylor zu irgendetwas zu drängen. Wenn sie jetzt gerade nicht mit mir darüber reden will, dann ist das so.

»Willst du nachher wieder zum Üben vorbeikommen?«, frage ich also nur und folge mit den Augen einem einzelnen Blatt, das gerade neben uns zu Boden segelt.

»Na schön. Aber wir lernen nur deinen Text. Ich werde sowieso keine Rolle bekommen.«

»Und wenn du doch eine Rolle bekommst«, setze ich an, bücke mich, ergreife einige der roten Blätter und werfe sie über uns in die Luft.

»Wirst du großartig sein!«

Die Blätter tanzen über unseren Köpfen, und wir machen uns lachend auf den Weg Richtung Mensa.

LUKE

Die perfekte Zweitbesetzung

Hast du schon das Reeses-Eis probiert?«, fragt Paul und schubst dabei Lou fast ganz aus dem Bild, weil er der Kamera so nah kommt.

»Nein, hab ich nicht. Ich hasse Erdnussbutter, das weißt du doch«, meine ich und lache über seinen entrüsteten Gesichtsausdruck.

»Also bist du immer noch weird«, schlussfolgert Paul und schiebt sich auf der anderen Seite der Welt einen Kinderriegel in den Mund.

»Als wer gehst du an Halloween?«, fragt Lou und schubst Paul zurück, sodass sie mich wieder auf dem Bildschirm sehen kann.

»Lou, schubs Paul nicht«, versuche ich, sie aus achttausend Kilometern Entfernung zu erziehen, doch es bringt nichts.

»Also?«, fragt sie nur und lutscht ebenfalls an einem Kinderriegel. Ihre Finger sind schon ganz klebrig von der Schokolade. Innerlich bete ich, sie möge sich die Finger nicht am Schlafanzug abwischen. Doch dann fällt mir ein, dass ich mich nicht länger um Lous dreckige Wäsche kümmern kann. Unsere Waschmaschine ist gerade ebenfalls unerreichbar.

»Das weiß ich nicht. Ist ja noch über einen Monat Zeit. Als was verkleidest du dich denn, Mücke?«

»Sie geht als Prinzessin Elsa«, meint Paul genervt, als könnte er sich kein schlimmeres Kostüm vorstellen.

»Stimmt gar nicht, ich geh als Anna! Und du wolltest doch unbedingt Olaf sein.«

Pauls Wangen färben sich rosa, und ich weiß genau, dass er ihr außerhalb des Bildschirms gerade den Mittelfinger zeigt.

Ma kommt ins Bild, sieht die beiden und geht dazwischen.

»Paul, wenn ich das noch einmal sehe, gibt's Handyverbot!«

Das sitzt. Paul erstarrt zur Salzsäule. Nur die Schokolade leckt er sich noch von den Fingern.

»Alles gut bei dir, Großer?« Ma setzt sich Lou auf den Schoß, um noch in die Kamera schauen zu können. Ihre Haare hat sie zu einem losen Pferdeschwanz gebunden. Einige Strähnen haben sich schon wieder daraus gelöst, und sie trägt noch ihre Arbeitsklamotten.

»Alles bestens. Der Herbst hier ist echt schön. Ich hab Kastanien gesammelt.« Ich zeige ihnen die kleine Kastanie, die ich auf meinen Nachttisch gelegt habe, und einen kurzen Moment will Lou danach greifen, bis ihr offenbar klar wird, dass sie die Kastanie niemals erreichen kann.

»Ich bringe sie mit nach Deutschland, wenn ich wiederkomme.«

»Dann bauen wir wieder einen Zoo!«, ruft Lou erfreut, und ich nicke.

»Genau.«

»Schatz, wir müssen Schluss machen, Paul schreibt morgen eine Geschichtsklausur und hat bisher nur YouTube-Videos geschaut«, meint Ma und sieht Paul vorwurfsvoll an.

»Jaa, in denen geht es doch um die Französische Revolution!«

»Trotzdem gehst du jetzt in dein Zimmer und liest dir noch einmal die entsprechenden Kapitel im Schulbuch durch.«

Paul murrt, steht aber auf und winkt in die Kamera. »Tschüss, Luke.«

»Ciao.« Ich winke zurück.

»Okay, dann sage ich auch mal Tschüss. Muss noch die Wäsche aufhängen.« Mas Stimme klingt müde, und ihre Augenringe kann ich selbst durch die schlechte Laptopkamera erkennen.

»Wirklich alles okay bei euch?«, frage ich noch einmal, auch wenn ich weiß, dass sie mir sowieso nicht sagen würde, wenn es nicht so wäre. Sie will mich nicht beunruhigen.

»Alles bestens, Luke. Ob du's glaubst oder nicht, aber ich kriege das hin.«

»So meinte ich das doch gar nicht …«

»Ich weiß. Lass uns nächste Woche noch mal sprechen. Dann beginnen die Herbstferien, und ich habe eine Woche frei.«

»Okay. Bis dann, schlaf gut, Lou.«

Lou winkt mir strahlend zu und verschwindet dann aus dem Bild.

»Gute Nacht, Schatz.«

»Ma, hier ist es gerade einmal ein Uhr mittags.«

»Ach, an diese Zeitverschiebung gewöhne ich mich nie. Na dann, hab einen schönen Tag.«

Wir winken uns ein letztes Mal zu und legen auf.

Kaum habe ich den Laptop zugeklappt, vibriert mein Handy. Es ist Taylor.

»O mein Gott, die Rollen wurden eben bekannt gegeben!«, schreit sie fast ins Telefon.

»Was?«

»Schau im Onlineportal. Der neueste Eintrag.«

Direkt klappe ich meinen Laptop wieder auf und klicke mich durch bis zu unserer Theatergruppe. Dort wurde tatsächlich vor fünf Minuten ein neuer Eintrag hochgeladen.

»Der ist eben erst online gegangen. Hast du die ganze Zeit die Seite aktualisiert, oder was?«, frage ich lachend.

Am anderen Ende der Leitung bleibt es still, was mir als Antwort genügt.

»Okay, warte, die Seite lädt gerade noch. Ah, da ist es.«

Ich klicke mit schwitzigen Fingern auf das angehängte PDF, und direkt öffnet es sich vor mir.

Die Rollen für Mary Poppins werden wie folgt besetzt:
Hauptrollen:
Mary Poppins: 1. Besetzung: Casey; 2. Besetzung: Taylor; 3. Besetzung: Olivia
Bert: 1. Besetzung: Luke; 2. Besetzung: Rufus
Michael Banks: 1. Besetzung: James; 2. Besetzung: Christoph
Jane Banks: 1. Besetzung: Jenny; 2. Besetzung: Olivia
Winnifred Banks: 1. Besetzung: Callie; 2. Besetzung: Leah
George Banks: 1. Besetzung: Tarek; 2. Besetzung: Christoph
Onkel Albert: 1. Besetzung: Hunter; 2. Besetzung: Rufus

Es folgen die Besetzungen für die Nebenrollen, aber ich lese nicht weiter. Ich bin viel zu überwältigt von dieser Neuigkeit. Im ersten

Moment will ich von meinem Stuhl aufspringen und durch den Raum hüpfen, im nächsten wird mir klar, wieso Taylor angerufen hat.

»Herzlichen Glückwunsch. Du bist die Zweitbesetzung!«

»Ja, wundervoll«, meint Taylor nur.

»Hey, das heißt, dass du nicht auftreten musst und Mary nur während mancher Proben spielst. Das kriegst du doch hin! Und was die Premiere angeht … Als ob Casey krank werden würde. Hast du sie spielen sehen? Sie liebt es. Sie wird sich diese Chance nicht nehmen lassen!«

»Ich hoffe es … Ich frage mich nur, wieso ich vor Olivia stehe. Ich war grauenvoll.«

»Also, na ja …«

»Du weißt, dass es stimmt.«

»Ich weiß, dass du gut bist, wenn du ohne Publikum spielst.«

»Blöd nur, dass es kein Theater auf der Welt gibt, bei dem man alleine auf der Bühne steht.«

»Ach komm schon Tay…«

»Fangen wir jetzt schon mit Spitznamen an? Soll ich dich Lucky Luke nennen?«

»Bloß nicht.«

Sie lacht, und ich gratuliere mir innerlich dazu, sie kurz aufgeheitert zu haben.

»Glückwunsch übrigens. Du wirst ein super Bert sein.«

»Danke. Ich kann das noch gar nicht glauben. O Gott, das heißt, im April muss ich vor mehreren Hundert Leuten singen und tanzen!«

»Du hast dir die Rolle doch ausgesucht.« Taylor lacht immer noch.

»Ja, aber da wusste ich ja auch noch nicht, dass ich sie bekomme.«

Jetzt lachen wir beide.

»Du kannst zum Üben auch gerne zu mir kommen. Dann platzt deine Cousine nicht wieder dauernd rein und will mitmachen.«

»Gute Idee. Wann?«

»Komm einfach rüber. Weit hast du es ja nicht.«

Nein, weit habe ich es nicht. Es hat einen anderen Grund, wieso ich Taylor noch nie zu Hause besucht habe. Die Wahrscheinlichkeit, dass ich dort auf Jackson treffe, ist einfach zu groß. Auch wenn er nicht mehr dort wohnt, sehe ich sein Motorrad häufig in der Einfahrt stehen. Woher ich das weiß? Eventuell schaue ich mehrmals täglich nach. Nur so aus Neugier …

LUKE

In der Umlaufbahn

Zwei Stunden später stehe ich vor Taylors Haustür und ziehe mir die Kapuze ins Gesicht. Den kurzen Weg über die Straße bin ich gerannt, weil es wie aus Eimern schüttet, ich aber keine Lust hatte, nach einem Schirm zu suchen. Dafür stehe ich jetzt hier mit nasser Hose und aufgeweichten Schuhen, weil ich zu allem Überfluss auch noch in eine riesige Pfütze getreten bin. Wenigstens kann ich Jacksons Motorrad nicht in der Einfahrt ausmachen, also bleibt mir ein dummer Kommentar seinerseits erspart.

»Hi«, grinst Taylor, als sie mir die Tür öffnet. »Schirm vergessen?«

»Nee, ich musste sowieso mal wieder Haare waschen.«

Taylor lacht, dreht sich dann aber um und schaut hinter sich in den Flur. »Meine Eltern sind leider doch zu Hause«, murmelt sie, als ich ihr ins Haus folge.

»Keine Sorge, ich weiß mich zu benehmen«, erwidere ich grinsend, doch Taylor scheint es gar nicht gehört zu haben. Stattdessen zeigt sie nur mit dem Finger zur Garderobe. »Stell die Schuhe am besten hier auf die Matte, dann können sie abtropfen.«

Während ich mir die Haare am T-Shirt trocken rubble, hängt Taylor meine nasse Jacke auf.

»Meine Eltern wollen dich übrigens gerne kennenlernen.«

»Sie wissen aber schon, dass wir nicht zusammen sind, oder?«

Taylor verdreht die Augen. »Ich dachte mir, dass du schwul bist, sagen wir ihnen erst bei unserer Hochzeit?«

»Habe ich da Hochzeit gehört?« Taylors Vater tritt zu uns in den Flur und mustert mich. Zum Glück tropfen meine Klamotten nun wenigstens nicht mehr. Taylors Vater hat schwarze Haare und dunkle Augen, mit denen er mich nun aufmerksam, aber freundlich mustert. Die Verwandtschaft zu Taylor und Jackson ist unverkennbar: Die vollen Lippen und das Lachen haben sie von ihm.

»Hi, Mr. Sumerville, ich bin Luke.«

»Hallo, Luke, nenn mich doch Rafael.«

Wir schütteln uns die Hände, und ich fühle mich seltsam unsicher. Taylor stellt mich hier doch nur ihren Eltern vor. Das hier werden nicht meine zukünftigen Schwiegereltern oder so. Auch wenn der Name Sumerville wirklich schön klingt.

Gerade als ich das denke, kommt auch Taylors Mutter in den Flur. Sie ist größer als ihr Mann, hat lange braune Haare und trägt einen weißen Wollpullover, auf den drei große Sonnenblumen gestickt sind.

»Und ich bin Ana, hallo, Luke. Taylor hat uns schon erzählt, dass du aus Deutschland kommst.«

Von ihr hat Jackson seine grauen Augen, denke ich.

»Ja, ich wohne in der Nähe von Frankfurt. Kennen Sie die Stadt?«

»Natürlich«, meint Rafael lachend. »Als junger Pilot habe ich da viele Nächte verbracht. Ist ein wunderschöner Flughafen.«

»Willst du etwas trinken, Luke?«, fragt Ana.

Als ich nicke, führt sie mich durch den Flur ins angrenzende Wohnzimmer mit offener Küche. Das Haus ist fast so groß wie das von Meredith und John, nur der Kamin und die selbst gemalten Bilder an den Wänden fehlen. Tatsächlich hängen viele eingerahmte Fotos an der Tapete. Als ich sie näher betrachte, wird mir klar, dass die meisten davon Jackson zeigen. Jackson bei der Einschulung, Jackson im Schwimmbad, Jackson ganz oben auf der Tribüne bei einem Fußballturnier. Taylor ist hauptsächlich auf den Familienfotos zu sehen. Dort steht Jackson in der Mitte, seine Eltern haben jeweils eine Hand auf seine Schulter gelegt, und Taylor steht rechts daneben. So, dass sie gerade eben noch aufs Bild passt. Zwar gibt es auch Bilder von ihr allein, allerdings sind diese kleiner und nicht so präsent. Ich werfe ihr einen Seitenblick zu, und sie zuckt nur mit den Schultern.

»Kaffee? Tee?«

»Mum, wir wollten eigentlich das Skript durchgehen.«

Ana winkt ab und übergeht Taylors Einwand. »Der Arme ist gerade durch diesen Regen gerannt, da hilft es, sich erst einmal mit einem heißen Getränk aufzuwärmen. Also, Luke?«

»Ähm, also dann. Einen Kaffee, bitte.«

Zufrieden läuft Ana in die Küche. Rafael beugt sich leicht in meine Richtung und murmelt: »Entschuldige sie, ihr Yogakurs wurde abgesagt, und jetzt muss sie irgendwie ihre überschüssige Energie loswerden.« Wieder lacht er und wirft Taylor einen entschuldigenden Blick zu. »Ihr könnt gleich hoch, lass ihr die Freude, ja?«

Resigniert lässt Taylor sich auf den Stuhl neben mir fallen.

»Aber keine Kekse!«

Noch bevor Ana mit dem Kaffee fertig ist, wird ein Schlüssel im Schloss umgedreht. Jemand betritt das Haus und ruft: »Hallo, Familie! Ich hab Kuchen mitgebracht.«

Taylor neben mir stöhnt entnervt auf, während sich in mir drin etwas zusammenzieht.

Jackson kommt ins Wohnzimmer. Anders als ich, hat er seine nasse Jacke nicht ausgezogen und tropft nun den beigefarbenen Teppich voll. Er hält ein kleines Packpaket in der Hand, in dem sich offenbar der Kuchen befindet.

»Oh, hoher Besuch?« Auch wenn seine Stimme genauso cool klingt wie sonst, kann er nicht verbergen, dass er überrascht ist, mich hier zu sehen.

»Jack, würdest du bitte die Jacke ausziehen? Sonst verkühlst du dich noch«, meint Rafael ruhig.

Jackson schnaubt nur, stellt den Kuchen auf dem Tisch ab, bespritzt uns alle dabei noch mit ein paar Regentropfen und läuft zurück in den Flur.

Kurze Zeit später sitzen wir zu fünft am Tisch. Rafael verteilt die Kuchenstücke, Jackson fordert das größte, immerhin habe er ihn auch geholt, und Ana schenkt uns allen Kaffee ein.

»Mit Milch, Schatz?«

»Ich bin Veganerin, Mum.«

»Ach, jetzt hab dich nicht so. Das kann man schon mal vergessen.«

»Seit fünf Jahren …«, murmelt Taylor. Sie rührt den Kaffee nicht an.

»Also, der Kuchen ist vegan. Hab extra nachgefragt«, wirft Jackson ein.

»Willst du jetzt, dass ich dir deswegen 'nen Orden verleihe?« Taylor funkelt ihn wütend an.

»Ähm.« Jackson sieht etwas vor den Kopf gestoßen aus, und ich versuche angestrengt, mir nicht anmerken zu lassen, wie unwohl ich mich fühle, weiterhin hier am Tisch zu sitzen. Ich weiß, wie Streitereien am Esstisch ablaufen. Immerhin bin ich mit drei Geschwistern und diversen Ex-Freunden meiner Mutter aufgewachsen, die alles andere als nett waren, aber da wusste man wenigstens immer, was los war. Es war keine aufgeladene Stille, die zwischen den Köpfen hing wie dunkle Gewitterwolken, aus denen jeden Moment Blitze schießen könnten.

Am liebsten würde ich meine Sachen packen und wieder über die Straße zurück zu John und Meredith rennen, aber ich will Taylor nicht allein lassen. Also esse ich stumm den trockenen Schokoladenkuchen und nippe am faden Kaffee.

Als die Stille irgendwann zu laut wird und ich das Gefühl habe, jeden Moment schreien zu müssen, um sie endlich zu unterbrechen, tut Jackson genau das. Na gut, er schreit nicht, aber er wird laut.

»Können wir nicht einmal ein normales Gespräch miteinander führen?« Er hat die Gabel auf den Tisch fallen lassen und die Kaffeetasse so hart auf den Unterteller gestellt, dass etwas von der braunen Brühe übergeschwappt ist und sein weißes Shirt besprenkelt hat.

»Aber das tun wir doch. Wir sitzen hier zusammen, Jack«, meint Ana. »Und es ist wirklich lieb von dir, Kuchen mitzubringen. Gerade bei so einem Wetter. Du hättest dich erkälten können«, liebevoll streicht sie ihm durch das nasse Haar, doch Jackson rutscht weg von ihr, stößt hart gegen meine Schulter und springt vom Stuhl auf.

»Du kannst es echt nicht lassen, oder?«

Ich bin geschockt. Was passiert hier gerade? Das hier ist nicht der coole Jackson, der ständig mit allen flirtet. Ich weiß, dass mir all das ins Gesicht geschrieben stehen muss, denn als Jacksons Blick meinen trifft, wendet er sich so schnell ab, als habe er sich verbrannt.

»Und kauf endlich mal Sojamilch, Mum, so schwer ist das echt nicht! Schönen Abend noch. Ich bin weg«, meint er, rauscht aus der Tür, zieht sich im Flur die Jacke über und schmeißt die Haustür ins

Schloss. Ein paar Sekunden später heult der Motor seines Motorrads auf, und er ist verschwunden.

»Nun ja, das … Entschuldige, Luke. Jack ist manchmal etwas …«, versucht Rafael zu erklären, doch Ana fährt ihm dazwischen.

»Das liegt nur daran, dass er seine Medikamente nicht mehr nimmt, das weißt du, Raf.«

»Ana, jetzt lass gut sein.«

Auch Ana steht nun auf und verlässt den Tisch. Ich hoffe, ich habe mir die Tränen in ihren Augen nur eingebildet.

»Besser, du gehst jetzt«, flüstert Taylor.

»Aber wir wollten doch proben.«

»Ich komm morgen einfach zu dir, okay?«

»Klar. Dann ähm, danke Rafael für den Kaffee und den Kuchen. Bis bald.«

»Bis dann, Luke.«

Taylor bringt mich noch zur Tür, und ich habe Angst, sie zu fragen, was da eben eigentlich los war. Immerhin sitzt ihr Vater nur zwei Meter weiter im Wohnzimmer. Deswegen stelle ich die Frage stumm mit den Augen, und Taylor versteht sie.

»Ich hab's dir doch gesagt. Jack ist die Sonne. Ich bin irgendwo in der Umlaufbahn.«

Ich glaube, so langsam verstehe ich, was sie damit meint.

Als ich wieder draußen auf der Straße stehe, laufe ich nur langsam durch den Regen. Es fühlt sich gut an, nicht mehr drinnen in diesem stickigen Wohnzimmer gefangen zu sein. Die erdrückende Stille ist verschwunden, stattdessen prasselt nun kalter Regen auf meine Haut.

Als ich später unter der heißen Dusche stehe und mir das Regenwasser aus den Haaren wasche, frage ich mich, ob ich vorhin in diesem Wohnzimmer den echten Jackson Sumerville zu Gesicht bekommen habe. Und auch wenn das vielleicht komisch klingt: Diese Version von ihm hat mir wesentlich besser gefallen.

JACKSON

Flucht

Der Asphalt der Straße fliegt unter mir vorbei, Wind und Regen klatschen mir ins Gesicht und drücken mich leicht zur Seite. Ich beschleunige noch ein wenig. Die Autos vor und hinter mir sind zu langsam, weswegen ich im Slalom um sie herumfahre. Dabei sehe ich immer wieder das ängstliche Gesicht meiner Mutter vor mir. Meine Hände verkrampfen sich um den Lenker. Wieso kann sie es nicht ein verdammtes Mal gut sein lassen? Ich beschleunige noch etwas, biege um eine Kurve und bremse scharf ab, als ich sehe, wie nah mir das nächste Auto ist. Genervt setze ich den Blinker und überhole es. Wieso fahren die alle so langsam? Ich brauche jetzt den Fahrtwind in meinem Gesicht. Am liebsten würde ich den Helm absetzen, etwas in mir hält mich aber schließlich davon ab. Ich habe genug Fotos von Motorradunfällen gesehen, also fahre ich etwas langsamer.

Drei Blocks weiter lichtet sich die Straße ein wenig, ebenso wie der Himmel. Die Regenwolken weichen helleren, hinter denen man sogar schon die Sonne erahnen kann.

Ich verlangsame mein Tempo weiter und blicke nach oben. Die Fassaden der Hochhäuser glänzen in den wenigen Sonnenstrahlen, die nun durch die Wolken brechen. Ein Tower spiegelt sich in den Fenstern des nächsten. Es ist ein wunderschöner Anblick. Am liebsten würde ich anhalten und den Rest des Tages einfach wieder auf den Dächern verbringen, aber wenn ich den Nachmittag nicht mit meinen Eltern verbringe, kann ich auch zum Training fahren. Vor allem, weil ich letztes Mal schon gefehlt habe. Also biege ich ab und fahre zurück in Richtung Campus.

»Na, da ist ja unser Star. Pünktlich wie immer.« Logan kommt mir grinsend entgegen und wirft mir den Fußball zu, mit dem er bis eben noch seine üblichen Kunststückchen vollführt hat. »Anderson läuft übrigens auf Grundeis. Geh lieber schnell zu ihm.«

Mein übermotivierter Trainer hat mir gerade noch gefehlt.

»Der beschwert sich nicht, wenn ich uns dieses Jahr wieder die Meisterschaft hole«, meine ich betont cool und kicke den Ball zurück zu ihm.

»Stimmt auch wieder. Wir seh'n uns auf dem Feld«, erwidert Logan und dribbelt zu den anderen.

Ich schaue ihm nach, und in diesem Moment tritt Mr. Anderson aus der Umkleide. Sein Gesicht passt farblich perfekt zu seinem roten Shirt. Die kleinen Schweinchenaugen verengen sich, als er mich in voller Motorradmontur vor dem Platz stehen sieht.

»Ich bete für Sie, dass es für diese erneute Verspätung eine treffende Entschuldigung gibt!«, bellt er auch schon los, und ich setze mein einnehmendstes Lächeln auf.

»Gibt es Sir, gibt es. Wissen Sie, meine Mutter ist schlimm krank, und ich musste …«

Er unterbricht mich harsch. »Sparen Sie sich das. Wenn Sie in fünf Minuten nicht auf dem Platz stehen, dann schwöre ich bei Gott, dass Sie die Kapitänsbinde die längste Zeit getragen haben!«

»Aber Sir, wem sollten Sie die Binde denn sonst geben? Ich bin Ihr bester Mann.« Ich strahle noch breiter und zwinkere ihm sogar zu. »Ihr Sonnenschein auf dem Platz.«

Das war zu viel. Ich sehe es in seinem Blick. Schnell ducke ich mich an ihm vorbei und verschwinde in der Kabine. Am liebsten hätte ich weiter gestichelt, aber bei ihm kann ich mir das nicht erlauben.

Als ich auf den Platz laufe, grinsen mir meine Mannschaftsmitglieder entgegen. Ich weiß, wie sehr sie mich dafür bewundern, dass ich Mr. Anderson Widerworte gebe. Viele von ihnen wagen es nicht einmal, ihm ins Gesicht zu sehen.

Mr. Anderson würdigt mich keines Blickes, bellt nur seine Anweisungen, und wir verteilen uns auf dem Platz. Logan und Tony stellen sich für die erste Übung neben mich.

»Du musst nicht mal Strafrunden laufen, wie machst du das?«, fragt Logan ehrfürchtig.

»Mich hat er letzte Woche einfach nach Hause geschickt, als ich zu spät kam«, meint Tony.

»Tja Jungs, von mir könnt ihr eben noch einiges lernen.«

Sie lachen und klopfen mir kumpelhaft auf die Schulter. Dann beginnen wir mit dem Training. Und es fühlt sich gut an, über den Platz zu rennen, durchs nasse Gras zu schlittern und den Ball so hart, wie es nur geht, nach vorne zu schießen. Ich liebe meine Position rechts außen im Mittelfeld. Weil ich hier rennen kann, angreifen kann und für die besten Vorlagen an die Stürmer verantwortlich bin.

Wenn ich über den Platz renne, vergesse ich alles andere. Dann gibt es nur das Team, den Ball und mich. Den Rasengeruch in meiner Nase, Erdklumpen an meinen Schuhen und Schweiß, der mir über den Körper und in die Augen rinnt. Andere halten Fußball vielleicht für primitiv, und in gewisser Weise ist es das auch. Aber nicht, wenn du selbst auf dem Platz stehst. Wenn du Teil davon bist. Dann fühlst du dich einfach nur lebendig und vergisst all die Scheiße, die gerade abseits des Feldes passiert.

Zwei Stunden später stehe ich unter der heißen Dusche in unserem WG-Zimmer und blende Billys schiefen Gesang aus, der durch die Badezimmertür dringt. Ich liebe es, Fußball zu spielen, aber die Teamdynamik hat sich in den letzten Jahren verändert. Ich weiß nicht, wann ich zu dem beliebten Kapitän geworden bin. Früher wollte ich immer nur Fußball spielen. Nachdem ich so viele Monate im Krankenhaus verbracht hatte, war der Sport die beste Möglichkeit, um endlich wieder selbst über meinen Körper zu bestimmen. Ich verbrachte fast jeden Tag auf dem Platz und wurde immer besser. Aber es liegt nicht nur daran. Der Rest der Mannschaft behandelt mich anders, weil ich die Rolle genossen habe. Es war schön, Anerkennung von anderen zu bekommen. Von Menschen, die nicht meine Eltern sind und die sowieso alles lieben, was ich tue. Es war ein geiles Gefühl, dass die anderen zu mir aufgesehen haben. Das ist es auch jetzt noch.

Aber in letzter Zeit fühlt es sich zunehmend falsch an. Die Jungs kennen mich eigentlich gar nicht. Wenn wir zusammen sind, reden wir nie über die Dinge, die mir wirklich wichtig sind. Natürlich könnte ich mit ihnen über die Zeit im Krankenhaus reden, über meine nervigen Eltern und meine Ausflüge auf die Dächer der Stadt.

Aber ich tue es nicht. Vielleicht, weil es einfacher ist, weiter meine Rolle zu spielen.

Ich trete aus der Dusche, starte meine momentane Lieblingsplaylist und rubble meine Haare trocken. Billy hat endlich aufgehört, Adele-Songs zu trällern. Ich weiß auch nicht, wieso ich meistens so scheiße zu ihm bin, eigentlich ist er echt ein lieber Kerl. Kurz überlege ich, ihm einen gemeinsamen Filmabend vorzuschlagen, dann lache ich mich selbst für den Gedanken aus.

Stattdessen öffne ich Instagram und gebe Lukes Namen in die Suchleiste ein. Nichts. Ich gehe auf Taylors Profil und schaue, wen sie zuletzt abonniert hat. Na bitte. @dramaluke_, das kann nur er sein.

Ich klicke auf sein Profil und seufze genervt auf. Natürlich, er hat eine private Seite. Ich muss ihm eine Anfrage schicken, und erst wenn er sie annimmt, kann ich seine Bilder sehen. Genervt werfe ich mein Handy auf den Klamottenberg am Boden und ziehe mir den Bademantel über.

Ich kann ihm keine Anfrage schicken, das wäre absolut seltsam. Vor allem bei all den Texten, die ich in letzter Zeit geschrieben habe. Stattdessen poste ich eins meiner älteren Bilder von unserem Wohnheimdach und kopiere einen Text aus meinen Notizen, den ich gestern Abend verfasst habe:

> *@vancroofer97:* Mein Leben hinter der Maske. Es macht so vieles leichter. Angenehmer. Vor allem für die anderen.
> In letzter Zeit habe ich allerdings das Gefühl, die Maske sitzt nicht mehr richtig. Sie ist irgendwie zu eng, schneidet in meine Haut. Auf den Dächern der Stadt fühle ich mich frei, aber dort unten … dort unten ersticke ich.

Als ich die Tür öffne, lümmelt Billy auf seinem Bett, stopft sich Chips in den Mund und blättert in einem seiner Comichefte. Was sagt es über mich aus, dass dieser Typ mehr über mich weiß als all meine Freunde?

Vielleicht lasse ich mich deswegen auf mein Bett fallen, drehe mich zu ihm und frage: »Lust auf 'nen Filmabend?«

LUKE

Mauern

Wäre es möglich, dass Sie sich einmal nicht wie frühpubertäre Teenies benehmen?« Miss Martinez prescht auf James und Hunter zu, die gerade an einem Seil ziehen, das bis nach oben an die Saaldecke führt. Dort, in gut fünf Metern Höhe, baumelt Olivia und klammert sich an einem Scheinwerfer fest. Ich kann nur raten, was sie da oben wollte. Hunter und James grinsen zwar, sehen aber nicht so aus, als ob sie sie noch lange halten könnten.

»Holen Sie sie da sofort runter!« Miss Martinez gestikuliert wild nach oben zu Olivia, doch Hunter und James scheinen die Kontrolle über das Seil verloren zu haben. Zu diesem Schluss kommt wohl auch Miss Martinez. Sie greift grob nach dem Seil und präsentiert dabei ihre erstaunlichen Armmuskeln.

»Bei drei«, dirigiert sie, und gemeinsam lassen sie das Seil langsam nach unten. Als Olivia wieder festen Boden unter den Füßen hat, sieht sie kreidebleich aus, lächelt aber.

»Was zum Henker wollten Sie dort oben?«, flucht Miss Martinez, und das Grinsen verschwindet aus Olivias Gesicht.

»Ich … Wir konnten keine Leiter finden, nur dieses Seil. Wir dachten, so kann man die Scheinwerfer am schnellsten ausrichten.«

Miss Martinez' Wut verpufft. Sie ist sichtlich überwältigt von dieser Dummheit. Taylor neben mir hustet laut, um ihr Lachen zu verbergen. Caseys Gesicht ist genauso weiß wie Olivias. Ihre Textzettel liegen verstreut auf dem Boden, weil sie sie vor Angst offenbar fallen gelassen hat.

»Sie drei, nein am besten Sie alle, bekommen morgen früh eine Einweisung in die Theatertechnik. Ich dachte nicht, dass wir darauf so schnell angewiesen sind, aber gut. Jetzt lassen Sie endlich dieses Seil los, Hunter!«

Hastig lässt Hunter das Seil los, so als habe er sich daran verbrannt.

»Und der Rest«, Miss Martinez fährt zu uns anderen herum, und sofort verstummen die restlichen Gespräche. »Sie arbeiten weiter. Sollte noch jemand diese Bühne mit einem Kinderspielplatz verwechseln, werde ich diese Person höchstpersönlich aus dem Saal schmeißen.«

Hunter und James kommen auf uns zu. Sobald Miss Martinez außer Sichtweite ist, schlagen sie sich feixend ab. Fast so, als hätten sie gerade den besten Streich des Jahrgangs veranstaltet.

»Ihr wisst schon, dass das super gefährlich war, oder?«, fragt Taylor, während sie fortfährt, den Kostümfundus vor uns nach passenden Stoffen zu durchsuchen.

»Ach was, Liv klettert seit Jahren. Die wär da auch ohne das Seil wieder runtergekommen«, erwidert James schulterzuckend.

»So sah sie aber nicht aus«, wirft Tarek leise ein.

»Natürlich nicht. Dann wär Miss Martinez doch nicht so ausgerastet«, meint Hunter feixend. »Es war 'ne Übung. Sie hat gespielt, versteht ihr?«

Taylor und ich sehen uns fassungslos an. Dann schütteln wir beide die Köpfe und wühlen weiter in den Stoffen vor uns.

Gestern haben wir bei mir geübt, und ich habe versucht, sie auf ihre Eltern anzusprechen, aber viel habe ich nicht aus ihr herausbekommen. Nur, dass Jackson wegen der Überfürsorglichkeit seiner Mutter nicht mehr zu Hause wohnt und sie am liebsten auch ausziehen würde. Aber die Campuswohnheime sind alle voll, und etwas anderes kann sie sich hier in Vancouver bisher nicht leisten. Aktuell legt sie aber jeden Cent beiseite, um sich wenigstens im nächsten Semester diesen Traum erfüllen zu können.

Ich würde gerne fragen, was es mit den Medikamenten auf sich hatte, von denen Jacksons Mutter gestern gesprochen hat, aber ich traue mich nicht, das Thema von mir aus anzusprechen. Sie reagiert sowieso immer schon gereizt, sobald ich nur seinen Namen erwähne.

Den Rest des gestrigen Tages haben wir tatsächlich geprobt, und mir ist wieder einmal klar geworden, wie gut Taylor eigentlich ist, wenn sie denkt, dass niemand zusieht. Sobald sie sich daran erinnert, dass sie nicht allein ist, verhaspelt sie sich. Dann wird sie unsicher und fällt in sich zusammen, wie ein Ballon, aus dem man die Luft gelassen hat. Ich verstehe nicht, wieso. Sie ist so gut! Aber sie sieht es nicht.

Jetzt sitzen wir hier auf der Bühne und wühlen in Wäschebergen aus den letzten Jahrzehnten. Ich habe keine Ahnung, wie lange der Kostümfundus schon geführt wird, aber aufgrund der Fülle an Sachen würde ich auf mindestens zwanzig Jahre tippen.

Während Taylor ganz vernarrt in diese Arbeit ist, über die verschiedenen Stoffe streicht und Listen darüber führt, welche Teile man für *Mary Poppins* verwenden könnte, zuckt mein Blick immer wieder zum hinteren Teil der Bühne.

Dort bauen Jackson, Kyle, Susanne und Becka gerade die Schornsteine für meine Szene. In ein paar Wochen werden die fertigen Holzschächte auf der Bühne stehen, und ich werde über sie springen, auf ihnen balancieren und dabei singen. Eine skurrile Vorstellung.

Vielleicht liegt es daran, dass ich einfach keinen Tüll mehr sehen kann und Kyle, Becka und Susanne sich gerade zum Rauchen aus der Halle schleichen. Jedenfalls steht Jackson nun allein dort und sägt an einem Holzbrett.

Ich bin auf den Beinen, bevor mein Kopf den Entschluss treffen konnte.

»Wo willst du denn hin?«, fragt Taylor überrascht.

»Ich schau nur mal, ob Jackson Hilfe braucht.«

Genauso gut hätte ich verkünden können, dass ich vorhabe, Miss Martinez zu einem flotten Tango aufzufordern.

»Ich kann grad einfach keine Klamotten mehr sehen«, meine ich ehrlicherweise.

»Na schön, wenn du mich das hier alleine machen lassen willst …«

»Ähm, wir sind auch noch da!« James lacht und wirft Tarek eine Federboa um den Hals.

»Genau, wir helfen!«, ruft Hunter, schlüpft in Stöckelschuhe und stolziert damit über die Bühne.

Lachend lasse ich die vier alleine und laufe zu Jackson. Keine Ahnung, wieso ich auf einmal so selbstsicher bin. Vielleicht, weil ich endlich weiß, dass sein cooles Gehabe nur Fassade ist. Und mich der Jackson hinter den Mauern interessiert.

»Hi, brauchst du Hilfe?«, frage ich, und Jackson blickt auf. Die Säge liegt locker in seiner Hand, während er sich mit dem Unterarm auf die Holzplatte stützt, um sie zu stabilisieren. Einzelne Holzspäne kleben auf seiner Haut und dem grauen Shirt.

Jackson mustert mich, so als wüsste er nicht, ob ich die Frage ernst gemeint habe. Dann zeigt er auf den Werkzeugkoffer zu seinen Füßen.

»Ich bräuchte einen Gummihammer. Natürlich nur, wenn du weißt, was das ist.«

Ich übergehe diese offensichtliche Provokation und suche ihm den Hammer aus dem Kasten.

»Danke. Kannst du das Brett hier hinten stabilisieren?« Er nimmt mir den Hammer aus der Hand, während ich um ihn herumlaufe, um das Brett festzuhalten. Zweimal schlägt er vorsichtig auf die Vorderseite, bis sich das abgeschnittene Stück vom Brett löst. Jackson legt es zur Seite, greift dann nach Lineal und Bleistift und beginnt, das Brett abzumessen und kleine Punkte aufzuzeichnen. Vermutlich markiert er die Stellen, an denen später die Bretter aneinandergeschraubt werden müssen. Dabei sieht er so konzentriert aus, dass ich mich kurz frage, ob er vergessen hat, dass ich immer noch neben ihm stehe. Doch als er den letzten Punkt eingezeichnet hat, steckt er sich den Bleistift lässig hinters Ohr und sieht zu mir auf.

»Also, alles gut bei dir?« Der entspannte Plauderton wirkt irgendwie aufgesetzt. Vermutlich ist das sein Standardsatz, den er mehrmals am Tag bringt.

Deswegen reagiere ich auch gar nicht erst darauf. »War nett von dir, wie du Taylor verteidigt hast.«

Jacksons Grinsen verrutscht leicht. Dann winkt er ab und beginnt, auch beim zweiten Brett die Markierungen für die Löcher abzumessen.

»Unsere Mutter ist einfach etwas überempfindlich. Nicht der Rede wert.« Wieder klingt seine Stimme so cool. So aufgesetzt sympathisch. Ich hasse es.

»Kannst du eigentlich auch normal reden?«, frage ich genervt, und Jackson sieht überrascht vom Brett auf.

»Was meinst du?«

»Na, dieses ständige Geflirte. Deine Stimme klingt wie aus diesen Waschmittel- oder Parfümwerbungen. Und nicht wie die guten Werbespots, sondern wie diese richtig miesen, die nachts um drei laufen.«

Jackson lacht laut auf. »Und ist das jetzt was Schlechtes? Also, bisher hat sich noch niemand beschwert.«

Er ist fertig mit den Markierungen und tritt zu mir. Beugt sich vor und kommt mir so nah, dass ich die Holzspäne riechen kann, die sich in seinen Haaren verfangen haben. »An deinem ersten Abend hier dachte ich, dir gefällt meine Stimme ganz gut«, raunt er mir direkt ins Ohr, doch ich stolpere so schnell zurück, dass ich auf dem Gummihammer ausrutsche und mich in letzter Sekunde am Bühnenvorhang festhalten kann.

»Das meine ich! Wenn du mit mir reden willst, dann sprich normal. Ich weiß, wie deine Stimme eigentlich klingt. Als du mit deinen Eltern gesprochen hast, war da nichts Cooles. Nichts … Verruchtes.«

Jackson mustert mich interessiert. Er grinst nicht. Er scheint wirklich darüber nachzudenken.

»Okay. Ich versuch's«, meint er dann und räuspert sich ein paarmal. »Wie geht es dir heute, Luke?«, fragt er dann mit betont neutraler Stimme und hält mir seine Hand entgegen. »Gut so?«

Ich lache gequält, schlage aber in seine Hand ein. Kurz und fest. Wie der Handschlag zwischen zwei Bekannten. Nicht mehr. »Schon besser.«

»Na dann, Kumpel, hilfst du mir bei den restlichen Brettern?«, fragt Jackson und zieht vier weitere Holzplatten hinter dem Vorhang hervor.

Ich nicke. »Aber nur, wenn ich auch mal den Hammer halten darf, *Kumpel.*«

Jacksons Grinsen wird breiter, er setzt schon zu einer vermutlich anzüglichen Antwort an, als er meinem Blick begegnet. »Okay. Aber ich nehme die Säge.«

Na bitte.

Den Rest des Vormittages arbeiten wir gemeinsam an den Platten, zersägen sie in gleich große Stücke und schaffen es sogar, das Grundgerüst für den ersten Schornstein zusammenzuschrauben. Dabei schweigen wir die meiste Zeit.

Jackson ist wirklich gut. Die Löcher sind perfekt ausgemessen, die Schnittkanten fast immer exakt im rechten Winkel. Als wir fertig sind, klopfen wir uns beide die Holzspäne von den Klamotten.

Ich spüre Taylors Blick in meinem Rücken. Ich hoffe, sie ist nicht sauer, dass ich Zeit mit ihrem Bruder verbringe. Vermutlich fragt sie sich, wie ich es nur so lange mit ihm aushalte. Aber heute ist er ganz erträglich. Er hat keine weiteren Flirtversuche unternommen, gibt klare Anweisungen, was als Nächstes zu tun ist, und hat sogar sein cooles Gehabe auf ein Minimum runtergefahren.

»Achtung, du hast da noch ein paar Späne«, meint er, als ich mich gerade zu Miss Martinez umdrehen will.

Jacksons Hand fährt durch mein Haar. Klaubt die Holzsplitter heraus und wirft sie auf den Boden.

»Danke«, murmle ich mit belegter Stimme, als er seine Hand wieder zurückzieht und ein prickelndes Gefühl auf meiner Kopfhaut hinterlässt. Ich ertappe mich bei dem Gedanken, mir extra neue Holzspäne in die Haare zu werfen, nur, damit er sie wieder herausholen kann. Es ist erbärmlich, aber etwas tief in mir drin sehnt sich nach einer erneuten Berührung.

Damit mein Gesicht meine Gedanken nicht verrät, laufe ich schnell zur Bühnenmitte und drehe mich nicht noch einmal zu ihm um.

LUKE

Verkleidungen und Versöhnungen

Ich schlage die Augen auf und schalte den nervenden Ton meines Weckers aus. 30. Oktober. Morgen ist Halloween, und ich bin seit fast zwei Monaten in Kanada. Die Zeit hier fühlt sich seltsam an. Teilweise verläuft sie so zäh wie Avas Lieblingswackelpudding, teilweise so schnell, dass ich fast vergesse, mich regelmäßig zu Hause zu melden. Lou, Paul und Sascha hatten schon Herbstferien und beschweren sich, dass Halloween an einem Donnerstag stattfindet und sie am nächsten Tag wieder in die Schule müssen. Ma hat mir Fotos von ihnen geschickt. Lou läuft wohl schon seit drei Tagen in ihrem Anna-Kostüm durchs Haus, und Paul hat extra einen Zettel beschriftet und ihn zusammen mit Bounty fotografiert, damit ich mir das Foto auch auf jeden Fall genau ansehe. Auf dem Zettel steht: *Bitte schick uns Reeses!*

Noch am selben Tag bin ich zum Supermarkt gefahren und habe ein Päckchen für sie fertig gemacht. Wenn alles gut läuft, kommt es morgen früh schon an. Wie gerne würde ich Pauls Blick sehen, wenn er es auspackt.

Ich seufze und setze mich auf. Mein Schlafshirt ist genauso verknittert, wie ich mich fühle. Wie jeden Morgen werfe ich als Erstes einen Blick auf mein Handy. Madison hat ein Foto ihres Kostüms in unsere Gruppe gepostet. Sie hat gestern schon von ihrer Idee erzählt, als sexy DNA-Strang zu gehen, doch nun das fertige Kostüm zu sehen ist genial. Sie hat sich wirklich ins Zeug gelegt.

Taylor hat schon mit Lach-Smileys darauf reagiert. Ich antworte schnell:

Mein Draco-Kostüm kann keiner toppen 😆.

Dann stehe ich auf und suche im Schrank nach einer Hose, die keine Farbflecken aufweist, und füge in Gedanken zu meiner heutigen To-do-Liste noch den Punkt ›Wäsche waschen‹ hinzu.

Seit zwei Wochen helfe ich Jackson jetzt schon beim Kulissenbau. Während der Proben sehe ich ihn kaum, meistens arbeitet er hinter der Bühne, aber sobald meine Szenen fertig sind, gehe ich zu ihm. Dabei bin ich natürlich nicht der Einzige. Tatsächlich scheint der Kulissenbau vielen von uns mehr Spaß zu machen als das reine Auswendiglernen von Text und Choreografie. Taylor ist eine der wenigen, die nie hinter den Vorhang gehen. Sie will ihrem Bruder nicht begegnen, also befasst sie sich lieber nach wie vor mit unseren Kostümen. Während der Stunden mit Jackson bemerke ich nicht einmal, dass ich mich ständig in Farbe setze. Dafür lenken mich die Gespräche mit ihm zu sehr ab. Letzte Woche haben wir über die Bedeutung hinter Mary Poppins gesprochen, und Jackson hat mich gefragt, ob ich wüsste, wie es eigentlich dazu kam, dass Walt Disney die Kinderbücher verfilmt hat. Er erzählte mir, dass man den Film auf zwei Arten sehen könne. Als unwissendes Kind, das einfach nur den Zauber und die Lieder toll findet, oder als Erwachsener, der weiß, was die Autorin mit ihren Büchern eigentlich verarbeitet hat. »Im Film kommt Mary Poppins nämlich gar nicht, um die Kinder zu retten«, hat er dann gemeint, und ich muss ihn angesehen haben wie ein Auto. »Sie kommt, um den Vater zu retten.«

Jackson hat weiter an einem Bett geschraubt, das später in Janes und Michaels Zimmer stehen sollte, und gar nicht bemerkt, wie verwirrt ich von seinen Worten war.

»Kennst du den Film *Saving Mr. Banks,* Luke?«, hat er schließlich gefragt und sich zu mir umgedreht.

Ich habe den Kopf geschüttelt. Von diesem Film hatte ich noch nie gehört.

»Ich habe ihn bestimmt schon zehn Mal gesehen. Als Teenager war ich längere Zeit im Krankenhaus, und das war einer der wenigen guten Filme, die sie dort hatten. Er hat mein Bild von *Mary Poppins* vollkommen verändert. Mal davon abgesehen, dass Emma Thompson und Tom Hanks großartig spielen.« Jackson hatte sich richtig in Rage geredet, während ich immer noch darüber nachdachte, wieso er so lange Zeit im Krankenhaus gewesen war. Ob er deswegen Tabletten nehmen musste? Ich traute mich aber nicht, nachzufragen, immerhin kennen wir uns noch lange nicht so gut.

»Okay, okay, ich schaue ihn mir an«, meinte ich schließlich.

Jackson schien sichtlich erfreut, dass er mich überzeugen konnte. »Wir können ihn auch zusammen gucken. Ich habe die Blu-Ray zu Hause. Außerdem will ich einfach dabei sein, wenn dir klar wird, was für eine Geschichte hinter *Mary Poppins* steckt.«

Ich wusste nicht, was ich darauf erwidern sollte. Immerhin war das ein klares Date-Angebot, und eigentlich hatte ich ihm doch klargemacht, dass ich nichts von ihm wollte.

»Ich setze mich auch mit zwei Metern Abstand neben dich, wenn das dein Problem ist«, Jackson lachte und fuhr sich mit der Hand in die Haare. Graue Farbe setzte sich in seine Locken, und er fluchte, als er es bemerkte.

»Na schön, aber behalt deine Finger bei dir«, meinte ich, während ich beobachtete, wie er verzweifelt versuchte, die Farbe wieder aus den Haaren zu bekommen. So hilflos, wie er aussah, gefiel er mir deutlich besser. Doch sobald die Locken wieder einigermaßen gesäubert waren, kehrte der coole Jackson zurück, und er zwinkerte mir zweideutig über die Farbeimer hinweg zu.

»Ich freu mich schon drauf.«

Und so kam es, dass wir unsere Nummern tauschten. Ich weiß, worauf dieses Treffen hinauslaufen könnte, deswegen habe ich bisher immer eine Ausrede gefunden, wieso ich nicht konnte. Mal musste ich Alex zum Schwimmtraining fahren, mal mit Ava Deutsch pauken.

Ich weiß, dass ich diesem ›Date‹ nicht ewig entfliehen kann, wenn es denn eins ist, aber ich versuche, es so lange wie möglich hinauszuzögern. Vor allem, weil Taylor immer so traurig schaut, wenn ich die Proben mit Jackson verbringe. Ich habe ihr versucht zu erklären, dass es mir einfach Spaß macht, die Kulissen zu bauen, doch ich bin mir ziemlich sicher, dass sie mir das nicht abkauft.

Morgen Abend ist die Halloweenparty, dort werde ich Jackson sicher nicht aus dem Weg gehen können. Genauso wenig wie Taylor. Immerhin gehe ich mit ihr und Madison zusammen dorthin.

Den Vormittag verbringe ich damit, die Küche aufzuräumen, danach hänge ich die Wäsche im Keller auf, stülpe mir meine Kopfhörer über und sauge das gesamte untere Stockwerk im Rhythmus zu Daughtry.

Um kurz nach eins hole ich Ava und Alex von der Schule ab, wärme ihnen das Essen von gestern Abend auf und verschwinde dann nach oben in mein Zimmer, um mich endlich an die Hausarbeit für Theater- und Filmgeschichte zu setzen. Während ich versuche, mich auf die trockenen Texte zu konzentrieren, höre ich Ava und Alex unten laut miteinander reden. Sie klingen ganz aufgeregt. Die Vorfreude im Haus war schon in den letzten Tagen fast greifbar. Ava plant schon seit Wochen eine riesige Halloweenparty mit all ihren Freunden und Freundinnen aus der Schule, und Alex hilft ihr sogar dabei, wenn auch eher widerwillig.

Irgendwann gebe ich es auf, klappe den Laptop mit der angefangenen Hausarbeit zu und gehe nach unten ins Wohnzimmer. Dort sitzen beide Geschwister auf dem Boden und bemalen eine Gardine mit schwarzer Farbe.

»Ähm, kann man euch irgendwie behilflich sein?«, frage ich.

Alex verdreht nur die Augen, doch Ava sieht mich erfreut an.

»Wir machen Alex einen Nachtwachenumhang. Er muss pechschwarz sein!«, dabei zeigt sie mit ihren kleinen Händen auf den Stoff vor ihr.

»Oh, du gehst also als Mann der Nachtwache?«

Alex sieht mich an, und eine Sekunde lang liegt tatsächlich eine Art freudige Überraschung in seinem Blick, dann überspielt er dies jedoch schnell wieder mit seiner Gleichgültigkeit.

»Jep, als Jon Snow.«

»Sehr gute Wahl. Ich liebe Kit Harington!«

Alex sieht nicht mehr ganz so grimmig drein und bringt auch keinen blöden Spruch, als ich mich auf den Boden zu den beiden setze. Ich verbuche das still als kleinen Sieg meinerseits, versuche mir meine Freude aber nicht anmerken zu lassen.

»Also, wie kann ich helfen?«

Nach gut zwei Stunden ist Alex' Umhang schwarz und hängt zum Trocknen draußen im Garten. Wir haben einen langen Stock gefunden, den ich mithilfe von Ava zu einem kleinen Schwert geschnitzt habe und den Alex mit silberner Farbe bemalt hat. Ich finde das Ergebnis viel besser als all die Plastikschwerter, die man im Supermarkt kaufen kann.

Nachdem Alex noch ein paar dunkelbraune Ranken gefunden und sie um den Schaft des Schwerts gewickelt hat, liegt es wirklich gut in der Hand. Stolz schwingt er es hin und her und liefert sich einen kleinen Kampf mit Ava.

»Eine Kleinigkeit fehlt noch«, meine ich und laufe wieder nach drinnen ins Haus. Kurze Zeit später komme ich mit einer kleinen Schale zurück.

»Was ist das?«, argwöhnisch betrachtet Alex die Schale.

»Vertrau mir einfach.«

Alex sieht alles andere als erfreut aus und weicht ein Stück zurück.

Also bedränge ich ihn nicht, sondern reiche ihm einfach die Schale, die ich im Wohnzimmer mit Ruß aus dem Kamin gefüllt habe. »Hier, verteil ein bisschen davon auf deinen Haaren. Immerhin sind Jons Locken schwarz.«

Alex mustert die Schale immer noch so, als halte ich ihm eine Bombe vor die Brust, greift schließlich aber doch danach und versenkt den Zeigefinger in dem schwarzen Ruß.

»Pack dir auch was auf die Wangen. Ein Mann der Nachtwache sollte auch so aussehen, als lebe er auf einer düsteren Festung.« Ich trete einen Schritt zurück und beobachte Alex dabei, wie er sich vorsichtig den Ruß auf den Haaren und im Gesicht verteilt.

»Ich will auch!«, mault Ava und grapscht Alex die Schale aus der Hand. Bevor ich sie daran hindern kann, hat sie sich ebenfalls Ruß ins Gesicht geklatscht. »Kim Possible muss auch böse aussehen!« Sie stellt sich neben Alex und reckt den Kopf in die Höhe. »Wie sehen wir aus?«, fragt sie mit leuchtenden Augen.

»Sehr furchteinflößend«, meine ich, und nachdem Alex sich im Bildschirm seines Handys betrachtet hat, lächelt er doch tatsächlich.

Erst ist es nur ein minimales Anheben der Mundwinkel, doch dann wird es immer breiter.

»Echt nice«, entfährt es ihm, und ich traue meinen Ohren kaum.

»Wir könnten deine Augen noch schwarz schminken, um sie zu betonen«, meine ich und sehe Alex erwartungsvoll an.

Der reißt die Augen auf und schüttelt vehement den Kopf, sodass etwas von dem Ruß wieder auf den Boden fällt. »Ich schminke mich doch nicht!«

»Okay, war nur 'ne Idee.« Beschwichtigend hebe ich die Hände. Meine Güte, der Junge hat wirklich eine kurze Zündschnur. Was ist so schlimm daran, sich an Halloween zu schminken? Ich habe das früher liebend gern gemacht.

»So Leute, bevor eure Eltern zurückkommen und ausrasten, müssen wir euch wieder in den Normalzustand zurückversetzen.«

»Och nö«, mault Ava, und auch Alex sieht traurig aus. Doch beide folgen mir zurück ins Haus, und als um kurz nach sieben Meredith die Tür aufschließt, sitzen wir alle drei frisch geduscht in unseren Pyjamas auf dem Sofa und schauen den Kim-Possible-Film.

Ihr Blick wird ganz warm, als sie sieht, wie nah Alex und ich nebeneinandersitzen. Sie lächelt mich an und verschwindet dann leise in der Küche.

Ich fühle mich gut. Vielleicht habe ich es ja endlich geschafft, dass Alex mich nicht mehr hasst.

Und dann ist tatsächlich Halloween. Ava steckt schon in ihrem Kim-Possible-Kostüm und rennt durch die Wohnung, um ihren Kimmunicator zu suchen. Sie macht uns alle wahnsinnig damit, bis sie ihn schließlich auf der Toilette entdeckt. Meredith und John sind beide zu Hause, und zu fünft schaffen wir es, Avas Party so schnell es geht vorzubereiten. Überall hängen Spinnweben und weiße Gespenster von der Decke, Kerzen flackern in Terrakottakürbissen, und auf dem Tisch stehen die Grabsteinmuffins und der Totenkopfwackelpudding, den John heute Morgen gezaubert hat.

Jetzt, da alles fertig ist, bin ich fast etwas traurig, dass ich nicht mit dabei sein werde. Aber Madison und Taylor töten mich, wenn ich heute nicht zur Party komme. Wie schon die letzte findet sie an der Uni statt. Allerdings in einem der Wohnhäuser. Es werden also keine Lehrpersonen anwesend sein. Trotzdem werde ich diesmal die Finger vom Alkohol lassen, vor allem, weil ich mit dem Auto hinfahre.

Jetzt gerade stehe ich in meinem Zimmer und streife mir mein Kostüm über.

Die Entscheidung, als Draco zu gehen, fiel mir leicht. Diese Figur war quasi mein Gayawakening. Ich habe mich früher immer gefragt, wieso ich die *Harry Potter*-Filme so unfassbar gut fand, bis mir aufging, dass mir vor allem ein Charakter besonders gefiel. Nur war es nicht Hermine oder Ginny, wie bei meinen Freunden. Nein, ich liebte Draco. Charlie meint immer, dass ich mit meinen Haaren und der Brille eindeutig aussehe wie Harry, aber ich konnte mich einfach immer besser mit Draco identifizieren.

Ich streife mir den grauen Wollpullover und den schwarzen Umhang über. Dann binde ich die silber-grüne Slytherin-Krawatte um und mache den Knoten extra etwas nachlässig. So wie Draco ihn im dritten Teil trägt. Cool und nicht zu streng. Als ich mich im Spiegel betrachte, grinse ich. Jetzt sehe ich eher aus wie ein Harry, der im falschen Haus gelandet ist. Also setze ich die Brille ab, schaffe es nach vier Anläufen, die Kontaktlinsen einzusetzen, und stülpe mir die weißblonde Perücke über den Kopf. Ja, viel besser. Sie kratzt etwas im Nacken, und hier und da schauen ein paar dunkelbraune Strähnen heraus, doch sonst sitzt sie perfekt. Um auch als Siebzehnjähriger durchzugehen, habe ich mich heute Morgen extra frisch rasiert. Immerhin habe ich an Draco noch nicht ein Barthaar gesehen. Jetzt unterscheidet mich nur noch meine Augenfarbe von ihm. Sie sind blau und nicht grau, aber damit kann ich leben.

Ich mache grinsend ein Selfie, auf dem ich Dracos Zauberstab in die Höhe halte, und schicke es Charlie.

Ich liebe es! Aber wenn du wirklich als Draco durchgehen willst, musst du definitiv böser gucken 😃.

Dann schickt sie mir noch ein Foto von einem unterschriebenen Mietvertrag.

Sie tippt.

Du wirst es nicht glauben, wir haben die Wohnung bekommen, die ich dir letztens noch gezeigt habe!! Sie ist nicht groß, aber passt einfach perfekt zu uns! ❤. Viel Spaß dir auf der Party! 😘

Ich kann es nicht fassen und antworte ihr direkt:

Whaaat? Megageil! Ich freue mich so für euch! Ich will dann bitte 'ne exklusive Wohnungstour, wenn wir das nächste Mal skypen 😉.

Die kriegst du 😊. Ahh, ich bin so happy!

Zu wissen, wie glücklich Charlie gerade ist, lässt mich selbst noch breiter lächeln. Sie hat es verdient, dass endlich einmal alles gut läuft.

Fünf Minuten später schultere ich meinen Stoffbeutel, weil ich Draco nie mit einem Schulranzen oder etwas Ähnlichem gesehen habe, schreibe Madison, dass ich auf dem Weg bin, und verabschiede mich unten von der ganzen Familie.

Als ich nach draußen in die kalte Herbstluft trete, riecht es nach feuchtem Laub und Regen. Wie schnell sich hier das Wetter doch geändert hat. Kleine weiße Kringel bilden sich vor meinem Mund, als ich ausatme. Schnell laufe ich zum Familienjeep, drehe die Heizung leicht auf und fahre aus der Einfahrt.

Ich bin gespannt, was mich dieses Mal erwartet, aber heute Nacht werde ich mich definitiv zusammenreißen. Ich werde keinen Typen küssen und ich werde niemanden ankotzen!

JACKSON

Das Kostüm

»Billy, mach jetzt endlich die verschissene Tür auf!« Ich trommle mit beiden Fäusten gegen die Badezimmertür, doch Billy singt einfach weiter unter der Dusche und tut so, als höre er mich nicht.

»Hallo?«, rufe ich noch lauter. »Ich kann nicht stinkend auf die Party gehen!«

Ich schaue an mir herunter. Das Trikot klebt an meinem Körper wie eine zweite Haut. Gras und Matschfetzen hängen an meinen Waden. Ich bin es gewöhnt, dass es in Vancouver zu dieser Jahreszeit fast jeden Tag regnet, trotzdem hasse ich es, im Platzregen zu spielen, wenn man nicht einmal mehr die Hand vor Augen sehen kann. Jetzt stehe ich hier, nass und verschwitzt, und tropfe auf den Boden.

»BILLY!«

Flötend und nach Vanille stinkend, kommt Billy endlich aus dem Bad. Sein Handtuch hat er sich nur locker um die Hüfte gebunden, sodass es jeden Moment nach unten rutschen kann. Der Typ macht mich fertig.

»Kein Grund zu schreien. Ich hab mir nur schnell die Fingernägel geschnitten. Du willst ja nicht, dass ich meine Hautreste hier drinnen verteile. Was vollkommen unsinnig ist, da überall in der Luft kleine Hautpartikel herumfliegen. Das ist vollkommen natürlich.«

Ich raufe mir die Haare. »Wen interessieren bitte schön deine Fingernägel, Billy!?«

»Na, vielleicht die heiße Braut, die ich heute Nacht aufreiße«, erwidert er und sprüht seinen gesamten Körper mit Aftershave ein. Ich huste und flüchte ins Bad.

»Bei dem Gestank werden die einen riesigen Bogen um dich machen!«, rufe ich noch, bevor ich endlich unter der Dusche verschwinde.

Als ich wieder aus dem Bad komme, ist Billy bereits verschwunden, was mir auch ganz recht ist. Der Geruch seines Aftershaves hängt immer noch in der Luft, und ich bemühe mich, nicht auf die Kleidungsstücke zu treten, die überall auf dem Boden verteilt sind.

Ich suche mir die Sachen für mein Kostüm zusammen und gehe zurück ins Bad. Spezielles Make-up brauche ich nicht, aber den Augenbrauenstift. Nachdem ich meine Haare gebändigt, mein Gesicht eingecremt und mein Kostüm übergeworfen habe, betrachte ich mich im Spiegel. Ja, das geht so. Ihm wird es bestimmt gefallen. Ich grinse bei dem Gedanken, was er zu meinem Kostüm sagen wird. Ob ich zu weit gehe? Vielleicht. Ob ich es bereue? Kein bisschen.

Diese Party findet nur einmal im Jahr statt, und Luke Becker wird nächstes Jahr um diese Zeit schon nicht mehr hier sein. Also jetzt oder nie.

Ich stecke Schlüssel und Handy in meine Hosentasche und trete aus der Tür. Lasset die Spiele beginnen.

LUKE

Happy Halloween

Als ich durch die Eingangstür von Wohnhaus Nummer sieben trete, fühlt es sich an wie eine vollkommen andere Welt. Draußen hat der kalte Regen mich selbst mit Schirm total durchnässt, hier drin ist die Luft stickig und warm. Schon direkt im offenen Flurbereich hinter der Tür tummeln sich die Menschen, rauchen, trinken und schreien sich über die Lautstärke der Musik hinweg unverständliche Sachen entgegen.

Ein riesiges »Happy Halloween«-Banner begrüßt mich auf der anderen Seite der Wand. Einige Totenköpfe und Blutstropfen sind darauf gemalt.

Ich erkenne Darth Vader, Arielle und einen gruselig aussehenden Shrek, die mitten im Flur sitzen und Gras rauchen. Ich glaube nicht, dass ich dieses Bild jemals wieder aus meinem Kopf bekomme. Schnell drücke ich mich an ihnen vorbei und laufe weiter den Flur hinunter in Richtung Musik.

Meine Schuhe kleben am Boden, dort, wo hoffentlich nur jemand sein Getränk verschüttet hat.

Wo sind Taylor und Madison?

Hunter und James stehen an die Wand gelehnt da und beatboxen zur Musik. Als sie mich entdecken, winken sie erfreut. James hat seinen Stormtrooper-Helm abgenommen, und Hunter ist nur mit einem blutigen Laken bekleidet. Dabei hat er gestern in der Filmproduktions-Vorlesung noch mit seiner genialen Kostümidee geprahlt.

»Habt ihr Taylor oder Madison gesehen?«, rufe ich ihnen zu, weil die Musik hier in der Mitte des Ganges besonders laut ist.

James schüttelt den Kopf und hält mir einen Becher mit einer grünlichen Flüssigkeit hin. Ich lehne dankend ab und laufe weiter.

Der Flur im Erdgeschoss des Wohnhauses scheint mindestens einen Kilometer lang zu sein. Wenn die Party auch noch auf mehreren Stockwerken stattfindet, kann ich den ganzen Abend damit verbringen, die beiden zu suchen. Wundervoll.

Ich werde von zwei Typen in Geisterjägermontur zur Seite geschubst, als sie sich freudig begrüßen, und pralle gegen ein Pärchen, das knutschend in einem Türrahmen lehnt. Wonder Woman und Sherlock Holmes. Das Zimmer hinter ihnen ist eine reine Comichöhle. Überall kleben Comicseiten an den Wänden, die in einem dunklen Rot gestrichen sind, und selbst die Bettwäsche zeigt mehrere Comicfiguren, deren Namen mir allerdings nicht einfallen. Interessante Einrichtung. Ich trete etwas zurück und mustere das Pärchen. Dann erkenne ich Caseys blonde Locken unter der Sherlock-Kappe, und als sie ihre Münder kurz voneinander lösen, grinst Olivia in meine Richtung.

»Hi, Luke.«

Casey dreht sich ebenfalls zu mir. Ihre Wangen sind gerötet, und Olivias Lippenstift hat Sherlocks bleichen Teint zerstört.

»Hi«, grinse ich zurück.

»Würde es dir was ausmachen, wenn wir …«, Casey zeigt erst auf mich, dann auf die Tür.

»O nein, nein. Bin schon weg.«

Casey zieht Olivia Wonder Womans Umhang von den Schultern und schubst sie aufs Bett, bevor sie die Tür vor mir schließt.

Na hallo. Wer hätte das gedacht? Ich grinse immer noch, als ich mich zurück in den Gang drehe.

Und dann sehe ich sie endlich. Taylor und Madison kommen durch den Gang auf mich zugelaufen und hinterlassen nasse Schuhabdrücke auf dem Boden.

»Wo wart ihr denn? Ich habe euch überall gesucht«, rufe ich, sobald sie in Hörweite sind.

»Sorry, wir mussten noch tanken, und der Kassierer hat ewig mit Madison geflirtet.« Taylor verdreht die Augen.

»Er fand sich offenbar unwiderstehlich in seinem Piratenkostüm.« Madison sieht genervt aus. Ich grinse.

»Dein Kostüm ist tausendmal cooler als seins. Blond steht dir«, meint Madison und streicht mir durch die Perücke.

Währenddessen mustere ich ebenfalls ihre Kostüme.

»Und was stellst du dar?« Taylor wollte uns nicht verraten, als was sie sich verkleidet.

»Na, ist doch klar. Ich bin Julia aus *Romeo und Julia*. Allerdings schon die tote Version mit Augenringen und Gifttropfen.« Sie zeigt auf ihren Hals und das Kinn, von dem tatsächlich eine grünliche Flüssigkeit tropft.

»Und ich bin ein sexy DNA-Strang, aber das weißt du ja bereits.« Madison dreht sich einmal, sodass ich ihr selbst genähtes Kostüm bewundern kann. Sie trägt nur einen hautfarbenen, eng anliegenden Anzug, um den sich in bunten Spiralen die DNS ringelt.

»Wenn das Zeug nur nicht so jucken würde!«, beschwert Madison sich und versucht, eine ihrer Locken zu befreien, die sich in dem bunten Strang verfangen hat.

»Also dann: Holen wir uns erst mal was zu essen, oder?«, meint sie dann und sieht sich in dem langen Flur um.

»Ich glaube, das Büfett ist im zweiten Stock«, wirft Taylor ein und zeigt nach oben.

Also folgen wir ihr ins Treppenhaus. Irgendjemand hat hier eine Stinkbombe losgehen lassen oder extrem starke Blähungen gehabt, jedenfalls halten wir uns Mund und Nase zu und versuchen, den zweiten Stock mit so wenigen Atemzügen wie möglich zu erreichen.

Eine junge Frau im Vampirkostüm kommt uns auf der Treppe entgegen und mustert Taylor lange.

»Hi, Holly! Lang nicht mehr gesehen.« Sie grinst und zeigt dabei ihre langen Schneidezähne. Ehe Taylor oder wir etwas erwidern können, ist sie an uns vorbei und im Treppenhaus verschwunden.

»Okay, das war weird.« Madison hat sich offenbar als Erste gefasst.

Taylor starrt immer noch in die Richtung, in die die Frau verschwunden ist.

»Wer war das, Tay?«, fragt Madison und sieht ihre Freundin besorgt an.

»Nur eine dumme Kuh aus meiner Highschool.« Taylor winkt ab und läuft weiter die Treppe nach oben. Madison und ich sehen uns an. Wir wissen beide, dass hier mehr im Spiel ist, wollen Taylor aber auch nicht drängen, wenn sie jetzt nicht darüber reden möchte.

Hier oben ist es nicht weniger voll als im Erdgeschoss. Dafür sind die Lautsprecher etwas runtergedreht, sodass man sich immerhin nicht anschreien muss, wenn man miteinander spricht.

Madison besorgt uns heißen Tee mit Apfelsaft und Zimt. Ihren peppt sie noch mit Whiskey auf, immerhin muss sie nicht mehr fahren. Die warme Flüssigkeit schmeckt unglaublich lecker.

»Ratet mal, wen ich vorhin beim Knutschen erwischt habe?«, frage ich verschwörerisch, während wir weiter am Büfett entlanglaufen und uns Kürbiskuchen und Pizzaschnecken auf die Servietten laden.

»Keine Ahnung. Miss Martinez und Tarek?«, fragt Taylor lachend.

»Nein. Casey und Liv«, verrate ich mit einem Grinsen.

»Ich wusste es!«, meint Taylor triumphierend, und ich sehe sie irritiert an.

»Woher?«

»Na, Casey hatte riesige Angst, als Olivia da oben am Seil gebaumelt hat. Und Olivia setzt sich IMMER neben sie. Ich shippe die beiden schon länger.«

»Hallo? Ihr wisst schon, dass ich all diese Leute nicht kenne?«, mault Madison. »Wenn ihr schon Gossip austauscht, dann wenigstens welchen, bei dem ich mitreden kann.«

»Ich stell sie dir nachher vor«, sagt Taylor lachend.

»Gut. O Mann, ist dieser Kuchen gut!« Madison hat gerade den ersten Bissen des Kürbiskuchens genommen und schließt genießerisch die Augen.

»Ich kann dir das Rezept geben, wenn du möchtest«, meldet sich auf einmal ein Werwolf von der Seite.

»Du hast den gebacken?« Madison mustert den Werwolf in seinem Kostüm. Seine Stimme dringt nur dumpf durch die Maske.

»Ja. Nach dem Rezept meiner Oma. Ich kann es dir weiterleiten, wenn du willst.«

Madison nimmt noch einen Bissen und leckt sich die Krümel von den Lippen. Währenddessen weicht der Werwolf keinen Schritt von uns. Wer ist der Kerl? Ich schaue nach unten auf seine Schuhe. Erkenne jedoch kaum etwas, da sie, passend zum Kostüm, mit Fell beklebt sind. Mist.

Madison blickt wieder von ihrem Kuchen auf und wendet sich erneut dem Werwolf zu. »Okay. Du schickst mir nur das Rezept? Das ist keine dumme Masche, um an meine Nummer zu kommen?«

Der Werwolf hebt abwehrend die Pranken. »Nur das Rezept.«

»Gut. Und wenn ich doch irgendeine Bemerkung zu meinen Haaren, meinen Brüsten oder sonst was bekomme, blocke ich dich. Kapiert?«

Der Werwolf zuckt leicht zurück. »K-klar.«

»Na dann gib dein Handy her.«

»K-kannst du … Kannst du sie einfach aufschreiben?« Er greift nach einer der Servietten auf dem Esstisch und reicht ihr einen Edding.

Madison wirft dem Typen einen prüfenden Blick zu, offensichtlich versucht sie, den Werwolf anhand seiner Augen zu identifizieren. Doch er hat sich gelbe Kontaktlinsen eingesetzt, und mehr von ihm ist nicht zu sehen. Also seufzt sie, greift nach der Serviette und dem Stift und beginnt zu schreiben.

»Keine Anmachsprüche. Kein Dirty Talk!« Mit diesen Worten drückt sie dem Werwolf die Serviette gegen die Brust und dreht sich um.

»Okay, das war badass«, meine ich anerkennend.

Doch Madison stopft sich nur das letzte Stück Kuchen in den Mund. »Ich bin es einfach leid. Deine Haare duften so gut! Du siehst aus wie ein Engel, bist du vom Himmel gefallen? Du bist so scharf wie 'ne Bombe.« Sie zischt abfällig und leert ihr Getränk in einem Zug. »Zu meinem Körper fallen ihnen tausend Komplimente ein. Denkt ihr, irgendeinen von diesen Schwachmaten würde es interessieren, dass ich schon mit neun bei *Jugend forscht* war? Oder dass ich meine Großeltern pflege, weil sie sich 'ne professionelle Pflegekraft nicht leisten können? Nee, das ist nicht cool. Es ist nicht sexy, wenn du deinem Opa den Arsch abwischst. Und es macht ihnen Angst, wenn du mehr weißt als sie. Es kotzt mich einfach an.«

Madison hat sich so sehr in Rage geredet, dass Taylor und ich nur stumm danebenstehen und die Pizzaschnecke betrachten, die Madison während ihres Ausbruchs in der Hand zerdrückt hat. Kleine Krümel rieseln nun auf den Boden und gesellen sich zu Alkoholflecken und Kuchenbröseln.

»Ich versteh dich.« Taylor spricht so leise, dass ihre Stimme fast von der Musik verschlungen wird. »Ich mag dich gerade wegen all dieser Dinge.«

Madison wischt sich das Getränk von den Lippen und verschmiert dabei ihren Lippenstift, doch es scheint ihr egal zu sein. »Danke«, meint sie nur und schenkt Taylor ein aufrichtiges Lächeln.

»Du bist schön, Mad. Von außen, aber vor allem von innen.«

»Du sollst mich doch nicht Mad nennen!«, bringt Madison entrüstet hervor, bevor sie in ihre Serviette schnäuzt. Taylor und ich stehen betreten daneben, wissen nicht so recht, was wir sagen sollen.

»Lasst uns tanzen«, schlage ich vor, nehme Madison die Serviette ab und laufe voran Richtung Treppenhaus.

Und dann wird es doch noch ein lockerer Abend. Die Musik dröhnt in unseren Ohren, ich halte mich an antialkoholische Getränke und überrede Taylor sogar zu meinem Spezialtanz, der nicht wirklich als Tanz durchgehen kann, aber super viel Spaß macht. Wir springen und drehen uns durch die Menge und Madisons Locken fliegen um uns herum wie Luftschlangen.

Irgendwann weit nach Mitternacht trifft sie den Werwolf auf der Tanzfläche wieder. Er trägt immer noch seine Maske, obwohl die meisten anderen sich längst von ihrer Kopfbedeckung verabschiedet haben.

Vorsichtig tritt er zu ihr. Ich verstehe nicht, was er sagt, doch kurz darauf tanzen die beiden. Ohne Körperkontakt. Einfach nur nebeneinander. Er ist ein wenig kleiner als sie und bewegt sich ungelenk über die Tanzfläche. Seinen Tanzstil könnte man als unkonventionell beschreiben. Oder als nicht vorhanden.

Ich beobachte die beiden eine Zeit lang und überlege, wer sich hinter dem Kostüm verbergen könnte, dann meldet sich meine Blase wieder einmal zu Wort, und ich ziehe mich aus der tanzenden Menge zurück.

Laut Taylor sollen die Toiletten im dritten Stock am saubersten sein, also laufe ich die Treppe nach oben und genieße es, wie die Musik mit jedem Schritt leiser wird. Bald spüre ich nur noch den Beat unter meinen Füßen und ein leises Klingeln in meinen Ohren.

Der Boden hier oben ist weniger klebrig. Vereinzelt liegen auch hier noch Bier-Pong-Becher und benutzte Servietten, sonst ist der Flur allerdings leer. Die Tür quietscht, als ich sie aufziehe, und das flackernde Licht der Neonröhren spiegelt sich auf dem Linoleum.

Das WC-Schild hängt in der Mitte des Flurs. Irgendjemand hat mehrere Penisse daraufgekritzelt. Ein paar davon extrem realistisch, andere ähneln eher Schlingpflanzen oder Tentakeln. Ich schüttle den Kopf und ziehe die Tür auf.

Das Klo ist leer, und ich genieße den kurzen Moment der Ruhe. Zwar riecht es auch hier drin nach Pisse und Abwasser, aber die Pissoirs sehen noch recht frisch aus. Ich knöpfe mir gerade wieder die Hose zu, als die Tür hinter mir aufgezogen wird.

»Wieso nur begegnen wir uns immer auf dem Klo?« Jackson lehnt lässig hinter mir im Türrahmen. Sein dunkles Haar hat er mit Gel so gestylt, dass es fast glatt wirkt und hinter dem Kopf ein wenig absteht. Auf seiner Nase sitzt ein schwarzes Brillengestell, und die dunkelrote Blitznarbe auf seiner Stirn ist bereits halb verwischt.

»Abend, Harry«, erwidere ich nur, und Jackson lächelt. Er streift seine Gryffindor-Krawatte glatt und steckt den Zauberstab lässig in seine hintere Hosentasche.

»Wusstest du, dass ich als Draco gehe?«, frage ich, weil das hier einfach kein Zufall sein kann.

»Taylor lässt ihr Handy immer auf der Couch liegen. Deine Nachricht ist einfach aufgeploppt.« Sein Lächeln wird breiter. Verdammt, die Brille steht ihm besser als mir.

»Und du hattest mal eben alles zu Hause, um als Harry zu gehen?« Ich habe Taylor erst gestern von meiner Kostümidee geschrieben. So schnell kann er sich das doch nicht alles gekauft haben.

»Na ja, eventuell hatte ich die Krawatte und den Zauberstab noch irgendwo rumfliegen«, meint er dann. »Und die Brille hab ich aus Taylors privatem Kostümfundus. Nur seh ich durch das blöde Ding einfach nichts.«

Er streckt beide Arme aus und kommt ins Klo hineingelaufen. Tastet dabei durch die Luft, so als wäre er wirklich fast blind. Als seine Hand den Seifenspender streift, dreht er sich erschrocken um.

»Oh, entschuldigen Sie, habe ich Sie gerade berührt?«

Ich kann nicht anders, ich lache laut los.

Jackson läuft weiter ins Klo hinein, die Hände immer noch vor sich ausgestreckt, die Augen zu Schlitzen zusammengekniffen, so als konzentriere er sich darauf, irgendetwas zu erkennen.

Ich weiß, worauf das hier hinausläuft. Ich könnte mich einfach wegdrehen und aus dem Klo laufen. Aber ich bleibe stehen.

Jacksons Hände tasten sich noch ein Stück voran. Dann streifen sie meinen Pullover und bringen mein Herz zum Rasen.

»Oh, Verzeihung«, meint er nur. Lässt die Hände aber, wo sie sind.

»Jackson …«, meine ich, bewege mich aber immer noch nicht.

»Es spricht. Das Geschöpf vor mir spricht. Zeige dich, du Feigling! Versteck dich nicht unter deinem Tarnumhang.« Jackson springt ein Stück zurück, zieht den Zauberstab aus seiner Hose und fuchtelt damit vor meinem Gesicht herum.

Ich seufze, greife aber ebenfalls nach meinem Zauberstab.

»Du willst dich jetzt ernsthaft duellieren?«

»Es sei denn, dir fällt was Besseres ein, das wir mit diesen Stäben anstellen können.«

»Stupor!«, rufe ich lachend, und Jackson springt flink zur Seite.

»Tarantallegra«, brüllt er, während ich nach hinten hechte und mich hinter ein Waschbecken ducke.

»Expelliarmus«, rufe ich, das Becken immer noch als Schutzschild vor mir.

»Der war schwach!« Jackson lacht und kommt näher.

Ich weiche zurück, rutsche auf dem nassen Boden aus und taumle direkt vor Jacksons Zauberstab.

»Impedimenta!«, ruft er, und ich lasse mich erst auf die Knie, dann flach auf den Boden fallen. Zur Salzsäule erstarrt.

Ich höre Jacksons Schritte auf dem feuchten Boden näher kommen. Seine Schuhe kommen kurz neben meinem Kopf zum Stehen. Sein Gesicht erscheint über meinem. Die grauen Augen hinter den Brillengläsern mustern mich interessiert.

»Alles okay bei dir?« Seine Stimme ist nur noch ein Flüstern, das in der feuchten Luft hängt.

Ich könnte einfach aufspringen. Das hier ist nur ein bescheuertes Spiel. Aber wieso hämmert mein Herz dann so schnell? Wieso bleibe ich immer noch liegen?

Jackson beugt sich noch weiter zu mir. Das hier ist wohl die unromantischste Kulisse für einen Kuss. Es riecht nach Urin, neben mir tropft Wasser aus einem undichten Rohr, und die Fliesen in meinem Rücken sind eiskalt und hart. Trotzdem kann ich meinen Blick nicht von seinen Lippen wenden.

Jackson ist mir nun so nahe, dass ich sein Gesicht nicht mehr scharf stellen kann. Sein Brillengestell drückt kühl gegen meine Wangen.

Ich müsste nur meinen Kopf heben. Nur ein winziges Stück, dann lägen seine Lippen auf meinen. Ob sie sich so weich anfühlen, wie sie aussehen? Sein Atem geht genauso schnell wie meiner. Er riecht nach Zimt und Schokoladenkuchen, was sehr angenehm ist, weil er so alle anderen Gerüche in diesem Bad überdeckt. Ich weiß nicht, wie lange wir in dieser Position verharren. Die Möglichkeit eines Kusses nur eine Nasenlänge entfernt. Doch ich bleibe liegen, und auch Jackson kommt nicht näher. Im nächsten Moment scheint er zu realisieren, was hier gerade passiert, steht auf und reicht mir die Hand.

»Na komm schon, Draco, bevor Snape uns hier noch erwischt.«

Ich lasse mich von ihm nach oben ziehen und suche den Boden nach meinem Zauberstab ab. Hinter einer Kabinentür finde ich ihn schließlich und stecke ihn zurück in meine Hose.

»Hände waschen nicht vergessen«, höre ich Jacksons Stimme wie aus weiter Ferne. Er ist schon wieder draußen auf dem Flur.

Während ich ihm den leeren Gang entlang folge, kämpfen zwei Fragen in meinem Kopf einen erbitterten Kampf gegeneinander: Wieso hat er mich nicht geküsst? Und wieso wollte ich, dass er es tut?

Unten im Erdgeschoss ist die Party in vollem Gange. Mittlerweile ist es sicher nach drei, doch der Gang scheint sich in der Zwischenzeit mit noch mehr Menschen gefüllt zu haben.

»Willst du was trinken?«, fragt Jackson, und ich schüttle den Kopf. »Ich muss noch fahren.«

Jackson lacht. »Sehr verantwortungsbewusst. Ich hab da 'ne Idee. Komm mit.« Er greift nach meiner Hand, und widerwillig lasse ich mich von ihm in die Menge ziehen.

Ich sehe Madison, die noch immer mit dem Werwolf tanzt, nur, dass sie jetzt eine Hand in seinem Fell vergraben hat. Taylor entdecke ich nirgendwo.

Jackson führt mich vorbei an den Tanzenden, öffnet die gläserne Eingangstür und hält sie mir galant auf. Zusammen treten wir in die schwarze Nacht und spüren die kühle Luft, die durch unsere Umhänge weht. Glücklicherweise hat es endlich aufgehört zu regnen. Ein paar vereinzelte Menschen sitzen auf der überdachten Treppe und reichen Schnapsflaschen herum. Andere stehen unter den Bäumen und rauchen. Sonst ist es ruhig.

Jackson schaut nach oben in den nachtgrauen Himmel, setzt die Harry-Potter-Brille ab und kramt in seiner Umhangtasche.

»Lust auf 'ne kleine Spritztour?« Er klimpert mit seinem Motorradschlüssel vor meinem Gesicht herum.

»Du willst betrunken fahren?«, frage ich und lasse seine Hand los.

»Komm schon, mach dich mal locker, Luke. Ich hatte nur ein Bier. Das wird lustig. Du, ich, eng aneinandergeschmiegt, während die Stadt an uns vorbeizieht.«

Natürlich kann er nicht wissen, was in mir vorgeht. Er weiß nicht, was der Gedanke an ein Motorrad in mir auslöst. Er hat nicht die Unfallstelle gesehen. Das zusammengedrückte Metall an der Leitplanke, den Vorderreifen, der aufgeplatzt daneben lag. Er hat keine Ahnung, wie es sich anfühlt, am einen Tag noch hinter seinem Vater auf der Lieblingsmaschine zu sitzen, die Arme um seine Hüfte geschlungen, lauthals lachend, und am nächsten Tag zu erleben, wie eben dieser Mensch in einem Leichenwagen abtransportiert wird.

»Nein, danke«, erwidere ich also nur und erschrecke selbst, als ich höre, wie kalt meine Stimme klingt.

Jackson redet einfach weiter. »Ach komm schon. Du kannst mich nicht ewig ignorieren. Ich check's ja. Du spielst gerne den Unnahbaren. Antwortest mir nicht auf Nachrichten, findest ständig neue Ausreden, wieso wir uns nicht treffen können. Aber komm schon, die Nacht ist perfekt, wir sind jung und sexy«, er grinst. »Lass uns Spaß haben.«

»Ich habe aber keinen Spaß dabei, wenn ich jeden Moment sterben könnte!« Ich bin lauter geworden, als ich wollte. Ein paar der Rauchenden schauen verwirrt in unsere Richtung.

Jackson sieht ebenfalls etwas vor den Kopf gestoßen aus. »Okay, sorry, ich wusste nicht, dass du so viel Angst vor meinen Fahrkünsten hast.« Er versucht zu lachen, doch es gelingt ihm nicht wirklich. Offenbar weiß er absolut nicht, wie er mit meinem Verhalten umgehen soll.

»Lass mich einfach in Ruhe, okay?« Ich drehe mich um und laufe davon. Erst als ich den Parkplatz hinter mir lasse, frage ich mich, wo ich überhaupt hinwill. Wieso bin ich nicht einfach ins Auto gestiegen?

Jackson folgt mir. Er greift nicht nach meiner Hand, hält mich nicht zurück. Stattdessen läuft er einfach hinter mir her. Ohne ein Wort zu sagen. Der Asphalt unter meinen Füßen glänzt nass im Licht der Straßenlaternen. Ich kneife die Augen zusammen, um die Bilder des Unfalls aus meinem Kopf zu vertreiben. Doch sie verschwinden nicht. Das Blaulicht des Unfallwagens blinkt immer wieder hinter meiner Netzhaut auf. Ich sehe Menschen hinter dem Absperrband und höre Ma irgendwo hinter mir schluchzen.

Papas Kumpel hat sie angerufen. Er ist hinter Papa gefahren und konnte zum Glück rechtzeitig ausweichen. Ich sollte das hier nicht sehen. Ich sollte im Auto bleiben, aber ich habe nicht auf Ma gehört. Ich habe die Tür geöffnet und bin mit zitternden Knien zu ihr gelaufen. Sie hat mich gar nicht wahrgenommen. In den Wochen danach schien sie durch ihren Tränenschleier überhaupt nichts wahrzunehmen.

Das Knacken eines Astes holt mich zurück in die Realität. Jacksons Schritte sind immer noch hinter mir und folgen mir in einem gleichmäßigen Rhythmus. Ich will, dass er verschwindet. Gleichzeitig will ich mich umdrehen und in seine Arme fallen.

Etwas Salziges tropft auf meine Lippen, und erst da merke ich, dass ich weine. Scheiße. Ich wische mir mit dem Ärmel übers Gesicht und spüre, wie die Kontaktlinsen in meinen Augen brennen. Was tue ich hier eigentlich? Ich habe keine Ahnung. Wäre ich jetzt zu Hause, hätte ich mit Lou und Paul Kürbismuffins gebacken und *Die Monster Uni* geschaut, so wie wir es immer an Halloween machen. Ich hätte Sascha bei seinem Kostüm geholfen und die Küche aufgeräumt, bis Ma von der Arbeit kommt. Ich hätte sie alle mit meinen Witzen zum Lachen gebracht und dabei viel zu viele Süßigkeiten gegessen. Stattdessen laufe ich hier heulend durch die Nacht und werde vermutlich bis zum Morgengrauen mein Auto nicht wiederfinden. Na bravo.

»Ähm«, meldet sich Jackson auf einmal hinter mir zu Wort. »Ich habe echt kein Problem damit, hier hinter dir herzulaufen, aber ich wüsste schon gerne, wo wir eigentlich hingehen.«

Ich bleibe stehen und drehe mich langsam zu ihm um. Entweder er erkennt mein verheultes Gesicht in der Dunkelheit nicht, oder er ignoriert es. Jedenfalls bringt er keinen abfälligen Spruch oder lacht mich aus.

»Ehrlich gesagt, weiß ich nicht mal, wo wir gerade sind«, gebe ich zu.

»Kein Problem, du hast hier einen 1-a-Pfadfinder neben dir, der schon mit sieben die beste Auszeichnung im Fährtenlesen bekommen hat.« Jackson schlägt sich stolz gegen die Brust.

»Gibt es eigentlich etwas, in dem du nicht gut bist?«, frage ich resigniert.

»Sicher. ’ne Menge. Also …« Er überlegt extrem lange, während wir umdrehen und wieder zurück zum Wohnheim laufen. »Ah, jetzt weiß ich es! Ich kann dir keine Dinge nennen, die ich nicht kann.«

Ich schnaube. »Wirklich bewundernswert.«

»Hey, du weißt schon, dass ich gerade nur versuche, dich aufzumuntern?« Er lässt sich etwas zurückfallen, sodass er neben mir laufen kann.

»Und du denkst, das muntert mich auf?«

Jackson zuckt mit den Schultern. »Okay, ich gebe zu, wirklich Übung habe ich darin nicht. Hey, das ist eine Sache, die ich nicht kann. Andere aufmuntern!«

Erfreut sieht er mich an. Fast so, als habe er eine besonders knifflige Matheaufgabe richtig gelöst. Ich erwidere nichts, weil es anstrengend ist, richtige Wörter zu bilden, doch ich hätte ihm gerne gesagt, dass er gar nicht so schlecht darin ist. Immerhin hat er es geschafft, die Bilder des Unfalls verschwinden zu lassen. Sie waren lange nicht mehr so präsent. Zwei Jahre lang habe ich jede Nacht von ihnen geträumt. Mittlerweile habe ich damit eigentlich keine Probleme mehr. Ich weiß auch nicht, wieso es mich so aus der Bahn geworfen hat. Vielleicht, weil mich in all den Jahren niemand gefragt hat, ob ich mit ihm Motorrad fahren will.

»Et voilà, da wären wir.« Jackson macht eine ausladende Geste mit den Händen und zeigt auf das Auto, neben dem er steht. Erst jetzt erkenne ich, dass es meins ist. Kurz überlege ich, woher Jackson den Wagen kennt, dann wird mir klar, dass meine Verwandten jahrelang seine Nachbarn waren.

Ich suche in meiner Hosentasche nach dem Autoschlüssel und bin froh, als meine zittrigen Hände ihn endlich gefunden haben.

»Bist du sicher, dass du fahren kannst? Ich kann dir auch ein Uber rufen.«

»Schon okay.« Ich schließe das Auto auf und öffne die Tür, steige aber noch nicht ein. »Danke für … na ja, fürs Hinterherlaufen.«

Jackson grinst. »Darin habe ich bei dir mittlerweile ja Übung.«

Er sagt es so locker, doch auf einmal wird mir klar, wie frustrierend es für ihn sein muss, dass ich immer wieder einen Rückzieher mache. Er ist nicht der schleimige Typ, den ich am Anfang in ihm gesehen habe. Ich weiß nicht, wer er ist und was ihn ausmacht, aber ich würde es gerne herausfinden.

Also springe ich über meinen Schatten und sehe ihm direkt in die Augen. »Willst du immer noch diesen Film mit mir schauen?«

»Ja, ich will«, antwortet er, während sich schon wieder das breite Grinsen auf seinem Gesicht ausbreitet.

»Dann komme ich einfach nächste Woche nach den Proben vorbei?«

»Wenn du kein Problem mit meinem chaotischen Mitbewohner hast, dann gerne.«

»Damit sollte ich klarkommen.«

Jackson zieht sein Handy aus der Tasche und schaut aufs Display. »Fuck. Ich muss morgen früh arbeiten. Besser gesagt in drei Stunden.« Er sieht mich entschuldigend an.

»Keine Sorge, den Weg nach Hause finde ich schon.«

Jackson mustert mich abschätzend, so als würde er mich nur ungern alleine in das Auto steigen lassen.

»Fahr vorsichtig, ja?«

»Sagt der Kerl, der betrunken Motorrad fährt?« Ich ziehe eine Augenbraue in die Höhe.

Jetzt grinst Jackson. »Fahr vorsichtiger als ich.«

Jackson bleibt so lange neben dem Auto stehen, bis ich den Zündschlüssel umgedreht habe und aus der Parklücke fahre. Er winkt mir, als ich auf die Straße biege, und wird dann von der schwarzen Nacht verschluckt.

Im Radio spielen sie *Animal* von Neon Trees und vielleicht liegt es nur an der Leichtigkeit des Songs, aber auf einmal fühlt sich der Druck auf meiner Brust ein klein wenig leichter an. Fast so, als hätte Jackson einen Teil meines Schmerzes mit sich genommen.

JACKSON

Erpressung

»Billy, wenn diese Socken nicht verschwunden sind, bis ich vom Klo komme, werfe ich sie aus dem Fenster.«

Billy liegt auf dem Bett und liest einen vollkommen zerfledderten Manga. Seine Füße hat er bequem auf den Stapel benutzter Klamotten gebettet, die sich am Bettende sammeln. Eine seiner Socken hat ein Loch am großen Zeh.

»Hast du mich gehört?« Ich hebe meine Stimme, doch Billy ignoriert mich noch immer.

Genervt laufe ich durchs Zimmer und beginne, seine Socken vom Boden aufzusammeln. Mit spitzen Fingern greife ich danach, versuche, so wenig Stoff wie möglich zu berühren. Als ich mit den Händen voller Socken zum Fenster laufe, legt Billy endlich den Manga zur Seite.

»Wieso stören dich die Socken eigentlich so? Die meisten sind frisch gewaschen!«

»Vielleicht, weil sie dieses Zimmer noch mehr nach einer Messiehöhle aussehen lassen?«

Billy zieht eine Augenbraue in die Höhe und wackelt unbeeindruckt mit den Füßen.

»Bisher haben die dich nie gestört.«

Darauf fällt mir keine Erwiderung ein.

Billy setzt sich seufzend auf und schlurft zu mir. Er nimmt mir die Socken ab und stopft sie in eine offene Tasche, die neben seinem Bett steht. »Zufrieden?«

Ich ziehe den Reißverschluss der Tasche zu und befördere sie mit einem Tritt unter Billys Schreibtisch.

»Ich krieg dich nicht dazu, dein Bett neu zu beziehen, oder?«, frage ich und deute auf das angegraute Bettlaken. Jetzt mustern mich Billys grüne Augen direkt.

»Ahh, so langsam versteh ich, was hier läuft. Die Kinotickets für heute Abend, die du zufällig gewonnen hast. Deine Putzaktion heute Morgen. Du willst mich loswerden.« Anklagend deutet er mit dem Finger auf mich.

»Komm schon, Billy. Ich –«

»Schon kapiert. Wann darf ich unsere Höhle wieder betreten?«

Sein wissendes Grinsen wird immer breiter, und so gerne ich es ihm auch aus dem Gesicht wischen würde, Billy ist noch nie auf meine Ausreden hereingefallen. Er scheint der einzige Mensch zu sein, bei dem meine coole Art nicht wirkt. Na ja, vielleicht nicht ganz der einzige.

»Ich schick dir ’ne Nachricht.«

Billy wischt sich die blonden Strähnen aus dem Gesicht und mustert mich genervt. »Na schön. Macht fünfzig Mäuse.«

»WAS?«

»Na, im Kino krieg ich immer so Hunger, und wenn ich dann die Nachos gegessen habe, muss ich erst mal ’nen Liter Cola trinken, weil die so salzig sind. Und wenn der Film schlecht ist, hol ich mir noch ein Eis, um kurz aus dem Saal flüchten zu können. Dazu kommt das Bahnticket, und wer weiß, vielleicht treffe ich ja eine wundervolle Frau und lade sie zum Essen ein.«

»Das ist sehr unwahrscheinlich.«

»Aber nicht unmöglich. Also los. Fünfzig Mäuse, und du siehst mich nicht vor Mitternacht.« Er grinst, und ich fluche, ziehe aber meinen Geldbeutel aus der Tasche.

Billy greift sich die Scheine, tippt sich an den Kopf und zieht endlich Schuhe über seine löchrigen Socken. Als er in der Tür steht, dreht er sich noch einmal um.

»Kein Sex in meinem Bett!« Und damit lässt er mich stehen. Unfassbar: Billy hat mich nicht nur erpresst, sondern lässt mich hier auch noch sprachlos stehen. Das hat vor ihm noch niemand geschafft.

Luke Becker, was tue ich nicht alles, um mit dir allein zu sein?

LUKE

Saving Mr. Banks

»Willkommen in meinem Reich«, Jackson öffnet mir grinsend die Tür und breitet einladend die Arme aus.

Fast erwarte ich eine Art Hotelsuite, doch Jacksons Zimmer ist alles andere als luxuriös. Irgendwie passt sein Hollister-Model-Körper nicht in einen Raum, der kleiner ist als das Badezimmer der Roberts. Die Wände müssen mal weiß gewesen sein, haben sich aber offensichtlich über die Jahre hinweg grau verfärbt. Nur die Wand hinter den zwei Betten leuchtet in einem warmen Orange, das noch recht frisch wirkt. In der linken und rechten Ecke befindet sich jeweils ein kleines Bett. Dazwischen kann man durch ein dreckiges Fenster die Baumwipfel des Campus erkennen. Was das Mobiliar angeht, sehen die Zimmerseiten exakt identisch aus. Auf beiden Seiten gibt es einen kleinen Schreibtisch, einen klapprigen Nachttisch und einen Holzschrank, der auch schon bessere Tage gesehen hat. Sieht man einmal von den Möbeln ab, unterscheiden sich die beiden Seiten jedoch sehr. Das Bett links ist frisch gemacht. Auf dem Nachttisch daneben thront ein schwarzer Motorradhelm, und vor dem Bett liegt ein flauschig aussehender Teppich. So aufgeräumt die linke Seite ist, so unordentlich ist die rechte. Die Bettwäsche ist total zerknüllt, ich erkenne einige Flecken auf dem weißen Laken, auf dem sich auch Comic- und Mangahefte sammeln. Der Schreibtisch ist ebenfalls vollgemüllt mit Papieren, Stiften und leeren Getränkedosen. Ein Wunder, dass es in diesem Zimmer nicht nach dreckiger Wäsche und abgestandenem Bier riecht.

»Bitte sag mir, dass deine Seite die linke ist.«

»Und was machst du, wenn nicht?«

»Mich direkt wieder ins Auto setzen.«

Jackson lacht. »Dann hab ich ja noch mal Glück gehabt. Das da ist Billys Seite. Mein Mitbewohner. Keine Sorge, er ist heute nicht da.«

»Na, ein Glück.« Wir grinsen uns an, und Jackson bedeutet mir, ihm in den kleinen Raum zu folgen.

»Willst du was trinken? Ich hab auch noch ein paar Süßigkeiten von Halloween übrig, oder wir bestellen uns was.«

Das letzte Mal habe ich heute Vormittag in der Uni etwas gegessen und auch nur einen halben Apfel, weil ich einfach zu aufgeregt vor diesem Treffen heute war. Also nicke ich, und Jackson zückt direkt sein Handy.

»Auf was hast du Lust? Ich kenne die besten Restaurants im Umkreis von fünf Kilometern.«

»Das überrascht mich nicht wirklich«, erwidere ich lachend. »Und ich weiß nicht genau, auf was ich Lust habe. Ich habe erst einmal mit Taylor und Madison in einem italienischen Restaurant gegessen.«

»WAS?« Jackson wirkt wirklich schockiert. »Okay, das müssen wir irgendwann mal ändern, aber fürs Erste empfehle ich dir die asiatische Küche. Generell ist Vancouver ein reines Essensparadies, weil du hier wirklich alles findest!«

Während Jackson sich weiter über die unterschiedlichen Restaurants und Essenskulturen auslässt, beobachte ich ihn nur und finde es faszinierend, wie sehr er in diesem Thema aufgeht. Ich liebe Essen auch, keine Frage, aber für ihn scheint das eine reine Passion zu sein.

»Ich würde vorschlagen, wir bestellen hier. Das ist mein Lieblingsladen, und sie liefern immer superschnell. Ich kann dir das Green Curry empfehlen, aber das Pad Thai ist auch phänomenal.«

Erneut hält er mir sein Handy hin, um mir die Speisekarte zu zeigen. Ich bin überrumpelt von der großen Auswahl. »Dann vertraue ich dir mal und nehme das Pad Thai.«

»Sehr gute Wahl.«

Während Jackson die Bestellung abschließt, sehe ich mich weiter im Zimmer um und entdecke eine Tür zu meiner Rechten, die ich bisher gar nicht wahrgenommen habe.

Offenbar hat Jackson meinen Blick bemerkt. »Hinter der Tür da ist unser Bad. Ich hab versucht, Billys Kram zu beseitigen.«

»Ich bin das gewöhnt. Mein Bruder Sascha lebt quasi im Chaos. Er verbietet jedem, auch nur eine Sache aufzuräumen, weil er sie dann nie wiederfinden würde.«

»Die beiden würden sich gut verstehen. Die Bestellung ist übrigens raus, das Essen sollte in dreißig Minuten hier sein. Ich verhungere jetzt schon!« Jackson lässt sich lässig aufs Bett fallen und verschränkt die Arme hinter dem Kopf. Dabei rutscht sein dunkelgrüner Pullover nach oben, sodass ich den Ansatz seiner weißen Boxershorts sehen kann. Natürlich ist sie von Calvin Klein. Schnell lenke ich meinen Blick Richtung Fenster.

»Also, wenn du den Film schauen willst, musst du schon herkommen.« Jackson klopft auf die freie Bettkante neben ihm. Die Matratze ist höchstens einen Meter breit. Ich hatte nicht damit gerechnet, dass wir den Film auf diese Weise schauen würden. *Wirklich, Luke? Damit hast du nicht gerechnet?* Okay, gut, es hätte mir eigentlich klar sein müssen. Also laufe ich langsam zum Bett und setze mich steif neben ihn. Die Bettwäsche riecht frisch, und ich fahre mit der Hand über das geometrische Muster auf dem weißen Stoff.

»Die ist wirklich schön.«

Jackson lacht überrascht auf. »Also, ich hab ja schon echt viel erlebt, aber du bist der Erste, der meine Bettwäsche kommentiert.«

Während er ans Bettende greift und den Laptop zu uns zieht, rutsche ich unruhig auf dem Kissen hin und her. Was meint er damit? Wie viele Menschen lagen denn schon neben ihm in diesem Bett?

»Also, der Bildschirm hier ist leider superklein, aber wenn wir uns aneinanderkuscheln, passt das schon. Und wenn nachher das Essen kommt, pausieren wir einfach kurz.«

Jackson zieht seine Decke über unsere Beine und drapiert den Laptop auf seinen Oberschenkeln. Dann richtet er das Kissen und rutscht noch ein Stück näher zu mir. Unsere Beine unter der Decke berühren sich, ebenso unsere Schultern. Die Hitze seines Körpers strahlt auf mich ab. Fast so, als läge ich direkt neben einer Heizung.

»Bereit?« Jackson sieht mich abwartend an. Der Bildschirm des Laptops spiegelt sich in seinen Augen. Die leise Spur eines Lächelns hängt noch immer in seinen Mundwinkeln. Vermutlich ist es unmöglich, dieses Lächeln jemals ganz von seinem Gesicht zu wischen.

»Wir machen das hier nur zu Recherchezwecken, ja?«

»Natürlich. Nur deswegen«, meint Jackson mit leicht sarkastischem Unterton. Dann startet er den Film.

Als der Lieferdienst klingelt, springt Jackson auf und rennt fast zur Tür. Ich finde es süß, wie sehr er sich auf sein Essen freut. Auch später, als der Film wieder läuft und wir mit unseren Essensschalen nebeneinandersitzen, wandert mein Blick immer wieder zu Jackson, der sich die letzten Reste des warmen Reises in den Mund schaufelt. Wie er es dabei schafft, kein einziges Korn auf die Bettdecke fallen zu lassen, ist mir wirklich ein Rätsel.

Doch als wir beide gesättigt sind, konzentriere ich mich mehr und mehr auf die Handlung des Films, die mich immer weiter in ihren Bann zieht.

Irgendwann klickt Jackson auf *Pause*. Eventuell ist mein Schniefen doch zu unangenehm geworden. Er greift rechts neben sich und reicht mir eine Taschentuchbox.

»Ich hoffe mal, dass das nicht DIE Box ist.«

»Eine andere hab ich nicht, sorry«, meint er nur schulterzuckend, also nehme ich mir ein Taschentuch und schnäuze mir die Nase.

»Verstehst du jetzt, was ich dir sagen wollte? Mary Poppins kam nie, um die Kinder zu retten.«

Ich starre auf den Bildschirm vor uns. Man sieht eine weite Landschaft aus Weizenfeldern, ein kleines Haus mitten im Nirgendwo. Und irgendwo dort, inmitten all der Leichtigkeit, ein kleines Mädchen, das seinen Vater liebte und ihn an den Alkohol verlor. Der Film spielt auf zwei Ebenen. Auf der einen Seite verfolgt man die Geschichte der Autorin Pamela Travers, die von Walt Disney persönlich dazu gedrängt wird, die Rechte an ihrem Buch zu verkaufen, damit er es verfilmen kann. Auf der anderen Seite wird die Geschichte von eben diesem kleinen Mädchen und seinem alkoholkranken Vater gezeigt. Mittlerweile ist mir klar, dass diese Sequenzen die Vergangenheit von Pamela Travers zeigen.

»Wollen wir weitergucken?« Jackson mustert mich von der Seite.

Mein Hals schnürt sich zu. Ich weiß genau, worauf dieser Film hinausläuft, aber ich kann ihn jetzt nicht abbrechen, ich muss wissen, wie er endet.

Also nicke ich kurz, und Jackson drückt wieder auf *Play*. Als das Mädchen seinen Vater zusammenbrechen sieht und er kurze Zeit später stirbt, fühlt es sich an, als reiße etwas in mir auf. Eine alte Wunde, die schon lange verheilt sein sollte. Jacksons Wärme ist verschwunden, stattdessen überzieht eine eiskalte Gänsehaut meinen Körper. Ich sehe das Mädchen weinen. Sie schreit nicht, sondern leidet stumm. Sie hat ihrem Vater den Alkohol besorgt, weil er sie darum gebeten hat. Sie gibt sich die Schuld an seinem Tod.

Mir wird übel, und ich versuche, den widerlichen Geschmack in meinem Mund mit Wasser fortzuspülen, doch es klappt nicht. Wäre sie nicht gewesen, würde ihr Vater noch leben. Genau das denkt sie. Genau das denke ich.

Papa hat mich damals gefragt, ob ich mitkommen wolle. Auf das Rockfestival. Immerhin sei ich nun fast ein Teenager, und da dürfe man schon auf Partys gehen. Ma war strikt dagegen. Sie sagte, dass auch er zu Hause bleiben solle. Immerhin würde ich in einer Woche aufs Gymnasium kommen, und er solle die letzten Ferientage mit seinen Kindern verbringen. Damals war sie mit Lou schwanger und durfte nicht mehr schwer heben. Also willigte Papa ein. Er wollte zu Hause bleiben. Um ihr zu helfen und Zeit mit uns zu verbringen. Und was machte ich? Ich überredete ihn, doch zu fahren. Weil auf diesem Festival einige echt coole Bands spielten und er mir versprochen hatte, Autogramme zu besorgen. Ich dachte, wenn ich in die neue Klasse kommen und diese Autogramme rumzeigen würde, fänden das die anderen Kinder sicher cool. Dann wollten sie bestimmt mit mir befreundet sein. Also flehte ich ihn an, doch zu fahren und mir die Autogramme mitzubringen. Im Gegenzug versprach ich, auf Ma, Sascha und Paul aufzupassen, solange er nicht da war.

Also ging er am Montag in kompletter Bikermontur aus der Tür und winkte uns zum Abschied strahlend zu. Er freute sich so sehr, endlich wieder etwas mit seinen Kumpels von früher zu unternehmen. Seit wir Kinder auf der Welt waren, war er kaum noch zum Motorradfahren gekommen. Ich wusste damals nicht, dass ich ihn in diesem Moment zum letzten Mal lächeln sah. Heute hasse ich mich dafür. Ich hätte zu ihm laufen und ihn zum Abschied umarmen können, stattdessen habe ich mit Sascha und Paul Fangen gespielt und ihm nur flüchtig zugewinkt. Er hat Ma geküsst, ihren Bauch gestreichelt und ist aus der Tür gegangen. Zwei Stunden später kam der Anruf. Papa ist nie mehr durch unsere Tür getreten. Er hat uns nie mehr angelächelt. Ma nie wieder geküsst. Und all das ist meine Schuld. Weil ich wollte, dass er geht. Weil ich ihn angefleht habe. Wegen ein paar bescheuerter Autogrammkarten.

Ich merke nicht, wie sehr mein Körper bebt, spüre die Tränen nicht, die auf Jacksons Bettdecke landen.

»Hey, Mann, so schlimm ist es nicht. Das Ende ist wirklich schön.« Jackson klopft mir aufmunternd auf die Schulter, dann sieht er mich an, und das Lächeln verschwindet aus seinem Gesicht. Ich habe es fortgewischt. Stattdessen liegt nun ein ungewohnter Ausdruck in seinen Augen. Sorge? Angst?

»Scheiße, Luke. Alles in Ordnung?«

Ich will mich zusammenreißen. Ich muss stark sein. Vor lauter Anstrengung beiße ich mir von innen in die Wange, bis der Schmerz zu stark wird. Ich wische mir übers Gesicht und fluche, weil die Tränen einfach nicht weniger werden. Ich hasse es zu weinen. Ich schäme mich dafür, so schwach zu sein. Ich bekomme keine Luft mehr durch die Nase und setze die Brille ab, weil sie durch die warmen Tränen nur immer wieder beschlägt.

»Wieso hat sie ihm den Alkohol gebracht?«, bringe ich schließlich zitternd hervor.

»Was?«, Jackson scheint mir nicht folgen zu können.

»Sie hat ihn umgebracht, wieso hat sie das getan?« Immer wieder wische ich mir mit dem Taschentuch über die Augen.

»Ich … ich glaube nicht, dass sie Schuld daran hat. Sie war doch noch so klein. Sie wollte ihrem Vater seinen letzten Wunsch erfüllen. Sie hat es nicht verstanden.«

»Aber wieso? Das muss man doch sehen! Wieso hat sie ihn nicht aufgehalten?«

Jackson scheint nun wirklich Angst um mich zu haben. Er klappt den Laptop zu und dreht sich zu mir. Sein Gesicht ist nur wenige Zentimeter von meinem entfernt. Er versucht zu verstehen, was hier gerade passiert.

»Reden wir hier wirklich noch vom Film?«

»Ich hätte ihn aufhalten können! Ich hätte ihn nicht gehen lassen dürfen.« Ich will nicht, dass Jackson mich so sieht, also drehe ich mich zur anderen Seite des Zimmers. Versuche, mich zu beruhigen. Ich zähle die Comichefte auf Billys Bett, dann die losen Zettel auf seinem Schreibtisch. Alles, was mich irgendwie ablenkt, ist gut. Mein Körper zittert immer noch. Es ist eine unkontrollierte Reaktion, die ich nicht steuern kann.

Und dann spüre ich etwas. Jacksons Hand streicht über meinen Rücken. Seine Finger berühren mich kaum, fühlen sich an wie Schmetterlingsflügel auf der Haut. Bisher waren seine Berührungen meistens grob. Ein hartes Klopfen auf die Schulter, eine feste Umarmung, selbst als er mit der Hand durch meine Haare gefahren ist, war die Berührung nicht so sanft wie jetzt.

Jacksons Finger verschwinden nicht. Sie fahren über meine Wirbelsäule, über die Schulterblätter und schließlich in meinen Nacken. Ganz leicht übt er Druck auf die angespannten Stellen aus, und ohne es zu merken, wird das Zittern schwächer.

Ich fühle mich schrecklich. Weil das hier eigentlich ein schöner Tag werden sollte und Jackson sicher etwas anderes geplant hatte. Stattdessen sitze ich hier und heule seine Bettwäsche voll.

»Sorry, ich, ich geh jetzt besser.« Ich entziehe mich Jacksons Hand und stehe auf. Es fühlt sich seltsam an, wieder auf eigenen Beinen zu stehen. Meine Knie zittern, und ich schwanke leicht, als ich mich zu Jackson umdrehe.

Er sitzt nicht mehr auf dem Bett, sondern muss mit mir aufgestanden sein, denn er steht direkt vor mir. Ich wende den Blick ab. Will nicht, dass er mich so sieht. Doch Jackson streckt die Hand aus und wischt mir eine Träne von der Wange.

»Das klingt jetzt vielleicht komisch, aber ich weiß etwas, das hilft.«

Ich kann mir nicht vorstellen, dass er überhaupt weiß, was gerade in mir vorgeht. Immerhin ist er Jackson. Er ist beliebt, wird von seinen Eltern geliebt und umsorgt und geht so leicht durchs Leben, wie ich es niemals könnte. Wie soll er mir helfen können?

Jackson läuft zu seinem Schrank und zieht seine Motorradjacke heraus. Das schwarze Leder glänzt in der Abendsonne, die durchs Fenster hereinscheint.

»Ich steige auf kein Motorrad«, sage ich sofort, doch Jackson winkt ab.

»Das ist nur meine wärmste Jacke. Komm schon, es ist nicht weit.«

Also folge ich ihm. Vielleicht, weil alles besser ist, als weiter hier herumzustehen. Vielleicht, weil ich nicht alleine nach Hause fahren will. Weil in der Stille die Gedanken nur umso lauter wären. Vielleicht, weil es sich gut anfühlt, einmal nicht lächeln zu müssen.

LUKE

Über den Dächern der Stadt

Ich folge Jackson durch das leere Treppenhaus. Unter uns höre ich Gejohle und den dumpfen Bass von Musik. Irgendwo wird wohl wieder eine Party gefeiert. Wir laufen immer weiter die Treppen nach oben. Ich versuche, die Stufen zu zählen, doch nach hundert gebe ich auf. Meine Beine schmerzen, und ich atme schnaufend, aber es fühlt sich gut an. Mit jeder weiteren Stufe fühle ich mich etwas leichter.

»So, da wären wir.« Jackson zieht einen Schlüssel aus der Hosentasche und läuft zu einer rostigen Tür am Ende der Treppe. Hier oben gibt es keine Flure mehr. Keine bewohnten Zimmer. Nur diese eine Tür, die in der grauen Betonwand verschwindet. Jackson dreht den Schlüssel im Schloss und wirft sich gegen die Tür. Sie knirscht, als sie über den Boden auf der anderen Seite schrammt. Kies. Seltsamer Bodenbelag für ein Wohnheim.

»Komm her, wir haben die perfekte Zeit erwischt, und für heute ist auch kein Regen gemeldet.« Jackson verkeilt die Tür, sodass sie nicht wieder hinter ihm zufällt, und tritt hindurch. Als ich ihm folge, wird mir klar, was der Kiesboden zu bedeuten hat. Wir sind draußen auf dem Wohnheimdach. Eine verschlissene Couch und ein paar Campingstühle stehen zu meiner Rechten, sonst nichts. Als ich den Blick nach vorne richte, sehe ich die funkelnden Lichter der Stadt vor uns. Die Sonne verschwindet gerade hinter den Hochhäusern und spiegelt sich in den Tausenden Fenstern. Ich bin überwältigt.

Jackson ist bis kurz vor den Rand des Daches gelaufen und winkt mir zu. Er möchte, dass ich zu ihm komme. Vorsichtig hebe ich mein Bein und hoffe, dass die nächste Windböe mich nicht vom Dach fegt. Angst kriecht in mir hoch, doch es ist nicht so schlimm wie vor ein paar Wochen auf der Hängebrücke. Trotzdem bin ich nicht scharf darauf, heute zu sterben.

»Du scheinst ein echter Glückspilz zu sein. Normalerweise kriegt man die Sonne hier im Winter fast nie zu sehen. Komm schon, die Aussicht ist überragend.«

Ich laufe etwas schneller und bleibe schließlich kurz hinter Jackson stehen. Der tritt noch einen Schritt nach vorne und – mir rutscht das Herz in die Hose – setzt sich direkt an den Rand des Daches. Die weißen Sneaker lässt er vor sich in der Luft baumeln. Allein bei dem Anblick zieht sich alles in mir zusammen. Unter seinen Füßen ist mindestens dreißig Meter lang nichts. Ich versuche, nicht daran zu denken.

»Bist du lebensmüde?«, frage ich und ärgere mich, dass meine Stimme immer noch zittert.

Jackson dreht den Kopf zu mir und wackelt lässig mit den Füßen in der Luft. »Im Gegenteil, ich liebe mein Leben.«

Ich verschränke die Hände vor der Brust und versuche, meine Stimme fester klingen zu lassen: »Dann solltest du vielleicht nicht auf Dächern rumturnen, nur so eine Idee.«

Jacksons Lachen wird lauter. Der Wind trägt es direkt zurück zu mir.

»Mach dich mal locker, Luke. Du klingst schon wie meine Mutter.« Dann deutet er doch tatsächlich neben sich. »Komm schon, setz dich. Ich pass auch auf, dass du nicht fällst.«

»Nein, danke, ich stehe lieber.«

»Na schön, dann verpasst du das Beste.« Jackson zieht sein Handy hervor und fotografiert den Sonnenuntergang und die Stadt unter seinen Füßen. Ich habe keine Ahnung, wieso er mir das hier zeigt. Wie sollte mir das seiner Meinung nach helfen? Ich dachte eigentlich, diese Schuldgefühle wären vorbei. Nach Papas Tod waren wir alle in psychologischer Betreuung. Paul und Sascha nur ein paar Wochen, Ma und ich über ein Jahr. Aber ich bin mir nicht sicher, ob es geholfen hat, immer und immer wieder an ihn erinnert zu werden. Am liebsten hätte ich damals einfach alles vergessen. Stattdessen wurden die Wunden jede Woche von Neuem aufgerissen.

»Ich hatte früher übrigens auch eine Mary Poppins.« Jackson hat sich wieder zu mir gedreht. Das orange Licht des Sonnenuntergangs leuchtet in seinen Haaren. Fast sieht es so aus, als stünde er in Flammen. »Also, eigentlich hieß sie Allie und war meine Krankenpflegerin, aber sie hat uns immer aus den Mary-Poppins-Büchern vorgelesen. Jeden Montag lief sie durch die Station und hat laut ›Supercalifragilisticexpialigetisch‹ gesungen. Ich glaube, das restliche Fachpersonal der Station hat über sie gelacht. Aber ich fand sie großartig. Bei ihr taten die Spritzen nie so weh, und sie hat es geschafft, einem die Medizin richtig schmackhaft zu machen.« Jackson richtet seinen Blick wieder auf die Stadt unter uns. »Ich wüsste gerne, wo sie heute ist.«

Vielleicht liegt es daran, dass Jackson noch nie so viel Persönliches von sich preisgegeben hat, oder daran, dass meine Beine langsam schwer werden, jedenfalls überwinde ich mich und setze mich neben ihn. Allerdings im Schneidersitz. Die Beine frei in der Luft baumeln zu lassen, traue ich mich dann doch nicht. Meine Hände kralle ich in den Kies hinter mir. Nicht, dass er mich halten würde, sollte ich tatsächlich fallen.

»Wieso warst du im Krankenhaus? Also … du musst nicht darüber reden, wenn du nicht willst«, werfe ich schnell hinterher, doch Jackson winkt ab.

»Schon okay. Als ich auf die Highschool kam, hatte ich immer öfter Probleme mit der Atmung, war ständig müde und selbst für meinen Hauttyp recht blass. Mit dreizehn bin ich im Schwimmunterricht dann einfach zusammengebrochen und ins Becken gestürzt. Im Krankenhaus haben sie dann mein Blut untersucht und tada. Diagnose: Leukämie.«

Jacksons Stimme klingt ganz sachlich. So als halte er mir hier einen Geschichtsvortrag und spräche nicht über seine eigene Vergangenheit. Einzig der kleine Bruch in seiner Stimme, als er das Wort Leukämie ausspricht, verrät mir, dass diese Zeit alles andere als cool für ihn war.

»Scheiße«, bringe ich nur heraus. »Aber jetzt bist du gesund?« Ich habe keine Ahnung von Leukämie. Das Einzige, was ich weiß, ist, dass es eine lebensgefährliche Krankheit ist.

»Das ist es zumindest, was alle sagen. Ich habe damals eine Stammzellenspende meiner Mutter bekommen. Die hat mich sozusagen gerettet. Natürlich kann der Krebs trotzdem irgendwann wiederkommen. Deswegen plane ich nicht gerne, verstehst du? Ich versuche einfach, jeden Tag zu genießen, an dem es mir gut geht. Carpe diem, oder wie manche Hipster heute dazu sagen.« Sein Lachen klingt leicht verzerrt. Er lässt sich nach hinten in den Kies fallen und blickt in den Himmel über uns.

So langsam verstehe ich etwas besser, wieso bei ihm alles so locker wirkt. Wäre ich fast gestorben, hätte sich mein Blick auf das Leben vermutlich auch geändert. Trotzdem glaube ich, dass er mir noch lange nicht alles erzählt hat.

»So, jetzt weißt du von meiner tragischen Vergangenheit, was ist mit deiner? Ich mein, der Film ist echt traurig, aber deswegen hast du nicht geweint, oder?«

Ich schüttle den Kopf und beobachte die Straßen unter uns. Mittlerweile ist die Sonne verschwunden, und den Himmel überziehen lila und blaue Wolken. Vorsichtig löse ich ein Bein aus dem Schneidersitz, weil es schon anfängt wehzutun, und schiebe es ganz langsam über den Rand. Das zweite Bein folgt, doch sobald ich keinen Boden mehr unter meinen Sohlen spüre, presse ich die Beine gegen die Hauswand.

»Das könnte länger dauern«, weiche ich aus.

»Macht mir nichts aus. Wir haben die ganze Nacht Zeit. Na ja, zumindest so lange, bis uns hier oben zu kalt wird.« Er schaut noch immer in den Himmel über uns, atmet in die kalte Nachtluft und bildet weiße Rauchschwaden in der Luft.

Langsam löse ich meine verkrampften Hände vom Boden und lasse mich ebenfalls nach hinten fallen. Nun bohrt sich der Kies in meinen Hinterkopf, aber es ist kein unangenehmes Gefühl. Viel eher spüre ich dadurch jeden Zentimeter meines Körpers.

»Mein Vater ist gestorben, als ich elf war«, fange ich an und folge mit den Augen dem blinkenden Licht eines Flugzeugs, das über uns zum Landeanflug ansetzt. Ich erzähle Jackson von dem schrecklichsten Tag meines Lebens. Wie erst alles leicht und schön war und kurz darauf alles zusammenbrach. So als hätte man Tinte über ein buntes Gemälde gekippt.

Jackson liegt die ganze Zeit stumm neben mir und sagt kein Wort. Ich höre nur seinen regelmäßigen Atem an meinem rechten Ohr.

»Damals habe ich meinem Vater versprochen, mich um Ma, Paul und Sascha zu kümmern. Das habe ich auch gemacht. Also klar war es hart, aber es hat sich auch gut angefühlt, eine Aufgabe zu haben. Und jetzt sehe ich sie erst in sechs Monaten wieder. Ich fühle mich immer noch schlecht, weil ich sie zurückgelassen habe.« Damit beende ich meinen Monolog.

Jackson neben mir schweigt. Vielleicht, weil er nicht weiß, was in dieser Situation angebracht ist, oder, weil er bei meinen Erzählungen eingeschlafen ist. Ich drehe mich zu ihm, um zu überprüfen, ob er noch wach ist. Seine Augen sind offen und blicken in den Nachthimmel.

»Ich bin echt ein Arsch. Ich hätte dir diesen Film nie gezeigt, wenn ich … Also, wenn ich das gewusst hätte. Ist doch klar, dass dich das triggert. Tut mir leid.«

»Schon okay. Ich würde den Film trotzdem gerne irgendwann zu Ende schauen.«

»Ernsthaft?«, Jackson sieht mich ungläubig an, und ich grinse, als ich die Kiesel entdecke, die sich in seinen Haaren verfangen haben.

»Ja, ernsthaft. Nur vielleicht schauen wir ihn beim nächsten Mal direkt mit einer Maxipackung Taschentücher.«

»Abgemacht.« Jacksons Grinsen ist zurück, wenn auch nicht ganz so breit wie sonst. Seine hellen Augen mustern mich immer noch, so als würde er versuchen, in meinen Kopf hineinzusehen. Erst in diesem Moment wird mir klar, wie nah wir beieinanderliegen. Ich müsste mich nur nach vorne beugen, um ihn zu küssen. Genau wie schon auf der Halloweenparty verspüre ich den regelrechten Drang, die Distanz zwischen uns zu verringern und es endlich zu tun. Ihn küssen. In diesem Moment ist mir sogar egal, was das für Konsequenzen haben könnte. Doch gerade als ich mich endlich zu ihm beugen will, springt Jackson auf.

»Komm schon, jetzt ist es dunkel genug.« Er reicht mir die Hand und zieht mich auf die Beine. Dunkel genug für was? Da hat man endlich einmal seinen Mut zusammengenommen, und dann das.

Mittlerweile ist der Himmel über uns wirklich fast vollkommen schwarz. Die vielen Lichter der Stadt sorgen jedoch dafür, dass kaum ein Stern am Himmel zu sehen ist. Lichtverschmutzung nennt man das, wie Charlie mir mal erklärt hat. Ich finde es nicht schlimm. Es ist eher beruhigend, dass es nie vollkommen dunkel um einen herum ist.

Ich folge Jackson zu der kleinen Sitzecke mit den Campingstühlen und der zerschlissenen Couch.

»So. Ich habe dir versprochen, dass ich etwas weiß, das alle schlechten Gedanken vertreibt.«

»Eine ranzige Couch und ein paar Plastikstühle?«, frage ich ungläubig.

»Ach, bist du auf einmal also anspruchsvoll?«

Ich grinse und schüttle den Kopf. Keine Ahnung, was das hier werden soll, aber es ist mir egal. Wir beide sind hier in dieser Nacht, und er bringt mich auf andere Gedanken, das ist alles, was gerade zählt.

Jackson läuft an dem Betonklotz vorbei, in dem sich die Tür befindet, durch die wir vorhin gekommen sind. Auf der anderen Seite – ich traue meinen Augen kaum – ist eine Schaukel in den Boden gemauert.

»Was zur …?« Weiter komme ich nicht, denn Jackson dreht sich mit ausgebreiteten Armen zu mir um und grinst bis über beide Ohren.

»Ich präsentiere Ihnen die Columbia-High-Dachschaukel. Erste ihres Namens, Hüterin der Stahlketten, fest verbaut im Dachstuhl und definitiv sicher für jegliche Personen bis zu einem Körpergewicht von zweihundert Kilogramm« Jackson streicht liebevoll über die Stahlkonstruktion und lässt die Ketten klirren.

»Lust auf ein bisschen Nervenkitzel?« Er schubst die Schaukel an, und sie fliegt geschmeidig durch die Luft.

»Ich wiederhole mich: Du bist lebensmüde.« Ich schüttle den Kopf, gehe aber auf die Schaukel zu und betrachte die Konstruktion näher.

»Ist das legal?«, frage ich schließlich.

»Natürlich nicht, aber als der Hausmeister die Schaukel entdeckt hat, fand er sie anscheinend selbst so cool, dass er einfach immer vergessen hat, sie zu melden«, meint Jackson lachend und setzt sich auf die Schaukel. Seine Füße schlittern über den Kies, er drückt sich vom Boden ab und scheint förmlich in die Nacht hineinzufliegen. Das hier ist keine kleine Kinderschaukel, nein, sie ist extra für Erwachsene ausgelegt.

»Wer kommt darauf, eine Schaukel auf ein Wohnhausdach zu bauen?« Fast rechne ich schon damit, dass es Jackson selbst war, doch dann antwortet er: »Man erzählt sich die Legende von zwei Brüdern, die zusammen an der Columbia studiert haben und vor vielen Jahren durch eine Statikklausur gerasselt sind. Um es ihrer Professorin zu beweisen, haben sie diese Schaukel gebaut. Aber keine Ahnung, ob das stimmt. Manche sagen auch, dass die Schaukel zuerst da war und das Haus einfach aus dem Boden gezogen wurde. Such dir aus, was du glauben willst.« Jackson schaukelt immer weiter. Während seiner Erzählungen fiel es mir schwer, ihm zu folgen, weil seine Stimme immer weiter in die Nacht hinausgetragen wurde, je höher er schaukelte. Wer waren diese zwei Brüder?

Jackson lässt die Füße durch die Luft fliegen und löst schließlich sogar seine Hände von den Ketten und presst stattdessen seinen Oberkörper gegen den klirrenden Stahl, um freihändig durch die Luft zu fliegen. Ich wage es kaum, hinzuschauen, weil ich mir in Gedanken nur vorstelle, wie er jeden Moment von der Schaukel fliegt, über den Kiesboden rollt und in die Tiefe stürzt.

»Halt dich wenigstens fest, okay?«, versuche ich, an seinen gesunden Menschenverstand zu appellieren, doch da hat Jackson noch einmal besonders viel Schwung mit den Beinen geholt und ist von der Schaukel gesprungen. Leichtfüßig landet er gut zwei Meter hinter mir im Kies, wischt sich die Haare aus der Stirn und läuft zurück zu mir. »Na los, du bist dran.« Er legt mir die Hände in den Rücken und schiebt mich sanft Richtung Schaukel. Ich beschwere mich nicht, denn die Berührung lässt meinen ganzen Körper beben. Na schön, ich werde ihm beweisen, dass ich keine Angst habe. Auch wenn ich in Gedanken schon meinen aufgeplatzten Kopf auf dem Dach liegen sehe.

Ich greife nach den Ketten und setze mich. Meine Hände an den

Ketten zittern und werden schwitzig, meine Beine fühlen sich an, als hätte jemand sie am Hausdach festgetackert.

Ich lehne mich minimal nach vorne, schaukele ein winziges Stück zurück und sehe dann zu Jackson. Er lacht mich nicht aus, sondern lehnt nur ganz lässig an der dicken Metallstrebe, die in den Boden eingelassen ist. Kurz über seiner Hand ist etwas in das Metall geritzt, ich kann es nicht erkennen, doch es zieht meinen Blick wie magisch an.

Meine Beine lösen sich ganz langsam vom Boden, ich hole ein klein wenig mehr Schwung und beobachte die Ketten, die gut zwei Meter über mir leicht klirrend gegen das Metall stoßen. Es fühlt sich tatsächlich gut an. Ich bin jahrelang nicht mehr geschaukelt.

Als ich meine Füße komplett vom Boden löse und zum ersten Mal richtig Schwung mit meinen Beinen hole, vergesse ich für einen kurzen Moment, dass ich mich auf einem Dach befinde. Es ist mir egal, dass ich mitten in einen schwarzen Himmel hineinzufliegen scheine. Der kalte Wind weht mir durch die Haare, lässt meine Wangen heiß werden und fährt unter meinen Pullover. Ich hole noch mehr Schwung und lasse meine Beine wie Jackson durch die Luft gleiten. Er ruft etwas, doch ich höre ihn nicht. Das Adrenalin rauscht zu sehr in meinen Ohren. Ich habe Angst, aber die Euphorie in meinem Körper hält sie in Schach. *Dir passiert nichts. Du schaffst das.* Ich versuche, mir mit meinen Gedanken Mut zu machen, und es klappt.

Ein Jauchzen entfährt meinem Mund, und ich gleite durch die Luft und lache. Einfach, weil es sich so gut anfühlt. So frei. Für zwei Sekunden fühle ich mich wirklich schwerelos. Dann ruckt die Schaukel zurück, und ich klammere die Hände schnell fester um die Ketten. So lebensmüde bin ich dann doch nicht.

»Los, Weitsprungwettbewerb!«, ruft Jackson und zeigt auf den Abdruck seiner Schuhe im Kies.

Erst will ich einfach den Kopf schütteln und ihn mit seiner verrückten Idee allein lassen, dann überlege ich, dass das hier nichts anderes als der Weitsprungwettbewerb in der Neunten ist. Damals bin ich über vier Meter gesprungen und war Drittbester in meiner Klasse. Ich denke an unser Bier-Pong-Duell von der Freshmenparty.

Irgendwie will ich immer gegen ihn gewinnen. Vielleicht lasse ich mich deswegen darauf ein.

»Nichts leichter als das«, erwidere ich und hole noch einmal extra Schwung. Meine Beine sind länger als Jacksons, also sollte ich es schaffen. Ich gleite durch die Luft, warte den höchsten Punkt ab und drücke mich mit aller Kraft von der Schaukel ab. Mein Sprung dauert nur wenige Millisekunden, doch er fühlt sich um einiges länger an. Dort oben in der schwarzen Nacht scheint die Zeit stillzustehen, und kurz bereue ich es, gesprungen zu sein, doch als meine Füße im Kies landen und meine Knöchel protestieren, stolpere ich nur leicht und lasse mich lachend in den Kies fallen.

»Gewonnen!«, schreie ich in die Nacht hinaus.

Jackson läuft zu mir und misst mit seinen Augen genau den Abstand zwischen den Mulden im Kies. Ich bin gut zehn Zentimeter weiter gesprungen als er.

»Aber nur ganz knapp«, meint Jackson. »Ich fordere eine Revanche.«

»Wenn du wieder verlieren willst«, erwidere ich lachend und klopfe mir den Kies von den Beinen.

»Wart's nur ab.« Jackson läuft zurück zur Schaukel und beginnt, sich in die Luft zu schwingen. Ich beobachte ihn schmunzelnd. Das hier fühlt sich nicht real an. Eher wie ein Traum. Zwei erwachsene Männer, die einen Schaukelweitsprungwettbewerb auf einem Dach inmitten von Vancouver veranstalten. Keine Ahnung, ob mir das peinlich sein sollte. Ich liebe es.

Während Jackson immer höher schaukelt, laufe ich zum Stahlgerüst und suche nach der Einkerbung, die ich vorhin direkt über Jacksons Hand gesehen habe. Ich entdecke sie sofort und streiche mit den Fingern darüber. Es ist ein fast perfektes Rechteck, in das drei Worte eingeritzt sind:

Erbaut von J & D

Bei den Anfangsbuchstaben klingelt etwas bei mir. Kann es sein? Nein, das ist unmöglich. Und doch … John und Daniel Roberts. Der

Name meines Onkels und der meines Vaters, bevor er Mas Nachnamen angenommen hat. Beide haben hier studiert, aber natürlich könnte die Inschrift auch genauso gut von einem James und einem Diego sein. Wer weiß das schon? Erneut streiche ich mit dem Finger über die Einkerbung, die mit den Jahren immer weiter mit dem Stahl verschmolzen ist.

Vielleicht frage ich John morgen mal danach. Das dürfte ein lustiges Gespräch am Esstisch werden: Hey, John, haben du und mein Vater früher abgefahrene Sachen angestellt? Zum Beispiel eine Schaukel in ein Wohnheimdach zementiert? Merediths Blick dabei stelle ich mir sehr lustig vor.

Das Klirren der Ketten holt mich zurück in die Realität. Ich will jetzt nicht über meinen Vater nachdenken und schon gar nicht über irgendwelche Initialen, die sonst wer hier eingeritzt haben könnte. Ich bin mit Jackson hier oben und will die Zeit mit ihm genießen, weil er mir in den letzten Stunden so viel von sich gezeigt hat, wie in all den Wochen zuvor nicht. Hier oben auf dem Dach scheint er mehr er selbst zu sein als irgendwo sonst. Das erkenne ich an dem Glanz in seinen Augen und an diesem speziellen Blick, den er mir zuwirft, während er immer höher in die Luft steigt.

Ich laufe zu dem Abdruck, den ich bei meinem Sprung im Kies hinterlassen habe, und stelle mich daneben. »So, dann zeig mal, ob du mich einholen kannst«, fordere ich ihn heraus, und das lässt Jackson sich nicht zweimal sagen.

Mit voller Kraft stößt er sich von der Schaukel ab und bringt die Ketten zum Klirren. Er fliegt durch die Luft, streckt die Beine aus und landet knapp hinter meiner Markierung. Ich drehe mich zu ihm um, um ihm zu seinem Sieg zu gratulieren, und sehe, wie er strauchelt. Bevor er in den Kies fallen kann, bin ich da, fange ihn auf und schließe meine Arme um seinen muskulösen Oberkörper.

»Gewonnen«, murmelt er an meiner Schulter. Sein warmer Atem an meinem Hals sorgt dafür, dass meine Haut am ganzen Körper anfängt zu kribbeln.

»Ich würde eher von einem Unentschieden ausgehen«, bringe ich leicht erstickt hervor.

Jackson will sich von mir lösen, um zu protestieren, doch ich lasse ihn nicht zu Wort kommen. Ich ziehe ihn zurück zu mir, lege meine Hand in seinen Nacken und küsse ihn. Vielleicht etwas zu stürmisch, vielleicht etwas zu hart, aber ich kann nicht länger warten. Nachdem ich mich seit zwei Monaten frage, wie sich seine Lippen auf meinen anfühlen würden, erhalte ich endlich die Antwort. Sie sind genauso weich und voll, wie sie aussehen. Seine Bartstoppeln streifen meine Wange, und als Jackson die Überraschung meines plötzlichen Kusses verarbeitet hat, schlingt er beide Arme um mich und hüllt mich ein in eine warme, feste Umarmung. Mit einer Hand fährt er in meine Haare, die andere wandert unter die Kapuze meines Pullovers. Ich zittere. Nicht vor Kälte, sondern weil mein ganzer Körper unter Strom steht. Überall dort, wo Jacksons Körper auf meinen trifft, entzündet er kleine Flammen auf meiner Haut. Mir ist heiß und kalt zugleich, ich habe das Gefühl zu ersticken und will doch diesen Kuss nicht beenden, um Atem zu holen.

Ich lasse meine Hände unter seine Jacke wandern, spüre die fast greifbare Hitze, die seine Haut ausstrahlt. Er zieht scharf die Luft ein, als meine kalten Finger unter seinen Pullover fahren und sich auf seine Brust legen. Ich spüre seinen Herzschlag unter meinen Fingerkuppen und seine Zunge, die über meine Unterlippe fährt. Heilige Scheiße.

Vermutlich könnten wir ewig so weitermachen. Gefangen in der Hitze des anderen. Ich löse mich erst von ihm, als mein Körper dringend nach Sauerstoff verlangt.

Erfreut stelle ich fest, dass Jackson genauso weggetreten aussieht, wie ich mich fühle. Seine Augen sind glasig, seine Lippen noch feucht.

»Wofür war das?«, fragt er schließlich atemlos.

»Für das hier. Das Dach, die Schaukel, die Lichter der Stadt«, ich deute auf unsere Umgebung und sehe schließlich wieder zu ihm. »Du hattest recht, das hat wirklich geholfen.«

Jackson grinst nicht, er strahlt. »Ich habe nichts anderes erwartet.«

»Ach ja? Du hast genau mit diesem Ausgang gerechnet?«

»Also, zugegeben, nein. Eigentlich hatte ich uns beide eher in meinem Bett gesehen.« Dabei schaut er so unschuldig, dass ich laut auflachen muss.

»Das ist eine sehr unrealistische Vorstellung.«

»Aber das hier war realistischer?« Jackson zieht mich erneut an sich, küsst mich und verstrubbelt meine Haare noch ein wenig mehr. Dann hebt er seine Motorradjacke vom Boden auf, die irgendwann während unseres Kusses wohl dort gelandet sein muss. Während er sie sich überwirft, sieht er mich ununterbrochen an. »Lass uns wieder runtergehen, es ist arschkalt hier oben.«

Sein Blick ist so durchdringend, und alles in mir schreit danach, mit ihm zu gehen und auf meine Prinzipien zu scheißen, aber ich will das, was auch immer da zwischen uns ist, nicht ruinieren. Ich will nicht, dass wir morgen früh aufwachen und der Zauber verflogen ist. Weil wir nur ein Moment im Leben des anderen waren. Ich habe viel zu viele solcher flüchtigen Momente erlebt. Mit Jackson ist das anders, ich möchte nicht mit ihm schlafen und dann wieder zur Tagesordnung übergehen. Aber vermutlich würde genau das passieren. Also folge ich Jackson zurück zur Tür, hole noch einmal tief Luft und erwidere dann: »Jackson, ich werde heute nicht in deinem Bett landen.«

»Und was ist mit morgen? Oder in einer Woche?« Jackson hüpft neben mir her und pikst mich in die Schulter.

»Ich schaue mal, ob sich in meinem Terminkalender noch ein freier Tag findet«, sage ich in theatralischem Tonfall.

»Immer beschäftigt, der anständige Mann, nicht wahr?«

»Du hast es erfasst.«

»Na, dann warte ich eben und begnüge mich solange mit Billy.«

Eventuell schaue ich etwas zu geschockt, denn Jackson kriegt sich nicht mehr ein vor Lachen. »Keine Sorge, nicht in diesem Leben. Selbst, wenn Billy auf Typen stehen würde.« Bevor wir das Dach verlassen, schaue ich noch einmal zurück. Die Lichter der Stadt funkeln immer noch dort unten. Fast so, als würden sie mir zuwinken. Ich hoffe, ich war nicht zum letzten Mal hier oben.

Jackson bringt mich zum Auto, und eventuell dauert es etwas länger, den Schlüssel aus meiner Hosentasche zu holen. Es stellt sich heraus, dass Jackson es liebt, meine Haare zu verwuscheln. Jedenfalls hat mein Kopf erstaunliche Ähnlichkeit mit einem Vogelnest, als ich mich im Rückspiegel mustere.

»Fahr vorsichtig«, meint Jackson, und dabei klingt seine Stimme auf einmal gar nicht mehr locker. Wir wissen beide, was in seinen Worten mitschwingt, sprechen es aber nicht aus.

Und dann fahre ich vom Gelände und sehe Jackson hinter mir wieder ins Wohnheim laufen.

Ich drehe das Radio auf, und erneut dröhnt *Animal Trees* durch die Lautsprecher, während ich durch die Nacht zurück nach Hause fahre. Auf meinen Lippen kann ich immer noch Jackson schmecken. Sein Geruch liegt auf meinen Wangen, hat sich in den Stoff meines Pullovers gewoben. Wenn ich jetzt die Augen schließen könnte, würde ich ihn wieder vor mir sehen. Gut gelaunt fahre ich über leere Straßen, und selbst als meine Wangen von meinem Dauergrinsen schmerzen, kann ich nicht aufhören, zu lächeln.

Mein Herz springt in meiner Brust, vollführt einen Looping nach dem anderen und wischt alle negativen Gedanken, die sich in mir aufbauen wollen, einfach fort. Nein, heute werde ich mir keine Sorgen machen. Ich werde nicht an morgen denken. Ich will das hier genießen. Doch egal wie breit mein Lächeln ist und egal wie schnell mein Herz hüpft, eine Frage bleibt groß und schwer in der Nachtluft vor mir hängen:

Worauf habe ich mich da nur eingelassen?

LUKE

Lieblingsplatz

Es ist kurz nach sieben, als es an meiner Zimmertür klopft. Ich öffne die Augen und bemerke als Erstes den gräulichen Nebel, der vor meinem Fenster vorbeizieht.

»Luke, kommst du? Wir frühstücken im Auto.« Meredith klingt hellwach, und ich frage mich, wie sie das um diese Uhrzeit hinbekommt.

»Komme gleich«, antworte ich nur verschlafen und erhebe mich langsam aus dem Bett.

Meine Füße knacken, als ich über den Holzboden zum Fenster laufe. Der Nebel ist so dicht, dass man kaum die Straße entlangsehen kann. Mein Blick fällt direkt auf das Haus gegenüber. Jacksons Motorrad steht in der Einfahrt, und am liebsten würde ich über die Straße laufen, seine Eltern wach klingeln und ihn wieder küssen. Natürlich mache ich das nicht. Immerhin schläft er noch, und wir haben uns gestern Abend erst gesehen. Unsere Nacht auf dem Wohnheimdach liegt jetzt eine Woche zurück. Ins Bett hat Jackson mich immer noch nicht bekommen, aber gestern Abend meinte er, dass ihm auch unser Vorgarten recht wäre. Ich habe gelacht. Aber ich habe nicht gesagt, wieso ich nicht mit ihm schlafen will. Ich möchte keine Eroberung für ihn sein. Ich möchte nicht am nächsten Morgen aufwachen, und das war es dann. Ein Teil von mir hat immer noch Angst, dass Jackson nur auf eine schnelle Nummer aus ist. Ich muss mit ihm darüber sprechen. Aber nicht heute.

Ich lasse meinen Blick über die Straße schweifen. Das Licht der Laternen fällt durch das triste Grau. Der perfekte Novembermorgen.

John und Meredith haben nach langer Zeit einen Samstag frei, weswegen sie das Wochenende mit uns wegfahren wollen. Ich freue mich darauf, denn bis auf den ersten Ausflug im September habe ich noch nicht allzu viel von Kanada zu Gesicht bekommen. Trotzdem würde ich lieber hierbleiben und die Tage mit Jackson verbringen. Das ist schrecklich eigennützig, ich weiß. Ich sollte mich freuen, mehr Zeit mit meinen Verwandten verbringen zu dürfen. Vor allem mit Alex, der mich mittlerweile immerhin nicht mehr so anschaut, als würde er mich hassen. Momentan ignoriert er mich einfach nur, aber ich denke, da ist noch Luft nach oben. So gerne ich also die Tage mit Jackson verbringen würde, dieses Wochenende werden wir nur per WhatsApp in Kontakt bleiben.

Ich streife mir den grauen Universitätspullover über, schlüpfe in das dickste Paar Socken, das ich besitze, und laufe mit meinem Rucksack nach unten.

Von dort dröhnt schon Avas Stimme durchs Haus: »Ich will aber mein Müsli. Jetzt!«

Und ehe ich es mich versehe, sitzen wir im Auto und lassen Vancouver hinter uns. Ich nicke ein, weil ich dank Jackson gestern erst um zwei ins Bett gefallen bin. Als ich wieder aufwache, fahren wir gerade an einem großen weißen Schild vorbei, auf dem in gelben Lettern *Garibaldi Provincial Park* steht.

Ehrfürchtig schaue ich auf die wundervolle Landschaft, die sich außerhalb des Autos vor uns erstreckt. Gewaltige Berge mit weißen Spitzen, die in den mittlerweile hellblauen Himmel ragen. Hellgrauer Kies auf dem Weg vor uns, grüne Wiesen und dunkelgrüne Tannen, die links und rechts an uns vorbeiziehen. Ich kurble das Fenster herunter, und auch wenn direkt eisige Luft in mein Gesicht bläst, schließe ich genießerisch die Augen und atme die frische Morgenluft ein. Es riecht nach Kiefernnadeln, nach Kälte und Freiheit. Jetzt erst merke ich, wie sehr ich die Natur vermisst habe.

Wir fahren an einem kleinen Steinhäuschen vorbei, und ich frage mich, wie es wohl wäre, hier zu wohnen. In so einer Landschaft. Jeden Morgen aufwachen, diese Luft einatmen und beim ersten Kaffee auf die Bergspitzen schauen. So muss sich Glückseligkeit anfühlen.

Lou würde kreischend über die Wiesen rennen und jede Blume einzeln begrüßen. Paul würde auf den nächstbesten Baum klettern, und Sascha würde neben Ma stehen, die einfach nur glücklich zusieht, wie ihre Kinder die Natur genießen. Das Bild ist so real, obwohl ich genau weiß, dass unser letzter Familienurlaub einige Jahre zurückliegt. Lou hat in ihrem Leben bisher nur einmal die Nordsee und die österreichischen Berge gesehen. Und direkt ist es wieder da. Das drückende Schuldgefühl – mein treuer Begleiter der letzten acht Jahre. Jetzt gerade erlebe ich so etwas Wundervolles, und trotzdem kann ich es einfach nicht genießen, weil ich mich schlecht fühle, dass meine Familie nicht hier bei mir ist, um diese Momente ebenfalls mitzuerleben. Ich versuche, das Gefühl auszublenden und stattdessen daran zu denken, was uns an diesem Wochenende erwartet, doch es gelingt mir nicht wirklich.

Zehn Minuten später halten wir vor der Holzhütte, in der wir die Nacht verbringen werden. Beladen mit unseren Rucksäcken und dem ganzen Proviant, treten wir in die Hütte ein. Von innen sieht sie viel moderner aus, als die Außenfassade es vermuten lässt. Die Wände sind weiß gestrichen, während sich das dunkle Holz von draußen in den Bodendielen wiederfindet. In dem großen Wohnbereich gibt es einen riesigen Kamin, vor dem mehrere Holzblöcke aufgestapelt sind. Rechts vom Eingang liegt die offene Küche mit zwei Herdplatten und einem großen Fenster, das den dahinterliegenden Wald offenbart. Eine Treppe führt nach oben in das Elternschlafzimmer, wie Meredith uns erzählt. Sonst gibt es nur noch ein kleines Bad und ein Zimmer für uns ›Kinder‹. Alex ist deutlich anzusehen, dass er nicht gerade begeistert ist, ein Zimmer mit mir zu teilen, doch er sagt nichts.

»Also dann, Roberts! Räumt eure Sachen ins Zimmer, dann treffen wir uns wieder hier. In einer halben Stunde stehen zwei Kanus für uns bereit.« John klatscht erfreut in die Hände, und nachdem wir den Proviant in den Kühlschrank gepackt und unsere Wechselklamotten auf die Betten geworfen haben, folgen wir ihm nach draußen.

Es ist so kalt, dass man den Atem als weißen Dunst in der Luft vor uns hängen sehen kann, doch in unseren dicken Pullovern und Jacken beginnen wir schon bald zu schwitzen. Ava ist die Erste, die ihre Jacke aufreißt und sich laut darüber beschwert, dass sie kaum atmen kann.

Wir laufen über einen breiten Wanderweg am Fuße eines riesigen Berges und halten Ausschau nach dem großen See, von dem John gesprochen hat. Als er schließlich vor uns auftaucht, bleibe ich stehen und starre auf das kristallklare Blau, das sich vor mir erstreckt. Ich komme mir vor, als wäre ich kopfüber in eine Postkarte gefallen. So etwas Schönes habe ich noch nie gesehen. Zumindest nicht in der realen Welt. Ich zücke mein Handy und mache ein Foto nach dem anderen, um sie nachher Ma und den anderen zu schicken.

»Schön, nicht wahr?« John steht auf einmal neben mir. Die Hände in den Jackentaschen vergraben und eine Mütze tief ins Gesicht gezogen.

»Es ist wundervoll!«, sage ich und bemerke, wie ehrfürchtig meine Stimme klingt.

»Dein Vater hat es hier geliebt.«

Überrascht sehe ich ihn an und bete still darum, dass er weiterspricht. Was er schließlich auch tut.

»Wir waren früher oft hier und haben Wetten abgeschlossen, wer schneller am anderen Ufer ankommt. Dein Vater war ganz verrückt nach Wetten.«

»Ich weiß, er hat mit Ma immer gewettet, wer schneller Kaffee kochen kann. Und mit mir hat er gewettet, dass ich es nicht schaffe, an einem Tag Fahrrad fahren zu lernen. Ich habe gewonnen«, sage ich stolz.

John lächelt mich traurig an. In seinem Blick liegt so viel mehr, was er nicht ausspricht. »Lass uns weitergehen. Da vorne liegen schon unsere Kanus«, sagt er nur, und ich folge ihm.

Es gibt zwei Kanus. Eins für Ava, Meredith und John und eins für Alex und mich. Ich habe das starke Gefühl, dass sie uns beide zu einer Aussprache drängen wollen. Das scheint auch Alex zu denken, denn er versucht, Meredith zu überreden, dass er doch alleine mit Ava fahren könnte, doch Meredith bleibt stur.

»Na schön, aber ich sitze vorne!«, sagt er schließlich und zieht sich die Schwimmweste an.

Ich schiebe das Kanu ins Wasser und steige dann hinter Alex. Zwei Paddel in der Hand, beginnen wir uns vom Ufer wegzubewegen.

Offenbar sind wir beide zu überwältigt von der Aussicht, denn in den nächsten Minuten sprechen wir kein Wort.

Das Wasser ist so klar und blau, dass es mich fast schon blendet. Ab und zu spritzen ein paar Tropfen auf meine Hand, und ich merke, wie eisig es eigentlich ist, trotzdem würde ich zu gerne eine Runde darin schwimmen.

Mein Blick wandert nach oben zu den Bergen, die den See umrunden.

»Unvorstellbar, dass dort oben das ganze Jahr Schnee liegt«, beginne ich schließlich endlich ein Gespräch mit Alex.

»Hmm«, kommt es nur von seiner Seite.

Na, das fängt ja gut an.

»Und wie läuft es so in der Schule? War mit deinem letzten Englischaufsatz alles okay?«

Oh, oh, kein gutes Thema. Alex wirft mir einen Blick über die Schulter zu, der mir deutlich zu verstehen gibt, dass er mich am liebsten aus dem Kanu stoßen würde. Seine Hände verkrampfen sich um das Paddel, und er rudert so schnell, dass ich kaum hinterherkomme.

»Okay, kapiert, falsches Thema. Tut mir leid.«

Alex rudert nur minimal langsamer, und ich frage mich, woher er diese Kraft nimmt. Seine Arme sind noch dünner als meine.

»Ist es …« Ich wage es kaum, weiterzusprechen, aber ich möchte so gerne zu ihm durchdringen. »Ist es sehr seltsam auf einer reinen Jungenschule? Ich glaube, ich würde die Mädchen vermissen.«

Für einen kurzen Moment scheint Alex sichtlich verwirrt. »Aber bist du nicht schwul?«

Ich lache auf und freue mich, dass Alex endlich aufgehört hat, wütend mit dem Ruder ins Wasser zu schlagen.

»Kann ich nicht trotzdem mit Mädchen befreundet sein?«

Darüber denkt Alex wirklich lange nach und zuckt dann die Schultern. »Doch, denke schon.«

»Und was ist mit dir? Hast du schon jemanden gefunden, mit dem du in den Pausen abhängen kannst?«

Alex sieht aufs Wasser hinaus, und ich habe schon Angst, dass er mich wieder ignorieren wird, als er sich doch noch einmal zu mir umdreht und antwortet. »Will ich gar nicht. Die halten mich eh für 'nen Freak.«

»Wieso das denn? Auf mich wirkst du wie ein intelligenter, sehr verfressener junger Mann. Ein bisschen nerdig vielleicht, aber wer ist das nicht?« Bei *sehr verfressen* haben Alex' Mundwinkel doch tatsächlich gezuckt!

»Wo wir gerade von verfressen sprechen: Du hast die Milka-Schokolade an Halloween doch so geliebt, oder? Ich habe noch eine Tafel übrig. Wenn wir wieder zu Hause sind, kannst du sie haben.«

»Echt?« Alex' Gesicht hellt sich noch ein Stück weiter auf.

»Klar. Nur verrat Ava nichts, sonst will sie auch was.« Verschwörerisch grinse ich ihm zu, und endlich gelingt es uns, einen gleichmäßigen Rhythmus im Rudern zu finden.

Nach einer guten Stunde legen wir am gegenüberliegenden Ufer an und beginnen unsere Wanderroute. Meredith führt uns einen Berg hinauf, und bald schon schmerzen nicht nur meine Arme vom Rudern, sondern auch meine Beine. Wandern ist wirklich ein Ganzkörpertraining. Bei der Aussichtsplattform angekommen, überredet John uns zu einem Familienfoto, und so stellen wir uns alle zusammen auf einen großen Felsen. John bittet einen anderen Wanderer, ein Foto von uns zu machen, und Alex neben mir lächelt gequält in die Kamera. »Das kommt auf die Weihnachtskarte!«, ruft John erfreut, als er sich das Bild auf seinem Handy anschaut.

»Ihr werdet auch zu Fotos gezwungen, die man dann auf die Weihnachtskarten druckt?«, frage ich Alex.

»Jedes Jahr«, grummelt der und sieht dabei genauso genervt aus wie Sascha, wenn Ma wieder mit der Kamera ankommt. Ich grinse

Als wir Stunden später wieder an unserer Hütte ankommen, sind wir trotz dicker Jacken komplett durchgefroren, und ich spüre mein Gesicht und meine Beine kaum noch. Dem Rest der Familie scheint es nicht anders zu gehen, denn sobald wir die schützende Hütte betreten haben, entzündet John in Rekordgeschwindigkeit ein Feuer im Kamin, und wir setzen uns alle darum und halten die Hände in Richtung der knisternden Flammen.

»Das war ein schöner Tag«, sagt Meredith und lehnt ihren Kopf an Johns Schulter.

Als John schließlich Merediths Kopf in seine Hände nimmt und sie küsst, steht Alex auf. »Uahh Mum, muss das sein?« Meredith und ich fangen gleichzeitig an zu lachen.

»Ist schon gut, mein Sohn. Komm, lass uns kochen«, sagt John, erhebt sich von der Couch und wuschelt Alex durch die Haare. Was dieser mit einem gequälten Blick über sich ergehen lässt.

Während John und Alex kochen, setze ich mich mit Ava vor den Kamin und lese ihr das letzte Märchen im Buch vor, das sie bis jetzt noch nicht kennt. *Der Froschkönig.* Mittlerweile kann sie sogar schon einzelne Sätze selbst vorlesen. Wir kommen ungefähr bis zur Hälfte der Geschichte, dann ist das Essen fertig.

Der Duft von Tomatensauce erfüllt den Raum, und schon bald sitzen wir alle am runden Esstisch und verspeisen unsere Nudeln, während draußen die Abendsonne die Eiskristalle am Fenster zum Schmelzen bringt. Am Tisch herrscht diese einvernehmliche Stille, weil alle zu hungrig sind, um zu sprechen. Es erinnert mich an zu Hause. So sehr ich den Moment auch genieße, gerade hier am Tisch mit dieser anderen Familie um mich herum vermisse ich meine umso mehr. Ich dachte, das mit dem Heimweh hätte sich nach den ersten Wochen erledigt, aber vor allem wenn ich Zeit mit Alex und Ava verbringe, vermisse ich meine Geschwister nach wie vor sehr. Aber das ist okay. Es zeigt nur, wie gern ich sie alle habe.

Nach dem Essen überredet Ava ihren Bruder, mit ihr ein Brettspiel zu spielen, Meredith sitzt in eine Decke eingekuschelt auf dem Sofa und liest. Nur John ist noch einmal vor die Hütte gegangen. Nach kurzem Überlegen greife ich mir Mantel und Schal und folge ihm.

John steht ein paar Schritte von der Hütte entfernt und blickt auf die umliegenden Bäume, deren Nadeln im Licht der untergehenden Sonne orange leuchten.

Langsam laufe ich zu ihm, nehme all meinen Mut zusammen und stelle die Frage, die mir schon seit heute Morgen auf den Lippen liegt: »Kannst du mir noch mehr über ihn erzählen?« Ich will das Thema eigentlich nicht direkt auf meinen Vater lenken, gleichzeitig kann ich auch nicht länger warten. Ich möchte endlich mehr über ihn wissen.

John seufzt und sieht mich müde an. Ich weiß, dass es ihm nicht leichtfällt, darüber zu sprechen, aber ich kann nicht anders.

»Sicher. Was möchtest du wissen?«, fragt er schließlich.

Ich stelle mich neben ihn an das Holzgeländer und schaue auf die Berge, die uns umgeben.

»Wie war er so? Ich meine, was hat er gemacht, als er in meinem Alter war?«

Etwas huscht über Johns Gesicht, so als erinnere er sich an längst vergessene Zeiten. »Als er endlich seinen Führerschein hatte, ist er mit mir im Sommer jeden Tag zu diesem einen Eiscafé etwas außerhalb der Stadt gefahren. Ich glaube, er war damals ziemlich verknallt in die Bedienung.«

Ich grinse und stelle mir meinen Vater vor, wie er mit kurzen Shorts vor der Eisausgabe steht und wild herumgestikuliert.

»Seine Lieblingssorte war Stracciatella mit extra großen Schokostückchen.«

»Ich weiß, bei uns im Kühlfach stand immer mindestens ein XXL-Pott Stracciatellaeis.«

John lacht laut auf. »Das passt eindeutig zu Daniel. Du bist ihm wirklich sehr ähnlich, weißt du, Luke?«

»Na ja, ich war noch nie in ein Mädchen verliebt«, versuche ich es mit einem Witz, doch nicht einmal ich selbst kann darüber lachen.

»Das meine ich nicht. Dein Vater war so voller Lebensfreude und Liebe für all die Menschen um ihn herum. Er sah in allem immer das Positive, konnte aber auch sehr nachdenklich sein. Das hat er immer versucht zu verstecken, aber ich habe es natürlich gemerkt. Er blieb nachts oft stundenlang wach und hat gezeichnet.«

»Gezeichnet? Was für Zeichnungen?«

»Das weiß ich nicht genau. Er hat mir nur selten erlaubt, sie anzusehen, weil er mit dem Ergebnis fast nie zufrieden war. Kurz bevor er nach Deutschland gezogen ist, hat er mich noch einmal besucht und mir ein Bild geschenkt. Du kennst es, es hängt über dem Kamin.«

Bei seinen Worten sehe ich kurz die verschwommene Zeichnung vor mir. Bisher habe ich sie mir nicht genau angesehen, aber das werde ich tun, sobald wir wieder zu Hause sind. War ein Haus auf dem Bild? Eine kleine Hütte an einem See?

Als hätte John meine Frage gehört, zeigt er mit dem Finger auf das Haus hinter uns. »Er hat das hier gemalt. Seinen Lieblingsort. Er saß stundenlang hier in der Einfahrt und hat die Natur um sich herum skizziert. Als es anfing zu regnen und die Tropfen seine Skizze ruiniert haben, ist er richtig wütend geworden. Aber sobald der Regen aufhörte, saß er wieder draußen und hat weitergemacht. Das ging tagelang so.«

Ich bin ganz gefangen in Johns Erzählungen. Bisher habe ich meinen Vater nie für jemanden gehalten, der gerne zeichnet. Ich überlege, ob ich ihn zu Hause jemals mit einem Stift oder einem Pinsel in der Hand gesehen habe. Ich kann mich nicht daran erinnern.

»Lass uns wieder reingehen, okay?«

Ich nicke, obwohl ich liebend gern noch länger mit ihm geredet hätte. Da sind noch so viele Fragen, so viel, was ich nicht weiß.

»Ach, John, eine Sache noch«, halte ich ihn schließlich auf, und er dreht sich wieder zu mir.

»Haben du und Papa, also ihr habt nicht zufällig während eurer Studienzeit eine Schaukel in ein Wohnheimdach zementiert?« Die Frage klingt wirklich bescheuert, aber ich muss sie einfach stellen.

»Sie steht also immer noch?«, fragt er nur, und wieder schweift sein Blick dabei in die Ferne. So als wäre er gar nicht hier, sondern in einer weit entfernten Vergangenheit.

»Ja, ich war vor einer Woche auf dem Dach. Ein Freund hat mich mit raufgenommen.« Es fühlt sich seltsam an, von Jackson als »Freund« zu sprechen. Wir sind definitiv mehr als das, aber das würde jetzt den Rahmen sprengen.

Ein Lächeln hat sich auf Johns Lippen gelegt, doch mehr sagt er nicht. Das braucht er auch gar nicht, ich habe meine Antwort bereits erhalten.

Als wir die Hütte betreten, ist Meredith auf dem Sofa eingeschlafen, genau wie Ava, die zu ihren Füßen liegt. Ich schaue Alex an, der gerade das Spiel zusammenräumt.

»Die sind k. o.«, meint er nur, und ich kann den Anflug eines Grinsens auf seinem Gesicht erkennen. Ich grinse zurück und laufe in unser Schlafzimmer. Am liebsten würde ich mich auch ins Bett legen, aber es ist noch nicht mal sieben, und ich habe Ma versprochen, Bilder zu schicken. Also setze ich mich nur auf das schmale Bettgestell, das beängstigend laut knarrt, und ziehe mein Handy aus der Tasche. In der Galerie wähle ich die besten Bilder aus und schicke sie an Ma, Charlie und Jackson. Jacksons Profilbild zeigt ihn breit grinsend, während er zwischen seinen Lippen auf einer Weizengarbe kaut. Ich schüttle den Kopf, weil ich für einen kurzen Augenblick neidisch auf ein Stück Getreide war.

Ich schicke ihm noch ein Bild von unserer Hütte und schreibe dazu:

Das war der Lieblingsplatz meines Vaters. Fühlt sich echt komisch an, hier zu sein.

Jackson ist online und beginnt zu tippen.

Da war ich vor ein paar Jahren auch mal. Lass dich nicht von den Bären beißen 😊. Hier steigt heute Abend 'ne Party, und Billy lässt mich wieder mal nicht ins Bad 😑.

Tja, dann musst du wohl stinkend gehen. Ist sowieso besser, dann reißt dich niemand anderes auf.

Jackson schickt mir ein Selfie von sich, auf dem er, nur mit blauen Boxershorts bekleidet, vor der Badezimmertür steht und mir entgegengrinst. Mir wird auf einmal ganz heiß in einer gewissen Körperregion, und ich versuche, das Bild nicht allzu lange anzustarren.

Werde wohl so gehen. Billy bleibt stur. Keine Sorge, nur du darfst mir die vom Körper reißen 😊.

Wer hat gesagt, dass ich das will? Ich bevorzuge angezogene Typen.

Da sagt deine Pornhub-Suche aber was anderes.

Hast du mein Handy gestalkt?

Brauchte ich nicht, deine Antwort reicht mir 😉.

Dieser Smiley ist unter deinem Niveau.

Keine Sorge, es geht auch noch tiefer 😉.

Jackson schickt nacheinander den Gurken- und den Auberginen-Emoji, und ich sitze lachend auf dem Bett. Er macht mich fertig. Und er macht mich an. Scheiße.

Kriege ich kein Bild von dir? 😘.

Ich seufze. Na schön, er hat es nicht anders gewollt. Ich streife Jeans und Pullover ab, werfe die Bettdecke über mich, sodass man nur noch meinen Kopf daraus hervorlugen sieht, und ziehe ein schreckliches Duckface.

Zum Anbeißen 😘.

Ich weiß genau, dass er gerade ebenfalls in seinem Zimmer sitzt und mich auslacht, aber irgendwie will ich ihn nicht zum Lachen bringen. Mein nächstes Bild soll etwas anderes auslösen. Ich wundere mich selbst über meine Kühnheit, als ich die Decke auf den Boden rutschen lasse und mich direkt vor das Fenster stelle, sodass die Abendsonne meine Haut bescheint. Tatsächlich wirkt sie jetzt nicht mehr ganz so bleich. Meine Haare sind verwuschelt, und ich überlege gerade, welcher Gesichtsausdruck am besten passt, als die Tür hinter mir aufgeht.

Alex sieht mich vollkommen entgeistert an, und schlagartig wird mir klar, dass ich hier nackt bis auf die Unterhose im Zimmer stehe, noch dazu mit dem Handy auf meinen Körper gerichtet. Fuck.

»Äh, was tust du da?«, bringt Alex schließlich heraus. Ich öffne den Mund, bewege meine Lippen, doch mir fällt absolut nichts ein, was diese Situation jugendfrei erklären könnte.

»Dad wollte nur wissen, ob du mit uns Smores isst.«

Endlich schaffe ich es, die Hand mit dem Handy sinken zu lassen und die Bettdecke vom Boden vor meinen Körper zu ziehen.

»Gib mir fünf Minuten«, presse ich hervor und bin heilfroh, als Alex die Tür wieder hinter sich schließt. O mein Gott. Im nächsten Moment öffnet er sie jedoch erneut und meint: »Damit wären wir dann quitt.« Ich weiß genau, worauf er anspielt, immerhin habe ich ihn beim Masturbieren erwischt. Nur ist das etwas völlig Normales. Halb nackt Fotos von sich zu machen, eher nicht.

So schnell ich kann, ziehe ich mich wieder an und kann es dann doch nicht lassen, das Bild auf meinem Handy anzusehen. Ich habe genau in dem Moment abgedrückt, als Alex durch die Tür kam. Mein Gesicht ist eine Mischung aus erotischem Grinsen und Überraschung, Alex sieht einfach nur komplett geschockt aus. Wäre es nicht so peinlich, würde ich lachen.

Ich schicke Jackson das Bild trotzdem und schreibe dazu:

Ich glaube, ich habe meinen Cousin für immer verstört ...

Jacksons Antwort kommt sofort mit mehreren Lach-Smileys.

Das ist zu gut! Das müsste man in einer Kunstausstellung aufhängen, mit dem Titel: Pubertäre Annäherung an die Aktfotografie. Ich liebe es.

Bei seinen letzten drei Worten wird mir erneut heiß. Aber auf eine ganz andere Art und Weise.

Bei uns steht jetzt Smores grillen auf dem Programm. Hab noch einen schönen Abend.

Oh, den werde ich mit dem Bild sicher haben 😉. Iss einen Smores für mich mit :*

Ich schicke ihm noch einen Daumen nach oben, dann betrachte ich ein letztes Mal das Bild von ihm vor der Badezimmertür. Ich glaube, auf die Smores kann ich mich jetzt beim besten Willen nicht konzentrieren.

LUKE

Heimkehr

Am nächsten Morgen liegt der Geruch von Raureif und nassem Holz in der Luft. In der Hütte ist es eisig, und wir alle beeilen uns, in unsere dicken Pullover und Strümpfe zu schlüpfen.

»Hier, trink das, der wärmt dich auf«, sagt Meredith und reicht mir eine Tasse dampfenden Kakao, den ich dankend annehme.

»Hier, mach dir noch Marshmallows rein, das schmeckt besonders geil!«, meint Alex und hält mir eine Tüte mit Marshmallows hin.

Meredith und John blicken ihren Sohn erstaunt an. Meredith zieht eine Augenbraue in die Höhe, aber auf ihren Lippen liegt ein wissendes Lächeln. Offenbar denkt sie, ihre Kanuaktion habe uns tatsächlich zusammengeschweißt. Dass es stattdessen meine halbe Aktfotografie war, wird sie hoffentlich nie erfahren.

Wie schon am Tag zuvor, folgen wir Meredith erneut auf einer Wanderroute. Dieses Mal geht es allerdings nicht auf einen Berg, sondern wir bleiben am Boden und folgen dem Ufer des Sees. Wir entdecken im angrenzenden Wald sogar einen Elch und mehrere Biber, essen unser Mittagessen auf großen Steinen direkt am Wasser und laufen dann das letzte Stück zurück zur Hütte.

Dort angekommen, beginnen wir auch schon zu packen. Im Radio wurde ein Sturm gemeldet, weswegen John lieber früher als später zurück nach Vancouver fahren würde.

Die Rückfahrt dauert dank Stau knappe zwei Stunden, und als wir zu Hause ankommen, sind alle müde und schläfrig. Nur Ava hält uns auf Trab. Durch das viele Sitzen konnte sie ihre Energie noch nicht abbauen und scheucht uns nun durchs Haus. Schließlich hat Meredith die glorreiche Idee, dass wir doch alle zusammen Pizza backen könnten. Das ist perfekt, denn so ist Ava beschäftigt, und ich kann endlich mein phänomenales Pizzateigrezept mit Meredith teilen. Seit ich ihr davon erzählt habe, wartet sie sehnlichst darauf, ihn probieren zu können.

Nach einer halben Stunde sind zwei Bleche im Ofen, und Alex und ich decken den Tisch.

Es duftet wundervoll nach Oregano und Pilzen, als John den Ofen öffnet und die Bleche herauszieht.

»So, Essen fassen!«, ruft er, und sofort stehen wir alle mit unseren Tellern hinter ihm. Er lacht. »Na, wenn ihr auch bei der restlichen Hausarbeit so engagiert bei der Sache wärt …«

Als wir später alle am Tisch sitzen und den ersten Hunger gestillt haben, räuspert sich Alex plötzlich und wirkt dabei seltsam schüchtern.

»Also, ich habe da diesen Freund aus der Schule. Und ich wollte fragen, ob es okay ist, wenn er morgen hierherkommt?« Etwas rastet in meinem Kopf ein, und ich verschlucke mich an meinem Pizzastück. Ist es möglich? O Mann, es ist so offensichtlich, und ich habe es nicht gesehen! Ich lasse meinen Blick vorsichtig zu Alex wandern, seine Wangen sind gerötet, und er vermeidet jeglichen Augenkontakt. Eigentlich glaube ich nicht an einen Gaydar, aber gerade würde ich meine linke Pobacke darauf verwetten, dass Alex' Freund kein ›normaler‹ Freund ist. Das erklärt zwar immer noch nicht, wieso er mich nicht leiden kann, aber hey, auch ich habe mich echt komisch aufgeführt, als ich mich noch nicht geoutet hatte, und dachte, die Welt gehe unter, wenn ich meiner Ma verkünde, dass sie niemals mit einer Schwiegertochter zu rechnen brauche.

Klar, noch habe ich keine eindeutigen Beweise, aber sollte ich recht haben … Ja, was dann? Kann ich ihm irgendwie helfen? Ihm zeigen, dass es okay ist? Tue ich das nicht schon, indem ich einfach existiere? Okay, ich steigere mich da gerade zu sehr in etwas hinein, am besten, ich schreibe Charlie nachher mal und frage sie nach ihrer Meinung. Immerhin war sie es, die zwei Jahre vor mir wusste, dass ich auf Männer stehe.

Vielleicht ist Alex aber auch deswegen so aufgeregt, weil er noch nie eine Person mit nach Hause gebracht hat. Meredith hat mich schon zur Seite genommen und gesagt, dass sie sich Sorgen um ihn mache, dass er gar keinen Anschluss findet. Und gestern im Kanu hat er zu mir doch selbst noch gesagt, dass ihn die anderen an der Schule für einen Freak halten. Tja, offenbar denken das nicht alle. Ich kann es nicht erwarten, diesen ›Freund‹ kennenzulernen.

Dementsprechend fröhlich reagiert Meredith nun auch. »Ja, klar, mein Schatz! Wie heißt er denn?«

Alex sieht nun nicht mehr ganz so schüchtern aus, als er antwortet: »Henry.«

»Dann sag Henry, dass wir uns sehr freuen würden, ihn hier bei uns willkommen zu heißen«, sagt John und klopft seinem Sohn auf die Schulter.

Ich liege schon im Bett, als etwas gegen mein Fenster fliegt. Verwundert schalte ich das Licht an und schaue zur Glasscheibe. Nichts. Hoffentlich kein Vogel, der jetzt tot unten im Gras liegt.

Dong.

Da, da war es schon wieder. Aber was? Es muss sehr klein sein, denn ich sehe es nicht. *Vielleicht ein Maikäfer? Im November? Ja sicher, Luke.*

Also schäle ich mich aus der Bettdecke und laufe zum Fenster. Unten auf der Straße sehe ich niemanden, also öffne ich das Fenster. Gerade als ich den Kopf in die regnerische Nacht hinausstrecke, trifft mich ein Geschoss am Hals. »Was zur Hölle?«, rufe ich und reibe mir den Adamsapfel. Von irgendwoher vernehme ich ein raues Lachen.

Ich beuge mich noch weiter aus dem Fenster, und da sehe ich ihn endlich. Jackson steht, in seine dicke Motorradjacke gewickelt, unten vor unserem Haus. In der einen Hand hält er einen schwarzen Schirm, in der anderen eine Tüte oder einen Beutel, ich erkenne es nicht genau. Gerade greift er hinein und steckt sich danach die Hand in den Mund. Sind das …

»Hast du Gummibärchen an mein Fenster geworfen?«, rufe ich und kann nicht verhindern, dass meine Stimme einen vorwurfsvollen Ton annimmt.

»An der Uni haben sie uns beigebracht, dass selbst die kleinsten

Steine Risse im Glas erzeugen können.« Jackson stopft sich noch eine Handvoll Gummibärchen in den Mund.

»Du hättest mir eine Nachricht schreiben können, weißt du?« Ich grinse nun doch, weil es einfach absurd ist. Stünde Jackson dort unten mit einer Gitarre und würde mir ein Ständchen singen, befänden wir uns in einem von diesen kitschigen Highschool-Liebesfilmen, von denen ich definitiv zu viele gesehen habe.

»Nachrichten sind langweilig. Das hier hat mehr Stil.« Und er wirft erneut ein Gummibärchen in die Höhe. Dieses Mal strecke ich jedoch die Hand aus und schaffe es sogar, es zu fangen.

»Hmm, weiß, meine Lieblingssorte«, sage ich und stecke mir das Gummibärchen in den Mund.

»Okay, ciao, das war's dann mit uns«, meint Jackson und winkt mir zu, während er Anstalten macht, die Straßenseite zu wechseln. »Niemand, der auch nur halbwegs normal ist, mag weiße Gummibärchen!«, ruft er dann allerdings noch, während er den Bürgersteig erreicht.

»Oh, habe ich vergessen, das zu erwähnen? Ich bin alles andere als normal.«

Jackson dreht sich auf dem Absatz um und sieht zu mir nach oben. Seine Augen funkeln im Licht der Straßenlaternen. »Ich weiß.« Ein Grinsen liegt auf seinem Gesicht. »Deswegen habe ich dich überhaupt erst angesprochen.«

Es fühlt sich seltsam an, solch eine intime Unterhaltung über zwei Stockwerke hinweg zu führen. Vermutlich hört uns bereits die halbe Nachbarschaft zu.

»Soll ich runterkommen?«, frage ich also und lehne mich etwas weiter aus dem Fenster, um nicht lauter sprechen zu müssen.

»Willst du mich nicht eher reinbitten?«

Oh.

»Also … Ava und Alex schlafen nebenan, aber morgen, morgen kannst du gerne hochkommen. Dann vielleicht aber durch die Haustür.« Ich lache, und Jackson nickt.

»Okay, dann haben wir ein Date.« Seine Stimme hat wieder diesen coolen Unterton angenommen. Sein Gesicht wirkt vollkommen lässig, als er mir noch einmal zuwinkt und im Haus seiner Eltern verschwindet. Ob er enttäuscht ist, dass ich ihn nicht hochgebeten habe?

Es dauert lange, bis ich in dieser Nacht einschlafen kann. Vielleicht liegt es am Geschmack des Gummibärchens in meinem Mund. Oder daran, dass ich mir ausmale, was morgen alles passieren könnte. Hier in diesem Zimmer. Sollte ich Jackson Meredith und John als meinen festen Freund vorstellen? Sind wir das denn? Ein Paar? Klärt man so etwas vorher ab? Himmel, ich habe definitiv zu wenig Erfahrung in solchen Dingen. Meine letzten ›Beziehungen‹ haben sich einfach so ergeben. Wenn sie dieses Wort überhaupt verdient haben. In Gedanken höre ich Charlies Stimme in meinem Kopf: »Luke, du machst dir viel zu viele Gedanken! Das ist mein Spezialgebiet, also hör auf damit.«

Also höre ich auf und stelle mir stattdessen vor, wie die Nacht verlaufen wäre, hätte ich Jackson durchs Fenster kommen lassen. Es dauert nur drei Minuten, aber danach ist es ganz leicht, vollkommen entspannt einzuschlafen.

LUKE

Hoher Besuch

»Ahh, endlich! Wir warten hier schon seit zehn Minuten!« Charlie sieht mich anklagend an.

»Tut mir leid, die Vorlesung hat länger gedauert. Schön, eure wundervollen Gesichter wiederzusehen.«

»Spinner.« Charlie und Viky grinsen mir vom Handydisplay entgegen. Sie sitzen eng nebeneinander und haben eine Decke um ihre Schultern geschlungen. Am liebsten würde ich zu ihnen durch das Display krabbeln.

»Es tut gut, mal wieder deutsch zu sprechen. Es fühlt sich seltsam an, fast so, als würde ich es verlernen.«

Viky lacht. »Also, wir können dich noch super verstehen.«

»Sehr gut, dann berichtet mal: Was passiert gerade bei euch? Wie läuft der Umzug? Ich bin hier ja von jeglicher Informationsquelle abgeschnitten.«

Charlie will schon den Mund öffnen, doch Viky kommt ihr zuvor: »Wir können erst am ersten Dezember rein, aber das ist auch gut so, Charlie packt nämlich extreeem langsam!«

»Hey, gar nicht wahr!«

»Ach nein? Wer braucht denn über eine Woche, um seine Bücher einzupacken?«, fragt Viky und stupst Charlie auf die Nase.

Charlie murmelt etwas Unverständliches, und Viky verdreht die Augen, beugt sich dann aber vor, um ihre Freundin zu küssen.

Ich räuspere mich. Schuldbewusst lösen sich die beiden wieder voneinander. Offenbar ist ihnen eben erst aufgefallen, dass ich noch anwesend bin.

»Sorry, Luke! Also ähm, wo waren wir?«, fragt Charlie mit geröteten Wangen.

Ich kann mir ein Grinsen nicht verkneifen. »Ihr müsst es mir nur mitteilen, wenn ich euch bei irgendetwas störe …«

»Luke!« Charlie läuft direkt noch röter an, und Viky und ich lachen.

»Reden wir lieber über dich, Luke, wie geht's dir? Hast du schon ein paar heiße Jungs entdeckt?«, fragt Viky und ignoriert Charlies genervtes Seufzen.

»Mir geht's super. In der Uni geht es auch gut voran. Letzte Nacht habe ich sogar von einem meiner Lieder in Mary Poppins geträumt und im Schlaf dazu getanzt.«

Beide lachen, während ich weitererzähle. »Selbst Alex lässt sich mittlerweile dazu herab, mit mir Konversation zu führen.«

»Okay, das habe ich nicht erwartet«, sagt Charlie.

»Ja, am Ende werden wir noch Freunde fürs Leben.« Ich lache.

»Das wollte ich dir sowieso noch schreiben. Du hast eindeutig den besseren Gaydar als ich, wenn so etwas überhaupt existiert. Denkst du, Alex könnte schwul sein?«

Charlie sieht mich vollkommen verwirrt an. »Guter Gaydar? Ich habe jahrelang meine eigene Sexualität geleugnet und ewig nicht gecheckt, dass Viky in mich verliebt ist.«

»Ja, aber bei mir wusstest du es vor allen anderen.«

Charlie überlegt, lässt den Blick durch ihr Zimmer schweifen. »Ich kenne Alex nicht, aber alles, was du über ihn erzählt hast ... Ich hatte tatsächlich schon länger den Verdacht.«

»Und wieso hast du nichts gesagt?«

Sie zuckt mit den Schultern. »Ist es nicht bescheuert, über die Sexualität von anderen Menschen zu spekulieren? Wenn er es ist, wird er es dir bestimmt irgendwann sagen.«

»Das stimmt«, pflichtet ihr Viky bei. »Der Arme muss sich bestimmt erst einmal selbst klar werden, was mit ihm los ist. Ich hab das ja auch erst gemerkt, als ich mich in Charlie verliebt habe.«

Charlie grinst ihre Freundin an und schmiegt ihren Kopf an Vikys Wange.

»Okay, okay, ich verstehe euren Punkt ... Ich hab nur überlegt, dass ich damals echt froh war, als du mich drauf angesprochen hast, Charles. Sonst hätte ich es mir vermutlich erst mit zwanzig eingestanden. All die verpassten Chancen ... das wäre schrecklich!«

Charlie und Viky verdrehen beide die Augen, grinsen aber.

»Ihr sagt also, ich soll einfach abwarten, was passiert?«

»Wäre vermutlich das Beste«, meint Viky.

»Mach ihm nur keinen Druck, das kann er gerade sicher am wenigsten gebrauchen.«

»Okay, okay, ich schreite erst zur Tat, wenn er sich mir anvertraut«, schwöre ich feierlich und halte meine Finger zum Schwur in die Kamera.

Ich überlege, ob ich den beiden von Jackson erzählen sollte. Immerhin fühle ich mich schon schlecht, dass ich es Taylor und Madison noch nicht gesagt habe. Aber ich bin mir ziemlich sicher, dass Taylor ein Problem damit haben wird, wenn ich ihr von dem Kuss mit ihrem Bruder erzähle. Charlie wird diese Sache, die ich mit Jackson habe, wahrscheinlich auch nicht gefallen. Immerhin hat sie mir von Anfang an gesagt, dass eine Fernbeziehung auf Dauer nur zu Liebeskummer führt. Vor ihr geheim halten will ich es aber auch nicht. Sie ist schließlich meine beste Freundin.

»Es gibt übrigens wirklich Neuigkeiten, was mein Liebesleben angeht …«

»Du hast jemanden kennengelernt?«, fragt Charlie, ohne meine Antwort abzuwarten.

»Woher nimmst du diese Annahme?«

»Du strahlst schon die ganze Zeit wie dieses blöde Emoji mit den Herzaugen.«

Oh.

»Also? Wie heißt er? Hast du ein Foto?« Beide starren so erwartungsvoll in die Kamera, dass ich ebenfalls lachen muss.

»Vielleicht ist es ja eine Sie …«, versuche ich, Spannung aufzubauen, doch Charlie winkt ab.

»Luke, du hast deine Draco-Funko mit ins Bett genommen.«

»Da war ich neun!«

»Ach ja, und was war das auf der Abschlussfahrt?«

Ich übergehe diesen Kommentar und gebe klein bei. »Er heißt Jackson.«

»O Gott, du bist ja echt total verknallt!« Charlie seufzt laut auf.

»Hä, ich habe doch nur seinen Namen genannt.«

»Ja, aber WIE du ihn gesagt hast, hat dich verraten.«

»Oh. Wartet, ich schick euch ein Bild.«

Das erste Foto von Jackson, das in meiner Galerie auftaucht, ist das von ihm in Boxershorts. Nein, das werden sie definitiv nicht zu Gesicht bekommen!

Während unserer letzten Probe hat er ein Selfie von sich gemacht, wie er grinsend neben der fertigen Kulisse der Banks-Treppe steht. Das geht.

»O mein Gott«, entfährt es Viky, sobald das Bild geladen hat.

»Ich werde nie verstehen, was alle an verwuschelten Haaren und diesem Schlafzimmerblick finden«, meint Charlie.

»Ich dachte, du magst es, wenn ich dich so ansehe?«, erwidert Viky, und ich seufze laut auf.

»Hallo? Ich bin auch noch da!«

Beide grinsen mich entschuldigend an.

»Jackson also. Passt sein Charakter denn auch zum Äußeren?«, fragt Viky.

»Das finde ich gerade noch heraus«, antworte ich. Auch wenn ich mir mittlerweile ziemlich sicher bin, dass das Innere mir sogar noch besser gefällt.

»Also seid ihr jetzt zusammen? Wie habt ihr euch überhaupt kennengelernt? Und was passiert, wenn du wieder nach Deutschland kommst?« Ohne es zu wissen, streut Charlie direkt Salz in die Wunde.

»Also, nun ja, diese Fragen erörtere ich gerade noch.«

»Soso.« Charlies Blick bohrt sich in meinen. »Wenn er dich verletzt oder so, flieg ich da rüber und box ihn.«

»Das gäbe sicher einen phänomenalen Kampf.« Ich lache, doch Viky sagt: »Wenn du sie boxen gesehen hättest, würdest du nicht so lachen.«

»Okay, okay. Er wird mir schon nicht das Herz brechen.« Hoffe ich doch mal. »Und überhaupt, ich bin noch fast ein halbes Jahr hier, da finden wir schon eine Lösung.«

»Solange die Lösung nicht ist, dass du in Kanada bleibst«, meint Charlie kleinlaut.

»Du weißt, dass ich das niemals könnte.«

Natürlich weiß sie das. Immerhin kennt sie mich seit der siebten Klasse. Sie weiß, wie viel mir meine Familie bedeutet. Wie sehr sie mich brauchen. Ich muss zu ihnen zurückkommen. Irgendwie hat dieses Gespräch eine seltsame Wendung genommen. Die beiden scheinen es auch zu spüren, denn Viky versucht, das Schweigen zu durchbrechen:

»Ich freue mich schon auf das erste Pärchenbild von euch.«

»Keine Ahnung, ob Jackson der Typ dafür ist.«

»Na, dann solltest du das schnell herausfinden.«

»Aye, aye, Käpt'n. Er kommt nachher sowieso her.«

»WAS?«, rufen Charlie und Viky gleichzeitig, sodass der Ton meines Handys übersteuert.

»Wieso sagst du das nicht gleich? Ach Mann, ich wünschte, ich wäre jetzt dort und könnte mit dir euer Date planen.« Charlie sieht wirklich so aus, als wäre sie bereit, nach Vancouver zu fliegen, nur um mir bei der Auswahl meiner Socken zu helfen.

»Keine Sorge, ich denke nicht, dass es ein Date-Date wird.«

»Aha.« Viky grinst wissend. Charlie sieht verwirrt aus.

»Shit, es ist schon nach eins! Ich muss jetzt auflegen. Hab noch einen Berg an Hausarbeiten vor mir, und ihr wisst ja: Ich strebe den Status eines vortrefflichen Studenten an.«

»O bitte, erspar mir das!«, ruft Charlie und lacht.

Ich würde gerne noch weiter mit ihnen skypen, gleichzeitig kann ich es kaum erwarten, dass die Zeit vergeht. In fünf Stunden wird Jackson an der Tür klingeln.

»Tschüss, ihr Turteltäubchen«, sage ich schließlich und winke in die Kamera.

»Lern fleißig«, ermahnt Charlie mich mit erhobenem Zeigefinger.

»Und genieße dein Nicht-Date«, ruft Viky noch, bevor die beiden mit einem gluckernden Geräusch wieder in der virtuellen Welt verschwinden.

Eine Stunde später klingelt es unten an der Tür. Ich sitze gerade mit Ava auf der Couch und korrigiere ihren Deutschaufsatz. Alex kommt die Treppe heruntergerast und stürmt zur Tür. Ich sehe ihm belustigt zu. Den anderen kann er vielleicht etwas vormachen, aber es wird immer deutlicher, dass Henry alles andere als bloß ein Schulkamerad ist.

»Was ist denn sein Problem?«, fragt Ava mich, und ich lache nur.

»Das nennt man Aufregung, Ve.« Diesen Spitznamen hat sie sich selbst gegeben. Als wäre ihr Name nicht schon kurz genug.

Alex steht nun vor der Tür, fährt sich einmal durch die rostroten Locken und öffnet dann schwungvoll die Tür.

»Hi.«

»Hey, alles klar?«

Eine äußerst tiefe Stimme dringt durch die offene Tür. Kurze Zeit später folgt ihr ein Junge mit schwarzen Haaren und dunklen Augen. Das gelbe Sweatshirt leuchtet förmlich in den Flur hinein.

Ich erhebe mich von der Couch und laufe zu den beiden.

»Du musst der werte Henry sein. Mein Name ist Luke.«

Ich reiche ihm die Hand. Sein Händedruck ist äußerst fest, und seine braunen Augen mustern mich interessiert.

»Freut mich, dich kennenzulernen«, erwidert Henry und klingt dabei ein klitzekleines bisschen unsicher. Ich kann es ihm nicht verübeln, zum ersten Mal bei der Familie des Freundes zu Hause zu sein, ist immer etwas angsteinflößend.

Alex sieht mich genervt von der Seite an. Ihm ist es wohl gar nicht recht, dass ich seinen Gast begrüße, deswegen stellt er sich auch demonstrativ vor ihn. Süß, als würde er ihn vor mir beschützen wollen. Was soll ich ihm denn antun?

»Kommst du mit hoch? Deine Jacke kannst du einfach hier aufhängen.« Alex zeigt Henry die Garderobe im Flur und wirft immer wieder Seitenblicke zu mir. Es ist offensichtlich, dass er mich nicht hierhaben will. Aber wieso? Ich möchte doch nur seinen Freund kennenlernen.

»Euer Haus ist ja der Hammer!« Henry schaut sich im Wohnzimmer um und entdeckt dann Ava, die immer noch auf der Couch sitzt und ihn mit großen Augen anstarrt.

Ihre Lippen beben, und ich weiß, dass sie gleich etwas sagen wird. Das ahnt Alex offenbar auch, denn er versucht verzweifelt gestikulierend, Henry zur Treppe zu führen.

Doch Ava kann sich nun nicht mehr zurückhalten.

»Ich liebe deine Socken! Kannst du bitte für immer Alex' Freund bleiben? Er hat nämlich sonst keine.«

Henry wirkt leicht vor den Kopf gestoßen, kratzt sich ebendiesen und sieht Hilfe suchend von mir zu Alex.

Ich spüre förmlich, wie Alex hinter mir im Erdboden versinkt, und bevor die Situation eskaliert, trete ich zu Henry, der gerade seine weißen Socken mustert, auf denen schwarze PS4-Controller zu sehen sind. »Ich denke, diese junge Dame hier sollte besser nicht von ihren Hausaufgaben abgelenkt werden. Geht ihr zwei doch nach oben.« Ich deute auf ihn und Alex.

Sowohl Henry als auch Alex scheinen dankbar darüber zu sein, der Situation entfliehen zu können, denn sie verschwinden so schnell es geht im ersten Stock.

Das war interessant. Ich frage mich, wie die beiden sich angefreundet haben. Aber bis Alex mir das erzählt, wird es wohl noch eine Weile dauern.

»Hab ich was Blödes gesagt?«, fragt Ava.

»Nein, Ve. Ganz im Gegenteil.« Ich lächle sie an und schlage vor, dass wir ja einen Disneyfilm auf Deutsch schauen könnten. Sofort verschwindet der besorgte Ausdruck auf ihrem Gesicht.

»O ja! Können wir *Mulan* schauen?«

»Na klar, ich muss ihn nur erst einmal online ausleihen«, sage ich lächelnd und schalte den Fernseher ein.

LUKE

Maybe Not Tonight

Alex und Henry sind seit über drei Stunden im Zimmer verschwunden, und Meredith hat sich schon beschwert, dass sie ihn immer noch nicht zu Gesicht bekommen hat, aber klopfen möchte sie auch nicht. »Sonst komme ich ja direkt rüber wie die Stalking-Mom persönlich.«

»Stimmt. Apropos Stalking … eventuell kommt heute Abend auch ein Freund von mir vorbei. Wäre das okay?«

Meredith legt den Reiseführer über Kanadas schönste Trekkingrouten zur Seite und sieht mich über ihre Lesebrille hinweg an. »Wenn er vegetarische Lasagne isst, dann ja.«

Ich grinse. »Ich glaube, er liebt so ziemlich jedes Essen.«

»Perfekt. Ach, und Luke?«, ruft sie mich zurück, als ich schon auf dem Weg nach oben bin.

»Ja?«

»Sprechen wir hier von einem Freund oder von *deinem* Freund?«

Als würde es nicht reichen, dass ich mir diese Frage selbst seit Tagen stelle, nein, Charlie und jetzt auch noch Meredith müssen sie immer wieder an die Oberfläche holen.

»Das ist noch unklar«, antworte ich vorsichtig.

»Gut«, Meredith steht auf und öffnet die Schublade des Wohnzimmerschranks. »Dann nimm die hier. Nur für den Fall.«

Sie hält mir eine Maxipackung Kondome entgegen. Das Blut schießt mir in die Wangen.

»Du bist zwar volljährig, aber wir sind trotzdem verantwortlich für dich. Ich habe deiner Mutter versprochen, aufzupassen.«

Die Tatsache, dass Ma sie gebeten hat, ein Auge auf mich zu haben, schockiert mich fast mehr als die Kondome in Merediths Hand.

»Ich habe selbst welche«, meine ich ausweichend, nehme aber schließlich die Packung entgegen. »Danke.«

»Bitte. Willst du mir nachher mit der Lasagne helfen?« Und so geht sie einfach wieder zum Alltag über. Ich nicke nur stumm und verschwinde dann, so schnell mich meine Beine tragen, nach oben.

Mittlerweile ist es nach fünf, und ich habe immer noch nicht geduscht! Also räume ich die Kondome in das vollgestopfte Fach meines Nachttisches und laufe vor meinem Schrank auf und ab. Was soll ich anziehen?

Jackson hat keinen speziellen Style. Meistens trägt er einfarbige Shirts oder Pullover in Erdtönen oder Weiß. Natürlich sieht er trotzdem atemberaubend darin aus. Mein Kleiderschrank besteht allerdings aus etwas anderen Klamotten. Ich besitze mindestens fünf graue Shirts, weil Ma die einmal im Sonderpack gekauft hat und sie erstaunlicherweise echt bequem sind. Viele meiner anderen Sachen sind entweder gestreift, haben bunte Taschen oder Knöpfe. Einige extrem bunte Exemplare stammen noch aus der Ich-muss-so-schwul-wie-möglich-aussehen-Phase. Das war kurz nach meinem Outing. Wenn ich jetzt darüber nachdenke, ist dieser Gedanke einfach nur bescheuert. Was soll das überhaupt sein – ein schwules Aussehen? Kleidung hat kein Geschlecht. Und erst recht keine sexuelle Orientierung. Auch wenn diese Phase längst vorbei ist, halte ich nichts davon, gute Klamotten einfach wegzuwerfen. Schließlich ziehe ich eine blaue Jeans aus dem Schrank und halte sie vor mich. Ja, das ist einfach. Immerhin besitze ich nur vier lange Hosen. Doch welches Oberteil passt dazu? Als Erstes fällt mir das Draco-Schlafshirt ins Auge, und ich lache laut auf. Nein, *das* ganz sicher nicht. Ich fahre mit den Händen über die unordentlich aufeinandergestapelten Pullover. Kurz zuckt die Frage in mir auf, welcher Stoff sich unter Jacksons Händen wohl am besten anfühlen würde. O Gott. Irgendwann habe ich genug, schließe die Augen und greife blind in den Schrank. Ein schwarzes Shirt mit Regenbogenstreifen an Hals und Ärmeln. Das habe ich letztes Jahr mit Charlie gekauft, als ich ein Outfit für den CSD gebraucht habe. Eigentlich ist es zu kalt für ein T-Shirt, aber ich schwitze jetzt schon so vor Aufregung, dass es mir selbst in einem Tanktop zu warm wäre.

Meine Uhr verrät mir, dass es bereits halb sechs ist, also reiße ich mir förmlich die Klamotten vom Leib und springe unter die Dusche.

Um sechs ruft Meredith von unten, ob ich ihr nun helfen könne. Ich springe im Zimmer herum, um die Hose nach oben ziehen zu können – nasse Beine und Stoff sind eine schlechte Kombination –, und rufe runter, dass ich gleich komme.

Okay, ich bin geduscht und angezogen. Was fehlt noch? Als mein Blick auf das Chaos in meinem Zimmer fällt, raufe ich mir die nassen Haare. Die losen Klamotten stopfe ich irgendwie in den Schrank, die Bettdecke schüttle ich aus und versuche, die Bügelfalten glatt zu streichen. Ja, so sollte es gehen. Immerhin ist Jackson Billys Unordnung gewöhnt.

Ich laufe die Treppe nach unten, wobei ich immer zwei Stufen auf einmal nehme, und komme schlitternd in der Küche zum Stehen.

»Tolles Outfit«, kommentiert Meredith meinen Look. Alex und Henry stehen ebenfalls in der Küche und schneiden bereits Tomaten. Henry mustert mich besonders intensiv. »Ist das von der H&M-Pride-Kollektion?«, fragt er dann, und Alex sieht ihn vollkommen entgeistert an.

Ich grinse nur. »Ja, ich hatte es letztes Jahr auf dem CSD an.«

»Sieht echt cool aus.« Aha. Damit wäre geklärt, dass zumindest Henry weiß, was ein CSD ist. Am liebsten würde ich direkt Charlie schreiben, aber ich reiße mich zusammen und rufe mir ihre Worte ins Gedächtnis: einfach abwarten und beobachten, Alex zu nichts drängen und so locker wie möglich mit der Situation umgehen.

Alex meidet meinen Blick und schneidet so kraftvoll die Tomaten, dass ihm eine aus der Hand rutscht und über die weißen Fliesen kullert. Henry bückt sich, hebt sie auf und legt sie wieder aufs Schneidebrett.

»Fünf-Sekunden-Regel! Wenn es nicht länger als fünf Sekunden auf dem Boden lag, kann man es noch essen. Das sagt zumindest mein Papa immer.« Er lächelt Alex dabei so liebevoll an, dass ich ein klein wenig dahinschmelze.

Alex mustert die Tomate auf dem Brettchen und wirft sie dann in den Mülleimer.

»Da war ein Staubkorn drauf«, murmelt er und bemerkt nicht, dass er damit sowohl mir als auch Henry das Lächeln aus dem Gesicht wischt.

Soll ich doch eingreifen? Ihm eine Lektion in puncto Flirten und generelles Verhalten gegenüber Freunden geben? Nein, abwarten, beobachten, Zeit lassen!

»Wann kommt dein Gast?«, fragt Meredith, die gerade die Zwiebelstücke in die Pfanne wirft, um sie gemeinsam mit dem Veggiehack anzubraten.

»Um halb sieben.«

»Na, dann beeilen wir uns, oder Jungs?«

Um zehn vor halb schiebe ich die Ofentür zu und wasche mir die Hände in der Spüle. Als mir der Schwamm zum zweiten Mal aus der Hand gleitet, bemerke ich, dass sie zittern.

»Aufgeregt?«, fragt Meredith lächelnd, als sie mir den Schwamm wieder reicht.

»Etwas«, erwidere ich.

Alex und Henry decken den Tisch, als es an der Tür klingelt. Sofort verspanne ich mich, und meine Hände werden schwitzig. Wieso? Es ist ja nicht so, als hätte ich Jackson noch nie gesehen. Aber das hier ist etwas anderes. Es ist … irgendwie offizieller.

Ich laufe zur Tür und öffne sie vorsichtig. Mein Gesicht fällt leicht in sich zusammen. Dort, die Haare vom Wind zerzaust und die Aktentasche vollgestopft mit Papieren, steht John.

»Sorry, hab mal wieder den Schlüssel bei der Arbeit liegen lassen.« Er tritt an mir vorbei in die Diele. Mich scheint er kaum zu bemerken, stattdessen begrüßt er Ava, die die Treppe heruntergerannt kommt und ihm in die Arme fällt.

»Das duftet ja köstlich!«, meint John und küsst Meredith zur Begrüßung. »Hallo, du bist sicher Henry, oder?« John hat Henry entdeckt, der neben Alex am Esstisch sitzt. Sofort rutscht er mit dem Stuhl nach hinten, steht auf, läuft zu John und reicht ihm die Hand. »Guten Tag, Herr Roberts.«

John mag es nicht, gesiezt zu werden. Er hat mir gesagt, dass er mit so viel Förmlichkeit nicht umgehen kann. Da komme er sich immer wie ein Heuchler vor.

»Nenn mich doch bitte John«, sagt er also und reicht Henry die Hand, der sie ehrfürchtig schüttelt.

Wir setzen uns alle an den Esstisch, an dem John eine Runde Wasser ausschenkt und für sich und Meredith eine Flasche Wein öffnet. Unter dem Tisch sehe ich immer wieder auf die Uhr und rutsche unruhig auf meinem Stuhl hin und her. Mittlerweile ist es Viertel vor sieben. Wo bleibt Jackson?

Um kurz vor sieben läutet der Küchenwecker, und Meredith holt die Lasagne aus dem Ofen. »Keine Sorge, wir essen nicht alles auf«, meint sie zu mir, als sie mir eine große Portion auf den Teller lädt.

»Danke. Er steht sicher nur im Stau oder so.«

Aber irgendwie glaube ich nicht daran. Wieso hat er mir nicht mehr geschrieben? Als wir anfangen zu essen und Ava sich den Ärmel ihrer hellen Strickjacke mit Tomatensauce bekleckert, nutze ich den Moment, bringe die Jacke ins Bad und lasse Wasser über den Fleck laufen. Während der Stoff einweicht, schreibe ich Jackson schnell eine Nachricht.

Hey, alles okay bei dir? Wir essen schon, aber meine Tante hebt dir was auf 😊.

Die Nachricht kommt durch. Jackson hat also Netz, wo auch immer er gerade ist.

Zurück am Esstisch sage ich kaum ein Wort, stochere nur in der Lasagne herum. Irgendwie ist mir der Appetit vergangen, und zudem spüre ich Merediths mitleidigen Blick auf mir.

John fragt Henry aus wie bei einem Kreuzverhör. Er freut sich offenbar so sehr darüber, dass Alex endlich einen Freund gefunden hat, dass er gar nicht merkt, wie unwohl sich Alex damit fühlt. Henry hingegen macht die Fragerunde offenbar nichts aus. Er erzählt in aller Ausführlichkeit von seiner kleinen Schwester und seinen Eltern, die eine eigene Apotheke führen. Er hat seinem Papagei beigebracht, Schimpfworte zu sagen, weil die bei ihm zu Hause eigentlich verboten sind. Er liebt Lasagne, wie er immer wieder beteuert, und erst als das Gespräch auf Videospiele kommt, beteiligt sich auch Alex daran.

Offenbar ist das ein Gebiet, bei dem er sich sicher fühlt, denn bald schon tauschen die beiden Insiderwissen über einzelne Spiele aus und werfen dabei mit Fachbegriffen um sich, die keiner von uns anderen versteht. Ich höre aber sowieso nur mit halbem Ohr zu. Wo bleibt Jackson?

Um acht räumen wir den Tisch ab und ziehen auf die Couch um. Henry überredet uns andere zu einer Partie Mario Kart auf dem großen Fernseher, worüber Alex nicht sonderlich begeistert wirkt. Vermutlich wäre er am liebsten direkt wieder mit Henry in seinem Zimmer verschwunden. Ich kann es ihm nicht verübeln, denn auch ich würde mich gerade liebend gern in meinem Bett verkriechen. Aber ich spiele mit, weil ich mich ablenken muss. Jackson hat mir immer noch nicht geschrieben.

Um halb zehn fährt John Henry nach Hause, und Alex verschwindet in seinem Zimmer. Meredith bringt Ava ins Bett. Und ich? Ich stehe alleine in der Küche und packe den letzten Rest der Lasagne in eine Tupperdose. Ein Fleck Sauce landet dabei auf meinem Shirt, doch ich ignoriere es einfach. Jetzt ist es sowieso egal.

Als ich endlich in meinem Zimmer bin, schlüpfe ich in mein Draco-Schlafshirt und ziehe die ausgebeulte Jogginghose aus dem Schrank, die wirklich schon bessere Tage gesehen hat, aber das Bequemste ist, was ich besitze. Als ich beim Zähneputzen mein Gesicht im Spiegel betrachte, springt mich die Enttäuschung regelrecht an. Wieso ist er nicht gekommen? Wieso hat er nicht wenigstens abgesagt? Ich spucke die Zahnpasta ins Becken und spüle meinen Mund mit Wasser aus. Doch der bittere Geschmack bleibt.

Im Zimmer lösche ich das Licht und navigiere mich mit der Handytaschenlampe zum Fenster. Die Einfahrt vor unserem Haus ist leer. Kein Motorrad. Kein Jackson. Nur ein einzelnes weißes Gummibärchen auf dem Fenstersims. Ich schlucke, öffne das Fenster und schleudere das Gummibärchen, so weit ich kann, in die Nacht hinaus.

Ich will mich nicht so elend fühlen. Ich will nicht, dass mein Herz so schmerzt, aber was ich will, scheint keine Rolle zu spielen.

Ich wälze mich ewig im Bett hin und her und überlege, was passiert sein könnte. Was, wenn Jackson einen Unfall hatte? Was, wenn er im Krankenhaus liegt? Wieso habe ich nicht daran gedacht? Sofort bin ich wieder auf den Beinen und schaue in die Einfahrt der Sumervilles. Beide Autos stehen dort. Wenn Jackson etwas passiert wäre, wären sie doch sicher im Krankenhaus, oder?

Ich überlege tatsächlich, im Hospital anzurufen, verwerfe die Idee aber. Jackson war das letzte Mal vor zehn Minuten online. Er hat nur meine Nachricht ignoriert. Ihm geht es gut, da bin ich mir sicher.

Ich fahre mir so oft durch die Haare, bis sie in alle Richtungen abstehen, und wälze mich immer wieder von einer Seite auf die andere. Zu Hause würde Bounty jetzt unter meine Decke kriechen, ihren Kopf an meiner Wange reiben und laut schnurren. Sie spürt immer genau, wenn es mir nicht gut geht. Gerade jetzt vermisse ich sie und ihre kuschlige Wärme so sehr. Ich will nicht, dass es mich so mitnimmt, von Jackson versetzt zu werden. Aber leider spielt es keine Rolle, was ich will und was nicht.

Irgendwann muss ich doch eingeschlafen sein, denn das Vibrieren meines Handys lässt mich aufschrecken. Sofort nehme ich die Brille vom Nachttisch und versuche, mit meinen verschlafenen Augen zu entziffern, was da auf meinem Bildschirm steht. Es ist kurz nach eins. Ich habe eine neue Sprachnachricht von Jackson. Mein Herz macht einen Satz, und ich klicke so schnell auf die Nachricht, wie meine zitternden Finger es erlauben.

»Heyyyy«, dröhnt Jacksons Stimme durchs Zimmer, und schnell mache ich den Ton an meinem Handy leiser. Wieso schreit er so?

»Sorryyyyy, die Jungs … hey, ich versuch hier … Tony lass mich, ich muss …« Gerangel ist zu hören, mehrere Stimmen, die durcheinanderbrüllen. Flaschen klirren. »Also Luke, sorry, ich hab's total verpeilt. Heute Nacht klappt's nich. Die Jungs feiern 'ne Party, weil wir 'ne Liga aufgestiegen sin', un' ich komm hier nich' weg.« Er ist betrunken. »Alter Logan lass das! Leute, haltet die Fresse, ich will hier … also lass uns morgen treffen, ja? Morgen, ich freu mich!«

Lautes Geschrei und Gejohle ist aus dem Hintergrund zu hören. Dann stoppt die Nachricht. Und ich sitze vollkommen entgeistert vor dem Handy. Was war das?

Widersprüchliche Gefühle kämpfen in mir. Da ist die eine Seite. Die, die Jacksons Nummer am liebsten sofort löschen und ihn blockieren würde. Die andere Seite denkt an unsere Gespräche auf dem Wohnheimdach. Die silberne Schaukel über den Dächern der Stadt. An weiße Gummibärchen in der Nacht. Meine Hand um das Handy verkrampft sich. Zwei dicke Tränen fallen auf das Display, und wütend wische ich sie fort. Hör auf zu heulen, Mann! So schlimm ist es jetzt auch nicht. Doch je mehr ich mich dazu bringen will, aufzuhören, desto schlimmer wird es. Ich wurde sitzen gelassen. Für eine dumme Party. Wieso nimmt mich das so mit? Es war ja nicht einmal ein richtiges, geplantes Date. Wieso habe ich mit so etwas nicht gerechnet? Es hätte mir klar sein müssen. Aber ich habe gedacht, Jackson wäre anders. Ich wusste genau, wie es enden würde. Trotzdem habe ich mich darauf eingelassen. Wieso? Ich wollte nie eine feste Beziehung in Kanada eingehen, weil das nur zu Problemen führt. Aber etwas Lockeres will ich auch nicht. Was will ich denn dann? Gott, ich drehe echt noch durch! Während Jackson sein Leben genießt, versinke ich hier in einer Lebenskrise.

Am schlimmsten ist, dass ich ihn verstehen will. Dass mein Herz danach schreit, ihm zu vergeben und ihn morgen zu treffen. Vielleicht gibt es ja eine gute Erklärung hierfür. Wieso hoffe ich das? Wieso weine ich wegen ihm? Scheiße, weil genau das eingetreten ist, was ich eigentlich um jeden Preis vermeiden wollte: Ich habe mich verliebt. In Jackson Sumerville.

Ich will nichts Lockeres, keinen One-Night-Stand. Nein, ich will mit ihm zusammen sein, weil alles andere niemals reichen würde.

JACKSON

Breakfast With A View

Die Sonne ist zu hell für das Pochen in meinem Schädel. Ich setze die Sonnenbrille auf und lehne mich in den Schatten des Fernsehmastes. Das Ding ist mindestens dreißig Meter hoch und wirft einen dünnen Schatten auf die Betondecke des Harbour Centres. 138 Meter über dem Boden ziehe ich den Deckel des Pappbechers ab und rieche an der weißen Pampe, die sich darunter befindet. Der neue Frühstücksladen soll der absolute Hit in der Innenstadt sein. Das hier vor mir befindliche Etwas sieht allerdings eher aus wie Zement. Ich stecke den Holzlöffel in die zähflüssige Masse und schiebe sie mir in den Mund. Es schmeckt widerlich, wie ein Gebräu aus aufgeweichter Pappe mit Sägespänen. Auf Instagram würde man es mit Hashtags wie #Superfood, #healthy, #oatmeal und #foodporn betiteln. Ich finde, das Hashtag #Gefängnisfraß würde eher passen.

Trotzdem kaue ich weiter darauf herum, weil ich etwas essen muss.

Die Sonne wandert vor meinen Augen weiter nach oben. Bald schon wird sie ihren Zenit erreichen. Es ist ein klarer, kalter Tag, und ohne meine gefütterte Motorradhose wäre ich schon längst am Boden festgefroren.

Ich versuche, mich an gestern Nacht zu erinnern, aber sobald ich weiter als zwei Stunden zurückgehe, dreht sich alles um mich herum, und ich muss die Augen schließen. Es war 'ne echt geile Party. Die Jungs haben jede Menge Alk besorgt, und Tony hat sogar ein paar Drinks gemixt, weil er neben der Uni in einer Bar jobbt. Die Stimmung war super, bis Luke mir geschrieben hat. Ich habe das Treffen nicht vergessen. Um ehrlich zu sein, wusste ich genau, wann ich bei ihm sein sollte.

Ich komm direkt nach dem Spiel zu dir. Um 6 sind wir fertig.

Das habe ich ihm gestern Morgen geschrieben. Aber dann haben wir das Spiel gewonnen. Und als ob ich dann nicht mit den Jungs feiere. Ausgeschlossen. Ich hatte schon eine Nachricht eingetippt, aber wieso sollte ich absagen? So genau festgemacht hatten wir die Uhrzeit gar nicht. Es sollte nur ein lockeres Treffen sein. Das dachte ich zumindest, bis er damit anfing, dass er sich freue, wenn ich seine Verwandten kennenlernen würde. Alter, als wäre das eine offizielle Kundgebung.

Ich bin zu nichts verpflichtet. Oder? Wir sind kein Paar oder so. Wir treffen uns, knutschen und schlafen vielleicht irgendwann mal miteinander. Einfach locker. Ich weiß nur nicht, ob Luke das genauso sieht. Shit, wieso rechtfertige ich mich hier vor mir selbst? Ich habe nichts falsch gemacht! Ist ja nicht so, als hätte ich ihm Versprechungen gemacht oder so.

Trotzdem war es komisch, heute Morgen keine Nachricht von ihm zu haben. Gut, meine Sprachnachricht gestern Nacht war echt peinlich, und am liebsten hätte ich sie direkt gelöscht, aber er hat sie sowieso schon abgehört.

Das Ding ist doch: Er ist sauer auf mich, weil ich ihn gestern versetzt habe. Aber ich habe mein eigenes Leben. Das sollte er wissen. Ich will auf eine Party? Ich gehe auf die Party. Ich will Thai-Curry zum Frühstück? Ich esse Thai-Curry zum Frühstück. Ich will eine Person? Ich flirte mit der Person. So einfach war das bisher immer. Ich bin nicht der Typ für was Festes. Ich dachte, genau das hat Luke gesucht. Immerhin wird er in ein paar Monaten eh wieder abhauen.

Ich stelle den Rest Porridge vor mich und starre wütend die Verpackung an. »Du hast deinen Namen nicht verdient. Betonschleim passt tausendmal besser!« Ich ziehe mein Handy aus der Tasche und tippe mit meinen halb gefrorenen Fingern eine Rezension in das Kommentarfeld. Das ist meine gute Tat des Tages. Immerhin bewahre ich so andere Menschen vor einer Vergiftung. Okay, vielleicht übertreibe ich etwas, aber ich bin wütend, und es fühlt sich gut an, die Wut an etwas auszulassen, was sie auch verdient hat.

Auf Instagram werden mir perfekte Pancaketower und Kaffeetassen auf weißer Bettwäsche präsentiert. Mein Magen zieht sich zusammen, und ich klicke schnell auf das kleine Lupensymbol, das mich zur Suchfunktion führt. Sein Name steht bereits ganz oben, weil ich in den letzten Tagen immer wieder auf sein Profil gegangen bin. Es ist nach wie vor privat, aber das kleine runde Profilbild hat er gestern geändert. Auf WhatsApp hat er seit Wochen das gleiche: Er, wie er vor einem kristallklaren See in die Luft springt und dabei breit grinst. Mittlerweile kenne ich das Bild in- und auswendig, das hier auf Instagram ist neu. Es ist ein Selfie, und obwohl es so klein ist, erkenne ich Lukes verwuschelte Haare und seine blauen Augen, die mich förmlich zu durchbohren scheinen. Es ist ein ganz normales Bild, und dennoch ist da dieses warme Kribbeln, wenn ich auf seine Lippen starre. Ich weiß, wie sie sich auf meinen anfühlen, spüre sein kaltes Brillengestell, das leicht gegen meine Wange drückt, wenn er mich umarmt. Fast fühlt es sich so an, als säße er jetzt hier neben mir. Verdammte Scheiße!

Ich wische mir über die Nase, dann über die Augen. Der eisige Wind ist stärker geworden, hat sie zum Tränen gebracht, dringt unter meine Jacke, unter meinen Pullover, bis auf die nackte Haut. Sofort überzieht eine Gänsehaut meinen gesamten Körper. Ich springe auf und laufe unruhig auf dem Dach hin und her. Versuche, meine Arme und Beine wieder aufzuwärmen. Ausnahmsweise interessiert mich die Stadt unter mir nicht. Die vielen Autos und Häuser sehen trostlos aus in diesem Meer aus Grau. Genauso wie der graue Betonschleim, der immer noch in dem Becher vor mir steht. Am liebsten hätte ich ihn über den Rand gekickt, aber so rücksichtslos bin ich dann doch nicht. Also stopfe ich den Becher in den Mülleimer neben der Dachtür. Meine Hände fühlen sich taub an, meine Wangen und Ohren brennen von der Kälte. Ich will nicht wieder nach unten gehen, aber wenn ich noch länger hierbleibe, gefriere ich vermutlich zu einem großen grauen Eisblock. Letztendlich siegt die Vernunft und ich öffne die Tür zum Treppenhaus.

Während ich die Treppen nach unten steige, überlege ich, was ich Luke schreiben könnte. Soll ich mich noch einmal nüchtern entschuldigen? Soll ich bei ihm vorbeigehen? Nein, ich laufe niemandem nach. Wenn er nicht versteht, dass ich meinen Freiraum brauche, dann ist das sein Pech. Dieses Mantra hämmere ich mir mit jeder Stufe ein. Als ich in den Empfangsbereich trete, werde ich von einigen Angestellten herablassend gemustert. So als wäre es ein persönliches Verbrechen, nicht perfekt gestylt über den Marmorboden zu laufen. Okay, ist es vielleicht auch, aber das hat mich noch nie davon abgehalten. Alle hier tragen Arbeitskleidung und polierte Schuhe. Ich hingegen habe nicht geschlafen, meine Jacke stinkt nach Rauch und Alkohol, und meine Haare hätten dringend mal wieder eine Wäsche nötig. Irgendwie befriedigt es mich, dass ich diese Menschen in ihrer perfekten Welt störe. Ja, sieh her Margret, es glitzert nicht alles. Manche Menschen haben keine Zeit, jeden Samstag zur Maniküre zu gehen und sonntags auf dem Golfplatz zu stehen. Ich drücke mich zwischen schwarzen Anzügen und Aktentaschen hindurch und verlasse das Gebäude durch die golden verglaste Schwingtür. Wäre das Dach nicht eins der schönsten in dieser Stadt, ich würde keinen Fuß in dieses Monument setzen.

Draußen angekommen, laufe ich zum nächsten Parkhaus und schwinge mich auf mein Motorrad. Ich werde nicht bei Luke vorbeifahren. Auch wenn irgendetwas in mir genau das möchte. Ich schreibe ihm einfach später. Oder morgen. Auch wenn mein Kopf schon eine Nachricht an ihn formuliert hat. Was ein weiterer Grund ist, wieso ich heute nicht zu ihm gehen sollte. Ich vermisse ihn, und das ist kein schönes Gefühl. Ich will ihn sehen, und genau das macht mir Angst. Der kalte Fahrtwind klatscht gegen mein Visier, als ich um die nächste Ecke biege.

Wieso verbringe ich schon den ganzen Morgen damit, an ihn zu denken? Das allein sollte doch Warnung genug sein. Es ist gefährlich, mehr Zeit mit ihm zu verbringen. Weil ich ihn schon viel zu nah an mich herangelassen habe. Weil ich gestern lieber bei ihm gewesen wäre als auf jeder Party der Welt. Weil ich nicht einmal an Sex gedacht habe, als er neben mir im Bett lag. Und das macht mir am meisten Angst.

Als ich im Wohnheim ankomme, schläft Billy noch. Sein Schnarchen dröhnt durch das kleine Zimmer, am Fenster rinnt ein Tropfen Kondenswasser hinab. Die Luft im Raum ist abgestanden und ausgetrocknet von der Heizungsluft. Ich gehe zum Fenster, öffne es einen Spaltbreit und halte meine Nase hinaus in den Wind.

Mein Handy vibriert, und ich zucke zusammen. Doch es ist nicht Luke, sondern Taylor, die mir eine Nachricht geschrieben hat.

> Wo steckst du?? Hast du ernsthaft Mas Geburtstag vergessen? Ich hab den Tisch gedeckt und den ganzen Morgen mit Kuchenbacken verbracht!

Fuck! Ich fahre mir durch die Locken, atme heiße Luft gegen das Fenster, das sofort wieder beschlägt. Wenn es etwas gibt, das meiner Familie wichtig ist, dann sind es Familienfeste. Nach Weihnachten und Ostern stehen Geburtstage an oberster Stelle. Und ich habe tatsächlich den Geburtstag meiner Mutter vergessen. Der Preis für den schlechtesten Sohn geht dann wohl an mich. Hastig tippe ich eine Antwort:

> Scheiße, hab verschlafen! Bin in einer Stunde da!

Taylor antwortet nur mit einem Mittelfinger-Emoji.

Ich habe fünfzig Minuten, um mich zu duschen, anzuziehen und irgendwo ein Geschenk aufzutreiben. Kurz überlege ich, Billy aufzuwecken und ihn zu fragen, verwerfe den Gedanken aber ganz schnell wieder. Er würde mir vermutlich ein Paar Socken oder Comichefte zuwerfen. Beides absolut unbrauchbar. Außerdem will ich ihn nicht unnötig wecken, immerhin braucht er nichts von diesem Drama mitzubekommen.

Ich schließe das Fenster, fluche lautlos und laufe zu meinem Schrank. Immer wieder sehe ich auf die Uhr und überlege fieberhaft, was ich meiner Mutter schenken könnte.

Die traurige Wahrheit ist: Ich habe absolut keine Ahnung. Sie und Dad überhäufen mich seit Jahren mit Geschenken, und ich kaufe ihnen meistens Blumen und irgendeinen Gutschein, aber Taylor bringt mich um, wenn ich heute schon wieder mit einem Essensgutschein ankomme. Fuck. Der Gefängnisfraß rumort in meinem Magen. Ob ich mich krank stellen soll? Einen Versuch wäre es wert.

Ich schreibe Taylor:

Mir ist echt übel, glaub, ich bleib hier, sonst kotz ich euch noch Dads heiligen Teppich voll.

Die Antwort kommt innerhalb von drei Sekunden und ist unmissverständlich:

Schwing deinen Arsch hierher!

Ich seufze. Na schön, also doch wieder Gutschein und Blumen.

LUKE

Akt 1, Szene 8

»Ich bleibe bei euch, bis der Wind sich dreht.« Caseys Stimme schwingt durch den Saal. Ich sehe ihr nun schon seit Wochen beim Spielen zu, doch es ist jedes Mal aufs Neue atemberaubend. Und sie wird von Stunde zu Stunde besser. Während andere immer noch Probleme haben, ihren Text auswendig zu lernen, steht sie so selbstsicher auf der Bühne, als hätte sie ihr Leben lang nichts anderes getan. Sobald ihre Schuhe den Bühnenboden berühren, ist sie *Mary.* Die Szene endet damit, dass Mary, Jane und Michael aus der gezimmerten Haustür treten und im rechten Bildrand verschwinden. Olivia neben mir klatscht am lautesten, doch auch Miss Martinez applaudiert begeistert. »Jaa, langsam wird es. Sehr gut, Casey! James, Jenny, schauen Sie bitte, dass Sie Casey auch ansehen, wenn sie spricht. Und um Gottes willen murmeln Sie bitte nicht Ihren Text, bevor Sie an der Reihe sind. Das sieht man selbst in der letzten Reihe. So langsam sollten Sie ihn doch wirklich auswendig können! Viel Redeanteil haben Sie nicht gerade.«

Miss Martinez macht sich eine Anmerkung in ihrem Skript und klatscht dann in die Hände. »Gut, dann lasst uns jetzt etwas Neues probieren. Onkel Alberts Zimmer. Taylor, bauen Sie zusammen mit Kyle und Becka die Requisiten auf?«

Taylor neben mir springt in die Höhe und verschwindet hinter dem Vorhang, wo sich der Requisitenfundus befindet.

Ich schaue auf die zerknitterten Zettel in meinen Händen. Wieso müssen wir ausgerechnet diese Szene spielen? Fast durchgängig werden Casey, James, Hunter, Jenny und ich lachend über der Bühne schweben. Mal davon abgesehen, dass es mich einige Überwindung gekostet hat, mich nur an einem Seil in die Höhe ziehen zu lassen, ist es unfassbar schwierig, sich seinen Text zu merken, wenn man Angst hat, jeden Moment auf den Bühnenboden zu knallen.

Ich habe keine wirkliche Höhenangst, aber ich mag es absolut nicht, keinen Boden unter den Füßen zu haben. Trotzdem, die Szene lebt davon, dass wir durch unser Lachen vom Boden abheben, und als Schauspieler muss ich mich auch mit unangenehmen Situationen auseinandersetzen.

Das Fliegen in der Luft ist nicht mein einziges Problem. Ich habe die letzten zwei Tage allein in meinem Zimmer verbracht, Sims gespielt und alle Nachrichten von Taylor und Madison ignoriert. Heute Morgen haben sie mich besorgt gefragt, was denn los sei. Ich konnte und wollte es ihnen nicht sagen. Sie haben nicht weiter gedrängt, wofür ich ihnen wirklich dankbar bin. Aber heute kann ich nicht länger Trübsal blasen. Irgendwo hinter diesem Vorhang steckt Jackson, und ich hoffe, dass er dort bleibt, denn ich habe keine Ahnung, wie ich mich verhalte, wenn ich sein Gesicht sehe. Er hat mir nicht mehr geschrieben. Und ich habe trotzdem alle zehn Minuten auf mein Handy gestarrt, obwohl ich es extra laut gestellt hatte. Das ist es, was mich am meisten aufregt.

Taylor kommt zurück auf die Bühne. Sie und Becka schieben einen alten Sessel und einen runden Tisch mit Teeservice ins Bild. Als Jackson und Kyle mit einer Wand auf die Bühne kommen, die mit einer grässlichen Tapete beklebt ist, verkrampfen sich meine Hände um das Papier.

Jackson sieht genauso aus wie immer. Er trägt seinen dunkelblauen Teampullover und die typischen weißen Sneaker. Er redet so wie immer, er lacht so wie immer. Sieht dabei aber kein einziges Mal zu mir. Mir reicht's. Ich beuge mich in die Reihe vor mir zu Miss Martinez.

»Entschuldigen Sie, ich fühle mich heute wirklich nicht gut. Ich glaube, die Szene muss ich aussetzen.«

Miss Martinez dreht sich ganz langsam zu mir um und mustert mich durch ihre dicken Brillengläser hinweg. »Soso Sie *fühlen* sich nicht gut. Natürlich steht es Ihnen dann frei zu gehen.«

»Oh, danke schön.«

»Das war ein Scherz, Luke. Wir sind hier im Theater. Wenn jeder wegen ein paar kleinen Wehwehchen blaumachen würde, gäbe es heute keinen Broadway. Keine Kinofilme, ja, nicht einmal ihre ach so gefeierten Netflix-Serien.«

Ich falle etwas in mir zusammen und schaue an die Saaldecke. Ich kann jetzt einfach nicht lachend durch die Luft fliegen.

Sie scheint meine Gedanken erraten zu haben. »Wollen Sie Schauspieler werden, Luke?«

»Das möchte ich, Miss.«

»Dann spielen Sie. Spielen Sie Ihre Rolle. Bert lacht mit den Kindern und genießt die Zeit mit Onkel Albert und Mary. Es ist egal, wie Sie sich fühlen. Bert fühlt sich großartig. Also spielen Sie das!«

Mit diesen Worten dreht sie sich zurück zur Bühne und bellt: »Geht das ein wenig schneller? Mir schlafen schon die Füße ein!«

Taylor, Jackson und die anderen beeilen sich und verschwinden wieder hinter dem Vorhang. Okay, gut. Dann werde ich eben spielen. Aber sobald meine Füße wieder auf festem Boden stehen, werde ich Jackson zur Rede stellen. Er kann mir nicht ewig ausweichen!

Aus meinem Plan wird allerdings nichts. Als wir eine Stunde später wieder aus den Seilen schlüpfen und uns die schmerzenden Stellen reiben, an denen das Seil nach so langer Zeit doch sehr unangenehm geworden ist, sehe ich gerade noch, wie Jackson aus der Saaltür schlüpft. Na schön, er geht mir also aus dem Weg. Die Sache wird immer seltsamer. Jackson ist derjenige, der auf Leute zugeht, der ganz offen mit jedem flirtet und Selbstbewusstsein zum Frühstück löffelt. Dass er jetzt vor mir flüchtet, kann also nur bedeuten, dass er Angst vor einer Konfrontation mit mir hat. Bereut er seine Sprachnachricht also? Hat er einfach keine Lust mehr auf mich und traut sich nicht, mir das ins Gesicht zu sagen?

»Du warst super da oben«, ruft Taylor, als sie auf mich zuläuft und mir meine Wasserflasche bringt. Mittlerweile stand auch sie schon öfter auf der Bühne. Unsere Proben scheinen sich auszuzahlen, denn zumindest bei unserer kleinen Gruppe taut sie immer weiter auf. Selbst Miss Martinez hat letzte Woche angemerkt, dass sie Fortschritte macht. Ich weiß, dass Taylor trotzdem viel lieber hinter dem Vorhang bei den Requisiten bleiben möchte, aber vielleicht ändert sich ja auch das in den nächsten Monaten noch.

Taylors Lächeln erinnert mich daran, dass ich ihr immer noch nichts von Jackson und mir erzählt habe. Wobei: Das gibt es doch gar nicht mehr – ein Jackson und ich. Problem gelöst.

»Danke«, murmle ich und schaue immer noch auf die Saaltür, die sich längst wieder geschlossen hat. Wenn ich mich beeile, kann ich ihm folgen.

»Hallo? Hörst du mir überhaupt zu?«

»Was?«

Taylor zieht eine Augenbraue nach oben. »Ich habe dich jetzt schon zweimal gefragt, ob du nachher mit Madison und mir in die Mall willst. Wir wollen Weihnachtsgeschenke kaufen.«

Ich kann Taylor immer noch nicht ganz folgen, zwinge mich aber wenigstens, ihr ins Gesicht zu sehen. »Ich weiß nicht, ich wollte eigentlich …«

Weiter komme ich nicht, denn Taylor unterbricht mich.

»Ich weiß echt nicht, was heute mit dir los ist, aber du kommst nachher mit. Keine Widerrede.«

»Du klingst wie Madison.«

Jetzt grinst Taylor doch tatsächlich. »Also, kommst du mit?«

Ich überlege kurz und komme zu dem Schluss, dass es vielleicht eine gute Ablenkung sein könnte. Jackson kann ich morgen immer noch zur Rede stellen. Ich bin es leid, ständig an ihn zu denken. Damit soll wenigstens für heute mal Schluss sein! Heute verbringe ich Zeit mit meinen Freundinnen. »Okay. Aber um sechs muss ich zurück sein. Ava schreibt nächste Woche ihre erste Deutscharbeit.«

»Das sollten wir hinkriegen. Wir holen dich um drei ab.«

»Okay, abgemacht.«

LUKE

Der Secondhandladen

Als ich die Haustür aufschließe, bin ich durchgefroren und schüttle mir die kalten Regentropfen aus dem Haar. Ich muss mir wirklich dringend eine dicke Mütze kaufen.

Es wird von Tag zu Tag unangenehmer und kälter da draußen. Es ist Ende November, und der Winter steht schon in den Startlöchern. Kaum zu glauben, wenn ich daran denke, wie heiß es an meinem ersten Tag hier in Vancouver war.

Ich betrete den Wohnbereich, und Plätzchenduft umfängt mich. John und ich haben gestern schon mit dem Backen begonnen, als Vorbereitung für Avas Geburtstagsparty, die nächstes Wochenende stattfindet. Bei dem Gedanken an ihre Party fällt mir ein, dass auch Paul in zwei Wochen Geburtstag hat. Er wird vierzehn, und ich bin nicht dabei. Es fühlt sich komisch an, so gar nicht mehr Teil ihres Alltags zu sein. Ich nehme mir vor, bei unserem Trip zur Mall heute ein besonders tolles Geschenk für ihn zu kaufen.

Ich blicke aus dem Fenster in den Garten und sehe große, nasse Tropfen gegen die Scheibe klatschen. Der Himmel ist von wunderschönen, anthrazitgrauen Wolken überzogen. Ich liebe den Winter. Für mich gibt es keine bessere Jahreszeit. Den ganzen Tag in gemütlichen Hoodies und Kuschelsocken herumlaufen, heißen Kakao mit Marshmallows trinken, sich mit einem Buch oder einem neuen Musikalbum ins Bett kuscheln und natürlich nicht zu vergessen: Weihnachten. All das schafft es, Jackson für kurze Zeit aus meinem Kopf zu vertreiben.

Eine Stunde später sitze ich im Schneidersitz auf dem Teppich und beginne, mein Paket für Charlie und Viky zu packen. Dabei lege ich jeweils zwei Plätzchen von jeder Sorte hinein. Während John und ich gestern den ganzen Tag gebacken haben, war Ava nur damit beschäftigt, vom Teig zu naschen.

Henry war auch wieder zu Besuch, und er und Alex ließen sich nur beim Abendessen blicken. Offenbar arbeiten die beiden an einem eigenen Online-Game. Mehr verraten wollen sie aber nicht. Ich glaube ja nicht, dass sie nur zusammen *arbeiten,* freue mich aber einfach, dass die beiden so viel Zeit miteinander verbringen. Ich habe das Gefühl, Henry sorgt dafür, dass Alex lockerer und netter wird. Vor allem mir gegenüber.

Mein Handy vibriert, und ich erhebe mich vom Boden, um Madisons Nachricht zu lesen.

Bin unterwegs. Steh in zehn Minuten vorm Haus, sonst fahre ich ohne dich 😘.

Ich laufe nach unten und schlüpfe in meine braunen Boots.

»Bin um sechs wieder da«, rufe ich John zu, der seinen freien Nachmittag damit verbringt, das Holz für den Kamin aufzuschichten.

»Alles klar, viel Spaß, Großer.«

Ein Lächeln stiehlt sich auf mein Gesicht. So hat er mich noch nie genannt.

»Willkommen an Bord«, ruft Madison, während Taylor über die Straße gelaufen kommt und zusammen mit mir in das beheizte Fahrzeug steigt. Kaum hat sich die Autotür hinter uns geschlossen, bläst mir ein Schwall warme, trockene Luft entgegen.

»Und, bereit für die große Shoppingtour?«, fragt Taylor.

Sie trägt heute einen übergroßen Pullover mit Rentiermuster. Jeder andere Mensch sähe darin sicher total bescheuert aus. Aber nicht Taylor.

»Meine Freude ist grenzenlos«, antworte ich in ironischem Tonfall, und Taylor knufft mich in die Seite.

»Du tust ja gerade so, als würden wir dich zu deiner eigenen Hinrichtung fahren.«

»Ich mag einfach keine Einkaufszentren. Die sind mir suspekt. Es ist stickig, und noch dazu diese grässliche Musik in jedem Laden!«, sage ich und lege so viel Theatralik wie möglich in meine Stimme.

Madison und Taylor fangen an zu lachen.

»Du wirst es schon überleben«, sagt Taylor dann und klopft mir aufmunternd auf die Schulter.

Zehn Minuten später biegen wir auf den Parkplatz ein. Leider sind wir nicht die Einzigen, die an diesem Donnerstagnachmittag auf die Idee kamen, shoppen zu gehen.

Nachdem Madison drei Reihen durchgefahren ist und immer noch keinen freien Parkplatz gefunden hat, seufzt sie genervt auf.

»Ist das denn zu fassen? Als könnte man nicht auch mit dem Bus hierherfahren.«

»Dir ist schon bewusst, dass wir ebenfalls mit einem Auto gekommen sind?«, werfe ich vorsichtig ein.

»Das tut jetzt nichts zur Sache. Ahh, der Opi will doch bestimmt gleich rausfahren. Den Platz krall ich mir!«

Madison schaut ganz verbissen dabei zu, wie ein älterer Herr in Fleecejacke gemächlich zu seinem Volvo schlendert und dann noch langsamer einsteigt.

»Mach hin, Benjamin!«

»Du kennst den Mann?«, fragt Taylor überrascht vom Nebensitz.

»Nein, aber er sieht definitiv aus wie ein Benjamin«, antwortet Madison, gefolgt von einem »Halleluja!«, als der Mann endlich die Parklücke frei gemacht hat. Sie parkt schwungvoll ein und klatscht dann zufrieden in die Hände.

»So, das hätten wir.«

Wir steigen aus, und nach der langen Zeit im stickigen Auto atme ich erst einmal die kalte Winterluft ein. Auch wenn sie so eisig ist, dass ich schnell den Reißverschluss meiner Jacke hochziehe.

Wir laufen zum Eingang, und sobald wir das riesige Gebäude betreten haben, komme ich aus dem Staunen nicht mehr heraus.

Das hier ist größer als jedes Einkaufscenter, das ich bisher in Deutschland gesehen habe. Es gibt sogar Palmen und Springbrunnen!

Ein Geschäft reiht sich an das nächste. In jedem riecht es anders, sodass man sich fühlt, als würde man durch die Parfümabteilung von Douglas spazieren.

Die Musik ist in manchen Läden gar nicht so schlecht, aber trotzdem viel zu laut für meinen Geschmack. Und mindestens in dreien läuft »Last Christmas«. Dabei haben wir noch nicht mal Dezember.

»Lass uns als Erstes hier reingehen.« Taylor zieht mich in einen kleinen Laden, dessen Schaufenster viel weniger bunt glitzert als die der anderen Geschäfte.

»Hier ist alles secondhand«, beginnt Taylor zu schwärmen. »Wieso etwas neu kaufen, das dann womöglich jeder Zweite trägt, wenn du ein einzigartiges Stück bekommst, das billiger ist und schon wesentlich mehr erlebt hat?«

Ihre Augen leuchten förmlich, als sie über die Stoffe der Klamotten fährt.

Ich sehe mich um. Echt gar nicht so übel. Taylor hat mir natürlich schon von ihrer Liebe zu Secondhandmode erzählt, und ich verfolge ihren Instagram-Account. Es ist echt krass, was man aus so manch alten Stücken noch zaubern kann. Vor allem finde ich es beeindruckend, mit welcher Leidenschaft Taylor diese Seite füllt. Ich durfte auch schon ein paarmal ihr Fotograf sein, aber die meisten Bilder macht sie in ihrem eigenen Zimmer. Wenn ich mir da meine Instagrambilder ansehe, wirken die wie ein bunt zusammengewürfelter Gemischtwarenladen. Aber das ist schon okay, ich teile ganz einfach das, was mir gefällt.

Ich schlendere durch den Laden und entdecke auf Anhieb ein paar Oberteile, deren Stil mir gut gefällt. Außerdem gibt es nicht nur Kleidung, sondern auch Rucksäcke, Schmuck und handgefertigte Taschen.

»Also, was brauchst du alles?«, fragt Madison.

»Auf jeden Fall eine neue Jacke. Meine jetzige ist nicht warm genug und auch ein bisschen zu kurz. Ein Schal wäre auch nicht schlecht und eine Mütze.«

»Verstehe. Taylor, ausschwärmen«, ruft Madison und verschwindet nach hinten in den Laden.

Ich stehe etwas hilflos im Eingangsbereich. Immer noch überfordert von all den Klamotten um mich herum. Bisher habe ich meistens online eingekauft. Auch wenn das nicht gut für die Umwelt ist, wie mir Taylor immer wieder mitteilt. Aber mit drei Geschwistern ist ein Shoppingtrip die pure Hölle.

Ich bleibe bei einem Aufsteller mit Mützen stehen und entdecke eine hellgraue aus dicker Wolle. Sie sieht kratzig aus, als ich sie jedoch in die Hand nehme, ist der Stoff wunderbar weich. Ich drehe sie, sodass ich das Preisschild lesen kann. 5 $. Na, das geht voll klar. Als ich schon weitergehen will, fällt mein Blick auf eine dunkelblaue Mütze. Die Form einer Welle ist mit weißem Faden auf die Vorderseite gestickt.

Ich glaube, ich habe gerade das perfekte Weihnachtsgeschenk für Charlie gefunden. Lächelnd greife ich mir die Mütze und mache mich dann auf die Suche nach einem Spiegel.

Ich entdecke Taylor, die mit zwei riesigen Jacken in den Händen auf mich zukommt.

»Bist du sicher, dass mir die passen?«

»Na klar. Die sehen nur so gewaltig aus, weil sie so stark gefüttert sind.«

»Ah. Sag mal, hast du hier irgendwo einen Spiegel gesehen?«

Taylor deutet lachend neben mich. »Direkt zu deiner Rechten, du Blindschleiche. Und das, obwohl du sogar 'ne Brille trägst.«

Ich stehe tatsächlich direkt neben einem Spiegel und habe ihn nicht einmal bemerkt. Typisch.

Zuerst setze ich mir die Mütze auf.

»Wow, die steht dir echt gut!«, ruft Taylor. »Jetzt probier mal die Jacke hier«, meint sie und reicht mir einen dunkelblauen Parker mit braunen Details.

Ich schlüpfe hinein und bin überrascht, wie schwer er ist.

»Das fühlt sich ja an, als würde ich mit einem Fatsuit herumlaufen.«

»Übertreib mal nicht, du Mimose.« Kommt es von Madison, die hinter Taylor aufgetaucht ist.

»Hier ein passender Schal und Handschuhe.«

Sie wirft mir den grauen Schal um den Hals, und langsam wird mir wirklich heiß hier drin. Der Laden ist gut beheizt, und so voll bepackt fühlt es sich an, als hätte mich jemand in ein Hitzezelt gesteckt.

Ich werfe einen Blick in den Spiegel. Die Jacke sieht wirklich schön aus. Die Taschen liegen an praktischen Stellen, und sie ist auch nicht zu kurz.

»Was kosten die Klamotten denn?«, frage ich und wickle mir endlich den Schal vom Hals.

»Schal und Handschuhe kommen auf 15 $, die Jacke auf 60 $.«

Ich schlucke. Ja, das geht noch. Immerhin verdiene ich nun monatlich etwas. Auch, wenn ich das meiste davon eigentlich für zu Hause sparen wollte.

Nachdem wir gezahlt haben, lotsen mich die beiden ins zweite Stockwerk zu ihrem Lieblingscafé.

»Wenigstens einmal musst du hier was getrunken haben! Sie geben immer ein wenig Zimt in den Kakao, und es gibt alle Getränke auch mit Mandelmilch«, schwärmt Taylor.

»Apropos: Hast du von der veganen Pizzeria gehört, die direkt neben dem Campus eröffnet hat? Die stellen ihren eigenen Mozzarella aus Mandelmilch her«, erzählt Madison und beobachtet grinsend, wie Taylors Augen zu leuchten beginnen.

»Wieso erfahre ich das erst jetzt? Leute, da müssen wir hin!«

Madison lacht nur und läuft zielstrebig durch das volle Café.

Hier drin sieht es ein bisschen so aus wie in unserer Hütte im Nationalpark. Alles scheint aus Holz zu bestehen. Riesige Glühbirnen hängen von der Decke und werfen alles in ein gemütliches, oranges Licht. Das Café ist vollgestopft mit Menschen, doch Madison ergattert noch einen kleinen Tisch in der hintersten Ecke. Eingequetscht zwischen Wand und Tischbeinen, geben wir unsere Bestellung auf.

Taylor und ich bestellen einen heißen Kakao, während Madison ihrem Cappuccino treu bleibt. Sobald der Kellner verschwunden ist, beugt Madison sich zu uns und senkt ihre Stimme. »Ich muss euch übrigens was erzählen.«

Taylor und ich sehen uns überrascht an. Madison ist keine Person, die lange um den heißen Brei herumredet. Wenn sie etwas sagen will, dann tut sie das geradeheraus. Oft auch lauter als gewöhnliche Menschen. Jetzt wirkt sie aber irgendwie verlegen. Sie lässt ihren Blick ruhelos durch das Café schweifen und vermeidet es, uns anzusehen.

»Spuck's schon aus. Was gibt's?«, fragt Taylor eindringlich.

»Erinnert ihr euch noch an Halloween? Den Werwolf, der meine Nummer wollte?«

Taylor und ich nicken beide sofort.

»Weißt du mittlerweile, wer es ist?«, frage ich aufgeregt.

»Nein, aber ich hab eine Theorie.«

Die Bedienung kommt mit drei dampfenden Tassen an unseren Tisch, und Taylor und ich tunken unseren Keks in den Kakao. Ich verbrenne mir die Zunge, aber das ist es wert. Der Kakao schmeckt nach flüssiger Schokolade, einer Prise Zimt und vor allem nach zu Hause.

Madison nimmt ebenfalls einen Schluck von ihrem Kaffee und fährt dann mit ihrer Erzählung fort. »Also, nach dieser Party hab ich nicht damit gerechnet, dass der Typ sich noch mal meldet. Okay, wir haben echt lang zusammen getanzt, aber er wollte diese bescheuerte Maske einfach nicht absetzen, also dachte ich, er ist eh nur auf was Unverbindliches aus. Aber dann hat er mir am nächsten Tag geschrieben. Richtig nett, in ganzen Sätzen und ohne einen einzigen blöden Anmachspruch, glaubt mir, das kommt so gut wie nie vor! Er hat mir wie versprochen das Rezept geschickt, und irgendwie haben wir dann noch länger geschrieben. Ich hab ihm ein Foto von dem Kuchen geschickt, als ich ihn nachgebacken habe und so weiter. So geht das jetzt schon einen Monat lang.«

»Aber wer ist er denn jetzt?«, will nun auch Taylor wissen und hat vor lauter Aufregung ihren Keks in den Kakao fallen lassen.

»Er will mir seinen Namen nicht verraten, was echt kindisch ist, aber er meinte, er ist Vorurteile leid, und wenn ich wüsste, wer er ist, würde ich nicht mehr mit ihm schreiben. Keine Ahnung. Irgendwie verstehe ich ihn. Ich bin es ja auch leid, dass Leute mich ständig auf mein Äußeres reduzieren. Irgendwie ist es schön, dass es mal nicht darum geht, versteht ihr? Wir unterhalten uns über ganz andere Sachen. Politik, französische Filme, das Backen. Er ist echt schlau und kann sich wirklich gut ausdrücken.«

Während Madison immer weitergesprochen hat, habe ich ihr Gesicht ganz genau beobachtet. Ich kenne diesen Blick. Die geröteten Wangen, der glasige Blick.

»Du hast dich in einen wildfremden Werwolf verknallt!«, fasse ich ihren Monolog zusammen, und Taylor neben mir verschluckt sich an ihrem Kakao.

»Das klingt fast wie eine *Twilight*-Fanfiction.« Sie lacht, bis sie Madisons Blick begegnet. »Sorry, ich dachte nur, wegen Werwolf. Du weißt schon.«

Madison winkt ab. »Diese sexistischen Filme kennt er zum Glück gar nicht. Er hat sich das Kostüm von einem Freund geliehen.«

»Du meintest vorhin, du hast eine Theorie, wer es sein könnte. Also?«, frage ich, bevor Taylor noch einmal das *Twilight*-Thema anspricht.

»Also, ich habe da diesen Kommilitonen. Er heißt Sam, und in Zellbiologie sitzen wir nebeneinander. Ich schwöre euch, seine Stimme klingt genau wie die des Werwolfs!«

»Seine Stimme kam mir irgendwie bekannt vor«, wirft Taylor ein.

»Okay … Dann könnte es noch jemand aus dem Theatertrakt sein. Oder Literatur. So wie er schreibt und sich ausdrückt. Das würde passen.«

»Das wär's ja, wenn es einer aus unserem Semester ist!«, ruft Taylor aufgeregt.

»Am Ende sitzt er hier irgendwo und beobachtet uns«, flüstere ich.

»Meinst du echt?« Madison sieht sich panisch im Café um.

Taylor und ich lachen. »Du bist echt verknallt, Mads«, schlussfolgert Taylor.

»Nenn mich nicht so!«, protestiert Madison direkt, doch Taylor und ich grinsen uns nur weiter an.

»Aber ja, kann schon sein«, meint sie schließlich leise. »Manchmal schreiben wir die ganze Nacht durch, und es ist echt lustig. Ich wünschte nur … Also ich würde ihn wirklich gerne mal treffen. Ohne Maske und so.«

»Na, dann frag ihn doch einfach«, schlägt Taylor vor.

»Hab ich doch schon längst. Er weicht mir immer aus.«

»Also hat er Angst«, stelle ich fest.

»Aber wieso? Er weiß, dass ich ihn mag. Das habe ich ihm bereits geschrieben.«

»Vielleicht ist er hässlich? Okay, sorry, war ein Scherz!«, rudert Taylor schnell zurück, als sie Madisons Blick begegnet.

»Wahrscheinlich hat er kein großes Selbstbewusstsein«, werfe ich ein und denke dabei an Jackson. Na toll, bis eben hatte ich ihn erfolgreich aus meinen Gedanken verdrängt.

»Daran kann man doch arbeiten. Ich hab genug für uns beide«, meint Madison.

»Da bin ich mir sicher.« Wir lächeln uns an. »Irgendwann weißt du, wer er ist. Er kann sich ja nicht ewig als Werwolf verkleiden.«

Jetzt lacht Madison. »Nein, spätestens bei der Hochzeit gäbe es da echt komische Blicke.«

Nun fällt auch Taylor mit in unser Lachen ein, und mir wird ganz leicht ums Herz. Es war die richtige Entscheidung, mit ihnen hierherzukommen.

Wir verlassen das Café, und bevor wir wieder ins Auto steigen, zerre ich die beiden noch in einen Süßigkeitenladen. Wenn sie mich zum Shoppen zwingen können, dann kann ich sie auch zwingen, jede Süßigkeit in diesem Laden zu testen, die man kostenlos probieren darf. Zuckerschock hin oder her! Außerdem kann ich hier Oreos mit grüner Füllung kaufen, Vikys Lieblingssorte. Wenn Charlie die Mütze bekommt, dann schenke ich Viky die Oreos. Gut, dass ich das Paket für die beiden vorhin noch nicht zugeklebt habe.

Neben den Oreos finde ich auch noch extrem saure Drops für Lou, und Paul kriegt eine Riesenpackung Reeses. Er vergöttert Erdnussbutter geradezu.

Mit deutlich leichteren Geldbeuteln verlassen wir das Einkaufscenter und hören auf dem Weg nach Hause ein kitschiges Weihnachtslied nach dem nächsten.

Es ist schon interessant. Diese Lieder finde ich allesamt grässlich, weil ich sie in meinem Leben schon viel zu oft gehört habe. Aber hier in diesem Auto, zusammen mit Taylor und Madison, die alle Texte auswendig können und sie lauthals und absichtlich schief mitgrölen, finde ich die Lieder auf einmal gar nicht mehr so schlimm.

JACKSON

Ich bin ein Vulkan

@vancroofer97: Ich bin ein Vulkan. Einer, der jeden Moment ausbrechen kann oder noch jahrelang friedlich schlummert. Ich bin außen umhüllt von kaltem, hartem Stein. In mir brodelt die Lava.
Ich bin eine Bombe, die man vor langer Zeit entschärft hat. Ich wurde lange untersucht und schließlich für ungefährlich erklärt. Aber was, wenn die Prognosen falsch waren? Wenn da doch noch ein Rest Dynamit in mir ist? Was, wenn ein kleiner Funke reicht, um ihn zu entzünden?
Was, wenn ich mit der Explosion alles um mich herum zerstöre?
Ist es dann nicht besser, allein zu bleiben? So weit abseits von allen, die ich liebe, um sie vor mir zu beschützen?
Ich habe gesehen, was passiert, wenn Menschen leiden. Wenn ich ausbreche und die brodelnde Lava alles mit sich reißt. Ich habe ihren Schmerz gesehen, und was noch schlimmer ist: die wachsende Hoffnung. Die Freude, als das Dynamit gebannt schien. Ich habe gesehen, wie es sie zerreißt und verändert. Das kann ich nicht noch einmal zulassen.
Ich bin ein schlafender Vulkan. Und ja, vielleicht breche ich nie wieder aus, aber was, wenn doch?
Ist es nicht Liebe, alle um mich herum zu schützen?
Ist es dann nicht okay, sie von mir zu stoßen?
Immerhin habe ich nach all den Jahren viel Übung darin.
Alternative Bildbeschreibung: Zu sehen ist die Silhouette von einem jungen Mann auf einem Dach. Im Hintergrund befindet sich die untergehende Sonne, der Himmel ist tieforange.
3478 Likes

@louislouislou: starker Text und starkes Bild! 💣 💥

@roofinggirl_: Eigentlich habe ich hier noch nie kommentiert, aber echt stark, Mann! Das Bild ist auch super nice.

@crashingX4u: 💪 ❤

@tarekxmarek: Wow, ich weiß gerade gar nicht, was ich sagen soll. Das war krass. Hoffe, dir geht es gut!

@zerohand2000: Klingt es seltsam, wenn ich sage, dass ich genau verstehe, was du meinst? In meiner Familie ist vor Jahren auch ein Vulkan ausgebrochen. Meine Eltern versuchen heute noch, die Asche zu beseitigen, während es niemanden interessiert, dass meine Hände auch Feuer gefangen haben. Aber ich könnte sie trotzdem nie von mir stoßen. Das solltest du auch nicht. Du beschützt sie dadurch nicht, sondern verlierst sie nur. Glaub mir, ich spreche aus Erfahrung. ☹

LUKE

Schneegestöber

Als ich am nächsten Tag den Campus betrete, fallen kleine weiße Flocken vom Himmel. Der erste Schnee legt sich über Vancouver. Okay, er bleibt noch nicht liegen, trotzdem sieht es wunderschön aus, wie sich die Spitzen der Bäume weiß färben. Wie die kleinen Flocken auf den Haaren der Studierenden landen und dort bleiben, bis die Wärme ihrer Körper sie in glitzerndes Wasser verwandelt.

Während ich mit Taylor in Richtung unseres Filmproduktionskurses laufe, schaue ich mir den Campus noch einmal genauer an. An manchen Tagen vergesse ich, dass wir hier an einer Universität sind. Es fühlt sich eher wie Schulunterricht an. Doch dann sehe ich die Kurspläne, die wilden Partys und die schwierigen Tests in Theater- und Filmgeschichte, und mir wird wieder klar, dass ich hier wirklich an einer Universität bin. Nur der Theaterkurs fällt aus dem Muster. Wir sind so eine kleine familiäre Gruppe. Liv und Casey sind mir genauso ans Herz gewachsen wie Hunter, Tarek, James und die anderen. Selbst Miss Martinez' ruppige Art hat etwas Liebenswürdiges. Genau heute bin ich besonders froh, nach Kanada gekommen zu sein. Wenn ich mir vorstelle, was ich sonst alles verpasst hätte … Ich fühle mich immer noch schlecht, dass ich meine Familie einfach so zurückgelassen habe, aber sie scheinen klarzukommen. Und ich, ich spüre zum ersten Mal etwas von der Freiheit, von der die anderen in meiner Klasse immer gesprochen haben.

Heute Nachmittag werde ich Jackson zur Rede stellen. Ich bin bereit. Habe das Gespräch den ganzen gestrigen Abend geübt. Er ist mir eine Antwort schuldig, und dieses Mal werde ich dafür sorgen, dass er nicht weglaufen kann.

Der Tag zieht an mir vorbei, wie ein grauer Schleier. Beim Vortrag des Filmproduktionskurses passe ich noch auf, da wir nächste Woche einen Test schreiben, doch in Theater- und Filmgeschichte starre ich die ganze Zeit nur aus dem Fenster und zähle die Minuten bis zur Theaterprobe.

Selbst als ich auf der Bühne stehe, bin ich nicht wirklich bei der Sache. Miss Martinez fällt das natürlich sofort auf. Sie bellt durch den Saal, und normalerweise wäre ich vor Angst im Boden versunken, doch nicht heute. Jackson steht irgendwo dort hinter dem Vorhang. Ich weiß, dass er mich hören kann. Vielleicht beobachtet er mich sogar. Ich reiße mich die letzten Minuten noch einmal zusammen, bin aber sehr froh, als meine Szene vorbei ist und ich Jenny, Hunter und James zuschauen kann, wie sie das Bankgebäude betreten.

Um halb vier klatscht Miss Martinez in die Hände, und sofort springe ich von meinem Stuhl. Taylor sieht verwirrt zu mir, doch ich schüttle nur den Kopf. Ich habe jetzt keine Zeit für Erklärungen. Denn Jackson hat sich sicher schon auf den Weg nach draußen gemacht. Ich würde es ihm zutrauen, dass er die Hintertür genommen hat. Sobald wir entlassen sind, schnappe ich mir Mantel und Tasche und renne ebenfalls zur Hintertür hinaus. Ich weiß, dass Miss Martinez es hasst, wenn man in ihrer heiligen Halle rennt, aber das ist mir gerade herzlich egal.

Ich laufe nach draußen und komme auf dem gefrorenen Boden schlitternd zum Stehen. Keine Spur von Jackson. Also gut, dann eben doch die Vordertür. Ich laufe um das Gebäude herum und achte dabei darauf, auf dem matschigen Boden nicht auszurutschen. Mittlerweile haben sich die Schneeflocken in große graue Klumpen verwandelt, die sich in meinen Haaren festsetzen und auf meiner Brille landen, was wirklich besonders ärgerlich ist, denn so laufe ich quasi blind auf den Eingang zu.

Als ich die Silhouette einer Person ausmache, beginnt mein Herz zu hämmern. Das muss er sein.

»Hey«, rufe ich schon von Weitem, und die Silhouette zuckt zusammen. »Jetzt kannst du nicht einfach weglaufen.«

»Alter, was ist dein Problem?« Das ist nicht Jacksons Stimme. Schnell setze ich die Brille ab und wische sie an meinem Mantel trocken. Als ich sie wieder aufgesetzt habe, erkenne ich Kyle vor mir. Shit. Er steht rauchend unter dem Dachvorsprung des Gebäudes und mustert mich von oben bis unten.

»Suchst du jemanden?«, fragt er dann und bläst eine Rauchwolke in die Luft.

»Sorry, ja. Hast du Jackson gesehen?«

Quälend langsam drückt Kyle die Zigarette im Aschenbecher aus und wendet seinen Blick wieder mir zu. »Jackson?«

»Ja, Jackson«, sage ich genervt. »Ihr studiert zusammen Architektur.«

»Ach so, Jack! Der ist irgendwo dahinten.« Kyle deutet vage in Richtung Parkplatz, und ich verfluche mich. Natürlich, er wird zu seinem Motorrad gegangen sein!

»Danke dir!«, rufe ich über die Schulter, während ich schon los in Richtung Parkplatz laufe.

Das Schneetreiben wird nun immer stärker. Meine Haare und Schuhe sind mittlerweile klatschnass. Meine Brille beschlägt, sobald ich ausatme. Gott, ich hasse es, auf dieses Drahtgestell angewiesen zu sein.

Halb blind suche ich den Parkplatz ab, doch natürlich laufen hier viele Studierende herum. Die meisten haben sich die Kapuzen tief ins Gesicht gezogen, andere haben sogar Regenschirme aufgespannt. Generell scheinen sie aber alle an das Wetter gewöhnt zu sein. Natürlich, sie erleben das auch jeden Winter. Ich laufe durch die Reihen und suche nach Jacksons Motorrad. Doch es ist zwecklos, ohne meine Brille sehe ich nur ein paar Meter weit, und es verschwimmt alles sofort, weil es sinnlos ist, sie trocken zu reiben, wenn sie sofort wieder nass wird.

Ich gebe es auf und laufe zurück zu meinem Auto. Frustriert trete ich gegen den Reifen und suche mit halb gefrorenen Fingern nach dem Autoschlüssel.

»Hey, was hat dir das Auto denn getan?«

Ich zucke zusammen und lasse den Autoschlüssel in den Schnee fallen. Da steht er. Direkt neben meinem Wagen. In voller Motorradmontur. Seinen Helm hält er in der Hand, weswegen die weißen Flocken auf seinen Haaren landen und sich in den dunklen Wimpern verfangen.

Ich will wütend sein, weil er die ganze Zeit hier stand und ich ihn nicht bemerkt habe. Ich will ihn anschreien, weil er mich die letzten Tage ignoriert hat. Ich will irgendetwas machen, stattdessen starre ich ihn nur durch meine verklebte Brille an und spüre, wie mir flüssiger Schnee den Rücken hinunterläuft. Kein besonders tolles Gefühl.

»Hier warst du also«, bringe ich schließlich hervor.

»Ich dachte, ich schaff es noch vor dem Schneesturm nach Hause.«

»Ich fahr dich.« Das ist keine Frage. Leider sehe ich auch nicht, wie Jackson darauf reagiert. Gott, am liebsten würde ich diese nutzlose Brille in den Schnee schleudern.

»Okay«, sagt er dann jedoch. Vielleicht, weil er auch nicht länger in dieser Kälte stehen will.

Also steigen wir ins Auto, und ich drehe die Heizung auf. Sofort beschlägt meine Brille erneut, doch dieses Mal bin ich vorbereitet. Ich hole ein Brillenputztuch aus dem Seitenfach, und als sie endlich trocken ist, setze ich sie mir auf die Nase. Wundervoll, ich kann wieder sehen.

Jackson neben mir hat den Motorradhelm auf seinem Schoß abgelegt und befreit seine Haare von den weißen Flocken, die sich in den Strähnen festgesetzt haben. Die Feuchtigkeit hat seine Locken zum Vorschein gebracht. Sie hängen ihm tief in die Stirn. Wangen und Lippen sind noch feucht vom geschmolzenen Schnee. Etwas in mir möchte ihn zu mir ziehen und ihn küssen. Seine Lippen sind sicher noch ganz kalt. Verdammt, das ist die allerletzte Reaktion, die ich jetzt von meinem Körper möchte! Kann er sich nicht einmal zusammenreißen?

»Ähm, fährst du nicht los?«, fragt Jackson schließlich und sieht mich an. Das letzte Mal war er mir so nah, kurz bevor wir uns geküsst haben. Ich versuche, die Erinnerung wegzuwischen, doch es gelingt mir nicht. Ich will wütend auf ihn sein. Gleichzeitig schreit alles in mir danach, genau dort weiterzumachen, wo wir beim letzten Mal aufgehört haben.

»Erst reden wir«, sage ich und lasse mich nach hinten in den Sitz sinken.

Ich bin Jackson dankbar, dass er nicht fragt: »Worüber denn?« Er weiß genauso gut wie ich, dass dieses Gespräch hier nötig ist.

Also beginne ich. Sage die Sätze, die ich mir gestern Nacht zurechtgelegt habe. Fast sehe ich sie vor mir, wie ein Theatermanuskript.

»Meinen ersten Freund durfte ich nur heimlich küssen. Sein Name war Timo. Er war zwei Klassen unter mir und er steckte mir immer Zettel zu, wenn wir zusammen mit dem Bus nach Hause fuhren. Auf dem ersten Zettel stand: ›Ich mag deine Haare.‹ Auf dem zweiten: ›Ich wüsste gerne, was du für Musik hörst, wenn du so selig vor dich hin lächelst.‹ Und so weiter. Doch Timo setzte sich nie neben mich. Wir trafen uns heimlich. Bei ihm. Hinter seiner geschlossenen Zimmertür traute er sich, meine Hand zu nehmen. Wenn seine Eltern nicht zu Hause waren, dann küssten wir uns auch. Aber da war immer die Angst. Die Angst, dass die Tür jeden Moment aufgehen könnte. Timos Angst hat unsere Beziehung zerstört. Ich wollte mich nicht immer verstecken. Er war nicht bereit, sich zu zeigen.

Nach Timo hatte ich keinen Freund mehr. Es gab einige, die es hätten werden können. Ein Kuss auf einer Party, ein Flirt auf dem Schulflur. One-Night-Stands in dunklen Räumen. Berührungen, Küsse, Sex. Dafür waren alle offen. Ich natürlich auch. Immerhin war es toll, sich nicht länger verstecken zu müssen. Aber ich wollte mehr. Ich wollte immer mehr als die anderen. Ich kann dir nicht sagen, wieso. Vielleicht, weil ich es mag, mit Menschen zu frühstücken und auch den Morgen mit ihnen zu verbringen. Vielleicht, weil Sex toll ist, aber ein kuscheliger Filmabend noch schöner. Ich will eine Person, der ich vertrauen kann und die immer da ist, nicht nur dann, wenn es ihr gerade passt. Ich will alle Facetten des Lebens. Nicht nur die eine. Ich will mit dir zusammen sein, Jackson. Nicht als ein Flirt auf dem Flur. Wir müssen nicht Händchen haltend durch die Uni laufen und uns Herzkettchen mit unseren Namen drauf kaufen, aber ich will einen Freund, der mir absagt, wenn er nicht kommen kann. Ich will einen Freund, dem ich wichtig bin.«

Mein Mund fühlt sich ausgetrocknet an, als ich meinen Monolog beende. Eigentlich klang er ziemlich gut. Vielleicht sollte ich ihn als Hausarbeit in Kreatives Schreiben einreichen. Ein Zusatzkurs, zu dem mich Taylor gezwungen hat, der aber eigentlich echt nützlich ist.

Jackson neben mir bleibt stumm. Er schaut mich nicht an, sondern starrt auf seine Hände, die er um den Motorradhelm geklammert hat, so als würde er am liebsten mit ihm davonrennen. Doch er bleibt sitzen.

»Tut mir leid, dass ich dir nicht geschrieben habe«, bringt er schließlich hervor, und ich erschrecke darüber, wie leise seine Stimme klingt.

»Na ja, du hast mir eine Sprachnachricht geschickt«, werfe ich fairerweise ein.

Jacksons Blick ist gequält. Eine Mischung aus Lachen und Scham. Einen derartigen Gesichtsausdruck habe ich bei ihm noch nie gesehen.

»Die hätte ich nicht abschicken sollen. Sie war schrecklich.«

»Das war sie.« Ich verfolge die Flocken, die mittlerweile wieder kleiner geworden sind und nun nur noch langsam aus den Wolken fallen. Bis heute Abend ist der Schneematsch bestimmt schon wieder verschwunden.

»Ich hatte noch nie eine richtige Beziehung. Vermutlich aus den Gründen, die du genannt hast. Es ist toll, frei wählen zu können. Spaß zu haben. Ich bin richtig gut darin.«

Ich kann nicht verhindern, dass mir ein Schnauben entweicht. Will er mir jetzt etwa sagen, dass er toll darin ist, One-Night-Stands zu haben?

»Ich konnte das einfach nicht. Deine Familie und so. Das wär echt strange gewesen, so als hättest du mich offiziell vorgestellt, weißt du?«

»Na ja, genau das war mein Plan.«

Jackson fährt sich durch die nassen Locken, lässt seinen Kopf nach hinten an die Sitzlehne fallen und schließt die Augen. Er sieht müde aus. Erst aus der Nähe kann ich die Schatten unter seinen Augen erkennen. Taylor und er sehen sich erstaunlich ähnlich. Der Schwung ihrer Lippen, die markante Nase und die langen Wimpern. Wieder einmal frage ich mich, wieso die beiden so zerstritten sind.

»Ich mag meine Freiheit echt gern, verstehst du?«

»Aber die nehme ich dir doch nicht weg.«

»Wieso muss es denn gleich eine Beziehung sein? Wir könnten

doch auch einfach so abhängen. Spaß miteinander haben. Immerhin bleibst du ja nicht ewig in Kanada.« Er öffnet die Augen und sieht mich so intensiv an, dass ich fast schwach werde. Doch ich schüttle den Kopf.

»Ich weiß, dass ich im Mai wieder zurückfliege, aber … ich könnte nie nur so mit dir abhängen, verstehst du?«

Jetzt verfinstert sich Jacksons Blick, und er dreht sich so weit zu mir, dass der Autositz gefährlich knarzt. »Und wie stellst du dir das vor? Du fliegst zurück nach Deutschland, und was dann? Ich bin nicht der Typ für Fernbeziehungen.«

Mir ist klar, dass er hier gerade nur eine Ausrede sucht und seine Meinung sich nicht ändern würde, auch wenn ich in Kanada leben würde, aber ich spiele sein Spiel mit.

»Dann müsstest du wohl einfach nach Deutschland ziehen.«

Jetzt sieht er mich so geschockt an, dass ich lachen muss. »Keine Sorge, mir ist klar, dass das sehr unwahrscheinlich und viel zu viel verlangt ist. Also lassen wir's.« Ich kann nicht verhindern, dass meine Stimme verbittert klingt. Irgendwie hatte ich mir dieses Gespräch anders vorgestellt. Wortlos steige ich aus, wische mit dem Schneeschieber die weißgraue Masse von der Frontscheibe, die sich dank der warmen Heizungsluft ganz einfach beseitigen lässt, und lasse mich zurück ins Auto fallen. Dann starte ich das Auto.

Zwei Minuten später stehen wir vor Jacksons Wohnheim. Ich frage mich, wieso er diesen kurzen Weg jeden Tag mit dem Motorrad fährt, doch es ist mir egal. Ich will, dass er aussteigt. Weil ich dann mit ihm abschließen kann. Er will keine Beziehung. Ich will keinen weiteren One-Night-Stand, der mir am Ende das Herz bricht. Was sollen wir noch reden? Es ist alles gesagt.

»Danke fürs Fahren«, sagt Jackson und schnallt sich ab. Ich warte darauf, dass er die Tür öffnet, doch er bleibt sitzen.

»Also dann …«, versuche ich, mich zu verabschieden, doch weiter komme ich nicht. Jackson beugt sich zu mir, zieht mich an meinem Pulloverkragen noch näher an sich heran, sucht in meinen Augen nach Zustimmung und küsst mich, als ich sie ihm mit einem Blinzeln gebe.

Dieser Kuss ist anders als die anderen zuvor. Dieser Kuss ist vorsichtiger. Intimer. Wir wissen, dass es der letzte ist, doch für einen kurzen Moment wirkt er wie der Anfang von etwas Neuem. Jacksons Lippen sind immer noch kühl, seine nassen Haare kitzeln meine Wangen, ich rieche sein vertrautes Aftershave und spüre ein Zittern, das sich um uns gelegt hat. Geht es von Jackson aus oder von mir? Ich weiß es nicht.

Seine Hand streicht über meine Wange bis zu meinem Nacken und fährt dann in meine Haare. Ich weiß mittlerweile, wie gerne er sie berührt. Als mir klar wird, dass Jacksons Hand nie wieder durch meine Strähnen fahren wird, zieht sich etwas in mir zusammen, und ich intensiviere den Kuss, weil ich noch nicht will, dass er endet.

Jackson erwidert den Druck mit seinen Lippen, lässt ein letztes Mal seinen Duft auf meiner Haut zurück.

Und dann ist es vorbei. Ein letzter Blick in seine grauen Augen, in denen Verlangen und Traurigkeit zugleich liegt. Er wendet sich ab, steigt aus dem Auto und sieht nicht noch einmal zu mir zurück.

Mein erster Impuls ist, ihm nachzulaufen, auf meine Prinzipien zu scheißen und mit ihm zu schlafen. Mein Körper verlangt danach. Sehnt sich nach ihm. Ich will ihn nicht gehen lassen. Aber genau das ist das Problem. Offenbar will ich ihn mehr als er mich. Das muss ich akzeptieren. Ich schmecke ihn noch immer auf meinen Lippen, als ich den Wohnheimparkplatz hinter mir lasse.

JACKSON

Billy, der Weihnachtself

»Hey, Alter, alles okay bei dir?« Billys Gesicht schiebt sich in mein Blickfeld. Ich liege quer über meinem Bett, die Beine an der Wand hochgelehnt, der Kopf baumelt nur ein paar Zentimeter über dem staubigen Boden.

»Klar, mir geht's blendend«, erwidere ich tonlos.

Billys Gesicht verschwindet, dafür verfolge ich seine Spiderman-Socken, die auf die andere Zimmerseite laufen. Kurze Zeit später kommt er zurück. Genervt öffne ich die Augen, um ihm zu sagen, dass er mich endlich in Ruhe lassen soll. Ich blicke auf nackte Brüste.

»What the fuck?« Ich springe auf, stoße mir den Kopf an Billys Knie und rolle vom Bett.

»Wusst ich doch, dass der Trick funktioniert.« Billy wedelt mit einem dünnen Mangaheftchen vor meinen Augen herum. Also doch keine echten Brüste, nur gezeichnete.

»Was stimmt nicht mit dir?«, frage ich ihn und reibe mir den schmerzenden Schädel.

»Die Frage wollte ich dir gerade stellen. Du liegst jetzt seit einer Woche apathisch rum, isst kaum was, duschst dich nicht, und was das Schlimmste ist: Dir ist es egal, wie viele meiner Socken auf dem Boden liegen! Aber Alter, ich brauch dich. Das Zimmer hier verkommt zur Müllhalde, wenn du mir nicht ab und zu in den Arsch trittst. So geht's echt nicht weiter.«

Ich starre immer noch auf Billys Mangaheft, blinzle ein paarmal und sehe dann zu ihm nach oben.

Wer hätte gedacht, dass ausgerechnet Billy mir einmal ins Gewissen reden würde?

Seine blonden Haare hängen ihm in Strähnen ins Gesicht, sein Strickpullover zeigt ein wirklich grässliches Rentiermotiv, und das ganze Outfit wird durch die Spiderman-Socken auch nicht besser.

»Komm schon, Mann. Machen wir was zusammen. Du musst hier echt mal raus.«

Billy und ich haben noch nie etwas zusammen unternommen. Wir koexistieren hier in diesem Zimmer, aber außerhalb des Wohnheims haben wir noch nicht eine Sekunde miteinander verbracht.

Ich verziehe gequält das Gesicht, doch Billy greift einfach nach meinen Armen und zieht mich auf die Beine.

»Los jetzt! Ab unter die Dusche, und dann fahren wir zusammen in die Stadt.«

»Mir geht's echt scheiße, ich hab mir was eingefangen oder so. Ich geh heute sicher nicht raus.«

Ich deute durch das Fenster nach draußen auf die grauen Wolken, aus denen es schon den ganzen Tag über schneit.

»Keine Widerrede. In drei Wochen ist Weihnachten, und ich hab noch kein Geschenk für meine Freundin.«

Das holt mich dann doch aus meiner Schockstarre.

»Du hast eine Freundin?!«

Billy lächelt geheimnisvoll, lässt sich aber nicht dazu herab, mir zu antworten.

Ich sehe den enttäuschten Blick meiner Mutter, als ich an ihrem Geburtstag mit dem lieblos eingepackten Gutschein vor ihr stand. Sie hat gelacht und gemeint, dass es nicht schlimm sei und dass sie sowieso nicht mit Geschenken gerechnet habe, aber Taylor hinter ihr hat mich mit ihren Blicken nahezu durchbohrt.

»Hast du schon Geschenke für deine Eltern?«, frage ich Billy, während ich langsam meinen Schrank öffne und nach sauberen Boxershorts suche.

»Klar, die kaufe ich immer schon Monate vorher. Mum kriegt ein neues Winteroutfit für ihre kleine Dogge, und Dad schenke ich einen alten Plattenspieler. War superteuer das Ding, aber er wünscht sich schon ewig einen.«

Beeindruckt mustere ich Billy. Er bringt es doch immer wieder fertig, mich zu überraschen.

»Na schön. Ich komm mit dir mit. Aber wir gehen nicht in die Mall, da sind aktuell alle. Lass uns in die Innenstadt.«

»Mir egal, wo wir hingehen, Hauptsache, du schwingst deinen Arsch endlich aus diesem Zimmer.«

Eine Stunde später laufen Billy und ich über die verschneiten Straßen der Innenstadt und weichen den Menschenmassen aus, die uns entgegenkommen. Offenbar hatte ich unrecht, hier ist es genauso voll wie in der Mall.

Am Ende der Straße steht ein gigantischer beleuchteter Weihnachtsbaum, vor dem gut zwei Dutzend Menschen mit ihren Handys stehen, um ein Foto zu schießen. Erst denke ich darüber nach, wie erbärmlich ich sie finde, dann überlege ich, selbst eins zu machen.

Die Tanne ist wirklich unfassbar riesig. Sie erstreckt sich fast bis zu den Ladenfenstern des dritten Stocks. Die Bäume, die den Weg säumen, sind mit Lichterketten umwickelt, und überall tönen Weihnachtslieder aus den offenen Geschäften. Es gibt auch einen Weihnachtsmarkt: Kinder ziehen ihre Eltern von Stand zu Stand und schlecken an übergroßen Zuckerlutschern, eine große Gruppe Touris blockiert die auf der Parkfläche errichtete Schlittschuhbahn, und der Geruch von gebrannten Mandeln und Punsch ist einfach überall.

»Ich liebe die Weihnachtszeit!«, flötet Billy und zieht sich seinen selbst gehäkelten Schal etwas enger um den Hals. Sein Gesicht ist zwischen der riesigen roten Mütze und dem blauen Schal kaum noch zu erkennen.

»Sieh dir nur diese Lichter an! Besser als in jedem Online-Game, das sag ich dir. Und dieses Jahr müssen sie nicht einmal Kunstschnee verwenden.«

Während Billy weiter vor sich hin brabbelt, folge ich ihm durch die volle Einkaufsstraße, ziehe mein Handy aus der Manteltasche und klicke zum bestimmt tausendsten Mal in dieser Woche auf sein Profil. Immer noch privat.

»Oh, die haben riesige Marshmallows mit Schokoladenüberzug! Los, ich spendiere dir einen.« Mit diesen Worten zieht Billy mich mit sich in eine Seitengasse, und ich folge ihm widerwillig.

Während er sich in der Schlange einreiht, lehne ich mich gegen die kalte Häuserfassade, lausche dem blechernen Weihnachtssong, der aus dem Foodtruck dröhnt, und starre in Lukes Augen.

Vor einer Woche habe ich ihn das letzte Mal gesehen. Ich habe die Theaterstunden geschwänzt und Miss Martinez geschrieben, dass ich krank bin. In gewisser Weise stimmt das sogar. Ich fühle mich wirklich krank. Mir ist ständig heiß, ich habe Magenschmerzen und kaum Appetit. Dummerweise geht das jetzt schon seit sieben Tagen so, und langsam kann ich es nicht mehr leugnen. Ich bin nicht krank, ich fühle mich ganz einfach nur mies, weil ich einen beschissenen Fehler gemacht habe. Weil ich zu viel Angst hatte, um dem Jungen, der mir seit Wochen nicht mehr aus dem Kopf geht, die Wahrheit zu sagen. Weil ich ganz einfach ein absoluter Feigling bin, sobald es um Gefühle geht.

Ich komme nicht damit klar, wenn Menschen mir sagen oder zeigen, dass sie mich lieben. Meine Eltern überschütten mich seit Jahren mit ihrer Liebe, weil sie so froh sind, dass ich noch am Leben bin. Weil ich ihr kleines Wunder bin. Ich weiß, dass auch Taylor mich liebt. Oder es zumindest irgendwann einmal getan hat. Ich habe das nie erwidert, weil das einfach nicht meine Art ist, und weil es sich falsch anfühlte, für etwas geliebt zu werden, das ich nicht beeinflussen kann. Super, ich bin gesund geworden – hurra! Manchmal stelle ich mir vor, wie ihr Leben weitergegangen wäre, hätte ich es nicht geschafft. Nach ein, zwei Jahren tiefer Trauer hätten sie ihr Leben weitergeführt. Taylor wäre dann an meine Stelle gerückt und hätte all die Liebe bekommen, die sie immer nur für mich übrig hatten. Ich weiß, dass ich so etwas nicht denken sollte. Ich liebe es, am Leben zu sein. Aber manchmal ist da diese Angst, die mir förmlich den Atem raubt. Dann frage ich mich, was passiert, wenn der Krebs zurückkommt. Ich weiß, dass es mit jedem Jahr unwahrscheinlicher wird, aber ganz sicher kann ich mir nie sein. Ich will ihnen nicht schon wieder so viel Kummer machen, deswegen denke ich manchmal, dass es besser ist, wenn sie mich nicht leiden können. Taylors Kommentar unter meinem letzten Instagrampost hat mich zum Nachdenken gebracht.

Der Post liegt jetzt schon einige Zeit zurück, aber seitdem hatte ich einfach keine Kraft mehr, etwas Neues zu posten. Taylors Worte haben mich verunsichert. Was ist, wenn sie recht hat? Wenn ich die Menschen mit meiner Haltung nicht schütze, sondern verletze? Aber was weiß sie schon. Sie hat keine Ahnung, wie es mir geht.

Wie auch? Ich erzähle es ihr ja nicht. Ich seufze und starre wieder auf Lukes Profil. Sein Bild ist noch immer dasselbe. Sein Profiltext ist so kurz, dass ich ihn mittlerweile auswendig kann:

The world is a stage. So keep writing your own script. 🎭
19 y.o. theatre student and foodlover
Currently in Canada 🇨🇦 – from Frankfurt 🇩🇪

Das mit Luke hat sich so echt angefühlt. Ich glaube nicht, dass er mich mochte, weil ich beliebt bin oder weil ich früher einmal sterbenskrank war und er Mitleid mit mir hatte. Ich glaube wirklich, dass er mich ganz einfach mochte, weil ich ich war. Bei ihm war es einfach, die Fassade etwas bröckeln zu lassen. Es hat sich gut angefühlt, aber gleichzeitig hatte ich Angst, weil das alles viel zu schnell ging. Weil ich das Gefühl habe, ihn nicht zu verdienen. Ich war schrecklich zu ihm, wieso sollte er mich nach alldem noch mögen? Aber unser Kuss … der war echt. Scheiße, wie macht man den größten Fehler seines Lebens rückgängig?

Ich blicke von meinem Handy auf und sehe zu Billy. Er gibt gerade seine Bestellung auf und winkt mir zu, als er meinen Blick bemerkt. In diesem Moment entscheide ich mich. Ich drücke auf den *Anfragen*-Button und stecke mein Handy dann so schnell wieder in die Hosentasche, als hätte ich mich daran verbrannt.

Luke wird sowieso nicht dahinterkommen, dass ich es bin. Obwohl sich ein winziger Teil von mir vielleicht genau das wünscht.

LUKE

Überall Lametta

Es ist der 24. Dezember. Der letzte Tag vor den Weihnachtsferien. In der Uni ist alles voll mit Lichterketten und Lametta. In Deutschland würde das jeder als furchtbar kitschig bezeichnen, aber hier passt es irgendwie. Zu Hause in Deutschland haben meine Geschwister jetzt schon frei und verbringen den Tag sicher auf der Couch und schauen *Bärenbrüder* oder *die Eiskönigin,* bis Ma von der Arbeit nach Hause kommt. Abends gibt es dann Toast Hawaii, und um Punkt acht Uhr läutet Ma im Wohnzimmer das Glöckchen, und Sascha, Paul und Lou werden sich auf die Geschenke stürzen. Hier wird erst übermorgen richtig gefeiert. Deswegen fühlt es sich umso seltsamer an, hier im Vorlesungssaal zu sitzen und nicht mit meinen Geschwistern auf der Couch bei einem Disneyfilm-Marathon.

Heute Morgen lag schon das Päckchen von Ma vor unserer Tür. Die Geschenke soll ich erst am 25. aufmachen, aber obenauf lag auch eine Karte, die ich nun in den Händen halte.

Es ist ein Bild von Ma, Sascha, Paul und Lou.

Es sieht ein bisschen so aus, als hätte man sie gezwungen, in die Kamera zu lächeln, und ich frage mich, wer das Foto gemacht hat. Vielleicht ja Opa oder Charlie. Paul ist schon wieder ein ganzes Stück gewachsen, bald wird er Sascha einholen. Ma und Lou wirken dagegen ganz klein. Ich streiche mit dem Daumen über das Gesicht meiner Mutter. Sie sieht gut aus. Zwar etwas gestresst, wie immer, aber sie trägt einen neuen Pullover und hat sich offensichtlich sogar mal wieder die Haare schneiden lassen.

Ich stecke das Foto zurück in die Hosentasche. In vier Monaten werde ich sie alle wiedersehen. Die Hälfte meines Au-pair-Aufenthaltes ist bereits um. Dieser Gedanke freut und erschreckt mich gleichermaßen.

Sobald ich das Unicafé betrete, winkt Madison mir vom hinteren Tisch aus zu. Sie sieht heute fast so aus wie die Weihnachtselfe aus Weihnachtsmann und Co. KG. Blonde Locken, grüne Strumpfhose und ein rotes Kleid.

»Geiles Outfit«, kommentiere ich ihren Look und lasse mich neben sie fallen.

»Danke, du Schleimer. Dachte, am letzten Tag kann ich dann auch mal was wagen. Sonst ist Taylor ja immer diejenige mit den auffälligen Klamotten.«

»Ich habe meinen Namen gehört«, flötet Taylor da auch schon und schlingt ihre Arme von hinten um Madison. Es sieht eher so aus, als wolle sie sie erwürgen, und kurz rangeln die beiden miteinander.

Manchmal habe ich nicht das Gefühl, dass wir tatsächlich Studierende sind.

»Ich habe nur deinen einzigartigen Stil gelobt«, prustet Madison, nachdem sie wieder Luft bekommt.

»Danke vielmals.« Taylor lacht und zwirbelt an ihren Zuckerstangen-Ohrringen. Ihre dunkelgrünen Haare hat sie so frisiert, dass sie in alle Richtungen abstehen. Fast wie die Zweige eines Tannenbaums. Wahrscheinlich war das auch ihre Intention.

»Ich wollte euch übrigens noch was sagen«, beginnt Taylor auch direkt ihr Morgenritual.

Madison und ich seufzen gespielt auf. In Wahrheit mögen wir es, jeden Tag ein neues Zitat aus einem von Taylors vielen Büchern zu hören.

»Also: Unsere Freundschaft misst sich nicht an der Zahl unserer Gemeinsamkeiten, sondern an der Fülle unserer Unterschiede. Und genau das macht sie einzigartig.«

»Das ist echt schön, aus welchem Buch ist das?«, fragt Madison.

»Aus keinem, das ist von mir. Keine Ahnung, irgendwie dachte ich, es beschreibt uns drei ganz gut.« Sie lächelt uns an, und ein warmes Gefühl durchströmt mich. Mir wird bewusst, wie sehr mir die beiden in den letzten Monaten ans Herz gewachsen sind. Ich will gar nicht daran denken, wie sich unsere Freundschaft entwickelt, wenn ich wieder zurück nach Deutschland fliege.

»Bring mich doch nicht zum Weinen, wenn ich mir einmal mehr Zeit für mein Make-up genommen habe!«, entrüstet Madison sich, doch gleichzeitig drückt sie Taylors Hand.

»Also dann: Bescherung!«, ruft Taylor und zieht zwei kleine Päckchen aus ihrer Tasche. »Erst an Weihnachten öffnen!«, ermahnt sie uns.

Madison reicht mir auch ein kleines Paket. Es fühlt sich sehr nach einem Parfümflakon an, aber es kann natürlich auch ein Kinogutschein sein. Bei ihren Verpackungskünsten weiß man nie. Ich überreiche den beiden jeweils eine Tüte mit selbst gemachten Plätzchen und einem eingerahmten Foto von uns dreien auf der Halloweenparty. Sie fallen sofort über die Plätzchen her wie zwei ausgehungerte Pumas.

»Zu schade, dass ich nicht das Festessen mit euch erlebe. Das wäre sicher amüsant.« Ich ernte einen Tritt von Madison und rutsche schnell mit dem Stuhl nach hinten.

Mein Handy vibriert. Charlie schickt mir ein Bild von sich, auf dem sie die Mütze trägt, die ich ihr geschenkt habe. Natürlich konnte sie nicht bis heute Abend mit dem Auspacken warten. Mit einem Lächeln stecke ich das Handy weg und mache mich gemeinsam mit Taylor und Madison auf den Weg ins Hauptgebäude der Universität. Wir sind mal wieder zu spät dran.

Die letzte Stunde vor den Ferien hat Miss Martinez uns noch einmal ins Theater bestellt. Wie sich nun herausstellt, war ihre einzige Intention dabei, uns eine Predigt darüber zu halten, in den Ferien auch ja weiterzuüben.

»Nach den Ferien sind es nur noch drei Monate bis zur Aufführung! Denken Sie daran. Die Generalprobe findet am 31. März statt. Ich erwarte Bestleistungen von Ihnen allen.«

»Gar kein Druck oder so«, murmelt Tarek, und Hunter und Liv prusten los.

»Na schön, ich merke schon, Sie sind alle nicht mehr wirklich aufnahmefähig. Also raus mit Ihnen. Genießen Sie Ihre Ferien. Und frohe Weihnachten!« Sie winkt in die Runde, und Taylor dreht sich zu mir.

»Sieht fast so aus, als würde sie langsam anfangen, uns zu mögen.«

»Aber nur ganz langsam.« Wir verlassen das Gebäude in ausgelassener Stimmung.

»Habt schöne Ferien«, ruft Casey uns zu, die Hand in Hand mit Liv durch den Schnee stapft. Hunter hat sich gebückt und feuert nun zwei Schneebälle in James' Richtung. Der erwidert das Feuer direkt, trifft aber aus Versehen Jenny, die über dieses kindische Benehmen nur den Kopf schüttelt.

»Dieser Kindskopf wird immer mehr eins mit seiner Rolle«, meint sie zu uns und wickelt sich den Schal um.

»Er nimmt die Schauspielerei eben sehr ernst«, erwidere ich, während ich ebenfalls eine Schneekugel forme.

»Nicht du auch noch!«, echauffiert Jenny sich und stapft durch den Schnee in Richtung Parkplatz.

»Denkst du, man wird uncool, wenn man selbst ein Kind bekommt?«, frage ich Taylor, die Jenny ebenfalls nachsieht.

»Nein, ich glaube, sie wurde so geboren.«

Ich nutze den Moment und werfe meinen Schneeball in ihre Richtung. Sie kreischt auf und duckt sich hinter einen Baum.

»Na warte!«

»Taylor, kommst du?« Jackson steht hinter uns im Schnee. Eine dunkelblaue Mütze bedeckt seinen Kopf, und ausnahmsweise hat er seine Motorradjacke gegen einen dicken, schwarzen Wintermantel getauscht. Seit fast einem Monat haben wir nicht mehr miteinander gesprochen. Natürlich habe ich ihn ab und zu noch bei den Proben gesehen, doch mittlerweile sind die meisten Requisiten fertig, und wenn er doch einmal da war, saß er nur mit den anderen Architekturleuten zusammen und hat mich gemieden. Offenbar halten wir beide dieses Vorgehen für das Beste. Wieso fühlt es sich dann so falsch an?

»Hi, Luke«, sagt Jackson schließlich. Dabei klingt seine Stimme so steif, dass Taylor ihn verwundert ansieht.

»Hi, Jackson.«

Verwirrt sieht Taylor zwischen uns beiden hin und her. Ich habe ihr immer noch nicht erzählt, was zwischen uns vorgefallen ist. Weil ich ihr nicht noch einen Grund geben wollte, sauer auf ihren Bruder zu sein.

»Fahr schon mal vor und sag Mum, dass ich nachkomme. Den Weihnachtseinkauf kannst du gerne übernehmen. Wenn ich mit Mum gehe, endet das wieder in einem Desaster.« Taylor sieht betrübt aus, als sie noch anfügt: »Spätestens dann, wenn wir am Regal mit den veganen Ersatzprodukten vorbeikommen.« Offenbar will sie die Schneeballschlacht fortführen, doch meine Beine bewegen sich keinen Millimeter. Fast so, als wären sie am Boden festgefroren.

»Alles klar, Ben & Jerry's in der Sorte Kokos-Karamell. Richtig?«

Taylor mustert ihren Bruder verwundert. »Das hast du dir gemerkt?«

Jackson winkt ab. »Na ja, immerhin ist morgen Weihnachten und ich habe noch kein Geschenk für dich.«

Taylor verdreht genervt die Augen, sieht ihn aber nicht ganz so hasserfüllt an, wie sie es sonst immer tut.

»Geh ruhig«, bringe ich schließlich hervor und drehe mich zu Taylor. »Ich muss sowieso los. Ich habe Ava versprochen, meine Lieblingsplätzchen mit ihr zu backen.«

Taylor lässt die Schneekugel, die sie gerade geformt hat, fallen und umarmt mich. »Na dann, iss nicht wieder zu viel Teig. Wir sehen uns spätestens an Silvester, ja?«

»Ich kann es kaum erwarten.« Wir lächeln uns an, dann dreht Taylor sich zu Jackson um, und für zwei Sekunden nur ruht sein Blick auf mir. Das Lächeln verschwindet von meinen Lippen. Er macht zwei Schritte, und auf einmal steht er vor mir und umarmt mich. Die Umarmung ist zu kurz, um seinen Körper wirklich an meinem zu spüren.

»Schöne Ferien«, höre ich seine warme Stimme an meinem Ohr.

Dann verschwindet er mit Taylor, und zurück bleiben nur seine Fußspuren im Schnee.

LUKE

Das Zimmer hinter der Fassade

Als ich am Weihnachtsmorgen aufwache, steigt mir der Duft von Pancakes in die Nase. Ich schlüpfe in meine Kuschelsocken und in den gemütlichen dunkelroten Pullover, den mir mein Opa letztes Jahr zu Weihnachten geschenkt hat, und schlittere leicht die Treppe nach unten. Die Socken sind doch etwas rutschig.

Noch nie habe ich ein solches Weihnachtsfest gefeiert. Alles ist beleuchtet, ein riesiger Baum ragt in der Mitte des Wohnzimmers in die Höhe, seine Spitze berührt fast die Decke. John muss ihn gestern Nacht mit Meredith aufgestellt haben. Am Fuße des Baumes liegt jedoch nichts. Die Geschenke sind in kleinen braunen Säckchen vor dem Kamin gestapelt.

Meredith und John sitzen nebeneinander auf der Couch und lächeln mir zu. Alex und Ava haben sich schon vor dem Kamin aufgebaut und warten offenbar darauf, dass ich endlich komme und sie ihre Säckchen öffnen können. Als sie mich auf der Treppe sehen, quietscht Ava freudig los, und auch Alex kann seine Vorfreude nicht verbergen.

Ich habe die Geschenke von zu Hause mit nach unten gebracht und lege sie nun ebenfalls vor den Kamin. »Merry Christmas«, ruft Meredith in die Runde, dann bringt sie die kleine goldene Glocke in ihrer Hand zum Klingen, und Alex und Ava stürzen sich auf die Geschenke. Ich muss innerlich schmunzeln, denn genau das gleiche Verhalten kenne ich von meinen Geschwistern zu Hause. Paul liebt es, Lous Geschenke im Baum zu verstecken und zu sehen, wie verzweifelt sie versucht, an die ganz oben zu gelangen. Ob sie dieses Spiel dieses Jahr wohl auch wieder gespielt haben?

In Mas Päckchen liegt direkt obenauf eine riesige Tafel Milka-Schokolade. Sie hat einen kleinen Zettel daraufgeklebt. *Für John* steht dort, also reiche ich sie an meinen Onkel weiter.

»Oh, ich liebe diese Schokolade!«, ruft er, reißt direkt das Zellophanpapier von der Tafel und beißt ein großes Stück ab. Meredith neben ihm schüttelt nur lachend den Kopf.

»Edelbitter mit Nuss. Deine Mutter hat wirklich Geschmack«, nuschelt er, während Schokobröckchen aus seinem Mund fliegen.

Ich setze mich auf den Kaminvorleger neben Ava und ziehe das nächste Geschenk aus dem Päckchen: Lou hat mir ein Bild gemalt. Es zeigt Opa und mich bei einem Tischtennismatch. Nur, dass wir statt mit Tischtennisbällen mit Schokoladenmuffins spielen. Einzelne Schokoladenstückchen fliegen uns um die Ohren. Ich lache laut auf, und Meredith schaut interessiert zu mir. Ich zeige ihr das Bild.

»Ach, wie toll. Sie hat wohl eine genauso große Fantasie wie Ava.«

»O ja, die beiden würden sich prächtig verstehen«, erwidere ich. Als Nächstes ziehe ich Bluetooth-Kopfhörer aus dem Paket und fühle mich schlecht. Meine alten Kopfhörer haben leider vor ein paar Wochen den Geist aufgegeben, und ich habe Ma vorgeheult, wie schlimm es ist, die Musik nur noch mit diesen kleinen Stöpseln zu hören. Aber ich dachte nicht, dass sie mir neue kaufen würde. Die hier sehen echt teuer aus. Ich hoffe, Ma hat nicht zu viel für mich ausgegeben. Am Boden des Päckchens liegt eine Weihnachtskarte mit einem kitschigen Rentiermotiv, die mich erneut zum Lachen bringt. Es ist Tradition, dass Ma jedes Jahr die hässlichste Weihnachtskarte aussucht und dann unter den Weihnachtsbaum legt. Dieses Jahr bekomme ich sogar eine Karte für mich ganz allein. Ich klappe sie auf und lese die Zeilen.

Mein lieber Lukas,
ich hoffe, dir geht es gut in Kanada. Aber da bin ich mir ziemlich sicher, weil du immer so tolle Bilder schickst. Ich freue mich so, dass du all das erleben kannst. Es ist schön, dich so glücklich zu sehen, und es tut mir leid, dass wir nie viel gereist sind.
Hier ist alles okay. Paul und Sascha helfen, wo sie nur können, und Lou schaut jeden Tag aus dem Fenster, für den Fall, dass du doch früher zurückkommen solltest. Charlie hat mit ihnen Plätzchen gebacken, und Opa schaut auch immer wieder vorbei und achtet

darauf, dass auch ja alle genug essen. Ich denke, das hast du ihm aufgetragen?
Wir vermissen dich, Großer. Hab ein schönes Weihnachtsfest. Das nächste feiern wir dann wieder gemeinsam.
Ich hab dich lieb!
Mama

Ich lasse den Brief sinken. Es ist seltsam, erst gestern habe ich mit Ma und meinen Geschwistern geskypt, aber das hier ist etwas anderes. Ich überlege, wann sie das letzte Mal gesagt hat, dass sie mich lieb hat. Das letzte Mal, an das ich mich erinnere, war kurz nachdem ihr widerlicher Ex-Freund endlich die Wohnung verlassen hatte. Während ich mich darum kümmerte, dass Lou und Paul nichts von alledem mitbekamen, und die Wohnung von seinen Überbleibseln befreite, lag Ma heulend auf der Couch. Irgendwann abends habe ich ihr eine Decke und eine Tasse ihres Lieblingstees gebracht, da hat sie nach meiner Hand gegriffen und es gesagt. Ich erinnere mich noch ganz genau an diesen Moment, weil ich mich so hilflos fühlte und eigentlich nur wütend auf ihren Ex sein wollte. Ich hatte bei ihm von Anfang an ein schlechtes Gefühl, aber Ma war am Anfang so glücklich mit ihm, und ich wollte dieses Glück nicht zerstören. Tja, leider hat sie seit Papas Tod ein schlechtes Händchen, was Männer angeht. Die letzte Beziehung liegt schon einige Jahre zurück. Es klingt grässlich, wenn ich sage, dass ich mir wünsche, dass sie auch in nächster Zeit niemand Neues kennenlernt, aber es ist die Wahrheit. Auch wenn ihr letzter Ex-Freund uns wieder mehr zusammengeschweißt hat.

Wieder lese ich ihren letzten Satz. Vielleicht ist es ihr leichter gefallen, zu schreiben, dass sie mich lieb hat. Ausgesprochen haben wir beide es schon lange nicht mehr. Ich nehme mir fest vor, das zu ändern.

Ich klappe die Karte zu und lege sie zurück in den Karton, als Ava neben mir vor Freude aufkreischt, weil sie ein Holzbauset in den Händen hält. »Sogar mit richtiger Stichsäge!«

»Aber nur, wenn dein Vater mit dabei ist!«, mahnt Meredith und streicht Ava über den Kopf.

Sie scheint das nicht zu stören und murmelt etwas von: »Das mit dem Hammer hat er bis heute auch noch nicht gemerkt.« Ich schüttle leicht grinsend den Kopf. Typisch Ava.

Dann wandert mein Blick zu Alex. Er hat gerade ein in braunes Packpapier eingeschlagenes T-Shirt hervorgezogen. Vorne drauf prangt das Motiv seines Lieblingscharakters aus Zelda. Ich glaube, sein Name war Sheik. Mir ist gleich klar, wer ihm das geschenkt hat. Alex strahlt und zieht sich das Shirt direkt über den Schlafanzug. Als er meinen Blick bemerkt, versucht er schnell, etwas neutraler zu schauen, doch zu spät: Ich habe sein glückliches Lächeln bereits gesehen. Es überrascht mich längst nicht mehr, dass ausgerechnet Henry der Grund dafür ist …

Ich überreiche Meredith und John mein Geschenk. Es ist ein selbst gebastelter Kalender für 2020. In den letzten vier Monaten war vor allem ich für die Familienfotos zuständig und habe dementsprechend viele auf dem Handy. Sie strahlen mich an, und Meredith zieht mich in eine enge Umarmung.

»Das ist wunderschön, danke, Luke!« Als sie sich wieder von mir löst, bin ich für einen kurzen Moment geschockt, als ich Tränen in ihren Augen sehe, doch sie wischt sich nur schnell mit dem Handrücken darüber. »Das ist nichts. Ich hatte nur ein Staubkorn im Auge«, meint sie, während ihre Wangen immer fleckiger werden.

John lächelt sie an. »Natürlich ist es das.« Dann wendet er sich zu mir. »Der wird einen Ehrenplatz in der Küche bekommen. Das ist ein wundervolles Geschenk, danke dir.« Und jetzt bin wahrscheinlich ich es, der rot anläuft.

»Habe ich wirklich gern gemacht«, erwidere ich lächelnd.

Ava holt mich zurück in die Realität, als sie mir ihr Geschenk präsentiert. Es ist ein selbst gebauter Buchständer, mit dem ich die Bücher auf meinem Regalbrett daran hindern kann, nach unten zu stürzen. Ich bin immer wieder davon beeindruckt, was sie mit ihren neun Jahren schon alles kann.

Von Alex bekomme ich nur eine Tüte Skittles, aber das ist okay, ich hatte eigentlich mit gar keinem Geschenk gerechnet.

Das nächste Päckchen ist von Charlie. Es enthält jede Menge Schokolade, Gummibärchen, natürlich alles von den guten deutschen Marken, und ein Scrabble-Spiel. Ein kleiner Zettel ist daraufgeklebt:

Auch wenn du nie eine bessere Spielpartnerin als mich finden wirst: Mach sie fertig 😁*. Charlie*

Ich grinse und packe alles wieder zurück in die Kiste. Das deutsche Scrabble-Spiel kann ich gut für den Deutschunterricht mit Ava verwenden.

Nachdem alle Geschenke ausgepackt sind und wir alle haufenweise Schokolade verdrückt haben, setzen wir uns an den Küchentisch, um noch mehr Schokolade auf Pancakes zu essen.

Alle tauschen sich freudig über ihre Geschenke aus, und John und Meredith erzählen von ihren früheren Weihnachtsfesten. Es ist ganz anders als unser Weihnachten zu Hause. Es ist nicht so laut, nicht so chaotisch, aber genau das fehlt mir. Es ist seltsam, morgens Weihnachten zu feiern, wenn gerade die Sonne durch die Wolken bricht. Sonst ist es draußen immer schon stockdunkel, wenn Ma uns ins Wohnzimmer ruft.

In manchen Familien gibt es an Weihnachten bestimmte Traditionen. Gemeinsame Spaziergänge, Spielabende, ein ganz spezielles Essen und so weiter. Bei Meredith und John gibt es nichts davon. Wir dürfen den Tag genau so verbringen, wie wir wollen. Meredith meint, dass sie früher immer gezwungen war, alle Verwandten zu besuchen, obwohl sie viel lieber mit ihren Geschenken gespielt hätte. Das will sie ihren Kindern nun ermöglichen, und ich finde es wundervoll.

Irgendwann sind Alex und Ava in ihren Zimmern verschwunden, und Meredith beseitigt das Chaos im Wohnzimmer. Nur John und ich stehen in der aufgeheizten Küche und räumen die Spülmaschine aus.

»Von uns kriegst du natürlich auch noch ein Geschenk. Ich wollte es dir nur in einem ruhigen Moment geben«, meldet sich John zu Wort, als ich gerade die Teller im Schrank verstaue. Langsam drehe ich mich wieder zu ihm und frage mich, was das für ein Geschenk sein könnte, das er mir nicht vor allen anderen geben wollte.

»Ihr hättet mir auch gar nichts schenken müssen.«

Jetzt lacht John. »Unsinn, du gehörst doch zur Familie.«

Allein dieser Satz erfüllt mich mit so viel Wärme, dass es gar kein Geschenk mehr bräuchte.

John trocknet sich die Hände am Geschirrtuch ab und bedeutet mir dann, ihm ins Wohnzimmer zu folgen. Meredith ist nirgendwo mehr zu sehen. Wir sind allein in dem Raum mit dem riesigen Tannenbaum.

John geht direkt auf die dunkelgrüne Tanne zu und zieht ein in braunes Packpapier eingeschlagenes Geschenk hervor. »Das hier ist von Meredith und mir. Wir dachten, du würdest es gerne haben.«

Vorsichtig streiche ich das Packpapier zur Seite, und als ich den Holzrahmen unter meinen Fingern spüre, halte ich inne.

Doch John lächelt nur und fordert mich still auf, weiter auszupacken. Als das Papier zu Boden fällt, halte ich eine kleine Leinwand in Händen. Es ist nicht das Bild von der Hütte im Wald, das hängt nach wie vor über dem Kamin. Dieses Bild hier zeigt eine einsame Schaukel auf einem Dach. Im Hintergrund die aufgehende Sonne, die die Hochhäuser der Stadt zum Funkeln bringt. Unten rechts hat mein Vater ganz klein seine Initialen in die Leinwand geritzt: *D. R.*

Meine Augen füllen sich mit Tränen, als ich ganz vorsichtig über die Acrylzeichnung streiche. An manchen Stellen ist die Farbe so dick aufgetragen, dass ich die Hubbel deutlich spüren kann. Mein Vater hat das gemalt. Es sind seine Pinselstriche. Seine Hände, die diese Leinwand berührt haben.

»Ich habe es vor ein paar Wochen unten im Keller gefunden. Keine Ahnung, wie es dahin gekommen ist, vermutlich hat Daniel es dort vergessen, als er nach Deutschland gezogen ist.«

John sammelt das Packpapier vom Boden auf und sieht mir direkt in die Augen. Auch seine glänzen feucht.

»Danke«, bringe ich hervor, bevor ich erneut das Bild anstarre, so als steckten darin Antworten auf all die Fragen, die ich meinem Vater nie stellen konnte.

»Zu Hause habe ich ihn nie zeichnen sehen«, höre ich mich sagen.

»Ich glaube, er wollte für deine Mutter immer der Coole sein. Da passt eine Staffelei nicht so ganz rein. Zumindest in seiner Vorstellung nicht«, John betrachtet lange das Bild in meinen Händen. »Manchmal kann ich es immer noch nicht glauben, dass er fort ist. Ich stelle mir dann vor, dass er einfach durch unsere Haustür platzt und mich überredet, mit ihm an den See zu fahren oder auf unserem Dach schaukeln zu gehen.« Johns Stimme bricht, und ich sehe, wie zwei Tropfen auf dem Holzboden vor uns landen. Schnell wischt er sich übers Gesicht. »Tut mir leid, an Weihnachten sollte man nicht weinen, ich habe mir nur gerade vorgestellt, wie schön es wäre, wenn er jetzt hier gemeinsam mit uns feiern könnte. Vermutlich hätte er uns den ganzen Nachtisch weggefressen.« John versucht zu lachen, es gelingt ihm aber nicht so ganz. Es ist deutlich zu spüren, dass er seinen Bruder auch nach all diesen Jahren immer noch schmerzlich vermisst. Genau wie ich. Vermutlich wird dieser Schmerz auch nie verschwinden. Es wird nur einfacher, ihn zu akzeptieren.

»Er hat dich und deine Geschwister mehr als alles andere geliebt, weißt du?«

Ich merke, wie mir eine einzelne Träne über die Wange läuft, und versuche, sie verzweifelt wegzublinzeln. Ich ertrage es nicht, dass John vor mir so sehr leidet und ich der Grund dafür bin. Weil ich es hätte verhindern können.

»Ich habe ihn überredet, auf dieses Rockfestival zu fahren«, bringe ich schließlich hervor, weil ich das Gefühl habe, ihm diese Antwort schuldig zu sein. »Ich bin schuld an seinem Tod.« Mittlerweile kann ich die Tränen nicht mehr zurückhalten, meine Stimme zittert und bricht, während ich diesen letzten Satz ausspreche.

»Glaubst du das wirklich?«, John sieht mich bestürzt an, tritt dann einen Schritt näher zu mir und umfasst meine Schultern mit seinen warmen Händen. »Luke, dein Vater schrieb mir wochenlang von diesem Festival. Er wollte endlich wieder mit seinen Kumpels auf Partys gehen. Du hast ihn sicher nicht dazu überredet. Er wäre auch so gefahren, glaub mir.«

»Aber wenn ich ihn nicht um diese bescheuerten Autogrammkarten gebeten hätte …« Ich lasse den Kopf sinken, weil ich es nicht länger ertrage, John in die Augen zu sehen.

»Luke, bitte sieh mich an.« In seiner Stimme liegt so viel Schmerz, dass ich gar nicht anders kann, als seiner Bitte Folge zu leisten. Er verstärkt den Druck auf meine Schultern, mustert mich mit seinen braunen Augen. »Dich trifft absolut keine Schuld an seinem Tod.«

Ich weiß nicht, wieso ich ihm glauben will. Vielleicht, weil es sich anfühlt, als wäre gerade ein Felsbrocken von meiner Brust gerollt. Ich atme zitternd ein, und mein ganzer Körper fühlt sich wund an. Verletzlich. Wenn er wirklich recht hat, dann trifft mich keine Schuld. Aber wen dann?

»Niemand ist schuld an seinem Tod. Es war ein Unfall, Luke«, dringen Johns Worte zu mir, fast so, als könne er meine Gedanken lesen. »Vermutlich wirst du mir das jetzt nicht glauben, aber hoffentlich irgendwann.«

Wieder kann ich ihm nicht in die Augen sehen. Stattdessen starre ich wieder auf das Bild in meiner Hand.

»Es ist so unfair, dass er nicht mehr hier ist. Es ist einfach nicht gerecht.«

»Nein, das ist es nicht. Aber ich bin sehr froh, dass du hier bei uns bist, Luke.« Und ehe ich es wirklich mitbekomme, hat John mich in eine enge Umarmung gezogen. Seine Hände liegen warm und schwer auf meinem Rücken, ich atme seinen vertrauten Geruch nach Erde und herbem Aftershave ein und habe das Gefühl, mich in seinen Armen fallen lassen zu können. Nur für ein paar Sekunden. Es fühlt sich großartig an, den Schmerz mit jemandem teilen zu können, der Papa genauso sehr geliebt hat. Es macht ihn irgendwie erträglicher.

Eine Stunde später habe ich mich wieder etwas gefangen und sitze in meinem Zimmer auf dem Bett, um die neuen Kopfhörer von Ma zu testen. Meine Augen brennen noch immer, und mein Hals fühlt sich wund an, aber die Tränen sind getrocknet, und eine seltsame Ruhe hat sich über mich gelegt. Ich wusste nicht, wie sehr ich dieses Gespräch mit John gebraucht habe. Jetzt, da es hinter mir liegt, glaube ich, dass ich besser mit dem Schmerz klarkomme. *Welcome Home* von The Welcome Home dröhnt in meinen Ohren, und ein bisschen fühlt es sich auch so an.

Die Kopfhörer sind sogar noch besser als meine alten. Die Musik scheint überall um mich herum zu sein, fast so, als umarme sie mich. Auf diese Art und Weise habe ich noch nie Musik gehört.

Ich nehme Papas Bild erneut in die Hände und überlege, wo ich es am besten hinstelle. Schließlich entscheide ich mich für meinen Nachttisch. Weil er so jeden Morgen und jeden Abend bei mir ist.

Aus den Augenwinkeln nehme ich eine Bewegung wahr und setze die Kopfhörer ab.

Alex steht in der Tür. »Hi. Ähm, hast du Lust, das neue Spiel mit mir zu zocken? Ava nervt nur mit ihrem Playmobilhaus, und ich hab echt keinen Bock, noch drei weitere Gärten zu bauen.« Alex verdreht genervt die Augen, und ich setze mich auf.

»Ja klar, ich komm rüber.«

Ich folge ihm in sein Zimmer, und mir fällt auf, dass ich hier eigentlich noch nie wirklich drin war. Ich habe nur zweimal vor der Tür gestanden und sie einmal geöffnet. Mit peinlichen Folgen. Wirklich betreten habe ich diesen Raum noch nie. Kein Wunder: Das hier ist Alex' heiliges Reich, und dass er mir nun Zugang dazu gewährt, schätze ich sehr.

Die Wände sind über und über mit Zelda- und Mario-Kart-Postern beklebt. Hier und da sehe ich aber auch ein Foto von Ava oder seinen Eltern. Das Bett ist ungemacht, und auf dem kleinen Nachttisch daneben stapeln sich die Wasserflaschen. Ich grinse. Wenn Meredith das sehen würde, bekäme sie sicher einen kleinen Anfall. In diesem Moment sprintet Alex zu seinem Bett und versteckt etwas unter seiner Bettdecke. Ich tue so, als hätte ich den Plüschdrachen nicht gesehen.

»Und, was ist das für ein neues Spiel?«

»Setz dich, ich zeig's dir.« Alex schiebt einen großen Sitzsack neben seinen Schreibtischstuhl. Ich lasse mich darauffallen und überschlage gemütlich die Beine.

Alex beginnt mit der Maus auf dem Bildschirm herumzuklicken. Mir fällt auf, dass sein Desktop unfassbar gut aufgeräumt ist. Ganz im Gegensatz zu seinem Zimmer.

»Du weißt, dass deine Mutter sich über diese Flaschen aufregen wird?«, frage ich. Versuche, dabei aber nicht anklagend, sondern eher belustigt zu klingen.

»Ja, ja, ich bringe sie nachher runter«, murrt Alex nur und reicht mir einen Controller.

»Also, du wirst gleich eine nahezu perfekte Nachbildung von Ägypten vor dir sehen. Verfall aber bitte nicht in den Erkundungsmodus. Unter dem Sand können überall Gegner lauern. Ziel ist es, die verschiedenen Schlüssel zu aktivieren, um die Prinzessin aus einer der Pyramiden zu befreien.«

»Klingt plausibel. Wieso ist es eigentlich immer die Prinzessin? Ich hätte nichts dagegen, mal den holden Prinzen zu retten.« Ich versuche, die Frage beiläufig klingen zu lassen, und merke, wie sich Alex versteift.

»Das ist eben *normal.*« So wie er das Wort ausspricht, fühle ich mich direkt angegriffen. Da wir in letzter Zeit aber so einen guten Draht zueinander haben, will ich ihn nicht gleich anfahren. Trotzdem kann und will ich das nicht einfach so stehen lassen. Vor allem im Hinblick darauf, dass ich immer noch denke, dass Alex ebenfalls nicht ganz heterosexuell ist.

»Du weißt aber schon, dass Homosexualität etwas ganz Normales ist, oder?« Ich mustere ihn von der Seite, und er zuckt nur mit den Schultern, während er seinen Charakter auswählt.

»Klar, wenn du meinst.«

Ich erwidere lieber nichts auf diese Antwort und wähle stattdessen meinen Charakter aus. Einen schwarzen Krieger, der sich ein Stück Stoff wie ein Bandana um den Kopf gebunden und seinen Körper mit goldener Farbe bemalt hat.

»Sehe ich nicht unglaublich kriegerisch aus?«, frage ich und wähle mir noch meine passende Waffe.

Alex' Mund entweicht ein Schnauben, das man fast als Lachen deuten könnte. Immerhin etwas.

Dann drückt er auf *weiter,* und das Spiel beginnt.

Während Alex und ich auf unserer Mission durch die Wüste rennen, reden wir nicht viel. Wenn überhaupt, dann sind es kurze Ausrufe der Freude oder des Entsetzens. Als wir den ersten Schlüssel gefunden haben, strahlen wir uns siegessicher an, und beim zweiten hebt Alex sogar die Hand, damit ich einschlagen kann.

Ich weiß nicht, wie viel Zeit vergangen ist, doch als wir kurz davor sind, den dritten Schlüssel zu finden, stoppt Alex das Spiel.

»Was? Wieso hältst du an? Wir haben ihn doch fast!«, meine ich entrüstet, da ich noch total im Spiel gefangen bin.

»Brauch nur was zu trinken.« Alex steht hastig auf.

»Dann denk dran, die Flaschen mit runterzunehmen.«

Alex sieht mich genervt an, schlurft dann aber tatsächlich zu seinem Nachttisch, stapelt sich die Flaschen unter die Arme und befördert sie so mit nach unten. Na bitte. Meredith sollte stolz auf mich sein.

Alex kommt mit zwei Wassergläsern in der Hand zurück ins Zimmer.

»In einer Stunde gibt es Essen. Wir sollen also nicht mehr so lang machen.«

»Alles klar. Danke für das Wasser«, sage ich und nehme ihm das Glas aus der Hand.

Alex selbst lässt sich allerdings aufs Bett fallen und nippt gedankenverloren an der klaren Flüssigkeit. Er sieht nicht so aus, als hätte er wirklich Durst.

Ich stelle mein Glas auf dem Schreibtisch ab und rolle mich dann so auf dem Sitzkissen, dass ich meinen Cousin ansehen kann.

»Gibt es etwas, worüber du mit mir reden möchtest?« Da, ich habe es gesagt. So langsam ist Schluss mit dem stillen Beobachten, ich muss es jetzt einfach ansprechen. Außerdem bin ich mir ziemlich sicher, dass genau das der Grund ist, wieso Alex mit mir spielen wollte. Das war alles nur ein Vorwand, um endlich in Ruhe mit mir zu sprechen.

Doch erst einmal passiert nichts. Alex trinkt weiter aus seinem Glas und ignoriert mich. Dann, in unerträglicher Langsamkeit, stellt er das Glas auf dem Nachttisch ab.

»Henry hat mich geküsst«, sagt er dann, und im ersten Moment habe ich das Bedürfnis, aufzuspringen und mich selbst zu meinem doch vorhandenen Gaydar zu beglückwünschen. Dann sehe ich, wie unsicher Alex hier vor mir sitzt, und reiße mich zusammen.

»Kannst du das noch mal wiederholen?«, frage ich also so vorsichtig wie möglich. Immerhin kann es wirklich sein, dass ich nur das gehört habe, was ich hören wollte.

»Henry hat mich geküsst. An Halloween.«

LUKE

Das Redhead-Experiment

Ich starre meinen Cousin an.

»Aber das ist fast zwei Monate her. Wieso hast du nichts gesagt?«

Alex schaut mich genervt an, und ich rudere schnell zurück, weil das wirklich eine dumme Frage war. Es ist doch offensichtlich, wieso er nichts gesagt hat.

»Okay, sorry. War dumm von mir. Er hat dich also geküsst?«

»Ja. Und seitdem auch noch öfter.«

Ich weiß mittlerweile, dass man Menschen nicht zum Reden zwingen kann. Entweder sie teilen dir etwas mit, weil sie es wollen, oder eben nicht. Alex möchte offenbar mit mir reden. Ich muss nur sehr behutsam an die Sache herangehen und darf ihn nicht zu sehr drängen. Deswegen antworte ich Alex nicht und lasse ihm Zeit, weiterzusprechen.

Ich sollte meinem Kopf befehlen, Ruhe zu geben. Stattdessen kreisen meine Gedanken um einen passenden Shipping-Namen für Alex und Henry … Henrex? Aley?

»Mir hat es auch gefallen. Aber ich habe keinen Plan, was das bedeutet. Ich mag Henry, aber das ist nicht normal. Alle Jungs in der Klasse gehen mit Mädchen, und ich bin ja nicht schwul!«

»Nur weil du einen Jungen magst, heißt das nicht direkt, dass du schwul bist.« Ich bemühe mich um einen ruhigen Tonfall, da ich merke, wie sehr ihn die ganze Sache mitnimmt. »Und eigentlich ist es sehr wohl etwas ganz Normales. Wusstest du, dass Homosexualität bei über tausendfünfhundert Tierarten vorkommt? Und das sind nur die bisher dokumentierten Fälle. Es gibt homosexuelle Pinguine, Libellen, ja sogar Elefanten.«

Alex folgt meinem Dialog und verzieht gequält das Gesicht. Offenbar gefällt ihm mein Vergleich mit den grauen Dickhäutern nicht besonders.

»Das weiß ich alles, das hatten wir in Bio. Alle haben nur richtig dumm gelacht und Peniswitze gemacht.«

Bei seinen Schilderungen muss ich die Augen verdrehen und unwillkürlich an meine Schulzeit zurückdenken. Was bin ich froh, das Teenageralter hinter mir gelassen zu haben.

»Ich kann nicht schwul sein, das geht einfach nicht!«, bricht es schließlich aus ihm heraus, und er sieht mich dabei so verzweifelt an, dass ich ihn am liebsten umarmen würde.

»Was wäre denn so schlimm daran? Schau mich an, ich bin schwul, und die meiste Zeit ist das überhaupt kein Problem.«

»Das weiß ich. Aber du bist anders als ich. Dich würden sie nicht fertigmachen …«

»Wer macht dich fertig, Alex?«, frage ich so ruhig wie möglich. Ich will ihm nicht zeigen, wie wütend es mich macht, dass ein Teenager im Jahr 2019 noch solche Angst davor hat, sich zu outen.

Alex weicht meinem Blick aus und starrt auf seine Bettdecke.

Dann murmelt er etwas Unverständliches.

»Was hast du gesagt?«

»Ich bin doch jetzt schon der Freak der Klasse. Keiner spricht mit mir, außer Henry.« Seine Stimme bebt, und ich handle instinktiv. Ich laufe zu ihm und setze mich neben ihn aufs Bett. »Ist es okay, wenn ich dich umarme?«, frage ich, und als Alex vorsichtig nickt, lege ich behutsam meinen Arm um seine Schulter.

»Hey, sieh mich an.« Ich warte, bis Alex den Kopf leicht anhebt, dann deute ich auf mein Kinn. Die kleine, feine Narbe ist nach all den Jahren verblasst, aber noch immer sichtbar.

»Als ich aufs Gymnasium kam, war ich genauso ein Freak wie du. Mein Dad war gerade gestorben, und ich war der komische Junge, der immer nur stumm in der Ecke saß, mit niemandem gesprochen hat und oft mit dreckigen Klamotten und fettigen Haaren in die Schule kam. Zwei Jahre wurde ich so heftig gemobbt, dass ich oft einfach gar nicht zur Schule gegangen bin. Sport war die Hölle für mich. Ich war immer schon groß und extrem schlank. Den Lauch wollte niemand in seiner Gruppe haben, also saß ich meistens auf der Bank. Das gefiel den Jungs aus meiner Klasse aber auch nicht, also haben sie in einer Basketballstunde angefangen, mich mit dem Ball abzuwerfen, wenn die Lehrerin nicht hingesehen hat.«

Wieder tippe ich gegen mein Kinn. »Einer davon hat mich leider erwischt.«

Alex starrt auf mein Kinn, presst die Lippen zusammen und knetet die Bettdecke in seinen Händen. »Aber du bist so cool. Du bist mit den tollsten Menschen befreundet, und … dir fällt immer alles so leicht.«

Ich lache laut auf und schüttle den Kopf. »Das hat lange gedauert. In der Siebten habe ich meine beste Freundin kennengelernt, und ab da wurde alles etwas leichter. Ich weiß, das sagen sie einem immer, aber es stimmt: Es wird wirklich besser, Alex. Glaub mir.«

Alex wischt sich über die feuchten Augen und nickt dann vorsichtig. »Es ist schon etwas besser geworden. Henry verteidigt mich oft, und die meisten lassen mich in Ruhe, aber wenn wir … wenn sie wüssten …«

»Du hast Angst, dass sie dich nur noch mehr mobben, wenn sie wissen, dass du auf Jungs stehst?«, frage ich.

»Ich bin nicht schwul!«, ruft er, schlägt sich aber direkt danach die Hand vor den Mund und schaut ängstlich zur Tür.

Ich weiß genau, wovor er Angst hat.

»Ich glaube nicht, dass sie dich gehört haben. Deine Mum kocht doch gerade und hat sicher die Dunstabzugshaube an.«

Das beruhigt ihn sichtlich, und er atmet erleichtert aus.

»Gut. Ich will nicht, dass sie denken … also, dass sie das überhaupt in Erwägung ziehen oder so!«

»Also, ich glaube, vor deinen Eltern musst du keine Angst haben. Dass ich schwul bin, ist für sie doch auch kein Problem. Und wegen der Schule … Wenn sie dich oder Henry beleidigen, komm ich mal vorbei und zeige denen, wie cool es ist, schwul zu sein.«

»Bitte nicht«, murmelt Alex gequält, sieht aber nicht mehr ganz so traurig aus.

Er blickt nach vorne zu seinem PC, auf dem uns das angehaltene Spiel entgegenblinkt.

»Wollen wir weiterspielen?«, frage ich, und Alex nickt heftig, sodass die Locken auf und ab wippen.

Wir nehmen das Spiel also wieder auf, doch schließlich siegt die Neugier, und ich stelle endlich die Frage, die mir die ganze Zeit schon auf der Zunge liegt.

»Hat Henry dir denn gesagt, wieso er dich geküsst hat?«

Alex' Wangen verfärben sich diesmal direkt dunkelrosa. »Er meinte, er wollte schon immer mal wissen, ob Rothaarige besser küssen können. Es sei ein Experiment.«

»Ah. Das ergibt zwar überhaupt keinen Sinn, ist aber eine gute Ausrede. Und was kam bei diesem äußerst interessanten Experiment heraus?«

Alex' Ohrspitzen verfärben sich nun ebenfalls rosa, und er nuschelt nur etwas von »sehr gefallen«.

Mein Grinsen wird immer breiter.

»Und was gefällt dir an Henry?«

Ich lasse die Frage ganz unverfänglich klingen. Immerhin gibt es auch Dinge, die man an seinem besten Freund mögen kann.

»Seine Haare«, antwortet Alex schnell und erledigt dann einen Sandwurm, der sich gerade auf mich stürzen wollte.

»Ja, seine Haare sehen wirklich toll aus«, meine ich und habe blöderweise nicht Henrys, sondern Jacksons vor Augen. Schnell wische ich das Bild zur Seite.

»Er ist der Beste in Mario Kart«, fährt Alex dann fort. »Gegen ihn kann man einfach nicht gewinnen. Und er kann auf den höchsten Baum auf dem Schulgelände klettern. Einmal hat er den Kater vom Hausmeister dort heruntergeholt, weil der oben festsaß.« Alex scheint das Spiel fast vergessen zu haben und redet sich immer weiter in Rage.

»Er ist immer höflich. Zu jedem. Selbst zu Tom, über den alle lachen. Und er hat warme Hände. Sogar im Winter.«

Alex stoppt abrupt und sieht mich schuldbewusst an, so als hätte er zu viel gesagt.

Ich lächle jedoch nur wissend und nicke.

»Verstehe …«

»Was meinst du damit?«, fragt er und hat mittlerweile sogar die Hand vom Controller genommen. Dass wir gerade von einer Horde

Wespen durch die Wüste gejagt werden, scheint ihm ganz egal zu sein.

»Nicht so wichtig. Aber sag mal, hat Henry dir denn gesagt, ob er dich mehr mag als einen normalen Freund?«

Alex' Augen werden groß. Dann beugt er sich zu mir vor und flüstert fast: »Du denkst also auch, dass da mehr ist?«

»Nun ja, ich finde die Indizienlage ist hier doch sehr eindeutig.«

Alex sieht mich verwirrt an. Ich seufze.

»Okay, noch mal von vorne: Er hat dich geküsst. Dir hat es gefallen. Ihm hat es gefallen. Du magst ihn. Er mag dich. Bleibt nur die Frage: Willst du mit ihm zusammen sein?«

Alex weicht meinem Blick aus. Dann nickt er leicht mit dem Kopf.

»Und will er das auch?«

»Ich glaube schon, das hat er zumindest gesagt. Seine Eltern sind cool damit. Aber ich will nicht, dass alle über mich reden.«

»Hör mir jetzt mal gut zu: Die Leute werden immer über dich reden. Sie werden sich das Maul zerreißen, weil du schlecht in Sport bist. Weil du bei einem Lied weinen musst oder weil du eine Brille trägst. Die Leute finden immer irgendetwas, das sie an dir stört. Ist es da nicht egal, was es ist?«

»Das sagst du so leicht. Aber ich bin nicht so cool wie du.«

Ich starre Alex fassungslos an. Habe ich mich gerade verhört?

»Ich und cool? Ich meine mich zu erinnern, dass du bis vor ein paar Wochen noch kein Wort mit mir gesprochen hast, weil du mich nicht leiden konntest.«

»Das hatte andere Gründe. Ich fand dich immer schon cool.«

Oh. Ich freue mich, kann Alex aber immer noch nicht so ganz folgen.

»Na, dann versuch, das Ganze doch mal so cool zu sehen wie ich und mach einfach das, worauf du Lust hast. Ich meine, vor deinen Eltern brauchst du in dieser Hinsicht zumindest keine Angst zu haben. Sie können wohl kaum etwas gegen Homosexuelle haben, wenn sie einen schwulen Au-pair für ihre Kinder engagieren, oder?« Ich versuche, ihn aufmunternd anzulächeln, doch offenbar haben meine Worte Alex nur noch mehr beunruhigt.

»Aber das ist es doch gerade. Was, wenn sie denken, dass du mich schwul gemacht hast? Dann werden sie dich sicher wegschicken.«

Ich bin wie vor den Kopf gestoßen und weiß nicht, was ich darauf erwidern soll. Alex sitzt hier neben mir, lässt den Kopf nach unten hängen, und dieses Mal ziehe ich ihn in eine richtige Umarmung.

»Alex, ich kann mir nicht vorstellen, dass deine Eltern etwas Derartiges denken. Sie sind wundervolle, herzensgute Menschen und sie lieben dich. Sie wissen bestimmt, dass Homosexualität nicht irgendwie übertragen werden kann. Wenn du tatsächlich schwul, bisexuell oder was auch immer bist, dann bist du so auf die Welt gekommen. Genau wie ich. Niemand hat uns angesteckt oder uns dazu gebracht, so zu sein.«

Alex hat langsam den Kopf gehoben und schaut mir nun direkt in die Augen. Das Grün wirkt heute dunkler als sonst.

»Danke«, sagt er dann ganz leise, und sein linker Mundwinkel hebt sich etwas. In meinem Inneren breitet sich eine Wärme aus, die ich bisher nur bei meinen eigenen Geschwistern gespürt habe. So fühle ich mich, wenn Lou mich umarmt oder wenn Paul sagt, dass er froh ist, mich als Bruder zu haben. Aber was ist an Alex so anders? Er ist doch eigentlich auch so etwas wie mein Bruder. Ich schaue ihm fest in die Augen und meine dann: »Wir kriegen das schon hin. Du findest erst einmal heraus, was du wirklich für Henry empfindest, und ich helfe dir dann dabei, die ganze Sache deinen Eltern zu erklären. Deal?« Ich strecke ihm meine Hand entgegen. Er mustert sie einen Moment argwöhnisch.

»Und was, wenn ich doch falschliege? Was, wenn ich Henry gar nicht auf diese Weise mag? Woher weiß ich denn, ob ich verliebt bin?«

»Hmm, ich schätze, das merkst du einfach …«

»Aber wie? Warst du denn schon mal verliebt? Also, so richtig?« Ich denke an Timo, der so große Angst vor seiner christlichen Familie hatte, dass er mich nur heimlich hinter verschlossenen Türen geküsst hat und nach zwei Monaten extra mit einem Mädchen auf einer Party rummachte, um die aufkommenden Gerüchte zu zerstreuen. Ich denke an Chris und seine diamantfarbenen Augen und die blonden Haare. Doch diese Erinnerungen sind verblasst. Sie wirken so, als hätte jemand einen Schleier davorgeschoben. Ein anderes Bild schiebt sich stattdessen in mein Blickfeld. Eins, das vor Energie zu sprühen scheint. In pulsierenden Leuchtfarben sehe ich Jackson vor mir. Spüre seine Lippen auf meinen. Höre seiner Stimme zu, wie er mir die Konstruktion der Schornsteinkulissen erklärt. Ich rieche sein Aftershave und spüre seine Hände, die durch meine Haare fahren. Und da fällt es mir wie Schuppen von den Augen. »Ja, ja, ich denke schon.« Meine Stimme klingt brüchig, aber dennoch liegt kein Zweifel in den Worten. Scheiße, meine Gefühle für Jackson sind nicht weg. Sie waren es vermutlich nie.

Alex sieht mich gespannt an. »Wie ist es so?«

»Verliebt sein?« Alex nickt. »Es ist das wunderschönste Gefühl, das du dir vorstellen kannst, und gleichzeitig ist es eine totale Katastrophe.«

Alex wirkt verwirrt, doch ich kann ihm nicht erklären, was ich meine. Noch nicht.

Immer noch schwebt meine Hand in der Luft, und ich sehe auf sie hinab.

»Also, was ist jetzt, haben wir einen Deal? Ich helfe dir, das perfekte Outing vorzubereiten, sofern du dir bis dahin sicherer bist, was deine Gefühle angeht?«

Alex grinst mich nun tatsächlich an und schlägt in meine Hand ein. »Deal.«

Wir werden zum Essen gerufen, und Alex setzt sich freiwillig neben mich und redet viel mehr als sonst. John und Meredith schauen mich verwundert an. In Merediths Augen steht die Frage: »Was habt ihr da oben getrieben?« Doch sie stellt sie nicht, und so muss ich auch nicht darauf antworten.

Drei Stunden und eine Extended Version von *Der kleine Lord* später, liege ich in meinem Bett und presse die Hände auf meinen Bauch. Vielleicht hätte ich mir die Extraportion Eis doch sparen sollen.

Nachdem sich mein Magen etwas beruhigt hat, stehe ich auf und gehe zum Fenster. Zum ersten Mal seit Tagen ist der Himmel wieder klar, und ich kann vereinzelt Sterne erkennen. Ich lege die Stirn an die Scheibe und spüre die feuchte Kühle, die von ihr ausgeht. Mein Atem trifft auf das Glas und beschlägt dort. Im Haus gegenüber brennt Licht. Ich sehe dunkle Schemen, die sich hinter den Vorhängen bewegen. Die Straße unter mir ist ausgestorben. Dort vorne sitzen Taylor und Jackson gerade mit ihren Eltern zusammen. Vielleicht essen sie noch oder schauen sich alte Fotos an. Vielleicht singen sie oder sprechen einfach über alte Zeiten. Ich hoffe, dass Taylor heute nicht wieder mit ihrer Mutter aneinandergerät. Ich hoffe, dass sie einfach einen schönen Abend verbringen, doch gerade als ich das denke, wird die Eingangstür der Sumervilles geöffnet, und eine dunkle Gestalt tritt heraus und schlägt die Tür so laut hinter sich zu, dass selbst ich es hören kann. Jackson zieht sich die Kapuze tief ins Gesicht und läuft die Straße hinunter. Seltsam, wieso nimmt er nicht sein Motorrad? Da fällt mir auf, dass es gar nicht in der Einfahrt steht. Vielleicht steht das immer noch am Campus. Aber er wird doch jetzt nicht den ganzen Weg bis zum Wohnheim laufen?

Gleich wird er aus meinem Sichtfeld verschwinden. Ich muss mich entscheiden. Jetzt!

Ich laufe die Treppe, so leise es geht, nach unten und schlüpfe in Schuhe und Mantel. Alle anderen schlafen schon, deswegen ziehe ich die Tür möglichst leise hinter mir zu, dann beginne ich zu rennen. Jackson sehe ich nicht mehr. Er muss also irgendwo abgebogen sein. Wieso laufe ich ihm überhaupt hinterher? Was will ich hier? Darüber kann ich mir immer noch Gedanken machen, wenn ich ihn eingeholt habe. Ich erreiche die erste Kreuzung und schaue nach rechts. Die Straße liegt leer und dunkel vor mir. Dann drehe ich meinen Kopf nach links, und da läuft eine Gestalt auf dem Bürgersteig.

Ich beginne zu rennen, bevor ich ihn wieder aus den Augen verliere. Kurz hinter Jackson bremse ich ab, immerhin soll er nicht denken, dass ein kranker Stalker ihn verfolgt. Zu spät. Er hat sich schon umgedreht und hält eine Sprühflasche in der Hand. »Stopp, ich bin's!«, schreie ich und hebe abwehrend die Hände in die Höhe. Mein Puls rast, und ich habe Seitenstechen. O Mann, so ein Sprint nach diesem riesigen Festessen war echt keine gute Idee.

»Luke?«, Jackson sieht mich vollkommen entgeistert an, und ich starre ebenso entgeistert zurück, denn Jacksons Augen sind rot und geschwollen, genau wie seine Nase. Ich habe ihn noch nie weinen sehen.

»Was machst du hier?«, fragt er dann und wischt sich mit dem Jackenärmel übers Gesicht. Zu spät, Jack, ich habe die Tränen schon gesehen.

»So genau weiß ich das auch nicht«, gebe ich zu und versuche zu lächeln, doch es gelingt mir nicht ganz.

Jackson seufzt, sagt aber nichts, also stelle ich die erste Frage, die mir einfällt. »Wo willst du hin?«

Statt einer Antwort läuft Jackson einfach drauflos, und ich folge ihm. Fast fühlt es sich an wie ein Déjà-vu. Nur, dass diesmal ich es bin, der Jackson nachläuft, und nicht umgekehrt.

Jackson geht mit schnellen Schritten, so als könnte er unser Viertel gar nicht schnell genug hinter sich lassen. In meinem Magen rumort immer noch das Eis, doch ich will mich nicht beschweren. Irgendetwas sagt mir, dass ich ihn jetzt nicht alleine lassen darf.

Als Jackson jedoch in Richtung Skytrain läuft, werde ich langsamer. Ich habe natürlich nicht an meinen Geldbeutel gedacht.

»Ich habe leider kein Geld dabei.«

»Kein Problem, wir klettern einfach über die Schranke«, erwidert Jackson nur und läuft die Treppen nach oben. Also folge ich ihm.

JACKSON

Fuck You Christmas

Drei Stunden zuvor

Um kurz nach neun trägt Dad den Truthahn ins Wohnzimmer. Taylor neben mir am Esstisch hat ihren Blick demonstrativ abgewendet. Seit fünf Jahren versucht sie, unsere Eltern dazu zu bringen, eine vegane Alternative zu kochen. Ohne Erfolg.

Ich lasse meinen Blick durchs Zimmer schweifen, betrachte die blinkenden Lichter am Weihnachtsbaum, das Geschenkpapier, das in einem großen Berg neben dem Kamin liegt. Bisher läuft es gut. Es gab noch keine größeren Auseinandersetzungen oder Diskussionen. Alle scheinen sich zusammenzureißen. Ich bin gespannt, wann die Luft explodiert.

Unter dem Tisch greife ich nach meinem Handy und tippe eine Nachricht an Billy. In den letzten Tagen habe ich ihm von den Problemen zu Hause erzählt. Davon, wie sehr mich die Liebe meiner Eltern erdrückt und dass ich es leid bin, ständig für alles Rechenschaft abzulegen, was ich tue. Er hat gemeint, dass ich ihm einfach schreiben soll, wenn die Situation eskaliert. Dann werde er meine Eltern anrufen und in den Hörer pupsen. Ich habe keine Ahnung, wieso, aber dieser Gedanke beruhigt mich irgendwie. Wenn mir vor zwei Monaten jemand gesagt hätte, dass ich regelmäßig mit Billy schreibe, ich hätte ihn ausgelacht.

Bisher alles cool, mal sehen, wie die Stimmung abfällt, wenn der Truthahn gegessen ist 😃. Was geht bei dir?

Hier ist auch alles ruhig. Dad schläft schon, und Mum und Grandma grölen Songs aus West Side Story …

Er schickt zwei Kotz-Emojis hinterher, und ich lache.

Taylor versucht, einen Blick auf mein Handy zu erhaschen, doch ich stecke es schnell wieder weg.

»War das Luke?«, fragt sie, und ich versteife mich.

»Was?«

»Ich bin nicht blöd, Jack.«

Ich setze mein unschuldigstes Lächeln auf und greife nach der Weinflasche. »Keine Ahnung, was du meinst. Das war mein Mitbewohner.«

Taylor schnaubt, reißt mir die Flasche aus der Hand und schüttet sich selbst eine beachtliche Menge Wein in ihr Glas.

»Taylor, mach etwas langsamer, ja?«, meint Mum und mustert das volle Weinglas missbilligend.

Taylor sieht kurz zu ihr, hebt das Glas an ihre Lippen und trinkt es auf ex. Oh, oh, das hier nimmt gerade eine ganz falsche Wendung.

»Ich habe nicht mit Luke geschrieben, das war Billy!«

»Ich weiß doch genau, was da läuft! Denkst du, ich sehe nicht, wie du ihn immer anguckst? Du ziehst ihn mit deinen Blicken jedes Mal halb aus, das ist so ekelhaft!«

»Taylor, wir schreien nicht am Esstisch.« Mum sieht aufgebracht zu ihr, doch sobald ihr Blick auf mich fällt, wird er weich.

»Hast du dich mit Luke angefreundet, Schatz? Ich wusste, ihr würdet euch gut verstehen.«

Taylors Hand neben mir zittert, und ich bin froh, dass sie nur den Suppenlöffel und nicht das Messer in der Hand hält.

»So, wer will alles Truthahn?«, versucht Dad, die Stimmung zu retten, und hält zwei große Scheiben Fleisch in die Höhe. Mir ist der Appetit vergangen.

Was bildet sich Taylor eigentlich ein? Bis eben war alles gut, aber sie muss ja wieder eine Szene machen. Dabei habe ich wirklich nicht mit Luke geschrieben! Und was für Blicke meint sie überhaupt? Ich sehe Luke ganz normal an, so wie alle anderen auch.

Dad legt Mum und sich Fleisch auf den Teller, und ich halte ihm meinen auch hin, um die Wogen zu glätten.

»Taylor, Schatz, willst du nichts essen?«, fragt Mum, nachdem wir anderen fünf Minuten lang schweigend gekaut haben. Ich verkrampfe mich.

»Ich. Esse. Kein. Fleisch. Mum!«

»Ach, wenigstens an Weihnachten kannst du doch einmal eine Ausnahme machen. Dein Vater stand stundenlang in der Küche.«

Ich weiß, dass das nicht ganz stimmt. Dad lässt den Truthahn immer schon fertig liefern und wärmt ihn nur auf. Es war Taylor, die schon seit heute Mittag am Herd stand und sich um die Vor- und Nachspeise gekümmert hat.

»Mum, lass gut sein«, versuche ich, Taylor in Schutz zu nehmen. Ihre ständigen Provokationen nerven mich, aber das hier ist wirklich unfair.

»Also, die Kartoffeln sind köstlich, oder?«, wirft Dad mit vollem Mund ein. Mum, Taylor und ich starren ihn an.

»Was denn?« Er besprenkelt den Tisch mit kleinen Kartoffelstückchen.

»Mir reicht's!« Taylor rückt energisch ihren Stuhl nach hinten und steht auf.

»Taylor, du gehst jetzt nicht in dein Zimmer!«, ruft Mum ihr hinterher, als sie schon die Tür aufgerissen hat.

»Viel Spaß noch mit eurem Tot-Hahn«, bringt Taylor erstickt hervor, dann rauscht sie nach oben.

Mum seufzt laut und schenkt sich dann Wein nach. »Dass sie immer so anstrengend sein muss. Wieso können wir nicht einmal ein schönes Weihnachtsfest feiern?«

Ich weiß nicht, was ich darauf erwidern soll.

Der Rest des Essens verläuft so gut wie lautlos. Nur das Besteck auf den Tellern und Dads Kaugeräusche sind zu hören. Ich helfe Mum beim Saubermachen, lasse zwei, drei Sprüche über mich ergehen, die auf meinen blassen Teint (ha, ha) und auf meine verschnupfte Nase anspielen. Sie drückt mir ein Nasenspray in die Hand, und ich nehme es nur, um einer weiteren Diskussion zu entgehen.

Als endlich der Truthahn im Kühlschrank verstaut ist, schneide ich zwei große Stücke von Taylors Schokoladenkuchen ab, hieve sie auf einen Teller und laufe die Treppe nach oben zu ihrem Zimmer.

Eigentlich war der Kuchen als Mitternachtssnack gedacht – unsere alljährliche Tradition –, aber ich glaube, Taylor kann ihn schon jetzt gut vertragen. Immerhin hat sie kaum etwas gegessen.

Was sagt man, um den Familienfrieden wiederherzustellen?

Eigentlich rechne ich nicht mit einer Antwort, doch Billy schreibt sofort zurück:

Essen ist fertig?

Ich grinse und klopfe an Taylors Tür. Erst reagiert sie nicht, doch dann höre ich das Knarzen der Bodendielen, und die Klinke wird heruntergedrückt.

»Was willst du?«

Ich halte ihr den Kuchenteller unter die Nase und lächle sie an. »Ich hab dir Dessert gebracht.«

Sie mustert den Teller eine Zeit lang, doch ich weiß, dass sie Hunger hat. Wir haben nach zehn, und bis auf das Frühstück heute Morgen und den Vorspeisensalat hat sie nichts gegessen.

»Komm rein«, seufzt sie und öffnet die Tür etwas weiter. Sie nimmt mir den Teller aus der Hand, läuft zu ihrem Bett, lässt sich in die Bettdecke sinken und beginnt, den Kuchen in sich hineinzuschaufeln.

Ich lasse mich auf ihrem großen Sitzsack nieder, sodass ich ihr mit gut zwei Metern Abstand gegenübersitze.

Im Zimmer ist es dunkel, nur die Lichterkette am Fenster erhellt den Raum ein wenig. Taylors Bücher stapeln sich vor und neben ihrem Bett, ihr Kleiderschrank ist mit Stickern von Umweltorganisationen und Fair-Fashion-Labels beklebt, und neben der Tür steht ihre Kamera auf dem Dreibeinstativ, mit dem sie immer ihre Fotos für Instagram macht. Mir fällt auf, wie lange ich nicht mehr in ihrem Zimmer war. Früher lag hier alles voll mit Kuscheltieren, selbst geflochtenen Armbändern und Polaroid-Fotos.

Fotos gibt es zwar noch ein paar, aber auf keinem davon bin ich zu sehen. Ich schlucke.

»Sagst du mir jetzt die Wahrheit?«, fragt Taylor in die Stille hinein und wischt sich Kuchenkrümel vom Mund.

Verwirrt sehe ich sie an, und sie stöhnt entnervt auf. »Was läuft da zwischen dir und Luke?«

»Wieso interessiert dich das so sehr? Sonst ist es dir doch auch egal, mit wem ich meine Zeit verbringe.« Okay, ich kann mir die Antwort schon denken, spiele aber auf Zeit.

»Ist das echt so schwer zu kapieren? Er ist *mein* Freund.«

Ich lache. »Luke ist doch kein Eigentum. Er kann selbst entscheiden, mit wem er seine Zeit verbringen will.«

»Dass ich nicht lache, wir wissen beide, dass du ihn verletzen wirst. So wie du alle Menschen verletzt, die dir nahekommen.«

Das hat gesessen. Vor allem, weil sie nicht wissen kann, dass genau das bereits eingetreten ist. Ich habe Luke verletzt, indem ich ihn von mir gestoßen habe. Ich sinke weiter in den Sitzsack und weiß nicht, wie ich auf Taylors Anschuldigung reagieren soll, doch sie lässt mir gar keine Zeit zu antworten.

»Du bist so selbstsüchtig! Mum und Dad würden alles für dich tun, und du machst dich lustig über sie und haust immer ab, wenn es mal ein bisschen schwierig wird. Alles dreht sich immer nur um dich! Aber ich bin auch noch da.« Sie wendet den Blick ab, sieht stattdessen aus dem Fenster in die dunkle Nacht hinaus. Ich weiß, dass sie weint, als ich das leise Schniefen höre. Scheiße.

Hitze steigt in meiner Kehle auf. Sie hat doch keine Ahnung! Als ich zu sprechen beginne, zittert meine Stimme vor unterdrückter Wut.

»Denkst du, ich habe darum gebeten? Hast du irgendeine Vorstellung davon, wie es sich anfühlt, ständig beobachtet zu werden? Wenn jeder kleinste Aspekt deines Lebens überwacht wird? Wenn jemand so besessen von dir ist, dass er durch dich lebt? Es fühlt sich an, als würde man ersticken, Taylor!«

Ich spüre die heißen Tränen auf meiner Wange, mein Brustkorb bebt bei jedem Atemzug.

Taylor sieht mich an. Ihre großen braunen Augen glänzen feucht.

»Nein, das kann ich mir nicht vorstellen.« Plötzlich ist sie ganz ruhig. Ihr Blick ruht noch immer auf mir. Sie schluckt, bevor sie flüstert: »Ich habe keine Ahnung, wie es sich anfühlt, so geliebt zu werden.«

Das ist zu viel. Sie kann mir nicht die Schuld daran geben! Mum und Dad sind hier das Problem, nicht ich. Das versuche ich mir zumindest einzureden, während mein Blick ruhelos durch den Raum fliegt. Was ist, wenn sie recht hat? Ich zittere und wische mir über die Augen, doch ich kann die Tränen nicht stoppen. Etwas in mir gibt auf und sieht endlich ein, dass sie die Wahrheit sagt. Ich bin das Problem.

»Tut mir leid, dass ich diese Familie zerstört habe, okay? Ich bin ein beschissener Vulkan, der alles um sich herum verbrennt.« Bei dem Wort *Vulkan* ziehen sich Taylors Augenbrauen zusammen, und in ihrem Blick liegt eine beängstigende Erkenntnis. Scheiße. Wird sie jetzt eins und eins zusammenzählen? Wird sie erkennen, dass ich hinter dem Instagram-Account stecke? Ich habe nicht die Kraft, ihr all das jetzt zu erklären. Deswegen stehe ich auf und tue das einzig Richtige: Ich gehe.

LUKE

Das also ist das Leben?

Anders als in Deutschland gibt es in Vancouver keine U- oder S-Bahnen. Der sogenannte Skytrain fährt hier oberirdisch auf Schienen, die auf Stelzen einige Meter über dem Boden der Stadt errichtet sind. Normalerweise genieße ich die wundervolle Aussicht auf die umliegenden Gebäude und das Wasser. Auch heute Nacht leuchtet die Stadt durch die vielen funkelnden Lichter in den einzelnen Gebäuden. Es könnte wunderschön sein.

Die warme Luft im Inneren der Bahn sorgt dafür, dass sich Mütze und Mantel anfühlen wie eine lästige zweite Haut, weswegen ich beides direkt ausziehe. Jackson neben mir hat immer noch die Kapuze tief ins Gesicht gezogen. Vielleicht hat er Angst, von seinen Kumpels erkannt zu werden. Nicht, dass davon einer hier in der Bahn sitzen würde.

»Also, ich versuch's einfach noch mal: Wo fahren wir hin?«, frage ich, als die Bahn mit einem sanften Zischen losfährt und die Lichter der Stadt an uns vorbeiziehen. Außer uns sind nur zwei andere Personen im Abteil. Kein Wunder, es ist kurz nach elf an Weihnachten. Normalerweise sitzen da alle mit ihren Familien zusammen oder schlafen schon lange.

Jackson gibt mir keine Antwort, also begnüge ich mich damit, die Aussicht zu genießen. Gerade fahren wir über die Lions Gate Bridge. Ich sehe die Reflexion des Skytrains im ruhigen Wasser und verfolge die Lichter mit meinen Augen. Das stetige Ruckeln und die elektronische Bahnansage begleiten meine Gedanken, und zehn Minuten später erhebt Jackson sich vom Sitz, und ich folge ihm nach draußen.

Die Wärme der Bahn wird mit der nächsten eisigen Böe weggewischt, und ich ziehe mir meine Mütze wieder tief ins Gesicht. Direkt vor uns taucht ein riesiges Gebäude auf, dessen Spitze sich irgendwo oben im schwarzen Himmel verliert.

Mindestens hundert Meter über dem Boden befindet sich eine ovale Kugel, an deren Seite Hunderte von Fenstern angebracht sind. Die Leute, die darin arbeiten, haben sicher einen fantastischen Ausblick. Nur, dass jetzt keins der Fenster beleuchtet ist. Heute arbeitet dort niemand mehr. Oder?

Jackson hält auf das Gebäude zu, und ich muss mich ganz schön beeilen, um mit ihm Schritt zu halten. Er führt mich einmal um das Gebäude herum, bis wir auf der anderen Seite angekommen sind. Hier befindet sich eine schwere Eisentür. Jackson klopft zweimal dagegen. Nach einiger Zeit öffnet sie sich mit einem leisen Knirschen, und ein Mann mit Zahnlücke grinst uns entgegen.

»Hola, Amigo. Alles fit?«

»Hi, Diego. Können wir hoch?«, fragt Jackson und schafft es dabei fast, seine Stimme so lässig klingen zu lassen wie sonst auch. Ob Diego dennoch seine roten Augen bemerkt?

»Oh, ich weiß nicht, Amigo. Wenn sie euch erwischen …«

»Wann haben sie mich je erwischt, Diego?« Jetzt klingt er wieder exakt wie der selbstbewusste Jackson.

Diego seufzt, tritt aber grinsend von der Tür zurück und winkt uns ins Gebäude.

»Rein mit euch. Aber wehe, jemand sieht euch. Die Putzkolonne ist grade im Westflügel unterwegs.«

Jackson bedankt sich bei Diego, und zusammen betreten wir das Gebäude. Was geht hier nur vor sich? Ich zwinge mich, erst einmal keine Fragen zu stellen.

»Das ist der Dienstaufgang. Kennste ja, 'ne Jack? Einfach auf die Sechsundzwanzig drücken. Viel Spaß.« Diego zwinkert uns zu und verschwindet dann in einer Tür weiter hinten.

»Darf ich jetzt fragen, wohin dieser Aufzug führt?«

Jackson scheint sich wieder etwas gefangen zu haben, denn er lässt sich sogar zu einem schlechten Witz herab. »Nach oben.« Mit diesen Worten zieht er die Fahrstuhltür auf und tritt ein.

Es ist mir unangenehm, so nah neben ihm zu stehen. Gleichzeitig genieße ich jede Sekunde dieser Fahrt. Es ist zum Verrücktwerden.

Der Fahrstuhl setzt sich in Bewegung, und zum Glück steigt niemand zu. Wir fahren bis in den sechsundzwanzigsten Stock, und als das vertraute *Pling* ertönt, öffnen sich die Türen vor uns und geben einen weiteren Gang frei.

»Schnell jetzt«, zischt Jackson und zieht mich hinter sich her. Dass er dabei meine Hand genommen hat, versetzt mich in eine kurzzeitige Schockstarre, und ich muss meine Beine antreiben, damit sie sich endlich bewegen.

Zusammen stolpern wir mehr, als dass wir rennen, zu einer Tür am Ende des Ganges. Gerade als Jackson sie aufdrückt, hören wir Geräusche hinter uns. Es klingt sehr nach einem Tablett, das gerade auf den Boden gefallen ist. »Los, los!«

Jackson schubst mich durch die Tür und schlägt sie hinter uns zu. Dann lässt er sich auf der anderen Seite gegen das kalte Metall fallen und beginnt zu lachen.

»Scheiße, das war knapp!« Seine Traurigkeit von eben scheint vollkommen verflogen zu sein.

Nach dem ersten Schockmoment realisiere ich, wo wir uns gerade befinden. Und heilige Scheiße ist das hoch!

Ich starre auf die Fläche vor mir. Wir sind draußen. Oben auf dem Dach. Wind peitscht mir ins Gesicht, und unter meinen Füßen befindet sich nichts außer glattem, grauem Betonboden. Am Rand der Ebene erkenne ich einen mickrig aussehenden Zaun, und in der Mitte des Daches ragt ein spitzer Mast noch weiter in die Höhe. Ich kann es nicht fassen. Ich taumle zurück zur Tür, aus der wir gerade getreten sind, und halte mich an dem kalten Metall fest.

Noch ein Dach. Das Wohnheimdach ist allerdings nichts gegen das hier. Die Betonfläche ist riesig, hier stehen keine abgenutzten Sessel und schon gar keine eingemauerte Schaukel. Stattdessen liegen Dutzende ausgetretene Zigarettenstummel auf dem fleckigen Boden, der von Regen und Wind gezeichnet ist.

Jackson steigt leichtfüßig über die wadenhohe Abgrenzung, läuft den letzten Meter bis zum Rand des Daches und schaut in die Tiefe. Ich folge ihm zögerlich, bleibe allerdings vor dem Zaun stehen.

Bevor ich es wirklich realisieren kann, breitet Jackson die Arme aus und beginnt auf der schmalen Kante zu balancieren.

Mir entfährt ein Schrei, ich springe über den Zaun, schnelle nach vorn, schlinge beide Arme um seinen Körper und werfe ihn mit mir zu Boden.

»Was zur Hölle ist los mit dir?«, fluche ich, während ich ihn mit meinem Körper auf den Boden drücke. Es ist mir egal, dass meine Knie und Handflächen schmerzen, solange ich ihn festhalte, kann ihm nichts passieren.

Jackson unter mir lacht.

Wütend setze ich mich auf, drücke meine Arme auf seine Schultern und sehe ihm fest ins Gesicht. »Scheiße, du hättest sterben können!« Mein Mund stößt weißen Dunst aus, während ich schwer atme. Jackson unter mir versucht, sich zu befreien, doch ich drücke ihn weiter auf den Boden. Wenigstens hat er aufgehört zu lachen.

»Lass mich los, Luke.«

»Nein.«

»Lass mich los.«

»Nein!«

Jackson hört auf, gegen meine Arme anzukämpfen. Ganz still liegt er dort auf dem kalten Beton. Die Luft um uns herum ist eisig, doch das Adrenalin schießt heiß durch meinen Körper.

»Ich wäre schon nicht runtergefallen, keine Sorge. Lass mich bitte los.« Er wollte also gar nicht springen? Erleichtert löse ich meinen Griff und lasse mich nach hinten fallen.

»Scheiße«, sage ich noch mal und fahre mir über die schweißnasse Stirn.

Jackson rutscht über den Boden zu mir, setzt sich so nah neben mich, dass unsere Körper sich vollständig berühren.

»Ich hatte nicht vor, runterzuspringen, falls du das denkst«, sagt er schließlich und stößt dabei ebenfalls kleine Wolken weißer Luft aus.

»Ach ja? Was sollte das dann?«

Jackson hebt einen Kieselstein auf, der vor unseren Füßen liegt, und dreht ihn zwischen den Fingern.

»Ich komme oft hierher. Hier oben hat man das Gefühl, über sein eigenes Leben bestimmen zu können.« Er wirft den Stein zurück auf den Boden und sieht zu, wie er in einiger Entfernung liegen bleibt.

»Das konnte ich jahrelang nicht, und auch jetzt noch mischen sich viel zu viele Menschen ein.«

»Wegen deiner Krankheit?«, frage ich vorsichtig, und Jackson nickt.

»Ich gelte klinisch als *geheilt*, aber ich weiß genau, dass sie nur alle darauf warten, dass es wieder von vorne losgeht.«

Ich habe keine Ahnung, was ich darauf erwidern soll. Auf einmal fühle ich mich schäbig, dass ich mir nie Sorgen um Jacksons Gesundheit gemacht habe. Aber vielleicht fand er das gerade gut.

»Und was ist mit dir? Hast du Angst? Also, dass die Krankheit wieder ausbricht?«

Jacksons Augen finden meine und sehen überrascht aus. »Du bist der Erste, der mich das fragt.«

»Das kann nicht sein.«

»Doch«, jetzt lacht er wieder und versucht, die Ernsthaftigkeit seiner Worte zu überspielen. »Wenn du einmal krank warst, fassen dich alle mit Samthandschuhen an. Sie wollen dir bloß nicht zu viel zumuten. Über dich sprechen sie nur, wenn du nicht dabei bist, und wenn du mit am Tisch sitzt, versuchen sie, dieses perfekte Bild aufrechtzuerhalten, weil sie nicht wollen, dass du dir Sorgen machst. Tja, damit erreichen sie genau das Gegenteil.« Jackson schluckt und scheint zu überlegen, wie viel er mir sagen möchte. Ich befürchte schon, dass er wieder dichtmacht und sich zurückzieht, doch er wendet den Blick nicht ab, sondern sieht mir geradewegs ins Gesicht. »Ja, ich habe Angst. Manchmal ist sie so groß, dass ich das Gefühl habe, zu ersticken. Dann komme ich hier hoch und kann wieder atmen.«

Wie um seine Worte zu unterstreichen, bläst er weißen Dunst in die Luft vor uns und sieht zu, wie sich die kleine Wolke langsam auflöst.

»Hier oben fühle ich mich freier als sonst irgendwo.«

Ich weiß nicht, was ich darauf erwidern soll. Natürlich ist die Aussicht hier oben toll und es kann schon sein, dass man sich freier fühlt, wenn man hundertfünfzig Meter über der Erde sitzt, aber es fühlt sich auch unsicher an. Jede Sekunde, die ich bisher auf diesem Dach verbracht habe, hatte ich Angst, in die Tiefe zu stürzen. Ich habe überlegt, was Ma, Lou, Sascha und Paul sagen würden, wenn John ihnen schreiben müsste, dass ich von einem Hochhausdach gefallen sei. Ich will mir ihre Trauer gar nicht ausmalen. Ich glaube nicht, dass Jackson daran denkt. Für ihn scheint das alles nur ein Spiel zu sein.

»Du bist nicht mehr frei, wenn du aus Versehen abrutschst und unten auf dem Boden aufschlägst, glaub mir.«

Jackson lacht nicht, als er mir antwortet. »Manchmal kann ich einfach nicht anders, verstehst du? Hier habe ich das Gefühl, selbst entscheiden zu können und nicht ständig von ihrer Fürsorge erdrückt zu werden.« Kurz überlege ich, wen er meint, doch eigentlich ist es ziemlich offensichtlich.

»Sie lieben dich.«

Jackson lacht auf. »Da bist du nicht der Erste, der mir das sagt. Aber wenn man eine Person liebt, sperrt man sie nicht ein.«

Ich ziehe mir die Mütze noch tiefer ins Gesicht. Der Wind hier oben fühlt sich mittlerweile an wie tausend kleine Nadeln, die sich in meine Haut bohren, aber ich kann jetzt nicht aufstehen.

»Wenn man jemanden liebt, will man alles dafür tun, diese Person zu beschützen.«

Jackson dreht seinen Kopf zu mir. Seine Augen glitzern dunkel, während er mich so lange mustert, bis ich den Blick abwenden muss.

»Hast du mich deswegen auf den Boden geworfen?«

Ich schlucke, nicke dann aber. Es bringt nichts, meine Gefühle für ihn zu leugnen.

»Du willst immer alle retten, oder?«

»Was ist falsch daran?«

Zum ersten Mal in dieser Nacht lächelt Jackson, als er die Hand ausstreckt und mir über die Wange streicht. »Nichts ist falsch daran. Aber wo bleibst du bei alldem?«

Ich zucke zusammen, und Jacksons Hand gleitet von meiner Wange. »Wir sitzen hier oben, weil du nachts von zu Hause wegläufst und lebensmüde auf einem Dach herumbalancierst. Lenk jetzt nicht ab, indem du anfängst, mich zu therapieren.«

Jackson lacht, und der Wind trägt den Klang seiner Stimme in die Nacht hinaus.

»Na schön. Heute darfst du mich therapieren, und morgen bin ich dran, Deal?« Er hält mir seine Hand entgegen, und ich schlage ein.

»Deal.«

Wir sitzen nebeneinander in der Nacht und lauschen dem Atem des anderen.

»Ich habe es vermisst, mit dir zu reden, weißt du?«, durchbricht Jacksons Stimme irgendwann die Stille.

»Ich auch«, gebe ich zu.

»Und es tut mir leid, dass ich so ein Arsch war. Ich …« Er flucht leise und fährt sich durch die Haare. »Ich bin einfach nicht gut in so was, verstehst du?«

»Wenn du mir verrätst, was du mit *so was* meinst?«

Jackson streckt eine Hand aus, berührt ganz leicht meine Brust. »Du, ich, na ja die Beziehung, die du wolltest. Das hat mir Angst gemacht.«

»Kann ich verstehen, ich kann ganz schön beängstigend sein.«

»Mann, so meine ich das nicht.«

»Ich weiß.«

Nun strecke ich die Hand aus und greife nach seiner. Seine Finger sind ganz kühl und fühlen sich rau an zwischen meinen.

»Ich hab dir auch echt zu viel Druck gemacht. Es ist okay, nichts Festes zu wollen. Oder zumindest nicht direkt die Verwandten des anderen kennenlernen zu wollen.«

»Das hat bei mir echte Panik ausgelöst.«

»Ich hab's gemerkt.« Ich streiche mit dem Finger über seine Hand. »Hast du jetzt immer noch Panik?«

Jackson sieht auf unsere verschränkten Finger und sieht dann wieder zu mir.

»Tatsächlich bin ich zum ersten Mal heute Abend nicht aufgeladen oder wütend.«

»Willst du drüber reden?« Ich bin mir sicher, dass er ablehnen und einen blöden Witz reißen wird, doch er antwortet mir tatsächlich.

»Taylor und ich haben uns gestritten. Also, eigentlich hat sie sich mit unseren Eltern verkracht, und als ich dann zu ihr gegangen bin, hat sie mir Dinge an den Kopf geworfen …«

»Taylor hat mit dem Streit angefangen?« Das kann ich gar nicht glauben.

»Na ja, sie hatte leider mit den meisten Dingen recht.«

Erstaunt hebe ich eine Augenbraue.

»Sie hat wohl irgendwie mitbekommen, dass wir beide uns eine Zeit lang gut verstanden haben, und ist sauer geworden. Ich glaube, sie denkt, ich dränge mich irgendwie zwischen eure Freundschaft.«

»Oh.« Genau aus diesem Grund habe ich bisher immer vermieden, mit Taylor darüber zu sprechen. »Und was hast du ihr gesagt?«

Jackson zuckt mit den Schultern. »Ich hab angefangen zu heulen.« Er lacht, doch es gelingt ihm nicht, das leichte Zittern in seiner Stimme zu überspielen.

»Ich wollte sowieso mit ihr sprechen, dann kann ich auch direkt ein gutes Wort für dich einlegen.«

»Ich bin mir nicht sicher, ob das hilft, aber danke.«

»Aber es ist gut, dass ihr endlich mal miteinander gesprochen habt. Diese ständigen feindseligen Blicke waren echt nur schwer auszuhalten.« Ich knuffe ihn in die Seite und bringe ihn so erneut zum Lachen.

»Ich versuche, mich zu bessern«, sagt er und hebt die Finger zum Schwur in die Höhe.

»Shit, ich glaub, mein Arsch ist festgefroren.« Jackson rutscht über den Boden und tut so, als könne er nicht aufstehen.

Ich spiele sein Spiel mit und rutsche ebenfalls hilflos über den Boden. »Meiner auch.«

»Schade, dann können wir den Sex heute wohl vergessen.«

Ich habe wirklich keine Ahnung, was ich darauf erwidern soll, aber irgendwie ist es beruhigend, seine schlechten Witze zu hören. Fast scheint es so, als habe er hier oben sein altes Ich wiedergefunden.

Eine halbe Stunde später stehen wir durchgefroren vor Jacksons Haus und pusten uns in die Hände, um sie aufzuwärmen. Erfolglos.

»Hast du keine Angst, da jetzt wieder reinzugehen?«, frage ich und deute auf die halb vereiste Tür.

Jackson zuckt mit den Schultern. »Vielleicht will ich nicht, dass sie sich Sorgen machen?«

»Zeigt meine Therapiestunde also schon ihre Wirkung?«

»Vielleicht. Vielleicht mische ich ihnen morgen auch Salz in ihren Kaffee, wer weiß.«

Wir lachen beide leise und verabschieden uns mit einer Umarmung voneinander.

»Morgen steht deine Therapiestunde an, klar? Ich stehe um zwei vor deiner Tür.«

»Wirklich? Du könntest meinen Verwandten begegnen«, werfe ich ein.

»Damit komme ich schon klar.« Und wieder liegt da dieses Lächeln auf seinen Lippen. Er tritt von der Tür und zieht mich an sich. »Sag ihnen, ich mag meinen Kaffee am liebsten schwarz.« Und mit diesen Worten küsst er mich. Wir sind beide durchgefroren bis auf die Knochen, und meine Finger haben schon lange jegliches Gefühl verloren. Doch meine Lippen, meine Lippen scheinen all ihre Nervenenden verdoppelt zu haben.

LUKE

Good Morning

»Guten Morgen, allerseits!«, rufe ich vielleicht etwas zu laut und zu fröhlich, als ich mich an den Frühstückstisch setze. Ich versuche, das verräterische Grinsen etwas zu reduzieren, was mir aber nicht gelingt. Seit gestern Nacht kann ich nicht mehr damit aufhören, zu lächeln.

John, Alex und Meredith starren mich fragend an. Nur Ava halbiert gerade ihren Toast und beachtet mich nicht.

»Was ist denn mit dir los?«, fragt Alex und mustert mich, als hätte ich soeben eine Pirouette vollführt.

»Alex, benimm dich«, mahnt Meredith, beobachtet mich jedoch immer noch interessiert.

»Guten Morgen, Luke«, meint John schließlich und schüttet mir Orangensaft ein.

Ich nehme das Glas dankend entgegen und genehmige mir einen großen Schluck.

»Und, hast du gestern noch einen schönen Abend gehabt?«, fragt Meredith beiläufig und reicht mir einen Toast. In ihren Augen liegt ein merkwürdiger Glanz, und ich werde das Gefühl nicht los, dass sie genau weiß, was gestern Abend passiert ist. Dabei dachte ich, sie hätte schon tief und fest geschlafen, als ich aus dem Haus geschlichen bin. Deswegen nehme ich nur schnell die Toastscheibe entgegen und konzentriere mich voll und ganz darauf, sie mit Butter zu bestreichen.

»Ja, ich hab noch einen kleinen Spaziergang gemacht. Habe noch ein bisschen mehr von der Stadt gesehen.« Die Untertreibung des Jahres. Ich spüre, wie meine Ohren rot anlaufen, versuche aber, einfach zu kauen und mir nichts anmerken zu lassen.

»Wie schön. Mit wem warst du denn eigentlich unterwegs? Mit Taylor?« Okay, das ist dann wohl jetzt der Moment. Ich schlucke den klebrigen Toast hinunter, spüle mit Orangensaft nach und versuche, so beiläufig wie möglich zu antworten.

»Nein, mit Jackson. Er würde auch später vorbeikommen, wenn das in Ordnung ist. Er will euch kennenlernen.«

Merediths Augen strahlen, und mir wird klar, dass sie sich das wohl die ganze Zeit schon gedacht hat. »Ich hoffe, dieses Mal wird er durch keinen Stau aufgehalten?«, fragt sie dennoch, und schnell schüttle ich den Kopf.

»Den Weg über die Straße sollte er hoffentlich noch finden.«

Sie lächelt und schenkt sich Kaffee nach. »Das meine ich auch.«

»Jackson? Der, der mein Schneckenhaus kaputt gefahren hat?«, meldet sich Ava zu Wort und sieht dabei alles andere als glücklich aus. Ich erinnere mich, dass sie damals schon nicht begeistert war, als sie ihn mir zum ersten Mal gezeigt hat. Damals habe ich ihn auch noch für ein arrogantes Hollister-Model gehalten. Wie schnell sich eine Meinung doch ändern kann.

Also beuge ich mich verschwörerisch zu Ava. »Nachher kannst du ihm einfach sagen, dass du sehr traurig darüber warst, vielleicht hilft er dir ja, ein neues zu bauen.«

Der Gedanke scheint sie etwas zu besänftigen.

Nach dem Frühstück stehe ich wieder vor meinem Schrank und überlege, was ich anziehen soll. Dann schüttle ich über mich selbst den Kopf, ziehe einfach einen Pullover aus dem Schrank und verschwinde unter der Dusche. Mein Zimmer wird nicht aufgeräumt sein, wenn Jackson kommt. Überall liegen noch Weihnachtsgeschenke und Packpapier auf dem Boden verstreut herum, doch das ist okay. Immerhin sollte Jackson mich so kennenlernen, wie ich bin. Spätestens beim dritten Treffen hätte ich sowieso keine Lust mehr, alles perfekt aufzuräumen.

Als es unten an der Tür klingelt, sehe ich auf die Uhr. Fünf vor zwei. Er ist zu früh! Grinsend laufe ich die Treppe nach unten und höre schon Avas Stimme durch die Wohnung rufen: »Luke, dein Freund ist hier!«

Ja, Ve, das ist er. Auch wenn wir noch nicht offiziell darüber gesprochen haben, ob wir jetzt zusammen sind oder nicht.

Bis ich unten in der Diele stehe, hat Ava Jackson schon die Garderobe gezeigt. »Und hier kommen die Schuhe hin. Dad hasst es, wenn Dreck ins Haus kommt«, erklärt sie ihm gerade. »Oh, das sind aber tolle Socken! Woher hast du die?«

»Das weiß ich leider nicht. Die waren ein Geschenk.«

»Hi«, sage ich und nehme Jackson die Jacke ab. Er sieht tatsächlich unsicher aus, wie er da zwischen all unseren Schals und Schuhen steht und sich das Hemd glatt streicht. Dass ich ihn jemals in einem Hemd sehen würde, damit hätte ich in diesem Leben nicht mehr gerechnet.

»Hey«, erwidert er nur und hält eine Dose in die Höhe. »Das hier sind Plätzchen von meiner Mum. Ich garantiere nicht dafür, dass sie essbar sind.«

»Denkst du, sie will uns vergiften?«, fragt Ava, die die Giftszenen in Schneewittchen immer besonders gruselig findet.

Jackson lacht und verliert damit die angespannte Haltung. »Nein, das glaube ich nicht. So besorgt, wie sie immer ist, dass es mir gut geht.«

Ich führe Jackson ins Wohnzimmer, wo Meredith und Alex auf der Couch sitzen und das Wii-Spiel zocken, das er zu Weihnachten bekommen hat.

»Hallo, Jackson. Entschuldige, ich muss nur noch meinen Sohn plattmachen, dann bin ich bei dir.«

»Mum, du liegst zehn Punkte hinter mir«, wirft Alex ein, während er verbissen weiter auf den Controller drückt.

Jackson neben mir lacht erneut und sieht sich in dem offenen Wohn-Ess-Bereich um. »Wirklich schön haben Sie es hier, Miss Roberts.«

Ich ziehe eine Augenbraue in die Höhe und frage leise: »Echt jetzt?« Muss er auch hier seinen Charme spielen lassen? Er grinst nur und stellt die Plätzchendose auf den Tisch vor uns.

»Gewonnen!«, ruft Meredith und reißt den Controller in die Höhe.

Alex neben ihr sieht beleidigt aus. »Das war einfach nur Glück«, schnaubt er.

»Ja, ja, schmoll du nur. Jetzt begrüßen wir erst einmal unseren Gast.« Mit diesen Worten erhebt Meredith sich von der Couch und kommt zu uns. Sie reicht Jackson nicht die Hand, umarmt ihn auch nicht. Tatsächlich ist ihr Blick erstaunlich kühl. »Es ist sehr schön, dich endlich kennenzulernen. Schade, dass es letztes Mal nicht geklappt hat.«

Jackson weiß genau, worauf sie anspielt, denn sein Grinsen verrutscht leicht. »Glauben Sie mir, mir tut das auch sehr leid, und es wird sicher nicht wieder vorkommen.«

Jetzt lächelt Meredith doch noch und zieht Jackson in eine herzliche Umarmung. »Nenn mich Meredith. Oder Mery, wie du willst.«

»Niemand darf dich Mery nennen«, wirft Alex verwirrt ein.

»Oh, dein Vater schon. In ganz besonderen Momenten.«

»Mum!«

»Apropos – wo steckt euer Vater überhaupt?«, fragt Meredith und schaut suchend aus dem Fenster.

»Vorhin war er im Garten«, fällt Ava ein.

»Na schön, ich geh ihn suchen, und ihr deckt schon mal den Tisch. Diese Plätzchen sehen wundervoll aus, sag deiner Mutter vielen Dank.«

»Ich richte es aus«, erwidert Jackson.

Meredith findet John schließlich im Keller, wo er sich mit Avas Holzsäge eingeschlossen hat, um ein neues Vogelhaus für den Garten zu basteln. Manchmal vergisst er bei solchen Arbeiten einfach vollkommen die Zeit.

Wir trinken Kaffee, essen Plätzchen und den restlichen Kuchen von gestern, und John fragt Jackson über sein Studium aus, weil ihn das ganz besonders interessiert. Insgesamt ist das Gespräch locker, auch wenn nach wie vor ein Rest Anspannung in der Luft liegt. Das wird sich legen, wenn wir öfter so zusammen am Tisch sitzen. Ich hoffe ja, dass das hier nicht das letzte Mal ist.

Als ich mir gerade noch ein Plätzchen in den Mund stecken will, bemerke ich, wie Alex seine Eltern beobachtet. Immer wieder huscht sein Blick zu ihnen, und ich verstehe, wieso. Immerhin zeigen sie ihm gerade, wie sie auf ein schwules Pärchen unter ihrem Dach reagieren. Ich glaube, bei ihrer Reaktion muss er sich keine Sorgen machen.

Irgendwann ist endlich der letzte Krümel von Merediths Teller verschwunden, und die Kaffeetafel wird aufgelöst. Sicher, mir war es wichtig, dass Jackson meine Verwandten kennenlernt, aber nach fast zwei Stunden hätte ich doch gerne etwas Zeit mit ihm alleine.

Ich führe Jackson nach oben in den ersten Stock und präsentiere ihm mein Zimmer. Doch kaum habe ich die Tür hinter mir geschlossen, drückt Jackson mich dagegen und küsst mich so leidenschaftlich, als hätten wir uns monatelang nicht gesehen. »Das wollte ich schon die ganze Zeit machen, aber vor deiner Tante kam es mir irgendwie unangemessen vor«, meint er grinsend und tritt einen Schritt zurück.

»Sie mag dich«, werfe ich etwas atemlos ein.

»Denkst du? Ihr Blick vorhin hat mir echt Angst gemacht.«

Ich lache. »Sie will eben auf mich aufpassen. Dafür sorgen, dass du mir nicht wehtust.«

»Dieses Helfersyndrom scheint bei euch in der Familie zu liegen.« Jackson küsst mich erneut. Dann löst er sich von mir und beginnt durchs Zimmer zu streifen.

»Echt schick. Ich hatte irgendwie mit einem Poster von Daniel Radcliffe gerechnet.«

Stumm greife ich unter meine Bettdecke, ziehe das Draco-Schlafshirt hervor und halte es mir vor den Oberkörper.

»No way!« Jackson lässt sich auf mein Bett fallen und lacht so laut, dass es sicher im ganzen Haus zu hören ist. »Bitte zieh das an«, sagt er schließlich, als er sich von seinem Lachanfall erholt hat.

»Nein.«

»Ach komm schon. Bitte.«

»Zieh du es doch an, wenn du es so toll findest«, sage ich nur und halte es ihm entgegen, und Jackson greift tatsächlich danach, zieht sich seinen Pullover über den Kopf und wirft ihn auf den Geschenkeberg, der immer noch auf dem Boden liegt. Okay, da sitzt ein halb nackter, wirklich gut aussehender Typ auf meinem Bett. Nein, nicht irgendein Typ. Mein Typ. Wie lange es wohl dauern wird, bis ich mich daran gewöhnen werde?

»Alles okay? Du bist ganz rot im Gesicht«, fragt Jackson besorgt, während er sich das Draco-Shirt über den Kopf zieht.

»Ist nur ein bisschen heiß hier drin«, meine ich und laufe zum Fenster, um es zu öffnen. Die kalte Luft von draußen kühlt meine erhitzten Wangen.

»Und, wie gefalle ich dir?«

Als ich mich umdrehe, steht Jackson vor mir und dreht sich einmal um sich selbst, um mir sein tolles Outfit zu präsentieren. Jackson ist eindeutig breiter gebaut als ich, denn das Shirt spannt sowohl an seiner Brust als auch an den Schultern.

»Etwas zu klein, meinst du nicht?«, fragt er dann und lässt seine Muskeln spielen, wodurch sich das Shirt noch weiter spannt.

»Also, ich finde, es steht dir perfekt.«

Jackson grinst und versucht dann, sich das Shirt wieder über den Kopf zu ziehen, bleibt aber mit dem Kopf darin stecken und taumelt leicht durchs Zimmer.

»Hilfe, ich ersticke, Hilfe!«

»Manchmal frage ich mich wirklich, wer von uns beiden eigentlich Theater spielt.« Ich komme ihm zu Hilfe und befreie ihn aus meinem Shirt. Als Dracos Gesicht wieder unter der Bettdecke verschwunden ist, drehe ich mich zu Jackson, der nun so dicht neben mir sitzt, dass ich seinen Atem auf meiner Wange spüren kann. Seinen Pullover hat er nicht wieder angezogen.

Vielleicht bilde ich es mir nur ein, aber die Hitze, die sein nackter Körper ausstrahlt, wird mit jeder Sekunde intensiver. Ich will ihn nicht anstarren, aber als ich meinen Blick doch kurz über seinen Oberkörper schweifen lasse, bemerke ich eine kleine Narbe auf seinem Brustkorb. Ich strecke die Hand aus und streiche vorsichtig darüber. Sie fühlt sich ganz weich und warm an.

»So haben sie mich damals wiederbelebt.« Jacksons Stimme klingt belegt, doch im nächsten Moment drückt er meine Hand leicht von sich und grinst mich an.

»Betatschen kannst du mich später noch, jetzt beginnt erst mal deine Therapiestunde.« Jackson springt vom Bett auf, zieht sich den Pullover wieder über den Kopf und sieht mich erwartungsvoll an. Ich starre immer noch auf seinen Oberkörper und würde ihm den Pulli am liebsten wieder vom Körper reißen.

»Also? Bereit?«

»Wofür?«

»Lass dich überraschen.«

LUKE

Freier Fall

Als wir die große Halle betreten, staune ich nicht schlecht. Hier drin sieht es aus, als wären mehrere Farbbomben explodiert. Dem Geruch nach zu urteilen, könnten es aber auch ein paar Deoflaschen gewesen sein.

»Willkommen im Clip'n Climb. Waren Sie schon einmal hier?«, fragt uns die freundliche Mitarbeiterin, die einen lockeren Sportanzug trägt, der ebenso bunt ist wie der Rest der Halle.

»Ich kenne mich aus, danke. Wir nehmen die kleine Runde.«

Die Mitarbeiterin nickt und tippt etwas in ihre Kasse ein. Als Jackson für uns beide bezahlen will, schüttle ich vehement den Kopf und zahle meinen Eintritt selbst. Vielleicht liegt es daran, dass ich endlich mein eigenes Geld verdiene und stolz darauf bin, einmal nicht darüber nachdenken zu müssen, wie viel etwas kostet.

»Viel Spaß!«, flötet die Mitarbeiterin, und Jackson lotst mich weiter in die Halle hinein bis zu einer Tür, über der groß *Garderobe* steht.

»Was ist das hier?«, frage ich und versuche, einen genaueren Blick in die Halle zu werfen, doch der Eingangs- und Umkleidebereich ist durch eine Plexiglaswand vom Inneren der Halle getrennt. Hinter der Scheibe erkenne ich nur bunte Farben und Schemen, die sich bewegen.

»Wie gesagt, lass dich überraschen.«

Also begebe ich mich in die Umkleide und ziehe mich um. Jackson hat nur gesagt, dass ich Sportkleidung brauchen werde, also habe ich ein Shirt, meine kurze Sporthose und die alten Turnschuhe eingepackt. Als ich die anderen Menschen in der Umkleide mustere, stelle ich jedoch fest, dass ich eindeutig falsch ausgestattet bin. Alle tragen spezielle Kletterschuhe und Handschuhe, manche haben sogar dieses weiße Pulver mitgebracht, das wir manchmal im Turnunterricht benutzen durften.

Jackson neben mir trägt natürlich das perfekte Outfit. Das grüne Sportshirt klebt hauteng an seinem Körper, seine Schuhe sehen ebenfalls brandneu aus, genauso wie die weißen Sportsocken und die graue Sporthose.

»Hast du hier ein spontanes Fotoshooting für Sportmode, von dem ich nichts weiß?«, frage ich, während er einen Schluck aus seiner Sportflasche nimmt.

»Ob du's glaubst oder nicht, ich habe noch nie in meinem Leben gemodelt.«

»Noch nie?«

»Ich bin zu klein. Die wollen Männer, die mindestens einen Meter achtzig sind, und außerdem bin ich nicht weiß genug.«

»Echt jetzt?«

Jackson reicht mir eine zweite Wasserflasche, die er wohl extra für mich mitgenommen hat, und geht zur Umkleidetür.

»Auch deswegen ist das ein Business, in das ich nicht unbedingt reinwill. Auch wenn ich natürlich das Aussehen dafür hätte.« Er zwinkert mir zu und posiert im Spiegel an der Wand. Ich werfe ihn mit meinem Handtuch ab und laufe ebenfalls zur Tür.

»Okay, Mister Kanada, fangen wir dann jetzt mal an?«

»Ich warte hier die ganze Zeit nur auf dich.«

Jackson öffnet mir galant die Tür, und gemeinsam laufen wir in die Halle.

Das Clip'n Climb ist nicht irgendeine Kletterhalle, sondern vielmehr eine Art Vergnügungspark. Nur, dass es deutlich anstrengender ist, als sich einfach in eine Achterbahn zu setzen. Entfernt hat tatsächlich alles etwas mit dem Klettern zu tun, aber dennoch ist es nicht mit den Kletter- oder Boulderhallen in Deutschland vergleichbar, die ich dank einiger Kindergeburtstage besuchen musste.

Die Wände sind in unterschiedliche Abschnitte eingeteilt, die alle ungefähr zwei Meter breit sind. Irgendwie muss man es schaffen, so weit wie möglich nach oben zu klettern. Ob man sich dafür nun klassisch von Vorsprung zu Vorsprung hangelt oder eine sich nach unten windende Treppe aus Legosteinen erklimmen muss. Zu Beginn unserer Runde zittern meine Beine noch extrem, und den ersten Abschnitt schaffe ich nicht mal bis zur Hälfte, aber irgendwie habe ich nicht so viel Angst wie sonst. Vielleicht, weil da immer ein Seil um meine Hüften ist, das mich festhält. Und selbst wenn das Seil nachgeben sollte, werde ich nur in die weichen Matten unter mir fallen. Vielleicht liegt es aber auch daran, dass neben mir eine Horde Grundschulkinder klettert und ich mir einrede, dass ich das ja wohl auch schaffen kann, wenn sie so mühelos nach oben klettern können.

Jackson ist natürlich einfach nur Weltklasse. Er schafft es immer bis ganz nach oben, berührt die Decke mit einer Hand und springt dann leichtfüßig auf die Matte zu unseren Füßen. Dabei ist es ihm egal, dass er nur durch ein dünnes Seil gesichert wird. Mittlerweile weiß ich ja, wie sehr er auf Adrenalinkicks steht.

Diese Halle ist vermutlich seine Schlechtwetteroption, wenn es zu nass oder kalt für die Dächer der Stadt ist. Er erzählt mir, dass er das erste Mal mit vierzehn in dieser Halle stand und seitdem jeden Monat mehrmals herkommt. Daher kommen vermutlich seine Armmuskeln. Madison hat sich immer gewundert, wie man solche Oberarme bekommt, wenn man doch eigentlich nur Fußball spielt.

Als wir zum letzten Abschnitt kommen, muss ich mir den Schweiß vom Gesicht wischen und lasse mich auf die Matte vor der Attraktion fallen. Jackson setzt sich neben mich und dehnt seine Arme. Er sieht noch total fit aus. Ich hingegen spüre die Anstrengung bereits in jedem Muskel und habe den Verdacht, dass mein Kopf mittlerweile die Farbe der tomatenroten Matte unter uns angenommen hat.

Wir beobachten die Kinder, die gerade die Attraktion vor uns erklimmen. Es handelt sich um eine Art Halfpipe, bei der die eine Seite mehrere Meter steil in die Höhe geht und einer Rutsche ähnelt, je weiter sie nach unten abfällt. Eines der Kinder wird gerade an einem Seil nach oben gezogen und hält sich verbissen an der Metallstange fest, die an dem Seil befestigt ist. Mir wird klar, worum es bei dieser Übung geht: sich so lange festhalten, bis man nicht mehr kann. Dann lässt man los, um in die Tiefe zu rutschen. Ganz ohne Seil. Na wundervoll. Bisher habe ich den Sprung ins Ungewisse immer umgangen, indem ich einfach den Weg wieder zurückgeklettert bin, doch das ist hier nicht möglich.

»Bereit für den Endgegner?«, fragt Jackson neben mir und leert seine Flasche.

»Ich nehme an, es ist keine Option, einfach hier sitzen zu bleiben und dir zuzuschauen?«

Jackson lacht, steht auf und zieht mich ebenfalls mit nach oben, wobei ich vor Schmerzen stöhne. Morgen werde ich den schlimmsten Muskelkater meines Lebens haben.

»Ich zeig dir, wie's geht.«

»Jaa, wundervoll. Ich bin dir wirklich dankbar für diese Aufopferung.«

Wieder lacht er, läuft dabei zum Seil und zieht sich die Metallstange herunter. Die Kinder haben sich nun ebenfalls auf die Matte gesetzt und beobachten Jackson, der seine Arme und Schultern mit kreisenden Bewegungen aufwärmt. Verdammt, es fühlt sich immer noch absolut unreal an, hier zusammen mit ihm den Tag zu verbringen. Normalerweise beobachte ich Jungs wie ihn aus der Ferne, werfe flüchtige Blicke in der Umkleide auf sie oder setzte im Schwimmbad extra eine Sonnenbrille auf, damit die Blicke nicht zu aufdringlich werden. Jackson aber darf ich anschauen, okay, es ist wohl eher ein Starren, aber das ist erlaubt. Daran muss ich mich erst noch gewöhnen.

Das Seil wird in die Höhe gezogen und mit ihm Jackson, dessen Körper mit jeder Sekunde länger zu werden scheint. Ein Meter, zwei Meter. Ich sehe die Anstrengung in seinem Gesicht, die zusammengebissenen Zähne, das Spiel seiner Muskeln und die verkrampften Hände um die Stange. Er schafft es die ganzen fünf Meter nach oben. Natürlich. Sein Blick sucht mich, und er schafft es doch tatsächlich, mir zuzuzwinkern. Dann lässt er los und rauscht in die Tiefe. Es dauert nur ein paar Millisekunden, bis der gewölbte Ausgang der Halfpipe ihn auffängt und seinen Fall abbremst. Aber heilige Scheiße, mein Herzschlag hat sich trotzdem verdreifacht. Wie wird das erst sein, wenn ich selbst dort oben hänge?

Etwas wacklig auf den Beinen kommt Jackson zu mir.

»Lebst du noch?«, frage ich spaßeshalber.

»Na klar. War super easy.«

»Lügner.«

Er grinst und schubst mich in Richtung Wand.

Erst, als ich direkt vor dem Seil stehe, beginnt mein Körper zu zittern. Meine Hände schwitzen so sehr, dass ich sie mehrmals an der Hose abwischen muss. Vermutlich werde ich nach einem halben Meter schon von der Stange abrutschen, was dann vermutlich der peinlichste Abgang des Tages sein dürfte. Vor allem vor diesen Kindern, die die Attraktion eben mit Leichtigkeit gemeistert haben. Aber die wiegen ja auch nichts! Da gibt es nicht viel Gewicht, das sie oben halten müssen. Ich weiß ganz genau, wieso Jackson sich diese Attraktion bis zum Schluss aufgehoben hat. Das ist mit Abstand die härteste Übung von allen. Nicht, weil es so anstrengend sein wird, sich an der Stange festzuhalten, sondern, weil ich dabei die ganze Zeit nach unten schauen muss. Bei allen anderen Stationen konnte ich stets gegen die Wand oder an die Decke über mir starren. Ich hatte immer etwas, woran ich meine Arme und Beine festhalten konnte. Gleich werden meine Beine einfach nur hilflos in der Luft baumeln.

»Hey, atmen nicht vergessen. Es kann absolut nichts passieren, vertrau mir.« Jackson drückt meine Hand und reicht mir dann die Stange. »Lass dich fallen, glaub mir, es gibt nichts Befreienderes.«

Am liebsten würde ich antworten: Für dich vielleicht! Aber innerlich hoffe ich, dass er recht hat.

Also schließe ich meine Hände um das kühle Metall und stelle mich mit dem Rücken an die Rutschwand. Ich höre das leise Ruckeln der Kurbel, und dann spüre ich den Zug am anderen Ende des Seils. Jeden Moment wird es mich in die Höhe ziehen. Ich beobachte, wie meine Füße sich quälend langsam vom Boden abheben und die Matten unter mir immer kleiner werden. Mein ganzer Körper ist angespannt. Das hier ist ein Ganzkörpertraining in einem vollkommen neuen Ausmaß. Meine Bauchmuskeln protestieren, aber nichts schmerzt schlimmer als meine Arme. Das Gute an diesem Schmerz: Ich vergesse fast, mir über die Höhe Gedanken zu machen. Nach der

Hälfte der Strecke fällt mein Blick auf Jacksons triumphierendes Gesicht. »Du hast es gleich! Halt durch!«, ruft er mir von unten zu, doch das Zittern in meinen Armen wird immer stärker. Ich könnte jetzt loslassen, dann wäre der Fall sicher nicht so schlimm, aber nein, ich beiße weiter die Zähne zusammen, schließe die Augen und bete, dass ich endlich oben ankomme. Was ein paar Sekunden später auch der Fall ist. Ich hänge nun in gut fünf Metern Höhe an einer Stange, spüre meine Arme kaum noch und wage es nicht, den Blick erneut nach unten zu richten.

Doch so sehr ich mir vorhin auch gewünscht habe, oben anzukommen, nun hier oben zu hängen, macht die Sache nur noch schlimmer. Ich muss loslassen, aber es geht nicht. Mein Herz rast, Schweiß tropft mir in die Augen, und ich verfluche die Kontaktlinsen, die nun darin schwimmen. Meine Brille zu tragen, wäre einfach zu gefährlich gewesen.

»Lass los, Luke!«, höre ich Jacksons weit entfernte Stimme. »Es ist okay, lass los.«

Ich weiß, dass ich, ob ich es will oder nicht, bald fallen werde. Meine Arme haben schlicht und ergreifend einfach nicht die Kraft, mich noch länger hier oben zu halten. Es ist ohnehin erstaunlich, dass sie noch nicht aufgegeben haben. Offenbar verleiht mir das Adrenalin ungeahnte Superkräfte. Ich zwinge mich, die Augen zu öffnen. Irgendwo dort unten springt eine Gestalt über den Boden und wedelt mit den Armen in der Luft. Ich bin mir ziemlich sicher, dass es Jackson ist, doch es könnte genauso gut ein Kind sein. Verdammte Kontaktlinsen.

Lass los, höre ich die Stimme wieder. Nur, dass es dieses Mal nicht Jackson ist, der spricht. Die Halle vor mir verschwimmt, und da ist er. Mit weit ausgebreiteten Armen. »Ich fang dich. Lass los, Luke.« Noch immer klammere ich mich an das Geländer des Dreimeterbretts. Die Kinder hinter mir beschweren sich, wieso ich so lange brauche, manche lachen mich auch aus, doch sie interessieren mich nicht. Ich sehe nur Papa dort unten im Wasser. »Spring Luke, vertrau mir, es wird alles gut.«

Also lasse ich los, und es ist seltsam, dass ich nicht im Wasser lande, sondern auf weichen Matten. Es passt nicht, dass da nicht Papas Arme sind, die mich auffangen, sondern meine eigenen, die sich in die Matten graben und mich aus der Rutsche befördern. Ich sehe mich in der Halle um und entdecke weder ihn noch die gemeinen Kinder hinter mir. Stattdessen kommt Jackson grinsend auf mich zu und umarmt mich.

»Das waren locker drei Minuten! Alter, das dürfte neuer Hallenrekord sein!«, brüllt er mir ins Ohr, während ich auf die Knie gehe und auf meine Hände hinabsehe, die kalkweiß sind, dort, wo sich das Blut vor Anstrengung gestaut hat.

»Alles okay?«, fragt Jackson und sieht mich besorgt an.

Ich lege mich flach auf den Boden, schließe die Augen und höre nur noch das Blut, das in meinen Ohren rauscht.

»Luke? Geht's dir gut? Sorry, das war vielleicht etwas viel.« Ich spüre, wie Jackson sich neben mich setzt und mir die nassen Haare aus der Stirn streicht. Das Gefühl seiner kühlen Finger auf meiner heißen Stirn beruhigt mich.

Irgendwann lässt das Pochen nach, und das unkontrollierte Zittern meiner Arme wird zu einem leichten Zucken.

»Scheiße«, sage ich immer wieder. »Verfluchte Scheiße.«

»Hey, hier sind Minderjährige anwesend«, wirft Jackson ein, offenbar froh, dass ich die Augen wieder geöffnet habe.

»Also, hab ich zu viel versprochen?«

Statt einer Antwort ziehe ich ihn zu mir und küsse ihn. Es ist egal, dass nur einen Meter neben uns die Kinder aufspringen, weil sie so viel Zärtlichkeit widerlich finden, es ist egal, dass mein Schweiß sich mit Jacksons Locken vermischt. Es ist egal, dass Jackson durch meine Hose sicher spürt, wie viel Adrenalin tatsächlich noch durch meinen Körper pocht. All das ist egal, denn sein Herz schlägt genauso schnell. Sein Lachen erstickt in meinem Mund.

Später fühlt es sich wie das Selbstverständlichste der Welt an, Hand in Hand aus der Halle zu laufen, auch wenn mein Gang eher dem Watscheln einer humpelnden Ente gleicht. Mein Körper ist so viel sportliche Betätigung nicht gewöhnt.

Jackson hat sich für den heutigen Tag das Auto seiner Eltern geliehen, weil es mittlerweile selbst ihm zu kalt auf seinem Motorrad ist. Als er mich fragt, ob er mich nach Hause fahren soll, grinse ich nur und schüttle den Kopf. Er versteht sofort.

Eine halbe Stunde später sitze ich auf Jacksons Bett und beobachte seinen Mitbewohner Billy dabei, wie er seine Mangas neu sortiert.

»Ich bin gleich weg, keine Sorge«, murmelt er nun schon zum zehnten Mal, und Jackson rauft sich hinter ihm die Haare.

»Billy!«, zischt er, auch zum wiederholten Male.

»Ja, ja, ich suche nur … Ah, da ist es! Also dann, ich bin bei Ben. Häng trotzdem lieber 'ne Socke an die Tür, du weißt ja, was der Rest dieser Schmarotzer von Privatsphäre hält.« Billy tippt sich an die Kappe und verschwindet aus der Tür.

Jackson lässt sich dagegenfallen und atmet lange und tief aus. »Halleluja!«, meint er dann und grinst mich an. »Den wären wir los.«

Vorhin auf der Matte und auch später im Auto war ich mir so sicher, nein, mein Körper hatte förmlich danach geschrien, endlich mit Jackson zu schlafen. Jetzt stiehlt sich jedoch die Unsicherheit wieder zurück.

»Wäre es okay, wenn ich zuerst dusche?«

Jackson lässt sich lachend neben mich fallen. »Ich bitte darum. Lass mir auch noch etwas warmes Wasser übrig, ja? Der Boiler hier ist steinalt.«

Ich nicke und schlüpfe an ihm vorbei in das winzige Bad. Natürlich habe ich nicht daran gedacht, Ersatzklamotten mitzunehmen, doch darum kümmere ich mich, wenn es so weit ist.

Das Bad besteht aus einer Toilette, einem Waschbecken mit einem angelaufenen Spiegel darüber und einer winzigen Dusche, die in die Ecke gequetscht ist. Ich streife die verschwitzten Sportklamotten ab und seufze erleichtert auf, als das Wasser auf meinen Kopf prasselt. Der Strahl ist nicht besonders fest, vermutlich ist der Duschkopf verkalkt, aber es reicht, um Schweiß und Hitze von der Haut zu spülen. Dann stöbere ich in den vielen halb vollen Flaschen, die zu meinen Füßen stehen, bis ich ein Duschgel finde, das nicht nach etwas Essbarem riecht, und seife mich ein.

Zehn Minuten später stehe ich wieder vor dem Spiegel, rubble mir die Haare trocken und drehe mich einmal im Kreis. Na super, ich hatte gehofft, irgendeinen Pulli von Jackson hier zu finden, doch hier drin befinden sich nur Handtücher, ein Duschvorleger, Toilettenpapier und meine verschwitzten Sportklamotten. Ich sehe an mir herunter. Einzelne Wassertropfen bahnen sich ihren Weg bis zu meinem Bauchnabel und tropfen dann auf den Boden. Soll ich einfach? Nein, das bring ich nicht. Ich habe kein Problem mit meinem Körper. Sicher, er könnte durchtrainierter sein und weniger schlaksig, aber sonst ist er echt okay. Ich versuche, Arme und Bauch anzuspannen, doch nach der heutigen Aktion fühlt sich alles noch schwächer an als sonst, also lasse ich es. Was soll's, Jackson wird mich gleich sowieso nackt sehen, also kann ich genauso gut auch jetzt aus dem Bad kommen.

Vorsichtig öffne ich die Tür und bringe einen Schwall heiße Luft mit mir in den kühlen Raum. Das kleine Handtuch habe ich mir um die Hüfte gebunden und meine Sportsachen stopfe ich schnell in die Tasche zu meinen Füßen.

Jackson, der bis eben an seinem Handy hing, steht auf und mustert mich. Seine Mundwinkel wandern immer weiter nach oben.

»Wärst du so freundlich und würdest mir einen Pullover leihen? Und eventuell Boxershorts?«

»Sicher doch.« Grinsend läuft Jackson zu seinem Schrank und wühlt darin herum. Als er den Kopf wieder hervorzieht, hält er mir zwei Dinge entgegen, von denen ich wirklich nicht gedacht hätte, dass sie sich in seinem Schrank befinden.

Eine Regenbogenunterhose, die so eng ist, dass man eigentlich auch gar nichts anzuziehen braucht, und – ich traue meinen Augen kaum – einen roten Pullover, auf dem der lebensgroße Kopf von Daniel Radcliffe thront.

»Ist das dein Ernst?«

»Du wolltest doch was zum Anziehen haben. Etwas anderes habe ich nicht.«

»Ich hasse dich.«

Jackson tritt nun so nah zu mir, dass ich seinen Atem auf meinen

Lippen spüren kann. Er riecht noch immer nach Deo und Sporthalle. »Lügner.« Mit diesem Wort verschwindet er im Bad und lässt mich einfach stehen. Ich schaue auf die Unterhose und den Pullover in meiner Hand und schüttle den Kopf. Na schön, er hat es nicht anders gewollt!

LUKE

Safety First

Die Unterhose ist mit das Unbequemste, das ich je in meinem Leben getragen habe, und ich frage mich wirklich, wie Jackson zu so einem Kleidungsstück kommt. Wenigstens der Pullover ist kuschlig weich. Die Heizung im Raum ist voll aufgedreht, trotzdem fühlt sich die Luft eisig an. Während ich also auf Jackson warte, krieche ich unter die weiche Bettdecke und wärme meine nackten Beine. Das Gefühl, frisch geduscht in einem warmen Bett zu liegen, ist immer noch unschlagbar. Ich kuschle mich in die Matratze und sauge Jacksons Duft ein, der überall an diesem Bett zu haften scheint.

Das stetige Prasseln des Wassers lässt mich schläfrig werden, und ich frage mich, wie lange ein Mensch eigentlich duschen kann. Mein Körper kommt erst jetzt richtig zur Ruhe, und obwohl ich aufgeregt sein müsste, bin ich es nicht. Ich liege hier in Jacksons Bett, und es fühlt sich wie das Normalste der Welt an.

»Hey, pennst du etwa?« Jackson steht in der Badezimmertür und mustert mich. Aus seinen Haaren tropft es auf seine Schultern. Seine nackten Schultern. Bis auf eine eng anliegende Glitzerunterhose trägt er nichts.

Als er meinen Blick bemerkt, grinst er nur. »Gleiches Recht für alle.«

»Woher hast du diese Unterhosen?«, frage ich wirklich entsetzt und mustere sein Exemplar, das meins noch einmal um Längen übertrifft.

»Die haben sie vor zwei Jahren auf dem CSD verteilt, und ich fand sie lustig. Hab sie aber nie getragen, bis heute.« Er setzt sich aufs Bett, und ich rutsche, um ihm Platz zu machen, werde dabei aber von den vielen Wassertropfen abgelenkt, die langsam über seine Haut fließen. Mittlerweile ist es Abend geworden, und wie schon bei meinem letzten Besuch fällt die Abendsonne direkt durch das Fenster in dieses kleine Zimmer. Heute taucht es alles in ein dunkles Orange und verleiht Jacksons Haut einen besonderen Glanz.

Jackson sitzt immer noch auf der Bettkante und mustert mich. »Okay, bevor wir zum spaßigen Teil übergehen«, meint er dann mit gespielt geschäftsmäßiger Stimme. »Ich hab mich vor zwei Monaten testen lassen, seitdem lief nichts mehr. Wie sieht's bei dir aus?«

Sollte ich überrascht sein, dass Jackson sich über eine mögliche Geschlechtskrankheit Gedanken macht? Nein, bei seiner Vorgeschichte nicht wirklich. Dennoch beeindruckt es mich. Sonst wurde ich immer nur belächelt, wenn ich versucht habe, das Thema anzusprechen. Bei einem One-Night-Stand kommt es wohl nicht so gut, wenn man über Geschlechtskrankheiten spricht.

»Bei mir war es im August, kurz bevor ich herkam. Und vielleicht weißt du es, aber seitdem lief auch bei mir nichts mehr.«

»Na dann.« Jackson dreht sich zu mir und schlüpft nun ebenfalls unter die Decke. Ich spüre seine kalten Beine und zucke zurück.

»Alter, du bist ein Eisklotz!«

Sein Lachen klingt anders, so nah an meinem Ohr. Wärmer, rauer.

»Dann musst du wohl dafür sorgen, dass ich auftaue.«

»Du willst echt, dass ich dein Bett vollkotze, oder?«

»Komm schon, so schlecht war der nicht.«

Ich schüttle den Kopf, ziehe ihn zu mir und küsse ihn.

»Hör einfach auf zu reden«, murmle ich, während ich meine Hände über seinen Körper wandern lasse.

»Zu Befehl.« Er salutiert doch tatsächlich vor mir.

Seine Haut ist immer noch feucht vom Duschen, und seine nassen Haare lassen mich frösteln, weswegen ich die Decke noch enger um uns schlinge. Irgendwie hat die Kälte des Raums aber auch etwas Gutes: Unsere Körper wärmen sich gegenseitig. Die Hitze, die unsere Haut ausstrahlt, ist fast greifbar. Jacksons Hände fahren in meine Haare und unter den Pullover, seine Finger ziehen Kreise auf meiner Brust. Ich ziehe ihn noch enger an mich, drücke mit meinem Oberschenkel gegen die hässliche Unterhose und spüre sogar die Pailletten, die darauf angebracht sind.

»Wärst du so nett und würdest diese Hose ausziehen? Sie stört.«

Jacksons Grinsen hat etwas Verruchtes an sich. »Wenn du diesen Pullover ausziehst. Daniel Radcliffe sollte vielleicht nicht alles sehen, was hier heute Nacht passiert.«

Also werfe ich den Pullover zu Boden, und kurz darauf liegen die wohl hässlichsten Unterhosen der Weltgeschichte direkt auf Daniel Radcliffes Gesicht.

Mit Jackson zu schlafen ist anders als mit all den anderen Jungs zuvor. Das klingt jetzt so, als wenn es richtig viele gewesen wären, dabei ist die Zahl nicht einmal zweistellig. All meine sexuellen Erfahrungen haben im Dunkeln stattgefunden. Hinter verschlossenen Türen, die dennoch so undicht waren, dass man stets leise sein musste. Mein erstes Mal war nicht grässlich, aber so unbedeutend und gleichzeitig schmerzhaft, dass ich einfach froh war, als es vorbei war. Die weiteren Male waren dann schöner, aber irgendetwas fehlte immer. Die Lust und das Verlangen waren kein Problem, davon hatten beide Parteien immer mehr als genug. Nein, bis heute wusste ich nicht, dass etwas gefehlt hat. Dass es überhaupt etwas Besseres gibt. Jackson hat es mir gezeigt.

Es ist das eine, die Hände einer Person auf deiner Haut zu spüren. Es ist etwas anderes, wenn du nicht nur das Verlangen, sondern auch die Liebe hinter den Berührungen spüren kannst. Jacksons Küsse sind fordernd, aber auch liebevoll. Sein Körper ist kleiner, aber stärker als meiner, was irgendwie dazu führt, dass wir uns ergänzen. Wenn das Sinn ergibt.

Ihm ist es nicht peinlich, ein Gummi überzuziehen, er macht daraus noch eine Show. Wir lachen, als die Decke auf den Boden fällt und Jackson kurz Panik schiebt, weil sie direkt auf Billys Socken gelandet ist. Wir lachen, als ich viel zu viel Gleitgel nehme und Jackson einfach meinen Körper damit einmassiert. »Da musst du nachher wohl leider noch mal duschen.«

Wir lachen, weil es tatsächlich ganz gut ist, was beim ersten Mal mit einer Person eigentlich unmöglich ist, und wir lachen, als tatsächlich jemand ins Zimmer platzt, die Tür aber direkt wieder zuschlägt.

Irgendwann ist der Shampooduft verflogen, die Kälte im Raum ist gewichen, und stattdessen ist die Luft nun heiß und stickig. Selbst das kleine Fenster ist von innen beschlagen. Jackson liegt neben mir, und unsere Körper beben.

»Heilige Scheiße«, entfährt es ihm, und er rollt sich zur Seite, um die Decke vom Boden aufzuheben und sie über unsere verschwitzten Körper zu werfen.

»Du sagst es.«

In Jacksons Augen lodert nun kein Feuer mehr, wie noch wenige Minuten zuvor. Jetzt glänzen sie nur noch matt und zufrieden. Wir grinsen uns an wie zwei vollkommen verliebte Trottel, und vielleicht sind wir das ja auch.

»Hast du Durst?«, fragt Jackson irgendwann in die Stille hinein, und ich nicke. Mein Mund fühlt sich tatsächlich vollkommen ausgetrocknet an. Eventuell sind wir doch etwas lauter geworden, aber gut, das hier ist ein Wohnheim, die Leute sind also einiges gewöhnt.

Jackson kommt mit zwei Wassergläsern zurück und lässt sich wieder ins Bett sinken. Die Sonne ist mittlerweile untergegangen, und bläuliches Licht fällt in das Zimmer. Dabei hat es nicht einmal lange gedauert. Ich hätte es gerne noch etwas hinausgezögert, aber Jackson hat mir keine Verschnaufpause gegönnt.

Wir trinken unser Wasser, und dann schaffen wir es irgendwie, uns zu zweit in die wirklich mickrige Dusche zu zwängen. Als das Gleitgel von meiner Haut verschwunden ist, schlingt Jackson seine Arme von hinten um meinen Körper. So hat mich noch niemand umarmt. Unsere nasse Haut klebt aneinander, und es ist ein seltsam erregendes Gefühl.

»Wenn Sex in der Dusche nicht so gefährlich wäre, würde ich direkt hier weitermachen«, raunt Jackson mir ins Ohr, und sofort merke ich, wie ich erneut steif werde.

»Jetzt auf einmal hast du also Angst um dein Leben?«

Mit diesen Worten drehe ich mich um und drücke ihn gegen die Wand. Ich spüre das Blut durch meinen Körper rauschen, während das Wasser auf meinen Rücken prasselt.

»Was tust du da?«, fragt Jackson.

Ich lächle nur und streiche mit der Hand über seinen Bauch. Immer weiter nach unten. »Ich bin lebensmüde.«

Eine Stunde später liegt Jackson neben mir im Bett und schläft. Er schnarcht ganz leise, was irgendwie süß ist, weil ich genau weiß, dass er es leugnen wird, wenn ich ihn morgen darauf anspreche. Billy ist immer noch nicht zurück. Vielleicht schläft er sogar bei seinem Kumpel, was wirklich nett von ihm wäre. Jackson scheint ein falsches Bild von ihm zu haben, immerhin schenkt er uns Privatsphäre und verzichtet dafür sogar auf eine Nacht in seinem Bett. Wobei ich glaube, dass die beiden sich in letzter Zeit besser verstehen.

Vorsichtig drehe ich mich zur Seite und versuche, kein Geräusch zu machen. Ich trage wieder den Daniel-Radcliffe-Pullover, habe aber die bunte Unterhose gegen normale Boxershorts und eine Schlafhose getauscht. Es stellte sich heraus, dass Jackson doch mehr Kleidungsstücke besitzt als zunächst angegeben. Jackson selbst hat sich nur ein graues Shirt und Boxershorts übergezogen. Angeblich strahle mein Körper so viel Wärme ab, dass ihm sonst unter der Decke viel zu heiß werden würde.

Jetzt liegt er jedenfalls hier und sieht so friedlich aus, wie ich ihn noch nie gesehen habe. Zwar liegt selbst im Schlaf der Hauch eines Grinsens auf seinen Lippen, doch der Rest seines Gesichts ist total entspannt. Seine dunklen Wimpern zucken leicht im Traum, und seine Haare stehen in alle Richtungen ab, weil er sich im Schlaf so oft hin und her wälzt. Ich hingegen kann einfach nicht einschlafen.

Es fühlt sich zu gut an, um wahr zu sein, weswegen ich jeden Moment davon auskosten möchte. Wer braucht schon Schlaf, wenn er stattdessen seinen Freund beim Schlafen beobachten kann? Am liebsten würde ich Charlie schreiben und ihr sagen, was passiert ist, aber das kann auch bis morgen warten.

Ich drehe mich zur Seite und schaue aus dem Fenster. Die Nacht dahinter ist so dunkel, dass ich nicht einmal die Sterne am Himmel sehen kann. In drei Tagen beginnt ein neues Jahr. Ob Jackson es sein wird, der mich während des Feuerwerks um Mitternacht küsst? Ist das nicht eine viel zu kitschige Vorstellung? Nein, eigentlich nicht.

Ich schließe die Augen und stelle mir vor, wie wir auf dem Dach des Wohnheims stehen, um uns herum die Stadt ihre Feuerwerke entzündet und Jackson nur mit seinen Lippen für mein ganz eigenes Feuerwerk sorgt. Mit diesen warmen Gedanken im Kopf schlafe ich endlich ein.

JACKSON

Flucht?

Mein erster Impuls: Rennen! Als ich aufwache, liegt Luke noch neben mir und sabbert vermutlich mein Kissen voll.

Das hier sollte sich falsch anfühlen, ich lasse nur selten jemanden über Nacht bleiben, und noch seltener beobachte ich diese Person beim Schlafen. Ich stehe auf, dusche, mache vielleicht noch Kaffee, aber das war's dann auch. Es sollte sich falsch anfühlen, dass Luke nun hier neben mir liegt und mich an die Raufasertapete drückt, weil er mit seinen langen Beinen die ganze Decke um sich gewickelt hat und mindestens drei Viertel der Matratze belagert.

Es sollte sich falsch anfühlen, dass ich sein zerknautschtes Gesicht minutenlang anstarre, aber scheiße, es fühlt sich verdammt richtig an. Normalerweise wache ich mit einer Unruhe auf, die ich erst befriedigen kann, wenn ich eine Runde auf dem Motorrad gedreht, viel zu viel Kaffee in mich hineingeschüttet oder die Stadt von einem Dach aus beobachtet habe. Erst dann werde ich ruhiger. Heute Morgen ist das anders. Lukes Atem zu lauschen, der in die Stille des Zimmers hineinpfeift, beruhigt mich, verlangsamt meinen Herzschlag.

In Biologie haben wir einmal gelernt, dass das Schnurren von Katzen den Herzrhythmus von Menschen deutlich verlangsamen kann und Entspannung auslöst. Ob Luke diese Wirkung auf mich hat? Nicht, dass ich ihn mit einer Katze vergleichen möchte, o nein! Er ist alles andere als ein süßes Kätzchen, das hat er mir gestern gezeigt. Beim Gedanken an gestern Nacht muss ich lächeln. Auch das sollte sich falsch anfühlen, weil es noch nie so gut war. Aber vielleicht sollte ich aufhören, darüber nachzudenken. Vielleicht sollte ich das hier genießen, auch wenn es ungewohnt und beängstigend ist.

Ich schäle mich aus der Decke und ziehe mir einen frischen Pullover aus dem Schrank, dann schlüpfe ich so leise wie möglich in meine Jeans und suche im Zimmer verzweifelt nach einem Stift. Billy klaut mir ständig meine Kulis, weswegen ich nie einen finde, wenn ich ihn gebrauchen könnte. Irgendwo unter seinem Bett ziehe ich schließlich ein verstaubtes Exemplar hervor.

Guten Morgen, Schlafmütze. Ich hol uns Frühstück, lauf nicht weg 😉.

Den beschrifteten Notizzettel klebe ich ihm direkt auf seine Stirn. Alles andere wäre zu kitschig gewesen.

Bevor ich aus der Tür trete, ziehe ich mein Handy hervor und fotografiere Luke, wie er da in meinem Bett liegt. Die Bettdecke vollkommen um sich gewickelt, wie ein riesengroßer Burrito. Ich schicke es ihm auf WhatsApp und schreibe dazu:

Du schnarchst ❤

Dann trete ich aus der Tür, ziehe sie hinter mir zu und springe einen Meter zurück, als ich erkenne, was ich da berührt habe. Billy hat doch tatsächlich eine seiner Socken vorne an die Türklinke gehängt! Gut, er hat es nett gemeint, aber geholfen hat es leider nicht. Gut gelaunt laufe ich über die Straße zum nächsten Café.

Was isst Luke eigentlich gerne? Gibt es ein typisch deutsches Frühstück? Irgendwie ist es seltsam, dass wir gestern Sex hatten, ich aber nicht einmal weiß, was er gerne frühstückt. Nein, es ist nicht seltsam, das wusste ich bisher auch nie von den Menschen, mit denen ich geschlafen habe. Stimmt. Aber Luke ist weit mehr als das, denke ich lächelnd, während ich mich für zwei Sesambagels entscheide.

Auf dem Weg zurück zum Wohnheim checke ich meine Instagramseite. Seit fast zwei Tagen war ich dort nicht mehr online, was sich wie eine Ewigkeit anfühlt. Luke hat meine Anfrage noch nicht angenommen. Vermutlich war er genau wie ich kaum am Handy. Ich halte den Bagel in die Höhe, sodass der blaue Himmel und die Hochhäuser im Hintergrund zu sehen sind, dann drücke ich ab.

@vancroofer97: Guten Morgen, Vancouver, ich hoffe, euer Tag startet genauso gut wie meiner! 😊 Lasst mich euch nur so viel sagen: Der Fremde von Gegenüber ist kein Fremder mehr, er schläft gerade in meinem Bett ❤.

Als ich den Bagel wieder in die Tüte packe und zurück zum Wohnheim laufe, kribbelt mein ganzer Körper. Erst schiebe ich es auf die morgendliche Kälte, dann wird mir klar, dass es Aufregung ist. Aufregung, weil ich gleich zusammen mit Luke frühstücken werde und mich so sehr darauf freue. Das Gefühl sollte mir Angst machen, doch seltsamerweise tut es das nicht. Es fühlt sich verdammt gut an.

LUKE

Happy New Year

In fünf Stunden beginnt ein neues Jahr, und ich sitze in Taylors Zimmer und stopfe mir bereits das zehnte Plätzchen in den Mund. Madison hat sich in den Sitzsack geworfen und lackiert sich die Fußnägel. Taylor sitzt auf ihrem Bett, und ich drehe nun schon die zehnte Runde mit ihrem Schreibtischstuhl.

Verdammt, ich muss es endlich ansprechen!

»Wenn ich noch ein Weihnachtsfest bei meinen Großeltern überleben muss, geb ich mir die Kugel!«, beschwert sich Madison und pustet den Nagellack auf ihrem linken Fuß trocken.

»War es so schlimm?«, frage ich.

»Schlimm ist kein Ausdruck. Meine Großeltern sind cool, aber ihre Bekannten sind es definitiv nicht. Ihr glaubt nicht, wie oft ich an dem Tag die Frage beantworten musste, wieso ich keinen Freund habe.«

»Ernsthaft?« Taylor wirkt schockiert.

»Tja, mal sehen, wie sie gucken, wenn ich den Werwolf heirate.«

Wir fangen gleichzeitig an zu lachen und kriegen uns erst wieder ein, als ich mich an einem Plätzchenstück verschlucke.

»Was ist bei dir aktuell eigentlich los?«, fragt Madison und zeigt anklagend mit dem Nagellackfläschchen auf mich. »Du bist so nervig gut gelaunt die ganze Zeit.«

Ich kratze mich unsicher am Kopf und werfe einen Blick zu Taylor. Irgendwann muss ich es ihr sagen.

»An Weihnachten ist was passiert«, fange ich an. »Also …«

»Jetzt spuck's schon aus, du wirst ja kaum jemanden umgebracht haben, oder?«, fragt Madison lachend und beginnt, den Nagellack auf der rechten Seite aufzutragen. Taylor hingegen lacht nicht.

»Nein, das nicht. Ich, ich denke, Jackson und ich sind seit ein paar Tagen zusammen.«

»Du hast dir echt den heißen Sportler gekrallt? Nice.« Madison nickt mir anerkennend zu, und ich traue mich nicht, zu Taylor zu sehen.

Als die Stille immer drückender wird, drehe ich den Stuhl doch wieder so, dass sie mir direkt gegenübersitzt.

»Tut mir leid, dass ich es dir nicht eher gesagt habe. Ich weiß, dass du ihn nicht leiden kannst, und die Situation ist echt scheiße, aber ich mag ihn wirklich sehr, und er … er mag mich auch.«

Taylor weicht meinem Blick aus und starrt stattdessen so intensiv auf ihr Handy, dass ich mir wünschte, ich könnte sehen, was sich auf dem Bildschirm befindet. »Ich weiß. Es war eigentlich schon länger sehr offensichtlich.«

»Oh.« Ich hebe entschuldigend die Schultern, und Taylor fährt sich durch die grünen Haare, die ihr mittlerweile wieder fast bis zur Schulter reichen. »Hör mal, ich weiß, dass dir das nicht gefällt, aber das ändert doch nichts an unserer Freundschaft, wir müssen auch nicht über ihn reden, wenn du das nicht willst. Ich tue ganz einfach so, als sei er mein imaginärer Freund.«

Jetzt stiehlt sich doch ein leichtes Lächeln auf ihre Lippen. »Nein, schon gut. Ich seh ja, dass ihr zwei euch echt mögt. Ich muss mich nur einfach daran gewöhnen.«

»Na, wenn das mal kein guter Neujahrsvorsatz ist!«, wirft Madison ein und mustert uns fröhlich. »Also, erstens: Taylor will sich mit ihrem Bruder versöhnen.« Sie hat den Nagellack beiseitegestellt und beginnt nun, eine Liste in ihr Handy zu tippen.

»Hey, das hab ich gar nicht gesagt!«, versucht Taylor, sie zu stoppen, doch Madison winkt nur ab.

»Zweitens: Luke will ganz viel Sex mit Jackson haben und fliegt nicht zurück nach Deutschland, um für immer und ewig mit uns abhängen zu können.«

»Ja und nein«, erwidere ich mit einem entschuldigenden Seitenblick auf Taylor.

»Drittens: Ich werde Mister Werwolf demaskieren und dann eine nicht ganz jugendfreie *Twilight*-Szene mit ihm nachspielen.«

Taylor und ich geben Kotzsounds von uns.

»So, und jetzt richtig«, fordere ich und schnappe mir Stift und Papier von Taylors Schreibtisch. »Jeder schreibt einen Wunsch fürs neue Jahr auf, und heute um Mitternacht verbrennen wir sie auf dem Dach.«

»Gute Idee, auch wenn mein Wunsch der gleiche bleibt.« Madison grinst und schnappt sich einen Zettel.

Während wir unseren Wunsch aufschreiben, ist nur das Kratzen von Stiften auf Papier zu hören. Als wir fertig sind, rollen wir die Zettel zusammen, binden kleine Schnüre aus Taylors Nähkiste drum und verstauen sie in unseren Taschen.

Vier Stunden später stehe ich zusammen mit Jackson, Taylor, Madison und ungefähr der Hälfte der restlichen Studierenden auf dem Wohnheimdach. Taylor und Jackson stehen mit einigem Abstand nebeneinander. Sie wirft ihm immer wieder Blicke zu, die er entweder nicht bemerkt oder nicht bemerken möchte. Ich hoffe wirklich, dass die beiden sich im neuen Jahr einmal aussprechen werden.

Hier oben auf dem Dach ist es so voll, dass man nur die große Schaukel in der Mitte ausmachen kann, die für diesen Anlass extra mit Konfettischlangen und Glitzerfolie behängt wurde.

Madison ist schon die ganze Nacht über unruhig, denn ihr geheimer Verehrer, aka der süße Werwolf, hat ihr vorhin geschrieben, dass er heute Nacht auch auf dem Dach sein wird. Da aber so gut wie jedes männliche Wesen, das ich kenne, anwesend ist, grenzt das die Suche nicht gerade ein.

»Und was, wenn es eine Frau ist?«, wirft Taylor irgendwann ein.

Madison winkt ab. »Das glaube ich nicht, er hat sich mir als Mister Werwolf vorgestellt.«

»Aber vielleicht hat sie das nur gesagt, um dich zu verwirren.«

»Er ist keine Frau, das weiß ich einfach.«

»Du meinst wohl eher, du hoffst es?«, stichelt Jackson, dem ich die ganze Werwolfgeschichte vorhin in der Kurzfassung erzählt habe.

»Wenn es eine Frau wäre, dann …« Madison überlegt lange, und ihr Blick wandert zu mir und Jackson. »Na ja, ausprobieren kann man alles. Wer weiß denn schon, ob er zu hundert Prozent hetero ist?«

Taylor hat darauf offenbar auch keine Antwort und seufzt nur. »Mir ist das alles sowieso zu stressig. Ich glaube nicht, dass ich unbedingt eine Beziehung brauche, versteht ihr? Es geht immer nur um Sex, wer mit wem schläft und so weiter. Wenn ich an Sex denke, denke ich nur daran, wie viele Bücher ich in der Zeit lesen könnte.«

Madison und ich sehen Taylor überrascht an. So offen hat sie noch nie über das Thema gesprochen. Ich wusste zwar, dass sie aktuell kein Interesse an einer Beziehung hat, aber dass sie generell keine Lust auf Sex hat … damit hätte ich nicht gerechnet. Ich denke an den Sex mit Jackson und versuche, mir vorzustellen, nie wieder mit ihm zu schlafen. Unvorstellbar. Taylor scheint es damit allerdings gut zu gehen. Und solange sie glücklich ist, bin ich es auch.

»Er ist aber keine Frau«, murmelt Madison später erneut, als sie mir ein Bier bringt. »Er ist hier irgendwo, und das macht mich ganz nervös, sieh nur!« Sie zeigt mir ihre Fingernägel, von denen einer tatsächlich etwas abgekaut aussieht.

Jackson ist kurz auf die Toilette verschwunden, weswegen ich Madison nun mit mir zur eingemauerten Schaukel ziehe. Dort sind Hunter und James gerade dabei, Tarek, der auf der Schaukel sitzt, immer weiter einzudrehen, bis der Arme ganz elend aussieht.

»Hey, Mann, hört auf, das ist gefährlich«, sage ich und stoppe die Schaukel, indem ich Tarek an den Schultern fasse.

»Vielen Dank«, murmelt der, bevor er von der Schaukel purzelt und sich in den Sand übergibt. James und Hunter sehen betreten zur Seite.

»Sorry, Alter. War doch nur 'n Scherz«, entschuldigt James sich und kniet sich neben Tarek.

»Ich hol mal schnell Wasser. Oh, hi, Madison«, meint Hunter und verschwindet in der Menge.

»Wenn das Miss Martinez gesehen hätte …«, murmle ich und dreh mich wieder zu Madison. Sie sieht mich aber nicht an. Stattdessen starrt sie in die Richtung, in die Hunter gerade verschwunden ist.

»Was war das?«, flüstert sie, so leise, dass ich mich vorbeugen muss, um sie zu verstehen.

»Was meinst du?«

»Na, wie er mich angesehen und meinen Namen gesagt hat.«

Ihre Hand krallt sich schmerzhaft in meine Schulter. »Was ist, wenn er es ist, Luke?« Ihr Gesicht hat auf einmal jegliche Farbe verloren.

»Denkst du? Klang seine Stimme denn ähnlich?«

»Ich weiß es nicht«, seufzt Madison und fährt sich durch die Haare. Wie immer ist sie perfekt gestylt zur Party gekommen, ihr silbernes Kleid und die weiße Winterjacke passen zu der funkelnden Glitzerfolie, die ein paar Leute aus dem Wohnheim an der Schaukel angebracht haben. Wenn sie nicht so unruhig wäre, hätte sie an diesem Abend strahlen können. So wandert ihr Blick ständig nur durch die Menge und scannt jeden Mann, der sich auf dem Dach befindet.

Tarek keucht und lässt sich von James auf die Beine helfen. Er schwankt noch leicht, aber sein Blick hat sich etwas geklärt.

»Soll ich dich in dein Zimmer bringen?«, fragt James und sieht ihn immer noch besorgt an. Offenbar fühlt er sich wirklich schuldig.

»Nein, nicht nötig. Ich werde jetzt tanzen.« Mit diesen Worten verschwindet Tarek in der Menge, und James sieht ihm kopfschüttelnd nach. »Er hasst tanzen doch. Sicher, dass es ihm gut geht?«

»Bestimmt«, erwidert Madison und nippt an ihrem Bier. Als Hunter mit dem Wasser zurückkommt, mustert sie ihn ganz genau, doch entweder ist er ein verdammt guter Schauspieler, oder er ist nicht ihr Werwolf.

»Na, was haben wir verpasst?«, fragt Jackson, als er mit Billy im Schlepptau zu uns stößt, doch Madison winkt nur ab. »Tarek hat sich übergeben, weil James und Hunter ihn gefoltert haben, aber sonst nichts.«

Verwirrt sieht Jackson mich an, doch ich schüttele nur den Kopf. »Ich erklär es dir später.«

Eine halbe Stunde später stehen wir alle zusammen im Kreis, Taylor, Madison, der ganze Theaterkurs, Jackson, Billy und ich. Wir halten Sektgläser in die Höhe und zählen gemeinsam von zehn abwärts.

Ich blicke in die Gesichter der Menschen, die ich in den letzten Monaten kennenlernen durfte, und versuche, dankbar zu sein. Dankbar für diesen Moment. In vier Monaten werde ich wieder nach Deutschland fliegen und dann kein Teil mehr dieser Gruppe sein. In vier Monaten werde ich mich in das Flugzeug setzen und Jackson, Taylor, Madison und all die anderen hier zurücklassen. Es ist so ein seltsames Gefühl. Einerseits fühle ich mich wunderbar, weil es mir so vorkommt, als wäre ich endlich angekommen. Andererseits rückt mit jedem neuen Tag mein Abschied näher.

»FÜNF!«, schreit die Menge, und Jackson greift nach meiner Hand.

»VIER!« Ich drehe mich zu ihm und suche nach der gleichen Sorge in seinem Blick. Denkt er gerade auch über die Zukunft nach?

»DREI!« Sein Blick ist ganz ruhig, nur seine Augen funkeln in den Lichtern der Handys, die überall um uns herum gezückt werden, um den Countdown herunterzuzählen.

»ZWEI!« Jackson zieht mich an sich, ich spüre seine Wärme an meiner Wange. Der Stoff seines Mantels kitzelt mich am Hals.

»EINS!« »Möchtest du in diesem neuen Jahr mein Freund sein?«, fragt Jackson, bevor die Menge und der Himmel um uns herum explodieren.

Feuerwerkskörper schießen in die Luft, »Happy New Year«-Rufe tönen durch die Nacht, doch all das ist mir egal, denn Jackson hat mit seinem Satz gerade dafür gesorgt, dass mein Körper sein ganz eigenes Feuerwerk veranstaltet.

Zur Antwort küsse ich ihn, und da erst merke ich, dass er zittert.

»Ist dir kalt«, frage ich, als wir uns wieder voneinander lösen.

»Nein Mann, das hier ist 'ne echt große Sache für mich.« Er grinst, aber es ist nicht sein selbstbewusstes Jackson-Grinsen. Das hier ist unsicherer, verletzlicher. Es sorgt dafür, dass ich ihn direkt noch einmal küsse. Weil ich diesen Moment anhalten möchte und mich am liebsten nie wieder von ihm lösen will. Er ist mein fester Freund! Wir sind offiziell ein Paar! Vielleicht ist es albern, sich so sehr darüber zu freuen, doch das ist mir egal.

Als ich vor vier Monaten meine Füße auf kanadischen Boden gesetzt habe, habe ich mir geschworen, keine Beziehung einzugehen. Und jetzt bin ich Hals über Kopf in den tollsten Mann Kanadas verliebt. Das Leben ist seltsam, aber ich will mich nicht beschweren.

»Hrm, hrm«, räuspert sich jemand neben uns, und wir lösen uns etwas widerwillig voneinander. Madison und Taylor stehen vor uns. Madison grinst breit, Taylor scheint sich noch nicht ganz sicher zu sein, wie sie die Situation finden soll.

»Wir würden unserem Freund hier gerne auch ein frohes neues Jahr wünschen«, vermeldet Madison, tritt dann zu mir und zieht mich in eine enge Umarmung. Ihre blonden Locken sind überall, und sie ist zu stürmisch, doch ich erwidere die Umarmung.

Taylor kommt langsamer auf mich zu, wirft immer wieder einen Blick zu Jackson. »Sorry, ich versuch, mich ab jetzt mehr zusammenzureißen.«

Sie schüttelt den Kopf und umarmt mich. »Das musst du nicht. Ich wäre echt 'ne blöde Kuh, wenn ich das von dir verlangen würde.«

Jackson beobachtet uns beide und lächelt, offenbar froh darüber, dass Taylor mich nicht hasst. »Krieg ich auch 'ne Umarmung?«, fragt er vorsichtig und breitet die Arme aus.

»Mir wär ein Handschlag lieber«, erwidert Taylor und reicht ihm die Hand.

»Ich nehm, was ich kriegen kann«, antwortet Jackson, ergreift Taylors Hand und schüttelt sie. »Schön, dass du endlich einmal hier oben bist.«

»Okay, Leute, es ist nach Mitternacht, wir müssen unsere Neujahrsvorsätze noch anzünden!«, ruft Madison und zieht ihre Papierrolle aus der Tasche.

Ich greife ebenfalls nach meinem Wunschzettel und drehe ihn zwischen den Fingern.

»Steht was Versautes drauf?«, fragt Jackson feixend.

»Nur in deinen Träumen.«

Wir halten unsere Zettel an die kleine Flamme von Madisons Feuerzeug und werfen unsere Zettel dann vom Dach herunter. Ich folge den winzigen Flammen mit meinem Auge und lächle bei dem Gedanken daran, dass mein Wunsch heute Abend bereits in Erfüllung gegangen ist.

JACKSON

Geschwisterliebe

Privatnachricht von @zerohand2000 an @vancroofer97; 05:38: Hey, ich habe keine Ahnung, wie ich das jetzt schreiben soll, aber diese Nachricht ist sozusagen mein Neujahrsvorsatz, also: Ich denke, ich weiß, wer du bist. Und wenn ich recht habe, weißt du auch, wer ich bin.
Können wir uns treffen?

@vancroofer97; 06:10: Ich weiß gerade nicht, was ich sagen soll. Ich kann besser schreiben als reden.

@zerohand2000; 06:12: Das ist mir mittlerweile auch klar. Ich will das aber persönlich klären.

@vancroofer97; 06:13: Okay.

@zerohand2000; 06:16: Also? Wo wollen wir uns treffen?

@vancroofer97; 06:17: Ich schick dir den Standort bei WhatsApp. Hab ein bisschen Angst …

@zerohand2000; 06:18: Ich auch 🙃.

@vancroofer97; 06:18: 🙂

»Wieso weiß ich nicht, dass du auf Dächer kletterst?« Taylors Stimme lässt mich herumschnellen, und ich verschütte etwas von meinem Kaffee. Ihre Haare sind vom Wind zerzaust, und ihr grauer Mantel steht im Einklang mit dem wolkenverhangenen Himmel. Vermutlich haben wir beide nur wenige Stunden geschlafen. So habe ich mir den ersten Tag des neuen Jahres nicht vorgestellt.

»Guten Morgen. Ich hab vegane Brötchen und Kaffee besorgt.« Ich halte eine Tüte und eine Thermoskanne in die Höhe und deute auf die dicke Fleecedecke, die ich auf dem Dach ausgebreitet habe. Von der Party gestern Nacht sind nur ein paar Plastikbecher und Luftschlangen übrig geblieben.

Taylor lässt sich neben mir auf der Decke nieder, während ich uns beiden Kaffee einschenke, der in der frischen Morgenluft dampft.

»Ich war noch nie bei Tageslicht hier oben«, höre ich sie sagen, während ihr Blick über die Dächer der Stadt wandert.

»Aber du kennst meine Fotos.«

»Ja.«

»Alle?«

»Ich folge dir seit über einem Jahr.«

Unsicher greife ich mir die Brötchentüte, weiß aber nicht, was ich mit dem Brötchen anfangen soll, als es in meiner Hand liegt. »Tut mir leid, dass ich dir nicht früher was gesagt habe. Ich wollte einfach nicht, dass jemand weiß, dass die Bilder und Texte von mir sind. Du hättest mich vermutlich ausgelacht mit deiner professionellen Seite. Ich verwende ja nicht mal Filter.«

Es ist das erste Mal, das der harte Zug um ihren Mund verschwindet.

»Ich fand es schon immer toll, dass deine Bilder so echt waren. Total unbearbeitet und einfach aus dem Moment heraus.«

»Also warst du ein Fangirl?«

»O Gott, nein, das ganz bestimmt nicht!« Ha, das war definitiv ein zuckender Mundwinkel!

»Brötchen?«

Sie nimmt die Tüte, holt sich eins heraus und schneidet es mit dem Brötchenmesser auf, das ich extra mitgebracht habe. Ich blicke zu dem schnell von mir zusammengeworfenen Picknickkorb und beginne darin zu wühlen.

»Ich hab noch ein Glas Marmelade von Billys Eltern und kristallisierten Honig. Mehr hat unser Kühlschrank nicht hergegeben. Wobei … ist Honig überhaupt vegan?«

»Ich nehm die Marmelade, danke.« Taylor schmiert sich die untere

Brötchenhälfte und beißt genüsslich hinein. Als sie fertig gekaut hat, mustert sie mich. Ich halte noch immer das Brötchen in der Hand, weil ich absolut keinen Hunger habe. Aufregung schlägt mir immer auf den Magen.

»Du hättest übrigens auch lügen können, weißt du? Ich wusste ja nicht zu hundert Prozent, dass du es bist«, meint Taylor, nachdem sie den Bissen Marmeladenbrot hinuntergeschluckt hat.

»Ich weiß. Aber irgendwie hatte ich keine Lust mehr auf dieses Versteckspiel.«

»Jetzt auf einmal?«

Ich kratze mich am Hinterkopf und lege das Brötchen zurück in die Tüte. Ich werde es sowieso nicht essen. Stattdessen nehme ich einen großen Schluck Kaffee und spüre, wie er meinen ganzen Körper wärmt. »Zwei Menschen, die mir sehr wichtig sind, haben mir gesagt, dass ich die, die ich liebe, nicht immer von mir stoßen kann.«

Unsere Augen treffen sich, und etwas Unausgesprochenes liegt zwischen uns.

»Einer dieser Menschen warst du, der andere …«

»Ist vermutlich der größte Draco-Fan aller Zeiten.« Taylor seufzt und legt das Brötchen zur Seite. »Ich komm schon damit klar, dass du und Luke zusammen seid. Ehrlich gesagt freue ich mich für euch.«

»Das klang an Weihnachten aber noch ganz anders.«

»Ich weiß, da war ich auch sauer wegen dem Streit mit Mum. Hör zu, ich habe deine Texte alle gelesen, und ich glaube, ich verstehe jetzt besser, was in dir vorgeht, aber das reicht nicht.«

»Ich weiß.«

»Wieso hast du denn nie was gesagt? Ich meine, damals hast du einfach komplett dichtgemacht, uns angeschrien und niemanden an dich rangelassen. Mum und Dad wollten dir nur helfen. Du warst zwei Jahre in diesem bescheuerten Krankenhaus, kommst nach Hause und zerstörst alles! Weißt du, dass sie sogar schon überlegt haben, was passiert, wenn du … wenn du nicht mehr nach Hause kommst?«

Mir wird eiskalt. »Was?«

»Na ja vor mir haben sie nie darüber gesprochen, aber manchmal habe ich sie belauscht. Vielleicht haben sie mich auch deswegen zum Klavierunterricht geschickt. Damit ich etwas zu tun hatte und sie in Ruhe sprechen konnten, ohne dass ich im Haus war.«

»O Gott, Taylor, ich wusste nicht …«

»Aber selbst das mit dem Klavierunterricht habe ich total vermasselt. Ich habe es einfach nicht hinbekommen, weil meine Finger zu sehr zitterten und der Lehrer mir Angst gemacht hat.« Sie wischt sich über die feuchten Augen und holt rasselnd Luft. »Ich musste es hinbekommen, wenigstens diese eine Sache! Mum war so wütend, wenn ich wieder den falschen Ton spielte. Ich weiß, dass sie nur traurig war und deswegen oft ausrastete, aber …«

»Ich wusste das alles nicht«, bringe ich erstickt hervor und kann nur hier sitzen wie zur Salzsäule erstarrt.

»Natürlich nicht. Du bist gesund geworden, mein Klavierunterricht wurde gekündigt – immerhin waren die Medikamente sehr teuer –, und ich wurde wieder in eine andere Umlaufbahn abgeschoben. Aber das war mir egal, weißt du? Ich war so froh, dass es dir wieder gut ging! Ich hab dich echt vermisst. Ich habe es gehasst, alleine in diesem großen Haus zu sein. Und dann kamst du zurück und …«

»… ich habe dich ignoriert.«

»Ja.«

Ich würde ihr gerne sagen, dass ich nach dieser Zeit im Krankenhaus selbst so kaputt war, dass ich alles und jeden von mir stieß. Ich würde ihr gerne sagen, dass ich es leid war, jeden Tag zu hören zu bekommen, wie tapfer ich war. Was für ein Wunder ich doch sei. Dabei war ich das nicht. Ich war erbärmlich, weil ich abends ins Bett machte vor Angst. Weil ich mich in den Schlaf weinte und zu irgendeinem Gott betete, an den ich nie geglaubt hatte. Im Krankenhaus hatte ich meinen Tiefpunkt erreicht, und ich hatte mir etwas geschworen: Sollte ich dort je wieder herauskommen, dann würde ich stark sein. Keine Tränen mehr. Keine Angst mehr. Vielleicht habe ich Taylor deswegen von mir gestoßen. Weil ich wusste, dass ich bei ihr nicht stark sein konnte. Es nie sein würde. Vermutlich ist das auch der Grund, wieso ich Luke so oft abgewiesen habe. Weil er etwas in mir zum Klingen bringt, das ich lange Zeit für tot hielt.

All das kann ich jetzt noch nicht aussprechen. Vermutlich wird es noch viele solcher Treffen brauchen. Aber das hier ist ein Anfang. Von jetzt an werde ich versuchen, Menschen, die mich lieben, endlich wieder in mein Leben zu lassen.

LUKE

Endlich wieder Alltag?

Und damit begann ein neues Jahr. Eine Woche nach Silvester saßen wir schon wieder im Vorlesungssaal, und mit der Uni kam auch der restliche Alltagsstress zurück. Mit einem entscheidenden Unterschied: Jackson war immer noch mein Freund. Mein Freund, der seit Monaten schon emotionale Texte über mich, aber auch über sein Leben auf Instagram veröffentlichte. Als er mir das gestanden hat, war ich erst einmal sehr verwirrt. Ich hatte Instagram schon vor Wochen gelöscht, um mich besser auf die Uni konzentrieren zu können. Deswegen habe ich auch nie seine Anfrage gesehen. Es war seltsam, seine Texte zu lesen, und fühlte sich irgendwie falsch an. Also habe ich es gelassen und Jackson gesagt, dass er mir ab sofort persönlich sagen soll, was er denkt. Natürlich fällt es manchmal leichter, zu schreiben, aber ich möchte es aus seinem Mund hören und nicht auf einem anonymen Account lesen. Er hat nur genickt und am nächsten Tag ein Bild von unseren verschränkten Händen gepostet. Ohne jegliche Caption. Nur ein Herz. Ich habe das Bild kommentiert und ein Selfie von uns beiden aus der Neujahrsnacht auf meinem Profil hochgeladen. Dadurch wusste am nächsten Tag jeder, wer vancroofer97 ist.

Jackson störte das nicht. Er meinte, es sei schön, endlich all meine Bilder stalken zu können. Noch am selben Tag hat er jedes einzelne gelikt.

Charlie hat das natürlich sofort mitbekommen und mir vier Sprachnachrichten geschickt, in denen sie das Foto unserer Hände ganz genau analysiert hat. Ich habe sie angerufen, bevor das noch weiter eskalieren konnte. Sie und Viky haben quiekend abgenommen und beide beteuert, wie sehr sie sich für mich freuen. Aber Charlie hat natürlich auch noch einmal betont, dass ich auf jeden Fall trotzdem zurückkommen soll.

Jetzt, Mitte Februar, fühlt es sich immer noch seltsam an, in einer Beziehung zu sein. Auf einmal ist da jemand, dem du jeden Tag schreiben möchtest, den du jeden Tag küssen möchtest. Bisher hatte ich das in dieser Form noch nicht, und auch für Jackson scheint es ungewohnt zu sein. Ab und zu vergisst er, mir zu schreiben, wenn er mit seinen Jungs zusammen ist, aber das ist okay. Wir haben beide unser eigenes Leben. Was nicht heißt, dass wir uns nicht jeden Tag vermissen. Letzte Woche hat er es doch tatsächlich geschafft, Miss Martinez dazu zu überreden, mit mir an der Requisite für das Pferdekarussell zu arbeiten. Dabei standen wichtige Proben an. Statt an den Pferden weiterzuarbeiten, lernten wir die Vorzüge eines abschließbaren Werkraums kennen. Wobei ich mir immer noch nicht sicher bin, ob wir alle Holzspäne von unserer Haut entfernt haben.

Das Leben ist also tatsächlich einmal einfach nur schön. Die Proben laufen gut, Ava hat eine Zwei in ihrem Deutschtest bekommen, und Alex und Henry treffen sich immer noch regelmäßig. Mein Gefühl sagt mir, dass es bis zu seinem Outing nicht mehr lange dauern wird. Vor allem, weil zumindest Meredith etwas ahnt. Es ist einfach zu auffällig, dass Alex jedes Mal, nachdem Henry da war, strahlend durch die Wohnung läuft und viel netter zu allen ist. Aber bisher hat sie nichts gesagt. Ich bemerke nur ihre Blicke und freue mich, dass sie so verständnisvoll ist und ihn zu nichts drängt.

Was das Wetter in Kanada angeht, hat sich kaum etwas geändert. Draußen ist es immer noch extrem regnerisch und windig, und so langsam könnte sich das schnöde Grau mal verziehen, aber davon einmal abgesehen ist alles perfekt. Wir haben noch eineinhalb Monate bis zur Generalprobe, und mittlerweile werden wir alle sicherer in unseren Rollen. Bert zu spielen, fällt mir nun um einiges leichter, weil Jackson meistens im Publikum sitzt und mir zujubelt. Sehr zum Leidwesen von Miss Martinez, die mich immer wieder daran erinnern muss, dass Bert in der letzten Szene nicht lächelt, immerhin ist er traurig darüber, dass Mary Poppins die Stadt wieder verlässt.

Taylor läuft währenddessen zu ihrer Höchstform auf. Sie hat Marys Kostüm noch einmal perfektioniert, und auch die Kleider von Jane und Winifred Banks sehen fabelhaft aus.

Es ist etwas vollkommen anderes, in richtigen Kostümen zu spielen. Es ist nicht nur eine Verkleidung, es fühlt sich wirklich so an, als wären wir dort. Wenn wir auf der Bühne stehen, vergesse ich die Lampen und die staubigen Vorhänge, sogar Miss Martinez verschwindet aus meinen Gedanken. In den letzten Monaten habe ich so viel über das Schauspielern gelernt, dass ich mittlerweile Filme ganz anders wahrnehme. Ich bewerte die Dialoge, verfolge Figuren und ihre Entwicklung genau und achte darauf, wann ihr Spiel unglaubwürdig wirkt. Man kann das Schauspiel im Theater allerdings nicht mit dem Schauspiel in Film oder Fernsehen vergleichen. Das ist eine gänzlich andere Welt. Für eine Szene in einem Film haben alle Beteiligten manchmal mehrere Tage Zeit. Alles wird so lange wiederholt, bis es perfekt ist. Das gibt es beim Theater nicht. Wir proben und proben, aber am Tag der Entscheidung muss alles sitzen. Wir dürfen uns keine Outtakes, keine Fehler leisten. Bei uns gibt es keinen zweiten Take, deswegen muss jeder Schritt, jeder Ablauf genau geplant werden. Mittlerweile verstehe ich, wieso uns Miss Martinez all das Tag für Tag eintrichtert. Ohne Disziplin geht es nicht. Weswegen ich Jackson auch ab und zu bremsen muss, wenn er wieder einmal eine seiner nächtlichen Touren plant. Ich kann nachts nicht auf Dächern herumtanzen, wenn ich am nächsten Tag Probe habe. Er versteht das, was wichtig ist, weil sonst all das hier nicht funktionieren würde.

Während wir also die wenigen freien Abende genießen, planen wir unsere Zeit nach der Premiere. Am vierten April werden wir vor mehreren Hundert Menschen das Theaterstück aufführen, am dreizehnten steht dann die letzte Klausur an, und danach ist das Semester vorbei. Am zweiten Mai geht mein Flug zurück nach Deutschland, also haben wir über zwei Wochen Zeit, in denen uns keine Vorlesungen oder Proben aufhalten.

Eines vergessen wir jedoch während unserer vielen Treffen: Was passiert mit uns, wenn ich zurück nach Deutschland muss? Darüber scheint keiner von uns beiden sprechen zu wollen. Es scheint die Regel zu gelten: Solange niemand von uns darüber spricht, passiert es auch nicht. Und außerdem ist erst Februar. Wir haben noch so viele Wochen vor uns.

LUKE

Sweet Sixteen

Anfang März steht Alex' sechzehnter Geburtstag an. Anders als bei Avas Geburtstagsparty haben wir dieses Mal nicht schon Tage vorher mit der Planung und dem Basteln von Deko begonnen. Auch das Verteilen der Einladungskarten ist ausgefallen. Alex hat darauf bestanden, mit Henry alleine zu feiern. Mit den anderen Jungs aus der Schule möchte er nichts zu tun haben, und ich kann das sehr gut verstehen. Er hat mir zwar erzählt, dass es mittlerweile etwas besser geworden ist und sie ihn in Ruhe lassen, aber so weit, dass er diese Jungs zu seinem Geburtstag einlädt, ist er dann doch noch nicht.

»Aber du kannst Jackson einladen, dann ist Mum zufrieden, weil der Tisch voll besetzt ist«, hat Alex gestern vorgeschlagen. Tatsächlich verstehen er und Jackson sich gut. Jedes Mal, wenn er mich hier besucht hat, hat Alex darauf bestanden, mit ihm Wii zu zocken. Irgendwie ist es schön zu sehen, dass Jackson sich auch mit meinem Cousin und meiner Cousine so gut versteht.

Meredith hat mich gestern zur Seite genommen und gefragt, ob sie sich Sorgen machen solle. Immerhin sei es doch etwas traurig, dass Alex an seinem sechzehnten Geburtstag nur einen Gast habe. Ich habe ihr geantwortet, dass ich Alex verstehen kann. Lieber hat man nur die Menschen um sich, die man wirklich mag, als hundert Fremde, die einem den Tag vermiesen.

Außerdem will Alex sich heute Abend outen. Darauf bereiten Jackson und ich ihn schon seit Tagen vor. Verständlich, dass er nicht noch mehr Leute dabeihaben will.

Tatsächlich war es Jacksons Idee. Er meinte, dass deine Eltern dich wohl kaum rausschmeißen können, wenn du Geburtstag hast. Natürlich bin ich mir sicher, dass Meredith und John gut reagieren werden, aber Alex hat dieser Punkt sichtlich beruhigt.

Pünktlich um drei klingelt es an der Tür, und ich gehe, um sie zu öffnen.

»Bin ich hier richtig bei der geilsten Party der Stadt?«

Jackson hat sich ein graues Hemd mit Fliege angezogen, trägt dazu aber eine lässige Jeans und Sneaker. Ich grinse, als er seine Schuhe auszieht und Skateboardsocken zum Vorschein kommen. Ava wird sie lieben.

Als Alex die Treppe herunterkommt, überreicht Jackson ihm ein großes Päckchen und ein Sixpack Bier. Als Alex gerade die Hand nach dem Sixpack ausstreckt, greift John dazwischen und schnappt es sich.

»Denkt gar nicht dran.«

Jackson grinst nur. »Einen Versuch war's wert. Ava, für dich habe ich auch ein Geschenk.«

Jackson beugt sich zu Ava und überreicht ihr eine gelbe Plastiktüte. Mit großen Augen greift sie hinein und zieht ein … hölzernes Etwas hervor.

»Es tut mir wirklich leid, dass ich deine Schneckenfarm damals platt gefahren habe. Die hier habe ich selbst gebaut, sie ist innen mit Stahl verstärkt, sollte also unzerstörbar sein.« Jackson zeigt Ava seine Holzkonstruktion, und ich kann nicht umhin, ihn für diese Geste noch mehr zu lieben. Dass er sich das mit der Schneckenfarm wirklich gemerkt hat, ist wirklich aufmerksam.

»Das ist genial! Danke dir, das muss ich sofort Tori zeigen«, ruft Ava und ist schon auf dem Weg zur Tür, als John sie sanft zurückhält. »Erst essen wir, Schatz.«

Wir sitzen am Esstisch, schaufeln uns Kuchen und Wackelpudding mit Vanillesauce in die Münder und lauschen John und Meredith, die Alex' andere Geburtstagspartys Revue passieren lassen. Als Henry endlich klingelt, springt Alex so schnell auf, dass sein Stuhl fast hintenüberkippt, doch er bemerkt es nicht einmal.

Ich werfe Jackson einen vielsagenden Blick zu, und er streckt den Finger aus, um mir Vanillesauce vom Kinn zu wischen.

Nachdem auch Henry mit Kuchen versorgt wurde, kommen wir zum nächsten Punkt auf Avas Partyliste. Sie hat es sich nicht nehmen lassen, eine zu erstellen, und Alex scheint nicht sauer darüber zu sein.

Tatsächlich freut er sich über das Mario-Kart-Turnier, die Geschenkesuche, die im ganzen Haus stattfindet, und die Mensch-ärgere-dich-nicht-Tradition, bei der wir uns irgendwann alle über den Tisch hinweg anschreien und Ava mit ihren Würfeln nach Meredith wirft, als diese sie erneut kurz vor dem Loch rausgeworfen hat.

John verschwindet mit Meredith in der Küche, um das Abendessen vorzubereiten. Alex' Lieblingsgericht: Chicken Wings mit Pommes und zum Nachtisch, natürlich: Beaver Tails.

Wir anderen sitzen nun auf dem Boden vor der Couch und sehen Alex dabei zu, wie er seine Geschenke auspackt. Von seinen Eltern hat er eine Switch mit dem neuesten Zelda-Spiel geschenkt bekommen und von Ava ein Paar Socken mit Super Mario und Luigi darauf.

Als Alex sich daranmacht, Jacksons Päckchen zu öffnen, merke ich, wie Jackson neben mir leicht hin und her wippt. Das schelmische Grinsen auf seinen Lippen lässt mich argwöhnisch werden. Was hat er ihm geschenkt?

Ich erhalte die Antwort, als Alex eine bunte Schachtel auspackt und den Deckel abhebt: Gut zwanzig silbern verpackte Kondome landen auf dem Teppich. Alex läuft knallrot an, Ava greift interessiert nach einer Verpackung und hält sie sich vor die Augen, Henry beginnt, die Kondome, so schnell es geht, wieder einzusammeln. Jackson beobachtet das Ganze nur lachend, schnappt sich eins der Kondome und steckt es sich in die kleine Brusttasche an seinem Hemd.

Meredith und John haben zum Glück nichts mitbekommen, und bis sie wieder zu uns stoßen, hat Alex die Kiste unter einem Berg von Geschenkpapier versteckt und sich meinem Geschenk gewidmet. Beim Auspacken ist er nun vorsichtiger. Als ob ich ihm eine XXL-Packung Kondome schenken würde! So etwas kann auch wirklich nur Jackson einfallen … oder Meredith.

Alex streicht das Papier zur Seite und blickt auf die Karten in seinen Händen. Zwei Tickets für das nächste Daughtry-Konzert hier in Vancouver. Er starrt die Tickets an, sieht dann wieder zu mir und zurück zu den zwei weiß-goldenen Rechtecken. Sein Mund öffnet sich, aber kein Ton kommt heraus.

»Ich weiß nicht, ob du die Band auch so gerne magst, Henry, aber ich hoffe es für dich. Sie sind einfach phänomenal! Leider bin ich nicht mehr hier, wenn sie auftreten, aber ich dachte mir, ihr zwei könnt vielleicht zusammen gehen.«

Erst als Alex mich umarmt, merke ich, dass er aufgestanden sein muss. Seine Locken kitzeln mich, und seine Arme berühren mich nur ganz kurz, doch er hat mich wirklich umarmt. Freiwillig. »Danke«, sagt er, als er sich wieder neben Henry setzt und die Karten sicher in dem Briefumschlag verstaut. Ich lächle selig und freue mich, dass die Überraschung gelungen ist. Auf einmal spüre ich Jacksons Hand an meiner. »Vielleicht lasse ich in Zukunft lieber dich die Geschenke auswählen.«

»Wieso? Was hast du ihm denn geschenkt?«, fragt John interessiert.

»Ach äh, nur so 'n Spiel«, weicht Jackson schnell aus, und Alex und Henry prusten los.

Beim Abendessen ist die Stimmung so locker und schön, dass ich mir wünschte, die Zeit anhalten zu können. Jackson überfrisst sich an den fettigen Beaver Tails, sagt aber selbst, dass er einfach nicht aufhören kann, weil sie zu gut sind.

Meredith stellt die letzte Fuhre Gebäck auf den Tisch, und obwohl auch mein Magen schon protestiert, greife ich erneut zu. Als ich meine Zähne in dem warmen Teig versenke, atme ich den Zimtduft ein und schließe genießerisch die Augen. Erst als ich sie wieder öffne, begegne ich Alex' Blick. Er hat seinen Beaver Tail noch nicht einmal angerührt und starrt stattdessen hoch konzentriert auf sein Wasserglas.

»Mum, Dad, ich muss euch was sagen.«

Meredith lässt die Gabel sinken, John leckt sich den Puderzucker von den Lippen. Nur Ava verschluckt sich an einem Smartie, und es dauert gut eine Minute, bis sich ihre Atmung wieder normalisiert hat.

»Was möchtest du uns sagen?«, fragt Meredith und sieht Alex dabei mit einem so liebevollen Blick an, dass mir ganz warm ums Herz wird.

»Henry und ich … wir sind ein Paar.« Alex hat die ganze Zeit auf sein Wasserglas gestarrt, jetzt hebt er den Blick und sieht vorsichtig zu seinen Eltern. »Ist das okay?«

»Ihh, ihr küsst euch?«, ruft Ava und sieht wirklich schockiert aus. »Wieso müssen sich immer alle küssen?«

Johns warmes Lachen erfüllt den Raum, und Meredith beginnt zu weinen.

»Ähm, Mum?«, fragt Alex vorsichtig.

»O Gott. Tut mir leid, Alex, ich bin nur … es ist einfach …« Sie steht auf, läuft um den Tisch herum, zieht ihren Sohn vom Stuhl und umarmt ihn so fest, als wolle sie das Abendessen wieder aus seinem Magen befördern. »Ich hab dich so lieb«, höre ich sie leise sagen, während sie ihm über die Locken streicht.

Alex ist die ganze Situation sichtlich unangenehm, doch ich sehe, dass auch seine Hände zittern, als er sie um seine Mutter schlingt. Wir anderen am Tisch lächeln uns nur an, und vor allem Henry wirkt erleichtert. Allerdings nur so lange, bis Johns Blick auf ihm landet.

»Ich hab dich auch lieb, Großer«, meint John zu Alex, lässt Henry aber nicht aus den Augen. »Und dich behalte ich ganz genau im Blick. Meinem Sohn bricht niemand das Herz, haben wir uns verstanden?«

Henry nickt dreimal schnell hintereinander und schluckt hörbar. Doch ich sehe, wie Alex unter dem Tisch nach seiner Hand greift und sie fest drückt. Mein Herz schmilzt ein wenig.

»Das lief besser als gedacht, oder?«, fragt Jackson, als wir später am Abend im Bett liegen. Jacksons Atem riecht nach Zahnpasta, und ich lehne mich zu ihm, um ihn zu küssen.

»Das Shirt steht dir übrigens sehr gut«, erwidere ich nur und fahre mit meinen Händen über Draco Malfoys Gesicht. Zufrieden bemerke ich die leichte Gänsehaut, die sich auf Jacksons Hals ausbreitet.

»Schade. Wenn es dir gefällt, muss ich es ja anlassen.« Jackson grinst und entzieht sich meiner Berührung.

»Okay, ich hab's mir überlegt. Es sieht furchtbar an dir aus. So kann ich unmöglich neben dir schlafen.« Ich drehe ihn zu mir und ziehe an dem dünnen Stoff.

Jacksons Grinsen wird anzüglicher. Er zieht sich das Shirt vom Körper, wirft es in hohem Bogen aus dem Bett und wälzt sich im nächsten Moment über mich. Seine Arme bohren sich in die Matratze, seine Beine verhaken sich mit meinen.

»Wir müssen leise sein. Du weißt, Ava schläft direkt nebenan.«

Jackson seufzt, lässt sich auf mich herabsinken, bis seine Brust meine streift und Wellen der Erregung durch meinen Körper schickt. »Na schön, dann versuche ich, mich zusammenzureißen.«

»Darin hast du nicht wirklich viel Übung, oder?«, frage ich grinsend.

»Nein, aber das ändern wir jetzt.«

LUKE

Wer ist Martin?

Am nächsten Morgen laufe ich schon früh runter in die Küche, weil ich nicht mehr schlafen kann und kurz vorm Verdursten bin. Jackson hat gestern Nacht meine ganze Flasche leer getrunken. Unsere *Übungen* haben ihn sichtlich angestrengt.

Der Geruch von abgebrannten Kerzen und Pommes liegt immer noch in der Luft. Die festliche Stimmung wirkt in dem trüben Licht auf einmal alt und abgenutzt. Es ist ein bisschen so wie der Tag nach einem schönen Abend am Lagerfeuer. Wo abends die Flammen für Helligkeit und Wärme sorgten, bleibt nur eine trostlose abgebrannte Feuerstelle zurück.

Jackson liegt noch im Bett und schläft, aber irgendetwas hat mich aufgeweckt. Eigentlich sollte ich wieder zu ihm unter die warme Decke kriechen, stattdessen bin ich mittlerweile dazu übergegangen, die Spülmaschine auszuräumen, und als auch das erledigt ist, krame ich im Küchenschrank nach einem Backbuch. Zu Hause habe ich auch oft mit Paul oder Lou etwas gebacken, allerdings immer nur einfache Gerichte, bei denen nicht allzu viel schiefgehen konnte. Lou hat sich immer dasselbe gewünscht (Kaiserschmarrn!), während Paul gerne auch mal neue Rezepte ausprobiert hat. Ich vermisse das gemeinsame Backen mit ihnen. Lou, deren Gesicht voller Mehl ist, weil sie mal wieder in die offene Tüte gepustet hat, und Paul, der während des Backens so viel Teig nascht, dass am Ende fast nicht mehr genug übrig ist. Ich vermisse ihre Stimmen und ihr Lachen in dieser leeren Küche. Natürlich könnte ich auch Ava wecken und mit ihr zusammen backen, aber es wäre trotzdem nicht dasselbe. Also schlage ich Milch, Eier und Mehl in eine Schüssel und suche nach dem Handmixer. Nachdem ich mir den Kopf an der offen gelassenen Schranktür gestoßen habe und laut fluchend durch die Küche hüpfe, finde ich ihn schließlich.

Ich hoffe, dass der Lärm die anderen nicht weckt, aber mittlerweile ist es kurz nach neun, und ich finde, das ist durchaus eine angemessene Zeit, um aufzustehen.

Während der Kaiserschmarrn in der Pfanne brutzelt, versuche ich, meine Mutter anzurufen. Immerhin haben wir in den letzten Tagen nur wenig Kontakt gehabt, und das letzte richtige Telefonat liegt schon über zwei Wochen zurück.

Allerdings ist es nicht die Stimme meiner Mutter, die mich am anderen Ende der Leitung erwartet, sondern die meines Bruders.

»Hoj«, meldet er sich.

»Ähm, hallo. Mit wem spreche ich?«

»Oh, hi, Luke! Alles klar soweit? Hier ist Paul.«

Pauls Stimme klingt so tief. Ich hätte schwören können, dass ich mit Sascha rede. Erschreckend.

»Ja, alles super. Wollte eigentlich nur mal schnell Ma anrufen.«

»Sie ist mit Lou zu Oma und Opa gefahren.«

»Und warum bist du nicht mit?«

»Bin ich, aber nach drei Stunden Gelaber hatte ich die Nase voll. Bin mit dem Bus nach Hause gefahren.«

»Ach so, verstehe. Und wie geht's Oma und Opa? Als ich sie das letzte Mal angerufen habe, haben sie sich nur ständig über den Rasenmäher vom neuen Nachbarn aufgeregt«, erzähle ich, während ich mit der linken Hand versuche, den Kaiserschmarrn zu wenden. Es gelingt mir nur halb, und ein Teil des Teigs fliegt über den Pfannenrand.

»Shit!«

»Was?«

»Ach, ich mache nur gerade Kaiserschmarrn, und es ist ziemlich diffizil, den mit einer Hand umzudrehen.« Ich lache.

»Oh, geil! Iss was für mich mit, ja? Wir hatten schon ewig keinen mehr.«

Irgendetwas an Pauls Stimme lässt mich aufhorchen.

»Wieso denn nicht? Ma macht den sonst doch mindestens einmal in der Woche. Es ist Lous Lieblingsessen.«

»Ja, schon …«, druckst Paul herum.

»Paul? Wieso macht sie keinen Kaiserschmarrn mehr?«

»Ach, sie hat nicht so viel Zeit, weißt du ja.«

Mit dieser Antwort gebe ich mich nicht zufrieden. »Aber das hat sie bisher doch auch nie davon abgehalten, wenigstens am Wochenende etwas zu kochen.«

Ich stelle Paul nun auf laut und lege das Handy auf die Ablage. Dann versuche ich mit dem Pfannenwender, den Teig wieder in die Pfanne zu bugsieren. Es gelingt, sieht nun aber alles andere als appetitlich aus. Na toll.

»Paul?«

»Ich will nicht, dass du dich wieder aufregst.«

Augenblicklich schrillen meine Alarmglocken.

»Was ist los?« Meine Stimme ist auf einmal viel härter als sonst. Auch Paul merkt das, denn diesmal antwortet er etwas widerwillig.

»Sie hat da so 'nen neuen Typen …«

»Was soll das heißen? Wen?«

Auf der anderen Seite der Leitung ist es still. Ich spüre, wie ich meine Zähne aufeinanderbeiße. Mein Kiefer knackt, und ich stochere weiter im Teig herum. Was dazu führt, dass er nur noch trostloser aussieht.

»Ich glaub, es ist ein Lehrer von Lou.«

Unsere Mutter hatte seit dem Tod meines Vaters zwei Freunde. Einer davon war Saschas Boxtrainer. Ein breitschultriger Typ, der wenig geredet, dafür aber gerne mal etwas durch die Wohnung geworfen hat. Zum Glück nur Gegenstände. Mum hat ihn nach zwei Monaten rausgeschmissen. Ihren nächsten Freund hatte sie vor drei Jahren. Er war ein Arbeitskollege. Zumindest stellte sie ihn uns als diesen vor. Die beiden trafen sich oft, und je länger die Beziehung ging, desto seltener war sie zu Hause. Ich musste mich um Paul und Lou kümmern. Paul hatte nur noch wenige Monate bis zur weiterführenden Schule, und wenn ich ihm nicht täglich bei den Hausaufgaben geholfen hätte, dann würde er heute nicht aufs Gymnasium gehen. Lou war gerade erst in die Schule gekommen, und auch sie brauchte Hilfe bei den Schularbeiten. Ich saß also tagein, tagaus nach der Schule mit den beiden am Küchentisch und paukte das

Einmaleins und den Alphabet-Song. Wenn Ma nach Hause kam, dann brachte sie Lieferservice-Essen mit und roch nach teurem Parfüm.

Nach einem Jahr erfuhr ich, wer ihr ›Freund‹ wirklich war. Ihr Chef. Verheiratet und Vater von zwei Kindern. Seine Frau hatte schließlich von der Affäre erfahren und ihren Mann dazu gezwungen, meiner Mutter zu kündigen.

Während Ma also am Boden zerstört in ihrem Zimmer saß und diesem Typen hinterhertrauerte, saß ich an meinem Schreibtisch und schrieb Bewerbungen für sie. Gleichzeitig sollte ich auch noch für die Abschlussklausuren der zehnten Klasse pauken. Meine Noten waren bei Weitem nicht die besten. Oft war ich einfach zu müde, um irgendeinen Aufsatz zu schreiben.

In dieser Zeit kam Charlie häufig vorbei und half mir. Sie und Mia machten mit Lou zusammen Hausaufgaben, kochten, und Mia ließ uns beide ihre Matheaufgaben abschreiben, weil sowohl Charlie als auch ich Probleme mit komplexeren Textaufgaben hatten. Auch meine Großeltern versuchten zu helfen, wo es ging. Doch natürlich konnten sie nicht jeden Tag bei uns vorbeischauen, weil Oma selbst seit einiger Zeit gesundheitliche Probleme hat.

Irgendwie bekam meine Mutter einen neuen Job. Sie entschuldigte sich unaufhörlich bei mir und versprach, dass sie sich nie wieder so distanzieren würde. Sie würde ab sofort nur für uns da sein, und ich solle mir keine Sorgen machen. Aber natürlich habe ich das trotzdem getan. Sie kochte, backte Kekse, ging sogar mit zu Lous Schulaufführungen. Doch es blieb immer die Angst, dass sie wieder jemanden treffen würde. Angst davor, dass das ganze Drama von vorne losgehen könnte.

Deswegen stehe ich nun hier wie versteinert. Mir ist egal, dass der Kaiserschmarrn in der Pfanne anbrennt, mir ist egal, dass der Qualm meine Augen tränen lässt.

»Paul. Hör mir zu. Du musst mir jetzt genau sagen, wer dieser neue Kerl ist, okay?«

Ich kann mir förmlich vorstellen, wie verängstigt Paul am anderen Ende der Leitung ist. Nur zu gut kann auch er sich noch an das Jahr erinnern, in dem unsere Mutter eine ›neue Liebe‹ gefunden hat.

»Ich glaub, er ist okay. Also, sie wirkt glücklich.«

Ich schlucke. »Aber ist sie noch da? Kocht sie für euch? Kümmert sie sich um Lous Hausaufgaben?«

Ich stelle die Pfanne vom Herd und schiebe sie in Richtung Spülbecken. Den angebrannten Teig kann man jetzt sowieso nicht mehr essen.

»Sie gehen oft aus. Martin und sie.«

»Martin? Eben hast du noch gesagt, du kennst ihn nicht!«

»Na, weil du dich dann aufregen würdest. Und siehst du: Es ist so!« Nun ist auch Paul lauter geworden, und ich bin verwundert. So kenne ich meinen Bruder gar nicht.

Ich atme einmal tief durch. »Sorry. Ich ... Weißt du, ich bin hier und ich habe einfach Angst, dass es euch nicht gut geht.«

»Wir kommen schon klar. Alles gut, Luke.«

Doch das glaube ich nicht. Paul kann mir viel erzählen. Was, wenn er gelogen hat und Ma wieder jede Nacht weg ist? Lou ist erst acht. Sie braucht eine Mutter, die für sie da ist.

»Ich muss jetzt Schluss machen. Sascha kommt gleich, wir wollen kicken gehen.«

»Okay, aber Paul?«

»Hm?«

»Ruf mich bitte an, wenn es Probleme gibt, ja?«

»Klar. Ciao.«

»Tschüss.«

Und dann legt er auf, und ich starre das Handy an, so als hätte ich mit einem Geist gesprochen. Ich muss dringend mit Ma reden. Ich muss wissen, wer dieser Martin ist! Doch auch auf ihrem Handy geht sie nicht dran, und so stecke ich das Telefon frustriert zurück in die Hosentasche und mache mich daran, die Pfanne zu säubern.

»Was ist denn hier passiert?« Merediths Stimme lässt mich hochschrecken. Ich war gerade dabei, die angebrannten Teigreste aus der Pfanne zu kratzen.

»Ich wollte Frühstück zubereiten. Ist leider angebrannt.«

Ich schaue sie entschuldigend an und hoffe, dass die Pfanne nicht allzu teuer war.

»Na, dann ist es ja gut. Oben hat es ganz verbrannt gerochen. Ich dachte schon, dir wäre etwas passiert.«

Sie tritt zu mir und nimmt mir die Pfanne aus der Hand.

»Lass mich mal. Das kriegt man mit einem Scheuerschwamm ganz leicht wieder sauber.«

Ich stehe nur stumm neben ihr und verfolge mit den Augen, wie sie mit routinierten Handgriffen die Pfanne säubert.

Als sie fertig ist, wäscht sie sich die Hände und zieht das Haargummi um ihren Zopf enger.

»Wollen wir zu zweit einen neuen Versuch wagen?«, fragt sie und sieht mich munter an.

Ich nicke nur.

Während wir schweigend den Teig zubereiten, wirft Meredith mir immer wieder Blicke von der Seite zu. Ich spüre förmlich, wie es in ihr drin arbeitet, und schließlich bricht es aus ihr heraus:

»Danke, dass du Alex so geholfen hast. Ich kann mir vorstellen, dass die letzten Wochen wirklich schwer für ihn waren, aber mit mir wollte er ja nie darüber sprechen.«

Oh, darum geht es also.

»Ich denke, er hatte einfach Angst.«

Meredith wendet den Teig und sieht wieder zu mir.

»Angst vor mir? Na, hör mal, wirke ich so intolerant?«

Ich schüttle schnell den Kopf. Eigentlich habe ich gerade ganz andere Probleme, aber ich will nicht, dass Meredith das Ganze falsch versteht. »Er wollte nur nicht, dass ihr ihn anders behandelt. Davor haben viele Angst, bevor sie sich outen. Behandle ihn einfach genauso wie vorher auch, dann merkt er, dass du wirklich kein Problem damit hast.«

»Ich muss schon sagen: Es war wirklich eine gute Entscheidung, dich zu uns nach Kanada zu holen.« Sie lächelt mich so warmherzig an, dass der Kloß in meinem Hals nur noch größer wird. Ja, es war gut, hierherzukommen. Aber was, wenn jetzt zu Hause alles auseinanderfällt?

»Luke! Schön, dass du anrufst, es ist gerade nur schlecht –«

»Meine Mutter hat einen Neuen«, überfalle ich Charlie direkt, bevor sie weiterreden kann.

»Was?« Ich höre Stimmen im Hintergrund, dann eine Tür, die geschlossen wird und die Hintergrundgeräusche verstummen lässt.

»Okay, ich darf jetzt eigentlich keine Pause machen, aber hoffen wir einfach, der Chef sucht hier nicht nach mir. Was ist passiert?«

Ich tigere draußen im Garten hin und her, werfe einen unruhigen Blick durch die Fenster in die Küche und lasse mich schließlich auf der Gartenbank nieder. Drinnen deckt Meredith gerade den Tisch, und ich hoffe, dass es noch ein paar Minuten dauert, bis Jackson ebenfalls hier unten auftaucht.

Nachdem ich Charlie die Situation geschildert habe, bleibt es still am anderen Ende, und auf einmal kommt mir ein grässlicher Gedanke.

»Du wusstest es?«, frage ich, und meine Stimme bebt.

»Luke, bitte, ich hab es erst letzte Woche erfahren, und deine Mutter hat mich gebeten, dir nichts zu sagen. Sie wollte dich anrufen. Ich dachte, das hätte sie schon getan.«

»Also hast du mich angelogen?«, meine Stimme wird immer kälter.

»Nein! Aber hör zu, Martin ist echt nett. Ich glaube nicht, dass es so wird wie beim letzten Mal.«

»Martin also. Scheinbar kennen alle seinen Namen, nur ich nicht.«

»Luke …«

»Nein, ist schon okay. Dieser *Martin* ist quasi der Samariter in Person, ja? Das freut mich doch. Dann gibt es ja keinerlei Probleme.«

»Sie ist wirklich glücklich, Luke.«

»Und was ist mit Lou?«, rufe ich jetzt so laut, dass Meredith mir einen besorgten Blick durchs Fenster zuwirft. Ich senke die Stimme wieder etwas. »Und Paul und Sascha? Wer kümmert sich um sie? Es ist ja schön, dass sie glücklich mit *Martin* ist, aber das war sie das letzte Mal auch mit Volker. Du weißt genau, wie das ausging.«

»Ich weiß, es tut mir leid, ich hätte es dir sagen sollen.« Ihre Stimme klingt so weit entfernt, und ich hasse es, dass ich nichts tun kann.

Ich will richtig mit ihr reden, nicht durch ein bescheuertes Telefon hindurch.

»Ich komme zurück«, höre ich mich sagen, wobei ich selbst nicht einmal weiß, wie das überhaupt gehen soll.

»Was? Nein! Jetzt beruhig dich mal, Luke, ich bin auch noch da.«

»Du kannst doch nicht jeden Tag für sie kochen.«

»Also ehrlich gesagt sind Paul und Sascha alt genug, sich selbst zu versorgen.«

»Ja, aber …«

»Du kommst nicht nur hierher, weil deine Mutter gerade etwas Zeit mit ihrem Freund verbringt, Luke. Sie kriegen das schon ohne dich hin.«

Ich ziehe scharf die Luft ein, und obwohl ich genau weiß, wie Charlie das gemeint hat, kocht die Wut in mir erneut hoch.

»Alles klar, verstanden. Sie brauchen mich nicht. Gut, na, dann lege ich jetzt auf.«

»Luke! Komm schon, du willst mich echt falsch verstehen, oder?«

Ich seufze, fahre mir übers Gesicht und versuche, ruhig zu bleiben, doch es fällt mir wirklich schwer. Ich habe versprochen, auf sie aufzupassen. Charlie versteht das nicht. Niemand versteht das.

»Meredith ruft zum Frühstück. Ciao, Charlie.«

»Tut mir wirklich leid, dass ich dir nichts gesagt habe.«

»Ist okay. Bis dann.«

Ich lege auf und starre noch Minuten danach auf mein Handy. Wieso behandle ich jetzt Charlie scheiße, wenn es doch meine Mutter ist, die wieder einmal alles durcheinanderbringt? Am liebsten würde ich Charlie zurückrufen, doch damit würde ich uns beiden gerade keinen Gefallen tun. Also stecke ich das Handy weg und laufe zurück ins Haus.

Jackson kommt mir auf der Treppe entgegen. Heute trägt er einen weißen Pullover, auf den viele kleine Regenbogen gestickt sind. Es ist einer meiner Pride-Pullover, aber ich kann mich nicht über das Outfit freuen. Jackson merkt sofort, dass etwas nicht stimmt, denn sein Lächeln verschwindet und weicht einem besorgten Ausdruck.

»Was ist los?«

»Können wir wegfahren? Irgendwohin?«

Jackson schaut in die Küche, wo Meredith gerade Nutella und Marmelade neben die dampfenden Kaffeetassen stellt. Ein winziger Funken Bedauern liegt darin, doch er verschwindet, als er sich wieder zu mir dreht. »Klar. Lass uns gehen.«

LUKE

Lions Bay

Wir lassen Vancouver hinter uns und fahren Richtung Norden. Mehr weiß ich nicht, weil Jackson mir unser Ziel nicht verraten möchte. Wir halten nur einmal an, um uns frischen Kaffee und Brötchen zu kaufen. Immerhin hatten wir beide noch kein Frühstück, und auch wenn mir die Telefonate mit Paul und Charlie immer noch auf den Magen schlagen, höre ich ganz deutlich, dass Jacksons Magen die nötigen Kalorien einfordert.

Die Landschaft draußen vor dem Autofenster wird mit jeder Meile grüner. Bald taucht zu unserer Linken das eisblaue Meer auf, in dem sich der blaue Himmel spiegelt. Es ist der erste schöne Tag seit Wochen. Schade nur, dass ich das gute Wetter gerade nicht genießen kann. Jackson hat die Heizung im Wagen voll aufgedreht, und meine kühlen Finger umschließen dankbar den warmen Kaffeebecher.

»Willst du erzählen, was passiert ist?«, fragt Jackson irgendwann und stellt das Radio leiser.

»Nicht wirklich.« Wenn ich Jackson erzähle, worum es in dem Telefonat ging, werden wir unweigerlich auf ein anderes Thema zu sprechen kommen. Meinen Rückflug nach Deutschland. Wir haben bisher alles getan, um dieses Thema auszublenden. Das geht aber nicht, wenn ich ihm jetzt erzähle, was bei mir zu Hause los ist.

Wir fahren noch ein paar Minuten, biegen dann aber auf einen kleinen Parkplatz ab und kommen unter kahlen Bäumen zum Stehen. Das blaue Wasser vor uns bricht sich an den weißen Felsen, die das Ufer umranden. Vermutlich ist hier im Sommer die Hölle los. Jetzt aber, bei Temperaturen knapp über null, sind nur vereinzelt Menschen unterwegs. Sie laufen auf dem Steg aus Holzpaneelen, der gleich am Ufer entlangführt, sind in dicke Jacken gehüllt und lassen sich die kühle Frühlingssonne auf die Stellen scheinen, die nicht von Mütze oder Schal bedeckt sind.

Jackson öffnet die Autotür, greift sich die Brötchentüte und senkt dann seinen Blick auf mich.

»Ich sehe hier gar keine Hochhäuser, auf die wir klettern können«, merke ich an.

»Ein bisschen Abwechslung hat noch niemandem geschadet.« Er lacht und zieht sich seine blau-weiß gestreifte Mütze tiefer ins Gesicht.

Ich wickle mir meinen grauen Schal um den Hals, ziehe den Reißverschluss der Jacke zu und steige ebenfalls aus dem Auto.

Jackson läuft voran und führt mich über die Holzpaneele am Wasser entlang zu einer Bank, die durch die Sonne zum Glück schon vom nächtlichen Frost befreit wurde. Trotzdem spüre ich die Kälte in meine Beine kriechen, als ich mich darauf niederlasse.

Jackson reicht mir die Tüte und beißt selbst genüsslich in sein Brioche-Brötchen. Eine Weile sitzen wir nur schweigend und kauend nebeneinander.

Jackson hatte recht, die Brötchen schmecken wirklich gut. Auch wenn sie nach wie vor nicht mit dem deutschen Brot mithalten können. Der Gedanke an Sauerteig und Körnerbrötchen bringt mich wieder zu meiner Familie und zu meiner Mutter. Ich lasse die Hand mit dem Brötchen sinken und starre hinaus aufs Wasser. Einzelne Fischreiher kämpfen dort um ihr morgendliches Mahl. Einer erwischt einen besonders großen Brocken, verliert ihn aber im Flug. Platschend fällt der silberglänzende Fisch zurück unter die Wasseroberfläche. Glück gehabt, kleiner Freund.

»Wo sind wir hier?«, frage ich schließlich, weil ich irgendetwas sagen möchte und das die unverfänglichste Frage zu sein scheint.

»Lions Bay. Dreh dich mal um, dann siehst du sie.«

Ich folge seiner Aufforderung und lasse den Blick über die umliegenden Nadelbäume schweifen.

»Wen soll ich sehen?«

»Die zwei Löwenköpfe. Dahinten.« Jackson zeigt mit dem behandschuhten Finger auf die zwei Berggipfel, die sich in einiger Entfernung von uns befinden. Sie laufen nicht besonders spitz zu, sondern sind an ihrem höchsten Punkt eher knubbelig. Weißer Schnee glänzt dort oben und bedeckt die sonst schiefergraue Fläche. Einen Löwen kann ich dennoch nicht erkennen.

»Ich sehe nur Schnee.«

»Okay, ich gebe zu, die Namensgebung verstehe ich auch nicht ganz, aber es heißt, die zwei Löwenköpfe sind Zwillinge, die das Land unter sich bewachen. Ich dachte mir, du fühlst dich vielleicht besser, wenn du weißt, dass zwei Löwen dich beschützen.«

»Würden sie auch einen Typen vertreiben, der sich an meine Mutter ranmacht?«

Erstaunt blickt Jackson zu mir. Seine dunklen Locken umrahmen sein Gesicht, und seine langen, dunklen Wimpern glitzern feucht in der Kälte.

»Kommt drauf an. Ist der Typ ein Löwenbändiger?«

»O Gott, ich hoffe nicht.« Ich weiß nicht, wie Jackson das anstellt, aber er schafft es schon wieder, mich zum Lachen zu bringen, obwohl mir absolut nicht danach ist.

Also erzähle ich ihm doch von dem Telefonat mit Paul und auch von Mas letztem Freund, und wie diese Beziehung unser Leben komplett auf den Kopf gestellt hat. Außerdem fasse ich kurz mein Gespräch mit Charlie zusammen und rege mich bei ihm darüber auf, dass sie die Sache mit Martin vor mir verheimlicht hat.

»Und jetzt fühle ich mich einfach scheiße, weil ich nicht bei ihnen sein kann«, beende ich schließlich meinen Monolog.

Jackson hat die ganze Zeit aufmerksam zugehört und hebt nun die Hand, um sich wie so oft durch die Haare zu fahren, stößt gegen die Mütze und lässt die Hand wieder sinken.

»Also … für mich klingt das so, als kämen sie ganz gut ohne dich klar.«

Genau wie Charlie rammt er mir das Messer noch tiefer in die Brust.

»Ich habe versprochen, ihnen zu helfen!« Ich will nicht schon wieder laut werden, also zerknülle ich die Brötchentüte in meiner Hand und stehe auf, um sie in den Mülleimer zu werfen. Es fühlt sich gut an, zu laufen. Auf jeden Fall besser, als länger untätig herumzusitzen.

Jackson beobachtet mich, während ich zum Mülleimer laufe und danach vor der Bank auf und ab gehe.

»Luke, komm schon, du hast dieses Versprechen vor Jahren gegeben. Sie sind mittlerweile doch alt genug, das alleine hinzukriegen.«

»Na schön, ich hab's kapiert, sie brauchen mich nicht mehr. Danke für die Info.« Wütend trete ich bei jedem Schritt fester auf die Holzpaneele, bis sie unter meinen Füßen knarzen. Das Geräusch befriedigt mich erstaunlicherweise.

Jackson steht nun doch auf, kommt auf mich zu und fasst mich bei den Schultern. Schafft es so, mein ewiges Herumgetigere zu stoppen. »Sie brauchen dich nicht mehr so sehr wie früher«, präzisiert Jackson mit beruhigender Stimme, um dann anzufügen: »Das bedeutet zugleich: Mehr Freiheiten für dich! Ist das nicht toll? Du kannst dich häufiger verabreden, auf Partys gehen … stundenlang mit mir skypen.«

Den letzten Punkt sagt er so leise, dass ich ihn kaum verstehen kann. Nun sind wir also doch bei dem unausgesprochenen Thema angekommen. Was wird passieren, wenn ich zurück nach Deutschland fliege?

»Und vielleicht«, spricht Jackson weiter, und dabei wird seine Stimme wieder lauter, »vielleicht musst du dann im Mai gar nicht zurück. Du könntest ein Semester dranhängen, Zeit mit Madison und Taylor verbringen, mit mir die Dächer der Stadt erkunden, sehr viel Sex haben und, na ja, einfach dein Leben genießen.«

»Jackson …«, versuche ich, ihn zu unterbrechen, denn auf einmal wird mir klar, dass er sich so tatsächlich unsere Zukunft vorstellt. Seine Stimme klingt so hoffnungsvoll, und ich hasse es, dass ich ihn in die Realität zurückholen muss.

»Ich glaube nicht …«

Doch Jackson lässt mich nicht ausreden. »Hey, vielleicht ist dieser Martin ja echt richtig cool. Wenn er den Haushalt mit übernimmt und sich um deine Geschwister kümmert, könntest du doch wirklich hierbleiben. Nicht für immer, klar. Aber einfach … etwas länger.« Seine Stimme verliert sich irgendwo in meinem Schal.

Ich trete einen Schritt zurück, sodass ich ihm wieder in die Augen sehen kann. Das hoffnungsvolle Funkeln in seinen Augen und der Schwung seiner Lippen machen es nicht gerade leicht, ihn nicht direkt wieder an mich zu ziehen. Es ist so schön, dass ausgerechnet Jackson, der nie eine richtige Beziehung eingehen wollte, nun alles dafür tun möchte, um mich hierzubehalten. Eigentlich sollte ich mich darüber freuen, doch ich kann es nicht.

»Jackson, ich muss zurück nach Deutschland. Mein Flug ist gebucht, und Mitte Juni findet der Eignungstest für die Uni statt. Selbst wenn meine Familie mich nicht … also, wenn sie nicht mehr auf meine Hilfe angewiesen sind, ich …«

»Du willst auf jeden Fall zurück nach Deutschland.« Das Funkeln verschwindet aus seinen Augen, und er lässt die Schultern merklich nach unten sacken.

»Glaub mir, ich will nicht weg. Ich liebe es hier, aber …«

»Dann bleib doch.«

Jetzt bin ich es, der sich die Haare rauft. Natürlich würde ich liebend gern bei ihm bleiben. Alles in mir sehnt sich danach, aber es ist unmöglich.

»So einfach ist das nicht.«

»Ich bin echt nicht der Typ für Fernbeziehungen«, murmelt Jackson und fixiert dabei einen Punkt irgendwo über meiner Schulter.

»Bis vor Kurzem warst du auch kein Typ für feste Beziehungen.«

Da, ich habe es geschafft. Er lächelt wieder.

»Wie viele Wochen haben wir noch?«

Ich ziehe mein Handy aus der Hosentasche und blicke auf den Timer, den ich mir ganz zu Beginn meines Auslandssemesters gestellt habe. Damals kam mir jeder Tag ewig lang vor, weil es so viel Neues zu entdecken gab und noch so viele Monate vor mir lagen. Doch je mehr Zeit verstrichen ist, desto schneller schien die Abreise näher zu rücken. Wenn es ginge, würde ich die Zeit jetzt am liebsten einfach anhalten.

»Noch knapp zwei Monate.«

Jackson versucht, sein Grinsen wieder aufzusetzen, doch es sitzt schief in seinem Gesicht. »Na schön. Dann werden wir eben jeden einzelnen dieser Tage genießen.«

Ich mache einen Schritt nach vorne, bis unsere Jacken sich fast berühren, dann beuge ich mich leicht zu ihm nach unten und küsse ihn.

»Das klingt nach einem guten Plan«, raune ich, meinen Kopf in seiner Kapuze vergraben. Ich versuche, Ma und ihren Martin auszublenden und diesen Moment hier zu genießen. Fast gelingt es mir.

JACKSON

Ein kleiner Poet?

Es braucht nur noch einen Klick, dann ist der Beitrag öffentlich. Nach unserem Gespräch gestern sind wir noch einige Zeit am See entlanggelaufen. Dabei ist dieses Bild von Luke entstanden, das sein nachdenkliches Gesicht, den Schwung seiner Lippen und das Funkeln in seinen Augen perfekt eingefangen hat. Wenn ich es ansehe, stehe ich wieder neben ihm am See. Gott, klingt das kitschig. Billy würde mich sicher auslachen, aber er steht gerade unter der Dusche.

Ich kontrolliere ein letztes Mal den Text, den ich gestern Nacht in mein Handy getippt habe, weil die Gedanken einfach aus meinem Kopf wollten. Mir fällt kein Fehler auf, also klicke ich auf *veröffentlichen.*

@vancroofer97: Es ist schon krass, wie gut ich dich mittlerweile kenne. Ich kann in deinen Augen lesen, wie es dir geht, und weiß, wie deine Stimme klingt, wenn du ohne Smileys schreibst. Ich weiß, ich soll dir persönlich sagen, was ich fühle. Daran arbeite ich, aber diesen Text will ich trotzdem gerne posten. Weil ich genau weiß, wie du gucken wirst, wenn du ihn liest.
Früher hatte ich Angst vor Nähe, heute habe ich Angst vor Distanz. Vor der Weite, die ab Mai zwischen uns liegt.
Ich frage mich, wie es sein wird, wenn wir unseren Herzschlag nicht mehr hören, sondern nur die blecherne Stimme des anderen durch ein Telefon. Ich frage mich, wie uns das verändern wird, und allein diese Fragen sind so untypisch für mich. Weil ich nie der Planer war. Nie der, der heute schon an morgen denkt.
Du hast mich zu einem Planer gemacht. Du hast mich zu einem Menschen gemacht, der Nähe liebt und Distanz hasst.
Du hast mich zu einem Poeten gemacht, Luke Becker.

@mad_in_van: Gott, diese Liebe halte ich gerade nicht aus 😀 #single

@zerohand2000: schön geschrieben 😊. @dramaluke_ sitzt gerade neben mir und hyperventiliert leicht.

@dramaluke_: Glaub ihr kein Wort!!!!!

@dramaluke_: Okay, vielleicht hyperventiliere ich ein bisschen.

@billyvanilly99: So was postest du also, während ich unter der Dusche stehe?

@_theperksofcharlie: Ich liebe deine Texte, Jackson! ❤️. Wenn du so auf Nähe stehst ... Es gibt da Flugzeuge, die auch nach Deutschland fliegen. Nur so 'ne Idee 😊.

@vancroofer97: Danke für die Info 😉. @dramaluke: schwing deinen süßen Arsch hierher, der Film beginnt gleich!

@mad_in_van: 😫😫😫❤️

@billyvanilly99: @mad_in_van du sprichst mir aus der Seele 😀

@dramaluke_: Schon unterwegs mein Bärchen 😘

@vancroofer97: Ich kotz hier gleich mit @mad_in_van zusammen!

@dramaluke_: Schau mal auf WhatsApp 😉.

@vancroofer97: Oh ...

@mad_in_van: Hallo? Was ist in WhatsApp?

@mad_in_van: Leute?

@zerohand2000: Vergiss die, Lust auf Kaffee?

@mad_in_van: Stehe in fünf Minuten vor deiner Tür 😉.

LUKE

Generalprobe

Ich hätte wissen müssen, dass Jackson seinen Plan, mich zum Hierbleiben zu überreden, nicht direkt aufgeben würde. Mittlerweile ist er allerdings dazu übergegangen, die Sache subtiler zu lösen. Immer wieder lässt er bestimmte Sätze fallen: »Zu schade, dass du den Sommer hier in Kanada nicht erlebst.« »Nächstes Semester beginne ich mit meinem Master, da könnte ich Hilfe beim Lernen gebrauchen.« »Gerüchten zufolge führt der Theaterkurs nächstes Jahr ein Stück aus Harry Potter auf.«

Doch schlimmer als diese Sätze sind die Dinge, die wirklich passieren. Taylor und Madison planen ihren Semesterurlaub. Sie wollen mit Madisons Wagen in den Osten Kanadas fahren, und Hunter hat sich direkt eingeklinkt und gefragt, ob er und Tarek mitkommen könnten. Madison hat immer noch Hunter im Verdacht, der Werwolf zu sein, weil er in letzter Zeit ständig abwesend wirkt und dauernd auf sein Handy schaut, aber vermutlich werde ich schon nicht mehr hier sein, wenn sie das Rätsel endlich lösen wird.

Es fühlt sich an, als würde ein Teil meines Lebens verschwinden. Als würde es ausgelöscht werden. Was natürlich nicht der Fall ist. Ich kann weiterhin mit meinen Freundinnen und auch mit Jackson schreiben, telefonieren und facetimen. Aber es wird nicht dasselbe sein. Das Einzige, was mir hilft, all das zu vergessen, sind die wöchentlichen Theaterproben. In einer Woche steht die Generalprobe an, und Miss Martinez hat nun an jedem Abend der Woche extra Proben angeordnet, was bedeutet, dass ich Jackson kaum zu Gesicht bekommen werde. Denn auch er muss nun hart für die Abschlussprüfungen lernen und ein Thema für seine Bachelorarbeit finden. Wenn ich nach Deutschland fliege, wird er am Schreibtisch sitzen und seine Abschlussarbeit schreiben. Vielleicht lenkt ihn das ja ein wenig ab.

Heute ist Donnerstag, wir müssen also nur noch zwei Probentage überleben, bis endlich Wochenende ist!

Am dritten April findet die Premiere statt, bei der der ganze Theatersaal gefüllt sein wird. Wenn ich daran denke, werden meine Hände schwitzig, und mein Herz rast. Ich habe keine Angst vor der Vorstellung, ich freue mich darauf.

»Hunter! Reißen Sie sich zusammen, und Olivia, zum Rumknutschen haben Sie nach der Probe noch genügend Zeit.« Miss Martinez' Stimme holt mich wie so oft aus meinen Gedanken, und schnell richte ich den Blick wieder auf die Bühne. Dort standen Olivia und Casey bis eben wirklich noch eng umschlungen und halb hinter dem Vorhang versteckt und haben sich geküsst. Mit leicht geröteten Wangen stellen sie sich nun wieder auf ihre Posten.

»Also, echt mal, sie ruinieren meine Kostüme!«, beschwert Taylor sich, und tatsächlich, Caseys Hut sieht leicht mitgenommen aus, genauso wie ihr Kleid, in das sich Olivia wohl etwas zu fest gekrallt haben muss.

»Ich kann das nicht. Ich habe seit zwei Tagen kaum gegessen.« Tarek lässt sich neben uns fallen, seufzt laut und schließt erschöpft die Augen.

»Hier.« Taylor reicht ihm ihre Tupperdose, in der sich Datteln und Nüsse befinden. Ihr Superfood-Snack für stressige Zeiten.

»Hey, was geht ab?« Madison wirft sich auf den Platz neben mir, während Taylor und Tarek zusammenzucken. Tarek rutscht die Tupperdose aus der Hand, und Datteln und Nüsse kullern über den Boden. »'tschuldige«, murmelt er und beginnt, auf allen vieren kriechend, die Nüsse wieder einzusammeln.

»Pass auf, Casey hat 'ne Allergie gegen so gut wie alles. Als ich an Weihnachten Haselnussplätzchen gebacken hab, hätte ich sie fast vergiftet!«, meint Hunter lachend und kommt zu uns, um Tarek zu helfen, die Nüsse vom Boden aufzusammeln.

»Sorry, wollte euch nicht erschrecken«, meint Madison.

»Was machst du hier?«, frage ich vollkommen verwirrt.

»Oh, es ist auch schön, dich zu sehen. Ich hatte genug von Bio und dachte mir, wie kann man besser prokrastinieren, als seinen Herzensmenschen beim Proben zuzuschauen?« Lässig überschlägt sie ihre Beine und wirft sich die blonden Haare über die Schulter.

Taylor und ich grinsen uns an. Durch die vielen Proben und Madisons Klausuren haben wir uns in den letzten Wochen kaum gesehen. Höchstens mal in einer gemeinsamen Mittagspause.

»Schön, dass du hier bist.« Taylor umarmt Madison, während Tarek wieder vom Boden auftaucht und Taylor die Tupperdose hinhält. Madison greift an ihr vorbei und steckt sich eine Dattel in den Mund.

»Die lagen gerade noch auf dem Boden!«, ruft Tarek erschrocken, doch Madison lacht nur. »Glaub mir, ein bisschen Staub hat noch niemandem geschadet.« Tarek sieht sie an, als ob sie nicht mehr alle beisammenhätte, was wiederum dazu führt, dass Taylor und ich uns vor Lachen auf den Sitzen zusammenkugeln.

»Und was, wenn ich fragen darf, gibt es hier zu lachen?« Miss Martinez steht über uns auf der Bühne und funkelt uns an, wobei die Lichter in ihrem Rücken ihre Silhouette eindrucksvoll umrahmen. Sofort springen Taylor, Tarek und ich auf und suchen unsere Textzettel zusammen. Madison steckt sich noch eine Dattel in den Mund und kaut genüsslich darauf herum.

»Wusste ich's doch. Das hier ist tausendmal besser als Omas Bingo-Runde!«

Eine Woche später zieht sich die Generalprobe bis spät in den Abend, und als gefühlt kein Sauerstoff mehr im Theater übrig ist, klatscht Miss Martinez in die Hände und gratuliert uns zur gelungenen Aufführung. Es war das erste Mal, dass sich niemand verhaspelt hat und alle Tanzschritte reibungslos verlaufen sind.

»Sie haben alle wirklich sehr gute Arbeit geleistet. Ich habe keinen Zweifel daran, dass die Premiere übermorgen ein voller Erfolg wird! Zur Feier des Tages habe ich es mir erlaubt, für Sie alle Pizza zu bestellen. Es gibt exakt drei Stücke für jeden.«

Ihr letzter Satz ist unter dem tosenden Applaus kaum noch zu hören. Hunter und James rennen jubelnd um sie herum, während Tarek, Olivia und Casey ihre Textzettel in die Luft werfen und Jenny, Taylor und ich erschöpft in die Theaterstühle fallen. Mein Magen grummelt so laut, dass Taylor mich erschrocken ansieht.

»Warst du das?«

»Nein, der hungrige Bär, der in meinem Magen wohnt.«

»Spinner.«

Als die Pizza kommt, bezahlt Miss Martinez und zieht sich dann in eine der hinteren Reihen zurück. Taylor deutet auf das Logo des Pizzakartons und strahlt: »Die ist von der neuen veganen Pizzeria, in der wir schon mit Madison waren. Bessere Pizza gibt es nicht!« Genüsslich beißt sie in den knusprigen Teig. Ich inhaliere das erste Stück und habe das zweite halb aufgegessen, als Casey röchelnd auf der Bühne zusammenbricht.

»Sie kriegt keine Luft!«, schreit Olivia panisch und schüttelt Caseys Körper, so als könne sie sie so dazu bewegen, wieder zu atmen.

Miss Martinez und Tarek sind die Ersten, die zu ihnen rennen. Während Tarek den Notruf wählt, richtet Miss Martinez Casey auf und klopft ihr auf den Rücken.

»Hat sie sich an der Pizza verschluckt?«, flüstert Taylor neben mir und hört sich dabei genauso geschockt an, wie ich mich fühle.

»Keine Ahnung. Sieht nicht so aus.«

Casey hustet, und ihr Gesicht ist knallrot. Egal, was Miss Martinez auch versucht, es wird nicht besser.

Olivia sitzt neben ihr auf dem Boden, umklammert ihre Hand und versucht, beruhigend auf sie einzureden. Dann weiten sich ihre Augen.

»Waren Nüsse in der Pizza?«, fragt sie an Miss Martinez gewandt, doch ihre Stimme klingt so schrill, dass ich sie bis hierhin hören kann.

»Natürlich nicht!«, antwortet Miss Martinez atemlos, doch mir kommt ein unguter Gedanke. Ich drehe mich zu Taylor, die mich schon genauso geschockt ansieht.

»Der Mozzarella. Er ist aus …«

»Mandelmilch!«, rufe ich und laufe zur Bühne. »Der Käse wird aus Mandelmilch gemacht.«

Olivia wird noch bleicher, falls das überhaupt möglich ist, und beugt sich wieder über Casey, deren Mund nun stark angeschwollen ist.

Draußen vor den Türen kommt ein Krankenwagen zum Stehen,

und kurz darauf rennen zwei Sanitäterinnen durch die Tür und lassen sich neben Casey und Olivia auf die Bühne fallen. Olivia erklärt ihnen, was passiert ist und dass Casey besonders allergisch auf Mandeln reagiert. Als kleines Kind wäre sie daran einmal fast gestorben. Die braunhaarige Sanitäterin handelt sofort, holt eine Spritze aus ihrer Tasche und sticht sie in Caseys Oberschenkel.

Vor unseren Augen hieven sie sie auf eine Trage und bugsieren sie zwischen den Stuhlreihen hinaus aus dem Theater.

Olivia steht immer noch zitternd auf der Bühne und starrt auf den Pizzakarton vor ihren Füßen. Dann fasst sie sich, sammelt Caseys Jacke und Tasche ein und rennt den Sanitäterinnen hinterher.

»Verdammte Scheiße«, flüstert Taylor, als ich mich neben sie in den Sitz fallen lasse. Ich kann ihr nur zustimmen. Wie kann ein so positiver Tag so schrecklich enden?

Miss Martinez wischt sich den Schweiß von der Stirn und kommt von der Bühne direkt auf uns zu.

»Taylor, ich hoffe, Sie können Ihren Text.«

Taylor, die gerade zur Beruhigung einen Schluck Wasser getrunken hat, verschluckt sich nun, und ich klopfe ihr mehrmals auf den Rücken, bis sie wieder atmen kann. Nicht, dass heute noch eine Person ins Krankenhaus muss.

»Wieso?«, bringt Taylor schließlich etwas atemlos an Miss Martinez gewandt hervor. Diese mustert sie verwirrt.

»Weil Sie die Zweitbesetzung sind. Ich hoffe natürlich, dass Casey bis übermorgen wiederhergestellt ist, aber falls nicht, müssen Sie die Mary spielen.«

Und mit diesen Worten lässt sie uns stehen und räumt die Pizzakartons von der Bühne.

»Bitte sag mir, dass ich gerade nur träume. Das hier passiert nicht wirklich, ja?«

Ich weiß nicht, was ich sagen soll, also drücke ich nur Taylors zitternde Hand und sehe ihr fest in die vor Angst geweiteten Augen. »Du schaffst das. Wir gehen jede Szene gemeinsam durch. Du kannst doch den Text, das wird schon!«

Taylor sieht alles andere als überzeugt aus.

LUKE

Holly, das Schwein

Den kompletten Donnerstag verbringe ich damit, mit Taylor die einzelnen Textpassagen durchzugehen.

Gegen Nachmittag lässt sie sich verzweifelt auf ihr Bett fallen. »Ich kapituliere! Wieso kann ich jetzt nicht auch im Krankenhaus liegen?«

»Das meinst du nicht ernst, oder?«

Mir ist klar, dass sie so etwas nicht sagen würde, wenn wir heute Morgen nicht eine Nachricht von Olivia bekommen hätten, in der sie uns berichtet hat, dass es Casey schon sehr viel besser geht, sie mittlerweile wieder zu Hause ist und morgen Abend auf jeden Fall zur Premiere kommen will. Nur spielen wird sie nicht, vor allem für die anstrengenden Choreografien ist sie einfach noch zu geschwächt. Sie hat aber darauf bestanden, Taylors Souffleuse zu spielen, was Taylor immerhin etwas Sicherheit auf der Bühne geben wird.

»Okay, das war echt makaber, entschuldige. Ich dreh hier nur gerade durch!« Sie lässt die Textzettel auf den Boden fallen und vergräbt ihren Kopf unter dem gigantischen Kissenberg, der sich wie immer auf ihrem Bett befindet.

Ich sammle die Zettel vom Boden auf und setze mich neben sie. »Du kannst den Text doch längst«, versuche ich, leise auf sie einzureden. Wir beide wissen, dass das stimmt, immerhin hat auch Taylor während unserer Proben immer wieder auf der Bühne gestanden, doch ich weiß, dass es etwas ganz anderes ist, vor einem riesigen Publikum zu spielen. Vor allem für Taylor. Von ihr höre ich nur ein dumpfes Schnauben, das durch die Kissen dringt.

»Hey, in dreißig Stunden ist alles vorbei.«

Wieder ein Schnauben.

»Wir könnten tauschen. Ich spiele die Mary und du den Bert.«

Jetzt bewegt sie sich unter dem Kissenberg, ein paar kleine Kissen fallen zur Seite, und sie hält mir ihre Hand entgegen. Mit ausgestrecktem Mittelfinger. Ich lache und umfasse ihre Hand mit meiner.

»Wieso hast du eigentlich so große Angst davor, vor Publikum zu spielen?«

Vielleicht habe ich damit den Nagel auf den Kopf getroffen, denn auf einmal fallen alle Kissen zur Seite, und Taylor gräbt sich aus dem Berg nach oben. Ihre grünen Haare stehen in alle Richtungen ab, und die braunen Augen mustern mich.

»Nicht lachen, ja?«

Ich verschränke meine Finger zu einem heiligen Schwur und bringe sie so zum Lächeln.

»In der vierten Klasse hatten wir diese Theateraufführung. Ich war Holly, das Schwein.«

Holly, bei dem Namen klingelt etwas bei mir, aber was?

»Schöner Name«, sage ich nur.

Wieder folgt ein Mittelfinger ihrerseits. »Es lief wirklich gut. Also, für eine Vorstellung von Zehnjährigen. Mum und Dad saßen auch im Publikum. Sie hatten sich für den Nachmittag beide freigenommen. Nur Jackson konnte nicht, weil er ein wichtiges Schwimmtraining hatte.

Wir waren gerade in der Mitte des Stücks angekommen, als Mum und Dad aus dem Raum rannten. Ich wusste überhaupt nicht, was los war, verhaspelte mich ständig und verpasste all meine Einsätze. Manche der Kinder im Publikum haben gebuht, und dann bin ich auch noch auf der Bühne ausgerutscht, und ich hatte ja dieses bescheuerte Kostüm an, das mich doppelt so breit machte, um mehr wie ein gemästetes Schweinchen auszusehen. Ich rollte also über die Bühne und schaffte es alleine nicht, wieder aufzustehen. Das Publikum dachte wohl, das gehöre zur Show, und alle haben angefangen zu lachen.«

»Scheiße, das tut mir leid«, sage ich und drücke ihre Hand, die mir nun nicht mehr den Mittelfinger zeigt. »Aber wieso sind deine Eltern einfach gegangen?«

»An dem Nachmittag hatte Jackson seinen Unfall in der Schwimmhalle.«

»Oh.«

»Natürlich mussten sie zu ihm ins Krankenhaus, und ich war auch so froh, als es Jack wieder besser ging, aber na ja …« Sie fährt sich durch die Haare, versucht, sie zu glätten, und setzt ein gequältes Lächeln auf. »Holly, das Schwein, haben sie so schnell nicht vergessen. Sie haben es geflüstert, wenn ich über den Schulflur gelaufen bin, auf meinen Sportbeutel geschrieben, während ich auf dem Klo war, und sie haben immer gegrunzt, wenn sie mich beim Essen beobachtet haben.«

»Taylor, das ist schrecklich.« Meine Stimme sollte laut und wütend klingen, stattdessen bringe ich nur ein Flüstern hervor. »Wart mal … diese Vampirin bei der Halloweenparty … die hat dich Holly genannt!«

Taylor guckt immer noch gequält, auch wenn sie sich sichtlich um ein Lächeln bemüht.

»Ich kenne ihren Namen nicht, aber ja. In der Mittelstufe wurde es dann besser, und zwei Jahre später habe ich beschlossen, vegan zu leben. Eigentlich ironisch, wenn man darüber nachdenkt, dass ich zuvor ein gemästetes Schwein verkörpert habe.«

Wir sitzen hier auf ihrem Bett, ein Berg an Kissen und die Textzettel liegen verstreut zu unseren Füßen.

»Darf ich dich umarmen?«, frage ich, und Taylor nickt. Während ich meine Arme um ihren kleinen und doch so starken Körper schlinge, nehme ich mir fest vor, alles dafür zu tun, dass morgen Abend bei der Premiere alle sehen, wie fantastisch sie ist!

Als ich später am Abend wieder allein in meinem Zimmer sitze und zum ersten Mal seit Stunden auf mein Handy sehe, entdecke ich eine Nachricht von Ma, die sie vor zwei Stunden abgeschickt hat.

Schatz, können wir telefonieren? Ruf mich an, wenn es hier nicht mehr Nacht ist.

Einerseits bin ich verwundert, dass sie sich jetzt meldet, andererseits bin ich auch froh darüber. Immerhin haben wir seit Wochen nicht mehr miteinander gesprochen. Ich muss endlich mit ihr über Martin sprechen, also drücke ich auf das kleine Videosymbol hinter ihrem Namen und hoffe, dass sie abnimmt.

»Hi!«, meldet sie sich am anderen Ende, und ich höre, wie im Hintergrund ein Stuhl gerückt wird. »Warte, ich sehe dich noch nicht. Was muss ich noch mal drücken?«

Ich seufze. Schließlich facetimen wir nicht zum ersten Mal. Trotzdem erkläre ich es ihr, und sie lächelt erfreut, als sie mich ebenfalls in ihrem Handy sehen kann.

»Du siehst gut aus. Ist es sehr kalt bei euch?«

»Ma, ich will jetzt nicht übers Wetter reden.«

Sie rutscht unruhig auf ihrem Stuhl hin und her. Ich erkenne, dass sie in der Küche sitzt. Es ist seltsam, die Sonne hinter ihr scheinen zu sehen, während sie hier gerade untergeht.

»Ich weiß. Und bevor du etwas sagst: Ja, ich hätte dir von Martin erzählen sollen, und es tut mir leid, dass ich nichts gesagt habe. Ich wollte dich nicht beunruhigen.«

Ich schließe die Augen und atme tief durch. Sie jetzt anzufahren, bringt überhaupt nichts. Und vielleicht kann ein kleiner Teil in mir sie auch verstehen.

»Ist okay, Ma.«

Überrascht blinzelt sie mir entgegen. Offenbar hat sie nicht damit gerechnet, so glimpflich davonzukommen.

»Aber du hättest Charlie da nicht mit reinziehen dürfen. Sie hat mich deinetwegen belogen.«

»Sie hat dich nicht angelogen. Ich habe sie nur gebeten, dir noch nichts zu sagen. Martin und ich …«

Bei seinem Namen ziehe ich scharf die Luft ein, versuche aber, ruhig zu bleiben. Ma muss es gemerkt haben, spricht aber unbeirrt weiter.

»Martin und ich wollten es dir gerne selbst sagen.«

Die Art, wie sie seinen Namen ausspricht, lässt die Wut in mir schrumpfen. Dieses Lächeln, das Strahlen in ihren Augen. Hatten Paul und Charlie vielleicht doch recht? Ist sie wirklich glücklich?

»Ich weiß, es ist schwer, das übers Handy zu erfahren, aber ich wollte auch nicht warten, bis du zurück bist. Uns geht es wirklich gut, Schatz. Es ist … einfach viel passiert. Viel Gutes.«

Ich kann nicht länger wütend sein, viel eher bin ich traurig. Traurig, nicht bei ihr und meinen Geschwistern zu sein. »Ich vermisse euch«, bringe ich schließlich hervor und stelle erschrocken fest, dass meine Stimme zittert.

»Und wir vermissen dich. Lou redet jeden Abend davon, einfach ins nächste Flugzeug zu steigen und nach Kanada zu fliegen.«

»Wirklich?«

»Natürlich. Sie vermisst ihren großen Bruder.«

Bei diesen Worten wird mir ganz warm ums Herz. Vielleicht brauchen sie mich nicht mehr, um für sie zu kochen, aber sie brauchen ihren großen Bruder.

Wir reden noch etwas länger, und ich erzähle Ma von der Premiere morgen Abend. Erschrocken sieht sie auf die Uhr und schickt mich dann doch tatsächlich ins Bett, damit ich morgen auch ja ausgeschlafen bin. Ich lache, weil sie das schon seit Jahren nicht mehr getan hat.

»Eine Sache noch«, halte ich sie auf, bevor sie den Call beenden kann. Beschämt kratze ich mich am Hinterkopf. »Ich war auch nicht ganz ehrlich zu dir.«

»Aha.« Sie klingt nicht sauer, eher interessiert.

»Es … es könnte sein, dass ich nicht mehr single bin.«

Die Augen meiner Mutter weiten sich. »Ach, so ist das.« Sie beginnt zu lächeln. »Und mir machst du Vorwürfe wegen Martin.«

»Das ist –« etwas anderes, will ich sagen, merke aber dann, dass das gar nicht stimmt. »Er heißt Jackson und er … wir sind sehr glücklich zusammen.« Ich kann meiner Mutter wohl kaum erzählen, dass er mit mir auf Hochhausdächern spazieren geht und wir Sex in der Dusche haben. Nein, so viel Ehrlichkeit muss dann doch nicht sein.

»Lerne ich ihn bald einmal kennen?«, fragt sie in meine Gedanken hinein.

»Äh, ja klar. Ich zwinge ihn beim nächsten Mal mit vor die Kamera.«

»Ich freue mich für dich. So, jetzt aber husch ins Bett! Du wirst sie morgen alle umhauen, das weiß ich.«

»Danke, Ma.«

Wir lächeln uns an, bis ich den Videoanruf beende und mich ins Bett fallen lasse.

Martins Name verursacht mir immer noch Magenschmerzen, doch vielleicht ist das okay. Vielleicht muss ich ihn wirklich erst einmal kennenlernen. Bis dahin versuche ich, mich für meine Mutter zu freuen. Vor allem aber, so rufe ich es mir in Erinnerung, werde ich versuchen, in meinen letzten Wochen hier jede einzelne Sekunde zu genießen.

LUKE

Zwölf Stunden bis zur Premiere

Auf dem Küchentisch liegen vier goldene Eintrittskarten. Jenny hat sie zusammen mit Tarek designt, und sie nun hier real vor mir liegen zu sehen, erfüllt mich mit Stolz. Wir haben es wirklich geschafft. Vor sieben Monaten kannte ich nicht einmal die Namen der anderen, jetzt werden wir heute Abend alle gemeinsam auf der Bühne stehen. Meine Finger streichen über die weiße Schrift, die sich von dem festen Papier abhebt.

Mary Poppins
Eine Vorstellung des Theaterkurses Y1
Beehren Sie uns am 3. April im campuseigenen Theater
Vorstellungsbeginn: 8 pm
Wir freuen uns auf Sie

»Na, aufgeregt?« John setzt sich neben mich an den Tisch und stellt zwei Kaffeetassen auf das dunkle Holz.

»Etwas.«

John lacht und greift nach den Karten. »Das habt ihr wirklich schön hinbekommen. Ava würde sie am liebsten direkt eingerahmt in ihr Zimmer hängen.«

Ich nehme mir die Kaffeetasse und werfe zwei Stück Zucker hinein. »Apropos Ava, schläft sie immer noch?«

»Nein, ihr Roboterkuscheltier weigert sich aber aufzustehen.«

Jetzt lachen wir beide.

»Was ist so lustig?« Alex steht im Türrahmen und mustert uns mit hochgezogener Braue. Seine roten Haare sind so verstrubbelt wie eh und je, und er trägt das übergroße Zelda-Shirt, das Henry ihm zum Geburtstag geschenkt hat. Natürlich hat es bereits zwei Zahnpastaflecken.

»Guten Morgen, Sohnemann, na, gut geschlafen?«

Alex verdreht nur die Augen und schlurft zum Kühlschrank.

»Für immer ein Morgenmuffel. Manche Dinge ändern sich nie.« John zwinkert mir zu, trinkt seine Tasse halb leer und erhebt sich dann vom Stuhl. »Ich muss leider auch schon los. Habt einen schönen Tag. Wir sehen uns dann heute Abend.« Er drückt mir die Schulter, wuschelt Alex durch die Locken und verschwindet aus der Küche.

Alex setzt sich mit einer großen Schale Cornflakes mir gegenüber, stochert aber nur darin herum.

»Ich freue mich übrigens, dass du auch zur Premiere kommst«, sage ich, um ein Gespräch mit ihm zu starten.

Alex lässt den Löffel sinken und greift nach seinem Wasserglas. »Also, wegen der Premiere … Henry hat gefragt, ob er mitkommen kann.«

Meine Augen werden groß. »Wirklich? Das ist eine fabelhafte Idee!«

»Na ja, ich weiß nicht …«

»Mach dir wegen der Karten keine Sorgen, ich kann heute noch schnell eine besorgen.«

»Das ist es nicht. Henry möchte … er will dort als *Pärchen* hingehen.«

Das Wort Pärchen spricht er so aus, als käme es einer Darmspiegelung gleich.

»Und du willst das nicht?«

Alex kaut ewig lang auf seinen Cornflakes herum, bis er sich dazu überwinden kann, mir zu antworten. »Schon, aber muss es gleich so auffällig sein? Ich stehe nicht so auf Händchen halten.«

»Oh, das sagen alle, bevor sie es ausprobiert haben.« Ich zwinkere ihm zu, doch Alex geht nicht auf meinen Witz ein.

»Können wir nicht einfach nur nebeneinandersitzen?«

»Natürlich könnt ihr das. Aber möchtest du das? Wenn du nämlich nur nicht Henrys Hand halten willst, weil du Angst vor den Blicken der anderen hast, dann mach es trotzdem. Man sollte sich nicht verstecken müssen. Schon gar nicht bei einem Musical, in dem mehrere queere Menschen mitspielen.«

Alex kaut und überlegt. Schluckt und überlegt.

»Mach dir deswegen keinen Druck. Sprich mit Henry, und dann entscheidet ihr einfach ganz spontan, wie ihr es machen werdet. Ob mit Körperkontakt oder ohne.«

»Du bist schon weise, weißt du das?«

Ich lache so laut, dass Kaffee aus meinem Mund spritzt und Alex angeekelt aufspringt.

»Sorry!« Lachend stehe ich auf, um schnell einen Lappen zu holen.

Eine Stunde später habe ich Alex an der Highschool abgesetzt und auch Ava, die immer noch recht verschlafen wirkte, bis zum Schultor gefahren.

Als ich an diesem Morgen auf den Campus laufe, ist der Boden nicht gefroren. Stattdessen fallen ein paar Sonnenstrahlen durch den bewölkten Himmel, und erste zarte Blätter sprießen an den Bäumen. Es ist wahr, der Frühling kommt spät in Kanada, aber gerade sieht es so aus, als wäre er endlich angebrochen.

Madison kommt auf mich zu, ihre langen Haare glitzern in der Sonne, und auf ihrem Gesicht liegt ein Strahlen, das ich dort ewig nicht mehr gesehen habe. Es bringt mich dazu, direkt mitzulächeln.

»Guten Morgen«, begrüße ich sie, und wir umarmen uns kurz.

»Ich hab Neuigkeiten«, flüstert sie, kurz bevor sie sich von mir löst.

»Was denn für welche?«, flüstere ich gespielt geheimniskrämerisch zurück.

Madison wickelt sich den dünnen Schal vom Hals und stopft ihn in ihre schwarze Tasche. »Er kommt heute zur Premiere.«

Natürlich weiß ich sofort, von wem hier die Rede ist. »Hat er dir das geschrieben?«, frage ich also aufgeregt.

»Er hat mir ein Foto von seiner Eintrittskarte geschickt. Leider gibt es bei euch ja keine genauen Sitzplatzangaben, sonst wüsste ich, wo er sitzt. Aber das finde ich schon noch heraus.« Sie knöpft ihren beigen Mantel auf und zeigt mir das Shirt, das sie darunter trägt. »Taylor hat mich sozusagen dazu inspiriert. Ich konnte einfach nicht mehr aufhören, an diese *Twilight*-Fanfictions zu denken.«

Das Shirt ist schwarz, hochgeschlossen, und auf seiner Vorderseite sind die Silhouetten von zwei Personen zu sehen. Eine junge Frau und ein Wolf, eng umschlungen. Es ist unverkennbar ein *Twilight*-Fanshirt.

Ich lache immer noch, als Taylor neben uns zum Stehen kommt.

»Um Himmels willen, was ist denn das?« Taylor sieht erschöpft aus, was vermutlich daran liegt, dass sie sich immer noch Sorgen wegen der Vorstellung macht. Doch Madisons T-Shirt-Wahl scheint sie zumindest davon abzulenken.

»Mein Zeichen, dass Mister Werwolf sich jetzt endlich mal die Maske vom Gesicht reißen soll.« Erwidert Madison nur trocken und stemmt die Hände in die Hüften.

»Sagt bloß, es gefällt euch nicht? Meine Omi war begeistert.« Kurz halten Taylor und ich ihrem ernsten Blick stand, dann beginnen Madisons Mundwinkel zu zucken, und wir lachen alle drei zusammen, bis Taylor Schluckauf bekommt und ich Seitenstechen.

In der Mittagspause stoßen James, Hunter, Tarek und Jackson zu uns. Jackson schnappt sich eine Pommes von mir und tunkt sie genüsslich in den riesigen Ketchupfleck, der sich auf meinem Teller befindet. »Ahh, ich verhungere gleich!«

»Ist auch schön, dich zu sehen.« Wir grinsen uns an und küssen uns kurz.

Hunter murmelt: »Bravo, jetzt fühl ich mich noch mehr single.«

Doch davon lassen wir uns nicht stören. Ich verstehe Alex und seine Angst vor komischen Blicken, und natürlich wurden wir auch hier auf dem Campus schon blöd angeglotzt, aber davon lasse ich mir mein Glück nicht kaputt machen. Mir bleiben nur noch wenige Wochen, in denen ich Jackson so nah sein kann, also nutze ich jede einzelne Sekunde.

»Auf einer Skala von eins bis zehn, wie aufgeregt seid ihr?«, fragt Jackson in die Runde.

»Elf!«, antwortet Taylor ohne Umschweife.

»'ne solide Sechs«, meint Hunter und nickt James zu, der ebenfalls sechs Finger in die Höhe gehalten hat.

»Acht bis neun, denke ich.« Tareks Einschätzung überrascht mich. Bei den letzten Proben wirkte er auf der Bühne immer recht sicher.

»Und was ist mit dir, Superstar?«

Immer wenn Jackson mich so nennt, werde ich rot. Vielleicht, weil ich an all die Proben denken muss, in denen wir uns weggeschlichen haben und Jackson mir dann gesagt hat, dass ich die Proben gar nicht brauche. Immerhin sei ich schon jetzt sein Superstar. Das könnte extrem kitschig sein, wären wir zu diesem Zeitpunkt nicht beide halb nackt gewesen.

Deswegen antworte ich nun auch mit leicht belegter Stimme: »Mir geht's wie Hunter und James. Eine Sechs trifft es ganz gut.«

Jacksons Grinsen wird breiter, seine Lippen öffnen sich leicht. »Soso.«

»Gott, nehmt euch ein Zimmer!«, stöhnt Madison und schlägt Jackson mit ihrer Serviette auf den Hinterkopf. Der lacht nur und klaut mir noch eine Pommes.

»Also dann, wir sehen uns heute Abend im Theater.« Mit diesen Worten erhebt Madison sich vom Tisch. Erst jetzt kann man deutlich ihr *Twilight*-T-Shirt unter dem Mantel erkennen. Hunter mustert es interessiert, Tarek verstört, und James verschluckt sich an seiner Cola.

»Das ist ein schönes Oberteil«, sagt Hunter, und sowohl Taylor als auch Tarek und James starren ihn an, als habe er den Verstand verloren.

Madison hingegen grinst. »Ich weiß. Ihr habt doch gesagt, dass man sich für die Premiere schick machen soll.« Mit diesen Worten läuft sie so dicht an den Jungs vorbei, dass ihre Haare Tareks Gesicht streifen. Bilde ich es mir nur ein, oder schließt er ganz kurz die Augen?

Kann es sein …? Nein, der stille Tarek ist viel kleiner als der Mann im Werwolf-Kostüm. Oder?

JACKSON

Kindheitserinnerungen

»Was machst du denn hier?« Taylor mustert mich argwöhnisch, als sie ins Wohnzimmer tritt. Ich sitze, die Arme über der Sofalehne ausgebreitet, gemütlich auf der Couch und nippe an meinem Kaffee.

»Ich dachte mir, du könntest vielleicht etwas Zuspruch gebrauchen, so kurz vor der Premiere.«

»Oh. Das ist … nett.«

Ich versuche, mein typisches Grinsen aufzusetzen, aber weil sich das irgendwie falsch anfühlt, lächle ich nur leicht. »Mir ist eingefallen, was wir früher immer vor deinen Auftritten gemacht haben, wenn du Lampenfieber hattest.«

Taylor tritt weiter ins Wohnzimmer, lässt ihre Tasche von der Schulter gleiten und setzt sich schließlich neben mich. »Daran erinnerst du dich noch?«

»Na, hör mal, senil bin ich noch lange nicht.«

Jetzt erwidert sie doch tatsächlich mein Lächeln. Wir haben in den letzten Wochen versucht, häufiger Zeit miteinander zu verbringen. Am Anfang war es seltsam, weil wir beide überhaupt nicht wussten, was wir einander sagen sollten. Aber mittlerweile klappt es ganz gut. Am besten können wir uns über Essen unterhalten. Oder über Bücher. Da blüht sie jedes Mal richtig auf. Ich fühle mich immer noch schrecklich, weil ich sie all die Jahre so gemieden habe. Erst in den letzten Wochen ist mir klar geworden, wie sehr ich meine kleine Schwester vermisst habe. Anfangs konnte ich nicht nachvollziehen, wieso Luke seine Geschwister so fehlen. Wieso sie für ihn quasi Heilige sind. Mittlerweile verstehe ich ihn.

»Na schön. Dann spiel ihn ab.«

»Nicht so schnell. Wir brauchen die Socken.«

»Jack …«

»Ich bin extra in die Mall gefahren, um neue zu holen, weil die alten uns doch etwas zu klein wären.«

Ich halte ihr das Paar geringelte Kuschelsocken entgegen, und kopfschüttelnd nimmt sie es entgegen. Wir ziehen die weichen Socken über unsere Füße und laufen in die Mitte des Wohnzimmers, dann starte ich das Lied.

»Das hier ist wirklich bescheuert«, höre ich Taylor noch sagen, doch als die ersten Töne des Pokémon-Theme-Liedes einsetzen, bewegen sich ihre Füße wie von selbst. Wir springen in die Luft, laufen in Kreisen umeinander, breiten die Arme aus, wirbeln uns über den beigen Sofavorleger und stoßen fast die teure Vase vom Couchtisch. Taylor dreht sich immer schneller, wir schlagen die bunten Socken aneinander und grölen den Refrain des Liedes lauthals mit.

»POKÉMON!« Genau wie früher, als wir beide in der Phase waren, in der wir all unser Taschengeld für neue Pokémonkarten ausgaben und gegeneinander antraten. Taylor hat schon damals, obwohl sie zwei Jahre jünger war als ich, meistens gewonnen. Für Mum und Dad war es unverständlich, wie wir zu ein und demselben Lied so viele Stunden lang tanzen konnten. Was soll ich sagen? Es ist genial. In den letzten Jahren habe ich es oft alleine gehört. Heute tanze ich endlich wieder gemeinsam mit Taylor zu diesem Song. Auf den Dächern Vancouvers fühle ich mich frei, mit Luke bin ich unfassbar glücklich, aber mit Taylor zu tanzen fühlt sich an, wie nach Hause kommen.

Als die letzten Töne erklingen, lassen wir uns beide keuchend auf die Couch sinken und lachen immer noch.

»Das hat gutgetan.«

»Ich dachte mir, es bringt dich vielleicht auf andere Gedanken.«

»Danke.«

Ich streiche ihr eine verirrte Strähne hinters Ohr.

»Du wirst heute Abend wunderbar sein.«

»Ich weiß nicht …«

»Hey, sieh mich an.« Unsere Blicke treffen sich. Braun verschmilzt mit Grau. »Du bist meine Schwester. Natürlich wirst du großartig sein.«

Sie boxt mir gegen die Brust, kann sich aber ein Lächeln nicht verkneifen.

»Ich werde die ganze Zeit hinter der Bühne stehen, und wenn irgendjemand im Publikum auch nur hustet, knöpf ich ihn mir vor!«

»Du spinnst.«

»Ich will einfach nur, dass es ein einmaliger Abend für dich wird.«

Taylor beugt sich nach vorne und umarmt mich. Nicht lange, nicht sonderlich fest, aber ihre Hände auf meinem Rücken zu spüren, der kurze Druck ihrer Schulter an meiner ... Ich wusste nicht, dass mir diese Berührungen so sehr fehlen.

Als Taylor in ihrem Zimmer verschwindet, um sich fertig zu machen, kommen meine Eltern nach Hause. Ich habe sie extra angerufen und von einem Notfall gesprochen. Natürlich waren sie sofort zur Stelle.

»Was gibt es, Schatz?«, fragt Mum und mustert mich besorgt. »Geht es dir gut?«

»Ja, ja, mir geht es prächtig. Ich habe euch wegen Taylor angerufen.«

»Ist etwas mit ihr?«, fragt Dad alarmiert.

»Sie wird heute Abend die Hauptrolle in einem Musical spielen.«

»Wie bitte?« Mum sieht vollkommen überrumpelt aus.

»Sie spielt die Mary in Mary Poppins. Heute Abend, zwanzig Uhr.«

»Hauptrolle?«, flüstert Mum, so als könne sie es immer noch nicht glauben.

»Wieso hat sie uns denn nichts erzählt? Ich dachte, sie macht die Kostüme.« Dad kratzt sich hilflos am Bart.

»Ernsthaft? Ihr wisst genau, wieso sie euch nichts erzählt hat!« Ich zwinge mich, ruhig zu bleiben, atme langsam ein und wieder aus. Dann greife ich in meine Hosentasche und ziehe die zwei goldenen Tickets hervor. »Heute Abend, zwanzig Uhr. Keine Sorge, dieses Mal müsst ihr nicht wegen mir aus der Vorstellung rennen.«

»Schatz, das war doch nicht deine Schuld«, meint Mum und sieht mich mitfühlend an. Gleich wird sie ihre Hand ausstrecken und mir die Wange tätscheln. Ich weiche sicherheitshalber einen Schritt zurück.

»Werdet ihr kommen und eure Tochter anfeuern?«, frage ich und fixiere beide mit meinem Blick.

»Natürlich«, erwidert Dad sofort. »Ich suche die Kamera, das müssen wir festhalten, Ana!« Dad läuft in den Flur, und ich höre ihn in einem der Wandschränke wühlen. Mum steht immer noch vor mir und mustert die goldenen Karten in meiner Hand. »Ich wusste nicht, dass sie uns dorthaben will«, höre ich sie schließlich mit leiser Stimme sagen.

»Natürlich will sie das, Mum! Mehr als alles andere.« Zumindest hoffe ich das. Immerhin weiß man nie, wie Taylor auf Überraschungen reagiert. Ich will den Bogen nicht überspannen, aber es kann nicht sein, dass sie heute Abend die Hauptrolle spielt und unsere Eltern ihr nicht dabei zusehen.

»Dann werden wir da sein«, sagt Mum und nimmt mir die Karten aus der Hand. Das Gold spiegelt sich in ihren Augen. Sobald Mum den Raum verlassen hat, schreibe ich eine Nachricht an Billy:

Operation Gold Digger ist geglückt. Operation Silber und Opale geht in die zweite Runde.

Er ist online und tippt direkt seine Antwort:

Geil, Mann! Hier ist alles ready. Wir sehen uns auf der Premiere.

Alles klar, ich hol dich um kurz vor acht ab.

LUKE

Premiere

Da draußen sitzen mindestens fünfhundert Menschen!«, kreischt Jenny, als sie in die Garderobe gerannt kommt. Auf ihren Wangen befinden sich hektische Flecken, und ihre Frisur lässt Tom, den Hairstylisten, aufheulen.

Doch nicht nur Jenny ist aufgeregt. Hunter sitzt in einer Ecke und blättert immer wieder wild durch seinen Text, scheint sich aber kein einziges Wort merken zu können. Taylor habe ich schon seit einer halben Stunde nicht mehr gesehen, Casey kam vorhin zu ihr und wollte noch etwas bezüglich Marys Aussprache mancher Worte besprechen. Was das angeht, ist sie supergenau. Es ist toll, dass sie trotz heiserer Stimme heute hier sein kann. Immerhin gehört sie zu unserer kleinen Theaterfamilie.

In einer halben Stunde geht der Vorhang auf, und bis jetzt steckt erst die Hälfte von uns in den Kostümen.

Tom schmiert gerade eine weitere Portion Gel in meine Haare, und ich betrachte mich im Spiegel. Wow. Ich hätte nicht gedacht, dass mir Ruß im Gesicht so gut stehen würde. Meine Haare stehen leicht ab, weil Bert etwas Wildes und Jungenhaftes an sich hat. Meine Hose und auch meine Schuhe sind ebenfalls verdreckt, nur mein graues Oberteil hat kein Loch. Ich mustere meine Augen, die durch die schwarze Umrandung besonders hell leuchten, und grinse meinem Spiegelbild entgegen.

»Und? Was sagst du?«, fragt Tom, als er einen Schritt zurücktritt und sein Werk bewundert.

»Ich fühle mich wie ein neuer Mensch.«

Er lacht und verbeugt sich leicht. »Das höre ich nicht zum ersten Mal. Olivia, du bist dran!«, ruft er dann und scheucht mich vom Stuhl.

Sobald ich nicht mehr sitze, beginnen meine Hände und Füße zu kribbeln. So langsam setzt die Aufregung auch bei mir ein.

»Psst.«

Verwundert sehe ich mich um, kann aber niemanden erkennen. Jetzt redet schon der Schornstein mit mir.

»Psst, Luke. Hierher.«

Ich drehe mich auf der Stelle, bis der Schornstein einen seufzenden Laut von sich gibt, eine Hand nach mir ausstreckt und mich nach hinten zieht.

»He!«, rufe ich, als ich auf den Boden hinter dem Schornstein stolpere, doch dann sehe ich Jacksons breites Grinsen über mir und schüttle nur lachend den Kopf.

»Natürlich. Wer sollte sich auch sonst hier verstecken.«

Jackson erwidert nichts, lässt nur lächelnd seine Augen über mein Kostüm wandern. Schließlich bleibt sein Blick an meinem Gesicht hängen.

»Verdammt.«

»Was? Ist was nicht in Ordnung? Ich hab Taylor gesagt, dass die Hose zu viele Löcher hat.« Ich drehe mich und schaue mir mein Outfit genauer an, doch Jacksons Hände stoppen mich, umfassen meinen Oberkörper und ziehen mich zu ihm nach oben.

»Wieso hast du mir nicht gesagt, wie heiß du in dem Outfit aussiehst?«

»Ähm.«

»Zu schade, dass ich dieses Kunstwerk nicht zerstören darf.« Er kommt mir ganz nah, berührt meinen Hals mit seinen Lippen und wandert dann nach oben zu meinem Mund.

»Wer hat gesagt, dass ich das Kostüm direkt nach der Vorstellung ausziehen muss?«

Ich spüre Jacksons Atem auf meiner Wange, höre sein raues Lachen. Jackson riecht nicht wie ich nach Puder und Rauch, sondern nach Holzspänen, weil er kurz zuvor noch eine Ausbesserung an dem Schornstein vorgenommen hat.

Ich küsse ihn, achte aber darauf, dass die Schminke nicht verschmiert. Als er ein Stück von mir zurückweicht, befindet sich dennoch Ruß auf seinen Wangen und auf den Lippen, die mich wie gewohnt angrinsen.

»Du wirst heute Abend sicher für einige weiche Knie sorgen.«

Ob er weiß, dass seine Stimme genau das bei mir auslöst? Vermutlich.

»Ich gebe mein Bestes.«

»Da bin ich mir sicher. Hals- und Beinbruch.« Er umarmt mich, klopft mir auf den Rücken und macht sich dann daran, seine Säge wegzuräumen.

Als ich zurück in die Garderobe komme, steckt Olivia bereits in ihrem Kostüm, und Tom sprüht eine immense Menge Haarspray in ihre Perücke.

Ich entdecke Taylor zusammengekauert direkt hinter dem Vorhang. Immer wieder linst sie durch einen kleinen Spalt in die wartende Menge vor der Bühne. Sie trägt schon ihr Mary-Kostüm: den langen, dunkelblauen Rock und die graue Jackettjacke darüber. Die Hochsteckfrisur, die Libby, die Hairstylistin, aus einer braunen Perücke geflochten hat, und die schwarzen Lackschuhe runden ihr Outfit perfekt ab. Neben ihr auf dem Boden liegen die geblümte Handtasche und der schwarze Regenschirm mit dem einmaligen Vogelkopf.

Vorsichtig lasse ich mich neben sie fallen.

»Alles okay bei dir?«, frage ich leise.

»Ich kann das nicht. Ich kann das echt nicht.« Ihre Stimme klingt panisch, ihre Augen blicken mich groß und dunkel an.

Ich strecke meine Hand aus und umgreife ihre. Sie ist leicht verschwitzt, dennoch drücke ich beruhigend zu. »Du wirst das wunderbar machen.«

»Wie könnt ihr euch da alle so sicher sein?«

»Ganz einfach: Ich habe dich spielen sehen.«

Taylor blickt nicht länger in die wartende Menge, sondern direkt in meine Augen. »Entschuldigst du mich bei Miss Martinez, wenn ich doch von der Bühne rennen sollte?«

»Sicher doch.« Ich lächle sie aufmunternd an und schaffe es so zumindest ansatzweise, Taylors panischen Blick verschwinden zu lassen.

»Sie sind übrigens wirklich gekommen. Dabei habe ich ihnen nicht einmal erzählt, dass ich die Mary spiele.«

Sie zeigt mit ihrem Finger durch die Lücke im Vorhang, und ich rutsche etwas nach vorne, um ebenfalls einen Blick aufs Publikum erhaschen zu können. Tatsächlich, Mr. und Mrs. Sumerville sitzen in Kleid und Smoking neben Jacksons Mitbewohner Billy, der zur Feier des Tages sogar ein Hemd angezogen und sich die Haare gekämmt hat. Vermutlich hat er sich Stylingtipps von Jackson geben lassen. Ob Taylor weiß, dass ihre Eltern heute wegen ihr hier sind? Ich hoffe es.

Zwei Reihen dahinter kann ich Ava erkennen, die John gerade eine Popcornschachtel aus den Händen reißt und sich eine große Hand voll in den Mund stopft. Bei diesem Anblick wird mir ganz warm ums Herz. Meredith sitzt daneben und studiert interessiert das Programmheft, und neben ihr, mein Lächeln wird nur noch breiter, sitzen Alex und Henry, beide in schönen Hemden aus hellgrauem und dunkelblauem Stoff, und ich kann es nicht ganz sehen, weil ihre Hände von den vorderen Reihen verborgen werden, aber ich bin mir ziemlich sicher, dass sie die Hand des anderen halten. Henry strahlt und betrachtet die vielen Lichter und die Kulisse auf der Bühne vor ihm, während Alex nur Augen für Henry hat und jeden Zentimeter seines Gesichts abzuscannen scheint. Ich kenne diesen Blick. Manchmal starre ich Jackson auch so an. Wenn ich nicht fassen kann, dass das alles hier wirklich passiert. Wenn mein Körper so voller Glück ist, dass er förmlich zu explodieren droht. Alex dort unten erlebt gerade genau das Gleiche. Ich freue mich für ihn, und ich bin unheimlich stolz auf die Entwicklung, die er im letzten halben Jahr gemacht hat.

»Noch zehn Minuten!«, hallt Miss Martinez' Stimme durch die Garderobe, und sofort blicken zwei Dutzend Gesichter zu ihr. Egal, wie streng sie auch manchmal sein mag, sie ist eine verdammt gute Professorin. In keinem anderen Kurs habe ich so viel gelernt wie hier.

»Wenn Sie gleich auf diese Bühne treten, vergessen Sie die Lichter und die Menschen. Sie gehen da raus und wollen eine Geschichte erzählen. Sie wollen Emotionen vermitteln. Menschen zum Lachen oder Weinen bringen. Sie wollen das hier mehr als alles andere. Sonst wären Sie jetzt nicht hier. Also zeigen Sie mir das! Zeigen Sie mir, wie sehr Sie das Theater lieben. Sie alle haben hart gearbeitet, und ich bin wirklich stolz auf Sie. Und jetzt gehen Sie da raus und erzählen Sie eine Geschichte!«

Miss Martinez' Worte klingen in meinen Ohren nach. Es braucht ein paar Sekunden, dann beginnt Olivia als Erste zu klatschen, Hunter und Tarek stimmen mit ein und dann der ganze Rest der Truppe. Hunter lässt sich sogar zu einem Pfeifen herab, was Miss Martinez eher missbilligend über sich ergehen lässt.

Taylor blickt auf ihr Handy. »Noch drei Minuten«, flüstert sie, und ihre Stimme klingt ganz brüchig.

»Na, dann sollte ich mich bereithalten.«

Ich stehe auf, höre das Kunstleder meiner Schuhe auf der Bühne quietschen und stelle mich hinter den Vorhang.

Irgendjemand legt mir das kleine Ein-Personen-Schlagzeug über die Schultern, mit dem ich gleich in der ersten Szene ein Lied spielen werde. Tom ist wieder da und sprüht noch etwas Haargel auf meinen Kopf und pudert die Stellen nach, die Jackson verwischt hat.

Dann beginnt der Countdown.

Noch sechzig Sekunden.

In Gedanken gehe ich meinen Text durch und merke kaum, wie Taylor hinter mir in den Haltegurt steigt. Sie wird direkt nach meiner Szene mit ihrem Regenschirm von der Bühnendecke fliegen und auf dem Boden vor der Kulisse des Banks-Hauses landen.

Ich drehe mich zu ihr und versuche, so aufmunternd wie möglich zu lächeln, doch Taylor sieht einfach durch mich hindurch, sie wirkt vollkommen abwesend. Ich bete, dass sie ihre erste Zeile nicht vergisst. Wenn die klappt, wird der Rest auch glattlaufen.

Dann höre ich leises Raunen vom Technikteam und das vertraute Knarzen der Kulissenwand, die hinter mir über den Boden gefahren wird. Ich drehe mich nicht um, weil ich genau weiß, wie sie aussieht. Stattdessen blicke ich nach vorne und warte darauf, dass der Vorhang sich öffnet.

Als sich die Falten des roten Stoffs spannen und zur Seite gleiten, atme ich tief durch, werfe einen letzten Seitenblick zu Jackson, der lächelnd auf seinem Schornstein sitzt, und trete ins Scheinwerferlicht.

JACKSON

Beobachtungen

Wenn man Luke beim Theaterspielen zusieht, vergisst man alles um sich herum. Zumindest ist das bei mir so. Früher habe ich mich nie wirklich für Theater oder Musicals interessiert, das kam erst im Laufe des Studiums, als Miss Martinez uns Extrapunkte versprochen hat, wenn wir beim Kulissenbau helfen. In den letzten Jahren war es immer faszinierend, mit anzusehen, wie die einzelnen Projekte beginnen und zu was für einem Ergebnis man mit viel Arbeit und Disziplin gelangen kann. Dieses Jahr ist es genauso.

Ich erinnere mich an die Vertrauensübungen und daran, wie Lukes Hände über meinen Körper gewandert sind, als er herauszufinden versuchte, wer da vor ihm steht. Seine Hände auf mir zu spüren, hat mich schon damals um den Verstand gebracht. Bei dem Gedanken zieht sich mein Magen zusammen, und ich blicke schnell wieder auf die Bühne. Immerhin bin ich hier, um das Musical zu verfolgen. Zumindest versuche ich es. Eigentlich starre ich die ganze Zeit nur Luke an, aber hey, er sieht einfach umwerfend aus. Vielleicht sollte ich ihn dazu überreden, Schornsteinfeger zu werden. Ich lache kurz in mich hinein, richte meine Augen dann aber wieder auf die Bühne. Lukes Szene ist vorbei, er verschwindet und steht kurze Zeit später wieder neben mir.

Sein Atem geht schnell, seine Wangen glühen, doch er strahlt.

»Und?«, frage ich.

»Es ist …«

»Unbeschreiblich? Atemberaubend? Süchtig machend? Das geilste Gefühl der Welt?«

»So in etwa, ja.«

Es folgt ein Szenenwechsel, das Haus der Banks wird auf die Bühne geschoben, und Luke neben mir versteift sich. Natürlich, jetzt ist Taylor an der Reihe. Ich tue es Luke nach und drucke ebenfalls beide

Daumen. Taylor hat mir von dem Vorfall damals auf der Bühne erzählt, und was es mit dem Namen Holly auf sich hat, den ihr die Kinder aus der Schule immer nachgerufen haben. All die Jahre hatte ich keine Ahnung und fühle mich schrecklich deswegen. Und genau deshalb muss dieser Auftritt für Taylor gut laufen! Luke und ich können ihr noch so oft versichern, dass sie gut spielen kann – sie muss es selbst glauben.

Taylor schwebt durch die Luft, in ihrer ausgestreckten Hand hält sie den Regenschirm, in der anderen die große geblümte Handtasche. Die Beine fest zusammengepresst, einen strengen, aber auch interessierten Ausdruck auf dem Gesicht. Bis jetzt läuft es gut, und das grelle Scheinwerferlicht lässt ihr Gesicht unter all dem Make-up strahlen.

Leise Musik setzt ein, als Taylor auf der Bühne landet und an die Haustür der Banks klopft.

Tarek öffnet ihr die Tür und sieht verwundert die Straße hinab.

»Wo sind denn all die anderen?«, fragt er mit strenger Stimme, die so ganz anders klingt als er.

Das ist ihr Einsatz. Taylor muss jetzt antworten: »Welche anderen? Ich bin alleine hier. Dürfte ich bitte eintreten?«

Nach all den Proben kann ich die Texte mittlerweile im Schlaf mitsprechen. Luke neben mir scheint es ähnlich zu gehen, denn er murmelt leise ihre Zeilen vor sich hin.

Durch den Spalt im Vorhang kann ich Taylors Profil sehen. Ihre Hand um den Regenschirm ist verkrampft, ihre Augen huschen immer wieder in die Zuschauermenge. Komm schon, kleine Schwester! Casey sitzt in einem kleinen Holzkasten vor der Bühne und spielt die Souffleuse. Ich sehe, wie sie Taylor die ersten Worte zumurmelt. Und endlich öffnet meine Schwester den Mund. »Ich bin allein. Dürfte ich wohl eintreten?«

Puh. Sie hat zwar einen Teil vergessen, aber immerhin. Luke neben mir lässt ebenfalls die angehaltene Luft aus seinem Mund entweichen.

Taylor tritt durch die Tür, die Kulisse dreht sich, und sie befindet sich im Hause der Banks, wo die beiden Banks-Kinder, Michael

(James) und Jane (Jenny), auf sie zugelaufen kommen, und endlich entkrampft sich ihre Hand. Ihre nächsten Zeilen sind fehlerfrei, und die Szene endet ohne weitere Zwischenfälle.

»Ich muss mich umziehen.« Luke drückt meine Hand und verschwindet wieder.

Und so nimmt das Musical seinen Lauf. Luke ist natürlich mein Highlight in jeder Szene. Ob er mit Kreide auf den Bühnenboden malt oder von Schornstein zu Schornstein springt – er ist einmalig. Und seine Singstimme hat sich ebenfalls verbessert. Sicher, eine eigene Platte wird er nicht rausbringen, aber mir reicht es, wenn er mir in Zukunft abends etwas vorsingt.

Bei dem Gedanken versteife ich mich etwas. Ich habe selbstverständlich an unsere Zukunft gedacht, dabei habe ich keine Ahnung, ob die überhaupt existiert. Wir haben uns immer wieder gesagt, dass wir die gemeinsamen Tage miteinander genießen wollen. Im Moment leben wollen. Was jahrelang mein Spezialgebiet war. Nur kommt es mir mittlerweile so vor, als hätte ich das verlernt. Luke ist der Erste, mit dem ich an ein Morgen denken *will.* Mit dem ich mir eine Zukunft vorstellen *möchte.* Und natürlich, es muss so sein: Genau die kann ich mit ihm nicht haben. Zumindest nicht so, wie ich es gerne hätte. Ich raufe mir die Haare und verpasse fast, wie James nach der Taubenfrau sucht, um ihr einen Penny für Vogelfutter zu schenken. Eine meiner absoluten Lieblingsszenen.

Das Musical nimmt nun seine traurige Wendung. Mr. Banks wird gefeuert, läuft alleine durch die Nacht, und ich muss an Luke denken, der neben mir weint, während wir »Saving Mr. Banks« schauen. Es kommt mir vor, als läge dieser Abend Jahre zurück. Wie viel doch passiert ist.

Als James und Jenny am Schluss strahlend an Tareks Händen durch das Haus tanzen und schließlich den Drachen steigen lassen, bemerke ich, dass sich meine Augen mit Tränen gefüllt haben.

Das Lied spielt weiter, der bunte Drachen fliegt gegen die Theaterdecke, und Taylor spannt ihren Regenschirm auf und folgt ihm in den blauen Bühnenhimmel.

Luke schaut von der Bühne zu ihr hoch, nimmt seine Kappe ab

und winkt ihr zu. »Bis dann, Mary Poppins. Ich hoffe, unsere Wege kreuzen sich bald erneut.«

Der Vorhang fällt, und der Applaus dröhnt in meinen Ohren. Ich kann das Publikum nicht mehr sehen, aber hören. Noch nie in meinem Leben habe ich auf einer Bühne gestanden, aber ich weiß, wie es sich anfühlt, ein schwieriges Fußballspiel zu gewinnen und bejubelt zu werden. Das hier muss sich mindestens genauso gut anfühlen.

Miss Martinez winkt mich zu sich, und zusammen mit dem Technikteam folge ich ihr. Sie schiebt uns neben die anderen, wir fassen uns bei den Händen, und als sich der Vorhang erneut hebt, applaudieren die Menschen auch für mich. Es fühlt sich eigenartig an. Weil ich nicht auf der Bühne stand und gespielt habe. Aber darum geht es auch nicht. Ich bin trotzdem Teil dieses Teams. Genau wie Casey, die schnell aus ihrer Souffleusenbox zu uns gelaufen ist und nun direkt neben Olivia steht. Ich drehe meinen Kopf und blicke zu Luke, der zwischen Tarek und Taylor steht und bis über beide Ohren strahlt. Taylor sieht ebenfalls so glücklich aus, dass ich sie am liebsten umarmen würde. Sie beide leben den Moment. Sie genießen jede Sekunde, und ich tue das auch.

LUKE

Applaus

Der Applaus ist ohrenbetäubend. Ich weiß nicht, wo ich hinsehen soll, denn die Scheinwerfer sorgen dafür, dass ich nur dunkle Schemen vor mir erkenne. Irgendwo winkt eine Hand aus der Menge, doch ich weiß nicht, ob es Madisons oder Merediths ist. Neben mir steht Taylor und zittert am ganzen Körper. Ich drehe mich zu ihr.

»Du hast es geschafft«, rufe ich über den Lärm der Menge hinweg.

Sie strahlt mich an, und da ist keine Spur mehr von der anfänglichen Panik. Sie muss gar nichts sagen, ich sehe auch so, wie glücklich sie gerade ist.

Der Applaus nimmt minimal ab, also schickt uns Miss Martinez alle noch einmal einzeln vor. Taylor als Erste, da sie die Hauptrolle gespielt hat. Ihr Applaus ist fast noch lauter als der vorige. Sie steht ganz selbstbewusst dort oben, und ich bin so stolz auf sie. Sie ist über sich hinausgewachsen. Nach Taylor treten James und Jenny Hand in Hand auf die Bühne, nach ihnen bin ich dran. Ich ziehe meine Kappe, schleudere sie in die Menge und ernte einige Pfiffe und noch mehr Applaus. Vermutlich glüht mein Gesicht wie eine reife Tomate, aber das ist mir egal.

Nach mir treten nach und nach all die Menschen nach vorne, mit denen ich die letzten Monate verbracht habe. Jede noch so kleine Rolle, das Technikteam und die Menschen aus der Maske und dem Ticketverkauf. Am Ende rufen wir Miss Martinez auf die Bühne. Ich hätte es nie für möglich gehalten, aber als Jenny ihr einen riesigen Blumenstrauß als Dankeschön überreicht, sieht sie doch tatsächlich ein wenig gerührt aus und wischt sich sogar unauffällig mit dem Ärmel ihrer Bluse übers Gesicht. Ich bin überwältigt. Angefangen haben wir als kleine Gruppe von achtzehn Studierenden, heute sind wir eine weitaus größere Familie. Ich folge ihnen mit den Augen, sehe, wie sehr sie strahlen, und gehe vollkommen in diesem Moment auf.

Ich will nicht, dass das jemals endet. Ich möchte bitte für immer zusammen mit diesen Menschen auf der Bühne stehen.

Als wir später ins Freie laufen, um unsere Glückwünsche entgegenzunehmen, ist Madison als Erste bei uns und umschlingt uns beide mit ihren Armen.

»Ich bin echt kein Musicalfan, aber ihr zwei wart großartig!«

»Danke, Maddi«, erwidert Taylor grinsend und kassiert einen Knuff gegen die Schulter.

»Was ist mit Mister Werwolf?«, frage ich vorsichtig.

»Der hat sich nicht blicken lassen«, meint Madison säuerlich und starrt auf ihr *Twilight*-Shirt. »Ich habe mich ganz umsonst zum Affen gemacht.«

»Hast du nicht. Dein Outfit ist toll.«

Wir zucken alle drei zusammen und fahren zu der dumpfen Stimme herum. Und dort steht er. Die Werwolf-Maske über den Kopf gezogen.

Madison neben mir scheint wie erstarrt. Taylor hingegen mustert den Werwolf argwöhnisch. »Zeigst du dich jetzt endlich mal?«, fragt sie.

»Ja, na klar. Tut mir leid, ich dachte nur, so erkennt Madison mich direkt.«

Diese Stimme … woher kenne ich diese Stimme?

Der Werwolf greift nach der Maske, zieht sie sich über den Kopf und …

»Billy?« Meine Stimme überschlägt sich leicht.

Dort vor uns steht niemand anderes als Jacksons Mitbewohner. Die blonden Haare mit Gel gebändigt, das weiße Hemd ordentlich in die schwarze Hose gesteckt. Das hier ist nicht der Chaot, den ich in Jacksons Zimmer kennengelernt habe.

Billys grüne Augen suchen Madisons, und er bringt ein halbes Lächeln zustande, als er sie endlich direkt anspricht. »Hi, Madison.«

»Du«, sagt sie nur, und ich frage mich, ob die beiden sich jemals richtig begegnet sind. Haben sie, außer auf der Halloweenparty, überhaupt einmal miteinander gesprochen?

»Du hast mir die Lernzettel für Biochemie geschickt.«

»Jap, das war ich.«

»Und du hast am Einführungstag einen zwanzigminütigen Vortrag über die Zusammensetzung von Gummibärchen gehalten.«

Billy sieht überrascht aus. »Das weißt du noch?«

»Ich fand ihn genial!« Madison tritt einen Schritt auf Billy zu. »Wieso hast du denn nicht gesagt, dass du es bist?«

Ich spüre Taylors Hand an meiner Schulter. »Komm, die lassen wir jetzt lieber mal alleine«, raunt sie mir ins Ohr. Widerstrebend folge ich ihr, denn die Antwort auf Madisons Frage hätte ich nur zu gerne gehört. Aber gut, das hier ist ihre Geschichte. Und dieses Gespräch ist definitiv zu privat.

Doch wir sind erst ein paar Meter gegangen, als ein Raunen durch die Menge geht. Wir drehen uns zu Madison und Billy und sehen gerade noch, wie die beiden eng umschlungen unter einem Ahornbaum stehen, Billy die Werwolf-Maske fallen lässt und Madison ihn so leidenschaftlich küsst, dass sie ihn glatt von den Füßen reißt.

»Ooookay, das ist mal 'n Kuss«, kommentiert Hunter grinsend. Dass ich wochenlang der Überzeugung war, dass er hinter der Maske steckt, erscheint mir jetzt lächerlich.

»Hättest du das gedacht?«, fragt Taylor und beobachtet Madison und Billy mit einem leicht verwirrten Gesichtsausdruck.

»Nie im Leben. Aber irgendwie passt es.«

»Stimmt. O Gott, sieh sie dir an. Jetzt muss ich mit zwei kitschigen Pärchen klarkommen.«

»Ich glaube nicht, dass die beiden so kitschig werden wie wir. Spätestens morgen halten sie uns gemeinsam Vorträge über die Chemie der Liebe.« Lachend lege ich meinen Arm um Taylors Schulter, und gemeinsam laufen wir zurück zur Zuschauermenge.

Meredith, John und Ava stehen unter einem der Bäume vor dem Gebäude und winken mir zu. Alex und Henry stehen etwas abseits neben ihnen, halten aber immer noch Händchen. Ich grinse Alex zu und recke meinen Daumen in die Höhe. Er läuft rot an, grinst aber ebenfalls.

»Du warst soo toll!« Ava schlingt ihre kleinen Arme um mich, und ich streiche ihr über den Kopf.

»Danke schön, Ve.«

John tritt nun vor, umarmt mich und überreicht mir einen kleinen Blumenstrauß. »Er wäre so stolz auf dich, Luke.« Ich schlucke, nehme den Strauß und umarme Meredith.

Vermutlich hat John recht. Papa wäre sicher stolz auf mich, würde hier neben seinem Bruder stehen und mir zu der Aufführung gratulieren. Zumindest stelle ich es mir so vor. Ich kann nicht wissen, was er gesagt oder wie er mich angesehen hätte. Vielleicht fand er Musicals auch total dämlich und wäre zu spät zur Vorstellung gekommen. Ich werde es nie erfahren. Und vielleicht ist das okay.

Aus dem Augenwinkel beobachte ich Taylor, die gerade ebenfalls Blumen bekommen hat. Allerdings ist ihr Strauß um einiges größer als meiner. Sie und ihre Mutter liegen sich gerade weinend in den Armen, während ihr Vater daneben steht und beiden den Rücken tätschelt. Ich grinse und suche nach Jackson, weil ich mich frage, ob er hinter dieser Versöhnung steckt.

»Hrm, hrm«, räuspert sich auf einmal jemand hinter uns. Als ich mich umdrehe, steht Jackson dort im Licht der Laterne. Sein schwarzes Hemd verschwindet fast in der Nacht.

»Dürfte ich mir Ihren Neffen einmal ausleihen?«

Meredith lacht. »Natürlich. Aber nicht zu lange. Wir haben einen Tisch bei Eve's reserviert.«

Jackson greift nach meiner Hand und zieht mich etwas aus der Menschenmasse. Noch immer strömen Menschen aus dem Theater, beglückwünschen alle, die irgendwie Teil des Theaterteams sind, oder unterhalten sich über die tollen Kulissen. Je weiter wir das Gebäude hinter uns lassen, desto ruhiger wird es.

Jacksons Hand in meiner fühlt sich so vertraut an. Ich könnte stundenlang weiter mit ihm durch die Nacht laufen, doch irgendwann dreht er sich um, drückt mich an den dicken Baumstamm, der sich hinter uns befindet, und küsst mich so leidenschaftlich, wie er es sonst nur tut, wenn wir allein in seinem oder meinem Bett liegen. Ich fühle mich immer noch überdreht, und das Adrenalin, das durch meine Adern rast, erhitzt meinen Körper. Jacksons Hände hingegen sind kühl und fühlen sich wunderbar an, als er damit über meine heißen Wangen streicht.

»Kriege ich ein Autogramm von dir?«, fragt er schließlich mit den Lippen ganz nah an meinem Ohr.

»Wo soll ich denn unterschreiben?«, frage ich, beuge mich zur Seite und beiße ganz leicht in sein Ohrläppchen.

Jackson entweicht ein kehliger Ton, den ich bisher nur sehr selten gehört habe.

»Ich hätte da ein paar Vorschläge.«

»Die da wären?«

Er greift nach meiner Hand und führt sie hinter seinen Körper. Dort legt er sie direkt auf seine rechte Pobacke.

»Ich unterschreibe nicht auf deinem Po, Jackson.«

»Wieso denn nicht?« Sein Lachen wird lauter und klingt rau in der Nacht.

»Weil ich meine Unterschrift bei gewissen Aktivitäten dann ständig ansehen muss, und das ist nicht gerade anturnend.«

»Stimmt. Dann musst du wohl auf deinem Po unterschreiben.«

Ich nehme meine Hand von seinem Hintern und greife stattdessen nach seinem Arm. »Komm. Ich verhungere gleich, und Eve's Burger lässt man sich nicht entgehen.«

»Echt jetzt? Du ziehst Essen dem hier vor?«

Er presst seinen warmen Körper gegen mich, doch ich drücke ihn lachend von mir. »Ich sage nur, dass ich zuerst gerne etwas essen würde. Danach … das sehen wir dann.«

»Damit kann ich leben.«

Jackson küsst mich ein letztes Mal, bevor er vor mir her zurück zum Theater läuft und dabei demonstrativ mit seinem Po vor mir herumwackelt. Lachend schüttle ich den Kopf und folge ihm.

LUKE

Wenn etwas endet

Die Euphorie der Premiere nimmt schnell ab und weicht einem bedrückenden Gefühl, das mit jedem Tag größer zu werden scheint. Schon am Montag nach der Premiere werden wir in der Uni daran erinnert, dass uns nur noch eine Woche bis zu den Abschlussklausuren bleibt. Das bereitet mir zusätzlich Stress, weil ich jeden Tag lernen sollte, gleichzeitig so aber auch eine ganze Woche mit Jackson verliere. Der Timer auf meinem Handy zeigt mir nun nur noch siebenundzwanzig Tage an, bis mein Flug zurück nach Deutschland geht. Das sind nicht einmal mehr vier Wochen. Jeden Morgen, wenn die Zahl wieder kleiner geworden ist, zieht sich mein Herz ein Stück zusammen.

Es ist wie bei einem guten Film. Die Premiere war der Höhepunkt. Das glorreiche Finale mit Pauken und Trompeten. Nur zeigen Filme nie, wie es danach weitergeht. Wie das Paar weiterlebt, das sich in der letzten Minute des Films endlich gefunden hat. Wie die Freundes-Clique den Sommer verbringt, nachdem die Abschlussarbeiten geschrieben sind. Wie der Bankräuber jahrelang im Gefängnis sitzt, nachdem er nach einer glorreichen Verfolgungsjagd endlich gefasst wurde.

All das zeigen Filme nicht. Wäre mein Leben also ein Film, hätte er am Abend der Premiere geendet. Aber mein Leben ist kein Film, und mit jedem neuen Tag spüre ich die bittere Realität etwas deutlicher.

Am Tag der letzten Abschlussklausur begrüßt Madison uns nur flüchtig auf dem Flur und wünscht uns viel Erfolg. Irgendwie hat sie es bei all dem Lernstress geschafft, sich trotzdem jeden Tag mit Billy zu treffen.

Taylor und ich haben stundenlang in der Bibliothek gesessen und wurden nur erlöst, wenn Jackson an die Scheibe klopfte und mit einem dicken Wälzer in der Hand gewinkt hat. Das war nämlich unser Zeichen, wenigstens eine kurze Pause in der Cafeteria einzulegen.

Jackson ist immer noch auf der Suche nach dem passenden Thema für seine Bachelorarbeit und leiht sich so gut wie jedes Buch über städtische Architektur aus, das die Bibliothek zu bieten hat.

Die letzte Klausur des Semesters schreiben wir in Filmproduktion, und sie läuft erstaunlich gut. Auf jeden Fall besser als die in Film- und Theatergeschichte, die vorgestern dran war und bei der ich nur deshalb nicht komplett versagt habe, weil Taylor mich hat abschreiben lassen. Ich bin nicht stolz darauf, aber ich wurde nicht erwischt, und das ist doch das Einzige, das zählt, oder?

Die Klausuren werden hier in Vancouver nicht per Hand geschrieben, sondern auf Fragebögen in ein iPad getippt. Eine Sache, an die man sich auch erst einmal gewöhnen muss.

»Semesterferien!«, ruft Madison ausgelassen, als wir auf sie und Billy zulaufen. Madison lehnt strahlend an ihrem rostigen Auto und wirft ihre Lernzettel in die Luft.

»Scheint bei dir ja gut gelaufen zu sein«, meine ich grinsend.

»Ach, na ja, durchgefallen bin ich jedenfalls nicht.«

»Also dann, wollen wir los?«, fragt Taylor und zeigt auf Madisons Wagen.

Ich schüttle den Kopf. »Jackson wollte mich abholen, er will mir etwas zeigen.« Im Stillen bedanke ich mich bei John und Meredith, die mir an diesem letzten Unitag freigegeben haben. Müsste ich heute Ava und Alex von der Schule abholen, hätte ich keine Zeit für Jackson und seine ominösen Überraschungen.

Taylor zieht eine Augenbraue in die Höhe. »Etwas?«

»Ich bin nicht da, also macht meinetwegen, was ihr wollt. Aber bitte, habt keinen –«, setzt Billy an, und ich beende seinen Satz, weil ich genau weiß, worauf er hinauswill.

»Sex in deinem Bett, ich weiß.«

Madison lacht und zieht Billy mit sich zum Auto. Taylor dreht sich noch einmal zu mir.

»Aber Kino heute Abend steht noch?«

Ich recke einen Daumen in die Höhe und winke, als sie vom Parkplatz fahren.

Noch neunzehn Tage.

Dann werde ich nicht nur Jackson hier zurücklassen, sondern auch Madison, Taylor, Alex, Ava, John, Meredith und all die anderen. Deswegen versuche ich, meine Zeit, so gut es geht, zwischen allen aufzuteilen.

Ich setze mich auf einen großen Stein am Parkplatzrand, den die Sonne aufgewärmt hat. Mittlerweile trage ich nicht mehr die dicke Jacke, und auch Handschuhe und Schal sind überflüssig geworden, aber der Wind ist dennoch recht kühl.

Als Jackson endlich um die Ecke biegt, macht mein Herz einen Satz. Ob sich das je ändern wird? Er trägt einen hellblauen Kapuzenpulli, wirft sich seine Tasche über die Schultern und hebt dann etwas in die Höhe, das ich erst erkenne, als er näher kommt.

»Sind das?«

»Zwei Helme, genau. Safety first und so.« Er grinst und reicht mir den schwarzen Helm.

»Jackson …«

»Willst du wirklich zurück nach Deutschland fliegen, ohne je in den Genuss gekommen zu sein, deinen Körper an meinen zu pressen, während Vancouver an uns vorbeizieht?«

Ich mustere den Helm in meiner Hand und sehe dann wieder zu Jackson. Vielleicht hat er recht. Seit acht Jahren fürchte ich mich davor, wieder auf ein Motorrad zu steigen. Obwohl ich früher so gerne hinter meinem Vater saß und es geliebt habe, den Fahrtwind in meinem Gesicht zu spüren.

Also stülpe ich mir den Helm über den Kopf und lasse Jackson dabei nicht aus den Augen. Der sieht so aus, als hätte er nicht wirklich damit gerechnet, dass ich mich darauf einlasse. Er überspielt seine Überraschung aber gut, indem er sich ebenfalls den Helm aufsetzt und sich auf sein Motorrad schwingt. Vorsichtig nehme ich hinter ihm Platz und lege meine Arme um seinen Oberkörper. Noch fahren wir nicht, sondern stehen sicher auf dem Parkplatz. Trotzdem jagt mein Puls jetzt schon das Blut durch meinen Körper, und es fühlt sich irre an, die Füße nicht länger auf sicherem Boden abstellen zu können.

»Bereit?«, fragt Jackson und dreht sich zu mir. Seine Stimme klingt durch den Helm ganz dumpf.

Ich schaue auf den Parkplatz vor uns, auf Jacksons Haare, die teilweise unter dem Helm hervorlugen und seinen Hals kitzeln. Ich schaue direkt in seine Augen und auf die Bartstoppeln, die sein Gesicht einrahmen, weil er es hasst, sich jeden Tag zu rasieren.

Ich verstärke den Druck meiner Hände um seinen Oberkörper und nicke dann.

»Bereit.«

Zeit vergeht schneller, wenn man sie anhalten möchte. Sie rinnt einem durch die Finger wie Sand. Man kann sie nicht aufhalten, und viel zu schnell ist der Tag gekommen, vor dem man sich so lange gefürchtet hat. Der Tag der Abreise.

In zwölf Stunden geht mein Flug zurück. Vor zwölf Stunden haben wir noch wild getanzt und meine bevorstehende Heimreise so groß gefeiert, als sei es ein achtzehnter Geburtstag. Ich verstehe, wieso Madison und Taylor die Party so wichtig war. Sie wollten mich ablenken, den letzten Abend mit mir gemeinsam verbringen. Und das haben sie auch geschafft. Die laute Musik und der Alkohol haben ihr Übriges getan, und wenn ich mich jetzt an letzte Nacht erinnere, strömt Wärme durch meinen Körper. Sie alle waren da. Der komplette Theaterkurs, nur Miss Martinez hat sich entschuldigt. Von ihr habe ich allerdings eine Karte und ein mehrseitiges Empfehlungsschreiben bekommen. Bis jetzt habe ich mich noch nicht getraut, es zu lesen. Denn wenn ich es lese, wird das hier Realität. Dann gehe ich wirklich.

Madison und Taylor haben mir ein T-Shirt bedrucken lassen – mit einem Teamfoto, das am Premierenabend entstanden ist. Madison hat ihren und Billys Kopf mit Photoshop hinzugefügt, und alle haben auf dem Rücken unterschrieben. Ich streiche über den weichen Stoff und spüre die Linien, dort, wo der Edding die Baumwollfasern durchdrungen hat. Der Kloß in meinem Hals wird immer dicker.

Auch jetzt noch habe ich es nicht realisiert. Wie auch? Gerade liege ich neben Jackson im warmen Bett, die Morgensonne kitzelt mein Gesicht, und ich fühle mich warm und schläfrig. Was wohl passieren würde, wenn ich einfach nicht aufstehe? Wenn ich so lange hier liegen bleibe, dass ich meinen Flug verpasse? Als hätte Jackson mich gehört, dreht er sich im Schlaf um und zieht mich an sich. Sein Kopf liegt an meinem Hals, und ich spüre seinen regelmäßigen Atem, der meine Haut leicht kitzelt.

Ich versuche, das Gefühl festzuhalten. Mir diesen Moment ganz genau einzuprägen. Weil ich schon morgen nicht mehr neben ihm aufwachen werde, so wie es die letzten Tage fast immer der Fall war.

Es ist seltsam, wie schnell man sich an einen anderen Menschen gewöhnt. Wie selbstverständlich es wird, dass man seine Hand halten und ihn küssen darf.

»Lust auf Frühstück?«, dringt plötzlich Jacksons verschlafene Stimme an mein Ohr. Sie ist noch ganz kratzig und heiser.

»Oben auf dem Dach?«, frage ich, obwohl ich seine Antwort bereits kenne.

Eine halbe Stunde später sitzen wir mit zwei Kaffeetassen in der Hand auf dem Dach und lassen die Füße über den Abgrund baumeln. Jackson hat sein Brioche-Brötchen noch nicht einmal angerührt.

»Ich kann nicht fassen, dass ich in vierundzwanzig Stunden wieder in meinem Bett liege«, durchbreche ich schließlich die Stille.

Jackson bleibt stumm, nimmt nur noch einen Schluck Kaffee und stellt dann die Tasse hinter sich ab.

»Wer zuerst bei der Schaukel ist«, sage ich, stelle ebenfalls meine Tasse ab und springe auf. Irgendetwas muss ich tun, um Jackson aufzumuntern. So langsam, wie er mir hinterherschlurft, scheint es aber nicht wirklich zu helfen.

Meine Hände umschließen die Ketten der Schaukel und streichen über das schwarze Gummi der Sitzfläche. Die Morgensonne hat sie bereits aufgewärmt und strahlt auch jetzt hell über uns. Es scheint fast so, als wolle Vancouver sich noch einmal von seiner besten Seite zeigen, bevor ich die Stadt verlasse. Ich drehe mich leicht zur Seite und werfe einen Blick auf die Metallstrebe neben mir. Die eingeritzten Initialen liegen im Schatten, doch ich erkenne sie klar und deutlich. Ich bin nicht nur nach Kanada gekommen, um hier zu studieren, nein, vor allem wollte ich mehr über meinen Vater erfahren, das ist mir mittlerweile klar geworden. Hier oben, auf dieser Schaukel, die er eigenhändig in das Dach einbetoniert hat, fühle ich mich ihm näher als sonst irgendwo.

Ich frage mich, was er dazu sagen würde, dass ich hier auf seinem heiligen Platz einen Jungen geküsst habe. Ich kann nur hoffen, dass es ihn genauso glücklich macht wie mich.

Als ich mich auf die Schaukel setze und langsam Schwung hole, denke ich an jene Nacht zurück, in der Jackson und ich hier oben waren. Fast kann ich unser Lachen hören, Jacksons Hände an meinem Körper spüren. Seine Lippen auf meinen, als wir uns das erste Mal geküsst haben.

Ob er gerade auch daran denkt?

Während meine Beine mich immer höher in den Himmel tragen, lehnt Jackson an der Metallstange und beobachtet mich still. Sein Blick ist unergründlich.

Gestern Nacht haben wir lange geredet. Oder es zumindest versucht, bis die Anziehung dann doch zu stark wurde. Ich weiß, dass Jackson Angst davor hat, dass unsere Fernbeziehung nicht funktioniert. Die habe ich auch. Aber er hat sein Leben hier in Kanada und ich meins in Deutschland. Irgendwie muss es weitergehen.

Ich springe von der Schaukel ab und lande gut zwei Meter weiter im Kies. »Ha, das schaffst du nicht!«, rufe ich und klopfe mir den Kies von den Knien. Ich will Jackson herausfordern, genau wie damals bei unserem Weitsprungwettbewerb, doch er hat nur die Schaukel angehalten und umschließt die Ketten mit seinen Händen.

»Ich habe nie jemanden mit hier hochgenommen«, sagt er schließlich und stupst leicht die Schaukel an, damit sie ohne ihn nach vorne fliegt.

»Wieso?«, frage ich. Eigentlich dachte ich, das hier sei ein berüchtigter Ort für Studipartys. Zumindest war er das an Silvester.

Jackson zuckt mit den Schultern. »Ich wollte allein sein, denke ich. Früher habe ich mich nur dann frei gefühlt, wenn kein anderer dabei war.« Wieder schubst er die Schaukel an, diesmal fliegt sie noch ein Stück höher. Fast sieht es so aus, als berühre sie die kleinen weißen Wolken, die wie Tupfer auf dem hellblauen Himmel liegen.

Ich trete neben ihn und beobachte seine Hände, die die Schaukel immer weiter in die Höhe stoßen. »Vielleicht solltest du öfter Leute mit hierhernehmen. Es ist ein schöner Ort«, schlage ich vor. Auch weil ich morgen nicht mehr hier sein werde und der Gedanke, dass Jackson dann ganz alleine hier oben schaukelt, mich deprimiert. Ich will nicht, dass er meinetwegen leidet, ich will, dass er glücklich ist. Auch ohne mich. Das Gleiche wünsche ich mir für mich auch.

Jackson fährt mich mit dem Motorrad nach Hause. Mittlerweile verspüre ich keine Panik mehr, wenn ich hinter ihm sitze. Es macht mir wirklich Spaß, und ich genieße den Fahrtwind und die Sonne in meinem Gesicht.

»Bis später«, sagt er, als ich absteige und ihm den Helm reiche.

»Komm ja nicht zu spät«, ermahne ich ihn und versuche es mit einem Lächeln.

Jacksons Grinsen verrutscht etwas. »Ich gebe mein Bestes.«

Meredith, John und Ava sitzen im Wohnzimmer, als ich durch die Tür trete. Ava hat schon in den letzten Tagen immer wieder geweint, weil sie nicht möchte, dass ich gehe. Nun rennt sie auf mich zu, schlingt ihre Arme um meinen Körper und drückt ihren Kopf gegen meinen Bauch.

»Willst du mir beim Packen helfen, Ve?«

Sie blickt zu mir auf, die Augen leicht verquollen, und nickt heftig.

Zusammen mit Ava laufe ich also nach oben in mein Zimmer. Natürlich habe ich schon angefangen zu packen, aber die meiste Zeit habe ich mich davor gedrückt, weil der Abflug dann nur noch realer zu werden schien.

Madison und Taylor platzen durch die Tür, als Ava mir gerade beim Sockenfalten hilft. Eine ihrer Lieblingsbeschäftigungen, weil sie dann all meine unterschiedlichen Muster kommentieren kann.

»Steigt die Party etwa ohne uns?«, ruft Madison entrüstet und sieht auf meinen Koffer und die Reisetasche.

»Keine Sorge, ich hab euch noch genug Arbeit übrig gelassen.« Ich lächle die beiden an, als sie sich neben uns auf den Boden fallen lassen und damit beginnen, meine Shirts und Hosen zu falten. Während meiner Zeit hier in Kanada habe ich all meine Klamotten immer nur wahllos in den Schrank geworfen, was sich jetzt rächt.

»Nicht dein Ernst?« Taylor hält lachend mein Draco-Shirt in die Höhe, und Madison klatscht erfreut in die Hände.

Wenig später kriecht Taylor hinter mein Bett und holt ein verstaubtes Automatenfoto hervor. »Aww, das hab ich gar nicht!« Sie hält sich das Foto vors Gesicht, pustet den Staub weg und reicht es dann an mich weiter. Es zeigt Madison, Taylor und mich, wie wir eng aneinandergedrückt in einer Fotokabine stehen und lustige Grimassen ziehen. Das Bild wurde bei unserem ersten Shoppingtrip aufgenommen. Ich habe keine Ahnung, wie es hinter meinem Bett gelandet ist, aber ich bin sehr froh, dass Taylor es gefunden hat.

»Ich mach euch eine Kopie«, verspreche ich und stecke es in meinen Geldbeutel.

Gegen Mittag ruft John uns zum Essen. Er und Alex haben Beaver Tails gebacken. Das fettige Gebäck wird mir in Deutschland fehlen. Die Einpackaktion hat uns alle hungrig gemacht, jedenfalls sitzen wir genüsslich kauend am Esstisch und reden nur, wenn wir nach der Schokocreme oder den Smarties fragen.

»Kannst du mir das Rezept mitgeben? Ich muss die zu Hause unbedingt nachbacken«, frage ich Meredith.

»Ich schick es dir per WhatsApp«, antwortet sie lächelnd.

Nach dem Essen spielen wir eine Runde Mario Kart, und Alex gewinnt haushoch gegen uns alle. Er freut sich nicht so sehr wie sonst darüber und bittet um eine weitere Runde, bei der ich tatsächlich als Sieger hervorgehe. Ich habe allerdings den Verdacht, dass er mich extra hat gewinnen lassen.

Und dann ist es vier Uhr, und John und ich tragen meine Sachen nach unten in den Flur. Da stehen sie vor mir. Ein riesiger Koffer, eine große Reisetasche und ein kleiner Rucksack. Mehr ist es nicht, was mich nach Hause begleitet. Obwohl ich sie alle am liebsten hineinstopfen würde.

»Kommt Roberts, sonst verpassen wir noch den Flug!«, ruft Meredith uns alle zusammen, und Ava neben mir murmelt: »Das war mein Plan.«

Ich ziehe sie an mich und umarme sie. Ich kann nur hoffen, dass sie mich ganz bald besuchen kommen. Anders halte ich das nämlich nicht aus.

Nachdem Alex noch einmal panisch nach oben gerannt ist, weil er sein Handy nicht finden konnte, und Madison dringend noch einmal aufs Klo musste, sitzen wir schließlich in zwei Autos. John, Meredith, Ava und Alex in einem, Taylor, Madison und ich in Madisons Wagen.

Jackson wollte unbedingt mit dem Motorrad kommen. Ich verstehe, wieso. Weil er dann alleine vom Flughafen zurückfahren kann, ohne mitfühlende Blicke oder störende Fragen. Wie ich ihn kenne, wird er direkt zum Harbour Center fahren und von dort oben alle Flugzeuge beobachten, die in den Himmel starten. Das ist seine Art, Abschied zu nehmen. Das weiß ich mittlerweile.

JACKSON

Abschied

Normalerweise liebe ich Flughäfen. Sie haben eine ganz eigene Architektur, und dennoch gleichen sich viele in gewisser Weise. Ob man nun in Deutschland oder Saudi-Arabien landet, alle Gebäude folgen einem Grundprinzip, das sich in der Aufteilung der Räumlichkeiten, der Anordnung der Gepäckschlangen und den Bodenhinweisen wiederfindet. Der Rest ist nur die Fassade. Große Fenster oder glänzende Steinelemente? Viele Lichter oder kleine Brunnen mitten in der Empfangshalle? Diese Kleinigkeiten machen jeden Flughafen besonders. Der Flughafen von Vancouver hat einige dieser Spezialitäten zu bieten. Es gibt Kunstskulpturen, die mitten in den Gängen stehen, hohe Grünpflanzen und Holzgebilde, die die Natur zurück in das gläserne Gebäude holen sollen. Direkt neben einem Aufzug gibt es zwei gut fünf Meter hohe geschnitzte Holzstatuen, und bei einem größeren Sitzbereich findet man sogar ein verglastes Terrarium mit einem kleinen Teich davor.

All das macht den Flughafen von Vancouver für mich zu einem außerordentlich schönen Gebäude. Dennoch hasse ich es, heute hier zu sein.

Ich lasse den Motorradhelm beim Gehen gegen meine Beine schlagen und achte nicht auf die vielen Reisenden um mich herum.

Sie stehen an der Gepäckausgabe, und Luke wuchtet gerade seinen Koffer auf das Band. Taylor und Madison unterhalten sich mit Meredith, und John redet auf Alex ein, der nur auf seinem Smartphone herumtippt. Es ist unübersehbar, dass ihnen der Abschied ebenfalls schwerfällt.

Abschied. Was für ein beschissenes Wort. Billy hat mir vorhin weise Ratschläge geben wollen, wie man sich am besten von seinem Freund verabschiedet. Ich habe ihm, vielleicht etwas zu laut, an den Kopf geworfen, dass er mir sicher keine Hilfe sei, nur weil er seit einem Monat eine Beziehung führt. Nachher werde ich mich bei ihm entschuldigen, immerhin freue ich mich sehr, dass unser Plan aufgegangen ist, aber jetzt gerade bin ich immer noch wütend auf ihn. Generell bin ich auf alle wütend. Auf Taylor und Madison, weil sie den Abschied so gut wegzustecken scheinen und die letzten Wochen ständig ihren Sommerurlaub geplant haben, auf Meredith und John, die im Winter nach Deutschland fliegen werden, um Lukes Familie zu besuchen, und mich nicht gefragt haben, ob ich mitkommen möchte. Gut, ich kann mir auch selbst einen Flug buchen, aber darum geht es nicht. Auf Ava bin ich wütend, weil sie ständig an Luke klebt und wir deswegen in den letzten Tagen ständig gestört wurden, wenn wir einmal allein in seinem Zimmer verschwunden sind, und auf Alex bin ich wütend, weil er und Henry glücklich zusammen sein können. Weil keiner von ihnen in ein anderes Land verschwindet.

Die Hand um meinen Helm verkrampft sich, als Luke mich entdeckt. Vermutlich steht mir meine Wut ins Gesicht geschrieben, denn er mustert mich besorgt und läuft auf mich zu. »Alles okay?«, fragt er und nimmt mir den Helm ab, um meine Hand mit seiner zu umschließen.

Ich nicke gepresst. »Ich mag Flughäfen nicht besonders.«

Luke sieht nicht gerade überzeugt aus, doch da ruft John von hinten, dass Luke eigentlich schon längst am Gate stehen müsste, also beeilen wir uns und laufen über den rutschigen Flughafenboden. Bis zum Gate können wir ihn nicht begleiten, aber wenigstens bis kurz davor.

Luke lässt meine Hand in all der Zeit nicht einmal los.

Vor der Ticketkontrolle stehen schon einige deutsche Touris. Ich erkenne ihre Sprache, kann aber nicht verstehen, was sie sagen. Luke übersetzt für mich, um die Stimmung aufzulockern, doch es gelingt ihm nicht wirklich.

Madison und Taylor überreichen ihm ein kleines eingepacktes Geschenk, das er erst nicht annehmen will, es schließlich aber doch auspackt. Es ist ein kleines Fotoalbum mit Bildern aus den letzten Monaten. Lukes Augen werden glasig, und schnell stopft er das Album in seinen Rucksack. Wieso habe ich kein Abschiedsgeschenk für ihn?

Scheiße, ich war in den letzten Wochen so damit beschäftigt, jede Sekunde mit ihm zu genießen, dass ich nicht einmal daran gedacht habe, dass er sich über ein Geschenk zum Abschied freuen würde. Ich bin echt ein miserabler Freund.

Ava tritt nach vorn und überreicht ihm feierlich ein neues Paar Socken. »Damit du mich nicht vergisst«, sagt sie, und Luke umarmt sie und hebt sie in die Luft. »Dich kann man gar nicht vergessen«, meint er lachend, als er sie wieder auf dem Boden absetzt.

John zieht Luke ebenfalls in eine enge Umarmung, genau wie Meredith. Beide beteuern, dass sie sich bald wiedersehen werden.

Während alle sich feierlich verabschieden, stehe ich nur stumm daneben und beiße so lange in meine Wange, bis ich Blut schmecke.

»Danke für alles«, murmelt Alex, als er zu Luke tritt und ihn kurz, aber fest umarmt. Für ihn ist das weitaus mehr, als man erwarten sollte, deswegen verstehe ich, dass Luke ihn überrumpelt, aber dankbar anlächelt.

Dann dreht er sich zu mir. Die Stimme aus dem Lautsprecher wiederholt, dass das Boarding in zehn Minuten endet, er sollte sich also schleunigst zum Gate begeben, doch stattdessen tritt er die zwei Schritte zu mir und blickt mich an.

Seine Augen katapultieren mich zu dem Moment, als wir uns zum ersten Mal begegnet sind. Er stand allein inmitten der Partymenge und sah so verloren aus. Damals hätte ich nie im Leben damit gerechnet, dass wir acht Monate später gemeinsam hier stehen.

»Ich weiß echt nicht, was ich sagen soll«, beginnt Luke und sieht mich etwas hilflos an.

Und vielleicht ist es diese Hilflosigkeit, aber auf einmal weiß ich genau, was ich sagen muss. »Mache ich dich mal wieder sprachlos?« Lukes Lächeln wird breiter.

»Gut zu wissen, dass du nach wie vor an Überheblichkeit leidest.«

»Wen nennst du hier überheblich? Ich sage nur die Wahrheit.«

Luke kommt noch näher, sodass ich mich nur nach vorn beugen müsste, um ihn zu küssen. Ich habe keine Ahnung, ob uns die anderen beobachten, aber es ist mir vollkommen egal.

»Ich werde es vermissen, mit dir auf Dächern zu schaukeln.«

Als ich die Tränen in seinen Augen sehe, ziehe ich ihn an mich, atme den wunderbar vertrauten Geruch seines Shampoos ein, fahre mit der Hand unter seine Kapuze und spüre die Wärme auf seinem Körper. Ich will ihn mit zurück nach Hause nehmen. Irgendetwas von ihm, und wenn es nur diese Umarmung ist. Ich vergrabe meine Nase in seinem Pullover, wische die Tränen weg, die sich nun auch auf meinen Wangen befinden, und spüre seinen Herzschlag an meiner Brust. Es schlägt genauso schnell wie meins.

»Was soll ich ohne dich machen?«, frage ich direkt an seinem Ohr.

»Weiter lebensmüde sein«, antwortet er, und wir beide lachen.

»Ich liebe dich.«

Boom. Mein Herz fällt in ungeahnte Tiefen, und gleichzeitig prickelt meine Haut am ganzen Körper. Wieso sagt er das jetzt? Wir haben es all die Wochen nicht ausgesprochen, weil ich dachte, dass es so besser ist. Liebe. Das ist so groß und ernst. Das sollte es zwischen uns nie werden. Ich muss etwas antworten, doch ich kriege meinen Mund nicht auf. Liebe ich ihn? Woher soll ich das wissen? Ich habe diese Wörter noch nie zu jemandem gesagt. Nicht einmal zu meinen Eltern. Ich will nicht, dass er geht, ich will nicht, dass wir getrennt sind. Aber ist das Liebe?

Luke wartet noch eine Sekunde, bevor er mich loslässt, seine Lippen ein letztes Mal auf meine presst und sich dann umdreht, um zum Gate zu laufen. Hätte ich etwas sagen sollen? Aber was? Er weiß doch, dass ich nicht gut in solchen Dingen bin. Scheiße. Das hier ist kein Teenie-Liebesfilm, bei dem sich das Pärchen nach einem rührenden Liebesgeständnis in Zeitlupe in die Arme fällt und *happy ever after* lebt. Das sind nicht wir. Das hier ist real. Wieso habe ich dann das Gefühl, gerade alles falsch gemacht zu haben?

Ich will Luke nachlaufen und mich entschuldigen, doch er ist bereits hinter der Schranke verschwunden. Ich sehe ihn nicht mehr. Er ist fort.

LUKE

Willkommen zu Hause

Das Flugzeug hebt ab, und ich fühle mich leer. Ich weine nicht, als ich Vancouver unter mir immer kleiner werden sehe. Dort ist der Stanley Park, in dem wir oft unsere Mittagspausen verbracht haben, und da hinten irgendwo ist das Viertel, in dem unser Haus steht. Nein, nicht *unser* Haus. Merediths und Johns Haus. Bald kann man die kleinen Gebäude nicht mehr voneinander unterscheiden, nur die großen Hochhäuser heben sich noch vom Rest der graugrünen Masse ab. Das Harbour Center erkenne ich sofort, und das drückende Gefühl in meiner Brust nimmt wieder zu.

Ich sollte mir keine Gedanken darüber machen, dass Jackson nichts zu meiner Liebeserklärung gesagt hat. Man sollte nicht erwarten, dass so etwas erwidert wird. Ich wollte es ihm nur endlich sagen, bevor ich ihm dabei nicht mehr wirklich in die Augen sehen kann. Bevor ich ihn nicht mehr küssen kann. Ich weiß schon länger, dass ich ihn liebe. Es auszusprechen hat sich bis jetzt aber nicht richtig angefühlt. Keine Ahnung, viele Menschen sagen sich das vielleicht schon nach der ersten gemeinsamen Nacht oder nach ein paar Wochen Beziehung. Aber das mit Jackson und mir ist anders. Er hatte schon so große Angst, sich überhaupt auf etwas Festes einzulassen, ich wollte ihm keinen Druck machen. Und jetzt habe ich genau das getan. Aber seit unserem ersten Kuss sind über vier Monate vergangen, ich wollte nicht noch länger warten. Ich wollte deutlich machen, wie viel er mir bedeutet. Dass wir das hier schaffen, auch wenn es schwer wird. Es gibt doch so viele Menschen, die Fernbeziehungen führen, wieso sollte es also bei uns nicht klappen?

Ich sehe sein erschrockenes Gesicht vor mir und höre den stockenden Atem. Durchlebe noch einmal den Moment, nachdem mein Mund die drei Worte ausgesprochen hat, die er nicht erwidern konnte oder wollte.

Ich will mir darüber jetzt nicht den Kopf zerbrechen. Sicher war er einfach überfordert. Er empfindet definitiv etwas für mich. Ich dachte nur, nach all der Zeit könne er es langsam auch in Worte fassen, aber das ist okay. Dann sagt er es mir eben irgendwann über Facetime.

Neben mir im Fenster erscheint der blaue Ozean. Vancouver ist verschwunden. Ich lehne meinen Kopf an die kühle Scheibe, ziehe die Kopfhörer über und starte den Song, der mich damals überhaupt erst dazu gebracht hat, nach Kanada zu fliegen. *Tennessee Line.*

Weil es sich wieder genau wie damals anfühlt. Ich fliege zwar nach Hause, aber es fühlt sich nicht so an. Mein Zuhause liegt dort unten zwischen Hochhäusern und Bergen. Ich weiß nicht, wie man damit umgehen soll, ein Leben an zwei Orten zu führen. Menschen aus zwei verschiedenen Welten zu lieben. Irgendwie werde ich das hinbekommen. Ich muss.

Elf Stunden später ziehe ich meinen Koffer hinter mir über den grauen Flughafenboden und fühle mich unendlich müde. Im Flugzeug habe ich kaum ein Auge zugetan. Stattdessen habe ich die letzten Monate Revue passieren lassen, habe das Fotoalbum von Taylor und Madison durchgeblättert und jedes Bild mindestens zehn Minuten lang angestarrt. Dann habe ich mir all die Fotos auf meinem Handy angesehen, das Rezept für die Beaver Tails auswendig gelernt, das Meredith mir geschickt hat, und Jacksons Instagramstory gecheckt. Er hat nur ein einziges Bild hochgeladen. Den wolkenverhangenen Himmel über Vancouver. Ich weiß genau, von welchem Dach aus das aufgenommen wurde.

Es fühlt sich seltsam an, auf einmal so viele deutsche Stimmen um mich herum zu hören. Ich denke noch auf Englisch, und im ersten Moment fällt es mir schwer, die Frau zu verstehen, die die automatischen Durchsagen vorliest.

Ich folge der kleinen Familie vor mir durch zwei Glastüren und durch einen langen Gang. Gleich werde ich meine eigene Familie wiedersehen. Ich freue mich, aber es fühlt sich unwirklich an.

»Da ist er! Luke!« Ein Schrei lässt mich zusammenzucken, dann sehe ich sie. Charlie springt mit einem selbst gebastelten »Welcome back«-Schild in die Luft, Paul und Lou ziehen an Ma, die noch in die falsche Richtung blickt, und Sascha lehnt lässig an einer Säule und sieht von seinem Handy auf. Er ist so groß geworden. Richtig erwachsen. Ich schlucke und schiebe meinen Koffer weiter, bis ich vor ihnen stehe.

»Charles«, begrüße ich sie mit einem Lächeln.

»Spinner«, erwidert sie, fällt mir um den Hals und lässt das Schild zu Boden fallen.

»Viky entschuldigt sich, sie muss auf ihren Bruder aufpassen, aber ich soll dir ausrichten, dass sie sich sehr freut, dass du wieder da bist.«

Ihr Grinsen ist so breit, dass ich gar nicht anders kann, als es zu erwidern.

»Du hast mir echt gefehlt!«

»Same«, antworte ich und überlege, was die deutsche Erwiderung wäre. Charlie lacht nur und macht dann Platz für Lou, die hinter ihr steht und nun ebenfalls ihre kleinen Arme um mich schlingt. Wobei, so klein sind die gar nicht mehr. Als ich sie in die Höhe hebe und einmal durch die Luft wirble, fällt mir auf, wie sehr sie gewachsen ist.

»Hey, Mücke.«

Ihr Lachen ist jedoch das gleiche. Es hallt hell und klar durch den Flughafen. »Du bist wieder da!«

Paul und Sascha kommen zu uns, umarmen mich ebenfalls, wobei Sascha mir nur kurz auf den Rücken klopft und ich erschrocken feststelle, dass wir mittlerweile gleich groß sind.

»Wie läuft das Training?«, frage ich und deute auf seine muskulösen Oberarme.

»Den Mädels gefällt's«, antwortet er und spannt demonstrativ die Arme an.

Paul rollt mit den Augen. »Das macht er jeden Tag vor dem Spiegel, obwohl er noch nicht ein Mädchen mit nach Hause gebracht hat.«

»Klappe«, zischt Sascha.

»Hey, Jungs, nicht streiten«, geht meine Mutter dazwischen und schiebt die beiden sanft auseinander.

Auch sie hat sich verändert. Ihre Haare glänzen mehr und stecken nicht in einem Zopf, sondern fallen ihr locker über die Schultern. Ihre Augenringe sind weniger dunkel, und in ihren Augen liegt ein Funkeln, das ich schon während unseres Facetimings gesehen habe. In echt wirkt es allerdings noch schöner.

»Hi, Ma.«

»Willkommen zu Hause.« Sie reibt sich die Hände, überwindet dann den Abstand zwischen uns und zieht mich an sich. Ich bin fast zwei Köpfe größer als sie, dennoch fühlt es sich so an, als halte sie mich und nicht umgekehrt.

Als wir uns voneinander lösen, wirkt ihr Blick allerdings etwas besorgt. »Ich würde dir gerne Martin vorstellen. Er wollte so gerne mitkommen.«

Jemand erhebt sich von einer Bank, die durch meine Geschwister und Charlie verdeckt wurde. Ich verkrampfe mich, als der Mann zu uns tritt. Das ist er also. Martin. Er ist kleiner als ich, hat blondes, schütteres Haar und einen kleinen Bauchansatz. Sein Lächeln ist warm und freundlich.

»Entschuldige den Überfall. Ich kann verstehen, wenn du jetzt erst mal keinen Bock auf fremde Menschen hast. Ich an deiner Stelle würde am liebsten meine Ruhe haben wollen.«

Er kommt direkt auf mich zu und streckt mir die Hand entgegen. »Schön, dich kennenzulernen, Luke. Ich bin Martin, aber das weißt du ja bereits.« Er lacht und fährt sich durch die Haare. Genau wie Jackson, wenn ihm etwas unangenehm ist. Vielleicht ergreife ich deswegen seine Hand.

»Hallo.«

Ma beobachtet uns angespannt. Mir ist klar, dass sie möchte, dass das hier funktioniert. Bisher macht Martin einen netten Eindruck, er sieht weder wie ein Schläger noch wie ein fremdgehender Chef aus. Wenn man so etwas überhaupt am Aussehen erkennen kann.

»Na dann, ab nach Hause?« Ma blickt fragend in die Runde. »Wir wollen Pizza bestellen«, fügt sie dann noch hinzu, woraufhin Lou, Paul und Charlie begeistert nicken.

Während wir durch die vollen Flughafengänge laufen, schicke ich sowohl eine Nachricht in die Roberts-Family-Whatsapp-Gruppe als auch in den Chat mit Taylor, Madison und dem Rest der Uni-Clique und informiere so alle darüber, dass ich gut angekommen bin. Jackson schicke ich nur ein Bild von dem Gang vor mir und schreibe:

Irgendwann musst du dir die Architektur hier auch mal ansehen.

Er wird noch schlafen und liest meine Nachricht bestimmt erst später, aber in Gedanken stelle ich mir vor, wie er wirklich bald durch diese Gänge läuft und ich ihn abhole, um ihm mein richtiges Zimmer zu zeigen. Diese Vorstellung hilft mir dabei, die Traurigkeit in Schach zu halten. Die Tränen nicht wieder freizulassen.

Wir steigen in Martins großen Kombi und fahren nach Hause.

Als ich die Haustür aufschließe, weil Lou darauf bestanden hat, dass mir diese Ehre zuteilwird, fühlt es sich seltsam an. Ich trete über die Schwelle, und der sonst so vertraute Geruch von Brot und Weichspüler dringt mir in die Nase. Nach all den Monaten in Kanada wirkt er jedoch fremd.

Ich bin wieder zu Hause, aber es fühlt sich nicht so an.

LUKE

Fremdes Zimmer

Bounty liegt neben mir, die weiche Pfote auf meinem Arm, ihr feuchter Atem in meinem Gesicht. Fast so, als würde sie mich umarmen. Ich presse die Nase in ihr Fell, um den vertrauten Geruch einzuatmen. Sie riecht nach Katze, leicht nach Fisch und meiner Bettwäsche, auf der wir beide liegen. Gestern Nacht ist sie zu mir ins Bett gekrochen und hat sich an meiner Brust zusammengerollt und vorwurfsvoll geschnurrt. Vermutlich war das ihre Art, mir zu sagen, dass ich viel zu lange weg war.

Ich öffne die Augen und blinzle, als die Sonne mich durchs Fenster hindurch blendet. Staubpartikel fliegen durch die Luft, und auch sonst sieht mein Zimmer irgendwie unbewohnt aus. Auf dem Schreibtisch liegen keine Bücher oder Kekspackungen, der Stuhl ist noch nicht belagert mit dreckigen Klamotten, und selbst die Fensterbank, auf der Charlie sich so gerne niederlässt und ein Buch liest, sieht verlassen aus. Ich streiche über die grau-weiß gestreifte Bettwäsche und blicke auf die Wand gegenüber von meinem Bett. Troye Sivan lächelt mir wie gewohnt entgegen, doch selbst sein Gesicht, das ich seit Jahren jeden Morgen als Erstes gesehen habe, wirkt fremd in diesem leeren Raum.

Ich bin zu Hause, aber irgendetwas fühlt sich anders an.

Ich steige aus dem Bett, wobei Bounty laut maunzt und sich demonstrativ zur Seite rollt, um direkt in der Mitte meines Kissens liegen zu können. Sie hat noch keine Lust aufzustehen. Ich eigentlich auch nicht, aber liegen bleiben fühlt sich auch falsch an.

Gestern wollte Lou unbedingt mit mir spielen und hat ununterbrochen Fragen gestellt. Ich liebe sie, aber mein Kopf hat sich angefühlt, als würde er jeden Moment explodieren. Martin war es, der stattdessen mit ihr gespielt und mir später einen Teller Nudeln nach oben gebracht hat. Er macht es einem schwer, ihn nicht zu mögen.

Ma wollte natürlich mit mir sprechen, hat aber verstanden, dass ich erst einmal schlafen wollte. Am besten die nächsten drei Tage.

Jetzt, zwölf Stunden später, fühle ich mich etwas besser. Es ist bereits Vormittag, und der Jetlag wird meinen Rhythmus noch einige Tage lang durcheinanderbringen, aber damit kann ich leben.

Während Bounty leise schnurrend wieder einschläft, laufe ich zum Fenster, öffne es und halte meinen Kopf in die Sonne. Hier ist es wärmer als in Kanada. Ich hoffe, dass dieser Sommer nicht so heiß wird wie der letzte. Hier unter dem Dach hatte ich letztes Jahr 31 °C und bin meistens auf die Couch geflüchtet.

In Vancouver ist es gerade einmal zwei Uhr nachts, Jackson und die anderen schlafen sicher noch, trotzdem überprüfe ich immer wieder meine Nachrichten.

»Du bist wach!« Lou steht strahlend in der Tür und sieht schuldbewusst zu ihrer Hand, die auf dem Türknauf liegt. »Sorry, Mama hat gesagt, ich soll dich wecken, weil der Jetlag sonst nicht weggeht.«

Ich lächle und ziehe das Fenster wieder zu.

»Ich geh noch schnell duschen, dann komme ich runter, ja?«

Lou nickt freudig und rennt nach draußen auf den Flur. Ich schlucke den Kloß in meinem Hals hinunter und laufe ins Bad.

»Und wer ist das?«, fragt Paul und beugt sich noch näher zu mir. Er, Ma, Lou, Sascha und Martin sitzen mit mir auf der Couch. Es ist mittlerweile Abend, und ich konnte mich nicht länger davor drücken, ihnen die Fotos zu zeigen.

»Das ist Tarek, ein Kommilitone von mir. Und das hier ist Billy, Madisons Freund.«

»Uhh«, grinst Sascha und sieht zu Paul, der nur antwortet: »Sorry, Bro, die Frau ist vergeben.«

Verwirrt sehe ich zwischen den beiden hin und her. Mir ist beim Mittagessen bereits aufgefallen, dass Pauls Wortwahl sich deutlich verändert hat. Er ist in den acht Monaten nicht nur fast einen Kopf gewachsen, sondern nutzt nun jede Gelegenheit, um seine Coolness unter Beweis zu stellen. Ich weiß noch nicht, was ich davon halten soll.

»Madison ist vier Jahre älter als du«, werfe ich ein und sehe zu Sascha, der neben Paul auf der Couch sitzt und an seinem Energydrink nippt.

»Na und? Auf alten Pferden lernt man –«

»Sascha, sprich ja nicht weiter!«, ruft Ma aufgebracht und hält Lou die Ohren zu.

Paul und Sascha lachen nur, und ich frage mich wieder einmal, was hier eigentlich los ist. Das hier ist nicht der Sascha, den ich kenne. Sascha schließt sich in seinem Zimmer ein und zockt den ganzen Tag. Er ist faul, ja, aber er hat nie solch abfällige Sprüche gebracht, und Paul hat bis zu meiner Abreise nicht einmal über Mädchen gesprochen! Er hatte immer nur Lego und *Star Wars* im Kopf.

Ich kratze mich am Hinterkopf und swipe ein paar Bilder auf meinem Handy weiter. Wenigstens Lou neben mir scheint noch die Alte zu sein. Sie freut sich über jedes neue Foto, fragt mich über die Personen darauf aus und strahlt, als ich das erste Bild von Jackson und mir zeige. Auch Ma lächelt und drückt meinen Arm.

»Ihr seht so glücklich aus.«

»Kommt er dich bald besuchen?«, fragt Lou aufgeregt und zoomt an Jacksons Gesicht heran. »Er hat so tolle Haare.«

Sascha stöhnt, und Martin lacht. Das ist die erste Reaktion, die er von sich gibt, und ich sehe von meinem Handy auf.

Bisher saß er etwas abseits von uns, hat nur hin und wieder nach Mas Hand gegriffen und sie gestreichelt. Nun verschwindet das Lachen aus seinem Gesicht. »Ich habe nicht – also Lou beschwert sich nur immer über meine Haare, deswegen …« Hilflos fährt er sich durch das schüttere Haar und sieht zu Ma. Die legt ihm die Hand auf die Schulter und lächelt. »Dein Haar ist auch toll.«

Sascha und Paul mimen gleichzeitig einen Übelkeitsanfall, grinsen dabei aber. Haben sie Martin also wirklich akzeptiert?

»Aber das wollte ich dich auch schon fragen«, fährt Ma fort und tut so, als sei nichts gewesen. »Wann lernen wir den jungen Mann denn kennen?«

»Also …« Tja, gute Frage. Jackson wusste noch nicht, welche Kurse er im Master belegen wird, und konnte dementsprechend nicht sagen, wann er freihaben würde. Außerdem muss er bis Ende Juli seine Bachelorarbeit geschrieben haben, damit sollte er jetzt endlich einmal anfangen. Er hat aber gesagt, dass er mir schnellstmöglich schreibt, sobald er weiß, wann er nach Deutschland fliegen kann. Immerhin will er mich auch bald wiedersehen. Ich werde ihn nachher noch mal fragen. »Er wählt bald die Kurse für seinen Master. Erst dann weiß er, wann er freihat und wann er mich besuchen kommen kann.«

»Schön. Ich freue mich, ihn kennenzulernen.«

Lou neben mir gähnt ausgiebig, und Ma sieht erschrocken auf die Uhr. »Schon nach zehn, jetzt aber ab ins Bett!«

»Och nö«, mault Lou und verschränkt die Arme vor der Brust.

»Darüber diskutieren wir nicht, Fräulein.«

»Na schön.« Lou steht auf und läuft tatsächlich nach oben.

Ich stehe da wie erstarrt und frage mich, ob ich mich gerade verhört habe. Etwas hilflos sehe ich zu Ma. Früher war sie meistens nicht rechtzeitig zu Hause, um Lou und Paul ins Bett zu schicken, also habe ich das übernommen. Wenn sie doch einmal da war, ließ sie ihnen immer viel zu viel durchgehen, weswegen ich am nächsten Tag dann umso mehr mit ihnen diskutieren durfte. Offenbar hat sie meinen Blick bemerkt, denn sie streicht sich kurz über ihren Hals. Eine Geste, die sie immer macht, wenn ihr etwas unangenehm ist.

»Schau nicht so, ich kann auch mal streng sein«, sie lacht und sieht zu Martin. »Und Martin hilft mir, wenn ich doch wieder Nachtschichten schieben muss.«

Ich nicke nur, weil mein trockener Mund gerade nichts herausbekommt.

Eine Stunde später sitze ich wieder auf meinem Bett, Bounty liegt auf meinem Schoß und starrt mit mir auf das Handydisplay. Zum dritten Mal versuche ich nun, Jackson anzurufen. Endlich nimmt er ab. Sein verpixeltes und leicht verzerrtes Gesicht zu sehen, versetzt meinem Herzen einen Stich.

»Hello«, ruft er in die Kamera und strahlt mir entgegen, und auf einmal wird es mir etwas leichter ums Herz. Das da ist immer noch mein Jackson. Das Lächeln, die wirren Haare und die strahlenden Augen. Ich kann Vancouver hinter ihm ausmachen, und als die Stadt sich scheinbar nach vorne und hinten bewegt, fällt mir die Metallkette auf, die er in seiner freien Hand hält.

»Schaukelst du gerade?«

Er nickt und holt noch einmal extra Schwung.

»Lass ja das Handy nicht fallen.«

»Ja, ja, Mama.«

Wir grinsen uns an, während der Wind Jackson durch die Haare fährt und sein helles Shirt bei jedem Schwung nach vorne mit Luft aufgebauscht wird, wie ein kleiner Luftballon.

»Ist das dein Zimmer?«, fragt Jackson irgendwann, nachdem wir uns zwischenzeitlich einfach nur angesehen haben. Ich hätte nichts dagegen, das für den Rest des Abends zu tun.

»Ja, warte, du kriegst eine exklusive Roomtour.«

Jackson lacht und begutachtet gespannt jeden Winkel meines kleinen Zimmers. Bounty findet er besonders süß.

»Warte mal, schwenk zurück, was ist das denn?«

Er hat mein Troye-Sivan-Poster entdeckt. »Erst Draco und jetzt Troye? Soll ich mir vielleicht die Haare färben?«

Ich lache so sehr, dass ich Angst habe, Lou zu wecken, doch im Flur bleibt es ruhig. »Nein, deine Haarfarbe ist perfekt.«

»Na, dann sollte ich dir wohl mal ein Poster von mir schicken. Oder wie wäre es mit einem dieser lebensgroßen Pappaufsteller? Nein, ich hab's! Ich schicke dir eine *customized* Sexpuppe!«

Während Jackson sich nicht mehr einkriegt, überprüfe ich noch einmal, ob meine Zimmertür auch ja geschlossen ist.

»Nicht so laut«, flüstere ich und halte mir einen Finger an den Mund.

»Oh, das hatte ich ja ganz vergessen.« Jacksons Grinsen wird nur noch breiter, und weil ich ahne, was als Nächstes kommt, drehe ich den Ton noch leiser. Gerade rechtzeitig, denn Jackson stöhnt so laut ins Handy, dass ich es fast fallen lasse.

»Wieso bist du denn so rot? Ist dir heiß?«

»Halt die Klappe.«

Jackson lacht noch lauter, springt von der Schaukel und läuft mit mir, besser gesagt dem Handy, in der Hand zum Rand des Daches.

»Also, was ist dir lieber? Poster, Pappaufsteller oder Sexpuppe?«

Ich hoffe, das ist keine ernst gemeinte Frage.

»Also, am liebsten hätte ich dich. Nicht aus Papier, Pappe oder Gummi, sondern live und in Farbe.«

Jacksons Gesichtsausdruck verändert sich. Wirkt nun leicht angespannt.

»Das dauert aber länger als die Posterlieferung«, meint er schließlich und hebt entschuldigend die Schultern.

»Kein Problem, ich kann warten.«

Jackson setzt sich an den Rand des Daches, genau dorthin, wo wir so oft saßen und den Sternenhimmel und die Lichter der Stadt beobachtet haben. Er zeigt mir Vancouver bei Tag und seine weißen Sneaker, die durch die Luft baumeln. Bei ihm ist es taghell, hier hingegen erkenne ich die Sterne am Nachthimmel.

»Nächste Woche müssen wir die Anmeldung für die Bachelorarbeit abgeben. Ich hab mich endlich für ein Thema entschieden. Es bleibt wohl bei Hochhaussiedlungen in Ballungsgebieten mit den Schwerpunkten Klimaverträglichkeit und umweltschonendes Bauen.«

»Wow, das klingt ja richtig professionell.«

Jackson zeigt mir den Mittelfinger, grinst aber.

»Na, dann solltest du die Anmeldung nicht verpassen. Ich schreib dir jede Stunde eine Erinnerungsmail.«

»Luke …«

»Okay, nur alle zwei Stunden.«

»Nein, das ist es nicht. Mein Prof hat uns den Kursplan für den Master schon gemailt. Das wird super viel Stoff, und in den Semesterferien müssen wir Pflichtpraktika absolvieren.«

Ich spüre, wie meine Mundwinkel nach unten fallen.

»Das habt ihr heute erst erfahren?«

Jackson schüttelt den Kopf. »Nein, das weiß ich schon länger.«

»Und wieso hast du mir dann nichts gesagt?«

»Hätte das denn etwas geändert? Sei ehrlich.« Jacksons Augen bohren sich in meine. Sein Blick ist nicht so intensiv, weil er zu verpixelt ist, dennoch muss ich mich abwenden.

»Du wärst trotzdem geflogen.«

»Ja …«

»Hör zu, wir kriegen das schon hin. Es gibt Auslandspraktika, und zur Not komme ich am Wochenende rüber …«, antwortet Jackson, klingt aber nicht sonderlich überzeugt. Wir beide wissen, dass Wochenendflüge extrem teuer sind, und wie oft wollen wir das machen? Mein Geld reicht gerade mal für zwei Flüge im Jahr, wenn ich neben dem Studium hier nicht noch Vollzeit arbeiten will.

»Und wie läuft's mit deiner Familie? Ist sicher schön, sie alle wiederzusehen, oder?« Jackson versucht, das Thema zu wechseln, und ich gehe dankbar darauf ein. Natürlich werde ich mir trotzdem die ganze Nacht Gedanken darüber machen, wie unsere Beziehung auf Dauer funktionieren soll, aber fürs Erste will ich ihm einfach nur von meinem ersten Tag in Deutschland erzählen.

»Klingt fast so, als wären deine kleinen Brüder erwachsen geworden.«

»Paul wird erst fünfzehn!«

»Früher hat man da schon geheiratet.«

Ich schüttle frustriert den Kopf und lasse mich aufs Bett fallen.

»Das Schlimmste ist, dass Lou nicht wollte, dass ich sie ins Bett bringe. Sie meint, sie sei jetzt zu alt dafür.«

»Autsch.«

»Du sagst es.«

»Spielt sie denn noch mit ihren Schleich-Tieren?«

»Die Pferde nimmt sie vermutlich noch mit zu ihrem Abiball.«

»Na, dann kann es ja nicht so schlimm sein.«

Ich lache leise und drehe mich im Bett zur Seite. Mittlerweile ist es weit nach Mitternacht, doch ich will noch nicht auflegen.

»Wie spät ist es gerade bei dir?«

»Gleich eins.«

Jackson sieht mich gespielt schockiert an. »Na, dann husch, husch, ab ins Bettchen.«

»Du kannst mich mal.«

»Was genau?« Wieder dieser zweideutige Blick, und ich vergrabe mein Gesicht im Kissen.

»Ich muss aber auch gleich los. Wir haben heute Sondertraining, weil das letzte Spiel so schlecht lief.« Jackson verdreht die Augen und setzt sich auf. Hinter ihm kommt Vancouver wieder zum Vorschein.

»Okay …«

»Du willst doch noch was sagen, oder?« Jackson hält sich das Handy so nah ans Gesicht, dass mich ein riesiges graues Auge mustert.

»Ahh, das ist mega creepy!«

»Genau deswegen hab ich's doch gemacht«, antwortet er lachend. »Also, was gibt's, Mister Becker?«

Ich weiß nicht, wie ich es ansprechen soll, immerhin will ich ihm keinen Druck machen. Gleichzeitig muss ich seit gestern ständig daran denken. Also blicke ich ihm in die Augen, die ich mittlerweile zum Glück beide wieder sehen kann, und sage: »Ich habe das am Flughafen ernst gemeint, Jackson. Ich liebe dich.«

Jacksons Gesicht verschwindet, stattdessen sehe ich nun seine Füße über das graue Hausdach laufen. Hat er die Kamera absichtlich gewechselt??

»Sorry, ich muss los. Mein Trainer ruft mich gerade an, da muss ich drangehen. Tschüss, Luke.«

»Warte mal …«

Doch da ist die Verbindung schon abgebrochen, und mein Handyscreen wird schwarz. Die Dunkelheit des Zimmers legt sich über mich. Nach dem zweistündigen Telefonat fühlt sich der Raum gespenstisch leise an, ohne Jacksons Stimme, die durch die Luft schwingt. Nur Bounty gibt leise Töne von sich. Vermutlich träumt sie gerade.

Na schön. Ich werde mir jetzt nicht den Kopf zerbrechen. Jackson muss zum Training, und ich sollte schlafen. Genau.

In dieser Nacht mache ich kein Auge zu, aber das liegt sicher nur am Jetlag.

LUKE

Ein Traum wird wahr?

»Und, hast du die Zusage?«

»Deswegen rufe ich doch an.«

Charlie jubelt am anderen Ende der Leitung, und ich stelle mir vor, wie sie durch ihr Zimmer hüpft.

»Ich wusste es!«

Sie hat ihre Zusage vor zwei Tagen bekommen, seitdem habe ich jede Stunde in den Briefkasten geschaut. Sicher, ein Auslandsaufenthalt macht sich immer gut im Lebenslauf, und die Eignungsprüfung vor zwei Wochen ist auch gut gelaufen, aber dennoch hatte ich Angst. Doch nun liegt sie vor mir. Die Zusage, dass ich ab dem ersten Oktober an der HfMDK, der Hochschule für Musik und Darstellende Kunst, in Frankfurt studieren werde. Ich kann es einfach nicht fassen und lese immer wieder den Brief, doch die Worte verschwimmen vor meinen Augen.

»Dein Campus ist nur zehn Minuten von meinem entfernt. Wir können zusammen Mittagspause machen, genau wie früher.« Charlies Stimme überschlägt sich fast. Sie selbst wurde vorgestern an der Goethe-Universität angenommen und wird dort Soziale Arbeit studieren. Sie hat es nicht ausgesprochen, aber ich bin mir ziemlich sicher, dass sie Kindern helfen möchte, die aus schwierigen Familienverhältnissen kommen. Ganz ähnlich wie sie selbst. Und es passt unfassbar gut zu ihr. Sie kann toll mit Kindern umgehen und hat sich auf Anhieb mit Vikys autistischem Bruder verstanden.

»Du sagst ja gar nichts. Freust du dich nicht?«

»Natürlich. Das ist mein Traum, seit ich in der zweiten Klasse den Sandmann gespielt habe.«

»Hast du es Jackson schon gesagt?«

Stille. Genau das ist das Problem. Ich freue mich über diese Zusage. Ich freue mich wirklich, aber ein winziger Teil in mir trauert immer noch um Jackson. Weil dieser Teil genau weiß, dass ich mit dieser Zusage an Frankfurt gebunden bin. Ich werde vier Jahre hart arbeiten und lernen müssen. Das Schauspielstudium verlangt nicht nur vom Kopf, sondern auch und vor allem vom eigenen Körper Höchstleistungen. Wenn ich das schaffen will, muss ich mich voll und ganz darauf konzentrieren, genau wie Miss Martinez es uns immer wieder eingebläut hat. Ich kann mir meine Credits vom Auslandssemester zwar anrechnen lassen, aber viel verkürzt sich deswegen trotzdem nicht. Jackson weiß natürlich, dass ich mich beworben habe. Er hat mir dabei geholfen, mich auf die Eignungsprüfung vorzubereiten. Wobei Taylor da doch die bessere Hilfe war, weil Jackson alles gefällt, was ich spiele.

Er weiß, dass das mein Traum ist. In letzter Zeit facetimen wir nicht mehr ganz so oft. Er hat nur noch drei Wochen, um seine Bachelorarbeit abzugeben und muss sie dann auch noch in einer mündlichen Prüfung vor einer Prüfungskommission verteidigen. Wenn er sich da nicht reinhängt, wird er nicht zum Master zugelassen. Er redet nur selten darüber, aber wenn, dann beschwert er sich über die vielen Sachtexte, die er gerade lesen muss, und dass kaum noch Zeit für Ausflüge auf die Dächer bleibt.

Natürlich weiß ich, was in Kanada gerade alles passiert. Madison und Taylor haben mich fast täglich mit Fotos und Videos von ihrem Roadtrip versorgt, und auch Meredith und John schicken immer wieder Bilder von Ava, Alex und Henry, aber es ist nicht dasselbe. Es fühlt sich an, als würde ich ihre Leben nur durch einen Bildschirm verfolgen. Wie eine Netflix-Serie am Abend. Ich bin kein Teil mehr von ihrem Leben, ich bin nur noch ein Zuschauer.

»Hallo? Erde an Luke? Wenn du nicht gleich antwortest, komm ich persönlich vorbei!«

»Mir geht's gut.«

»Ahh, er lebt noch!«

»Ich weiß nicht, wie ich es ihm sagen soll, Charles.«

»Dass du Schauspiel studierst? Das ist ihm doch klar.«

»Nein, ich meine, dass mir das zu wenig ist. Ich will ihn sehen. Ihn berühren können.«

»Ach so …« Charlie verstummt am anderen Ende, weil wir dieses Gespräch in den letzten Wochen schon sehr oft geführt haben. Seit etwa zwei Monaten bin ich nun zurück in Deutschland, und jeder Tag fühlt sich endlos an. Weil ich nicht weiß, worauf ich warten kann. Weil ich kein Datum habe, das ich mir in meinem Handytimer einspeichern kann, um dann jeden Tag zu schauen, wie lange es noch dauert, bis wir uns wiedersehen.

»Vielleicht solltest du ihn einfach noch mal fragen … irgendwann muss er doch mal freihaben.«

Das habe ich bereits getan. Mehrfach. Mittlerweile kommt es mir so vor, als erfinde er immer neue Ausreden, nur, um mich nicht besuchen zu kommen. Ich weiß, dass das lächerlich ist, aber es fühlt sich so an.

»Okay, Themenwechsel: Wie läuft's mit der WG-Suche?«

Ich laufe durch mein Zimmer und lege die Zusage auf den Stapel anderer Briefe, die in den letzten Wochen gekommen sind.

Letztes Jahr habe ich immer gedacht, ich könne niemals von zu Hause ausziehen. Dann bin ich für acht Monate nach Kanada gezogen, und als ich zurückkam, hat sich alles irgendwie falsch angefühlt. Ich liebe meine Familie, aber ich passe nicht mehr in dieses Haus. Martin ist zu Ma ins Schlafzimmer gezogen, aber auch im Bad und im Wohnzimmer hat er sich breitgemacht. Überall liegt sein Kleingeld herum, es ist wirklich lästig. Und ständig bringt er neue Zeitschriften mit, die er dann nie liest, sondern nur neben dem Klo ablegt. Ma scheint das nicht zu stören, mich schon. Manchmal lag ich tagelang in meinem Zimmer und hatte das Gefühl, nicht atmen zu können. Dann bin ich joggen gegangen, habe Radtouren mit Charlie gemacht oder war einfach nur spazieren und habe dabei mit Jackson, Taylor oder Madison telefoniert. Aber das Gefühl ist nicht verschwunden.

»Du solltest ausziehen. Das will dir dein Körper sagen«, hat Jackson irgendwann vorgeschlagen. Natürlich habe ich erst einmal dichtgemacht. Ich war gerade erst wieder nach Hause gekommen, wieso sollte ich direkt ausziehen? Aber mittlerweile denke ich immer häufiger darüber nach und habe mich sogar schon auf ein paar WG-Seiten umgesehen. Anfangs dachte ich noch, dass ich vielleicht Anfang nächsten Jahres umziehen könnte, doch je länger ich mich durch die Seiten klickte, desto stärker wurde der Drang, den Schritt jetzt schon zu wagen. Etwas Eigenes zu haben. Etwas für mich. Wann bin ich so selbstsüchtig geworden?

»Du bist doch nicht selbstsüchtig«, hat Jackson immer wieder gesagt. »Du nimmst nur endlich einmal dein Leben selbst in die Hand. Genau, wie ich es dir beigebracht habe.« Dabei hat er sich anerkennend auf die Schulter geklopft. Und vielleicht hat er recht.

»Die WGs, die einigermaßen normal aussehen, sind alle viel zu teuer oder Burschenschaftswohnungen, und die anderen sind reinste Drecklöcher.«

»Klingt doch vielversprechend. Aber gib nicht auf, Viky und ich haben auch unsere Traumwohnung gefunden«, ermutigt mich Charlie.

»Ich halte dich auf dem Laufenden.«

»Ich bitte darum.«

Später am Abend sitze ich mit Ma und Martin am Tisch und esse Ratatouille. Martin hat gekocht, und es schmeckt wirklich richtig gut. Meine Geschwister verpassen das Essen, weil sie beim Handballtraining (Paul), bei einem Geburtstag (Lou) und bei Kumpels (Sascha) sind. Nach längerer Zeit sitze ich also mal wieder alleine mit den beiden am Tisch und weiß nicht recht, was ich sagen soll. Doch es ist Martin, der die Stille durchbricht.

»Hast du dir schon überlegt, wie du das ab Oktober machen möchtest? Bis nach Frankfurt rein ist es immerhin fast eine Stunde mit der Bahn.«

Weiß er etwas?

»Ähm …«

»Tut mir leid, Schatz, ich habe dir gestern die Wäsche ins Zimmer gebracht, und dein Laptop war offen und …«

»Du suchst also nach einer WG?«, beendet Martin ihren Satz, und ich versteife mich. Gut, das sollte kein Geheimnis sein, aber ich hätte es schon gerne selbst erzählt. Bisher habe ich nur nichts gesagt, weil ich nicht wusste, wie Ma darauf reagieren würde.

»Ach so, das. Ich habe mich nur ein bisschen umgesehen. Ich kann natürlich hier wohnen bleiben, bis Lou älter ist und …«

»Schatz, du kannst jederzeit ausziehen. Du musst deine Geschwister nicht erziehen. Das ist … nun ja, meine Aufgabe.«

Überrascht sehe ich sie an, doch bevor ich etwas erwidern kann, redet sie weiter. Mir fällt auf, dass Martin ihre Hand auf dem Tisch drückt, so als wolle er ihr Mut machen. Wie lange hat sie schon auf dieses Gespräch gewartet?

»Ich weiß, dass ich oft weg war. Irgendwie musste ich die Miete zusammenbekommen, und damals warst du mir eine unfassbar große Hilfe. Aber es war nie geplant, dass du dich so sehr um sie kümmerst, Luke. Du warst doch selbst noch ein Kind. Ich … ich hätte für dich und deine Geschwister da sein sollen, aber nachdem … nachdem dein Vater …« Sie zittert leicht und nimmt schnell einen Schluck Wasser. »Nach seinem Tod habe ich mich einfach absolut leer gefühlt. Ich war nur noch eine Hülle, die gearbeitet, gegessen und geschlafen hat. Du hast das alles hier am Laufen gehalten, und ich … ich habe mich nie richtig dafür bedankt.«

Erschrocken bemerke ich die Tränen in ihren Augen, und nun bin ich es, der über den Tisch nach ihrer Hand greift.

»Ist okay, Ma. Ich habe Papa versprochen, auf euch alle aufzupassen.«

Damit mache ich es nicht besser. Ma steht auf, läuft um den Tisch herum und zieht mich in eine so enge Umarmung, dass ich fast keine Luft mehr bekomme. Sie riecht nach Gemüse und Tomatensauce und nach Ma. Ihre Umarmung ist fest und warm. Genau wie am Flughafen ist sie es, die mich hält, nicht umgekehrt.

»Damit kannst du jetzt aufhören, okay? Wir passen einfach alle aufeinander auf.«

Ich spüre das Zittern ihrer Stimme an meiner Schulter und kann nicht verhindern, dass auch meine Stimme bebt, als ich antworte: »Das klingt gut.«

Minuten, oder auch eine Stunde später, löst sie sich von mir, wischt sich mit dem Ärmel über die nassen Wangen und lächelt mich an.

»Wir unterstützen dich auf jeden Fall, wenn du ausziehen möchtest. Du weißt, ich habe nicht viel Geld, aber das kriegen wir hin!«

»Ich kann hierbleiben, das ist schon okay.«

»Ich habe einen Kollegen, der immer mal wieder Wohnungen vermietet, den frage ich mal«, wirft Martin ein, den ich zwischenzeitlich ganz vergessen hatte.

»Und ich höre mich mal bei der Arbeit um.«

Ich sehe in Mas glänzenden Augen und in Martins freundliches Gesicht. Normalerweise hätte ich ihre Hilfe nicht angenommen. Ich hätte mich selbst darum gekümmert oder es gar nicht erst versucht, weil ich mich schäbig gefühlt hätte, meine Familie zurückzulassen. Vor einem Jahr noch hätte ich es niemals in Erwägung gezogen, in eine Großstadt zu ziehen. Doch jetzt erwidere ich nur ihr Lächeln und nicke.

»Das wäre lieb, danke.«

LUKE

Enttäuschung

»Du hast was? Sorry, hier drin ist es megalaut!«

»Ich habe den WG-Platz! Nicht die beste Lage, aber die Leute dort sind echt toll. Das war der Typ mit dem Leguan und die mit den roten Haaren.«

»Lego?«

Ich schüttle den Kopf und stoppe die Schaukel mit meinen Füßen. Eigentlich bin ich extra hierhergelaufen, um Jackson von meiner WG-Zusage zu erzählen. Ich wollte ihm die Schaukel zeigen, auf der ich früher als kleiner Junge immer gesessen habe, aber ich wusste nicht, dass bei ihm heute eine Party steigt. Okay, hier ist es frühmorgens, also ist bei ihm gerade kurz nach Mitternacht, und das an einem Freitag. Ich hätte es mir also denken können, trotzdem macht es mich sauer, dass er nicht einmal den Raum verlassen kann, um mich besser zu verstehen.

»Heyy, Jackson!« Ein großer Typ kommt ins Bild, von dem ich nur eine kurze Hose und den muskulösen Oberkörper erkennen kann. Er legt einen Arm um Jacksons Hals und reicht ihm einen Becher. »Steck das Handy weg, wir woll'n feiern!«, grölt er und wuschelt Jackson durch die Haare. Ich verkrampfe mich, und meine Füße knirschen im Kies unter der Schaukel.

»Sorry, warte!« Jackson steht auf, und endlich höre ich, wie die Musik leiser wird.

»Was war das denn eben?«, frage ich, sobald Jackson die Halle verlassen hat.

»Was? Ach, das war Derek.«

»Wer ist Derek?«

Jackson fährt sich durch die Haare, die Derek zuvor verstrubbelt hat, und versucht, mich mit seinen glasigen Augen zu fixieren. Wobei ihm das nicht ganz gelingt.

»Bist du eifersüchtig?« Jackson grinst breit und nimmt einen großen Schluck aus seinem Becher.

Ich übergehe das einfach, weil ich mich wirklich nicht mit ihm streiten möchte.

»Ich wollte dir nur mitteilen, dass ich das WG-Zimmer bekommen habe. Am ersten August kann ich schon rein.«

»Super! Das freut mich.«

»Um ehrlich zu sein, hab ich schon ein bisschen Angst. Ich hab keine Ahnung, wie das WG-Leben funktioniert«, ich lache etwas überdreht und stoße mich wieder vom Boden ab.

»Das kriegst du schon hin. Es kommt echt voll drauf an, mit wem du zusammenwohnst. Ich hab mich mittlerweile ja sogar mit Billy angefreundet«, meint Jackson lachend.

»Die anderen in der WG sind echt nett«, erzähle ich weiter, während ich immer mehr Schwung hole.

Was ist das hier? Dieses komplette Telefonat fühlt sich falsch an. Ich weiß, dass ich mich kindisch verhalte, wenn ich auf diesen Derek eifersüchtig bin, aber ich kann es nicht ändern. Ich will, dass Jackson jetzt hier neben mir sitzt, mit mir schaukelt und ich ihn einfach an mich ziehen und küssen kann. Ich hasse diese Distanz zwischen uns.

»Ich muss bald wieder rein, die Jungs zählen auf mich beim Bier-Pong.«

Jackson dreht sich um und schaut zurück zur Halle. Für ein paar Sekunden sehe ich nur seinen Hinterkopf und das Stück Hals, das aus seinem T-Shirt hervorlugt. Ich weiß nicht, wieso ich weine, aber dieser Anblick gibt mir den Rest. In diesem Moment wird mir klar, wie groß die Distanz zwischen uns wirklich ist. Wie weit wir uns voneinander entfernt haben. Und damit meine ich nicht nur die achttausend Kilometer zwischen Frankfurt und Vancouver. Wie soll das noch weitergehen?

»Luke, alles okay?« Jackson klingt besorgt, und ich höre, wie er den Becher auf dem Boden abstellt.

»Für dich ist das alles ganz leicht, was?« Meine Stimme klingt bitter, und ich bringe die Schaukel mit meinen Beinen wieder zum Stehen.

»Wie meinst du das?«

»Na ja, du gehst auf Partys, lässt dich volllaufen, lachst mit deinen Kumpels. Du genießt dein Leben.«

»Was? So ist das doch gar nicht!«

Ich raufe mir die Haare und steige von der Schaukel. »Doch, ist es. Du scheinst mich nicht wirklich zu vermissen ...«

»Natürlich vermisse ich dich! Aber darf ich jetzt keinen Spaß mehr haben?«

»Was? Doch, natürlich.«

»Schön, das werde ich nämlich tun.«

»Gut, ich auch.«

Ich trete bei jedem Schritt härter in den Kies und würde mein Handy am liebsten von mir schleudern.

»Luke, ich sollte jetzt echt wieder rein. Du weißt ja, das Bier-Pong-Turnier. Lass uns morgen telefonieren, okay? Ich ruf dich auch an.«

Ich schnaube.

Jackson flucht und läuft noch ein Stück von der Halle davon. Dann hebt er das Handy näher an sein Gesicht und sieht mir direkt in die Augen. »Du bist sauer, weil ich offenbar besser mit dieser Fernbeziehung klarkomme als du.«

Das hat gesessen. »Und wenn es so wäre?«

»Was erwartest du denn von mir, was ich tue? In den nächsten Flieger springen und zu dir fliegen? Ich schreibe gerade meine Bachelorarbeit!«

»Nein. Ich dachte nur, dass wir nach all den Wochen wenigstens ein Datum hätten, an dem wir uns wiedersehen können.«

»Ich versuche es ja, okay?« Es wirkt so, als bemühe sich Jackson, seine Stimme nicht laut werden zu lassen, doch es funktioniert nicht wirklich.

Ich höre Gesprächsfetzen, und dann tauchen zwei Typen neben Jackson auf. Ich erkenne Derek, und diesmal erhasche ich auch einen Blick auf sein Gesicht. Es passt zu seinem perfekten Körper.

»Du wirst da drinnen vermisst, Jack.« Derek lacht und wuschelt Jackson schon wieder durch die Haare. Am liebsten würde ich diesem Typen die Hand abschneiden.

»Ich bin gleich da, Jungs.«

»Warte nicht zu lange. Hillary erwartet dich auf der Tanzfläche«, wirft der andere Typ ein und grinst dabei so zweideutig, dass ich ihm gerne eins auf seine perfekten weißen Zähne geben würde.

»Wer ist Hillary?« Ich will es nicht fragen, aber mein Mund spricht, bevor ich die Worte aufhalten kann.

»Sie ist niemand, sie ist nur Dereks Schwester.«

Und wieso tanzt du dann mit ihr?, will ich fragen, kann mich aber gerade noch zurückhalten.

»Dann solltest du sie wohl nicht warten lassen.« Meine Stimme klingt bitter.

»Luke komm schon, sie steht eben auf mich, was kann ich da machen?«

»Stimmt, was kann man dagegen schon ausrichten?«

»Ach, komm schon, so war das nicht gemeint.«

»Ich weiß nicht, ob das hier funktioniert«, sage ich schließlich und lasse den Kopf sinken.

»Was?« Jetzt klingt Jackson tatsächlich erschrocken.

»Ich weiß nicht, ob ich das hier noch länger aushalte. Es zerstört mich.« Wieder kommen die Tränen, doch ich wische sie wütend fort.

»Ich liebe dich, aber du liebst mich nicht. So einfach.«

»Luke …« Jackson blickt mich hilflos an, doch diesmal lasse ich ihm diesen Rehblick nicht durchgehen. Seit drei Monaten hat er es nicht erwidert. Ich habe es satt, darauf zu warten. Im Oktober beginnt die Uni für mich. Ich sollte meine letzten freien Wochen genießen, stattdessen sitze ich jeden Abend zu Hause, um auf seinen Anruf zu warten. Damit ist jetzt Schluss!

Ich höre auf, die Tränen fortzuwischen, und lasse sie einfach laufen.

»Es ist okay«, bringe ich schließlich hervor. Auch Jackson weint nun, presst die Hände auf die Augen, um die Tränen zurückzuhalten.

Insgeheim bete ich, dass er es dieses Mal erwidern wird. Dass er doch dasselbe für mich empfindet. All die Monate in Kanada dachte ich, dass die Gefühle zwischen uns echt sind. Und das waren sie bestimmt auch. Nur waren seine wohl einfach nicht stark genug.

Mein Herz zerbricht nicht, es wird viel eher in Fetzen gerissen.

»Tschüss, Jack.«

Ich lege auf, bevor Jackson noch etwas sagen kann. Mein Display wird schwarz, und ich stecke das Handy in die Tasche. Dann trete ich so lange mit dem Fuß gegen die Metallstange, bis meine Zehen schmerzen und die Tränen endlich trocknen. Irgendwann geht mein Atem schwer, und meine Handflächen schwitzen. Es ist eine so schwüle Sommernacht, dass mir die Haare in Strähnen ins Gesicht hängen.

Ich habe mich gerade von Jackson getrennt. Vielleicht ist das wie bei dem Tod einer geliebten Person. Man leugnet es, bis man den Sarg vor sich sieht. Ich kann nicht glauben, dass es das jetzt gewesen sein soll. Aber irgendwann stehe ich doch auf und laufe zurück nach Hause. Irgendwie schaffe ich es, mich ins Bett zu legen und einzuschlafen. Irgendwie mache ich weiter.

JACKSON

Trennung

Ich wecke Billy, als ich mit dem Fuß gegen den Kleiderschrank trete. »He, was ist falsch mit dir?« Billy springt auf und zieht mich vom Schrank zurück, bevor ich die Tür zerschmettere.

»Alles. Alles ist falsch mit mir!« Billy lockert seinen Griff etwas, und ich lasse mich auf den Boden sinken. »Ich hab's versaut. Das war's.«

»Alter, ich versteh zwar kein Wort, aber beruhig dich erst mal.« Billy lässt sich neben mir auf dem Boden nieder und weiß dann offenbar nicht, was er sonst noch für mich tun könnte. »Hast du Hunger?«, fragt er, und ich schüttle den Kopf. »Durst? Ich könnte uns Alk besorgen.« Nein, Alkohol hilft jetzt erst recht nicht. »Kino? Café? Trampolinhalle?«

Beim letzten Wort hebe ich meinen Kopf und sehe ihn verwirrt an.

Billy zuckt nur mit den Schultern. »Da hat meine Mum mich früher immer hingeschickt, wenn ich schlecht drauf war.«

»Ich will jetzt nichts machen, Billy«, presse ich hervor und rolle mich zur Seite. Staubflusen und ein paar Erdkrümel liegen neben mir auf dem Boden. Die Party ist schon seit Stunden vorbei, aber ich bin bis jetzt ziellos durch die Stadt gelaufen. Der für Vancouver so typische Regen klatscht gegen das Fenster und untermalt damit perfekt meinen Gefühlszustand.

»Okay, alles klar. Dann lass ich dich allein.« Billy steht tatsächlich auf und geht aus dem Zimmer. Sobald er die Tür hinter sich geschlossen hat, rolle ich mich zu einer Kugel zusammen und schluchze in mein Shirt. Es fühlt sich erbärmlich an, aber auch unglaublich befreiend.

Billy bleibt nicht lange weg. Eine Stunde lässt er mich allein, dann kommt er mit einer riesigen Packung Ben & Jerry's zurück und hievt mich aufs Bett.

»Wollen wir was zocken?«, fragt er und zeigt auf seine Playstation.

Erst will ich wieder den Kopf schütteln, dann gebe ich nach und greife nach dem Controller, den er mir vor die Nase hält. Ich glaube nicht, dass mir das helfen wird, aber ich bin froh, gerade nicht allein zu sein.

Eine ganze Woche vergeht, in der ich mich im Zimmer verkrieche, mit Billy zocke und mir alle Gerichte meiner Lieblingsrestaurants liefern lasse, nur, um sie am Ende dann unangerührt an Billy weiterzureichen. Ich habe keinen Hunger.

Als es an der Tür klopft, springt Billy auf und läuft durch unser Zimmer. »Ich musste sie einfach anrufen«, meint er entschuldigend zu mir, bevor er die Tür öffnet.

Taylor tritt ein und rümpft die Nase.

»Hier riecht es wie in einem Schnellrestaurant.«

»Sorry, das liegt an den Ramen«, entschuldigt sich Billy und räumt die leeren Plastikverpackungen fort.

»Ich halte euch jetzt keinen Vortrag über Verpackungsmüll«, seufzt sie und setzt sich neben mir aufs Bett.

Der Blick, den sie mir zuwirft, zeigt mir, dass ich wirklich übel aussehen muss.

»Hi«, sagt sie und klaubt mir einen Krümel vom T-Shirt.

»Hey«, erwidere ich viel zu spät.

»Joa, ich geh dann mal. Madison will schon seit Tagen tanzen gehen.«

»Ihr geht tanzen?«, fragt Taylor.

»Die Frau weiß nicht, worauf sie sich da einlässt«, meint er lachend, zieht seine Schuhe an und verschwindet mit einem letzten Wink aus dem Zimmer.

»Was machst du hier?«, frage ich und versuche, mich irgendwie aufrechter hinzusetzen.

»Billy hat mir geschrieben, und … ich weiß von eurem Telefonat.«

Also hat sie mit Luke geschrieben.

»Na dann, spuck's aus.«

»Was denn?«

»Na, was du von Anfang an gesagt hast. Dass ich ihn verletzen werde.«

Taylor rutscht näher zu mir und berührt leicht meine Schulter. »So wie du aussiehst, hast du dich in erster Linie selbst verletzt.«

»Ich weiß nicht, wieso … Ich weiß nicht, was mein Problem ist.« Ich spüre erst, dass ich bebe, als Taylor mich in eine enge Umarmung zieht. Eine viel engere als damals nach unserem Pokémontanz. Dieses Mal lässt sie mich gar nicht mehr los.

»Eigentlich bin ich echt sauer auf dich«, murmelt sie an meinem Hals.

»Das ist aber eine komische Art, mir das zu zeigen.«

Wir lachen beide erstickt auf und lösen uns dann aus der Umarmung.

»Und jetzt sag mir: Wie geht es dir?«

Ich zeige erst auf mich, dann auf mein ungemachtes Bett und den Berg an Essensverpackungen. Das sollte Antwort genug sein.

»Und was tun wir, um das zu ändern?«

»Wir?«

»Na, alleine scheinst du gerade ja nichts auf die Reihe zu kriegen.« Sie steht auf, schnappt sich eine der größeren Plastiktüten und beginnt, die restlichen Verpackungen hineinzustopfen. Dann öffnet sie das Fenster, und kurze Zeit später atme ich die kühle Regenluft ein.

Taylor bleibt vor mir stehen und sieht auf mich herab. »So. Eigentlich ist es ganz einfach: Liebst du Luke? Wenn ja, dann solltest du dich vielleicht mal duschen und was Neues anziehen.«

Als ob ich mir diese Frage nicht an jedem einzelnen Tag in den letzten drei Monaten gestellt hätte.

Das Telefonat mit Luke ist in jeglicher Hinsicht falsch gelaufen. Und alles nur, weil ich es immer noch nicht schaffe, offen über meine Gefühle zu sprechen! Natürlich war ich feiern. Sogar sehr oft, seit er wieder in Deutschland ist. Weil ich mich dann lebendiger fühlte. Weniger allein. Natürlich habe ich nicht mit anderen rumgemacht. Auch wenn mein früheres Ich mich dafür ausgelacht hätte.

Und dann habe ich ihm gesagt, dass ich besser mit dieser Fernbeziehung klarkomme als er. Ha, ha. Ich bin ein Wrack. Als er in dieses beschissene Flugzeug gestiegen ist, bin ich zerbrochen, und egal, was ich auch versuche, ich kann mich nicht wieder zusammenfügen.

Luke war der Mensch, der mich so gesehen hat, wie ich bin. Er hat meine Mauern zum Einsturz gebracht, und jetzt liege ich hier und fühle mich so verletzlich wie noch nie. Es ist Hochsommer, doch mir ist eiskalt.

Fühlt sich so Liebe an? Woher soll ich das wissen?

Ich sehe zu Taylor und stelle die Frage stumm mit meinen Augen.

»Ich kann dir da nicht helfen, Jack. Das musst du selbst beantworten. Aber vielleicht hilft dir das hier.«

Sie hält mir ihr Handy entgegen. Auf dem Screen ist nur ein Bild zu sehen. Lukes Gesicht, das in die Kamera lächelt.

Es ist, als reiße erneut jede einzelne Wunde in meinem Körper auf. Sein Lächeln brennt auf meiner Haut, schnürt mir den Hals zu und steigt bis nach oben in meinen Kopf. Ich spüre die Tränen nicht, die über meine Wangen fließen. Weil sie dieses Mal nicht den Schmerz nach außen tragen, sondern etwas anderes. Etwas, von dem ich dachte, dass ich es noch nie zuvor gefühlt habe. Etwas, das nur Luke in mir auslösen kann.

»Ja«, sage ich halb lachend, halb weinend. »Ja, ich liebe ihn.«

»Wundervoll. Dann kannst du dich jetzt duschen gehen. Wir haben einen langen Tag vor uns«, erwidert Taylor nur und steckt ihr Handy zurück in die Tasche.

LUKE

Neuanfang

Ich sitze in meinem Zimmer auf einem großen schwarzen Koffer und presse ihn mit meinen Händen zusammen, damit Charlie den Reißverschluss schließen kann.

»Gott, was ist da alles drin?«, stöhnt sie und wischt sich die Haare aus der Stirn, als der Reißverschluss sich endlich vorwärtsbewegt.

»Meine Winterjacke und ein paar Pullover aus Kanada, die haben nirgendwo mehr reingepasst.«

Charlie lässt sich neben mich auf den Boden fallen und betrachtet das leere Zimmer um sich herum. Tatsächlich bleibt bis auf das Bett und den Einbauschrank nichts zurück. Sogar mein Poster habe ich eingerollt und in einen Karton gesteckt. Troye Sivan muss einfach mit.

»Seid ihr fertig?«, ruft Martin von unten, und Charlie streckt mir die Hand entgegen.

»Kannst du mir hochhelfen? Ich bin zu fertig.«

Ich ziehe sie zu mir nach oben, und gemeinsam wuchten wir den Koffer in den Flur, während Paul und Sascha an mir vorbeilaufen, um die letzten Kartons nach unten zu tragen.

»Kann ich dein Zimmer haben?«, ruft Paul uns hinterher, als wir schon auf der Treppe sind.

»Kommt nicht infrage, das wird meins!«, erwidert Sascha.

»Wissen sie schon, dass deine Mutter ein Bügelzimmer daraus machen will?«, fragt Charlie leise, und ich schüttle den Kopf.

»Keine Ahnung, wie sie ihnen das beibringen will.«

Keine halbe Stunde später sitzen wir im voll beladenen Auto und fahren aus der Einfahrt. Charlie hat die Hände um einen Karton geschlungen, ich habe meinen großen Rucksack auf dem Schoß und einige Pflanzen zwischen meinen Füßen.

Im Auto hinter uns sitzt Ma am Steuer, und Paul bewacht den

auseinandergebauten Schreibtisch und meine Elektrogeräte. Sascha bleibt zu Hause, um mit Lou das Chaos zu beseitigen. Er sah alles andere als erfreut aus, als Ma ihm vorhin diese Aufgabe erteilt hat.

»Und? Aufgeregt?«, fragt Charlie und grinst mir zu. Hinter dem riesigen Karton erkenne ich nur die Hälfte ihres Gesichtes.

»Eigentlich nicht. Immerhin kann ich in die nächste Bahn springen und bin in weniger als einer Stunde zu Hause.«

»Es hat eben auch Vorteile, nicht in Kanada zu wohnen.«

Charlie verstummt und sieht mich erschrocken an. »Sorry, ich wollte nicht.«

Doch ich winke ab. In den letzten zwei Wochen habe ich versucht, so wenig wie möglich an Jackson zu denken. Mal hat das ganz gut geklappt, an anderen Tagen eher weniger. Vor allem an dem Tag seiner Bachelorverteidigung hätte ich ihm am liebsten geschrieben, habe mich aber zusammengerissen. Von Taylor weiß ich, dass er bestanden hat. Sie weiß offenbar auch nicht so ganz, wie sie mit unserer Trennung umgehen soll, immerhin haben sie und Jackson sich in diesem Jahr endlich ausgesprochen und wieder mehr miteinander unternommen. Ich hoffe, dass sie nicht sauer auf ihn ist. Vermutlich braucht er sie jetzt erst recht, auch wenn er das niemals zugeben würde. Ahh, ich denke schon wieder viel zu viel über ihn nach! Dabei habe ich die Trennung besser weggesteckt, als ich dachte.

Okay, machen wir uns nichts vor, ich habe tagelang durchgeheult. Irgendwann hat Lou besorgt gefragt, ob ich traurig bin, wieder hier zu sein. Dann habe ich mich zusammengerissen. Für sie, aber auch für mich.

Schließlich konnte es nicht ewig so weitergehen. Vielleicht fühlt es sich deswegen so richtig an, jetzt umzuziehen. In eine neue Stadt, mit neuen Menschen zusammen. Ein kompletter Neustart, ohne Jackson. Es fühlt sich immer noch so an, als stünde ich neben mir. Als wäre ich nicht richtig hier, weil ein Teil von mir immer noch in Kanada geblieben ist. Nachts wache ich auf, weil ich von Taylor und Madison geträumt habe, oder von Jacksons Küssen auf den Dächern. Manchmal sind es wahre Erinnerungen, doch in letzter Zeit kommen immer mehr ausgedachte hinzu. Jackson, der hier in Deutschland neben mir im Bett liegt, der mit mir über die Brücken von Frankfurt schlendert und mit mir oben auf dem Messeturm auf den Main hinabblickt. Diese Träume sind die schlimmsten, denn während ich schlafe, bin ich glücklich, und alles fühlt sich unfassbar real an. Wenn ich dann aufwache, bricht die Realität über mich herein, und der Schmerz und die Wut schießen durch meinen Körper. Jeden Morgen aufs Neue. Ich will das nicht mehr!

Vielleicht werden die Träume weniger, wenn ich in einem neuen Zimmer schlafe. Wenn ich mehr Zeit mit neuen Menschen verbringe. Ich hoffe es.

Die Leute aus der WG habe ich schon kennengelernt. Sie sind allesamt sympathisch, und mein neues Zimmer ist sogar etwas größer als das, was nun bald Mas Bügelzimmer sein wird.

Ich habe mir fest vorgenommen, diesen Tag heute zu genießen, und tatsächlich habe ich letzte Nacht endlich einmal nichts geträumt. Vielleicht ist es möglich, Jackson zu vergessen. Irgendwann.

»Hi, kommt rein, wir haben schon die Schuhe aus dem Flur geräumt.« Ivy begrüßt mich mit wippenden roten Locken und dirigiert uns durch den Flur. Parker tritt aus der Küche, auf seiner Schulter sitzt sein grüner Leguan und streckt uns die Zunge entgegen. Parker setzt ihn zurück in den Käfig und hilft uns beim Tragen der Kartons. Joon begrüßt mich, als ich mein Zimmer betrete, indem er die Arme ausbreitet und sich feierlich im Kreis dreht.

»Willkommen in deinem neuen Reich!«

In den letzten Tagen war ich einige Male hier, um das Zimmer genau auszumessen, aber auch, um die anderen in der WG besser kennenzulernen. Immerhin sollte man sich sehr gut verstehen, wenn man auf so engem Raum zusammenwohnt. Wir teilen uns eine Küche, ein Badezimmer und haben außerdem ein kleines Wohnzimmer, das momentan aber eher als Pflanzenaufzuchtstation genutzt wird, da Ivys Vater, der nebenbei auch unser Vermieter ist, einen Wasserschaden in seinem Blumenladen hatte.

»Schön, dass du hier bist«, meint Joon und nimmt mir den Rucksack ab, den ich immer noch in den Händen halte.

Als alle Kartons und Kisten abgestellt und Schreibtisch und Bett zusammengeschraubt sind, kommt Ivy mit einer Flasche Sekt in der Hand durch die Tür.

»Der Einzug muss gefeiert werden, was meint ihr?«

»Dafür bin ich dann wohl zwanzig Jahre zu alt. Habt einen schönen Abend«, meint Martin und tippt sich an die Basecap.

»Danke fürs Fahren«, sage ich und stecke meine Hände etwas unbeholfen in die Hosentaschen. Martin und ich haben uns noch nie umarmt, und ich weiß nicht, ob das hier der richtige Moment dafür ist.

»Ich komm noch mit raus und verabschiede mich von Paul und Ma.«

»Schön, dann kümmern wir uns mal um die Pflanzen, oder?«, höre ich Ivy noch fragen, dann laufe ich hinter Martin durchs Treppenhaus und nach unten auf die Straße.

Dort haben wir beide Wagen in der Einfahrt geparkt. Ma winkt uns zu, als sie uns aus der Haustür kommen sieht.

»Hat alles geklappt?«

Martin und ich nicken.

»Ich schicke Bilder, wenn ich alles ausgeräumt habe.«

»Mach das. Ach, und vergiss nicht das Essen am Dienstag.«

»Wie könnte ich das vergessen?«

Sie lächelt. »Ich will nicht ohne dich zurückfahren. Das fühlt sich komisch an.«

»Weil es dann real wird?«

Sie nickt, und ich beuge mich zu ihr durchs Autofenster und umarme sie.

»In drei Tagen sehen wir uns wieder, und ich werde sowieso jedes Wochenende bei euch verbringen.«

»Das sagst du jetzt noch, aber warte erst mal die wilden Unipartys ab.«

Ich lache lauter, als ich sollte. »Glaub mir, so toll sind die gar nicht.«

Martin sitzt mittlerweile schon wieder in seinem Auto und wartet darauf, dass Ma losfährt. Ich schaue nach hinten zu Paul, der sich verzweifelt bemüht, eine coole Miene aufzusetzen.

»Du kannst mir immer schreiben, Großer.«

»Krieg ich dein Zimmer?«, platzt es dann aus ihm heraus, und Ma stöhnt auf.

»Manche Dinge ändern sich nie«, murmle ich, und sie lacht.

»Das dachte ich auch, und jetzt sieh uns an.«

Kurz erwidere ich ihren Blick, dann trete ich einen Schritt vom Auto zurück und sehe dabei zu, wie sie den Motor anwirft.

»Bis Dienstag!«, rufe ich noch, dann fahren sie aus der Einfahrt und verschwinden im Straßenlärm.

Als ich wieder nach oben komme, sitzt Charlie auf meinem Bett, während Parker und Ivy meine Pflanzen auf dem Fensterbrett arrangieren und Joon eine kleine Kamera in der Hand hält und Fotos schießt.

»Die kommen in unser WG-Album«, erklärt er mir, als ich ihm über die Schulter blicke.

»Du musst wirklich aufpassen, Luke«, höre ich Ivy auf einmal neben mir und drehe mich schnell zu ihr um.

»Was, wieso?«

»Du überwässerst deine Pflanzen. Hier, schau dir die gelben Blätter an.«

Sie zieht einen Topf vor meine Füße, und ich betrachte die großen Blätter vor mir traurig.

»Ich dachte, Gelb heißt, dass sie zu wenig gegossen werden?«

»Das denken leider die meisten. Aber keine Sorge, ich rette sie.« Ivy bindet sich die Haare zu einem Dutt zusammen und läuft ins Wohnzimmer, vermutlich um Dünger oder etwas Ähnliches zu holen.

Ivy war es, die die WG-Anzeige aufgegeben hat. Die Wohnung befindet sich über dem Blumenladen ihres Vaters. In letzter Zeit läuft der leider nicht so gut, weswegen sie auf die Idee kamen, weitere Zimmer zu vermieten. Ganz früher war die Wohnung hier wohl mal nur für Ivy gedacht, aber es scheint ihr nichts auszumachen, in einem kleinen Zimmer zu schlafen. Ihr Vater wohnt nun in der Wohnung unten hinter dem Laden. Wenn man das Haus von außen sieht, käme man nie darauf, dass sich hinter der dunkelgrünen Putzfassade so viele Zimmer verbergen.

Ivy kommt zurück ins Zimmer, lässt sich auf den Boden vor meine Pflanzen fallen und beträufelt sie mit einer klaren Flüssigkeit aus einer kleinen Flasche.

»Lass sie einfach machen, sie weiß, was sie tut«, raunt Joon mir zu und steckt seine Kamera zurück in die Tasche. Er wohnt auch erst seit einem Monat in der WG, scheint aber sehr froh zu sein, seine alte Wohngemeinschaft los zu sein. Er studiert im sechsten Semester Psychologie, so viel weiß ich bereits. Außerdem fotografiert er unheimlich gerne und redet recht viel. Was nichts Schlechtes ist. Parker hingegen ist der Stillste von allen. Er und Ivy sind zusammen zur Schule gegangen. Nach dem Abi waren sie einige Monate im Ausland. Mittlerweile hilft Ivy ihrem Vater im Laden aus, und Parker macht eine Ausbildung zum Tierpfleger.

Ansonsten weiß ich von ihm nur, dass er Unmengen an Eis verdrücken kann und seinen Leguan Jimi Blue überall mit hinnimmt.

»Also, was ist? Feiern wir jetzt deinen Einzug?«

Ivy hat den letzten Blumentopf neben meinen Schreibtisch geschoben und stellt sich nun neben mich. Charlie setzt sich vom Bett auf und mustert die Kartons in meinem Zimmer.

»Willst du nicht erst mal ausräumen?«

Doch ich winke ab und sehe Ivy an. Auch wenn ich mir verboten habe, an Jackson zu denken, frage ich mich, was er jetzt tun würde. Er hat mir immer gesagt, dass ich mein Leben mehr genießen soll. Weniger nachdenken, weniger planen. Vielleicht muss ich Dinge tun, die ich mir früher nie erlaubt hätte. Vor denen ich Angst hatte. In Kanada hat Jackson mir dabei geholfen, über meinen Schatten zu springen und im Hier und Jetzt zu leben. Aber vielleicht brauche ich Jackson gar nicht. Vielleicht kann ich das mittlerweile ganz alleine.

Jeder Gedanke an ihn schmerzt, und wenn es möglich wäre, würde ich mich jetzt in den nächsten Flieger setzen und zu ihm fliegen, aber diese Gedanken bringen mich nicht weiter. Sie hindern mich daran, zu leben. Und wenn Jackson mich eins gelehrt hat, dann, dass es nie zu spät ist, ein klein wenig lebensmüde zu sein.

In meinem Fall bedeutet das, von zu Hause auszuziehen, mit mir recht fremden Menschen in Frankfurt auszugehen und jede Sekunde zu genießen.

Deswegen drehe ich mich zu Ivy, Charlie, Joon und Parker und rufe feierlich: »Ich bin bereit, lasst uns gehen!«

LUKE

Happy Birthday

Es ist der 21. August. Mein zwanzigster Geburtstag. Fühlt es sich anders an? Nicht wirklich. Freue ich mich auf die Feier heute Abend? O ja!

Seit meinem Einzug sind drei Wochen vergangen. Mittlerweile sind alle Kisten ausgepackt, das Troye-Sivan-Poster klebt an der Wand, und auf meinem Schreibtisch herrscht das übliche Chaos.

Die Einzugsparty mit Charlie, Ivy, Joon und Parker war einmalig. Ich habe kaum etwas getrunken und hatte dennoch eine unvergessliche Nacht voller Musik und schräger Tanzmoves. Charlie hat bei mir übernachtet, weil sie die letzte Bahn zurück verpasst hat, und am nächsten Tag sind wir in Frankfurt noch etwas frühstücken gegangen.

Es ist so schön, sie jetzt endlich wieder häufiger sehen zu können. Taylor und Madison fehlen mir, doch Charlie wiederzuhaben, gleicht den Schmerz aus.

Für heute Abend habe ich nicht nur Charlie eingeladen, sondern auch Viky. Und natürlich sind Joon, Ivy und Parker auch mit dabei. An meiner alten Schule war ich nicht wirklich mit vielen Personen befreundet, und da ein Großteil der Menschen, die mir nahestehen, immer noch in Kanada lebt, freue ich mich, nun auch hier endlich Anschluss gefunden zu haben.

»Hey, kann ich kurz reinkommen?«, Joon klopft an meine Tür, und ich öffne sie.

»Was gibt's?«

»Wir haben die Küche aufgeräumt, und Parker hat sogar einen Kuchen gebacken.«

»Oh, das hätte er nicht …«

»Keine Sorge, er backt sowieso fast jedes Wochenende einen. Was ich eigentlich fragen wollte: Wäre es okay, wenn nachher noch zwei, drei Leute von mir vorbeikommen? Sie haben die WG noch nicht gesehen, aber ich will auch deine Party nicht crashen.«

Ich winke ab. »Ach was. Sie können gerne mitfeiern. Je mehr, desto besser!«

Joon strahlt. »Danke, Mann!«

Um kurz nach acht lerne ich Joons Freundinnen und Freunde kennen. Tatsächlich sind es sogar vier, doch sie bringen jede Menge Getränke und Snacks mit, und Menschen mit Essen werde ich auf jeder Party willkommen heißen.

»Das hier sind Chiara und Noah«, stellt Joon das Pärchen vor. Die beiden tragen einen Kasten Bier zwischen sich. Sie winken mir zu und folgen dann Ivy, die ihnen die Küche zeigt.

»Und das hier ist Marie«, er zeigt auf eine junge Frau mit braunen Locken, die einen Zettel in der Hand hält, auf dem sie gerade etwas abhakt.

»Hi«, sagt sie und reicht mir die Hand. »Tut mir leid, dass wir deine Party so überfallen, aber ich dachte mir, gegen kostenloses Essen hat niemand was. Isst du Wassermelone?«

»Ähm …«

Der Typ neben Marie lächelt leicht und nimmt ihr den Zettel aus der Hand. »Wir fahren jetzt nicht noch mal einkaufen.« Seine blonden Haare sehen genauso zerzaust aus wie meine, wenn ich sie morgens nicht kämme. Wie Parker scheint er sich lieber im Hintergrund aufzuhalten. Jedenfalls nickt er mir nur kurz zu und lässt seine grauen Augen durch den Flur gleiten.

»Na schön, aber wenn doch jemand was Frisches möchte, kann ich losfahren und es holen.«

Jetzt wird das Lächeln auf dem Gesicht des Typen noch breiter. Er umfasst ihre Hand mit seiner und sieht dann wieder zu mir.

»Hi, ich bin Fynn.«

»Luke«, erwidere ich und strecke ihm die Hand entgegen. Etwas widerwillig schlägt er ein und zieht die Hand danach so schnell zurück, als habe er sich verbrannt. Seltsamer Typ, aber gut, wir kennen uns nicht, vielleicht ist er bei Fremden immer so vorsichtig.

»O Gott, wir sind vielleicht blöd. Alles Gute zum Geburtstag!«, ruft Marie, als sie und Fynn fast schon im Wohnzimmer verschwunden sind.

Ich lache nur. »Alles gut, danke schön.«

Kurze Zeit später kommen Charlie und Viky Hand in Hand durch die Tür und umarmen mich. Charlie schenkt mir eine weitere Draco-Funko – dieser Running Gag wird nie alt – und einen Gutschein für einen gemeinsamen Kinobesuch. Viky hat mir selbst gemachte Marmelade und eine *Mary Poppins*-Sonderedition mitgebracht.

»Ihr kennt mich einfach zu gut«, meine ich und wische mir die imaginären Tränen aus den Augen.

»Falsch, du bist zu leicht zu durchschauen.« Während wir lachend ins Wohnzimmer laufen, wedelt Joon mit dem Handy in der Luft herum.

»Hat jetzt jeder eine Pizza ausgewählt? Ich ruf gleich beim Restaurant an.«

»Ah, warte, ich nehme doch die Vier Jahreszeiten!«, ruft Ivy und springt auf.

»Wetten, gleich fällt ihr auf, dass da Oliven drauf sind?«, meint Parker, der auf einmal neben mir steht und an seinem Bier nippt.

»Oh, Mist! Gibt es die auch ohne Oliven?«, fragt Ivy in dem Moment, und Parker prustet in sein Bier.

»Du kennst sie echt gut«, bemerke ich, und Parker läuft rot an.

»Seit dem Kindergarten.«

Aha … vermutlich ist es zu früh, ihn zu fragen, ob zwischen den beiden mal was lief, aber ich spüre da gewisse Schwingungen. Oder ich bilde mir wieder mal nur etwas ein. Das kann natürlich auch sein.

»Ah, ich nehm einfach die Margherita«, Ivy seufzt und reicht Joon das Handy, der schnell im Flur verschwindet, bevor sie sich noch einmal umentscheiden kann.

»Und, was sagt ihr?«, frage ich Charlie und Viky, die sich neben mir auf die Couch gesetzt haben.

»Echt klasse. Die sind mir direkt sympathisch. Ist hier noch ein Zimmer frei?«, fragt Charlie und erntet einen Knuff von Viky.

Joon kommt zurück aus dem Flur, dreht die Musik etwas auf und animiert Chiara, Noah und Ivy zum Tanzen. Nach einigen Überredungskünsten folgen auch Marie und Fynn. Nur Parker bleibt in der Ecke stehen und nippt weiterhin an seinem Bier.

»Na los, Luke, schwing mit uns das Tanzbein!«, ruft Joon und zieht mich an der Hand mit auf die Tanzfläche.

Das Wohnzimmer ist eigentlich viel zu klein für all diese Menschen. Wir tanzen schon dicht an dicht, und trotzdem stoße ich mir zweimal den Ellbogen an der Wand und laufe mit dem Knöchel gegen die Sofakante. Joon tanzt erstaunlich gut, und auch Chiara und Noah geben ein tolles Paar ab.

Ich lasse meinen Blick durch den Raum schweifen, und erst jetzt fällt mir auf, wie viele Pärchen sich in der WG befinden. Da sitzen Charlie und Viky auf der Couch und füttern sich mit Salzstangen, Chiara und Noah wirbeln wild über den Wohnzimmerboden, Marie und Fynn tanzen langsamer, aber mit viel Körperkontakt, und wenn aus Ivy und Parker auch noch ein Paar werden sollte, bleiben Joon und ich als einzige Singles übrig.

Aber das ist schon okay. Zumindest versuche ich, mir das einzureden. Ich habe in den letzten Wochen wirklich versucht, mein Leben zu genießen. Einmal an mich zu denken und einfach das zu machen, worauf ich Lust hatte. Ich bin feiern gegangen, wenn ich das wollte, habe lang ausgeschlafen, die Wäsche nicht gemacht und viel zu viele Süßigkeiten gegessen. Ich habe mit fremden Typen eng getanzt, weil es sich gut angefühlt hat. Zumindest eine kurze Zeit lang. Ich habe zwei Tage am Stück nur im Bett gelegen und Netflix-Serien geschaut. Einfach, weil ich es konnte.

Ja, ich habe mein Leben genossen, aber ohne Jackson ist es nicht das Gleiche. Er ist immer noch der erste Mensch, an den ich denke, wenn ich Brioche-Brötchen sehe, er ist der Erste, dem ich erzählen will, wenn ich eine neue Drarry-Fanfiction gefunden habe, die tatsächlich einmal gut geschrieben ist, er ist mein erster Gedanke am Morgen und mein letzter, bevor ich einschlafe.

Ich habe alles probiert, aber ich kriege ihn nicht aus meinem Kopf.

Ich habe mir verboten, sein Instagramprofil anzusehen, und habe seit Wochen nicht mehr mit ihm geschrieben. Weil ich dachte, dass ich so über ihn hinwegkommen würde. Aber es geht einfach nicht.

Ich ziehe mein Handy aus der Hosentasche und erstarre. Zwei verpasste Anrufe von Jackson. Will der mich eigentlich verarschen? Oder kann er Gedanken lesen? Das wäre noch beunruhigender.

Soll ich ihn zurückrufen? Wieso hat er nicht einfach geschrieben? Vermutlich will er mir nur zum Geburtstag gratulieren, aber was soll das? Fragen über Fragen, doch bevor ich weiter darüber nachdenken kann, klingelt es an der Tür, und Joon und Ivy schreien erfreut auf.

»Die Pizza!«

Sie rennen zur Tür, während ich mein Handy zurück in die Tasche stecke. Gut, Jackson muss dann wohl bis nach dem Essen warten.

Doch kaum habe ich das gedacht, höre ich Joons Stimme aus dem Flur. »Ähm, Luke, hier ist jemand für dich.«

Und ich erstarre.

LUKE

Überraschungsgast

Wie in Trance laufe ich den Flur entlang und lasse die laute Musik und die Stimmen hinter mir.

»Hättest ruhig sagen können, dass noch ein Model zu Besuch kommt, dann hätte ich mein besseres Hemd angezogen«, flüstert Joon, als ich an ihm vorbeigehe.

Kann es sein? Nein, das ist einfach unmöglich.

Joon und Ivy verschwinden hinter mir im Wohnzimmer, und entweder Joon ist einfach nur ein rücksichtsvoller Mensch, oder er ahnt, dass sich hier ein wichtiges Gespräch anbahnt, denn er schließt die Wohnzimmertür hinter sich.

Die Wohnungstür ist angelehnt, und obwohl es bereits nach acht ist, leuchtet noch ein Streifen Sonnenlicht durch den Spalt hindurch.

Ich greife nach dem Türknauf und bemerke, dass meine Hand zittert. Ich schüttle sie etwas und versuche, mein Herz zu beruhigen, dann ziehe ich die Tür auf.

Jacksons Gesicht wirkt dunkler, seine Haare heller im Licht der untergehenden Sonne. Sein hellgraues Shirt erkenne ich sofort wieder. Es ist das, das ich in der Nacht getragen habe, als ich meins in seinem Zimmer einfach nicht wiederfinden konnte. Auch die kurze Hose kommt mir bekannt vor. Die hat er auf der Freshmenparty getragen. Damals, als er mich angesprochen hat und ich ihn im Bier-Pong besiegt habe.

»Ganz schön heiß hier in Deutschland«, ist das Erste, was über seine Lippen kommt. Ich starre ihn einfach nur an, weil ich nicht weiß, wie ich darauf reagieren soll, dass er wirklich hier vor mir steht und jetzt anfängt über das Wetter zu reden.

»Ich wollte … alles Gute zum Geburtstag, Luke.« Er zieht den großen Rucksack von seinen Schultern und holt eine Papierrolle hervor, um die eine dunkelblaue Schleife gebunden ist. Ich wüsste liebend gern, was sich darin verbirgt, ignoriere aber gekonnt seine ausgestreckte Hand.

»Was machst du hier?«, frage ich stattdessen.

Jackson hatte offenbar die Hoffnung, mich mit dem Geschenk ablenken zu können, doch ihm hätte klar sein müssen, dass das nicht funktioniert.

Er lässt die Hand mit der Papierrolle wieder sinken und kratzt sich am Hinterkopf.

»Ich, also mir ist in den letzten Wochen einiges klar geworden.«

»Ach ja?« Ich will gar nicht so wütend klingen, aber auf einmal ist all der Schmerz wieder da. Ein Teil von mir möchte ihn an mich ziehen, ihn umarmen und nie wieder loslassen. Ein anderer möchte ihn rückwärts die Treppe hinunterstoßen und ihm die Tür vor der Nase zuknallen.

»Ich weiß, dass ich Fehler gemacht habe. Ich war ein Arschloch.«

Ich schnaube.

»Ich hatte einfach so eine Scheißangst, verstehst du? Aber trotzdem hätte ich dir antworten sollen.«

Ich kann ihm nicht ganz folgen und sehe ihn deswegen nur weiter an, warte, was er noch zu sagen hat. Auch wenn mein Widerstand bereits bröckelt und eine Stimme in mir schreit: Er ist extra hierhergeflogen. Nur für dich!

»Vermutlich hasst du mich jetzt.«

Jackson so geknickt vor meiner Tür stehen zu sehen, ist sicherlich kein Anblick, mit dem ich heute Morgen gerechnet hätte.

»Du weißt, was ich für dich empfinde«, murmle ich schließlich widerwillig.

Er blickt auf, und kurz ist da das altbekannte Funkeln. »Das hat sich nicht geändert?«

»Worauf willst du hinaus, Jackson? Hier kommt gleich die Pizza, ich will die anderen ungerne warten lassen.«

Wieso bleibe ich so cool? Innerlich zittere ich am ganzen Körper und tanze und schreie gleichzeitig vor Freude und Angst, was er wohl als Nächstes sagen könnte. Äußerlich bleibe ich ruhig.

»Na schön, etwas verspätet, aber du weißt ja, ich brauch manchmal etwas länger.« Er versucht sich an einem Grinsen, was ihm nicht ganz gelingt, und holt dann noch einmal tief Luft. »Ich liebe dich auch.«

»Hallo? Für Becker?«, dröhnt ein Ruf von unten aus dem Treppenhaus.

Ich starre Jackson an, dessen Mund noch halb geöffnet ist. Noch nie hatte ein Lieferant so ein beschissenes Timing.

»Kommen Sie hoch. Erster Stock!«, rufe ich nach unten und sehe wieder zu Jackson.

»Willst du Pizza?«

Jackson versucht, sich seine Verwirrung nicht anmerken zu lassen, nickt dann aber.

»Gern.«

LUKE

Das beste Geschenk

Zwischen uns liegen leere Pizzakartons, die Musik wurde leiser gedreht, und Noah und Chiara haben sich schon verabschiedet, weil sie noch auf einem anderen Geburtstag eingeladen sind.

Parker sitzt auf dem Boden und hält sich stöhnend den Bauch, während Ivy ihm lachend ein Glas Wasser einschenkt. Joon und Fynn haben sich dicht über Joons Kamera gebeugt und diskutieren offenbar die Features von einem neuen Objektiv. Marie sitzt lächelnd daneben und wippt mit ihrem Fuß im Takt der Musik.

»Wir müssen auch langsam los, wir passen heute Nacht doch auf Vikys Bruder Lenny auf, weil ihre Mutter ein Date hat.«

»Ein Date?«, frage ich interessiert und drehe mich zu Charlie und Viky, die neben mir auf der Couch sitzen.

»Sie meinte, wir sollen da kein großes Ding draus machen, aber das ist der erste Mann seit Jahren, für den sie ein Kleid anzieht. Also ist es wohl ein großes Ding.« Viky grinst. »Ich freue mich für sie.«

»Na schön, dann grüßt Lenny von mir.«

»Machen wir.«

Beide umarmen mich und laufen in den Flur. Erst jetzt spüre ich das Prickeln in meinem Nacken und weiß genau, dass er mich ansieht. Bisher habe ich aber starr geradeaus auf meine Pizza geschaut und den anderen Jackson nur kurz als einen Freund aus Kanada vorgestellt. Was hätte ich auch sonst sagen sollen?

Das Prickeln wird intensiver. Irgendwann kann ich mich nicht mehr dagegen wehren und drehe mich um. Jackson steht, an das Sideboard gelehnt, an der Wand, unterhält sich mittlerweile mit Marie auf Englisch und knabbert an einem letzten Pizzarest. Seine Augen bohren sich so intensiv in meine, dass es fast wehtut. Dabei schafft er es trotzdem, Marie anzulächeln und auf ihre Fragen einzugehen.

Mir ist klar, dass wir dringend miteinander reden sollten, aber nicht vor all den anderen. Solange der Raum mit Menschen gefüllt ist, kann ich mir den Kopf darüber zerbrechen, was Jacksons Geständnis für mich bedeutet.

Er liebt mich. Allein der Klang seiner Stimme, als er das vorhin gesagt hat, hat meinen Körper mit einer Gänsehaut überzogen. Wieso sitze ich also hier und zeige ihm die kalte Schulter? Ich will ihn nicht leiden lassen, aus Rache dafür, dass er mit seiner Antwort so lange gewartet hat. Ich verstehe, wieso das so schwierig für ihn war. Trotzdem bleibe ich sitzen und gehe nicht zu ihm und kann mir selbst nicht erklären, wieso.

»Wir sollten auch mal los, wir haben morgen früh eine Wohnungsbesichtigung«, sagt Marie und erhebt sich von der Couch.

»Geil! Ich drücke die Daumen, dass es diesmal endlich klappt.«

Marie lächelt Joon an. »Danke. Ich schreib dir direkt danach.«

Fynn erhebt sich ebenfalls und stellt sein Glas auf den voll beladenen Tisch.

»Wir arbeiten ganz einfach ihre Liste mit tausend Fragen ab, dann kann nichts schiefgehen«, meint er zu Joon und grinst doch tatsächlich.

»Unsere Marie, wie sie leibt und lebt.« Joon lacht.

»Hallo, ich kann euch hören«, wirft Marie entrüstet ein, grinst aber ebenfalls.

»Also dann, tschüss, Luke, und danke, dass wir hier sein durften.«

»Ja, danke«, meldet sich auch Fynn zu Wort und sieht mir kurz in die Augen, dann folgt er Marie in den Flur.

»Ich glaube, er mag mich nicht«, wende ich mich an Joon, als die Haustür ins Schloss fällt.

»Machst du Witze? Er hat doch direkt mit dir geredet.«

Joon lacht auf, als er mein verwirrtes Gesicht sieht, und beginnt, den Tisch leer zu räumen. Ich will aufstehen und ihm helfen, doch er winkt nur ab.

»Lass mal, das können wir machen. Ist ja immerhin dein Geburtstag.«

Und mit diesen Worten drückt er mich zurück auf die Couch, und Parker, Ivy und er beginnen, das Wohnzimmer aufzuräumen.

Ich weiß, dass er hinter mir steht, bevor ich mich umdrehe. Ich kann sein Aftershave riechen, und allein dieser Geruch reicht aus, um all die Erinnerungen wieder in mir hervorzurufen.

»Darf ich dein Zimmer sehen?«, fragt er, und endlich drehe ich mich um. Er steht nur einen halben Meter vor mir, und noch immer kann ich ihm nicht in die Augen sehen.

»Es ist gleich da drüben.«

Ich laufe vor und führe Jackson in mein Zimmer. Ich habe es vor der Party nicht wirklich aufgeräumt, weswegen meine Klamotten mittlerweile einen kleinen Berg auf meinem Schreibtischstuhl bilden, leere Wasserflaschen neben dem Bett stehen und auch der Boden mal wieder gesaugt werden müsste.

Ich weiß nicht, wie ich mich verhalten soll, also laufe ich zum Schreibtisch und stütze mich auf der Holzplatte ab. Irgendwie fühlt es sich gut an, sich an etwas festzuhalten und nicht schutzlos im Raum zu stehen.

Innerlich lache ich über mich selbst. Was denke ich denn, was er tun wird? Wild über mich herfallen? Wobei, so schlecht klingt der Gedanke gar nicht …

»Das hast du echt mitgenommen?«, fragt Jackson und zeigt auf das Poster neben meinem Bett.

»Was dagegen?«

Jacksons Lippen wandern ein Stück nach oben. Es ist nicht sein typisches Grinsen, sondern eine schüchternere Version davon.

»Nein, aber ich dachte, das hier würde besser passen.«

Wieder holt er die Papierrolle hervor und hält sie mir entgegen. Ich mustere die blaue Schleife und nehme ihm das Geschenk aus der Hand.

»Wenn das das Poster von deinem lebensgroßen Kopf ist, schreie ich.«

Jetzt lacht Jackson. »Mach es einfach auf.«

Also ziehe ich die Schleife ab und entrolle das Papier.

Es ist kein Bild von Jackson, es ist ein Bild von der Premiere. Der ganze Theaterkurs, wie er Hand in Hand auf der Bühne steht. Taylors Wangen glänzen, während meine rot leuchten. Hunter und Tarek haben sich die Arme über die Schultern gelegt, und Olivia und Casey strahlen einander an, während Miss Martinez stolz am Rand steht und über ihre Studierenden wacht. Am linken Rand erkenne ich Jackson. Er hält noch das Seil des Bühnenvorhangs in der Hand, und sein Hemd ist verrutscht. Er blickt nicht ins Publikum. Er sieht nur zu mir, und obwohl sein Gesicht nur klein auf dem großen Poster zu erkennen ist, sehe ich das Funkeln in seinen Augen.

»Das ist … danke«, bringe ich schließlich hervor, während ich das Poster in meinen Händen betrachte wie einen besonders wertvollen Schatz.

»Ich dachte mir, das könnte dir gefallen. So hast du sie trotzdem immer bei dir.«

Ich schlucke und lege das Poster vorsichtig auf meinen Schreibtisch. Mit der Hand streiche ich über die strahlenden Gesichter und kann fast den rauschenden Applaus hören, der damals durch das Theater hallte.

»Wieso bist du hier?«, frage ich schließlich und drehe mich wieder zu ihm.

Jackson steht nun, da er nicht länger das Geschenk in seinen Händen hält, leicht hilflos im Raum und sieht mich an.

»Hier in Frankfurt gibt es auch tolle Hochhäuser.«

Ich verstehe nicht, was er mir damit sagen will. Natürlich gibt es hier Hochhäuser. Nicht umsonst wird die Stadt auch Mainhattan genannt. Aber er ist wohl kaum nach Deutschland geflogen, um neue Hochhausdächer zu erkunden, oder?

»Ich habe in den letzten Wochen lange mit meinem Professor gesprochen und alles in die Wege geleitet. Ich kann den Master auch hier machen.«

Und da endlich dämmert es mir. Jacksons Lächeln wird breiter, und er tritt noch einen Schritt auf mich zu.

»Ich wollte dir nichts sagen, bevor es nicht zu hundert Prozent sicher war. Außerdem wollte ich es dir persönlich erzählen.«

»Dass du hier studierst?«

»Nein, dass ich dich liebe.« Das ist schon das zweite Mal innerhalb von zwei Stunden, dass er mir seine Liebe gesteht. Und scheiße, ja, ich bin immer noch sauer auf ihn, aber jetzt gerade will ich ihn einfach nur an mich ziehen und nie wieder loslassen. Weil er wirklich hier ist. Bei mir.

Eine Frage muss ich allerdings noch stellen, weil ich Gewissheit brauche. »Also bleibst du wirklich hier?«

»Der Master geht zwei Jahre, und danach … das sehen wir dann. Aber so lange hast du mich erst mal an der Backe. Das heißt natürlich, wenn du das willst.« Jackson lächelt unsicher. Fast so, als habe er Angst, dass ich ihn wieder zurück nach Vancouver schicke, und so gerne ich ihn auch noch länger zappeln lassen würde, es geht nicht.

»Natürlich will ich das!«, bringe ich erstickt hervor. »Das wollte ich die ganze Zeit.«

»Das ist gut. Ich kenne hier sonst nämlich keinen.«

»Du bist doch echt …«, sage ich und trete noch einen Schritt näher, sodass ich nur die Hand heben müsste, um sein Gesicht zu berühren.

»Lebensmüde? Ja, ich weiß.«

Dann beugt er sich zu mir, umschließt mein Gesicht mit seinen Händen und sieht mir tief in die Augen. »Und ich liebe dich wirklich, Luke Becker.« Das Nächste, was ich spüre, sind seine Lippen auf meinen, die sich anfühlen wie ein Stück Kanada, das er mit nach Deutschland gebracht hat.

Es kommt mir absolut unwirklich vor, dass er hier vor mir steht, in einer kleinen WG über einem Blumenladen, irgendwo in einer Straße von Frankfurt. In meinem Kopf überschlagen sich die Fragen, doch ich schalte sie einfach ab. Ich ziehe Jackson zu meinem Bett, lasse nicht zu, dass unsere Verbindung abreißt.

Gott, wie habe ich das vermisst! Ich frage mich, wie ich fast vier Monate ohne seine Berührungen überleben konnte. Seine Hände schicken Energiestöße durch meinen Körper, erhitzen meine Haut.

Kurz löse ich mich von ihm und betrachte seine Augen, die mich leicht verklärt ansehen.

»Warte mal, wo wohnst du überhaupt?«, frage ich und stütze mich auf meine Arme.

»Darum kümmere ich mich morgen«, erwidert Jackson nur und zieht mich wieder nach unten, um mich zu küssen.

»Du bist unfassbar.«

»Ich weiß.«

»Ich liebe dich auch, Jackson.«

»Wird das hier jetzt einer dieser kitschigen Hollywood-Happy-End-Dialoge?«, fragt er grinsend.

Statt ihm zu antworten, sehe ich ihn einfach nur an. Diesen Mann, der extra für mich nach Deutschland geflogen ist. Der seine Zukunft in Frankfurt geplant hat. Für mich. Ich gebe ihm diese zweite Chance nicht, weil ich Mitleid mit ihm habe oder mich irgendwie schuldig fühle. Nein, ich gebe sie ihm, weil die Premiere des Theaterstücks vielleicht doch nicht unser Höhepunkt war.

Vielleicht beginnt gerade erst der zweite Teil unserer Geschichte.

DANKSAGUNG

Es fühlt sich so an, als hätte ich gerade erst die Danksagung zu »Not Your Type« geschrieben, und jetzt ist schon das zweite Buch der Reihe fertig – unfassbar!

Als Erstes muss ich all den wundervollen Leser*innen von meinem ersten Buch, *Traumtänzerin,* danken. Luke ist dort der beste Freund meiner Protagonistin Charlie, und wer weiß, vielleicht gäbe es dieses Buch hier nicht, wenn mich nicht immer wieder Nachrichten von Menschen erreicht hätten, die unbedingt seine Geschichte lesen wollten. Dieses Buch ist für euch.

Der nächste Dank geht an meine wundervolle Lektorin Silvana, die mir auch bei diesem Buch so unfassbar viel geholfen hat. Ich habe in den letzten Monaten wirklich viel von dir gelernt und finde, wir sind ein richtig gutes Team geworden!

Ein großer Dank geht auch an Hannah, die es mir ermöglicht, diese Reihe zu schreiben, und auch an all die anderen lieben Menschen bei Droemer Knaur, die oft nur im Hintergrund arbeiten, aber dafür sorgen, dass das Buch genauso wird, wie ich es mir vorstelle. Alleine dieses wundervolle Cover hat all meine Erwartungen bei Weitem übertroffen!

Danke an meine tollen Testleser*innen: Emily, Felina, Leo, Lorina, Lukas und Nora, eure Ideen in unserem sehr langen Skype-Gespräch und das ausführliche Feedback haben mir wirklich sehr geholfen!

Danke auch an die Menschen, die mich auf Patreon unterstützen und dafür sorgen, dass ich für all das hier mehr Zeit habe – ihr seid unglaublich! Ein besonderer Dank geht an: Berna, Eungyoung, Gabriele, Jasmin, Lara, Luc, Nicklas, Sarah und Sebastian.

Danke an meinen wundervollen Partner Luca für jedes unterstützende Wort, jede Umarmung und generell einfach dafür, dass du immer da bist, wenn ich mal wieder Wortfindungsstörungen habe, oder ein Satz einfach blöd klingt. Mit dir in der Küche zu stehen und zu plotten ist einfach genial – ich liebe unsere kreativen Einfälle!

Mein letzter Dank geht wie immer an Dich. Die Person, die diesen Satz gerade liest. Wenn Du wissen willst, wie es mit Luke und Jackson weitergeht, erfährst du das im dritten Band der Reihe, der bereits in wenigen Monaten erscheint.